U0536444

70

1953-2023

四川文联
七十年

大事卷

四川省文学艺术界联合会 编

中国书籍出版社
China Book Press

图书在版编目（CIP）数据

四川文联七十年. 1，大事卷／四川省文学艺术界联
合会编. -- 北京：中国书籍出版社，2023.11
ISBN 978-7-5068-9630-6

Ⅰ.①四… Ⅱ.①四… Ⅲ.①文艺-作品综合集-四
川-当代 Ⅳ.①I218.71

中国国家版本馆 CIP 数据核字（2023）第 210438 号

四川文联七十年 · 大事卷

四川省文学艺术界联合会　编

图书策划	许甜甜　成晓春
责任编辑	张　娟　成晓春
装帧设计	书香力扬
责任印制	孙马飞　马　芝
出版发行	中国书籍出版社
地　　址	北京市丰台区三路居路 97 号（邮编：100073）
电　　话	（010）52257143（总编室）（010）52257140（发行部）
电子邮箱	eo@ chinabp. com. cn
经　　销	全国新华书店
印　　刷	四川科德彩色数码科技有限公司
开　　本	710 毫米×1000 毫米　1/16
字　　数	602 千字
印　　张	39
版　　次	2023 年 11 月第 1 版
印　　次	2023 年 11 月第 1 次印刷
书　　号	ISBN 978-7-5068-9630-6
定　　价	328.00 元（全三册）

版权所有　翻印必究

《四川文联七十年》丛书
编委会

编撰委员会

主　任：陈智林　邹　瑾

副主任：刘建刚　王忠臣　江永长　仲晓玲

委　员：(按姓氏笔画排名)

王　凡　王道义　邓子强　邓　风　白　浩　杜　林

杨小兰　李　多　吴晓东　吴　彬　何　怡　张　霞

罗雪村　赵　晴　胡　文　胡　蓉　贺　嫚　高　敏

黄红军　龚仁军　寒　露

编辑部

主　任：江永长　仲晓玲

副主任：赵　晴　白　浩　黄红军　邓　风　贺　嫚

编　辑：肖　龙　王富强　潘存厚　蔡文君　钟　铮　杨　溢

黄芸芸　张　莹　王　娜　彭　丹　任虹宇　吴　歆

周春锋　林　静

顾 问

马识途 李 致 席义方 郑晓幸 朱炳宣 钟历国 黄启国
蒋东生 平志英

（以下按姓氏笔画排名）

马晓峰 王 川 王玉兰 王 迅 艾 莲 田捷砚 代 跃
刘成安 孙洪斌 李延浩 李明泉 李 树 宋 凯 杨晓阳
张令伟 张旭东 林戈尔 孟 燕 郝继伟 贾跃红 黄泽江
龚学敏 龚晓斌 梁时民 董 凡 韩 梅 童荣华 寒 露

前　言

　　1953 年 1 月，四川省文联成立。2023 年是全面贯彻党的二十大精神的开局之年，四川省文联也迎来了成立七十周年的喜庆日子。

　　七十年来，特别是党的十八大以来，在省委的坚强领导下，四川文艺界踔厉奋发、乘势而上，在名家培养、精品创作、对外交流、队伍建设和国内外影响力等方面，均取得了丰硕的成果。值此四川省文联成立七十周年之际，为回顾七十年发展历史，总结七十年发展经验，梳理七十年发展成就，组织工作力量，精心编撰《四川文联七十年》丛书。该书分为三卷，分别为《四川文联七十年·大事卷》《四川文联七十年·名作卷》《四川文联七十年·"三亲"卷》，旨在从历史大事、名家名作和四川文艺人"亲历、亲见、亲闻"三个方面，回顾总结四川文艺的发展历程、工作成果，为推动四川文艺高质量发展提供借鉴。

　　党中央高度重视文化建设和文艺发展，习近平总书记关于文化建设的一系列新思想新观点新论断，深刻阐明了新时代新文化使命的科学内涵和实践要求，为新时代新征程上传承发展中华文化赋予了重大责任、作出了科学指引。《四川文联七十年·大事卷》（以下简称《大事卷》）分为综述、大事记、获奖名录、附录四个篇章。其中，综述篇全面总结回顾四川文艺界发展概况，总结分析文艺发展规律，研判思考文艺发展趋势；大事记主要记录 1953 年至今四川文联系统的大事、要事；获奖名录重在收录1953 年至今，各艺术门类、各事业单位获得的国际、国内重要奖项的作品、个人、集体项目等；附录收录省文联成立至今历任党组成员名单、历届主席团成员名单和各协会历届主席团成员名单。《大事卷》记录四川文艺发展成果、工作情况，真实、立体、全面描绘了四川文艺"全景图"。

《四川文联七十年·名作卷》（以下简称《名作卷》）突出以人民为中心的导向，围绕创作优秀作品，勇攀文艺高峰，集中反映四川文艺界扎根人民、扎根生活，创作反映时代发展、社会进步和人民生活富足的优秀作品情况。《名作卷》主要收录1953年以来思想精深、艺术精湛、制作精良，体现历史观、民族观、国家观、文化观的美术、摄影、书法、民间文艺（主要包括剪纸、年画、唐卡、农民画）等平面艺术作品，其中重点收录呈现党的十八大以来的创作成果。《名作卷》包括美术作品121幅、摄影作品95幅、书法作品73幅、民间文艺作品69幅。

《四川文联七十年·"三亲"卷》以散文、随笔、纪实等文学形式为主，记述亲身经历的事情、亲自参与的文艺创作、亲耳聆听的文艺故事，撰写身边的四川文艺人，记录在文联工作的经历等。

《四川文联七十年》的编辑和出版工作，得到有关部门及社会各界的鼎力支持。众多专家学者、文艺工作者和文联工作者为此倾情投入、辛勤付出，为本书的出版付出了大量心血和智慧。在此，本书编委会向大家致以衷心的感谢和敬意！

目　录
CONTENTS

各省级文艺家协会获国际、国家级奖项名录

四川省巴蜀文艺奖历届获奖名录

附　录

四川省文联七十年综述

1953 年 1 月 23 日至 29 日，四川省文学艺术界工作者第一次代表大会在成都召开，四川省文学艺术界联合会（以下简称四川省文联）成立。截至 2023 年，四川省文联有 37 个团体会员单位，其中，所属 13 个省级文艺家协会有国家级文艺家协会会员 5600 人、省级文艺家会员 28647 人。目前，四川省文联机关包括办公室、组织联络处（行业道德建设办公室）、创作理论研究室、新文艺工作处（权益保护处）、人事处（离退休人员工作处）和机关党委（机关纪委），有下属事业单位 13 个，管理 3 家企业（杂志社）和 1 个基金会，作为 140 余家文艺类社会组织的业务主管单位，并对 8 万多家、280 余万从业人员的"文艺两新"进行行业引导与服务。四川省文联在党的领导下团结全省广大文艺工作者走出了一条四川文学艺术的繁荣发展之路。

一、四川省文联成立及初期发展

中华人民共和国建立后，在中国共产党领导下，文学艺术事业作为整个社会主义事业的重要组成部分得到全面迅速发展，我省的文艺事业在不断发展中前行。1950 年 6 月，中华全国音乐工作者协会成都分会成立。1952 年 10 月，全国第一届戏曲观摩演出在北京举行，川剧代表团演出的 10 个剧目中《柳荫记》获剧本奖，《秋江》《评雪辨踪》获演出二等奖，川剧艺术受到全国文艺界普遍的好评。

1953 年 1 月四川省文学艺术工作者第一次代表大会在成都召开，沙汀当选为主席。其所属的团体会员有作协、音协、美协、舞协、剧协等。

1954 年 5 月西南行政委员会文化局、西南音协、重庆市文化局、重庆文联在渝举行"全国群众歌曲评奖西南及重庆市获奖歌曲授奖大会"，《歌唱二郎山》（洛水词、时乐蒙曲）获一等奖。1954 年 8 月 15 日至 9 月 12 日，西南美协主办的"全国美术展览会西南区美术作品展览"在重庆劳动人民文化宫展出，这是新中国成立后举办的第一个大型综合性美展，征集作品 1200 余件，展出 827 件。1956 年 3 月 1 日至 4 月 5 日，文化部在京举办第一届全国话剧观摩演出。周恩来、陈毅同志观看演出并作重要讲话。四川选送的话剧《四十年的愿望》获创作二等奖，《一个木工》获创作三等奖。

1957 年 2 月周恩来总理、贺龙副总理出访归来，观看了四川人民艺术剧院演出的《家》《同甘共苦》和重庆市文工团演出的《日出》，并亲切接见了演职人员。四川诗歌界拥有了自己的诗歌阵地《星星》诗刊。曲艺界演员李月秋、熊青云等参加在莫斯科举行的"第六届世界青年联欢节"，四川清音《小放风筝》获金质奖章一枚。根据文化部《关于开放禁戏的通知》，四川省开始尝试开放《目连传》一类禁戏。川剧传统剧目的鉴定、整理工作顺利结束，编印出版了包括 11 集 69 个剧目的《川剧剧目鉴定演出剧本选》，成为全国戏曲界标志性工程。

1957 年秋，一些文艺工作者被错划为"右派分子"。1958 年初，四川省文化局根据上级指示要求省市专业艺术团体的演职员"上山下乡"，巡回演出、采风、为新民歌谱曲、辅导群众的文艺活动等。"八大电影制片厂"之一的峨眉电影制片厂开始筹建。1959 年峨眉电影制片厂拍摄出第一部故事片《嘉陵江边》。1959 年 6 月，四川省文化局举办第一次四川省专业艺术团体观摩演出大会，川剧、话剧、歌剧、曲艺、音乐、舞蹈、杂技等艺术门类的 2000 余名代表参加演出，川剧《丁佑君》《许云峰》，话剧《今朝英雄》《丹凤朝阳》，舞蹈《披毡献给毛主席》《凉山酒舞》、歌曲《多快乐》《小小马儿郎》，杂技《蹬伞》《平衡》，曲艺琵琶弹唱《采花》《盼红军》等剧（节）目受到好评。1956 年 7 月，中国川剧团访问波兰等东欧 4 国，获得成功。1959 年开始的"反右倾"运动波及全省文艺系统。

1961 年，文艺事业开始复苏。6 月，中共中央制发了"文艺八条"

（初稿）。同年，文化部制定的"院团十条"、剧目创作"三并举"的方针逐步在全省贯彻，文艺园地再现生机。涌现出长篇小说《红岩》《清江壮歌》《逐鹿中原》，川剧《和亲记》，话剧《今朝英雄》《第一计》，歌曲《毛主席派人来》《牧马人之歌》，舞蹈《康巴的春天》，电影《达吉和她的父亲》《乔太守乱点鸳鸯谱》等优秀作品，有的作品具有全国影响。

1962年，摄影作品《人勤苗壮》获世界新闻摄影荣誉奖。1963年6月，中国戏剧家协会四川分会（1991年改名四川省戏剧家协会）正式成立。1964年四川省通报表彰了坚持送戏到偏远山乡为群众演出的达川专区文工团，举办了全省舞蹈观摩演出，展示了一大批反映现实生活的舞蹈节目。《向阳花》《阿哥追》《红披毡》等作品的涌现，标志着四川舞蹈界的崛起。1965年大型泥塑《收租院》问世。同年9月至10月，西南区话剧、地方戏观摩演出的73个剧目中，四川的现代川剧《急浪丹心》《嘉陵怒涛》《许云峰》《金钥匙》《管得宽》，话剧《比翼高飞》《柜台内外》等获得好评。其中，《比翼高飞》《管得宽》应文化部之邀赴北京演出。

1966年至1976年，"文化大革命"使四川文艺事业遭到新中国成立以来最严重的挫折和损失。

二、发展壮大的四川省文联

（一）从恢复到快速发展

1976年10月，"四人帮"被粉碎，党和国家各项工作开始恢复，国家进入新的历史时期。1977年四川省文化局召开全省创作会议，揭批"四人帮"，号召繁荣文艺创作，提出"三年大见成效"的口号，并进行具体规划。1978年2月，邓小平同志到成都连续三次观看川剧优秀传统剧目并给予充分肯定。四川省文化局在全省恢复上演了一大批川剧传统剧目，开全国上演戏曲传统剧目之先，同时也带动了全省文学、艺术、图书、文博、群众文化、电影等文化艺术工作的全面恢复和发展。

1980年6月，四川省文学艺术工作者第二次代表大会在成都召开，出席会议的有全省文艺界各族代表1000余人。会议传达贯彻了全国第四次文代会精神，明确肯定了社会主义文学艺术事业在精神文明建设中的重要地位，号召全体会员为繁荣社会主义文艺事业而共同奋斗。1991 年 5 月 21 日至 23 日，四川省文联第三次代表大会在成都召开，全省文艺界 500 名代表与会。1997 年 6 月 12 日至 14 日，四川省文联第四次代表大会在成都召开，全省文艺界 500 名代表与会。

从 1980 年 10 月开始，历时 10 个月，四川第一次综合性的文艺评奖工作顺利结束。1985 年 8 月，文艺评奖启动，郭沫若文学奖、四川文学奖等重要奖项的出台给 80 年代的四川文艺界创造了良好的发展环境，文学艺术各个门类得到大发展。同年 9 月，经省委批准，作协四川分会从省文联分出，单独建制。1992 年 5 月 23 日，"首届巴蜀文艺奖"在省文联举办颁奖仪式。美术、音乐、戏剧、舞蹈、杂技、书法、摄影、曲艺、电视和民间文艺等 10 个艺术门类的 100 件优秀作品获奖。从此，巴蜀文艺奖成为推动全省各文艺门类创作的极具影响力、权威性的评奖展示平台。

1980 年四川省电影家协会成立。1985 年，《红衣少女》分别连获"金鸡奖""百花奖"和文化部 1984 年度优秀影片一等奖。1990 年，《焦裕禄》被誉为当年中国电影的扛鼎之作。从 1979 年到 1990 年 11 年间，峨影厂共拍摄彩色故事片 100 部，涌现出一批全国著名的演员及编导、摄影、舞美人员，成为全国主要的影片生产基地之一。1979 年，《神圣的使命》获文化部优秀影片奖。1980 年，《法庭内外》获该年度文化部优秀影片奖。1983 年，《特急警报 333》获文化部优秀影片荣誉奖。1984 年、1985 年陆小雅因导演故事影片《红衣少女》荣获文化部 1984 年度优秀影片一等奖，"金马奖"，"百花奖"，被评为全国"三八"红旗手；潘虹于 1982 年、1987 年分别因主演《人到中年》《井》两部故事影片而荣获第三届和第八届"金鸡奖"最佳女主角奖。1993 年，《毛泽东的故事》获中共中央宣传部 1992 年度"五个一工程"奖。1995 年，《被告山杠爷》获华表奖最佳故事片奖。1996 年，《彭德怀在三线》获中宣部"五个一工程"奖。1998 年，《遥望查里拉》获中宣部"五个一工程"奖。

四川省戏剧家协会自 1963 年 6 月成立以来为推动川剧艺术的发展和繁荣作出了积极贡献。1982 年 7 月，四川省委专门开会研究、部署"振兴川剧"工作，提出了"抢救、继承、改革、发展"的八字方针，并采取了一系列有力的措施。各级党委、政府，也把振兴川剧纳入重要议事日程。此后，每两年一次，全省自下而上地选调川剧剧目到省参演。1990年，振兴川剧的专题调演前后举办了5次，涌现了《巴山秀才》《田姐与庄周》《绣襦记》《芙蓉花仙》等近100部优秀剧目。一些探索性剧目如《潘金莲》《红梅赠君家》《红楼惊梦》《四川好人》均取得重要影响。话剧也不断创作精品力作，如《赵钱孙李》《重庆谈判》《月琴与小老虎》《死水微澜》《西安事变》《枫叶红了的时候》《朱丽小姐》等。特别受观众喜爱的戏剧新品种——小品，在四川得到倡扬。1989年，举办了首届话剧小品邀请赛。以少年儿童为服务对象的儿童戏在20世纪80年代发展较快。藏戏得到弘扬，"八大藏戏"常演不衰，新编剧目《牟尼赞普》《琼达与布秋》分别在全国和省首届少数民族地区戏剧调演会上获奖。歌剧在20世纪80年代重又焕发青春。《火把节》《青稞王子》《穿红裙的幺表妹》《月落乌啼》等在全国获奖。南充的大木偶、成都的木偶、皮影戏具有全国影响。1988年7月，在日本举行的第十五届国际木偶艺术节上，成都木偶皮影剧团演出的《人间好》《活捉王魁》获演出奖。1994年，话剧《结同行》获中国曹禺戏剧文学奖剧本奖，川剧《刘氏四娘》获第四届文华奖新剧目奖，喻海燕获第十一届中国戏剧梅花奖。1995年，京剧《少帝福临》获第八届文华奖新剧目奖，何伶获第十二届中国戏剧梅花奖。1996年，肖德美获第十三届中国戏剧梅花奖，川剧《山杠爷》获第六届文华大奖，话剧《辛亥潮》获第六届文华奖新剧目奖，木偶剧《哪吒》获第六届文华奖新剧目奖。1997年，川剧《死水微澜》获第七届文华大奖，舞剧《远山的花朵》获中宣部"五个一工程"奖，舞剧《远山的花朵》获第七届文华大奖，话剧《船过三峡》获第七届文华奖新剧目奖，川剧《山杠爷》获中宣部"五个一工程"奖。1998年，魏明伦的川剧《变脸》获中国曹禺戏剧文学奖戏曲组剧本奖第一名，蒋淑梅、赵青获第15届中国戏剧梅花奖，廖全京的评论《题材的超越》获第一届中国曹禺戏剧文学奖评论奖。2000年，张羽军的评论获第二届中国曹禺戏剧文学奖评论奖，川剧《变脸》获第八届文华大奖，音乐剧《未来组合》获第九届文华奖新剧目奖，川剧《中国公主杜兰朵》获第九届文华奖新剧目奖，木偶剧《红地球·蓝地球》获第九届文华奖新剧目奖。

1953 年 4 月，中华全国音乐工作者协会成都分会撤销，成立了西南音乐工作者协会，1955 年 2 月，西南音乐工作者协会更名为中国音乐家协会成都分会，1962 年 5 月改为中国音乐家协会四川分会。1991 年 12 月，中国音乐家协会四川分会更名为四川省音乐家协会。从 1981 年起，四川音协连续四次举办了三年一度的大型音乐活动"蓉城之秋音乐会"，这是集中展示四川音乐创作和表演成就的音乐盛会。其他一些单项音乐会演、比赛和小型综合音乐活动、个人音乐会举办频繁，一大批优秀音乐作品、优秀演奏员在全省、全国以及世界性比赛中获奖。《云岭写生》《蜀宫夜宴》《达布河随想曲》等是其中佼佼者。通俗歌曲渐渐流行，并涌现出不少优秀作品和演唱者。1987 年，德国国际韦伯室内乐作曲比赛，何训田作曲《两个时辰》获创作第三名。1987 年，英国第三届世界歌手国际声乐比赛，范竞马获表演奖第一名。1988 年，英国第五届罗莎·庞塞国际声乐比赛，范竞马获表演奖第二名。1988 年，美国国际手风琴比赛，陈军获表演奖第四名。1990 年，美国第二届国际新音乐作曲家比赛，作曲家何训田获"杰出音乐成就奖"。1990 年，美国第 21 届国际作曲比赛，沈纳蔺作曲《草堂·琴韵》获创作奖第三名。1991 年，日本入野基金会举办 91 国际作曲比赛，贾达群作曲《弦乐四重奏》获创作大奖。1994 年，在全国第八届音乐作品（交响乐）评奖活动中，《川江魂》《觅》《纪念》获优秀创作奖。1997 年，李竹梅在"天华杯少儿琵琶比赛"中获二等奖。1999 年，歌曲《旗鼓阵》获全国"五个一工程"奖。

1980 年，四川省召开了第二次舞代会，恢复了四川省舞蹈家协会，为新时期舞蹈艺术的发展打下了良好基础。四川省舞蹈艺术步入成熟发展时期，拥有一批在全国知名的编导人员，一大批不同题材、体裁的优秀舞蹈作品在比赛中获奖。其中以藏族、彝族等少数民族生活为题材的优秀作品尤具特色。《喜雨》《小萝卜头》《春潮》《百合花》《鸣凤之死》等一类的优秀新作达 60 余个，是四川省舞蹈艺术创作的丰收时期。1979 年，全国庆祝新中国成立 30 周年献礼演出中，《观灯》《为了永远的纪念》获创作一等奖，《新华报童》《喜雨》获得二等奖。1980 年 8 月，在 "第一届全国舞蹈比赛" 中，《小萝卜头》获得编导一等奖和表演二等奖。1980 年，全国单、双、三人舞蹈比赛《小萝卜头》获创作一等奖。1986 年，《鸣凤之死》获得日本埼玉县第三届国际舞蹈大奖赛皇冠金奖。1996 年，舞剧《远山的花朵》获全国儿童新剧目奖一等奖。1997 年，舞剧《远山的花朵》获全国 "五个一工程" 奖和文华大奖。1997 年，舞蹈《生死情》《漫漫草地》《在那遥远的地方》在全国 "桃李杯" 舞蹈比赛中获一等奖。1997 年，严桦莎、杨奕（少年组）在全国第五届 "桃李杯" 舞蹈比赛中获二等奖。1997 年，在首届中国舞蹈 "荷花奖" 比赛中，《阿惹妞》《漫漫草地》《川江女人》分获金、银、铜奖。1998 年，在首届舞蹈 "荷花奖" 中，《远山的花朵》获表演银奖，《漫漫草地》获表演铜奖。1998 年，《阿惹妞》获 "文华奖" 表演奖。1998 年，舞蹈《阿惹妞》《漫漫草地》获文华奖文华新节目奖。2000 年，舞蹈《欢乐的老姆苏》在全国第 10 届 "群星奖" 比赛中获金奖。2000 年，舞蹈《阿莫惹妞》在第六届 "桃李杯" 舞蹈比赛中获创作、表演一等奖，《师徒春秋》获创作一等奖。2000 年，舞蹈《野山椒》在第十届 "孔雀杯" 舞蹈比赛中获二等奖。

1979 年，四川省文联成立了 "曲协四川分会筹备组"。1980 年 6 月，召开 "中国曲艺家协会四川分会第一次代表大会"，正式成立中国曲艺家协会四川分会。分会的成立揭开了我省曲艺事业新的一页。1989 年 5 月，"中国曲艺家协会四川分会第二次会员代表大会" 在成都召开。1991 年 12 月，曲协四川分会更名为四川省曲艺家协会。曲艺艺术着力于巴蜀文化、地域特色进行了多种样式的艺术创新，谐剧、方言、金钱板等曲艺形式得到更大普及，大型曲剧和方言喜剧也有了长远的发展。1981 年，全国优秀短篇曲艺作品四川评书《心心咖啡店》获得二等奖。1982 年 3 月，《这孩子像谁》在文化部举办的 "全国曲艺优秀节目（南方片）观摩演出" 谐剧获得创作、演出一等奖，四川清音《幺店子》获得演出一等奖、创作二等奖。1989年，在中国曲艺家协会、《曲艺》杂志社举办的"第二届全国新故事'蒿山泉'奖大赛"中，新故事作品《浓浓的樱桃汁》获创作、表演铜牌奖，四川扬琴《船会》获表演一等奖，伴奏二等奖，音乐设计三等奖。1991年，中国曲艺家协会、文化部群文司、湖南益阳市政府联合主办"全国青年业余相声邀请赛"，相声作品《叫卖进行曲》获创作二等奖。1992年，中国曲艺家协会、河南省曲艺家协会联合主办"宋河杯"全国曲艺小品邀请赛，小品《梁山一百零九将》《开会》均获创作、表演二等奖。1993年，文化部、中国曲协等主办"中国相声节"，相声《学唱》获得"金玫瑰"创作、表演三等奖。1994年，在中国曲艺荟萃上，梁音演唱的四川清音《成都的传说》获新人奖。1995年，在全国曲艺理论研究优秀科研成果评奖中，李成渝撰写的论文《四川扬琴宫调研究》获一等奖。1995年，巴中市曲艺团被文化部评为"全国文化先进集体"。1996年，在第二届中国曲艺节上，《小放风筝》《邻居对唱》《懒汉和鸡蛋》《峡江流》获牡丹奖。1996年，在全国小品比赛中，《咖啡屋》获作品二等奖。1997年，程永玲被中国文联评为"德艺双馨"文艺家。1997年，《洪霞》获文华奖新节目奖。1997年，小品《救孩子》获全国"群星奖"银奖。1998年，小品《夫妻之间》获星光奖二等奖。1998年，相声《孩子的歌》在全国相声大赛中获创作奖、表演奖。

四川省杂技家协会成立于1982年10月。杂技团体在培养人才、艺术创新上，从严训练，从难要求，青少年演员迅速成长，在国际杂技比赛和全国比赛中，杂技节目多次夺冠。杂技艺术成为四川对外演出中最受欢迎的艺术品种之一。1981年10月，在第八届摩纳哥世界马戏节上，重庆杂技团的《坛技》荣获铜奖。1987年10月，第一届"中国吴桥国际杂技艺术节"，万县地区杂技团《顶碗》获银狮奖。1989年11月，在第二届中国吴桥国际杂技艺术节上，成都市杂技团的《排椅造型》获优秀节目奖。1991年10月14日，在第三届"中国吴桥国际杂技艺术节"上，达川地区杂技团《双层分梯》获铜狮奖。1992年1月，在意大利第八届"金色马戏节"上，重庆杂技团的《蹬技》荣获艺术家大奖。1992年2月，在比利时第五届"希望之路"国际杂技比赛中，成都市杂技团的《皮条》荣获金奖。1995 年，在法国巴黎第八届世界"未来"杂技比赛中，重庆杂技团的《水流星》荣获金奖。1999 年 11 月，在第七届中国吴桥国际杂技艺术节上，成都市文化艺术学校的《彩条纵歌》荣获银狮奖、法国评委奖、瑞士评委奖。

西南美术工作者协会，于 1953 年 3 月 10 日在重庆市成立，会址设在重庆市。1955 年 2 月 1 日更名为中国美术家协会重庆分会，1962 年底更名为中国美术家协会四川分会，1993 年更名为四川省美术家协会。四川省美术界在国油版雕各个画种中创作出一大批优秀作品，在全国占有重要地位；除此之外，唐卡画、城市雕塑、年画、漫画、连环画、宣传画、农民画、现代壁画等也跃居全国先进行列，其余画种都有了全新的发展。一大批具有独特艺术风格，在国内外享有盛名的画家脱颖而出。油画《父亲》《亲爱的妈妈》，版画《主人》，年画《敬爱的元帅》，藏画《格萨尔王》，雕塑《千钧一箭》，中国画《边关习武》《竞技图》《打马球》，漫画《大买主》等 20 多件作品在全国获特等奖、一等奖或金奖。还有十余件油画、国画作品获国际金奖，不少作品被国家级美术馆、博物馆收藏。1979 年庆祝建国三十周年全国美术作品展，《主人》获一等奖，《换了人间》《我爱油田》《一九六八年×月×日雪》《春》《雨过天晴》获二等奖，《憨睡的峡谷》《十里长街人民泪》《蜀山行旅图》获三等奖。1981 年第二届全国青年美术作品展览，《父亲》获一等奖。第二届全国体育美展，《门》获二等奖。1990 年全国青年版画展览，《绿色的精灵四幅》《山里的雾》获优秀奖，《竹》获创作奖。第十届全国版画展览《泉》《飘系列之二》《松潘汉》《飘香时节》获铜奖。1992 年全国第十一届版画展览，《黄山奇峰耸翠》《榫卯系列》《山里的雾》获铜奖。第一届中国少数民族百花美术作品展，《凉山人》获二等奖，《阳光下》获三等奖。全国第十二届版画展览，《高山祥云》获铜奖。全国第八届美术作品展览，《沉思》《凉山人》获优秀奖。1995 年第二届中国少数民族百花美术展，《私语》《沉思》获二等奖。纪念抗日战争胜利 50 周年四川省美展，《钟声》获二等奖。全国第十三届版画展，《高原之母》获银奖。1998年第十四届全国版画展览《堤》获金奖，《雾朦朦》获银奖。1999年第九届全国美术作品展，《凉山姑娘》获铜奖。新时期四川油画创作成绩突出，罗中立等艺术家具有全国影响力，四川油画在绘画内容、形式和风格上开创了中国当代美术史上的"乡土风格"，被评论界誉称为"四川画派"。纪念抗日战争胜利50周年四川省美展，《青纱帐》获一等奖。1999年第九全国美术作品展，《又是一年好秋天》《水》获优秀奖。

四川省书法家协会成立于1982年5月8日。1989年全国第四届书法篆刻展览，周德华、罗永崧、夏应良获得三等奖。1992年全国第五届书法篆刻展览，侯开嘉、林峤、傅舟、傅士河、张树明、洪厚甜获得优秀奖。1994年全国第一届楹联书法大展，周德华、洪厚甜、刘新德、李正清、何开鑫获银奖。1994年全国第一届正书大展，洪厚甜、刘新德获优秀奖。1995年全国第六届书法篆刻展，李代煊、刘新德获全国奖。1996年全国第一届行草书大展，刘新德获妙品奖。1996年，刘新德在全国第二届楹联书法大展中获金奖。1996年，林峤在全国第一届行草书大展中获妙品奖。1997年，在全国第一届扇面书法大展中，方一帆获二等奖。1997年全国第七届中青年书法篆刻展，徐德松获三等奖。1997年全国第二届正书大展，刘畅获优秀奖。1999年全国第七届书法篆刻展，刘新德、洪厚甜、胡郁、何开鑫获全国奖。1999年全国第三届楹联书法大展，钟显金、周永生、杨燕刚获铜奖。2000年全国第八届中青年书法篆刻展，戴跃获一等奖，张景岳、林新德获二等奖，何开鑫、杨进、吕骑铧、文永生、洪厚甜获三等奖。

中国摄影家协会四川分会（后改为四川省摄影家协会）于1980年6月成立，四川省摄影艺术事业呈现出一派欣欣向荣景象。1993年，在全国第七届尼康奖摄影比赛中，颜晓亚《金婚一刻》获一等奖。1993年，在全国晚报好新闻评比中，王学成《火娃纪实》获一等奖。1996年，陈锦的《茶馆》在首届中国民俗摄影"人类贡献奖"中获饮食文化类一等奖。1996年，王小列获全国优秀摄影师奖。1997年，在全国十八届影展中，洪杰《炉底奋战》获银牌，赵秀文《静物》获铜牌。1997 年，在全国新闻摄影中，袁孝正《乡亲泪》获最佳奖。1998 年，王瑞林《喜极而"弃"》获第九届全国新闻奖银奖。1999 年，黎朗的摄影《凉山人》获琼斯国际摄影奖。《大地系列》获第 16 届全国影展金牌奖（组照 6 幅）（彩）。2000 年，在第九届摄影艺术展中，李学智《木场激战》获银牌。2000 年，王瑞林、康大荃狄第四届中国摄影金像奖。

四川省电视艺术家协会于 1987 年春成立。1986 年，《长江第一漂》获第五届大众电视"金鹰奖"优秀单本剧一等奖、第七届"飞天奖"特别奖。1989 年，《家、春、秋》（上海电视台联合录制）获第七届大众电视"金鹰奖"优秀电视连续剧奖。1989 年，《男子汉虎虎》获第九届"飞天奖"儿童单本剧二等奖、第七届大众电视"金鹰奖"儿童剧特别奖。1990 年，《长城向南延伸》获第十届"飞天奖"中篇连续剧特别奖。1991 年，《南行记》获四川国际电视节电视剧大奖。1996 年，《山洞里的村庄》获戛纳电视节 FIPA 评委特别提名奖。1996 年，《回家》获戛纳电视节 FIPA 评委特别提名奖。1998 年，《传宗接代》在新加坡获"亚洲电视大奖赛"最佳纪录片及野生动物片奖。《桃坪羌寨我的家》获第 18 届法国"人类学电影节"最佳短片奖。1999 年，《婚事》获匈牙利国际视觉电影节大奖、第五届罗马尼亚阿斯特拉国际纪录片电影节大奖。2000 年，《峨眉藏猕猴》获"亚洲电视大奖赛"最佳野生动物片奖。2000 年，《背篓电影院》获布达佩斯国际艺术节最佳纪录片奖、第 10 届匈牙利国际视觉电影节最佳纪录片提名。

1959 年，四川省民间文艺研究会成立，先后更名为中国民间文艺研究会四川分会、中国民间文艺家协会四川分会，1991 年更名为四川省民间文艺家协会。尽管四川省民间文艺家协会名称有变动，工作范围有开拓，但搜集、整理、编辑、出版、研究四川省民间文艺，弘扬巴蜀文化优秀传统，繁荣民间文艺事业的主要任务是始终一贯的。1983 年第一届全国优秀民间文学作品评奖，《格萨尔·取阿里金》《尔比尔吉》《新娘鸟》《峨眉山的传说》获三等奖。1989 年第二届全国优秀民间文学作品评奖，《木姐珠与斗安珠》获二等奖,《白云的歌》获三等奖,《增布的宝鸟》获荣誉奖。1996 年,《彝族文学史》获中国图书奖。1997 年第五届中国艺术节,司徒华漆画《敦煌壁画》获银奖。1997 年,司徒华获"中国十大民间艺术家"称号。1998 年,李建中、江玉祥、刘大军被中国民协评为德艺双馨文艺家。1998 年,《中国民间故事集成·四川卷》获全国文艺集成志书编纂成果奖一等奖。2000 年,《中国谚语集成·四川卷》获全国文艺集成志书编纂成果奖。《中国民间歌谣集成四川卷》(上下册)获全国文艺集成志书编纂成果奖。2000 年,李致、钱来忠、杨时川被全国艺术科学规划领导小组授予"文艺集成志书优秀编审工作奖"。2000 年,黎本初、侯光被全国艺术科学规划领导小组授予"文艺集成志书优秀编纂成果一等奖"。2000 年,孟燕、曾小嘉、王沙、黄红军被全国艺术科学规划领导小组授予文艺集成志书优秀编纂成果二等奖。2000 年,李建中、汪青玉、罗雪村、王陶宇被全国艺术科学规划领导小组授予文艺集成志书优秀编纂成果三等奖。2000 年,《九寨·黄龙沿线民族地区旅游资源开发》获国家民委社科成果一等奖。2000 年,袁珂、萧崇素获首届中国民间文艺"山花奖"成就奖。

(二)从夯实基础到全面发展

从 2000 年到 2012 年,四川省文联坚持以人为本的科学发展观,凝心聚力,夯实基础,团结全省广大文艺工作者不断推进文艺事业全面发展。2002 年 6 月 26 日,四川省文联第五次文代会在成都召开。2009 年 2 月 25 日至 27 日,第六次文代会在成都召开。四川文艺创作环境宽松和谐,文艺队伍团结向上,广大文艺工作者和文艺家的工作热情和创作热情高涨,四川文艺进入了全面发展时期。

一是围绕中心、服务大局,充分发挥文艺事业凝心聚力的积极作用。从 2000 到 2012,四川省文联围绕省委、省政府中心工作,在重大政治纪念活动和节庆日,开展了一系列有声势、有影响的主题性文艺活动。围绕迎接和庆祝党的十六大和十七大胜利召开、建党 85 周年、新中国成立 60 周年、建军 80 周年,纪念朱德同志 120 周年诞辰、邓小平同志 100 周年诞辰、抗战胜利 60 周年、红军长征胜利 70 周年等和抗击"非典",抗震救灾,举办北京奥运会等,先后举办了中国西部大地情中国画展、春熙放歌合唱节、四川曲艺家精品展演晚会、春熙放歌、"在党的阳光下"文艺演出等活动。举办了以科学战胜"非典",用艺术振奋人心的万众一心抗"非典"书画展等活动。在上海音乐厅成功举办以"感恩"为主题的音乐会。在广州举办以"携手同行,明天更美好"为主题的"5·12"汶川特大地震周年纪念晚会。举办"感恩·重建——纪念'5·12'汶川特大地震一周年全国美术作品展"。举办以"生命的绽放"为主题的"5·12"汶川特大地震周年纪念暨第二届挑战命运特殊艺术大赛颁奖晚会。与中国文联联合主办"百名文艺家看四川震后重建"活动。四川省文联通过系列主题文艺活动的开展,有力地服务了改革发展稳定的大局,配合了省委、省政府的中心工作,向全社会展示四川文艺事业的丰硕成果,传播了社会主义先进文化,赢得党和政府的肯定和人民群众的欢迎,文艺工作在社会事业发展的全局中地位、作用更加明显。

二是"文艺惠民"有声有色,人民群众的精神文化生活丰富多彩。进入新世纪后的前 12 年,四川省文联积极开展面向基层、服务群众的文化惠民活动,深入基层服务群众,在丰富人民群众精神文化生活方面成效日益突出,与人民群众血肉联系不断增强。通过"送文化下基层""情系百姓慰问演出"等多种形式,四川省文联组织广大文艺工作者深入田间院坝、社区广场、企业学校、部队营区,演出了大量丰富多彩的文艺节目。全省各级文联和协会共开展各种形式的文艺活动 2300 余次,其中省级各文艺家协会 400 余次,市州文联 1900 余次;全省文联系统送文化下基层 9300 多场。开展了全国优秀少儿合唱歌曲进校园,镜头见证"百年牵手、重建家园"灾后集体婚礼,中国书法名家走进地震灾区暨绵竹市"兰亭小学"奠基仪式,赴茂县、汶川慰问(杂技专场)演出,"情系百姓·送欢乐下基层"——赴四川地震灾区绵竹市和北川县慰问演出等活动。这些惠民文艺活动的开展,普及了文化艺术知识,推动了群众性文化活动的开展,给群众送去了温暖和欢笑,进一步密切了广大文艺工作者同人民群众的血肉联系，产生了良好的社会反响。

三是狠抓"出作品，出人才"工作，新人和佳作不断涌现。在"出作品"方面，2000年至2012年，四川省文联先后多次召开重大题材重点作品创作研讨会、四川省文联工作会等，组织推动文艺创作工作。2010年，省文联成立了创作中心，重点加大文艺精品的创作力度。同时，四川省文联还把创作任务以量化指标列入各协会的年度工作目标进行考核，作为市州县文联工作先进单位的入选必要条件。在创作上，特别关注重大事件，注重重点题材的创作，如以纪念抗击"5·12"汶川特大地震为主要题材，四川省文联组织广大文艺家创作了大量的美术、书法、音乐、摄影等门类作品，发行了国内首部反映抗震救灾的儿童电影《风雨之后》。12年里，全省文联系统共创作出各类文艺作品20余万件，有1400余件作品在全国获奖，3500余件获省级奖励。一大批精品力作涌现，川剧《易胆大》《巴山秀才》，雕塑《斗转星移》，绘画作品《熊猫》《峻岭嵯峨》，歌曲《村支书》《麻辣烫》，器乐曲《尼苏调》《川腔》《裂谷风》，书法作品《历代名人咏四川》，高原彩虹——四川藏族聚居区摄影展、"5·12"汶川特大地震摄影展，舞蹈《红色少年》《放飞希望》《生命的绽放》，曲艺《天网神兵》，民间文艺《中国民间歌谣集成·四川卷》《中国民间谚语集成·四川卷》，电视剧《我在天堂等你》《康定情歌》，电影《香巴拉信使》，杂技《双人技巧》等，在全国各文艺专业评奖中获得了不俗成绩。

在"出人才"方面，四川省文联在2008年初推出人才工程实施措施。2008年9月，省文联与省委宣传部、省人事厅联合表彰了30名四川省中青年德艺双馨文艺工作者。省文联还开展了四川文艺推新人大赛，全国少儿书法作品展，中小学生优秀艺术人才选拔赛，太阳神鸟奖青少年、儿童舞蹈电视大赛，亚洲青少年音乐比赛（四川赛区）等一系列活动，发现和培养了大批中青年文艺人才。举办了各类艺术人才培训班，培训了一批文艺人才。启动了文艺人才信息库，对文艺人才进行综合管理和开发。开展了民族民间文艺杰出传承人、曲种、曲艺从艺演员以及曲艺团体的调研工作。这些举措，促进了我省文艺人才的培养工作，为四川文艺的高质量发展奠定了基础性力量。

12 年里，四川省文联积极搭建巴蜀文艺奖评奖平台，充分发挥评奖的正确导向作用，百花满园、硕果满枝，大力推动了巴蜀文艺的繁荣发展。先后组织开展的第四届、第五届、第六届、第七届巴蜀文艺奖的评奖工作，共评出获奖优秀文艺作品 479 件，荣誉奖作品 137 件，通过不断地改进评奖过程、方式，增强了巴蜀文艺家评奖的公正性、科学性和权威性，提高了吸引力和影响力。

四是加强文艺评论工作，树立马克思主义文艺观。四川省文艺评论家协会于 2001 年 11 月 13 日成立，四川省文艺评论家比中国文艺评论家协会早了 13 年成立，"是我省文艺工作的一件大事"。成立后至 2012 年，四川省文艺评论家协会团结全省各个艺术门类、各个艺术领域的文艺评论家，集中推出文艺理论、评论成果。以《四川文艺报》、四川文艺网等文艺报刊和网站为平台，为文艺评论家提供更多阵地，推出了一批以探索文艺发展规律，引导人们增强审美情趣，提高文艺赏析能力，推荐优秀作品为主题的高质量文艺评论。组织推荐文艺评论文章参评中国文联第五届、第六届文艺评论奖连续荣获一等奖，组织推荐文艺评论文章参评中国曹禺戏剧文学奖评论奖并获奖，积极开展面向文艺现场、面向四川文艺问题的研讨会，为四川文艺健康发展摇旗呐喊。随着文艺理论研究、文艺评论和评奖工作的深入开展，文艺工作创作的导向性显著增强。在马克思主义文艺理论的指导下，四川文艺事业呈现出健康发展的良好态势。

五是精心实施"民保工程"，民族民间文化艺术得到有效保护。民族民间文化是中华民族创造的宝贵文化财富，四川民族民间文化资源十分丰富，四川省文联高度重视民族民间艺术的保护传承工作，在完成了浩大的民间文学"三套集成"编辑出版工程之后，2006 年四川省文联又在省委宣传部的大力支持下，开始实施覆盖音乐、曲艺、民间艺术等文艺门类的"四川民族民间艺术保护工程"。四川省文联在调查摸底的基础上，建档立制，参与抢救搜集、编纂出版了《中国木板年画集成·四川绵竹卷》，编著出版了《四川民间工艺百家》《彝族民间文艺概论》《巴渠民间文艺与民俗研究》《邹忠新金钱板演唱作品精选》《四川曲艺概述》《四川省民族民间音乐研究文集》，录制出版《张永贵竹琴演唱精品DVD》，出版蒋守文著《四川曲艺史话》，出版《王智忠古彩戏法作品精选》光盘，编纂《四川彝族民间音乐全集》。四川省文联在继续开展"民保工程"的同时，紧紧围绕抗震救灾、重建家园这一中心，迅速开展了一系列保护羌文化的工作，编纂《中国服饰文化集成》之《羌族服饰卷》，协助编纂《羌族口头遗产集成》。举办西部地区首个"中国曲艺之乡"岳池授牌系列活动，开展民间文化遗产的原产地保护及考察推荐文化之乡的命名工作。上述这些工作使四川的民族民间文化艺术得到有效和及时的抢救保护，四川民间文艺宝库持续丰富，对传承中华优秀传统文化，弘扬民族精神起到了不可低估的作用。

六是积极开展对外文化交流，提升四川文艺的知名度和影响力。四川省文联先后组织艺术家赴法国、俄罗斯、日本、印度、韩国、越南、泰国、澳大利亚等国交流、办展。举办和参与举办了中日青少年漫画交流展、中韩美术作品交流展、龙山国际美术节、中国四川·日本山梨书法友好交流展、世界文化书法艺术大展、第十届中韩书法交流展。特别是四川藏族聚居区风情摄影展集中了川内摄影家的经典之作，反映了藏族聚居区的人文和自然风光，在法国、印度等成功展出，受到海外观众的广泛好评。不仅是走出去，还要请进来。四川省文联承办了"四川法国文化年"交流活动，推出法国色彩魔术师德尼斯绘画展；组织展出俄罗斯列宾美术学院油画素描大展，组织、引荐遂宁市杂技团参加了法国舞台之火杂技节；承办了"中国·俄罗斯年"系列文艺活动，参加了世界性的点燃下一根火柴·纪念安徒生200周年诞辰大型活动，引进俄罗斯画家库斯夫·乔夫作品、艺术大师毕加索版画展出，组织东方茉莉·花开悉尼专场音乐会赴澳大利亚演出，举办秋韵——中日画家联合展。推荐优秀作品参加第二届法国巴黎摄影双年展和第25届中日友好少年书法交流大会。12年中，四川省文联先后接待了新加坡艺术团、新加坡华人文化节总工委会访华团、泰中艺术家联合会、德国画家代表团、新西兰文化代表团等文化团体来川考察交流。通过对外文化交流活动的蓬勃开展，四川省文联把具有独特魅力的巴蜀文化介绍给世界，扩大了四川文化在海外的影响。

七是加强文联自身建设，文联组织的桥梁纽带作用不断增强。进入新世纪，四川省文联紧紧抓住全国文化体制改革的重大历史机遇，创新体制机制，扩大文联工作的职能和范围，更好地推动了文艺事业的大发展大繁荣。四川省文联以省委出台《关于加强和改进新时期文联作协工作的意见》为契机，统筹推进全省文联的各项建设，特别是加强基层组织建设，12个市（州）出台文件提出贯彻落实意见。四川省文联还不断更新发展观念，拓宽工作领域，在文联系统内部成立了四川省文联展演中心、维权中心和艺术团，为开展行业管理、行业服务和各艺术门类的整合发展提供了新的平台。各级党委政府也高度重视基层文联组织建设，21个市州均已建立了文联组织，181个县（市、区）有117个建立了文联。基础设施建设取得重大进展，四川省沫若艺术院建成并投入使用。四川省文联还常规性开展了对文联干部的培训、轮训，举办文联系统领导干部培训班，重点培训市州及县级文联领导干部。出台了《四川省文联目标管理实施办法》，对机关处（室）和省级文艺家协会每年工作目标进行考核、奖励。设立综合性的四川省文联工作先进单位和"出作品，出人才""送文化下乡""基层文联组织建设"3个单项奖，有效地推动了各市州、县（市、区）文联工作的蓬勃开展。

三、新时代的四川省文联

2012年11月8日，党的十八大召开，标志着中国特色社会主义进入新时代。2014年10月，习近平总书记在文艺工作座谈会上发表重要讲话。"文艺是时代前进的号角，最能代表一个时代的风貌，最能引领一个时代的风气。实现'两个一百年'奋斗目标、实现中华民族伟大复兴的中国梦，文艺的作用不可替代，文艺工作者大有可为。"习近平总书记的重要讲话激励着四川文艺工作者奋进在新时代。四川省文联第七次文代会、第八次文代会分别于2016年、2021年在成都召开，四川省文联团结带领广大文艺家植根于四川这块钟灵毓秀的土地，不断开拓进取，积极传承创新，创作出数量众多的文艺精品，四川的文艺事业蓬勃发展，呈现出繁荣兴盛的生动景象。

（一）文艺创作成果丰硕

党的十八大以来，四川广大文艺工作者增强文化自觉、坚定文化自信、强化责任担当，坚持以人民为中心的创作导向，聚焦时代主题，高扬中国力量、中国精神、中国价值，文艺创作不断从"高原"迈向"高峰"，一大批有筋骨、有道德、有温度的精品力作涌现，主旋律更加响亮，正能量更加强劲，人民群众更加喜闻乐见。

党的十八大以来，四川省文联始终坚持抓精品、上高原、攀高峰，12个艺术门类均有佳作先后获得国家级文艺大奖。在戏剧方面，廖全京《勇者魏明伦》获第四届中国戏剧奖理论评论奖。虞佳、张燕分别于2019年、2021年荣获第二十九届、三十届中国戏剧"梅花奖"。2021年，魏明伦被授予"中国文联终身成就戏剧家"荣誉称号。川剧《巴山秀才》入选中华人民共和国文化和旅游部"庆祝中国共产党成立100周年舞台艺术精品创作工程"重点扶持作品。在美术方面，李焕民被授予"第二届中国美术奖·终身成就奖"。李焕民的版画《守望》获第十二届全国美展银奖，杨向宇的漫画《爱》获第十二届全国美展铜奖。刘忠俊中国画《川藏公路》获"2014·中国百家金陵画展（中国画）"金奖。在音乐方面，孙麒麟、张宇于2021年荣获第十三届中国音乐金钟奖。在民间文艺方面，青神竹编《苦乐清凉》、著作《彝族克智译注》、影像《坚守》获第十一届山花奖。盐亭县水龙队、古蔺花灯《逗幺妹》获第十二届山花奖银奖。《南丝路一带缘，藏汉人一家亲》于2018年荣获第十三届中国民间文艺山花奖·优秀民间工艺美术作品。《泸州雨坛彩龙》于2019年荣获第十四届中国民间文艺山花奖·优秀民间艺术表演作品。在摄影方面，金平于2018年荣获第十二届中国摄影金像奖。在书法方面，吕金光获第四届中国书法兰亭奖佳作奖三等奖。杨江帆获第五届中国书法兰亭奖"佳作奖三等奖"。徐右冰获第六届中国书法兰亭奖银奖。林峤获第七届中国书法兰亭奖铜奖。在舞蹈方面，《生在火塘边》《银塑》《永远的诺苏》《努力餐》《远山不远》

《柔情似水》分别于 2017 年、2019 年、2020 年、2021 年获第十一届、十二届、十三届中国舞蹈荷花奖。在曲艺方面，第七届中国曲艺牡丹奖，任平《中华医药》获表演奖，四川扬琴《情怀》获节目奖。四川扬琴《守望》于 2018 年荣获第十届中国曲艺牡丹奖节目奖。罗捷于 2020 年荣获第十一届中国曲艺牡丹奖新人奖。在杂技方面，刘静的《箩圈变化》获第九届中国杂技金菊奖。在电影方面，四川省文联出品的电影《大太阳》获中宣部第十二届精神文明建设"五个一工程"奖。电影《十八洞村》于2018 年、2019 年分别荣获第十七届中国电影华表奖优秀故事片奖、中宣部第十五届精神文明建设"五个一工程"优秀作品奖，《我的父亲焦裕禄》获中宣部第十六届精神文明建设"五个一工程"优秀作品奖，《漫长的告白》获金鸡奖最佳中小成本故事片。藏族导演旦真旺甲导演的电影《随风飘散》于 2021 年荣获第三十四届中国金鸡奖最佳导演处女作奖。在电视方面，电视剧《天下粮田》、电视剧《彝海结盟》荣获第二十九届中国电视金鹰奖和第三十一届中国广播影视大奖电视剧飞天奖，电视剧《共产党人刘少奇》先后获得第三十二届中国广播影视大奖电视剧飞天奖和第三十届中国电视金鹰奖，纪录片《又见三星堆》获中宣部第十六届精神文明建设"五个一工程"奖。在文艺评论方面，李立《当电影遇上哲学——试论电影史与艺术史的博弈》、刘小波《反规约：当前长篇小说的无理据书写》、邓添天《试析抗疫戏剧创作三道难题》分别荣获第三届、第五届、第六届"啄木鸟杯"中国文艺评论年度优秀作品。

（二）文艺活动丰富多彩

党的十八大以来，四川省文联坚持以活动为抓手，以基地拓展为基础，以队伍建设为核心，以百姓需求为重点构建了全方位、多层次、宽领域的文艺活动组织体系。

在庆祝建党百年、抗震救灾、灾后重建、抗击新冠肺炎疫情、脱贫攻坚等方面，文艺发挥了凝聚民心、鼓舞士气、众志成城的重要精神力量。庆祝建党百年，省文联推出了"天府天工"四川省工业题材美术创作工程、"颂歌百年"庆祝建党百年专题音乐创作工程，举办了"人间正道是沧桑"四川省书法名家书党史优秀作品展、"首届四川省十大歌曲评选"、《舞动的红绸》川渝舞蹈精品会演、"聆听新中国"情景诗演诵等活动,出品拍摄电影《大路朝天》《吾爱敦煌》《我的父亲焦裕禄》《你是我的英雄》、纪录片《万山红遍——川陕苏区革命斗争纪实》,推出了原创革命题材曲艺剧《红杜鹃》。"芦山地震"发生后,四川省文联积极开展一系列主题性文艺活动,先后组织曲艺杂技艺术小分队演出,以"感恩"为主题的音乐会,以"感恩奋进"为主题的"百花回报沃土,电影扎根人民"大型电影惠民,"深入生活、扎根人民"文艺直通车、"最美全家福"摄影活动等。围绕文艺活动品牌的打造,举办了《梦回唐朝》《宋词雅韵》等中华经典诵读系列活动等。抗击新冠肺炎疫情,四川省文联先后举办"众志成城抗击疫情——四川美术家在行动抗疫主题美术作品展""勠力同心四川省书法界抗击疫情主题书法创作网络展""全民抗疫诗歌诵读""四川湖北文艺界两新青年艺术家抗疫诗歌朗诵会和美术作品展""我们在一起·音乐传递爱"原创公益音乐作品征集等活动。聚焦脱贫攻坚,举办了"向人民汇报四川省脱贫攻坚主题摄影展",推出了30集系列纪录片《第一书记》,策划了"主播看四川·乡村振兴区县行"大型媒体行动、"主播说环保·黄河之水心中来""美丽新凉山"川渝艺术家脱贫攻坚美术主题作品展等活动,组织编纂了《决战脱贫——四川脱贫攻坚书系·文艺卷》。

常规性的文艺惠民活动不断开展。省文联大力组织开展深入生活、扎根人民采风创作。文艺惠民走进藏区阿坝、甘孜,革命老区巴中、广元,地震灾区绵阳、雅安,走进彝区凉山、乐山,走进部队,走进社区。文艺惠民品牌影响日益深远,"深入生活、扎根人民"系列品牌惠民活动不断深入人心。文艺惠民组织网络及基地建设不断完善。四川省文联先后建立了省市县三级联动的文艺惠民组织网络体系,全省许多市县区都建立了文艺志愿服务协会、文艺志愿服务中心、文艺志愿服务队。

挖掘四川艺术资源,省文联深入开展民族民间文艺传承保护工作,以多种文艺形式讲好四川故事、传播四川声音,提升巴蜀文艺作品的影响力。四川省文联先后组织"历代名人咏成都"书法作品展、"中国双宝,四川名片——大熊猫、金丝猴科学发现 150 周年纪念展"、四川省第二批历史名人文化传承创新书法创作工程等活动。推出了 12 集纪录片《三星堆探秘》,藏族曲艺说唱《格萨尔王》;编纂出版《中国近现代版画——神州版画博物馆藏品集 5》《中国近现代版画——神州版画博物馆藏品集 6》《中国民间文学大系·四川卷本》《四川民间文化大典》《蜀中风俗图咏》《守望老家》《中国民间工艺集成·四川卷》等国家和省级重点项目系列丛书、图典;组织编辑出版了《四川彝族民间音乐全集》《中国唐卡艺术集成·德格八邦卷》《四川曲艺史话》,协助编纂了《羌族口头遗产集成》等。四川省文联不仅围绕羌文化保护开展了一系列工作,而且还积极探索建立了四川民间文学数据库。

（三）文艺人才集中涌现

习近平总书记指出,"要识才、爱才、敬才、用才,引导青年文艺工作者守正道、走大道,鼓励他们多创新、出精品,支持他们挑大梁、当主角,让当代中国文学家、艺术家像泉水一样奔涌而出,让中国文艺的天空更加群星灿烂。"党的十八大以来,四川省文艺领军人才稳步成长。国家级文艺名家不断涌现,沙马拉毅、王达军、张旭东、李明泉、童荣华、代跃、樊建川等 7 人先后担任国家级协会副主席,至今还有 5 人担任国家级协会副主席,48 人担任国家级协会理事;多人成为四川省学术和技术带头人、有突出贡献的优秀专家、天府万人文化领军人才等。到四川省第八次文代会召开时,我省省级文艺家协会会员共计 30016 人,其中国家级文艺家协会会员 5600 人,与上届相比,分别增长 20% 和 36%。

四川省文联高度重视人才培训工程,举办各种艺术门类创作骨干研修班培训班。加强中青年文艺人才培养,多位青年优秀人才参加中国文联、文旅部、国家级文艺家协会组织的文艺人才培训班。举办中青年文艺创作和评论人才骨干培训班、影视小屋艺术课堂、曲艺流动讲堂、四川民间工艺创作培训等。推荐多名中青年文艺人才入选名家备选库,重点关注 40 岁以下各文艺门类的骨干,全力打造"文艺川军"后备队伍。加强基层文艺人才培训,将优质培训资源向基层延伸倾斜,运用线上线下方式,有效扩大了基层文艺工作者的培训份额，基层文艺人才专业能力显著提升。近年来，中青年文艺骨干和基层文艺人才，不断在国家级、省级艺术展赛中入展、获奖。

（四）文艺评论工作不断加强

四川省文联高度重视文艺评论工作，充分发挥文艺评论"引导创作、推出精品、提高审美、引领风尚的重要力量"。四川省文联率先在全国树立"川派评论"旗帜，高度重视文艺评论工作，围绕"川派评论"在理论研究和文艺实践上开展了丰富多彩的活动，2021年先后召开了川东、川北、川南、川西四场"川派评论"的理论研讨会。此外，四川省文联还联合《四川日报》开辟"西岭雪"文艺评论专栏，联合四川广播电视台开辟"川观文艺评论"专栏，为我省广大文艺评论家发表评论文章搭建平台、畅通渠道。

党的十八大以来，四川省文艺评论家协会主动融入四川经济文化建设，积极介入文艺创作现场，创新整合文艺评论资源，关注本土文艺家创作。创办"评论四川"微信公众号，编选出版《温度与深度——四川省第十三届全国"五个一工程"奖获奖作品选及评论集》《评论四川》等文艺评论集，推介优秀成果，推动形成创作与评论比翼齐飞的良好局面。抗击新冠肺炎疫情中，四川省评协在全国率先发出倡议书，倡导关注现实题材关注战"疫"文艺，向社会发表"阅读经典·安抚心灵"的阅读书目，组织发表多篇抗疫专题评论。关注电视剧《历史转折中的邓小平》、电影《十八洞村》、阿来小说《云中记》、罗伟章小说与"乡村振兴"等本土创作热点，召开系列研讨会，组织创作与评论互动工程，聚焦脱贫攻坚"精准扶贫"四川故事系列评论，组织编撰脱贫攻坚书系评论卷、抗疫书系评论卷，影响力和凝聚力不断增强。

新时代川派文艺评论的崛起是新时代四川文艺大繁荣、大发展的典型代表。四川省文艺评论家协会密切配合着四川省重大文艺创作的需要，将川派文艺评论写入四川文化强省的战略规划，以文件形式在制度上对川派文艺评论给予定位。四川省文联率先将四川文艺评论家纳入协会事业单位管理，在人员编制、干部任免、岗位设定、干部职级上实现了正规化，完善了四川文艺评论的队伍建设和制度保障，这不仅在全省甚至在全国都是具有创新性的举措。"十四五"期间，四川省的每个市州都成立文艺评论家协会。在各方面的积极共同努力下，中国文艺评论家协会主办的全国文艺评论两新论坛"锦江论坛"长期落户四川，成为新时代川派文艺评论对外宣传的最好窗口；新时代川派文艺评论的人才评论项目、青年创作项目入选四川艺术基金，研究新时代川派文艺评论的课题立项四川省十四五哲学社会科学规划课题，川派文艺评论与驻川高校紧密合作，以专题会、研讨会、月谈会等方式关注学界业界前沿，新时代川派文艺评论的内涵建设始终围绕着高标准、高水平、高质量的目标锻炼队伍、提升自我。与此同时，新时代川派文艺评论走出去的步伐也从未停止。2021 年 11 月，四川省文艺评论家协会联合西部 12 省区文艺评论家协会主办"西部文艺评论协作机制"，商讨"西部文艺评论协作机制"的可行性，探究西部文艺评论的美学精神。

（五）文艺交流生动活泼

围绕新时代开放发展理念，四川省文联积极拓展文艺交流和传播渠道，组织优秀艺术家和作品到省外、国（境）外去展示和交流，开展了一系列文艺交流活动，有力推动巴蜀文艺"走出去"。积极开展区域交流平台，搭建川藏艺术家联盟、中国工笔画省际联盟等文艺交流平台；参加或组织省际文艺交流活动，如中国西南六省区市摄影联展、长江流域戏剧发展战略联盟会议等。广泛开展国际文艺交流合作，如举办中国四川——德国巴伐利亚民族艺术生态纪录展等对外文艺交流活动，组织艺术团参加我国与牙买加、圭亚那、巴西三国建交 45 周年系列庆典活动，组织艺术家先后赴美国、澳大利亚、毛里求斯、阿联酋、摩洛哥、德国、卢森堡、捷克、匈牙利、英国等开展文化交流互鉴活动等等。且真旺甲导演的电影《随风飘散》获罗马国际电影节最佳外语片奖；在 2019 上海合作组织比什凯克峰会国际和平艺术家作品展上，李兵获"国际和平艺术家奖"。此外，四川省文联还举办了 2017 中韩书法交流展、2018 中韩国际书艺大展、"地中海的阳光"西班牙画家豪尔赫·兰多作品展、"邂逅金达莱"当代朝鲜油画精品展（成都站）等文艺交流活动。

四川省文联积极吸引全国文艺人才参与创作，吸引国家级重大赛事和文艺项目落户四川。2020 年中国曲协"曲艺研修院"正式落户四川艺术院（沫若艺术院），2021 全国"文艺评论两新"锦江论坛在成都落地，第十三届全国美展版画作品展、第 12 届至第 14 届中国音乐"金钟奖"、第 11、12 届中国舞蹈"荷花奖"等在川举办，"影视小屋"作为品牌在全国推广。四川省文联还不断地推动国内区域文艺交流深入开展，先后举办第六届全国新农村文化艺术展演、第二十六届西部文联工作交流会、第十八期中国曲协专题研讨班、第四届南方六省区青年魔术新秀展、中国·彭州曲艺牡丹嘉年华、第四届中国曲艺之乡岳池论坛、中国摄影报摄影拉力赛四川分站赛、闽川漆艺大赛、西部十二省市自治区文艺评论工作座谈会等区域性文艺交流活动。积极参与西南六省区市摄影联展、2018 四川·浙江书法篆刻精品交流展等展演活动。由广安市文联牵头，川渝 25 个市（州）文联联合成立"川渝长江嘉陵江流域文艺联盟"，连续两年开展主题活动。组织艺术家赴重庆、江苏、江西、福建、山西、湖北、安徽等地开展采风走访交流活动。遂宁杂技团在京为外国政要进行专场演出 30 余场。

（六）文艺志愿服务形成风尚

四川的文艺繁荣离不开广大文艺工作者的艰苦奋斗，也离不开广大文艺志愿者服务的默默身影。

一方面，四川省文联充分运用省文联优质资源，利用"1+N"的合作方式，开展文艺志愿服务活动。四川省文艺志愿者协会成立于 2020 年，是党和政府联系文艺志愿者的桥梁和纽带，是繁荣发展社会主义文艺事业、服务人民群众美好生活需求、加强文艺工作者核心价值引领、促进文艺界道德建设和行业建设、推动文化强省建设和社会主义精神文明建设的重要力量，现已有会员 714 人。组织影视小屋、手机摄影辅导站、曲艺流动讲堂、送福进万家、温暖全家福、戏剧进校园、文艺大讲堂、金钟之星下基层等文艺志愿惠民活动近 700 场，惠及基层群众。艺术家和文艺工作者参与"送欢乐下基层""到人民中去""我们的中国梦——文化进万家"等三大文艺惠民志愿服务品牌活动，深入大小凉山彝区、高原涉藏地区、秦巴山区、乌蒙山区开展文化扶贫，助力乡村振兴。四川省文联还要求省市县三级联动开展文艺志愿服务活动，文艺家和文艺工作者每年参与各类文艺惠民活动逾万人次。"送文化"与"种文化"相结合，"走出去"与"引进来"相结合，近年来，四川省文联先后建立了13个手机摄影乡村辅导站、17个影视小屋、23个文艺创作培训基地。2021年9月，影视小屋和手机摄影乡村辅导站荣获中国志愿者协会首届学雷锋文艺志愿服务"时代先锋"先进典型称号。

另一方面，广大文艺工作者采风创作成为常态。四川省文联开展"深入生活、扎根人民"主题实践活动，围绕艺术创作规划，建立了一批联系点、采风点。同时深入民族地区、革命老区、边远地区、地震灾区，开展重走长征路、脱贫攻坚、天府天工、天府新风景等主题采风创作活动，如省摄协组织了"最美中国人——各族群众笑脸照片征集专题采风"、省舞协举办了2020年四川舞协藏戏弦子舞蹈创作采风活动等。

四川省文联不断强化自身建设，文艺领域行风建设切实加强。按照《中国文联关于大力推进职业道德建设和行风建设工作意见》，贯彻落实中国文联文艺工作者职业道德和行风建设工作座谈会精神，积极响应《修身守正立心铸魂——致广大文艺工作者倡议书》。四川省文联主席团成员带头承诺自觉践行社会主义核心价值观和文艺界核心价值观，发挥示范作用，曲艺、杂技、摄影、书法、戏剧、影视、舞蹈、评论等协会艺术家积极响应，文艺界凝心聚力，文艺志愿服务形成社会风尚。

（七）文艺融合发展初见成效

2020年，川渝两地签署文艺先行战略合作框架协议，助推成渝地区双城经济圈建设，开启川渝文艺活动新篇章。川渝两地先后举办了"纪念毛泽东同志《在延安文艺座谈会上的讲话》发表80周年座谈会""沿着总书记扶贫的足迹——川渝艺术家助力脱贫攻坚采风写生活动""第三届重庆·四川当代艺术跨年展""巴风蜀韵"川渝两地首届音乐创作交流活动、

"巴蜀优秀青年书法家作品展""巴蜀青年摄影作品双年展""川渝两地大学生播音主持电视大赛""同饮一江水·共护长江源"川渝主播环保公益行、"2020川渝街舞邀请赛"、首届"技炫巴蜀"川渝杂技魔术展演等系列活动。

为了适应新时代的文艺发展需要，"互联网+文艺"数字化工程不断完善构建。四川省文联建成"四川文艺云"矩阵，四川省文艺人才资源数据库已录入我省文艺家20000余名，录入我省各门类艺术作品5500余件(项)，文艺家数据库技术水平和建设成效在全国省级文联中位居前列。四川省文联先后建立文艺家（省级会员）服务管理平台、专家评审平台、文艺家档案库，以信息化建设为重要抓手推动文艺家会员管理，畅通文艺信息报送渠道。在2021年4月召开的全国文联信息化建设工作会议上，四川省文联从目标规划、"平台、库、网"架构，以及分步分层建设、数据建设与传播、推广与应用等方面介绍了四川的经验做法、探索举措和创新成果。

四川省文联在文艺成果的现代转化上取得突破。2019年"'新时代、新文艺、新力量、新展望'——四川省新文艺群体发展成果展"在成都开幕。成果展首次举行文创产业项目签约，签约金额近10亿元。四川省文联充分挖掘地方传统文化元素，做好戏曲、音乐、舞蹈、书画、民间文艺等传统文化的传承保护工作，创作出了一批具有时代特色和地方特点的文创产品，将艺术作品与四川丰富的历史文化相结合，助推文旅融合发展。

（八）"文艺两新"引领示范

习近平总书记指出："要加强联络，延伸工作手臂，加强对新文艺组织、新文艺群体的团结引导，把千千万万文艺从业者、爱好者凝聚起来，不断增强组织吸引力。"为了贯彻落实习近平总书记重要指示要求，四川省文联定期召开综合性创作理论研讨会，积极开展相关调研工作，其中关于"文艺两新"的调研成果产生了全国影响，四川省文联成为全国"文艺两新"的研究高地。

省文联的"文艺两新"工作首先从普查调研摸清家底展开。从2017

年 6 月开始,四川省文联组建课题组开展"文艺两新"大普查大调研,统计出全省共有各级各类新文艺组织 83952 个,从业者 251 万余人,在全国率先出版了《文化繁荣兴盛的有生力量——四川新文艺群体调研报告》(四卷本、约 123 万字),这是在全国率先推出的新文艺组织和群体的详尽调研报告。2018 年 11 月底,四川省文联联合光明日报社举办了新书发布会。

积极搭建"文艺两新"工作的理论研讨平台。2018 年、2019 年,四川省文联联合光明日报社连续举办了"新时代、新力量、新展望——四川新文艺群体发展学术研讨会""新时代、新文艺、新力量、新展望——四川省新文艺群体发展峰会暨理论研讨会",这是全国首次关于新文艺群体发展的专题学术研讨会。2020 年 1 月和 2021 年 5 月,四川省文联在中国文联十届五次全委会、全国文联"文艺两新"工作座谈会上分别作了题为《从"三部曲"到"四重奏"》《以家人情怀建设新文艺群体温暖之家》的大会交流发言。2021 年 6 月,由中国文联、中国评协主办的"文艺评论两新"锦江论坛正式落户成都,它标志着四川成为全国"文艺两新"研究的高地。

"文艺两新"工作还在于延伸工作手臂、健全工作机制。2021 年,四川省文联新增设新文艺组织工作处,这标志着"文艺两新"工作开启了制度化、规范化建设。四川省文联健全"文艺两新"工作长效机制,在职称评定、宣传推广、人才举荐等方面打破体制内外界限,制定了"文艺两新"服务管理"十个一",内容涉及党建、培训、扶持等方面。强化对"文艺两新"的政治引领工作,加强对新文艺组织的联络协调服务工作。

(九) 文艺扶贫成效显著

2010 年至 2021 年,四川省文联充分发挥组织优势和专业优势,倾情帮扶我省阿坝州理县桃坪镇佳山村脱贫攻坚工作,通过十余年努力让佳山村蜕变成了云朵上的幸福村。2021 年,省文联定点帮扶村调整为阿坝州理县下孟乡沙吉村后,省文联继续服务乡村振兴,为建设宜居宜游的"吉祥藏寨幸福沙吉"贡献着文化帮扶的智慧和力量。

四川省文联从三个方面对佳山村进行帮扶。

第一，科技支撑产业发展。首先，省文联邀请四川省农科院的农技专家到佳山村实地考察，对当地地质、气候、土壤、降水等参数进行详细分析，因地制宜帮助佳山村制定苹果、李子、车厘子等水果产业发展规划，同时，定期组织农技专家开展培训指导，组建党员科技服务队深入田间地头提供技术服务，以科技支撑引领水果特色产业发展。其次，公路打破运输瓶颈。省文联与阿坝州和理县相关部门多次协调，帮助争取到 2000 万元扶贫专项资金，并将部分资金用于道路改造工程。曾经的泥土路不仅华丽变身为柏油路，还拓宽为双向车道通行。随着物流体系的畅通和交通运输成本的降低，农产品的竞争力逐渐增强，村民们喜滋滋地称这就是"致富路""幸福路"。再次，电商拓宽销路渠道。省文联既通过发放促销卡、引进批发商和组织"以购代帮"等方式帮助佳山村销售水果，又聘请艺术家设计包装，打造"佳山好"水果品牌，增加水果附加值，同时，还协调理县联通公司投资 50 多万元，为村里安装光纤，开通电商销售平台，让佳山村的水果畅销到了省内外。2020 年，受疫情影响，水果出现滞销。省文联积极响应成都市"地摊政策"，到万达广场（锦华店）开展"羌山市集"主题农产品销售活动，不到三天产品全部销售一空。"说佳山，唱佳山，佳山是座花果山，樱桃脆李口感爽，糖心苹果香又甜……"正如村歌《佳山好》所唱，有了产业的支撑，佳山村这个曾经贫瘠的高半山变成了欣欣向荣的"花果山"，村民们对未来的日子充满了信心。

第二，扶贫更要扶智。首先，四川省文联充分发挥了专业优势，"艺术乡建"成了重要抓手，用文艺的力量赋能山村，四川省文联走出了一条乡村文旅融合发展的新路。省文联在佳山村实施"艺术乡村"彩绘项目，邀请西南财经大学、四川师范大学、西南民族大学、成都大学东盟艺术学院等高校，以"第二课堂"的形式，在佳山村进行羌族图腾、红军长征主题墙面彩绘创作。一幅幅充满民族风情的艺术壁画与路旁的蔷薇花交相辉映，让原本呆板单调的村子变得生动活泼起来。不少村民依托"艺术乡村"开起了农家乐、民宿，生意搞得红红火火。其次，省文联充分发挥省级各文艺家协会专业优势、平台优势，组织书画名家向佳山村捐赠美术、书法、摄影作品，建立"乡村美术馆"。将"乡村美术馆"作为一个新的文化载体，融入佳山村生态环境，为佳山村塑造独特的文化气质、提升精神文化品质，在佳山村文旅发展、乡村建设中发挥了积极作用。

第三，率先把文明指数打造放进了乡村发展的篮子里。省文联帮助佳山村推进"厕所革命"和"垃圾分类"，全面改善人居环境。村容村貌改善后采摘游玩的游客越来越多，村里人气越来越旺，村民由传统农业种植户转变为"新型农家小院示范户"。为扩大宣传效果，省文联多次组织文艺家到佳山村开展采风创作活动，创作《云上羌寨》《佳山欢迎你》等视频宣传片，讲述佳山故事，让这座羌族村寨的农副产品、民俗文化、人文风情等跨越空间的阻隔，进入更多人的视野。佳山村2019年获评理县年度"最美村寨"，2020年获评"四川最亮眼村居"。

四、迈步新征程

七十年来，四川文艺始终扎根人民，深情演绎四川巨变；七十年来，四川文艺始终聚焦时代，高度观照现实；七十年来，四川文艺始终激励巴蜀儿女，勇攀高原高峰，为繁荣四川文艺推进社会主义文化大发展、大繁荣提供了宝贵的历史经验。

一是必须始终坚持党的领导。党的领导是社会主义文艺发展的根本保证。坚持党的领导是社会主义文艺工作的生命线。文联是党领导的文艺界人民团体，是繁荣发展社会主义文艺事业、建设文化强国的重要力量。在中国文联、四川省委省政府的坚强领导下，四川省文联坚决贯彻落实党的文艺路线方针政策，把握好文艺发展的正确方向，团结带领全省广大文艺工作者积极投身伟大社会主义事业，推动文艺事业不断发展，才迎来了今天百花满园。

二是必须始终服务中心大局。文艺是时代前进的号角，最能代表一个时代的风貌。我们始终坚持紧贴时代脉搏，讲好四川故事，展示四川形象；始终坚持与国家命运共振，与治蜀兴川同频，与社会发展同步；始终坚持聚焦中心、服务大局，为四川发展赋形添彩、聚力鼓劲。

三是必须始终弘扬中国精神。中国精神是社会主义文艺的灵魂。我们始终高扬社会主义核心价值观的旗帜，坚定文化自信，坚持用文艺的方式生动展示长征精神、抗震救灾精神、"两弹一星"精神、三线精神，让中国共产党的精神谱系深入人心；始终坚持坚强坚韧、开放包容、崇德尚实、吃苦耐劳、敢于奉献、敢为人先、乐观友善、感恩奋进的四川人的独特精神品格，努力创造四川文化品牌；始终坚持紧跟时代步伐，聆听时代声音，关注群众期盼，不断增强文艺创作的思想性、艺术性。

四是必须始终展现人民情怀。社会主义文艺是人民的文艺。我们始终坚持"深入生活、扎根人民"，自觉观照人民的生活命运情感，表达人民的心愿心情心声；始终坚持到人民中去，送欢乐到基层，送文艺、种文艺，丰富人民群众精神生活；始终坚持常怀赤子之心，厚植人民情怀，书写人民、写好人民，为人民写、写给人民看。

五是必须始终秉持创新引领。创新是文艺的生命。我们始终坚持把创新引领放在突出位置，提升文艺原创力；始终坚持与时俱进、推陈出新，提高作品的精神高度、文化内涵、艺术价值；始终坚持文艺融合发展，增强文艺内生动力和交流互鉴能力。

六是必须始终树牢精品意识。衡量一个时代的文艺成就最终要看作品。我们始终坚持"出作品、出人才"为文联的根本使命，不断创造优秀原创作品；始终坚持文艺精品的打造，不断推动精品创作和品牌展演展示；始终坚持上高原、攀高峰，不断推出四川佳作获取国家级文艺大奖。

七是必须始终注重深化改革。直面问题，自我革新。我们始终坚持变思维、换思路，调机构、转职能，激活文艺力量；始终坚持聚焦主责主业，突出重点关键，打通堵点、解决难点、疏解痛点，破除体制机制障碍；始终坚持工作向基层倾斜，延伸手臂，提升文联组织活力。

文艺事业是党和人民的重要事业。总结过去，继往开来，砥砺前行、接续奋斗。党的二十大报告提出"中国式现代化"的重要论断，指明了"推进文化自信自强，铸就社会主义文化新辉煌"的前进方向。以习近平新时代中国特色社会主义思想为指引，迈步新征程，四川省文联八届三次全委会确定了未来五年的奋斗目标：实施文艺作品质量提升工程，不断推出反映时代新气象、讴歌人民新创造的精品力作，把文艺创作写在巴蜀大地上，写进四川人民心间，为推动新时代治蜀兴川再上新台阶注入强大的精神力量。四川省文联党组书记、常务副主席邹瑾作的《守正创新开拓奋进，务实推进新时代文联工作高质量发展》工作报告中确定了今后一个时期四川全省文联系统工作总基调——努力把党的二十大精神和党中央、省委的决策部署转化为推进文艺事业和文联工作高质量发展的具体举措与务实行动，奋力为加快新时代文化强省建设展现文联新担当、作出文艺新贡献。

（一）坚持政治领航，坚定以党的二十大精神引领全省文艺文联工作新发展。四川省文联将认真贯彻落实习近平总书记文化思想，努力实现以下目标：我省文艺高质量发展取得新突破，更多文艺精品登高原、攀高峰，文艺作品在全国重大活动与赛事中入围入选数量明显增加，巴蜀文艺影响更加广泛；努力培养规模较大的德艺双馨文艺人才队伍，实现国家级协会、省级协会会员数稳步上升，国家级协会会员数增幅高于全国平均水平；激发改革创新动力，在文艺展评、川渝区域文艺文联协作、"文艺两新"抱团聚合发展、行业行风建设、基层文联组织建设等重点领域和关键环节取得重大进展；以全省文联一盘棋的工作思路构建全省一体、有效供给的文艺惠民服务新格局。

（二）坚持精品意识，推动文艺创作繁荣发展。贯彻落实习近平总书记文化思想，深化新时代文艺创作规律性认识，四川文艺事业开启新的繁荣时期。川剧《草鞋县令》获第十七届"文华大奖"，四川扬琴《蜀道》获文旅部第十九届群星奖，民间文艺作品《通江民间歌谣校补图注》（上、下）获第十五届中国民间文艺山花奖·优秀民间文学作品，"川派评论"丛书一次性集中推出，长篇小说《地坤》在《十月》杂志发表。第十届巴蜀文艺奖成功举办，评出了12个艺术门类59件优秀作品。文艺节展影响力与日俱增，由中国文联与四川省人民政府举办的首届金熊猫奖在四川成功举行，一大批全球顶尖的影视工作者纷至沓来，用四川符号讲好中国故事，以中国故事传播四川声音，四川文艺进一步走进国际视野。第十一届中国曲艺节在乐山隆重举办。

下一步，省文联将继续以"五个抓手"推动文艺精品创作。一是完善和用好奖励激励机制，进一步激发内生动力。更有效更充分用好"四川省重大文艺项目扶持和精品奖励"政策，完善和强化巴蜀文艺奖评选、年度"百佳推优"工程、四川省十大歌曲评选等成果展示推介，努力争取更多文艺家能获奖、获大奖。二是强化重点培养，进一步实现精准培育。用好大师工作室、"文艺两新"人才创新与产业孵化园区等平台载体，加强"少中青"三级人才队伍培养，对中青年德艺双馨文艺工作者实施有针对性精准培育，以此建设一支高水平文艺人才队伍。三是倡导名师引领。推动文艺名家带动工程，支持活跃在创作一线的大师、名家开展传帮带，提升中青年文艺家作品的境界质量。四是充分运用好国家级评奖机制下的四川赛区功能，努力在竞争选拔中发现和培育人才与好作品。五是充分发挥文艺评论功能培育文艺好作品。各专业协会在换届中原则上应有艺术评论家席位，将在工作中努力实现"作品问世前评论家多说不足、作品发表后评论家多点赞"的良好合作氛围，有计划、有目标地针对几个重点板块开展"集中火力"式、"爆破"式文艺评论，克服"毛毛雨"均摊式评论。

（三）培育新时代文艺人才，实施"三大人才计划"。"全面提高人才自主培养质量，着力造就拔尖创新人才，聚天下英才而用之"。四川省文联把文艺队伍建设摆在突出的重要位置，"三大人才计划"培优夯基，"贡嘎计划""攀峰计划""青苗计划"紧密衔接。"贡嘎计划"通过加强对四川省文艺领域领军人才的统筹规划、培养扶持，力争在5年内使国家级文艺家协会会员人数增长15%，国务院政府特殊津贴获得者、学术和技术带头人及后备人选明显增加；有效发挥四川省各专业协会作用，促使省内国家级文艺家协会主席团成员、理事、各专业委员会委员人数进一步增加。"攀峰计划"与四川省人社厅等部门携手，以重点培育30名中青年德艺双馨文艺工作者为起点，有目的地重点培育一批骨干文艺人才，积极鼓励、引领其"登高原、攀高峰"，推出更多更好的文艺精品，推动更多优秀作品在国家级奖项上再创佳绩。"青苗计划"联合四川省教育厅、团省委等单位，通过"送文艺进校园"等形式，积极培养省域文艺新人——在中小学生中培养文艺青苗；在大学和职业院校中培养文艺新生力量；在"文艺两新"中培养更多文艺骨干、发展更多省级文艺家协会会员，最终实现"青苗——良才——大家"的递进转变。

"三大人才计划"是四川省文联着眼未来、精心谋划的人才工程，该计划密切关注各个艺术门类，有效对接中国文联2023年度"青年文艺创作扶持计划"，和四川省突出贡献文艺家、中青年德艺双馨文艺工作者的选拔工作，为四川省培育造就规模宏大的德艺双馨文艺人才队伍创造了良好条件，提升文艺人才聚集和发展环境。

（四）拓宽发展平台，推进"文艺两新"聚合发展。四川是全国"文艺两新"大省，整个队伍达8万家、280万人，面宽量大，优势与劣势都明显。2021年新增设内设机构新文艺组织工作处专职负责推动"文艺两新"工作。经过近两年的努力，"文艺两新"工作在实践落地上迈出了坚实步伐。省文联《新时代"文艺两新"园区化聚合发展研究》获批中国文联2023理论研究项目。2023年8月28日，四川省新文艺组织发展联合会成立大会暨四川省文艺两新人才创新与产业发展孵化园区工作推进会在成都金牛宾馆召开。园区计划按照"一年起步、三年初成、五年上规模"的分期发展思路开展推进。当前，四川省国画院古玩收藏协会、影视联盟、中医药大健康艺术融合项目等均在有序推进中；争取用三年时间，培育文艺培训与考级定级、艺术大师工作室与艺术品衍生孵化制作和艺术品（古玩）展览、收藏、鉴赏、论坛与线上线下交易（含大学生艺术品孵化）三类产业，建设艺术培训中心、艺术考级定级与"文艺两新"职称评定中心、中国收藏西部中心、四川艺术（古玩）文创产品线上线下交易中心（艺淘堡）、大学生文创与人才孵化中心、艺术讲演惠民中心（含文脉传承）六大中心；用五年时间，形成文艺产品交易区、大学生文艺科创产业孵化区、"文艺两新"艺术衍生品孵化区、丽都公园中心城市博物馆群和文艺惠民服务集中区五大功能片区。

（五）发挥文联"两个优势"，增强文联工作活力。"两个优势"是习近平总书记对文联组织的本质特征、地位作用和根本任务作出的全新概括，它为全国文联系统更新工作观念、把握工作中心、切实履职尽责指明了方向。2023 年 8 月 28 日，四川省文联艺术委员会成立大会在成都召开。艺委会的成立将为四川文艺在发展规划、文艺评奖、人才推荐、职称评审等方面搭建一个更为专业、更为权威的平台，为解决文艺创作"有高原缺高峰"、文艺评奖中存在的"既是裁判员又是运动员""文艺两新"职称评定难等工作中的深层次问题，进行的重大改革探索。

接下来，四川省文联将做实主席团议事功能，试行特殊专业性工作主席办公会议事制度。推进中的四川文艺期刊发展集团将整合巴蜀文艺基金会和省文联下属《现代艺术》《优雅》《音乐世界》三家杂志社有限公司，以市场化方式组建四川文艺期刊集团，拓展市场业务，强化经营管理，以文艺产业为支架，强化效益导向和自身造血功能。建立《四川文艺年度报告》编纂和发布制度。记录和总结全省年度文艺创作工作，展示四川文艺发展新成果，打造地方和文联系统年度文艺成果排行榜。推行文联项目拼盘合作机制，促进文艺活动纵横协作。建立文艺项目与地方拼盘协作机制，进一步增强联动效应。积极争取国家级协会文艺项目入蜀实施，多级协作，共创文艺品牌和承办文艺活动。探索成渝地区、西部区域性联合举办活动，与省级部门资源优势互补，与市州县协同举办活动，体制内与"文艺两新"通力协作等融合共享互补的合作方式，广泛开展各种形式的文艺展演活动和文艺惠民活动，进一步提升文艺影响力。

文艺是时代前进的号角。四川省文联七十年的发展史全方位展示了四川人民的文化自信，全景式展现了四川人民的精神风貌，激励着巴蜀儿女在新时代新征程不断砥砺奋进。"等闲识得东风面，万紫千红总是春"，四川省文联将更好地履行"团结引领、联络协调、服务管理、自律维权"职能，积极发挥"两个优势"，把"做人的工作"和推动文艺创作相结合，团结带领全省广大文艺工作者积极投身文化强省建设，为奋力谱写"中国式现代化"的四川篇章，为文化强国建设做出新的更大贡献。

四川省文联
大事记

大事记

（1949 年 11 月至 2022 年 12 月）

1949 年

11 月

30 日　重庆解放。

12 月

1 日　中华全国文艺协会重庆分会复会筹委会成立并开展工作，发表了《重庆文协复会筹委会宣言》和庆祝重庆解放电文（均见《新民报》1949 年 12 月 3 日）。

27 日　成都解放。

1950 年

1 月

20 日　重庆军管会文艺处召开文艺界座谈会，正式成立重庆市文联筹委会。

26 日　川西军管会文艺处在成都召开成都市文艺界座谈会。会议由常苏民主持，李劼人、沙汀、谢文炳、周企何、娄外楼等 160 多位文艺界人士参加。

30 日 成都音乐界座谈会在新闻大厦举行，安春振主持。会上成立成都音乐工作者协会筹委会，以协商方式推举常苏民为主任委员，李兆鸿、丁孚祥为副主任委员。

2 月

7 日 戏曲改进会重庆分会筹委会成立。

22 日 成都文协召开会员大会，宣布正式成立。沙汀、李劼人、陈翔鹤等人被选为常务委员。创办《说唱报》，继续在《川西日报》设《笔阵》会刊。

4 月

2 日 成都文联筹委会召开首次会议。沙汀、常苏民、陈翔鹤为正副主任。文协、美协、剧协、音协等筹委列席会议。筹委会下设创作研究、编辑出版、组织联络三部。

6 月

13 日 全国音乐工作者协会成都分会召开会员会通过会章，宣告成立。选举常苏民为主任，李兆鸿、丁孚祥为副主任。

同日 川西区成都戏曲改进委员会成立，工作重点是改制、改人、改戏，改戏重点在移植改编解放区的作品为川戏。

7 月

2 日 川北区文联筹委会在南充成立，段可情任主任。川北美协、音协、剧协、曲协筹委会也相继成立。美协筹委主任凯宇，音协筹委主任罗松柏，剧协筹委主任徐达，曲协筹委主任黄士诚。先后编辑出版《川北文艺》《新说唱》《川北画报》等刊物。

22 日 成都文协分会主办《川西文艺》创刊。

8 月

29 日　重庆市剧协筹委会成立。文联筹委副主任邵子南、市委宣传部部长任白戈作报告。

9 月

1 日　川西《说唱报》在成都创刊。

11 月

同月　文化部陆续发出通知，禁演某些具有严重封建毒素的旧戏。包括我省的川剧《目连传》《南华堂》《五子告母》等。

1951 年

1 月

7 日　西南地区文艺工作者代表会议在重庆召开，宣布成立西南文联筹委会，任白戈任主任，沙汀、艾芜任副主任，委员 69 人，常委 13 人。

4 月

8 日　音协重庆分会举行成立大会。分会主办的《西南音乐》随后创刊。

20 日　戏曲改进会重庆分会召开成立大会，推选张德成为主席。

21 日　美协重庆分会举行成立大会。主席柯璜。

22 日　剧协重庆分会举行成立大会。主席张德成。

29 日　文协重庆分会成立。大会主席艾芜作《关于解放以来的文艺工作及今后工作方针的报告》。

5月

4日　重庆市文代会在市政府礼堂开幕，代表由文学、音乐、美术、戏剧、戏曲等协会选举产生。市文联筹委副主任曾克致开幕词，西南文联筹委副主任沙汀作报告，市文联筹委副主任艾芜致闭幕词。

5日　经周恩来同志签署，政务院发布《关于戏曲改革工作的指示》，提出"改戏、改人、改制"的号召。四川东南西北四区成立戏曲改进会，并派干部下剧团实行"三改"。许多剧团移植演出《白毛女》《血泪仇》等革命新戏，并开始创演《红杜鹃》等一批现代川剧。

7月

同月　中华全国音乐工作者协会成都分会在成都召开会员代表大会。

8月

7日至11日　西南区各省市文联联席会议召开，同意创刊《西南文艺》，同时停办各省（区）市的刊物。

9月

同月　川南文联筹委会正式成立。

11月

25日　川北区首届文代会在南充市召开，正式成立川北区文联。主任段可情，副主任袁毓明，秘书长高扬。段可情致开幕词，川北区党委书记胡耀邦到会讲话。

1952 年

4 月

同月 川西文教厅、文联、成都戏改会连续召开会议，筹备举办川剧编导人员讲习会。

6 月

1 日 成都戏改讲习会开学，第一批 11 个剧目整理基本完成，有：《三击掌》《铡侄》《探窑》《审子》《踏尸》《评雪辨踪》《杀惜姣》《拜月赐环》《打銮》《射白鹿》《书馆悲逢》，并确定今后几个月完成 65 个戏的修改。

7 月

同月 邹忠新、李月秋、李少华、萧湘全（竹琴）、张智凤（花鼓）参加中国人民第二届赴朝慰问团西南三分团。

10 月

6 日至 14 日 文化部在北京举办第一届全国戏曲观摩演出大会。参加会演的有京、评、越、川等 20 多个剧种。川剧《柳荫记》参加演出并获剧本奖。《秋江》《评雪辨踪》等亦参演并获奖。周企何、陈书舫等 12 位演员获奖。

同月 《四川文艺》创刊。

1953 年

1 月

23 日 四川省首届文代会在成都召开。出席和列席会议的代表 50 人，选出委员 59 人，候补委员 10 人。

31 日　省文联举行第一次全委会，选出常委 21 人，沙汀为主席，李劼人、陈翔鹤、段可情、常苏民为副主席。

同月　西南人艺（现四川人艺）、四川省话剧团（现成都市话）、重庆市剧团话先后成立。

4 月

5 日至 10 日　西南文联筹委会在重庆召开西南文学艺术工作者代表大会。沙汀致开幕词，任白戈作《关于调整文联机构及创作思想的报告》。大会宣告西南文联成立。会议期间还分别成立了西南文协、音协、美协。西南文协主席沙汀，副主席艾芜、邵子南。西南音协主席常苏民。西南美协主席柯璜，副主席李少言、刘艺斯。

5 月

5 日　西南川剧院在重庆正式成立。李长路、朱丹南等 15 人组成临时院委会，贾培芝、张德成等 27 人组成艺委会。

8 月

同月　全国文学艺术界联合会改名为全国文学艺术工作者联合会。四川省文学艺术家联合会也随之改名为四川省文学艺术工作者联合会。

9 月

9 月 23 日至 10 月 6 日　中华文学艺术工作者第二次代表大会在北京怀仁堂召开。全国文联正式定名为"中华全国文学艺术界联合会"，全国文协改组为中国作家协会。参加这次会议的西南代表团由云、贵、川等地代表组成，团长沙汀，副团长艾芜。

10 月

4 日　川剧表演艺术家陈书舫、歌唱家郎毓秀、扬琴艺术家李德才等参加第三届赴朝慰问团。

同月 四川省川剧学校建立。

同月 李月秋、刘埜一、熊青云、何克纯、熊子良、杨庆文等曲艺演员先后参加四川省、西南地区和全国第一届民间音乐舞蹈会演。

1954 年

3 月

28 日 西南音协举行委员扩大会议，交流三省一区工作情况。

4 月

1 日至 10 日 文化部在京举办第一届木偶、皮影观摩演出会，我省派代表队参加。

同月 由西南音协编辑的《西南音乐》杂志在成都公开出版。

5 月

同月 西南行政委员会文化局、西南音协、重庆市文化局、重庆文联在渝举行"全国群众歌曲评奖西南及重庆市获奖歌曲授奖大会"。获奖作品有《张老汉增产多捐献》等 14 首。《歌唱二郎山》（洛水词、时乐蒙曲）获一等奖。

6 月

同月 成都市人民政府聘请有关部门负责人和专家学者 15 人，组成"杜甫纪念馆筹委会"。

8 月

8 月 15 日至 9 月 12 日 西南美协主办的"西南区美术作品展览"在重庆劳动人民文化宫展出。这是新中国成立后举办的第一个大型综合性美展，征集作品 1200 余件，展出 827 件。

16 日　西康省文联筹委会成立。

11 月

同月　根据中央撤销大区行政机构的决定，原属西南文联团体会员的四川省文联正式被接纳为全国文联团体会员。西南文协亦正式改名为"中国作家协会重庆分会"，《西南文艺》归作协重庆分会领导。

12 月

25 日　举行"西南军区慰问进藏部队暨庆祝川藏、青藏公路通车典礼"。参加慰问演出的曲艺演员有牛德增、王永梭、李月秋、盖兰芳、邹忠新等。

1955 年

2 月

1 日　西南美协更名为中国美术家协会重庆分会，工作范围、任务与西南美协同。驻会副主席李少言，秘书长牛文。

4 月

同月　西南音协撤销，成立中国音乐家协会成都分会。

8 月

同月　歌唱演员范裕伦在华沙第五届世界青年联欢节民歌演唱比赛中获金奖。

9 月

30 日　著名作家陈炜漠逝世。

11 月

24 日　著名作家邵子南逝世。

12 月

1 日至 15 日　美协重庆分会在重庆市文化宫举办"日本木刻展览"，展出作品 153 件。

本年内美术界大事还有：中国美协在京举办"第二届全国美术作品展览"，四川参展作品 55 件；查文生漆器工艺《金鱼盘》、李焕民版画《织花毯》、林军版画《苗岭山麓》、宋广训版画《嘉陵春晓》入选莫斯科第五届世界青年联欢节美术展览会。

1956 年

3 月

3 月 1 日至 4 月 5 日　文化部在京举办第一届全国话剧观摩演出。周恩来、陈毅同志观看演出并作重要讲话。我省话剧《四十年的愿望》获创作二等奖；《一个木工》获创作三等奖，演员纪慕弦、田广才、刘曦、杨次禹、高伯功、高群获表演二等奖。

3 月 15 日至 30 日　中国作协与团中央联合召开全国青年文学创作会议，西南地区有 27 人莅会，四川代表有李累、雁翼、流沙河、傅仇、高缨、文辛等 16 人。

同月　羊路由、范裕伦随中国音乐家代表团赴捷，参加"布拉格之春"音乐节。

5 月

13 日至 20 日　西南文协更名为中国作协重庆分会，并召开第一届会员大会，与会代表 80 多人，列席 67 人，选出理事 23 人。李劼人致开幕词、沙汀、席明真、曾克分别讲话，蹇先艾致闭幕词。大会选举沙汀为主席，李劼人、蹇先艾、邓均吾、曾克为副主席。

同月　省川剧剧目鉴定委员会在成都进行第一期 50 个剧目的鉴定工作。

6 月

10 日至 25 日　美协重庆分会在渝举办"墨西哥版画展"。

15 日至 19 日　音协成都分会召开会员代表大会，传达贯彻"双百"方针。

6 月 18 日至 9 月 28 日　文化部举办第二届戏曲演员讲习会。包括川、湘、滇等 12 个省市主要剧种的主要演员 300 人参加，川剧表演艺术家阳友鹤到会讲学。

同月　美协重庆分会在成渝两地举办"四川青年美术作品展览"，获一等奖的作品有：李焕民版画《高原峡谷》、雷荣厚国画《草地来了拖拉机》、吴凡版画《布谷鸟叫了》、郭其祥雕塑《姐妹们》、王大同国画《春来》、邓道荣雕塑《温度下降了》、李景芳招贴画《勤学苦练，当一个模范驾驶员》等。

7 月

同月　在重庆出版的《西南文艺》改名为《红岩》。在成都出版的《群众文艺》改名为《草地》。

8 月

1 日至 31 日　以省歌舞团为主的四川代表团赴京参加全国音乐节，带去的节目有《红头巾》（合唱）、《祖国在飞跃向前》（齐唱）等作品。李月秋、熊青云参加全国音乐周。李月秋演唱的清音《小放风筝》被邀到怀仁堂为周总理等中央领导同志演唱。

8月10日至9月9日　美协重庆分会在渝举办"柯璜、王渔父、吴一峰、杨济川、钟道泉国画联展"。

11月

同月　省文化局、音协四川分会联合举办《四川省群众歌曲创作奖》活动。评出一等奖《太阳出山》《祖国在飞跃向前》《望一眼都要心醉》等5首，二等奖8首，三等奖22首。

12月

6日　重庆第一戏曲会演开幕。参加会演的有十二个专业团体，演出13场共31个剧目。

12月9日至1957年1月9日　美协重庆分会在渝举办"西南第一届国画展览"，展出作品555件。

1955年至1956年　省文联三次派工作组赴甘孜、阿坝、凉山开展文艺调查，发现长篇藏族史诗《格萨尔王传》等重要文学作品。

1957 年

1月

8日　苏联插图画家威列依斯基访问美协重庆分会并与美术界人士座谈。

1月24日至3月20日　美协重庆分会在渝举办"英国版画展览"。

同月　《园林好》音乐月刊（原为《西南音乐》）在成都创刊。

同月　文化部公布第一批得奖戏曲剧目，18个剧目中有川剧《彩楼记》。

2月

同月　经省委宣传部批准，《星星》诗刊创刊。白航为编辑部主任。

4月

同月　中国美术家协会副主席、党组书记蔡若虹来渝了解西南美术工作情况。

5月

10日至14日　文化部相继通知开禁京剧《探阴山》《杀子报》等26个剧目。

21日　重庆文化、艺术、新闻、出版界开始座谈鸣放问题。

6月

4日　省文联召开座谈会，对文艺领导工作上问题提出意见。

29日　在成都"四川剧场"第一次举行"王永梭谐剧表演会"，共演出9场。

7月

同月　李月秋、熊青云等参加在莫斯科举行的"第六届世界青年联欢节"。四川清音《小放风筝》获金质奖章一枚。

12月

同月　省文艺工作者代表大会召开，李大章就文艺问题作了讲话，号召文艺工作者通过深入整风，解决立场问题，树立为人民服务，为社会主义服务的思想。

本年　川剧《杜十娘》拍为戏曲艺术片。

本年　内美协重庆分会的对外学术交流有：8月苏联油画家克西莫夫来渝访问、写生，并与重庆美术界进行学术座谈；墨西哥画家阿基阳访渝；10月李少言出访匈牙利、阿尔巴尼亚、莫斯科；12月在渝举办"法国现代绘画复制品展览"。

1958 年

3 月

12 日　省市文艺界五百余人在省文联集会，举行文艺大跃进誓师大会，33 位同志发言，杜心源、李亚群等领导到会讲话。

4 月

同月　中共四川省委发出关于搜集民歌、民谣的通知。

5 月至 6 月

同月　美协重庆分会在街头画窗、画廊举办"宣传总路线诗画展览"，在重庆、万县、温江等地举办"大跃进漫画展"，以及组织创作火柴盒版画、水印笺谱等。

7 月

同月　《成都日报》创办《工农兵》文艺周刊，专门刊登工农兵作者作品。

9 月

同月　音协召开群众歌曲创作讨论会。分会同志还分别在成都、崇庆参加大炼钢铁运动。音协举办了郎毓秀独唱音乐会。

本年　美协的对外学术交流有：1 月在渝举办"荷兰画家伦勃朗绘画复制品展览"；3 月在渝举办"意大利访华美术家作品展览"；5 月在渝举办"捷克斯洛伐克书籍插图展"；10 月在渝举办"苏联著名木刻大师 A・克拉甫钦珂木刻展览"；11 月民主德国画家李特克来渝访问，与该会画家进行学术座谈；12 月参加在莫斯科举行的"第一届社会主义国家造型艺术展览"，四川李少言、李焕民、谢梓文、傅文淑、王德昱、郭其祥、王官乙等人作品入选。

1959 年

1 月

8 日至 22 日　为迎接十周年，四川省群众业余创作展览、会演大会在成都举行，绝大部分为歌颂"大跃进"的作品。张秀熟致开幕词，李大章讲话，林采、李亚群作报告。

25 日　省民间文学研究会成立，李亚群任会长，邓均吾、戈壁舟任副会长兼秘书长，帅雪樵为办公室主任，常苏民、羊路由、肖崇素、方赫为委员。稍后调进袁珂、邹志诚、洪钟等。

6 月

9 日至 29 日　四川省专业艺术团体观摩会演在成都举行。交响曲《浣溪沙》《胜利》，声乐曲《峨嵋组歌》《川北红军根据地组歌》《领工资》《取名字》《选出最好的礼物献给毛主席》等作品受到欢迎。

7 月

4 日至 14 日　美协重庆分会在渝举办"世界文化名人法国画家杜米埃诞辰 150 周年纪念展览"，展出作品复制件 113 件。

7 月至 12 月　由陈书舫、周裕祥、袁玉堃、许倩云、杨淑英、李笑非等组成的中国川剧代表团一行 64 人出访东欧波、捷、保、民德等国，携《焚香记》《谭记儿》《芙奴传》《穆桂英》等剧目。

8 月

20 日　作协重庆分会更名为作协四川分会，会址迁成都，与省文联合署办公。分会在成都召开理事会，出席者有理事、各文艺团体负责人37人，沙汀主持会议，曾克作报告，会议决定《红岩》《草地》终刊，另办一个综合性文学月刊《峨嵋》。

同月　李焕民随中国美术家出访团赴民主德国莱比锡出席"国际版画比赛会"开幕式及其活动。吴凡的版画《蒲公英》、李焕民的版画《藏族女孩》、徐匡的版画《待渡》、谢梓文的版画《山城晓雾》入选此次比赛会。

11月

同月　四川青少年曲艺演员优秀节目赴京汇报。程永玲演唱了清音《小放风筝》，程永超、肖顺瑜演唱了清音《贵妃游园》，邓碧霞、罗玉华演唱了《丁佑君》。

同月　在莫斯科举行的"第七届世界青年联欢节国际美术展览"中，四川入选作品8件。吴凡的版画《蒲公英》获二等奖。

本年　国家组织大型书法展览赴日本展出，我省书法家刘孟伉、刘东父、许伯建、伍瘦梅、蓝菊荪的作品入选。

1960 年

3月

10日至19日　省文联召开文艺创作座谈会，专业和业余作者80余人到会，沙汀作报告，李亚群到会讲话。

4月

同月　《收获》二期发表李劼人长篇小说《大波》。

5月

同月 由作协四川分会主办的文学月刊《峨嵋》改名为《四川文艺》。

6月

10日 四川人艺携《丹凤朝阳》等剧参加全国小型话剧观摩会演并在上海、南京、武汉、西安、杭州、北京等地巡演后返蓉。

同月 以李少言为团长、牛文为副团长的重庆杂技团四十人赴苏联、捷克斯洛伐克、匈牙利、民主德国四国访问演出四个月。

7月

同月 中国文学艺术工作者第二次代表大会在京召开，我省沙汀、陈书舫等当选为主席团委员。

同月 四川音协派代表出席中国音协第二次会员代表大会。

本年 峨眉电影制片厂与八一电影制片厂合拍故事片《嘉陵江上》，编剧沙汀。此片系峨影第一部作品。

本年 四川民间文艺研究会更名为中国民研会四川分会。这期间，民研会先后与各方面民间文学作者搜集、整理、出版了《蓝鸟》《金佛山下的传说》《康藏民间故事选》《青蛙骑手》《草地情歌》等民间文学集。

本年 曲协在成都为邹忠新、李月秋举办了专场演出。

本年 美协驻会画家李少言、牛文、李焕民、宋广训、吴凡、正威、徐匡、吴强年等应《红岩》作者之约为小说《红岩》创作了插图。

本年 美协艺术交流有：1月，朝鲜民主主义人民共和国艺术家联盟常委郑钟汝来渝访问；智利共产党员美术家艾斯卡麦兹来渝访问；"北、川、东版画联展"三展后去中国香港展出。

1961 年

3 月

9 日至 11 日　《红旗》第五期发表社论《在学术研究中坚持百花齐放百家争鸣的方针》。四川省文联先后召开 7 个小型座谈会，讨论在文艺工作中如何进一步贯彻双百方针，促进文艺事业的更大发展。参加座谈的有作家、教授、导演、编剧、演员、音乐、美术工作者 100 余人。

4 月

同月　省文联邀请部分戏剧工作者，就《拉郎配》《乔太守奇遇记》《借亲记》三个传统剧目探讨川剧喜剧艺术。

同月　《星星》诗刊合并于《四川文学》。

10 月

同月　罗广斌、杨益言所著长篇小说《红岩》由中国青年出版社出版。

同月　四川人艺上演四川方言讽刺喜剧《抓壮丁》。

同月　《文艺报》第 10 期发表综述《讨论〈达吉和她的父亲〉》（《达吉和她的父亲》作者高缨）。

11 月

2 日　省文联召集文学工作者座谈《达吉和她的父亲》小说及电影。

同月　在成都金牛坝为邓小平、杨成武等领导同志举行汇报演出，李月秋、李德才、邹忠新、杨庆文等艺术家参加演出。

同月　在全国群众业余创作歌曲比赛中，我省推荐的《好姑姑》获一等奖，《新嫂嫂》等 4 首获二等奖。

同月　"第三届全国美术展览"在北京、上海展出，我省参展作品 75 件。

1962 年

3 月

同月 广州会议后，省文联在锦江宾馆召开会议，传达《文艺八条》及周总理、陈毅副总理的讲话精神。

4 月

4 日至 10 日 美协在渝举办"毛主席《在延安文艺座谈会上的讲话》发表 20 周年四川 12 年来优秀美术作品展览"，215 件作品参展。

11 月

19 日至 22 日 中国美协在渝召开西南西北地区美术工作会议。全国美协副主席蔡若虹、刘开渠出席会议，副秘书长张谔主持会议，会议强调文艺要更好地为工农兵服务，为社会主义服务。

12 月

25 日 著名作家李劼人在成都逝世。

同月 美协重庆分会正式更名为中国美术家协会四川分会。此前，分会及版画创作组和一些同志先后被授予省市先进集体或个人称号。

本年 由峨影拍摄的《乔太守乱点鸳鸯谱》戏曲片在国内外发行。

1963 年

1 月

10 日至 17 日 省文联连续举行座谈会，探讨话剧《红岩》的改编和演出问题。

2月

同月　省文联、省音协、省市文化局联合主办"四川扬琴演唱大会"，共4场，听众达5000余人。省音协、省文化局举办"四川青年小提琴、二胡比赛"，胡惟民、杨能六（小提琴），舒昭、刘平安（二胡）获奖。

3月

8日　在金牛坝为周总理、陈毅同志举行汇报演出，肖顺瑜、程永玲、牛德增等参加演出。

10日至24日　"四川绵竹年画、汉画像砖拓片、皮灯影观摩展"在中国美协展览馆展出。

同月　成都军区政治部、省文联、市文化局、工会、团委联合举办"学习雷锋文艺表演会"，有诗朗诵、大合唱、四川快板、清音等节目。

6月

同月　中国戏剧家协会四川分会正式成立。朱丹南任主席。

10月

同月　省音协、省文化局举办"四川省民歌、笛子比赛会"。罗瑞新获民歌演唱第一名；翁曰呷获第二名；孙绍清等五人获第三名。王其书获笛子演奏第一名，胡洁续获第二名，杨天胜、谢高翔获第三名。

11月

同月　《四川歌选》更名为《四川音乐》复刊。

本年　美协对外艺术交流有：1月23日至2月5日，举办"阿尔巴尼亚民间艺术展览"，展出民间工艺品410件；10月2日，比利时画家阿拉夫妇来访；宋广训奉全国美协之派访问越南。

1964 年

2 月

同月　美协四川分会在成都召开全省美术工作会议。全国美协秘书长华君武、省委宣传部副部长李亚群参加会议。

3 月

同月　中国舞蹈工作者协会四川分会在成都成立，杜天文任主席。

7 月

同月　中国美协、省美协主办的"四川雕塑展览"在重庆开幕，展出四川 33 位作者的 100 件雕塑作品。该展次年送往北京、上海展出，获得一致好评，使四川雕塑创作达到新水平。

10 月

同月　《四川音乐》停刊。

11 月

4 日至 9 日　李少言去北京商讨人民大会堂四川馆陈列、补充美术作品工作，这一任务于 1965 年完成。

年底《四川文学》停刊，1965 年 7 月复刊。

本年　举行了话剧会演。参演剧目有：重庆市话的《比翼齐飞》《重新报到》；四川人艺的《哑巴说话了》《山湾小景》；成都市话的《为了明天》等。

1965 年

本年　中央关于农村工作的 23 条文件下达，文联和协会许多干部派下乡参加"四清"。

5 月

同月　四川文艺界开始批判李伏伽的《师道》。《四川日报》《四川文学》先后发表数十篇批判文章，延续半年。

6 月至 7 月

自 5 月 26 日　《光明日报》开始批判夏衍改编的电影《林家铺子》后，四川文艺界也开始了对《林家铺子》《不夜城》等影片的批判。

7 月

同月　四川美协与中国美协在中国美术馆联合举办"四川雕塑展览"。王官乙的《小八路》、郭其祥的《百万农奴站起来》、叶毓山的《毛主席像》、龙德辉的《方腊》《青年建设者》、赵树同的《不屈的人》等 23 件作品分别被中国美术馆和中国军事博物馆收藏。

9 月

同月　西南区话剧地方戏剧观摩演出大会在成都举行，历时 40 天，云贵川三省和成都部队、昆明部队、西南铁路工程局等 30 个单位参加。我省参演的主要剧目有：省川剧院的《急浪丹心》、四川人艺的《十二颗红心》、成都市话的《柜台内外》《向阳路上》、市川剧院的《许云峰》、重庆市话的《比翼齐飞》等。

12 月

19 日　我省参加中国作协、团中央联合召开的"全国业余文学创作积极分子大会”的代表由王聚贤、曾克带队返蓉。

同月　大型泥塑群像《收租院》在北京展出。全组作品 96 米，由 114 座人像组成。四川美院雕塑系师生同民间艺人和业余美术工作者二十多人参加创作。

1966 年至 1976 年

“文化大革命”期间，全省文艺工作近于停顿瘫痪。此期间以下几项可作为资料性的记述：

1972 年 2 月至 4 月　为纪念毛泽东同志《在延安文艺座谈会上的讲话》发表 30 周年，美协四川分会在成都举办了“四川美术作品展览”，展出作品 471 件，7 件入选全国美展。

1972 年 5 月 16 日至 31 日　全省文艺调演大会在成都举行。调演分三批，第一批均为移植“革命样板戏”的川剧节目，有成都代表队的《红灯记》，重庆代表队的《沙家浜》，乐山代表队的《智取威虎山》，达县代表队的《奇袭白虎团》，省川剧团的《红灯记》等。

1973 年 1 月　《四川文艺》复刊。

1973 年 1 月 13 日　经省委政治部批准，成立四川省美术、摄影展览办公室，指定李少言负责。任务是组织全省美术、摄影创作和展览。租四川省展览馆办公。

1974 年 4 月　克非的长篇小说《春潮急》出版。

1975 年 7 月　平武“背篼剧团”来蓉汇报演出。

1975 年 11 月　著名画家李斛逝世，终年 56 岁。李斛，四川大竹人，擅长于“夜景”山水画，作品有《长江大桥》《三峡夜航》，肖像画《关汉卿》《齐白石》等。

1976 年 1 月 18 日　全国舞蹈独舞双人舞三人舞调演在北京举行，四川代表队的《幸福光》参演。同年 3 月，全国杂技调演在北京举行；8 月全国曲艺调演在北京举行，我省均派队参加。

1976 年 10 月　《四川文艺》出《毛主席永远活在我们心中》特辑。

1976 年 11 月 1 日　《四川文艺》编辑部邀请部分工农兵业余作者举行座谈会，庆祝党中央粉碎"四人帮"的伟大胜利。

1976 年 11 月 16 日　《四川日报》以整版篇幅发表《四川文艺》编辑部文章：《横扫"四人帮"的妖风毒雾，让毛泽东文艺思想普照大地》。

1977 年

1 月

8 日　省美影展办在省展览馆举办"周恩来同志的共产主义光辉战斗的一生图片展览"。

4 月

同月　四川省话剧团和成都市话剧团分别公演话剧《十月的风云》（根据雁翼同名电影剧本改编）和《战斗的篇章》。

5 月

5 月 23 日至 7 月 23 日　由四川美展办发起的"云、贵、川、藏少数民族美术作品展览"在省展览馆展出。展出作品 273 件。

同月　《四川音乐》复刊。

6 月

4 日　重庆杂技团受萨摩亚政府邀请出访该国。16 日到斐济演出后去巴布亚新几内亚。

30 日　重庆市话排演的大型话剧《针锋相对》到成都演出。

8 月

2 日　重庆杂技团赴澳门演出后应邀赴马尼拉访演。

1978 年

2 月

20 日至 24 日　中共四川省委宣传部邀请成渝两地文艺工作者举行座谈会。省委副书记杜心源同志代表省委在会上讲话。会上宣布成立省文联筹备组和各协会筹备小组，恢复文联和各协会的活动。参加座谈会的有文学、戏剧、电影、美术、音乐、舞蹈、曲艺、杂技、摄影工作者 130 余人。

3 月

同月　四川省川剧学校正式恢复并开学。

4 月

同月　省文化局取消综合性的"四川省五·七艺术学校"，在该校舞蹈班的基础上建立"四川省舞蹈学校"。

5 月

同月　四川省话剧团恢复为四川人民艺术剧院；
同月　四川省川剧团恢复为四川人民川剧院；
同月　四川省曲艺队恢复为四川省曲艺团；
同月　成都市川剧团恢复为成都市川剧院。

11 月

28 日　省文化局举行全省文艺调演，参加调演的节目分两批，第一批话剧、川剧、京剧，第二批歌剧、音乐舞蹈、曲艺。大会推选舞蹈《观灯》《为了永远的纪念》《喜雨》《新华报童》等节目参加全国演出。

1979 年

1 月

21 日　历时 42 天经过四轮演出的"四川省调演大会"结束。其中有大型话剧 9 个、川剧 3 个、歌剧 1 个，舞蹈 30 个，声乐节目 32 个、器乐节目 18 个，曲艺节目 27 个，还有大量小型戏剧节目。这是粉碎"四人帮"后全省第一次综合性的文艺调演。

26 日　省委宣传部召开文艺界大会，为马识途、李亚群、沙汀、张黎群、李伏伽五同志平反，省委宣传部代部长沈一之在会上宣读了平反通知。

同月　在成都重新上演川剧历史剧《和亲记》。

同月　《四川文艺》改名为《四川文学》。李友欣任主编，陈进、谭兴国任副主编。

3 月

9 日　长期担任省文艺领导工作的省委宣传部副部长李亚群同志逝世，终年 72 岁。

同月　四川科协主办的《科学文艺》创刊，马识途写了发刊词《祝科学与文艺的结合》。

6 月

同月　四川大学与乐山地区在乐山市举办郭沫若学术研讨会，23 个省市 97 个单位的学者莅会，大会收到论文 33 篇。

7 月

同月　凉山州文联成立。

同月　"柯勒惠支版画展"在省展览馆展出。

同月　新编历史剧《卧虎令》（张中学编剧，周企何等导演）在北京上演。

8 月

同月　经省委宣传部批准，由剧协四川分会主办《戏剧与电影》杂志。李累任主编，文辛任副主编。

9 月

同月　《红岩》季刊在重庆创刊发行。王觉任主编，马戎任副主编。

10 月

同月　中共四川省委于十月发出（79）83 号文件《批准省委宣传部关于省文联在 57 年反右派斗争中需要落实政策的几个问题的处理情况和意见的报告》。

同月　《星星》诗刊随即复刊。白航任主编。

同月　文化部、全国美协举办"庆祝中华人民共和国成立三十周年全国艺术作品展览"。四川参展并获奖的作品有：一等奖，徐匡、阿鸽合作的版画《主人》；二等奖，高小华的油画《我爱油田》《为什么》，王大同的油画《雨过天晴》，王亥的油画《春》，李焕民的版画《换了人间》，黄唯一的水粉画《怀念纳木湖》，程丛林的油画《一九六八年×月×日·雪》。

1980 年

1 月

同月　《戏剧与电影》创刊发行。

2 月

同月　在中央人民广播电台和《歌曲》编辑部举办的"听众喜爱的歌

曲"评选活动中，我省作品《心上人啊，快给我力量》（故事片《神圣的使命》插曲）被评为听众喜爱的歌曲。

3月

17日　美协四川分会在成都分三次举办11位国画家作品联展，他们是：周抡园、阎松父、汤荣新、吴一峰、岑学恭、李琼久、苏国超、朱佩君、赵蕴玉、李道熙、彭先诚。

25日　乐山市成立嘉州画院，名画家李琼久任院长。

5月

同月　在成都举办阳友鹤舞台生活60周年纪念活动。

同月　四川省外国文学学会成立，川大教授石璞任会长。

同月　我省绵竹年画在巴黎艺术节上展出。

6月

16日至25日　四川省第二次文艺工作者代表大会在成都隆重举行。李少言致开幕词，马识途作题为《解放思想，争取我省社会主义文艺事业的更大繁荣》的工作报告，艾芜致闭幕词，省委副书记杜心源代表省委致祝辞。参加这次大会的代表共1000余人。这是我省文艺界具有承前启后开辟新时期文艺事业新局面重大历史意义的大会。大会制定了新的文联《章程》，选出了新的领导机构。任白戈、沙汀、艾芜为名誉主席；马识途为主席；李少言、常苏民、叶石、彭长登、伍陵、杜天文、陈书舫、方敬、段可情、杨明照、李漠为副主席。

同月　省文代会期间，作协四川分会第二次会员代表大会也同时召开。艾芜致开幕词，李友欣作工作报告，任白戈、张秀熟讲话，马识途致闭幕词。选举产生作协第二届领导机构，艾芜为名誉主席，马识途为主席，方敬等八人为副主席。

同月　省文代会期间，省剧协、音协、美协、舞协、民间文艺研究会也举行了第二次会员代表大会，选举产生了新的领导机构。同时新成立了中国电影家协会四川分会、曲艺家协会四川分会、摄影家协会四川分会。此后，中国书法家协会四川分会于 1982 年 10 月成立；中国电视艺术家协会四川分会于 1987 年 4 月成立。至此，作为省文联团体会员的 12 个省级艺术家协会全部成立。

9 月

同月　重庆市杂技团在美国哥伦比亚等七城市巡回演出。

同月　成都市文艺工作者第一次代表大会在成都召开，通过新的章程，产生新的领导机构。杨明照被选为主席。

10 月

10 月 31 日至 11 月 3 日　以李少言为团长的中国美术家代表团赴日本福冈参加了亚洲第二届美术作品展览开幕式和座谈会。

同月　川音学生刘忆凡在国际第十届肖邦钢琴比赛中获诙谐曲独奏特别奖。

同月　相声艺术大师侯宝林来成都，省曲协举行欢迎座谈会。

同月　舞协为大型神话舞剧《卓瓦桑姆》举行创作座谈会。

同月　"四川省青年美术作品展览"在省展览馆举行，501 件作品参展。此展选送参加"第二届全国青年美展"的作品中，罗中立的油画《父亲》获一等奖，周春芽等五人的作品获二等奖。

12 月

同月　攀枝花市文联成立。

同月　省川剧院在香港首演神话川剧《白蛇传》获得成功。

同月　作协四川分会民族文学委员会成立。

1981 年

1 月

19 日至 24 日　重庆市第三届文艺工作者代表大会召开，六百多位代表与会。

同月　全省举行了优秀戏剧作品评奖。六十多件作品获一、二、三等奖。在省评奖基础上推荐的《赵钱孙李》《四姑娘》《易胆大》《点状元》在 1980 年、1981 年全国戏剧创作评奖中获优秀剧本奖。

2 月

13 日　影协在峨影厂举行学习报告会。由《法庭内外》导演从连文、《迟到的春天》导演马绍惠、太纲传达全国电影创作、理论座谈会精神。

3 月

同月　摄协接待美国洛杉矶大学教授马仙达和她的丈夫，请他们参观《巴蜀风光》摄影展并观看他们带来的美国不同流派摄影幻灯片。

同月　音协就如何看待"流行歌曲"等问题举行座谈会。

4 月

同月　成都杜甫研究会首届年会在成都杜甫草堂召开。

5 月

10 日　中国书协第一次代表大会在京召开。我省李半黎、黄原、赵蕴玉、高文、刘云泉为代表出席大会。李半黎当选为理事，冯建吴后增补为理事。

5 月 20 日至 6 月 14 日　上海、四川美协在成都联合举办"朱屺瞻画展"，展出作品 136 件。

6月

15日至17日　省音协与省文化厅联合举办四川省二胡、琵琶、小提琴、声乐比赛。评出一等奖7名、二等奖14名、三等奖24名。

同月　我省版画家牛文、林军、李焕民、吴凡、徐匡的十幅版画新作应邀参加在南斯拉夫举行的第14届世界版画展览。牛文受对外文委派遣代表中国去参加开幕式和评奖。

7月

同月　省美协、省文化厅联合举办"庆祝中国共产党成立60周年四川艺术作品展"。

8月

20日　四川省优秀文艺作品授奖大会在成都举行。获奖的各类作品552件。

10月

15日至19日　由省音协和省文化厅联合主办的首届"蓉城之秋"音乐会在成都举行。共演出12台节目,30个专场音乐会,演员2143人。演出新作品432首,盛况空前。

同月　由张少兰、杨翠英、杨少元、王伯瑛等10人组成的四川代表团赴北京出席中国杂协第一次代表大会。

11月

同月　作协四川分会与省社科院文学所联合召开"四川省文艺评论座谈会"。对文艺评论的地位和加强文艺评论工作的措施进行了研究。

12月

同月　重庆杂技团《坛技》《蹬技》两个节目参加第八届摩纳哥世界

马戏节目比赛,《坛技》获本届瑞士俱乐部杯奖。这是我国首次参加国际杂技比赛。

同月 成都歌舞团创作演出的大型舞剧《卓瓦桑姆》赴京演出,并到广东、广西巡演。82年应邀参加香港艺术节。

本年 四川各地发生特大洪灾。遵照省委指示,省文联和各协会积极组织文艺工作者奔赴抗洪救灾第一线,及时写出大量歌颂军民抗洪救灾英雄事迹的文艺作品。据不完全统计共创作1219件。

本年 作协在新繁、大邑举办了4期以青年作者为主的文学创作讲习班、读书班。

1982 年

1 月

同月 "四川绵竹年画展"应邀赴香港文联书店展出。

2 月

同月 春节前夕,省书协在成都文化公园举行辛酉书会,展出书法作品94件,篆刻92方。

3 月

同月 由省社科院、省文联、省社联共同发起的"四川省毛泽东文艺思想讨论会"在成都召开。120多位代表提交学术论文30篇,就如何正确认识毛泽东文艺思想对新时期文艺工作的指导作用等问题进行了热烈讨论。

同月 四川影协举行座谈会,就峨影1981年生产的七部影片《漩涡里的歌》《舞恋》《被爱情遗忘的角落》等进行讨论。

同月 省舞协邀请中国舞协主席、著名舞蹈教育家吴晓邦、副主席盛婕等来川讲学。

4 月

21 日　峨影故事片《被爱情遗忘的角落》获文化部授予的 1981 年优秀故事片奖。

26 日至 28 日　"四川省书法家第一次代表大会"在成都召开。

5 月

同月　由作协四川分会主办的文学评论刊物《文谭》月刊创刊（内部发行）。

6 月

同月　作协四川分会与四川少儿出版社等单位联合举办西南、西北儿童文学讲习班。

7 月

同月　中共四川省委办公厅转发省文化厅党组关于振兴川剧的请示报告。省委决定成立"振兴川剧领导小组"，提出"抢救、继承、改革、发展"的八字方针。

8 月

同月　四川人民出版社组织创作出版的年画《敬爱的元帅》（九件），自本年出版发行到 1985 年底，累达八千多万张，并获 1984 年全国第三届年画展览一等奖，全国第六届美展金奖。

9 月

6 日至 13 日　四川省川剧工作座谈会在成都召开。会议围绕如何落实振兴川剧"八字方针"及川剧艺术发展规划等问题进行了讨论，与会者

170 余人。

同月　省书协和美协联合举办"纪念鲁迅诞辰一百周年版画、书法展览"。

10 月

12 日至 17 日　四川省首届杂技艺术工作者代表大会在成都举行，正式成立中国杂技艺术家协会四川分会。

13 日　省作协主席马识途赴南斯拉夫首都贝尔格莱德参加世界笔会组织的一年一度的国际作家会议。

23 日　为纪念李白逝世 1220 年，新建的江油县李白纪念馆正式开放，邓小平为该馆题写了"李白故居"的匾额。

同月　省音协、省文化厅联合举办"四川省民歌调演大会"。

11 月

同月　省文化厅、省文联等单位在乐山联合举行郭沫若诞生 90 周年纪念活动。

同月　四川省舞台美术学会正式成立。

12 月

15 日　首届茅盾文学奖授奖仪式在北京举行，周克芹的长篇小说《许茂和他的女儿们》等 6 部作品获奖。周克芹赴京参加了授奖仪式。

本年　四川电视台录制的电视剧《乱世擒魔》获全国优秀电视剧（飞天奖前身）二等奖。

本年　作协四川分会成立了青年文学工作委员会、少数民族文学工作委员会、评论工作委员会。

1983 年

1 月

同月　舞协四川分会召开全省舞蹈工作会议；举办了"四川省首届舞蹈教学研究会"；在《中国舞蹈集成（四川卷）》中编写了《四川民族民间舞蹈概况》及调查表。

3 月

11 日至 15 日　作协四川分会与省社科院文研所等单位联合召开李劼人创作讨论会。

25 日　全国第一届优秀新诗（诗集）评选揭晓，我省诗人流沙河的诗集《流沙河诗选》、傅天琳的《绿色的音符》获奖。

同月　省音协编印的内部刊物《四川音讯》更名为《乐苑》。

4 月

2 日　著名国画大师张大千在台北逝世。

6 日　作协四川分会举行座谈会，祝贺流沙河、傅天琳、魏继新、向义光、张飚等人的作品在全国文艺作品评选中获奖。流沙河的《流沙河诗集》、傅天琳的《绿色的音符》荣获全国优秀新诗集奖；魏继新的《燕儿窝之夜》荣获全国第二届优秀中篇小说奖；向义光、张飚合写的《她心中有个明亮的世界》荣获全国第二届优秀报告文学奖。

13 日　美协四川分会和省博物馆主办的"张大千画展"在成都展出。

15 日至 21 日　由四川省社科院《社会科学哲学》编辑部和文学研究所联合发起的新中国成立以来首届《三国演义》学术讨论会在成都举行。

同月　中国文联所编《新文艺大系》书法部分收入我省李半黎、冯建吴、刘云泉、何应辉等 4 人的作品。

5月

3日 以阳翰笙为团长的中国文联赴川参观访问团抵成都。成员有陈白尘、葛一虹、戈宝权、凤子、范用、陈舜瑶等人。省文联举行座谈会欢迎访问团。6日,访问团参加了省社科院和省文联举办的抗战文艺座谈会。

12日 四川省摄影艺术展览和四川省少年儿童画展运抵美国华盛顿州展出。

5月23日至6月12日 四川省川剧调演大会在成都举行。调演分两轮进行,演出了《王熙凤》《巴山秀才》《绣襦记》《芙蓉花仙》等12台15个节目。

5月26日至6月1日 全国毛泽东文艺思想研究会1983年年会在成都召开,近150名代表参加,收到学术论文70篇。

6月

14日至18日 阿坝自治州首次文艺工作者代表大会召开,阿坝州文联成立。

8月

22日至27日 作协四川分会与总工会、团省委在成都召开四川省青年文学创作会议,全省各民族青年文学作者300余人听取了巴金、沙汀、艾芜、任白戈等文学前辈的报告和讲话。会议高度评价了历年来四川青年文学的成绩,对今后的工作提出了希望。

9月

9月20日至10月24日 四川省歌舞团携《巴蜀歌舞》赴巴黎参加联合国教科文组织举办的"中国文化日"演出活动,后到民主德国、匈牙利演出,受到称誉。

9月至10月 由中国书协及青海、甘肃、宁夏、四川、河南、内蒙古、山东、陕西联办的"黄河流域书法联展"在成都展出，盛况空前。我省有 20 名作者参加。

9 月至 11 月　四川省"振兴川剧赴京汇报演出团"在北京演出《巴山秀才》《禹门关》《丑公公》《绣襦记》《易胆大》等剧目，受到热烈欢迎。

同月　四川设立文学院，聘请有创作才能和创作实绩的年轻作者，短期脱产进行文学创作。

同月　四川影协与广东影协在京举办电影读书班，四川影协 30 人参加，观看美、苏、日、法、意等国数十部影片。通过读书、看片、讨论等方式，了解国际电影发展趋势。

10 月

4 日至 9 日　重庆举办诗歌座谈会，各地诗人、诗评家 30 多人参加。

6 日至 9 日　四川省郭沫若研究学术座谈会在成都举行，60 多人莅会，"四川省郭沫若研究学会"成立。

同月　文化部召开表彰自贡市川剧团大会。《巴山秀才》在八四年评选中获"82—83 年度全国优秀话剧、戏曲、歌剧剧本创作奖"。

同月　自贡市川剧团在京演出后赴南京、上海巡回演出。

11 月

同月　以李少言为团长的中国美术家代表团赴泰国参加中国美展泰国美展开展式。

本年　黄济人的长篇报告文学《将军决战岂止在战场》获首届中国人民解放军文艺奖。

本年　四川电视台录制的电视剧《小佳佳游园》获第四届"飞天奖"儿童剧奖。

本年　在"全国第八届版画展览"中，四川有 29 件作品入选。阿鸽的《三月》和邹常毅的《春》获优秀作品奖。

1984 年

1 月

同月　美协四川分会、省群众艺术馆、四川人民出版社组织全省年画作者 40 余人创作年画 116 件，并以"四川年画展览"为题在中国香港展出，其中 55 件分别到美国、日本、法国、英国等国家展出。

同月　全国第三届音乐作品（民乐曲）评奖揭晓，我省大型民族器乐曲《蜀宫夜宴》（朱舟、俞抒、高为杰作曲）、《达勃河随想曲》（何训田作曲）获一等奖，《阿诗玛叙事诗》（易柯、易加义、张宝庆作曲）获二等奖。

同月　我省第一部羌族民间诗集《小姐妹与斗安珠》由四川民族出版社出版。

同月　《文谭》改名为《当代文坛》公开出版发行，《四川文学》改名为《现代作家》出版发行。

同月　省舞协组团赴云南观摩"云南省首少数民族舞蹈会演"，并出席了中国舞协在此召开的全国少数民族舞蹈创作讨论会。

2 月

20 日　著名川剧表演艺术家阳友鹤逝世，终年 71 岁。阳友鹤生前曾任剧协四川分会名誉主席、川剧院副院长，代表作有《情探》《打神告庙》等。

同月　新都县川剧团赴京拍摄川剧艺术片《芙蓉花仙》。

3 月

26 日　宜宾成立阳翰笙戏剧著作研究会。

同月　峨眉电影制片厂 1983 年摄制的《特急警报 333》在文化部 1983 年优秀影片评奖中获荣誉奖。

同月　四川省川剧艺术研究所改建为四川省川剧艺术研究院。

4月

同月　我省川剧演员晓艇荣获《戏剧报》主办的首届"梅花奖"。

同月　中国剧协召开第四次会员代表大会，我省28位代表参加，另有周裕祥、周企何、王官福、杨淑英、胡漱芳、陈全波6位名誉代表。14人当选为理事，陈书舫、魏明伦当选为常务理事。

同月　四川曲协在新都举办"曲艺短篇作品创作学习班"。

5月

同月　经省委、省政府批准，"四川格萨尔工作领导小组"成立，扎西泽仁任组长。

同月　文化部、国家民委、中国民研会联合发出编辑、出版中国民间文学三套集成的通知。省委发文成立四川三套集成编委会。李致为主编，郝超、孙自强、黎本初为副主编。

6月

7日　国防科协系统的神剑文学艺术学会四川分会在成都成立，省市文艺界领导同志和部分著名作家、艺术家应邀到会祝贺。

8日　省委、省政府召开大会，表彰新都县川剧团创作演出的《芙蓉花仙》和重庆市歌剧团创作演出的歌剧《火把节》，并举行授奖仪式。

16日　成都杂技团离蓉赴京，前往美国洛杉矶参加奥林匹克艺术演出，市文化局为此举行了欢送会。

22日至30日　由省政协、中国音乐家协会、音协四川分会、省社科联、四川音乐学院、温江县政协共6个单位联合主办的"王光祈研究学术讨论会"在成都举行，省内外学者专家共70多人参加，会议收到论文、回忆录约30篇。

同月　川剧《巴山秀才》（魏明伦编剧）获1982年至1983年全国优

秀剧本创作奖。

同月 新都县川剧团赴京公演川剧《芙蓉花仙》受到好评。

同月 四川电影电视评论学会正式成立。

7月

7日 剧协四川分会举行座谈会祝贺四川人民艺术剧院儿童剧团赴京演出儿童剧《月琴与小老虎》获得成功。

27日 四川省写作协会成立，会址设在四川大学中文系。

同月 西藏、云南、青海、甘肃、四川五省区藏族文学（汉文）评奖工作在成都举行，评选出优秀作品41篇，其中四川省12篇人选。

同月 成都杂技团赴美参加23届奥运会艺术节，然后应邀赴哥伦比亚、圭亚那、巴西等南美七国访问演出。

8月

1日 全国青年歌手大奖赛成都地区选拔赛颁发奖大会暨获奖者音乐会在成都举行，有140多歌手参加，38人获奖，其中一等奖2名、二等奖4名、三等奖6名。

10日至22日 文化部在兰州举行全国第一届杂技比赛。我省万县杂技团的《柔术滚杯》获银牌奖。重庆、自贡杂技团各有1个节目获鼓励奖。

28日 省书协主办的"四川省第一届书法篆刻展"在重庆市展出，共展作品200件，并精印了此展作品集。

同月 作协四川分会与四川少儿出版社联合召开了"四川省首届儿童文学创作会议"。

9月

5日 由日本农夫、大田耕土等组成的"日本版画友好交流代表团"来蓉访问，与四川版画家进行艺术交流，并赠四川美协《新兴版画运动功劳碑》。

9 月 22 日至 10 月 7 日　四川省振兴川剧第二届会演在成都举行，有 16 台戏 27 个剧目参加演出。

23 日　甘孜州首届文学艺术工作者代表大会在康定举行，正式成立甘孜州文联。

9 月 31 日至 10 月 16 日　"四川油画展览"应邀赴香港展出。

同月　"第六届全国美术作品展览"在京举行。四川入选作品获得金质奖二项：汪健伟的油画《亲爱的妈妈》和樊怀章等八人合作的年画《敬爱的元帅》。另获银质奖 5 项，铜质奖 13 项。

10 月

10 月 10 日至 18 日　省文化厅、剧协四川分会在高县联合举办"阳翰笙戏剧著作研究第一次讨论会"。

10 月 18 日至 29 日　由"郭沫若研究学会"与重庆地区中国抗战文艺研究会联合召开的"抗战时期的郭沫若"专题学术讨论会在乐山举行，有 150 多人参加，收到论文 73 篇。

22 日　省书协接待日本著名书法家、大道书院名誉会长川上景年先生。

同月　省文化厅、音协四川分会共同举办四川省第二届"蓉城之秋"音乐会，历时半月，共演出 12 台音乐会和歌剧 2 部。

同月　车向前、屈冰心、龙德君器乐小组赴美演出。

11 月

10 日　四川省诗书画院成立，邓小平同志题写院名。12 日举办了首次书画展览。

12 月

12 日　四川省民间文学集成编委会召开全省各地、市、州、县集成工作会议。

本年　四川电视台录制的《小佳佳的一天》获第三届大众电视"金鹰奖"优秀儿童剧奖。

1985 年

1 月

同月　《四川音乐》月刊更名为《音乐世界》。

同月　《现代作家》编辑部创办综合性文艺杂志《人世间》。

2 月

12 日　四川美协在省展馆举办"台湾画家六人画展"，展出作品60 件。

同月　原省歌舞团正式更名为"四川歌舞剧院"。

同月　四川文艺出版社在成都成立。

3 月

同月　第五届电影"金鸡奖"评选揭晓，峨眉电影制片厂的《红衣少女》获最佳故事片奖。并于 5 月 23 日和《大众电视》第八届"百花奖"一起，在成都举行授奖大会。

同月　中国书协第二次代表大会在京召开。四川代表 10 人。李半黎、冯建吴、刘云泉、徐无闻、何应辉当选为理事。

4 月

同月　中国曲协第三次会员代表大会在京召开。四川代表 15 人。贾钟秀、程永玲、沈伐、彭吉生、彭明羹当选为理事。

同月　泸州市文联成立。

5月

8日　省政府在成都举行表彰大会，对万县地区杂技团《柔术滚杯》演职员在全国大赛中获奖及培养人才等成就特颁奖状及奖金5000元。

22日至28日　四川籍老作家巴金、阳翰笙、沙汀、艾芜创作学术讨论会在成都举行。

同月　中国音乐家协会第四次会员代表大会在京召开。四川代表17人参会。

同月　中国杂技艺术家协会第二次会员代表大会在京召开。四川代表16人，何天宠、程伍仔等六人当选为理事，何天宠、李邦元当选为常务理事。

6月

6月14日至7月15日　我省派出60人组成的川剧艺术团，随中国艺术代表团参加西柏林艺术节，并在联邦德国、荷兰、瑞士、意大利演出22场，受到热烈欢迎。

同月　四川音协与省文化厅在川音举行"纪念人民音乐家聂耳逝世50周年，冼星海逝世40周年音乐会"。川音聂耳塑像落成。

同月　"四川摄影作品展览"赴日本山黎县展出；日本广岛影展在成都展出。

同月　罗马尼亚、美国摄影家先后来川访问。

7月

7日至12日　彝族自治州歌舞团参加土耳其布尔萨国际艺术节。

同月　四川舞协与省文化厅联合举办"全省民族民间舞蹈汇演"。85个节目参演，颁发了138项奖。会演期间特邀贾作光等来川讲学。

8月

8月17日至11月22日　綦江县农民版画赴美国旧金山展出，展出作品 112 件。

同月 为繁荣四川文学创作事业，四川省委决定拨款 30 万元作基金，设立"四川省郭沫若文学奖"。

9 月

18 日 四川漫画学会成立。

25 日至 27 日 四川省鲁迅研究学会成立大会在成都举行，会议通过《四川省鲁迅研究学会章程》，选举了第一届理事会。

同月 作协四川分会组织作家访问团，赴云南边防前线老山、者阴山、扣林山等阵地向自卫反击战战士们学习、采访，回来后创作了一批作品。

同月 经省委批准，作协四川分会和省文联分开，单列建制。

10 月

13 日至 18 日 "郭沫若在重庆"学术讨论会在重庆召开，有 150 多位专家学者参加讨论会。

22 日至 31 日 为纪念抗日战争和世界反法西斯战争胜利四十周年，由中国剧协、中国艺术研究院、中央戏剧学院、上海市剧协、剧协四川分会、重庆市文联、文化局联合发起，由重庆市文化局承办的"重庆雾季艺术节"在重庆隆重举行，抗战时期在重庆从事抗战戏剧运动的曹禺、陈白尘等 40 多位戏剧界前辈参加。我省话剧界肖锡荃、刘沧浪、李累应邀前往参加。四川人艺的《棠棣之花》，重庆市话剧的《蜕变》《陪都新闻》，重庆市川剧院的《孔雀胆》《凌汤圆》等剧目参演。

30 日 由省民委、省文联、作协四川分会联合主持召开的"五省区（云南、西藏、甘肃、青海、四川）藏族文学创作会议"开幕，历时 8 天。

同月 省曲艺团演员涂太中、刘朝等随"四川赴云南前线慰问团"为老山战士演出。

同月 刘云泉作为四川省书法绘画家代表团成员访问日本广岛等地。

11 月

同月　成都市川剧艺术研究所成立。

12 月

24 日至 27 日　作协四川分会在成都举行常务理事扩大会议。

本年　四川电视台录制的《小佳佳的苦恼》获第四届大众电视"金鹰奖"优秀儿童剧奖。

本年　美协四川分会年初在重庆化龙桥设"画家之村",大批外宾前往参观展览并选购作品。4 月至 11 月接待 25 个国家的 563 个代表团,达万余人次。

本年　在国家体委和全国美协主办的"全国体育美术作品展览"评奖中,我省朱成的雕塑《千钧一箭》获特等奖,王琥的国画《边关习武》获一等奖,朱理存的国画《梅花香自苦寒来》、冯宜贵的雕塑《泳》获三等奖;鄢和曦的油画《希望》、胡仁樵的油画《和平线上》获三等奖。朱成的雕塑《一发千钧》被国际奥委会总部收藏。

1986 年

1 月

9 日　舞剧《鸣凤之死》赴日本琦玉县参加第三届国际舞蹈比赛并荣获大奖。

21 日至 25 日　省文化厅、省杂协在成都召开全省杂技工作会议。

2 月

同月　四川美协、省新闻协会联合举办"四川省首届报纸美术编辑作品展",展出作品 1345 件。

同月 继《解放军文艺》《昆仑》之后，成都军区政治部主办的《西南军事文学》创刊。

同月 包德宾创作，沈伐表演的谐剧《零点七》在中央电视台春节晚会演出。

3月

5日 著名诗人戈壁舟逝世，终年70岁，曾创作诗集《别延安》《青松翠竹》《沙原牧女》《延安诗抄》等。

10日 四川省著名版画县綦江县召开綦江农民版画表彰大会。17日日本国日中艺术研究会向綦江县赠授了金杯奖，向该县文化馆农民版画辅导李毅力赠授了功劳奖。

14日 作协四川分会召集部分评论家座谈艾芜长篇小说《春天的雾》。

4月

26日 中央电视台主办第二届青年歌手电视大奖赛业余组民间唱法决赛中，我省重庆电视台选送的青年歌手周小惠获第一名。

30日 成都木偶剧团出访联邦德国、荷兰、比利时、丹麦、瑞典，5月中旬参加了在联邦德国举行的第30届国际木偶艺术节。

同月 绵阳市文联成立。

5月

18日至22日 作协四川分会筹办，西藏、广西、贵州、云南、四川五省区作协分会联合召开的"竹海笔会"在四川宜宾的竹海举行，老作家艾芜、蹇先艾、马识途、李乔等共70多位老、中、青作家参加了这次活动。

25日至31日 "綦江县农民版画展览"在日本东京展出。

26日 第一个全国林业系统文学协会林业文学工作者协会在成都成立，国家林业部、四川省人民政府授予该协会已故专业作家、诗人傅仇

"森林诗人"的光荣称号。

同月 由美国四方舞协会主任妮塔·蓓姬夫人率领的四方舞团一行44人来蓉与我省舞蹈工作者联欢演出。

同月 首届川剧声乐艺术研讨会在成都举行。

同月 由魏明伦编剧、自贡市川剧团演出的荒诞川剧《潘金莲》在南京、上海、北京等市演出，获得很大反响。

6月

11日至19日 "第二届全国杂技比赛"西南区预选赛在成都开幕，来自云、贵、川和成都军区的43个节目参赛。我省参赛的18个节目分获一、二、三等奖和演出奖。

6月25日至10月23日 全省川剧青少年比赛演出在成都举行，共22台65场。

6月26日至10月3日 中国散文诗学会第二届年会在乐山举行。

同月 内江市文联成立。

同月 省文化厅、省曲协举行"四川省第一届曲艺评奖"，参赛节目50多个，27个获奖。

10月

1日 中国散文诗学会四川分会举行成立大会。遂宁市文联成立。

8日 中国音协主席李焕之到成都，并与音协同志座谈。

10日至15日 全国第一届何其芳学术论会在四川万县市举行，全国各地专家学者50余人参加，会上设立了何其芳青年文学评论奖励基金会。

12日至15日 "全国第三届书学讨论会"在青城山召开，共收论文635篇。全国书法理论界朋友云集此会。

28日 四川影协第二次会员代表大会在峨影厂举行。选举滕进贤为主席，丁隆炎等9人为副主席。

同月 首届"川西书会"在大邑县召开。会上展出中长篇通俗文学近千件，展演优秀节目 3 台。

同月　民间文学集成举行第三次会议，工作人员分赴 12 个市地州部分县开展调查，编辑出版了一批民间传说集。

11 月

13 日　省书协主办已故著名书法家刘东父书法遗作展。

11 月 22 日至 12 月 2 日　为纪念四川与日本山梨友好县建立一周年，应日本山梨县邀请，由李少言率团前往山梨县首府甲府市等地访问，并参加"四川省现代美术展"开展式等活动。

同月　作协四川分会召开文学评论座谈会，120 余位作者与会，提交论文 40 余篇。

12 月

6 日至 9 日　《星星》诗刊举办"中国·星星诗歌节"。本年《星星》诗刊举办了评选"我最喜欢的当代中青年诗人"的活动，依得票多少为序，舒婷、北岛、傅天琳、杨牧、顾城、李钢、杨炼、叶延滨、江河、叶文福共 10 位诗人当选；《星星》也同时举行了创刊三十周年的纪念活动。

26 日　作协四川分会第三次会员代表大会在成都举行，200 多名会员代表与会，聂荣贵代表省委致祝辞，中国作协书记处书记邓友梅到会祝贺。马识途作题为《振奋精神、开拓前进、迎接四川文学事业的更大繁荣》的报告，作协四川分会书记处书记陈之光、唐大同分别作了会务工作报告和修改章程的报告。大会选举产生省作协第三届领导机构。

本年　四川电视台录制的《编剧的困惑》获第六届"飞天奖"优秀电视短剧奖；《小佳佳与熊猫》获第五届"金鹰奖"优秀儿童剧奖；《长江第一漂》获第五届"金鹰奖"优秀单本剧一等奖、第七届"飞天奖"特别奖。

本年　《冠军从这里起飞》获"飞天奖"。

本年　由省剧协倡议，团省委、省文化厅、省文联、省电视台、省人艺共同举办了"四川省首届青春杯校园戏剧大赛"。

本年　我省赴京参加"全国第二届舞蹈比赛"的 8 个作品共获 16 项奖。

本年　摄影家田捷民的《主人》获全国第十三届摄影艺术展览金牌奖。

本年　四川美协举办"四川版画节"，展出 3 个版画展："四川版画展"作品 239 件，"綦江农民版画展"作品 148 件，"四川少儿版画展"作品 243 件。

1987 年

1月

同月　乐山市文联成立。

3月

3 月 29 日至 4 月 11 日　由省杂协主席彭长登带队率四川省代表团赴上海参加"第二届全国杂技比赛"。我省《蹬技》节目获铜狮奖。

4月

10 日至 12 日　四川省第一届电视艺术家代表大会召开，中国电视艺术家协会四川分会正式成立。

同月　成都市川剧院三团根据布莱希特话剧《四川好人》改编的川剧在新声剧场演出，剧协为此召开大型座谈会。10 月该剧在京公演引起轰动。

5月

5 日至 7 月　万县地区杂技团受文化部派遣前往南太平洋西萨摩亚四

国访问演出 31 场。

19 日　省文联、省作协联合召开纪念毛主席《在延安文艺座谈会上的讲话》发表 45 周年座谈会。100 余位作家、艺术家到会。省委副书记聂荣贵到会讲话。

同月　四川音协邀请蒋大为、关贵敏、李默、张暴默、郁钧剑等 9 名歌手赴乐山参加首届国际龙舟会，并为"乐山之夏"音乐会演出。

8 月

同月　省书协主办"中国四川省日本国广岛县友好交流书法展"并进行学术交流。

同月　中国书协举办"全国第三届书法篆刻展"，我省 30 位书法家作品入选。

同月　由程永玲、曹正礼、李长元、罗国柱等人组成的成都市民间艺术家小组应邀前往南斯拉夫参加第 35 届卢布尔雅那夏季艺术节，并赴奥地利林茨市访问演出。

10 月

同月　在中共十三大召开期间，成都市川剧院三团为大会专场演出川戏折子戏《装盒盘宫》《逼侄赴科》《放裴》《狐仙恨》等，受到代表们欢迎。

同月　省剧协召开第一次歌剧剧本讨论会，对 20 多个新创剧本进行了讨论。

同月　"首届中国吴桥国际杂技艺术节"在石家庄市开幕，我省万县地区杂技团《顶碗》节目获银狮奖。

同月　由中国视协、省视协等联合召开的中国首届儿童电视剧理论研讨会在乐山市举行，来自 7 个省市的专家 70 多人到会研讨儿童电视创作问题。

11 月

同月　受省友协委托，省音协组织青年民乐演奏家一行 17 人赴日本演出，邱仲彭为团长。

12 月

同月　万县地区文联成立。

本年度的美术活动有：

中国美协在上海举行"中国油画展"，四川陈可之的《冬日晨曦》、程丛林的《阿咪子和牛》获优秀奖（只设此奖）。

在首届全国城市雕塑评奖中，四川叶毓山的《歌乐山烈士纪念碑》和郭其祥、张得蒂合作的《宋庆龄》像获最佳奖；我省雕塑家的《建设者》《生命》《刘文学》《红军强渡大渡河纪念碑》、长江大桥《春夏秋冬》组雕以及郭其祥、潘鹤、王克庆、程允贤合作的《和平》等作品获优秀奖。

本年　王学成的摄影作品《农家巧安排》获"祖国环境美"摄影比赛一等奖。

本年　晋守贤的《金龙狂舞》获首届中国摄影作品出国大奖赛特等奖。

本年　由四川省民委、省文化厅、中国少数民族戏剧学会四川分会主办的我省首届民族地区戏剧调演在成都开幕。历时六天，演出了《岭·格萨尔》《银河会》《盘花》等四台不同题材风格的剧目。

本年　省作协召开了文学翻译工作座谈会。30 多位翻译家回顾了几年来我省文学翻译的成果。会上同时建立省作协翻译文学委员会。

1988 年

1 月

4 日　自贡市杂技团一行 21 人前往墨西哥商演 9 个月。

同月　省音协召开音乐文学研讨会。

2 月

26 日　省视协承制的第一部专题片《柑桔如金滚滚来》（编辑：李习文、里沙）在四川电视台播出。

3 月

7 日　成都市川剧院一二联合团演员刘芸、四川人艺话剧演员张国立获第三届《戏剧报》"梅花奖"。

15 日至 23 日　省剧协和成都市剧协、泸州曲酒厂共同举办"四川省首届著名川剧表演艺术家展览演出"，陈书舫、竞华、曾荣华、杨淑英、陈全波以及他们的艺术传人竞艳、筱舫、蓝光临、晓艇、汪洋、周惠芳等 27 人参加了演出。

22 日　因四川影协主席滕进贤调京工作，经影协二届四次常务会议决定，增选吴宝文同志为常务主席。

3 月至 9 月　音协与文化厅联合举办"全国第六届音乐作品（民乐独、重奏）四川选拔赛"活动。

4 月

5 日至 7 日　四川美协举办的"云、贵、川漫画展览"在省展馆展出，作品 220 幅。

12 日　第四次中美作家会议在乐山举行。以索尔兹伯里先生为团长的美国作家代表团 9 位作家，与中国作家陆文夫、邓友梅、孙静轩、宗璞、周克芹、流沙河、李子云、何士光、锦云、陈辽、益西单增等就寻根文学、战争文学、严肃文学与通俗文学的关系，经济和文学的关系，作家的社会责任和使命等课题进行了广泛的交流。

4月19日至11月24日　重庆杂技团一行19人赴丹麦哥本哈根和英国莱布克蒲商演。

同月　省曲协组织曲艺专场为澳大利亚民俗学会演出；与成都市曲协在彭县联合举办"川西书会"第四届牡丹笔会；为沈伐主办谐剧专场演出百场纪念演出。

同月　《视协通讯》更名为《电视园地》。

同月　"中日第三次书画联展"在成都博物馆展出。

5月

同月　由省书协组织的"四川省第三届书学讨论会"在灌县（今都江堰市）召开，70人莅会。

同月　日本"日本艺术研究会"授予四川版画家其加达瓦创作的《育林人》和牛文创作的《朝阳》金质奖；李少言和王伟二人获"版画事业贡献"金奖。《版画世界》授予李焕民、丰中铁、徐匡、江敉"鲁迅奖"。

同月　四川音协与省演出公司等联办"国际声乐比赛获奖者音乐会"。迪里拜尔、刘跃、范竞马等参加。

同月　省曲协在成都为著名女作家琼瑶组织曲艺专场演出，并在省文联举办了"中日诗友吟诗曲艺联欢会"。

6月

19日至28日　省杂协召开教学研讨会。

同月　省书协与射洪沱牌曲酒厂主办"全国书法名家作品邀请展"，43人获奖。

同月　省曲协组织曲艺工作者观摩"上海首届曲艺节"，程永玲、涂太中、张廷玉等曲艺演员应邀演出节目。

同月　徐棻、胡成德创作的川剧《田姐与庄周》获中国剧协主办的"第四届全国优秀剧本奖"。

7月

同月　省舞协在仁寿召开"全省舞蹈创作会议"。

同月　省曲协参加中央电视台举办的"大连星海杯"全国专业相声电视邀请赛。

8月

8月至9月　省文化厅、四川电视台、省剧协、泸州曲酒厂联合举办四川中青年川剧演员"金鹰杯"电视大选赛，15人分获最佳演员奖和优秀演员奖。

8月至10月　省影协与省影视评论学会、省视协联合举办"四川省1986—1987年度影视评论、理论文章评奖活动"。

10月

12日　省书协同日本名笔会举办"中日第四次书法交流展"，我省选送100幅少儿作品和40件成人作品，先后在日本神户和成都展出。

同月　四川郭沫若文学奖评奖委员会的24位评委聚集成都，召开"双奖"终审会议（五位评委因事请假）。全体评委以无记名投票方式选出了"四川郭沫若文学奖"和"四川省文学奖"的获奖作品。

同月　省民协接待美国斯密森学会民俗考察团赛特尔、沈雅礼、梁铭越先生。

同月　省书协举办"四川省首届中青年书法篆刻展览"，共展出作品1170幅，43人获奖。

同月　省音协与省文化厅、广电厅、出版总社联办"四川青年歌手抒情歌曲（茅坡杯）电视大奖赛"。

同月　省舞协组织成都市音乐舞剧院《深宫涕泪》《魂断潇湘》等舞

剧参加中国舞协举办的"全国舞剧研讨会"观摩演出。

11 月

21 日至 24 日　文化部举办的首届"新苗杯"杂技比赛在长沙开幕。南充杂技团的《高架顶碗》和资阳县杂技团的《玻塔爬梯》《对口含花》均获银牌奖。

同月　著名清音演唱家李月秋将 1957 年在莫斯科第三届世界青年联欢节获得的一枚金质奖捐赠给成都市博物馆。

同月　中国《曲艺》杂志和省文化厅、省曲协、省曲艺团在成都联合主办谐剧作家包德宾作品展览演出。

同月　省视协和重庆市视协在渝举办"电视剧创新意识研讨会"。

12 月

同月　雅安地区文联成立。

同月　中国曲协在郑州举办"全国首届故事大赛",我省作品《范县长拍板》获创作优秀奖。

同月　省舞协为澳大利亚舞蹈家唐·阿斯克夫妇来访组织学术座谈及现代舞教学活动。

同月　首届中国戏剧节在京举行。四川省川剧院、重庆市川剧院联合组台在开幕式上演出的《川剧之花》受到欢迎。

本年　省摄协、重庆市摄协联合编印《四川摄影论文集》。

本年　郑君的摄影作品《初春》获第二届尼康摄影比赛彩色组冠军。

本年　王福祥、简曼莉获第五届全国人像展览金牌。

本年　在中央人民广播电台等单位主办的《中国画大奖赛》中,我省女画家姚思敏的《清音》获一等奖。

本年　在"第四届全国年画展"评奖中,我省李云龙、李汇泉合作的《小小的心意》获一等奖;何多俊等 9 位作者的 4 件作品获二等奖。

本年　四川电视台录制的《跑跑的天地》获第八届"飞天奖"儿童电视剧一等奖。

本年　作协四川分会在成都举行"四川郭沫若文学奖"和"四川省文学奖"双奖颁奖大会。

1989 年

2 月

同月　经省委批准，成立以省委副书记顾金池为组长的四川省第三次文代会领导小组和大会筹备组，开始省文代会和各协会代表会的筹备工作。

3 月

9 日至 19 日　省美协举办《四川国画》大展，展出作品 280 件。

3 月 20 日至 4 月 8 日　中国视协戏剧研究会与省视协、攀枝花市政府联合举办"第四届全国戏曲电视剧攀枝花奖"评选。我省《四川好人》获电视戏曲艺术片一等奖，该剧编剧倪绍钟获优秀导演奖。

4 月

8 日至 10 日　在成都召开省文联全委会。

22 日　省摄协名誉主席高毅在成都逝世。

4 月 12 日至 5 月 18 日　省剧协、音协、舞协、民间文艺协会相继召开了第三届会员代表大会；省杂协、曲协、书协、摄协相继召开了第二届会员代表大会。修改会章，完成各自换届选举。

同月　中国书协在郑州举办"全国第四届书法篆刻展"，我省 32 位书法家作品入选，周德华、夏应良、罗永菘三人作品获三等奖。

同月　省文化厅、省曲协主办的"四川省 1989 年谐剧、相声比赛"在绵阳举行。

同月　南充地区文联成立。

6月

同月　省振兴川剧领导小组、省文化厅主办的"四川省第五届振兴川剧（第一轮）会演"在成都举行。

8月

同月　省文联组织美协、剧协、音协、摄协、曲协创作人员分赴南充、达县、万县、泸州、宜宾、甘孜等洪水、风暴、地震灾区体验生活，短期内创作一批讴歌抗灾救灾的作品。

同月　省音协与中国音协表演艺委会、西南电力工会等单位联办"电力之声"全国15省市优秀歌手大赛。四川选手吕小琴、广东选手陈少雄分获民族唱法、通俗唱法桂冠，有23名选手分获二、三等奖。

9月

18日　"纵横祖国五万里"考察摄影展在蓉展出。省民协组团参加中国民协在大连举行的"首届中国民间艺术节"。

29日　由省委宣传部、成都军区政治部主办，省摄协、省新闻摄影协会承办的"四川省、成都军区优秀摄影作品展览"在省展览馆开幕。省委书记杨汝岱、成都军区政委万海峰等党政军领导观看展览。

同月　省舞协协助中国舞协、省、市政府等11个单位在蓉举办首次全国性民族民间舞蹈活动——"中国舞蓉城之秋"。来自全国11个省市区的14个代表队600余演员表演了丰富多彩的民舞节目，并在"十一"举行了盛况空前的化妆街头表演。

同月　作协四川分会召开周纲的长篇报告文学《支呷阿诺的子孙们》座谈会。省委书记杨汝岱接见了作者和省作协领导。省委副书记冯元蔚到会讲话。

10 月

同月　文化部、中国美协主办"第七届全国美术作品展览"，四川获奖作品有：金奖，杨昆原的漫画《大买主》（漫画在全国美展获金奖，这是首次）；康宁的版画《少女和羊》、马一平的壁画《血与火的洗礼》、陈思源的漆画《四月的漫步》获银奖。

同月　"第二届川西书画会"在彭县举行。

11 月

5 日至 7 日　省美协第三次会员代表大会在都江堰市举行，251 位代表参加，选举产生省美协新的领导机构。李少言继任主席。

21 日至 24 日　省音协与省教委在温江召开全省中等师范学校音乐教材研讨会。

26 日至 28 日　省文联与凉山州文联在西昌召开四川西部地区八市地州文联工作座谈会。

同月　德阳市文联成立。

同月　我省第一家民间文学刊物《巴蜀风》创刊出版。

同月　省影协和影视评论学会举行"建国 40 年献礼影视片理论研讨会"。

12 月

同月　省摄协与省总工会举办"四川省职工摄影艺术展览"。

同月　省视协、剧协、川报、文化厅联合主办"诗仙太白杯"电视剧本评奖在成都授奖。本月还组织观摩座谈了儿童电视剧《男子汉虎虎》和《卡萨艺尼》《长城向南延伸》等电视剧。

本年　四川电视台录制的《死水微澜》和《海灯法师》分获全国首届优秀录像片评比二等奖和优秀奖；《长江第一漂——一个导演的回述》获

美国电影电视节历史传记类优秀创作奖；《男子汉虎虎》获第七届"金鹰奖"儿童剧特别奖；《四川好人》获全国第四届戏曲电视剧"攀枝花奖"一等奖。

1990 年

1 月

同月　成都军区政治部、省文化厅、省曲协在锦城艺术宫联合举办"董怀义专场演出"。

2 月

1 日至 16 日　省摄协与省石油局在省展馆联合举办《中国灭火队征战布尔甘》大型摄影展。

同月　省文化厅艺委会、省曲艺团、八一床垫厂联合在锦城艺术宫举办"王永梭创始谐剧五十周年谐剧群英迎春展演"。

同月　省视协组织观摩座谈四川电视台新拍电视剧《死水微澜》。

同月　重庆杂技团及南充地区杂技团一行共 50 人赴菲律宾商演。

3 月

5 日　省委宣传部、省作协、省新闻出版局联合举办座谈会，祝贺《艾芜文集》（共 10 卷）出版暨艾芜创作 66 周年。

19 日　省音协为名誉主席常苏民从事音乐工作 60 周年暨八十寿辰举行茶话会。

20 日至 27 日　省文联在成都举办市地州文联和省级各艺术家协会负责人参加的《邓小平论文艺》读书班。省委宣传部向全省转发了读书班纪要。

同月　省文联组织音协、剧协、美协、舞协、书协的 20 位艺术家分赴工厂、农村体验生活。

同月　《四川省文化艺术志》美术篇、音乐篇、杂技篇三个编纂小组成立，在省文联省志编纂办公室领导下开展工作。

同月　省舞协与省文化厅联合举办"全省歌舞厅歌手、交谊舞、迪斯科比赛"。

4月

同月　省舞协为全省从事舞蹈工作35年的82位老舞蹈工作者颁发荣誉证书。

同月　万县地区杂技团、成都市杂技团分赴墨西哥、奥地利商演。

同月　由中国书协提名，我省刘云泉、夏应良、罗永崧、周德华的书法作品参加新加坡"首届国际书法展"。

5月

2日　省委宣传部、省新闻出版局、省美协在成都锦江宾馆为川籍著名雕塑家、我国当代杰出马克思主义文艺理论家王朝闻同志举行《王朝闻集》（16卷）出版暨王朝闻同志创作61周年座谈会。

9日至10日　省文联与省企业家俱乐部联合召开有24家大型企业领导人参加的企业文艺工作座谈会。

10日至25日　省体委、省美协举办"第十一届亚运会四川体育美展"，展出作品304件，60件入选"全国第二届体育美展"。吴绪经的国画《竞技图》获特等奖，彭先诚的国画《打马球》获一等奖，张自启等五人作品获二等奖。四川美协获最佳组织奖。

同月　省剧协、省音协、省文化厅共同举办"四川省歌剧调演"。

同月　四川省民俗学会成立，廖伯康为会长。

同月　"四川省首届川北书会"在南充市举行。

同月　《杂技艺术教程》由成都出版社出版发行。

6月

6月22日至7月3日　省文联组织成渝等9市地州文联负责同志赴山

东、天津、陕西考察。在烟台中国文联"文艺之家"举办文艺理论研讨班。

同月 中国曲协主席骆玉笙来成都并与省市曲艺界同行座谈。

7月

同月 日中友好协会在日本静冈县举办"李焕民木刻画展"。

8月

5日 著名作家周克芹不幸病逝，终年53岁。生前曾获"茅盾文学奖"。

同月 涪陵地区文联成立。

同月 四川省曲艺团进京为第11届亚运演出。

同月 "1990年中国古琴国际交流会"在蓉举行，海内外143名专家出席会议，中国音协名誉主席吕骥到会。

9月

同月 文化部、中国摄协授予四川省摄协"第16届全国摄影艺术展览"最佳组织工作奖（流动杯）及优秀组织工作奖。

同月 省文联与省企业家俱乐部联合组团，邀请23位艺术家赴攀枝花钢铁公司、矿山公司、19冶、矿务局等大型企业慰问演出、写字作画，受到企业领导和广大职工欢迎。

10月

15日至25日 省剧协、话剧研究会西南分会、省文化厅艺委会、省人艺共同举办"首届西南地区话剧节"。

10月29日至11月3日 省音协、省文化厅、省广电厅主办"第四届《蓉城之秋》音乐会"。演出5个音乐专场，其中60%以上曲目属新创。

同月 省剧协、省文化厅、话研会西南分会共同举办祝贺曹禺从事戏剧活动 65 周年纪念活动。

同月　省书协接待了日本书道院院长田中冻云为团长的日本妇女书法交流参观团、日本千字会友好访问团、日本洗心书会访问团。

同月　省影协组织观摩座谈电视剧《一个真实的童话》《巴山红杜鹃》。

同月　省曲协、万县市文化局、市文联、市曲协在万县市联合举办"四川省首届川东书会"。

同月　首届"中国曲艺节"在南京开幕，我省程永玲、沈伐、凌宗魁等曲艺家赴会参演。

同月　省舞协为"青年舞蹈家张平、宋庆吉专场演出"举行学术座谈会。

11 月

18 日　由省书协主办的"中国四川·日本山黎县中日友好书法交流展"开幕，同时接待了以松村文一为团长的山黎县书道联盟代表团的来访。

同月　日本山黎县举办"吴一峰、李焕民二大巨匠美术展"。吴一峰、李焕民应邀前往参加开幕式及艺术交流。

同月　由中国书协主办、省书协协办的"全国第三届书学讨论会"在都江堰市召开，50 多位书法理论家和作者莅会。

同月　省舞协组织市、地、州专业、业余舞蹈编导前往西昌观摩"首届四川少数民族艺术节"。

12 月

同月　民间文学集成故事卷（送审本）300 万字送印刷厂付印。

同月　省文联、省美协、省书协、省摄协与省企业家俱乐部在省展览馆联合为 27 家大型企业举办"四川省首届企业职工美术、书法、摄影作品大展"。

本年　在日本举办的"中国版画回顾展"中，李焕民创作的《藏族女孩》获金质奖。

本年　省视协组织电视艺术工作者深入泸州工厂农村体验生活并进行慰问演出。

本年　四川电视台录制的《长城向南延伸》获第十届"飞天奖"中篇连续剧特别奖；《一个真实的童话》获第十届"飞天奖"儿童单本剧一等奖。

1991 年

1 月

27 日　韩国高丽大学中文科教授、著名诗人许世旭来访。

28 日至 30 日　中国民协第五次会员代表大会在北京召开，省民协名誉主席冯元蔚当选为中国民协主席。

同月　日本《虹》摄影俱乐部展在省展览馆举行，150 幅作品参展。

2 月

12 日至 28 日　省美协举办"四川工笔画展"，展出作品 102 件，其中 12 幅参加"全国工笔画展"，朱理存的《愿》获银奖。

同月　省影协举办峨影新片《焦裕禄》研讨会。省市评论界数十人和该片导演王冀邢参加。与会同志对该片创作上获得的成功和在全国引起的轰动给予高度评价。

3 月

同月　省书协主办的"四川省首届妇女书法篆刻展"展出作品 124 幅。

同月　省影协与影视评论学会、省视协、峨影厂、省电视台、省电影公司等单位联合举办"四川省第三届《新星奖》影视评论征文活动"。结合建党七十周年献礼影片展映开展的这一活动引起社会较大反响，收到应征稿件20万份，评出一等奖10名，二等奖20名，三等奖50名。颁奖大会于1992年1月在成都召开。

同月　省舞协接待著名舞蹈家戴爱莲来川访问，并派人陪同前往凉山采风。

4月

5日至19日　李友欣、陈之光、唐大同、崔桦、白航、陈进等10位作家赴云南参加西南五省区作家笔会。

31日　应省美协邀请，"华君武漫画展"178件作品在成都、广汉向阳镇及重庆沙坪坝等地展出。华君武同志应邀到川并到农村、工厂、部队，受到人民群众欢迎。

同月　省舞协与省文化厅在宜宾地区长宁竹海召开"91全省舞蹈新作品研讨会"，40多位编导出席会议，特邀中国舞协副主席贾作光到会指导。

5月

4日至15日　文化部在武汉举行"第三届全国杂技比赛"。四川省参赛的4个节目获银狮奖一个，铜狮奖一个，优秀节目奖二个。

20日　高旭帆等10位青年作者赴京参加全国青年作家创作会议。

21日至23日　四川省文联第三次代表大会在成都隆重召开，来自全省文艺界500名代表与会。省党政军领导杨汝岱、张皓若、廖伯康、聂荣贵、刘仁楚等到会祝贺。李少言致开幕词。杨汝岱作题为《振奋精神，谱写社会主义文艺新篇章》的祝辞。马识途作题为《团结、开拓、创新、繁荣四川社会主义文艺》的工作报告。聂荣贵在大会闭幕式上讲话。新当选的省文联主席李致致闭幕词。大会通过新的文联章程，选举产生新一届省文联领导机构。大会一致推举沙汀、艾芜、马识途、李少言四位文艺界前辈担任省文联名誉主席，方敬等25位名文艺家为省文联顾问。主席团决定聘任卢成春担任秘书长，侯光担任副秘书长。

5月31日至6月2日　省作协第四次代表大会在成都召开，200多位代表莅会。省领导张皓若、李伯勇、聂荣贵、何郝炬、陈明义等到会祝贺。聂荣贵代表省委、省府致祝辞。大会通过了新的会章，选举产生了作协第四届主席团。马识途为主席，丁隆炎等16人为副主席。主席团决定聘任副主席吉狄马加兼任秘书长。

同月　省音协在峨眉山举办"金顶之声"通俗交响音乐会，特邀小提琴演奏家俞丽拿参演。

同月　重庆市川剧院青年演员马文锦获第九届中国戏剧"梅花奖"。

同月　在德国柏林举办"孟伟哉、李焕民、潘行健三人画展"，孟伟哉、李焕民应邀赴德访问。

6月

6日至10日　省书协在自贡市召开"四川省第三届书法艺术研讨会""中国书协会员作品观摩展"。

8日至13日　省作协文学院与上海《萌芽》杂志社联合举办改稿会，《萌芽》10月号推出"四川青年作家作品专号"。

21日至22日　孙静轩作品讨论会在成都汽贸大厦举行。

27日　省影协与影视评论学会联合举办"关于故事片中共产党员形象塑造"的专题学术讨论会。

28日　为庆祝建党70周年，《星星》诗刊与成都电视台联合举办"在七月的旗帜下——'七一'电视百家诗会"。

6月29日至7月20日　省文化厅、省美协等联合举办"庆祝建党七十周年四川美术作品展览"，展出作品587件。其中15件入选全国建党七十周年美展，张旭的油画《晨钟》获银奖。

同月　中国曲协、四川曲协、重庆市文化局、市文联、市曲协在重庆联合举办"中国首届谐剧艺术理论研讨会"，90人莅会，收到论文50篇，并颁发了谐剧艺术创作优秀成果证书。

7 月

8 日　由省委宣传部、成都军区政治部主办，省摄协等 8 单位承办的"庆祝建党七十周年《阳光颂》摄影作品展"在省展馆开幕，展出作品 234 幅。

同月　以朱炳宣为团长、邱仲彭为艺术顾问的四川省民间艺术团一行 25 人赴美国参加"爱达菏州国际民间艺术节"。此时正值我国华东地区遭受特大洪灾袭击，全体团员不仅圆满完成艺术节演出任务，还在我驻旧金山领事馆的安排下，举行赈灾义演，为灾区募集 2 万多美元，受到领事馆通报表扬。

8 月

4 日　中国作协顾问陈荒煤、中国作协书记处书记邓友梅来访。

17 日　省作协主席团召开部分在蓉作家学习江泽民同志"七一"讲话座谈会。

8 月 24 日至 10 月 23 日　经文化部批准，中演公司安排，四川杂技团（成都、宜宾、剑南春三个团组成）一行 45 人，前往巴西作为期两个月的商演。

同月　中国说唱文学学会、省、市曲协在成都举办"中国说唱文艺研究会"。全国各地 40 余人到会，收到论文 30 篇。

同月　省书协承办的"日本国大乐华雪书法艺术展"和"日本书道文化协会书法展"在成都展出。

9 月

11 日　中国作协党组副书记玛拉沁夫和书记处书记葛洛等来川调研。

12 日至 16 日　省作协与中国作协等单位联合在成都举办了"巴金国际学术研讨会"，来自 5 个国家和地区的 70 余位专家、学者参加了会议。

25 日　省作协、省文联、省社科联等单位联合召开"纪念鲁迅诞辰

110 周年座谈会"。

同月　中国美协、中国版协为"纪念新兴版画运动 60 周年鲁迅诞辰 110 周年"在京举办联展，9 月 28 日在人民大会堂吉林厅为有贡献的名版画家授奖。我省版画家李少言、牛文、丰中铁、林军、谢梓文获新兴版画杰出贡献奖。

同月　由云、贵、川三省摄协主办的柯达（外贸）有限公司赞助的柯达专业摄影大奖赛在成都举行。中国摄协副会长袁毅平、中国人像摄协副会长朱天民来蓉为获奖者颁奖。

10 月

5 日　省文联、省作协举行报告会，由中宣部文艺局副局长成志伟、《文艺报》副主编余欣野作当前文艺形势报告。

5 日至 10 日　中国杂协第三次会员代表大会在京召开。我省代表 5 人，何天宠当选为常务理事。

12 日　省影协与成都军区政治部联合举行电影《大决战》座谈会。

22 日至 28 日　以刘云泉为团长，卢成春、张斗文参加的四川省书法友好访问团赴日本山黎县进行为期 7 天的友好访问，参加"日中友好书法交流展"及书法交流活动。

28 日　省作协顾问、重庆市文联主席王觉同志病逝。

11 月

28 日至 30 日　李半黎、徐无闻、刘云泉、何应辉出席中国书协第三次会员代表大会。何应辉当选为常务理事。

同月　省曲协与涪陵市文化局、市曲协联合在涪陵市举办"四川省第二届川东书会"。

同月　省曲协会员程永玲、雷宗荣被文化部评为"全国文化系统先进工作者"。

同月　省舞协、省文化厅共同举办"91 全省舞蹈创作观摩演出"，推出一批思想性艺术性俱佳的新作。省舞协本年还为何川举办了舞蹈作品晚会。

12月

3日至7日　由绵阳市委、市政府主办、市文联承办的"祝贺沙汀创作60周年暨沙汀作品研讨会"在绵阳市召开。来自全国各地和省内100多位作家文学评论家与会。绵阳市长冯崇泰致开幕词，省作协主席马识途宣读了沙汀挚友张秀熟口授的贺词。省文联主席李致、省委宣传部副部长张仲炎等在会上致词。巴金、冰心、阳翰笙、林默涵、陈荒煤、冯牧、艾芜等发来了贺电、贺信。

20日至21日　省作协主席团召开第四届第二次会议，听取91年工作汇报，初议92年工作设想，充实、调整、组成了小说、诗歌、散文、报告文学、少数民族文学、儿童文学、军事文学、翻译文学、文学评论、出版及文学期刊、作家权益保障等10个工作委员会。

同月　根据规定，省文联所属各协会进行了社团登记，取消"中国××艺术家协会四川分会"称谓，改为"四川省××艺术家协会"。改称后的协会有：四川省戏剧家协会、四川省美术家协会、四川省音乐家协会、四川省舞蹈家协会、四川省曲艺家协会、四川省电影家协会、四川省电视艺术家协会、四川省杂技家协会、四川省书法家协会、四川省摄影家协会、四川省民间文艺家协会。

本年　省影协先后组织了室内电视剧《明天不是梦》、电视剧《秋之惑》、纪录片《藏北人家》、电视系列片《南行记》《边塞人家的历史》等的观摩座谈，并积极协助搞好"91中国四川国际电视节"的各项工作。

本年　省剧协与四川电视台联合举办了"91四川中青年京剧演员大赛"，推出的12名优秀演员在全国比赛中获得好成绩。

本年　省剧协组织编绘的大型戏剧画库《中国十大悲剧连环画集》《中国十大喜剧连环画集》分获"全国首届美术图书银奖"和"全国连环

画评奖"银奖。

本年　四川电台录制的《南行记》获四川国际电视节电视剧大奖（1992年，获中宣部"五个一工程"奖优秀电视剧奖，第十二届"飞天奖"中篇连续剧一等奖）。

本年　经文联主席团会议讨论决定，成立了省文联艺术委员会、保障艺术家著作权委员会，并着手开展"首届巴蜀文艺奖评奖"工作。

本年　省文联组织26位艺术家赴成渝高等级公路工地体验生活。音协9位词曲作者到缙云山、中梁山工地采风，并创作10余首歌曲，受到铁二局领导和职工称赞。

本年　为适应改革开放形势发展的需要，根据省三次文代会修改的文联章程，省文联的团体会员除原有12个省级艺术家协会和各市、地、州文联以外，新吸收了一批企业行业文联，它们是：攀钢、长钢、重钢、川化、成铁、国防科工、省电力、电子、石油、地矿、攀矿等11家大型企业行业文联。

1992 年

1 月

12日　重庆杂技团的《蹬鼓》节目在意大利第八届"金色马戏节"获本届艺术节唯一奖——"艺术家大奖"。

同月　我省青年女画家胡冰创作的《天凉好过秋》在加拿大"枫叶奖"国际水墨画大奖赛中获金质奖。

同月　四川散文学会在省文联礼堂举行"91散文征文获奖作品颁奖大会"。学会名誉会长康振黄、省作协主席马识途等到会，会长卢子贵讲话。

2 月

24日至27日　省视协第二次会员代表大会在成都召开。大会通过新的章程，选举产生新的领导机构，卢子贵继任主席。

3 月

同月　省民协与成都凤凰山园艺场联合举办"首届成都民间风筝节"，近万名观众参加，一批著名演员为观众献艺。

同月　我省青年川剧演员田曼莎、陈巧茹，话剧演员吴珊珊获第九届《中国戏剧》"梅花奖"。

同月　省新闻出版局、省作协召开四川文学院丛书编选出版工作会议。丛书选编文学院成立八年来历届创作员 100 余人的作品，列入精神文明建设"五个一工程"计划。

4 月

24 日　云、贵、川、藏、广西五省区影协在蓉举行，西南五省区影协倡议举行"中国少数民族影片评奖活动"协商会。

24 日至 26 日　省作协在德阳市召开全省农村题材创作座谈会。来自全省 60 余位作家和市地州文联、期刊社负责人莅会。省委宣传部部长席义方同志作重要讲话。马识途、杨牧等发言。

同月　省视协与省广电厅总编室联合主办"91 四川广播电视优秀文艺节目评选"，评出特等奖 1 名，一等奖 1 名，二等奖 3 名，三等奖 5 名。

同月　省曲协组织演员参加在郑州举办的"宋河杯"全国曲艺小品邀请赛。包德宾、凌宗魁的作品均获二等奖。

同月　省舞协在青白江区举办"全省思丽丝杯舞蹈编导培训班"，来自全省群众文化部门、企业的舞蹈骨干 60 余人参加学习。

5 月

1 日　为纪念《讲话》发表 50 周年和祝贺省书协成立十周年，四川日报专栏介绍冯建吴、陈无垢、徐无闻、黄原、谢季筠、戴媛、张达煜、罗永嵩、乔为等 9 位书法家的作品。

7 日至 8 日　省作协在成都隆重召开"纪念毛泽东同志《讲话》发

50 周年暨毛泽东文艺思想研讨会"，60 余位作家、评论家、编辑莅会。会上宣读了沙汀、艾芜致大会的贺信。马识途、张仲炎等讲话。

23 日　历经半年有千余件作品参评的"首届巴蜀文艺奖评奖"活动结束，并于本日在省文联礼堂召开颁奖大会。张皓若、聂荣贵、廖伯康、马识途、李少言、席义方等领导同志出席大会，为美术、音乐、戏剧、舞蹈、杂技、书法、摄影、曲艺、电视、民间文艺等 10 个艺术门类的 100 件优秀作品的获奖者颁奖。这是我省十年来规模最大的一次全省综合性文艺评奖。

同日　省美协举行"四川美术展览馆"落成开馆仪式暨美术作品展览，共展出作品 472 件。同时，由李桦、古元、李少言等老版画家倡导并经省编委批准的"神州版画博物馆"也宣告成立。

同月　省音协举办"92 乐百氏蓉城大音乐会"组织近 200 人的大型交响乐团，演奏了自《讲话》发表以来我国作曲家创作的音乐精品，并邀著名歌唱家吴雁泽、王秀芬、李元华同志演出。

同月　省剧协、省文化厅艺委会等单位联合举办了我省历届《中国戏剧》"梅花奖"获奖演员展演。晓艇、刘芸、古小琴、沈铁梅、陈智林、马文锦、田曼莎、陈巧茹、吴珊珊等 9 位演员参演。

同月　由省作协主办的文学评论刊物《当代文坛》已创刊十年。本月初省市文艺界近百人欢聚一堂，举行该刊创刊十周年座谈会。

6 月

7 日　省作协领导宋文咏、杨牧等前往四川人民医院为艾芜同志祝贺 88 岁生日。

28 日　为庆祝《星星》诗刊创刊 35 周年，出刊 200 期，《星星》编辑部与四川人民广播电台联合举办"七月之星"大型诗歌朗诵实况转播会。省委副书记聂荣贵到会祝贺。

同月　省视协组织观摩、座谈电视剧《长征号今夜起飞》。

同月　省杂协、省文化厅在眉山举行"四川省杂技艺术研讨会"。

同月 "全国第五届书法篆刻展"在沈阳举行。我省20位作者的作品入选。侯开喜、洪厚甜、傅舟、林峤、傅士河、徐无闻六位同志的作品获优秀作品奖。

同月 由攀枝花钢铁公司和《人民文学》杂志社联合举办的"中国脊梁（攀钢杯）搞好国营大中型企业优秀报告文学征文活动"在北京举行新闻发布会。这是攀钢投产20多年来首次举办的全国性文学活动。中央和冶金部领导，在京作家莅会。23家文学刊物报名参加这一活动。

7月

同月 "李少言、李焕民、宋广训、徐匡、其加达瓦五人版画展"在香港展出，5位画家亦应邀前往参加艺术交流。

同月 省音协组织"全国鹦鹉杯青少年手风琴比赛四川地区选拔赛"，角逐出的6名选手在全国比赛中获得好成绩。

同月 应俄罗斯音乐舞蹈家协会邀请，省舞协主席杜天文随中国舞蹈家代表团访俄。

同月 以程永玲为团长的中国成都民间艺术家小组赴加拿大参加"温尼伯国际艺术节"演出活动。

8月

14日 省作协主席马识途亲切会见日本北海道中国研究会会长、作家川口孝夫先生。

20日 省作协和《当代文坛》编辑部在成都召开王火长篇小说《战争和人》（包括《月落乌啼霜满天》《山在虚无缥缈间》《枫叶荻花秋瑟瑟》三部曲）讨论会，40位作家、评论家莅会。省作协主席马识途致辞。与会同志高度评价了王火同志这部165万字的史诗性巨著，称之为新时期我国长篇小说的重要收获。《人民文学》出版社也于9月在京举行了该书研讨会。

26日 省作协、省民委联合举行"首届四川省少数民族优秀文学作品颁奖大会暨少数民族文学丛书《环山的星》首发式"。这次评奖收到藏、彝、土家等10个少数民族作者的作品221件,评出优秀作品30件。冯元蔚、天宝、马识途、孙自强等有关领导到会。

同月 省书协戴媛受省对外友协派遣,随四川省青少年武术代表团赴日本广岛等地访问和书艺交流,并参加了"日中友好青少年书道展"开幕式。

同月 省文联组织各协会负责人赴德阳、绵阳等地考察,并草拟了《四川省文联机构改革实施方案》(讨论稿)。

同月 由省川剧学学会和日本早稻田大学演剧博物馆共同主办、四川国际文化交流中心承办的"首届川剧学国际研讨会"在成都举行。出席会议的有中国、日本、美国、新加坡及港澳台地区的戏剧专家学者50余人。这是川剧有史以来第一次国际性会议。

同月 省音协为四川省歌舞剧院青年大提琴演奏家郭曲举办了独奏音乐会。

9月

1日 在两省省委、省府领导支持下,由四川、云南两省文联和昆明市文联共同举办的"重振西南丝绸之路"大型采风考察活动。9月1日从成都始发,先后由30位作家、艺术家参加的采风团,途经川、滇14个市、地、州及缅甸等地,行程840公里,历时47天。考察成果汇编成了丛书和画册。

10月

17日 四川省第六届振兴川剧汇演经过两轮演出降下帷幕。此次演出荟萃了省内各川剧院精心排练的14台大型川剧,如《夕照祁山》《杏花二月天》《一代风骚》《诗酒长安》等颇受欢迎。

27日 省摄协、成都新华摄影之家、成都科技摄影器材公司共同举办表彰大会,表彰我省部队优秀摄影家王达军获"第二届中国摄影艺术节"

金像奖；王建军获该届摄影节金像提名奖和全国十大青年摄影家称号。中国摄影家协会副主席香港著名摄影家陈复礼先生、中国摄协顾问专程来蓉向他们颁奖。

同月　省文联组织长钢、川化等企业文联同志赴武汉参加湖北省产业系统"楚天杯"文艺汇演和评奖活动。

同月　省剧协与省文化厅联合举办"神奇杯92四川省话剧小品邀请赛"，全省和部队共27个话剧小品参赛，并评出优秀小品创作、导演、演员奖。

同月　由省舞协举办的"四川省首届恩丽丝杯舞蹈新作大赛"在成都青白江区举行，15个市地州的20余个作品参赛，对10个优秀作品给予奖励。其中获创作、表演一等奖的舞蹈新作《大山下》选送参加"全国第二届民族民间音乐舞蹈汇演"荣获一等奖。

同月　省舞协副秘书长段隆德应美国加利福尼亚四方舞协会邀请，随中国四方舞代表团访美。

11月

1日　省书协主办的"四川省书法新人新作展"在成都开幕，共展出作品239件，16件获优秀作品奖。

3日　省作协邀请在蓉部分知名作家举行学习座谈党的十四大精神座谈会。

24日至30日　省视协与中国视协在成都联合召开纪实性电视剧研讨会，到会的有全国各地电视艺术方面的专家、编剧、导演40余人。

11月26日至12月4日　省摄协与四川科技交流中心共同举办荷兰女摄影家马赫德·斯蒂克渥特摄影艺术展。同时还举办了"第六届西南四省（区）一市摄影艺术联展"和"92四川摄影艺术展"。

同月　省音协与文化厅、四川电视台联合举办"92美野杯四川十佳歌手选拔赛"。

12 月

5 日　中共优秀党员，左翼作家联盟的优秀战士，中国作协顾问，四川省文联、省作协名誉主席，著名作家艾芜因病在成都逝世，享年 88 岁。12 月 15 日在成都殡仪馆举行近千人参加的遗体告别仪式。

14 日　中共优秀党员，杰出的人民文学战士，四川省文联、省作协名誉主席、著名作家沙汀因病在成都逝世，享年 88 岁。12 月 24 日在成都殡仪馆举行了近千人参加的遗体告别仪式。四川日报先后推出两个纪念专版，省作协召开了缅怀二老生平业绩座谈会。

同月　省曲协在黄龙溪组织"曲艺家联谊会"，省曲协自筹资金编印的 22 万字优秀曲艺作品选《浪花朵朵》受到基层群众文化单位欢迎。

本年　四川电视台录制的《南行记——边寨人家的历史》获精神文明建设"五个一工程"优秀电视剧奖；《长征号今夜起飞》获第十二届"飞天奖"评委提名荣誉奖。

本年　省文联为产业职工单设的"四川省产业系统巴蜀文艺奖"评奖工作结束。全省 30 个大中型企业工会文联参加这一活动，包括文学、音乐、美术、戏剧、书法、摄影、舞蹈、曲艺八个艺术门类的 60 件作品分获一、二、三等奖。这次活动得到长城特殊钢公司的大力支持。

1993 年

1 月

20 日　省文联主办了省"首届产业系统巴蜀文艺奖"颁奖大会，向评选出的美术、戏剧、音乐、书法、摄影、舞蹈、曲艺等 8 个艺术门类 66 名获奖者颁发一、二、三等青铜奖和证书。

2月

20日　省舞协特邀台湾的刘凤学博士为代表的新古典舞团来蓉交流演出。

3月

1日　省民协举办了第三届成都凤凰山风筝艺术节。

26日　四川中华食品文化研究会在省文联成立。

5月

21日　在省文联举行了"庆贺四川省文联成立40周年大会"，并为在省文联和各协会工作四十年以上的老文艺工作者颁发荣誉证书。

21日至27日　在省美术馆举行"庆贺四川省文联成立40周年美术、书法作品展"共展出作品200余件。

23日　四川省文联举办成立四十周年纪念庆祝活动。

同月　编辑出版了《四川省文联40周年》文集，聂荣贵同志为此书作序。

7月

5日至9日　省音协《音乐世界》编辑部在简阳召开了"93四川音乐创作讨论会"。推出音乐新作40余件。

同月　省美协组织选送各画种作品参加全国展览，4次入选作品达68件，获奖作品1件，马振声、徐恒瑜的作品分别获全国一等奖。

同月　省剧协协助文化厅组织了"93四川省小品大赛"，周宾伟创作《窗口》《人情变奏曲》《卖猪》等8个小品分别获得优秀奖。

同月　廖全京、张羽军同志撰写的论文分别获得首届"全兴杯"文艺评论一、二等奖。

同月　省影协协助其他单位编印出版了纪念中国共产党成立70周年论

文集——《这边风景》。在《四川电影界》发表了"关于共产党人和银幕形象塑造"的论文 10 篇。

同月　省摄协组织的摄影参赛作品颜晓亚的《金婚一刻》在全国第七届尼康奖摄影比赛中获一等奖，王学成的《火娃纪实》获全国晚报好新闻一等奖。

8 月

8 月 1 日至 9 月 1 日　省文联组织攀钢艺术团参加在意大利举行的国际民间艺术节。

2 日至 4 日　省曲协与省文化厅艺委会等单位共同举办了"巴蜀曲艺一代名师献演活动"。

同月　省文联接待了尼泊尔皇家学院代表团的来访。

同月　省书协在重庆举办了"四川第二届篆刻展"。全省入选作者达199 名。

9 月

2 日至 7 日　省杂协组织参加第二届全国"新苗杯"杂技大赛，我省参赛的 8 个杂技节目分别获得两金、三银、三铜的好成绩。

8 日　四川民族管弦乐学会成立。

10 月

4 日　全国地方戏曲交流演出南方片区在成都举行。川剧《刘氏四娘》《峨眉山月》《大佛传奇》参加演出并获得好评。

同月　省民协组团参加了在云南联合召开的"民间文艺与现代化"的学术讨论会。

同月　曲协组织演员参加了文化部、中国曲协等联合举办的"中国相声节"比赛，我省曲艺演员白桦和邓小林合说的相声《学唱》分别获得"金玫瑰"创作和表演三等奖。

同月　省音协与省音乐舞蹈研究所在平武县召开了"巴蜀古舞学术研讨会"。

同月　省民协完成了《中国民间故事集成·四川卷》上下册的上报终审工作。

11月

22日　省《巴蜀大文化画库》编委会成立。

同月　省影协组织召开了"银幕上的毛泽东"研讨会。

同月　省视协组织对电视系列片《人寰精灵》、电视纪录片《深山船家》和电视剧《爱在雨季》《老磨房》等的评论活动。

同月　省文联在成都主办了九省区市文联工作研讨会。

12月

11日　省文联主席团会议研究通过，发展了5家大型企业为团体会员，这五家企业是：重庆嘉陵机器厂、重庆江陵机器厂、泸州老窖酒厂、泸州天然气化学工业公司、德阳第二重型机器厂。

同月　省美协举办了"纪念毛泽东诞辰100周年美术作品展"。

同月　省书协与省老干部工作委员会共同主办了纪念毛泽东诞辰100周年书画展。

1994年

3月

20日　省民协在金马举办第三届风筝艺术节，约3万人参加这次盛会，共70多人获奖。

22日　成立省文联机关党委办公室。

4月

20日　四川省企业文联正式成立，副省长马麟等领导到会并讲话，来自29家大型企业、行业负责同志80余人到会。

同月　省剧协在德阳举办了川剧丑角展览演出活动，省内12个地市代表队参加了演出，为振兴川剧推出了一批丑角艺术人才。

6月

同月　在全国第八届音乐作品（交响乐）评奖活动中，省音协组织创作的《川江魂》《觅》《纪念》等三部音乐作品荣获优秀创作奖。

同月　省视协与成都市话剧院合作召开了"四川省影像制品走向市场研讨会"。

7月

同月　省影协主办首届西南西北省区影协年会。

同月　省视协与省影协、四川少数民族文化基金会合作，开展了少数民族电影电视剧本评奖活动。13部电影剧本，10部电视连续剧本，13部单本电视剧本，4部电视艺术片剧本获奖。

8月

1日至15日　四川省文联举办了"1994中国·四川国际民间艺术节"。参加本次艺术节的15个中外艺术团来自奥地利、比利时、希腊、以色列、印度尼西亚、德国、朝鲜、尼泊尔、俄罗斯、墨西哥、美国和我国上海、云南、贵州、四川，在9个城市共计演出54场，观众达12万余人。

同月　省书协举办了"四川首届篆刻艺术展"。

同月　省舞协在组织参加"中华民族20世纪华人舞蹈经典评比展演"中，《快乐的罗嗦》获得经典作品奖，《观灯》《阿哥追》《卓瓦桑姆》三个作品获经典提名奖。

同月　省舞协辅导排演的一台土家族舞蹈《摆手祭》在全国第二届少数民族艺术节上获特别奖。

同月　省民协组织编写民间文学集成《四川故事卷》（上下册）、《四川歌谣卷》（上下册）和《四川谚语卷》。

同月　省曲协组织推荐的曲艺小品《生日》在"南阳杯"全国曲艺小品大赛中获奖。

9月

同月　省民协组织召开《西南五省区民间文化艺术研讨会》。

10月

同月　省文联在四川美术馆举办了国际民间艺术节摄影作品展，共展出佳作300余幅。

同月　省剧协和中国话剧研究会等单位联合举办了"九龙杯"第二届西南地区话剧节，共有9台大型话剧，2台话剧小品参加演出。

同月　省剧协推荐成都军区战旗话剧团创作的大型话剧《结伴同行》获"曹禺戏剧文学奖"。

同月　省美协向"全国第八届美展"组织推选36件作品，其中21件作品获优秀作品，5件作品获奖，名列全国第四。

同月　省美协向"全国第十二届版画展"推选作品43件，入选参展16件，获奖1件。

同月　省美协组织举办了"四川省庆祝建国45周年美术作品展"。

11月

同月　省文联组织作协、音协、美协、曲协、剧协、书协、摄协等7个协会的20余名艺术家赴青川体验生活，20余名艺术家被授予"青川县荣誉市民的称号"。

同月　省音协组织部分专业词曲作家到四川省电子系统基层单位深入

生活，创作一批反映工人生活的歌曲作品，并编印成专集。

同月　省曲协与有关单位共同举办了"李伯清评书现象研讨会"。

同月　省摄协在"第十七届全国摄影艺术作品展"参赛作品中，入选作品 11 幅，获铜奖 1 枚。

同月　省杂协组织推荐的魔术《球环》获"1994 全国首届'恒源祥'杯近景魔术电视大赛"优秀表演奖。

同月　在南京举办的中国曲艺荟萃 94 新人雅集活动中，梁音《成都的传说》获"中国曲艺荟萃新人奖"。

同月　省书协与中国书协共同在成都主办"当代中国书法创作评审理论研讨会"暨"国际书法精品邀请展"，展出作品 150 余件。

1995 年

1 月

20 日至 24 日　在法国巴黎举行的第 8 届世界"未来"杂技节，我省重庆杂技团参赛《舞流星》节目荣获唯一金奖。同时举行的第 17 届世界"明日"杂技节，成都战旗杂技团《双飞燕》节目荣获金奖。

3 月

21 日　第四届全国杂技比赛西南区预选赛分别在宜宾、重庆、遵义、贵阳、昆明举行，我省参赛节目全部获奖。其中，获金奖的单位和节目是：重庆杂技艺术团《顶技》《转碟》《钻地圈》《十字钢丝》，自贡市杂技团《跳悬板》，宜宾杂技团《五人坛技》。获银奖的单位和节目是：万县三峡杂技团《五人坛技》。获铜奖的单位和节目有：宜宾杂技团《顶碗》《对蹬平衡》《晃板》，自贡市杂技团《高车踢碗》《小幻术》，资阳市金雁杂技团《晃梯顶技》，达川杂技团《颈脖排椅》和万县杂技团《空中小弟子》。

同月　省文联与剧协、战旗话剧团联合召开了"四川省中青年影视剧编导创作研讨会"。

同月　省视协与四川电视台联合召开了全省电视剧创作座谈会，30 多位剧作家参加会议，收到影视剧本和创作提纲 8 件。

4 月

1 日至 2 日　四川民协在成都温江金马旅游区举办了中国成都第四届风筝艺术节。

25 日　北京部分著名艺术家谢添、凌子风、梅阡、李仁堂、蓝天野、吕奇和四川美协著名画家李少言、丰中铁等在四川美术馆内举行纪念抗战胜利 50 周年笔会。

同月　在全国剧协工作会议上，中国剧协对四川省剧协在发挥专家优势、开展戏剧评论和繁荣戏剧创作方面做出的突出成绩予以表彰，并颁发奖状。

同月　省文联组织剧作者高力等人创作的《雪山·杜鹃·红丝绒》被中国文联和国家税务总局评为电视剧本一等奖。

同月　省音协与成都音乐舞剧院等单位举办了第二届中国古琴艺术国际交流会。

同月　省视协与广电厅艺委会联合举办 1994 年度优秀电视艺术作品评选活动，并在《电视园地》上发表了评奖结果。

同月　省文联在成都召开了各市地州文联领导参加的扩大会，传达全国文联工作会议精神，通报省文联工作，省委常委、宣传部部长席义方同志到会讲话。

5 月

5 月 3 日至 6 月 6 日　由朱炳宣和张仲炎同志带队，以攀枝花市歌舞剧团为主的四川民间艺术团一行 40 人应西班牙、比利时、法国国际民间艺术组织邀请，参加了 3 个国家 3 个城市的国际民间艺术交流演出，历时 30 余天，演出了 40 余场充满四川民族风情的民间歌舞，在此期间举办了绘画和四川风光摄影展，加深了各国人民艺术家之间的友谊，赢得了国际民间艺术组织和中国驻外使馆的赞扬。

30日 省剧协召开川剧改革艺术座谈会。

同月 省美协组织省内部分画家分别在韩国、俄罗斯、美国举办美术展览，交流绘画技艺。

6月

10日 省文联、省曲协在锦江剧场举办了纪念抗战胜利50周年曲艺专场晚会。

同月 省书协与西南师大共同举办了全国著名书法家、篆刻家、已故省书协副主席徐无闻先生的书法篆刻遗作展，展出作品150余件，同时召开"徐无闻艺术思想研讨会"，80余位专家学者到会，宣读论文40余篇。

7月

7月至11月 省剧协协助中国剧协、四川省政府在成都举办第四届中国戏剧节。

同月 省音协组织了"第二届全国聂耳、冼星海声乐作品演唱比赛"四川地区选拔赛。

同月 四川省美术馆组织举办了"纪念抗战胜利50周年全国版画作品展"，展览结束后在参展的作品中，精选150件作品编印了一册《中国版画》抗战作品专刊。

同月 省影协与大西南国际经济文化传播中心联合主办了"第二届全国推新人影视表演大奖赛"四川赛区的选拔赛，共评出一等奖2名，二等奖3名，三等奖6名。在激烈角逐中，四川有2名选手进入前10名，其余9名选手均获三等奖。

同月 省民协接待了日本从事民间文学研究的专家，共同探讨了四川傩戏的形态、种类及演变等问题。

8月

8月至9月　省书协与有关单位联合举办"抗战胜利50周年四川省书画作品展"和"四川省妇女书法作品展"。

同月　《音乐世界》杂志在四川省首届期刊评选中获整体设计优秀奖。

同月　省美协组织举办了"抗战胜利50周年大型美展",共展出328件作品,其中33件被评选为优秀作品,展览期间美协还举行了"勿忘国耻,振兴中华"的签名纪念活动。

同月　我省书画家代表团一行9人赴宁夏回族自治区进行艺术交流活动。

9月

同月　省视协全力参与1995四川国际电视节的评奖工作。四川电视台王海兵拍摄的纪录片《回家》获得"金熊猫大奖"。

10月

12日至17日　第二届中国曲艺节在平顶山市举行,四川参赛并获得牡丹奖的节目有:四川省曲艺团《邻居对唱》(作者、演员:涂太中),成都市曲艺团《懒汉和鸡蛋》(张继楼词、曹正礼曲,田临平、陈莉等表演,重庆市曲艺团《峡江流》(何文渊、张尚元词,李静明曲,周萍、粟琳表演)。

24日　省音协召开音乐理论工作座谈会,30位专家学者出席了会议。

同月　省音协与总工会联合举办了"四川省职工歌曲征稿"评选活动,评出一等奖歌曲6首,二、三等奖歌曲数十首。

同月　省企业文联为省电力局举办"四川有电90周年"美术、书法、摄影展。

11 月

11 月至 12 月　省书协为全国第六届书法篆刻展和第六届中青年书法篆刻展推荐上百幅作品，有 50 余幅作品入选参展，其中有 5 件作品获奖。

同月　省文联组织实施了第二届巴蜀文艺评奖活动，共有美术、戏剧、音乐、电影、舞蹈、电视、杂技、书法、摄影、曲艺、民间文艺等 11 个艺术门类的 99 件作品获奖。企业文联同时评出了产业系统 8 个艺术门类 53 件获奖作品。

同月　省视协与重庆电视台联合召开了第八届四川城市电视台专题节目理论研讨会，共有省内外 50 多位艺术家参加会议。

同月　省书协与韩国书法家在四川美术馆举办了中韩书法交流展，同时召开了书艺研讨会。

同月　《音乐世界》编辑部配合音乐教学，编辑出版了《少儿钢琴辅导手册》和《中师中小学音乐教学优秀教案汇编》。

同月　省民协集成办主编的四川省民间文学三套集成《四川故事卷》（上下册 240 万字）通过了全国总编委会的终审。

同月　省影协为纪念世界电影诞生 100 周年和中国电影诞生 90 周年，与有关单位联合开展了"我与电影"有奖征文活动，收到征文 2000 多篇，评出一等奖 3 名，二等奖 15 名，三等奖 20 名。

同月　省影协与委宣传部、省文化厅等 6 家单位联合举行了"回顾与展望"电影研讨会，60 多位专家学者参加了会议，共收论文 30 多篇。

同月　著名戏剧家李累、作家肖萸逝世。

12 月

同月　省曲协组织撰写的论文《四川扬琴宫调研究》在"全国曲艺理论研究优秀科研成果评奖"中荣获一等奖。

同月　由四川省文联和四川人民出版社联合组织编写的一套 25 集《爱我中华》彩图丛书正式出版发行。

1996 年

2 月

同月　省文联组织省美协、省音协、省书协、省舞协、省曲协的知名文艺家共 50 余人分三路送文化下乡：一路到绵阳涪城区郊乡双碑村；一路到都江堰聚源镇；一路到新都县大丰乡。

同月　韩国中国版画艺术中心邀请省美协画家其加达瓦的黑白人物版画作品 25 件到韩国举办了为期一个月的展览。

同月　省文联在成都召开了"四川省第二届巴蜀文艺评奖颁奖大会"，省委领导秦玉琴、席义方，省政协领导章玉钧以及省上老领导张力行、天宝、韩邦彦等到会为文艺界和产业系统的 165 位获奖者颁发奖杯和荣誉证书。

4 月

同月　省影协与省市电视家协会和电影电视评论学会等 5 个单位联合组织召开了"影视评论专题座谈会"，与会者 30 多人。

5 月

22 日　为纪念毛泽东《在延安文艺座谈会上的讲话》发表 54 周年，省文联与省委宣传部共同组织百名文艺家参与"兴川精神·世纪潮创作采风月"活动。文艺家们兵分三路：一路赴绵阳科学城核九院、长虹电器厂和绵阳涪城区、游仙区农村；一路赴阿坝雪山草地重走长征路，四川美院年轻画家谢良平在途中患病，救治无效而不幸逝世；一路赴三峡移民区。

同月　中国版画家协会经过评选，向 20 世纪五六十年代有较大成就的 180 位全国优秀版画家颁发了鲁迅版画奖。四川获奖者有吴凡、李焕民、宋广训、宋克君、徐匡、黄玄之等 12 名画家。

同月　省剧协与省委宣传部文艺处、省少儿出版社、省视协等单位联合召开四川省少儿文艺创作研讨会。

6 月

同月　法国巴黎吕霞光工作室邀请省美协女画家阿鸽赴巴黎举办个人画展并进行学术交流。

7 月

同月　省舞协特邀德国乌尔姆大剧院芭蕾舞团团长、艺术总监、首席编导曲平与在蓉的 40 多位舞蹈家举行了艺术交流座谈会。

8 月

同月　举办了"四川省老摄影家作品回顾展"，共有 20 位摄影家的 150 幅作品参展。

同月　省音协召开了全省歌曲创作座谈会。

同月　省视协在内江组织召开了全省第九届电视专题理论研讨会。

9 月

同月　省音协联合《华西都市报》共同举办了"府南河大合唱"作品征集活动。

同月　省书协协助重庆市书协承办了第七届中日书家自咏诗书作品展。

同月　省曲协与成都市曲协联合举办了第六届西南三省五方曲协工作研讨会。

同月　组织举办了首届"川化杯"全企业歌手大赛，30 多家国有大型企业的近 70 位歌手参加了比赛。

10 月

10 月 28 日至 11 月 2 日　省音协举办第六届"蓉城之秋"音乐会，共演出了 8 台节目。

同月　在省委宣传部组织的 1996 年四川省"五个一工程"歌曲评奖活动中，省文联组织创作的歌曲《老兵新兵》和《月亮的女儿多欢畅》获得四川省"五个一工程"奖。

同月　在四川美术馆举办了四川省纪念红军长征胜利 60 周年美术作品展，展出作品 300 多件。

同月　省剧协、省文联、省文化厅、成都市文化局、成都市文联联合在新津县召开了戏剧评论工作会。

同月　在全国快板书、快板电视表演大赛中，我省曲艺家董怀义表演的陕西快板传统小段《吃钱》荣获表演一等奖。省曲协获组织奖、曲艺家牛德增获杰出指导奖。

同月　省书协在蓬溪组织召开了四川省书法创作研讨会，全省中青年书法家 60 余人参加了会议。

11 月

同月　为迎接 1997 香港回归，特邀"香港的历史和现状图片展"来蓉展出。

同月　省民协与联合国教科文组织亚洲官员在成都签署了合作采录重庆市九龙坡区走马镇民间故事的协议。

12 月

同月　省视协一行 16 人，前往新加坡、马来西亚、泰国等国家及中国香港地区进行了考察、访问。

同月　省书协在四川美术馆举办了四川省第二届书法篆刻新人新作展，并召开了创作评审讨论会。

同月　与文化厅联合举办的四川省"金龙杯"舞蹈（单双、三人舞）比赛，在攀枝花市举行。

同月　举办首次"柯达杯"婚纱摄影艺术展，展出作品 150 件。

本年　在首届"中国画人物画展览"中，我省共入选 15 件作品，其中青年画家李青稞的《西风烈》，另三位画家的作品分别获得银奖铜奖和优秀奖。

本年　全国十三届版画展中，我省入选 12 件作品，其中李焕民的《高原之母》获银奖。

本年　在首次全国水彩画展中我省 11 件作品入选，其中杜泳樵的作品《静物》获得银奖。

本年　成立华夏艺术团。

1997 年

2 月

同月　省摄协组织 10 名摄影家赴二滩、攀钢、攀矿等地深入生活。

3 月

同月　省文联组织一批摄影家和书法家赴攀枝花、凉山州等地采风。

4 月

同月　省音协先后组织两批音乐家分别到府南河工地和三台县深入生活。

同月　省摄协组织 25 名摄影家到广西进行采访和创作。

5 月

同月　省文联从全省范围内组织两批文艺家分头赴三峡库区、坝区、移民区和甘孜藏区深入生活。

同月　省剧协组织 20 余名戏剧家赴成都龙泉驿区同安镇深入生活。

6 月

12 日至 14 日　四川省文联第四次代表大会在成都隆重召开，党政军领导杨析综、聂荣贵、秦玉琴、席义方、史志义、王景荣、陈文光、王金祥、章玉钧、江木参等同志出席了大会，中国文联主席周巍峙、副主席冯元蔚到会祝贺，我省文艺界代表 500 余人参加了盛会。

同月　在四川省第四次文代会期间，由省委宣传部、省文联等单位主办的"四川明星回家乡文艺演出"活动在四川省体育馆举行。著名川籍明星刘晓庆、廖昌永、郭峰、侯宏澜、李丹阳、曲比阿乌、张迈等应邀演出了精彩的文艺节目。

8 月

同月　省文联组织 14 名书画家赴内蒙古大草原深入生活，采风创作。

9 月

同月　省文联和省美协主办的潘天寿画展在四川美术馆隆重举行，画展期间还组织了 3 场与此相关的学术研讨会暨专题讲座。

10 月

同月　由省委宣传部、省文联和省美协等单位联合举办的"李少言八十版画回顾展"在省美术馆举行，展出作品 100 余幅。

同月　第五届中国艺术节在成都举行。艺术节期间，省文联及有关协会配合文化厅等部门举办了一系列的文艺活动。舞协推出了王玉兰舞蹈晚会，书协举办了四川书法精品展，摄协举办了四川优秀摄影作品展，美协举办了四川藏画展和四川收藏展，奇石根雕研究会举办了四川首届奇石根雕展。

11 月

6 日　省影协组织艺术家到解放军 86223 部队举办了"共话十五大，

艺术家和解放军心连心"大型演出活动。

19 日至 21 日 文化部和全国艺术科学规划小组在北京召开了全国十套文艺集成志书编纂成果表彰会。四川民协获组织工作奖,《四川故事卷》获编纂成果集体奖。

本年 省民协编写《彩图华夏故事宝典》（10 册）、《20 世纪中国名人学堂生涯》丛书,编辑出版了《走马镇民间故事》。

1998 年

1 月

1 月至 2 月 省文联先后组织了书法家、美术家、摄影家、曲艺家六批共 120 人,分别到成都光明电器厂、成都卷烟厂、都江堰聚源镇、广汉市新星镇、成都空军疗养院,为工人、农民、部队官兵献字、作画、书写春联和摄影共 4152 幅,演出节目 3 场。

3 月

25 日至 27 日 省文联四届二次全委会在成都召开,全省 160 余位文艺家到会,共商繁荣四川文艺大计。会议高举邓小平理论伟大旗帜,以党的十五大精神为指南,认真总结了 1997 年全省的文艺工作,结合传达中国文联全委会精神,提出了 1998 年省文联的工作意见。

同月 省文联组织老作家李兴普等人赴二滩电站建设工地深入生活,创作了 25000 字的纪实性报告文学《输送光明的人们》。

4 月

同月 省文联组织美术家 10 余人到桂林采风创作搜集素材,并与当地驻军和企业开展书画笔会。

5月

18日 省文联与省美协、省书协组织 16 位美术、书法家到崇州皮革厂开展文艺家与企业家心连心活动，为该厂工人和干部献字作画 200 多幅。

同月 为纪念毛泽东《在延安文艺座谈会上的讲话》发表 56 周年，省文联与省曲协联合举办了"四川清音、扬琴优秀作品展演"活动，全省 40 多位曲艺新人和一批具有较高艺术质量的曲艺新作分别在光华川剧院、华西医大礼堂演出 3 场，受到观众欢迎。

6月

同月 省民协组织编撰的《中国民间故事集成·四川卷》由国家统一安排出版，并在全国发行。该书分上下两卷，共 200 万字，汇集了四川各民族、各地区民间故事精品 1000 多篇。

同月 省文联组织创作的《阿惹妞》《漫漫草地》《川江女人》等 3 个舞蹈参加全国首届"荷花奖"比赛演出，分别获得全国舞蹈最高奖"荷花奖"金、银、铜奖，取得了名列全国第一的优异成绩。

7月

1日至 16日 应联合国教科文组织的邀请，省文联钱来忠同志携 50 件国画作品赴法国联合国教科文总部展出。

同月 省文联音协等部门共同举办了 1998 四川省少儿电子琴艺术节暨四川省第二届中小学生电子琴比赛。

同月 省文联、省美协组织我省美术家 50 幅优秀作品赴新加坡展出，后又组织了美协青年画家张国平、胡冰美术作品 100 幅赴日本交流展出。

同月 省摄协与苍溪县政府在四川美术展览馆联合举办了"脱贫与发展·梨乡之春"摄影展。展出摄影作品 520 幅，先后有 4000 多人观看了展览。

同月 由省民协等单位在四川省展览馆隆重举办了 1998 中国西部民族

民间工艺美术大展。

9 月

同月　省文联与省美协举办当代画坛岭南派大师关山月先生的山水画邀请展，展出了关先生 100 多幅手迹。

同月　省文联组织 12 名文艺家到甘孜州康巴地区深入生活，创作了六集电视专题片《康巴民居·高原亮丽的风景》文学脚本。

同月　省文联与有关部门合作，在成都国际会展中心举办了首届中国设计艺术大展，共展出国内 3000 余件优秀作品。大展还邀请了一批国际顶尖设计大师参展，包括国际商标协会主席保罗·易宝的标志设计作品，德国吕迪·鲍尔的装帧设计作品，美国萨凡那艺术与设计学院的平面及服装作品，以及靳埭强和尼古拉斯·特罗斯勒·萨非斯等国际著名设计大师的近百件作品。

10 月

10 月至 11 月　省文联与省美协组织了两批画家共 60 余人到甘孜、阿坝深入生活，采风创作。

同月　省文联与省美协承办了全国第十四届版画艺术大展，384 幅优秀作品参加了展出。

同月　省文联与省影协组织文艺家 30 余人到丹棱县开展文艺家与农民心连心演出活动，同时到该县靠山庄举办电影《被爱情遗忘的角落》拍摄 18 周年座谈会。

同月　省音协组织 50 余名音乐家到绵阳深入生活，并举行了音乐创作理论研讨会。

12 月

23 日　省文联、省美协、省书协、省摄协联合举办庆祝党的十一届三中全会召开二十周年四川省美术、书法、摄影大展及四川省第二届人民公仆书法展，展出作品 420 件。

同月　省文联和省书协组织举办了全省第三届新人新作书法篆刻作品展，展出作品 200 件。

1999 年

1 月

同月　省摄协与省环保局等单位联合在省美术馆举办了"小金四姑娘山·稻城亚丁自然保护区风光摄影展"，共展出 19 位作者的 120 余幅作品。

1 月至 2 月　省文联和各有关协会先后组织 10 余批文艺家 200 余人次赴工厂、农村、军营开展文艺活动。文艺家们除表演节目外，还为广大群众写字、作画、摄影、写对联共 4120 件。

2 月

同月　省摄协与有关单位合作在人民公园举办了"回忆广阔天地，难忘沧桑岁月——纪念知识青年上山下乡 30 周年"纪实摄影展。

3 月

25 日至 26 日　省文联四届三次全委会在成都召开，来自全省各地的文联委员及各市地州文联、省直各文艺家协会的负责人 150 余人参加了会议。会议传达和学习中央及省委的有关文艺方针政策，全面总结了四川文艺界取得的成绩，动员广大文艺工作者加强学习、努力创作，唱响主旋律。

4 月

同月　四川省文联和中国文联联合在成都召开了"文艺批评与文联工作研讨会"。

5 月

同月　出版了《萧崇素民族民间文学论集》。

同月　联合国教科文组织所属国际民间艺术组织负责人法格尔一行应中国文联邀请来华访问。来蓉期间，和四川省文联领导、省民协负责同志进行了会谈。

6 月

6 月底至 8 月底　省杂协创办的华夏艺术团一行 26 人赴日本进行了为期两个月的演出，完成了 120 场演出任务。

7 月

同月　省文联与有关部门联合主办了"99 第六届全国推新人大赛"四川赛区比赛。

同月　四川旅法艺术家王以时美术作品展在四川省美术馆举行。

8 月

同月　省文联与有关部门联合召开了"四川文艺批评 50 年研讨会"。

9 月

17 日　举办了第三届巴蜀文艺奖颁奖大会，省委副书记席义方同志出席大会并作了《深入生活，繁荣创作，谱写巴蜀文艺新篇章》的重要讲话。本届巴蜀文艺奖共评选出我省文艺家于 1995 年至 1997 年三年间创作的各类文艺作品 115 件。

同月　省文联、省美协、省书协、省摄协与有关单位联合举办了四川省庆祝建国 50 周年美术、书法、摄影作品展。

10 月

同月　从 1996 年着手撰写的《四川民俗大典》由四川人民出版社出

版。该《大典》140万字，对四川各民族各地区的种种民俗事象进行了立体描述和深入探讨，具有较高的学术价值。

同月　省民协组织民间艺术团赴无锡参加第四届中国民间艺术节。四川民间艺术团和延边朝鲜族艺术团、伊犁地区艺术团同获演出优胜奖。

同月　省音协与有关单位联合举办了第七届"蓉城之秋"音乐会，共演出6台节目，并进行了创作和表演评奖。

11 月

同月　省剧协组织大竹县川剧团赴长沙参加中国第五届映山红民间戏剧节，演出了《粉祸》《宣判之前》《中秋月圆》。

同月　四川首家民间戏剧团体"锦绣剧社"成立，同时成功排演了萨特名剧《死无葬身之地》。

12 月

同月　省文联和省美协隆重举办了"祖国颂·巴蜀大地"国画、油画、山水画大展，以庆祝澳门回归祖国，有300多件作品参展。

同月　省民协召开了民间文艺再创作研讨会。

本年　由省舞协组织创作的大型民族舞蹈《彝之舞》获得四川省新作品创作一等奖、演出一等奖。

本年　由省文联、省视协和四川藏胞办联合录制完成三集电视纪录片《藏族民居》。

本年　省书协组织作品参加第七届全国书法篆刻展，有58人的作品入选，12人获奖。获奖人数排全国第三。

本年　四川戏剧界推出了第一部音乐剧《未来组合》。

本年　省视协推荐的11件电视作品入围第17届中国电视"金鹰奖"16个奖项。其中戏曲电视剧《变脸》获戏曲电视剧奖，《应聘妈妈》获纪录片奖。

本年　省摄协王瑞林、康大荃获得第四届中国摄影金像奖，李学智的《木场激战》获第十九届全国摄影艺术展览银奖。

2000 年

1 月

1 日　四川省文联、中国美协巴蜀创作中心和鹤翔山庄联合在青城山鹤翔山庄举办了庆千禧文艺晚会。

15 日　省美协、省书协 26 名书画家到成都军区联勤部军需培训基地慰问部队官兵，为他们送去了书画艺术精品。

17 日　省文联召开主席团会，会议审定了首届四川省"德艺双馨文艺家、文艺工作者"名单。

19 日　在四川省文联四楼会议室召开了四川省德艺双馨文艺家和文艺工作者表彰大会，百余名文艺家参加了大会。

25 日　省文联召开全体职工大会，传达了全国宣传思想工作会议精神，通报了中国文联全委会的主要内容和 2000 年文联的工作要点。

26 日　省美协组织 26 名艺术家到被中央军委授予"丈量世界屋脊的英雄测绘兵"光荣称号并受到江总书记亲自视察的成都军区测绘大队，与 500 多名官兵一起召开"四川美协军区测绘大队新春联谊会"，并送去几十幅美术作品。

27 日　省美协组织 18 名画家到都江堰市聚源镇，为当地群众绘画写春联，共创作了 30 多幅作品，书法作品 20 多幅，写了近 100 对春联。

3 月

8 日　省文联召开国际"三八"妇女节座谈会。

15 日　省剧协在省文联四楼会议室召开了成都地区院（团）长座谈会。座谈会围绕"面临西部大开发的有利时机，如何加快四川戏剧事业的发展？2000 年各剧院团戏剧创作和演出方面有何打算？在西部大开发的新形势下，省剧协可以为各剧院团办哪些实事？"等问题进行了讨论。

23日至24日　四川省企业文联工作会在德阳召开，省内近20个企业（行业）文联的负责人参加了会议。会议总结了1999年工作，布置了2000年工作，并向荣获"优秀摄影单位"的企业颁发了奖牌和证书。

30日　由中国文联、中国民协和四川省文联主办的中国民间文艺"山花奖"颁奖大会在成都举行，来自全国民间文艺界百余位专家学者及获奖者代表出席了大会。本届"山花奖"共评选出成就奖9名，电视音像奖9名。我省神话学家袁珂、民间文艺专家肖崇素荣获终身成就奖，四川绵阳电视台摄制的《川北狮灯》荣获电视音像奖。

5月

18日　四川省文联召开有200余位文艺家参加的会议，隆重纪念江泽民总书记给文艺家万里采风致信五周年，并举行四川文艺家西部万里采风出发式。

26日至29日　中国文联思想政治工作经验交流会在成都召开。全国各文艺家协会、各省、区、市文联、新疆生产建设兵团文联、产业文联以及中国文联各部室负责人、党务工作者近百人出席了会议。

6月

13日　省文联组织干部、职工参观了由四川省精神文明办和省科协主办的《崇尚科学文明　反对迷信愚昧》展览，使干部职工认识到"法轮功"邪教组织和各种伪科学迷信活动的本质和危害。

25日　省曲协组织我省一批知名曲艺家到彭州市军乐镇为当地群众演出了一场精彩的文艺节目。

28日　省文联召开职工大会，热烈庆祝中国共产党成立79周年。会上，表彰了8名优秀党员，6名优秀党务工作者，传达了省委七届七次全委会精神。

同月　省音协在宜宾召开了全省音乐理论研讨和创作规划会。会议就音乐创作如何参与西部大开发进行了研讨。

7月

30 日　为庆祝八一建军节，省文联、省书协组织一批书画家到四川省武警总队和女子特警队送书画。

同月　四川省企业文联采风团赴内蒙古采风。采风团参观了伊盟煤炭集团公司、达拉特电厂、包钢集团公司和内蒙古电力集团。

8月

14 日　省文联召开第四届六次主席团会议。会议经四川省委宣传部同意增补四川省文联党组副书记周纪律同志、成都军区政治部宣传部副部长王爱飞同志为四川省文联第四届委员会副主席。会议同时决定原文联副主席朱启渝同志、黎明同志因工作调动，不再担任这一职务。

9月

1 日　省文联举办了支部书记培训班。

18 日　什邡市文学艺术界联合会正式成立，第一届文代会也同时召开。

10月

11 日至 13 日　省文联中心学习组集中学习三天，学习了《"三个代表"学习读本》《"三个代表"学习问答》和《求是》杂志上丁关根、曾庆红关于认真落实"三个代表"的要求等文章。

18 日　省文联召开全体职工大会，传达十五届五中全会精神。

同月　中国文化部第八届文华奖评选揭晓，由我省著名四川清音演唱艺术家程永玲演唱，黄志作词，曹正礼作曲的四川清音《蜀绣姑娘》，荣获文华新节目奖；程永玲同时获得文华新节目表演奖。

同月　由四川省民间文学集成办主编的中国民间文学集成《四川歌谣

卷》《四川谚语卷》在京通过终审。

11月

29日　省剧协、省川剧艺术研究院联合召开了《川剧剧目辞典》研讨会。该《辞典》收录了有文字记载的川剧剧目约6000个，并对其中4000个剧目的剧名、内容、声腔、作者、产生年代、剧本内容等有较为翔实的记述。

同月　四川省曲艺团著名谐剧演员涂太中创作的小品《致富之路》荣获2000年中国曲艺牡丹奖文学奖；成都市曲艺团著名女谐剧演员张廷玉表演的小品《登记》，荣获2000年中国曲艺牡丹奖表演奖。

同月　音协成立了"四川省音乐家协会音乐文学专业委员会"，并设立组织机构。顾问：邱仲彭、张文治；主任：崔吉熹；副主任：刘光弟、杨笑影、汪静泉；秘书长：田逢俊；副秘书长：彭忠。

同月　在全国第八届中青年书法展中，我省获奖总数居冠。四川获奖作者是：戴跃（一等奖）；张景岳、刘新德（二等奖）；洪厚甜、何开鑫、文永生、吕骑骅、杨进（三等奖）。

2001 年

2月

27日至28日　四川省文联第四届五次全委会在蓉召开，150余位文艺家欢聚一堂，总结过去，展望未来，共谋我省文艺事业的发展大计。

3月

7日　省文联召开"沿着先进文化前进方向促进文化繁荣"座谈会。40多位文艺界代表参加了座谈会。

13日　省文联召开座谈会，组织文艺界知名人士和机关干部职工深揭狠批"法轮功"歪理邪说。

21日　省文联召开《四川文艺报》工作座谈会。

28日　为向建党80周年献礼，李琦画展在四川美术馆隆重开幕。画展共展出了李琦教授各个时期创作的130余件作品。

同月　在天津举办的"红旗渠杯"全国快板艺术大赛决赛中，我省董怀义创作并表演的快板书新作《猪新娘与猪新郎》荣获职业组表演一等奖，创作二等奖；省曲协荣获"优秀组织奖"。

4月

16日　省文联中心组学习了江泽民总书记《在全国治安工作会议上的讲话》。

16日至19日　省剧协、四川省群众艺术馆、绵竹市文体委在绵竹市联合举办了四川省"川通杯"川剧票友邀请赛，全省有15支代表队参赛。

19日　四川省副省长李进到省文联进行调研，听取省文联领导汇报工作，对省文联工作作了指示。

同月　为认真贯彻中国文联"朝霞工程"工作会议精神，省文联加大了工作力度，成立了第二期"朝霞工程"工作委员会。省委常委、宣传部部长柳斌杰，省政府副省长李进任主任，省委宣传部副部长徐有胜任第一副主任，省文联党组副书记、副主席周纪律任常务副主任。

5月

9日至18日　省企业文联在四川石油管理局川西北矿区文化活动中心举办了为期10天的舞蹈编导培训班，来自省内18家企业的26位文艺骨干参加了学习、培训。

18日　"故园情·北京川籍著名艺术家莅蓉书画展览"在四川美术馆隆重开幕。六位艺术家为：邓林、刘正成、龙瑞、敬庭尧、何首巫、曾来德。

19日　首届中国音乐"金钟奖"在河北廊坊揭晓并颁奖。四川音乐学院著名声乐教育家、省音协名誉主席郎毓秀教授荣获"终身荣誉勋章"，马薇荣获"新时期中国艺术歌曲演唱比赛"铜奖。

29日　省文联召开中心组扩大会议，传达中办、国办〔2001〕13号文件精神，沟通思想，整顿作风，深入研讨做好文联工作的方式方法。

31日　四川省戏剧家协会第五次会员代表大会召开，148名代表欢聚一堂，总结过去，共谋四川戏剧新世纪新发展的大计。大会选举产生了第五届省剧协领导班子。

6月

26日　四川省文联在四川美术馆举办美术、书法、摄影展览，隆重纪念中国共产党成立80周年。

7月

2日　省剧协召开纪念中国共产党成立80周年暨现代川剧《星陨长空》座谈会。

4日至5日　召开四川省音乐家协会第五次会员代表大会。

6日　召开四川省企业文联第二届代表大会。

9日至10日　召开四川省杂技艺术家协会第四次会员代表大会。

9日至10日　召开四川省曲艺家协会第四次会员代表大会。

13日　召开四川省摄影家协会第四次会员代表大会。

25日至26日　召开四川省民间文艺家协会第五次会员代表大会。

31日　召开四川省书法家协会第四次会员代表大会。

8月

14日　为加强和改进基层党组织的建设，省文联举办了一期党支部书记学习班。

15日　省剧协、市川剧院联合召开"川剧《江姐》座谈会"。

9月

6日至16日　省文联组织书画家代表团赴安徽采风写生，并和安徽的书画家们进行了书画交流。

25 日　四川省文联、四川省鲁迅研究会联合召开了四川省纪念鲁迅诞辰 120 周年座谈会。

26 日　省文联组织全体党员干部认真传达贯彻中共十五届六中全会精神。

10 月

11 日至 16 日　由四川省委办公厅与四川省文联共同举办的"四川省第三届人民公仆书法展"在四川美术馆展出。

27 日　省美协主办了"张采芹百年诞辰纪念画展"。

同月　在湖北荆门市举办的第五届中国民间艺术节上，省民协带领的四川民间艺术团取得了优异成绩，彝族舞蹈《倮几佐》《围彩圈》分获金奖、银奖，特邀节目孟祥义表演的川剧绝技《变脸》同时获得金奖，省民协获优秀组织工作奖。

同月　在第五届全国体育美展中，我省的参赛作品《力争上游》《舟影》《乐章》分获金、银、铜奖，并且作品入选率居全国各省之首（送选 21 件，入选 19 件）。

11 月

1 日至 2 日　召开四川省舞蹈家协会第五次会员代表大会。

8 日　《四川文艺报》出版第 200 期报纸。该报作为省文联的机关报自 1982 年创刊以来（先后名《文艺通讯》《四川文艺界》《四川文艺报》）累计刊发文联信息、文艺评论、文艺作品等千余万字，为宣传党的文艺方针、政策，为联系广大文艺家，为其提供发表作品的园地发挥了较大作用。

13 日　四川省文艺评论家协会成立大会暨四川省文艺评论座谈会在蓉召开，我省 90 位文艺评论家参加了大会。大会通过了《四川省文艺评论家协会章程》，并选举产生了协会领导机构。

19 日　省文联召开全体职工大会，贯彻落实省委《关于开展省级机关作风教育整顿活动的意见》精神，部署机关作风教育整顿工作。

2002 年

1 月

2 日　省文联、省企业文联组织我省 20 余名书画家到四川石油管理局川西北矿区和泸天化集团有限责任公司为企业送书画作品 250 余幅。

1 月至 2 月　省摄协先后 6 次组织 450 余名摄影家深入成都洛带、德阳中江、邛崃、解放军驻川部队等地开展"送摄影文化下乡"活动，创作并展出摄影作品 6000 余幅。

同月　省文联、省摄协组织摄影艺术家 26 人到温江造币厂开展慰问演出。

同月　省文联、省书协举办"四川省第四届书法新人新作展"，展出作品 200 幅。

同月　省文联组织书画家到绵阳市和省武警总队开展送字画活动。

2 月

同月　省文联、省书协举办"四川省第二届少儿书法作品展"，展出作品 300 余幅。

同月　召开主席团扩大会，传达了中国文联第七次文代会精神，通过了《关于召开四川省文联第五次代表大会的决议》。

同月　省文联及各协会组织 45 名文艺家到遂宁市三县一镇举办"心连心"慰问演出活动；组织戏剧表演艺术家到达州市渠县和大竹演出 4 场；组织书画家 30 余人到农村、企业开展"文艺大赶场"活动。

3 月

同月　召开省文联四届六次全委会，全省 150 余名文联委员聚集一堂，认真学习贯彻全国第七次文代会、第六次作代会和中央宣传部长会议精神，审议 2001 年的工作报告和 2002 年工作重点，交流工作情况，研究了筹备召开省第五次文代会的有关事项。

同月　省音协联合有关单位举办了"四川省首届青少年钢琴大赛"，并组织 6 名选手参加了"第二届中国音乐'金钟奖'钢琴比赛"，其中杜静获银奖，杨旸获中国作品演奏奖。

同月　省文联组织 20 余名艺术家到德阳二重、成都双流县黄甲镇开展以"公民道德教育"为主题的慰问演出活动。

同月　在中国民协举办的"海峡两岸四地庆团圆艺术大展"中，省民协选送的作品获优胜奖。

4 月

同月　省书协在什邡、遂宁举办了"四川什邡、遂宁，贵州安顺、黔南书法交流展"。

同月　省文联、省企业文联组织 20 多名艺术家到德阳二重开展慰问演出。

5 月

20 日　省委宣传部、省文联共同召开四川文艺界纪念毛泽东同志《在延安文艺座谈会上的讲话》发表 60 周年座谈会。

同月　"五一"期间，省文联举办了"全国推新人大赛四川赛区比赛""四川省首届中华民间奇人绝技绝活表演赛""川黔书法展""刘正成书法精品展""季富政民居绘画展"，到德阳慰问演出，举办企业歌手培训班等系列活动。

同月　省音协组织 30 余名词曲作家到三台鲁班湖创作采风，创作歌曲 30 余首。

同月　省书协在省美术馆、三道堰镇举办"公民道德教育书法展"，展出书法作品 50 余幅。

同月　省文联、省摄协组织举办了"四川省摄影艺术新人新作展"，展出作品 194 幅。

同月　省文联、省美协联合举办了"纪念毛泽东同志《在延安文艺座谈会上的讲话》发表 60 周年全国美术（四川展区）展览"。

同月　省摄协举办了"纪念毛泽东同志《在延安文艺座谈会上的讲话》发表 60 周年摄影展"。

省文联、省曲协举办了以"公民道德教育""敬老，爱老"为主题的"第 13 届老曲艺家同乐会"。

同月　成都市川剧院《山杠爷》、省川剧学校青年川剧团《死水微澜》、省川剧院《变脸》、自贡市川剧团《四姑娘》荣获中国戏曲现代戏研究会颁发的"中国戏曲现代戏突出成就奖"。

6 月

24 日至 27 日　召开四川省第五次文代会，500 余名代表出席了会议，会议总结了省第四次文代会以来的工作，制定了今后五年的工作目标，审议并通过了省文联第四次全委会所做的工作报告，修改了《四川省文学艺术界联合会章程》，选举产生了新的领导班子。

同月　在中国民协主办的"北京中华民间艺术邀请赛"中，省民协选送的民间艺术取得两金一银的好成绩。

同月　在第二届曲艺牡丹奖评选活动中，张徐表演的四川金钱板《怪哪个》荣获牡丹奖表演奖。

7 月

7 月至 8 月　省文联、省摄协举办了"共产党员风采"摄影艺术展览，展出大型图片 147 幅。

7 月至 8 月　省文联、省美协与韩国新墨画会联合分别在汉城、成都举办了"中韩水墨画交流展"。

同月　省文联、省民协与中国民协等单位联合主办了"第五届中国民间工艺品、收藏品、旅游纪念品博览会"，展出作品 10 万余件。

同月　举办了"四川省第二届青年美术作品展"，展出作品 150 件，评出优秀作品 30 件。

8 月

8 月至 9 月　四川画家代表团 21 人赴俄罗斯访问了列宾美术学院、穆希拉美术学院、俄罗斯中央美术学院、列宾故居等，并与俄罗斯艺术家进行了亲切、友好的交流。

同月　举办了"纪念中日邦交正常化 30 年四川名家篆刻作品展"。

同月　省音协举办了"中国西部少儿小提琴比赛"和"2002 四川手风琴艺术节"。

同月　在中国革命博物馆举办的"华夏风韵剪纸艺术展"中，省民协选送的作品获银奖。

同月　以德国北莱茵——威斯特法伦州美协主席尤切克先生为团长的德国画家代表团访问了四川。

同月　在第四届全国青少年杂技比赛中，省杂协选送的《梯上双人技巧》获银狮奖，《顶碗》《三个小沙弥》和《顶碗》（另一个节目）获铜狮奖。

同月　省文联举办"第九届全国推新人（四川赛区）大赛"。

9 月

同月　省企业文联举办了"四川省第二届'泸天化杯'企业职工舞蹈大赛"。

同月　省文联签署了《四川省文联与法国布列塔尼大区文化交流协议》。

同月　中国美协主办，省文联、省美协承办的"中国西部风雕塑巡回展"在成都春熙路展出，展出 100 多位雕塑家的 100 多件作品。

10 月

10 月至 12 月　省文联联合省委宣传部等部门开展 "文化巴士" 巡演巴山蜀水活动。先后组织 60 余名艺术家深入广安、宜宾、眉山、雅安等地义务演出 14 场，赠送书画作品 1300 余幅，观众达 10 万余人次。

同月　在 "中国木版年画国际研讨会和全国木版年画大联展" 中，省民协获优秀组织工作奖。

同月　在中国舞协、山东省文联、威海市人民政府主办的 "欢天喜地——2002 年中国（威海）移动通讯杯、新秧歌大赛" 中，省舞协选送的《康巴的春天》获演出大奖和编导奖，省舞协获组织大奖。

同月　省音协举办了四川省 "美得理杯" 四川少儿电子琴大赛。

同月　省文联、省剧协、省评协组织了 "振兴川剧" 20 周年纪念活动、"新时期川剧折子戏研讨会" 和 "川剧音乐改革研讨会"。

同月　在 "全国第三届正书大展" 中，我省三位作者获奖。

11 月

同月　在 "南宁国际民歌演唱比赛" 中，省音协选送的黄静获二等奖，吉木喜尔获三等奖。

同月　省文联、省美协成功举办了 "欢庆十六大中国西部大地情中国画展"。参赛作品 4000 余件，400 余件作品入围。画展评出金奖 3 件，银奖 7 件，铜奖 12 件，优秀奖 70 件，并编辑出版了《欢庆十六大中国西部大地情中国画大展作品集》。

同月　由省委宣传部、省文联等主办，省音协、省合唱协会等举办了 "喜迎党的十六大胜利召开——'春熙放歌' 合唱节"。合唱节在春熙路广场连续演出了 7 个晚上，省市 30 余个合唱团共 2000 多名专业、业余演员参加了演出，观众达 50000 余人次。

同月　省文联、省舞协与有关部门共同举办了 "庆祝十六大四川省第三届国际标准舞大赛"，400 多名选手参加了比赛，评出了 24 个组别的 140

多个奖项。

　　同月　省文联、省曲协举办了"庆祝党的十六大四川曲艺名家精品展演晚会"。

　　同月　在"第 20 届全国摄影艺术展"中，《峨眉金顶》（组照）获金奖，《白云深处有彝家》（组照）《立体进攻》《铁骨铸边关》获银奖。

12 月

　　同月　省文联、省音协联合有关部门举办了"四川省第八届蓉城之秋音乐节"。音乐节推出了歌剧《风雨迎春归》、歌舞剧《月亮部落》，举办了"四川国际国内获奖音乐会"、大型交响音乐会《走进新时代》、歌舞《战旗飞舞》等展演。

　　同月　省文联、省剧协、省影协联合文化厅、宜宾市委、市政府在宜宾市召开了纪念阳翰笙诞辰 100 周年纪念活动。活动包括座谈会、学术研讨会、参观阳翰笙故居三部分内容。

　　同月　在中国书协举办的"中国书法兰亭奖"中，我省 38 名书法家的作品入展，3 人获奖，其中 1 人获提名奖，位居全国前列。

　　本年　省视协开展了第三届"十佳"评选、"百佳"推荐活动，评出了 10 名"四川省十佳电视艺术工作者"，孙剑英、杨泽明、张胜庸、彭辉等 4 名同志荣获 2002 年全国"百佳电视艺术工作者"称号。

　　本年　在第 19 届"戏剧梅花奖"评选中，省剧协推荐的青年演员李莎荣获第 19 届"戏剧梅花奖"。

　　本年　在中国文联、云南省人民政府举办的首届中国舞蹈节暨第三届"荷花奖"舞蹈大赛中，省舞协选送的作品获得二金三银一铜，省舞协获得组织奖。

2003 年

1 月

4 日　省文联党组副书记、副主席周纪律率队赴广东学习考察。

11 日至 12 日　省书协篆刻委员会在绵阳召开新春联谊会。

15 日至 2 月 15 日　"四川当代中国画八人展"在双流棠湖美术馆举行。参展画家为陈滞东、杨允澄、万体俊、郭汝愚、范漱宁、赵中山、周明安、陈斌。

16 日　"四川和北海道中日画家 10 人交流展"在北海道开幕。张国平、胡冰、杨青、徐朝鑫参展。

24 日　省文联召开主席团会议。省委宣传部副部长徐有胜出席会议。省文联主席李致主持会议。省文联党组书记、常务副主席钱来忠，副书记、副主席周纪律等参会并发言。

26 日　四川省第五届漫画展在郫县望丛祠公园开幕。

同月　省曲协与省文化厅等单位共同主办了"四川省首届'剑南春'杯群众曲艺大赛"，评出金奖 6 个，银奖 10 个，铜奖 16 个，优秀奖 7 个。

2 月

10 日　省文联召开处室及协会负责人会议，学习传达全省宣传工作会议精神。

17 日至 25 日　中国对外艺术展览中心主办、四川美术馆协办的"中日青少年漫画交流展"在四川美术馆举行，展出作品 1500 幅。我省有 4 位作者的作品入选、获奖。

3 月

5 日　省民协组织艺术家参与建设诚信成都活动。

5 日至 7 日　省文联举办中心组集中学习班。

11 日　省杂协召开四届二次主席团扩大会议。

25 日至 26 日　省文联五届二次全委会在蓉城召开，传达贯彻中国文联七届三次全委会精神，总结安排工作，交流经验。省委副书记陶武先来信祝贺。省委宣传部副部长徐有胜出席并讲话。省文联主席李致主持会议。省文联党组书记、常务副主席钟历国，省文联副主席钱来忠，省文联党组副书记、副主席周纪律等参会。

26 日至 28 日　四川省企业文联工作会在温江召开。省文联党组副书记、副主席，省企业文联主席周纪律出席。

29 日　崔光丽、孙勇波获第二十届梅花奖，田蔓莎获该届二度梅奖。

4月

1 日　省音协、四川音乐学院共同举办了"纪念蜀派古琴大师喻绍泽先生诞辰一百周年学术研讨会暨纪念音乐会"。

4 日　省文联开展保持共产党员先进性教育活动。省文联党组书记、常务副主席钟历国作动员讲话。

11 日　中央电视台"流金岁月""墨海蛟龙""书林揽胜"专题栏目中播出反映省书协优秀成绩等电视片。

16 日　省音协、内江市城市文化产业发展中心在成都市和平园林休闲庄举办了秦望东先生创作歌曲研讨会。

28 日　举行川剧《火烧濮阳》座谈会。

29 日　"山中传奇——邂逅西洋大师名作"画展在四川美术馆开幕，其中有拉斐尔、柯罗等 50 位世界著名画家的 75 件作品。

同日　"精深与单纯——杨飞云古典艺术展"在四川美术馆开幕。

同月　举办了"四川省油画作品展"，展出作品 194 件。

5月

22 日　"四川省纪念毛泽东《在延安文艺座谈会上的讲话》发表 61 周年座谈会暨第三届文艺评论奖颁奖大会"在省文联举行。省委常委、宣传部部长王少雄到会讲话。省文联党组书记钟历国作评奖评选工作总结。

26日 省委宣传部、省文联组织一批知名艺术家向我省战斗在抗击"非典"一线的医护工作者捐赠了37件书画作品。

同月 省委宣传部主办,省美协、四川美术馆承办的"携手新世纪——四川暨成都油画大展"在四川美术馆举行,从中精选出60件赴京参加"第三届中国油画展"。省委宣传部副部长徐有胜,省文联党组书记、常务副主席钟历国等出席。

6月

10日 省美协"以科学战胜非典、用艺术振奋人心"现场赠画活动在四川美术馆举行。

13日 省文联召开各协会秘书长联系会议。省文联党组书记、常务副主席钟历国等领导出席。

20日 省美协、成都市旅游局、新都区政府主办的"万众一心抗非典书画展"在新都区桂湖举行。

7月

18日 省文联召开市州文联工作座谈会。

21日 省书协在德阳举办第七届临帖培训班。

30日 省民协举办编纂《中国木版年画集成·四川绵竹卷》专家座谈会。

同月 省书协与日本山梨在日本共同举办了"中国四川·日本山梨书法友好交流展",展出作品120件。

同月 举办了"第十届全国文艺推新人大赛四川片区选拔赛",450人参加了此次比赛。

同月 对《中国民间文艺集成·四川歌谣卷》和《中国民间文艺集成·四川谚语卷》进行了最后补充修订,送北京总编委会终审完毕。

同月 省舞协组织开展四川省舞蹈创作培训班。

8 月

8 日　"今日水墨"第四届全国中国画名家作品巡回展在四川美术馆举办。

11 日　西南西北十二省市区文联工作论坛在成都举行。省委宣传部副部长杜江，省文联党组书记、常务副主席钟历国等出席论坛。

同月　省美协与企业共同主办了"四川省首届花鸟画展"。

同月　在全国第七届"桃李杯"舞蹈比赛中，我省取得了 12 金、20 银、11 铜的优异成绩。

9 月

16 日至 22 日　由四川省诗书画家国际艺术交流协会、省美协、四川省美术馆联合主办的"晏济元书画展"在成都举行。

20 日　在北京由中国文联、中国美协举办的"第二届中国美术金彩奖展览"中，四川画家崔虹（中国画）、李毓安（水彩）、姚思敏（中国画）、陈斌（中国画）、徐泽（水彩）的作品入选。其中，陈斌的《红土·红云》获中国画优秀作品奖。

23 日　四川省从事文艺工作 50 周年老艺术家座谈会在省文联召开，对 819 名从事文艺工作 50 年以上的省级文艺工作者颁发了荣誉纪念证。省委常委、宣传部部长王少雄出席并讲话。省委宣传部副部长徐有胜，省文联名誉主席、省作协主席马识途，省文联主席李致，省文联党组书记、常务副主席钟历国参会。

26 日　第四届巴蜀文艺奖评选结果揭晓，对 140 件优秀文艺作品进行了奖励表彰，并在四川电视台举办了颁奖晚会。

同日　四川省文联、四川省作协成立 50 周年纪念大会在蓉隆重召开。中国文联，四川省委、省人大、省政府、省政协的领导到会并致信祝贺，我省 150 名文艺工作者参加了纪念大会。省委书记、省人大主任张学忠，省委副书记、省长张中伟发来贺信。省委副书记、副省长蒋巨峰出席并讲话。中国文联副主席、党组成员李牧，中国作协副主席、党组成员陈建功，省委常委、宣传部部长王少雄，省委宣传部副部长徐有胜，省文联名誉主席、省作协主席马识途，省文联主席李致，省文联党组书记、常务副主席钟历国，省作协党组书记、副主席宋玉鹏等参会。

26日 "庆祝四川省文联成立50周年书画作品展暨文艺工作成果展"在四川美术馆隆重举行。全省33个团体会员有作品135件参展。

同月 举办"四川省第二届旅游风光歌曲大赛"。

同月 编印出版了图文并茂的《四川文联50年》纪念文集，收录各类文稿57篇和大量历史资料照片。

同月 省书协主办、宜宾市书协承办的"四川省首届书法创作培训班"在宜宾绿宝园举行。全省50余名学员参加了此次培训，同时省书协创作评审委员会创作培训工作开始启动。

同月 在中国美术馆举办的"携手新世纪第三届中国油画展"中，我省有8件油画作品被评为优秀作品，另有两件作品荣获油画学术奖。

10月

9日至22日 中国戏剧节在西安举行。大型川剧《巴山秀才》夺得中国戏剧节大奖和2个单项奖，省剧协获得第八届中国戏剧节组委会颁发的伯乐奖。

11日至15日 四川省第五届漫画巡回展在盐亭举行。

12日至15日 在"中国第十届国际摄影艺术展"中，我省10幅摄影作品入选，其中1作品获奖，位居全国第6名。

20日至22日 省书协在成都市大邑县组织研讨会，来自省内外的40余名专家与会，共有37篇学术论文在会上交流。

21日 省文联主席李致在上海华东医院看望巴老。

24日 "四川省第二届旅游风光歌曲电视大赛"在四川电视台演播大厅举行颁奖晚会现场直播。该比赛于2003年9月9日在雅安举行决赛，评出金奖作品4首，歌手4名；银奖作品10首，歌手9名；铜奖作品2首；

特别奖 1 个。

28 日至 29 日　"四川省美协迎接第十届全国美术作品展作品创作观摩座谈会"召开。

29 日至 31 日　省书协、日本山梨县书作家联盟在成都举办了"第二回中国四川省·日本山梨县友好交流书法展"。同年，省书协参与主办了在韩国汉城举办的"世界文化书法艺术人展"，组织了以广元为主体的书法家参加。

30 日　省曲协在成都举办第 14 届老曲艺家同乐会。

同月　组织了"包德宾谐剧创作专场演出"，宏扬和发展了曲艺艺术。

同月　董怀义的集体快板书《天网神兵》荣获全军汇演创作表演一等奖。

同月　韩国美术创作协会和省美协共同主办了"中韩美术作品交流展"。

同月　组织召开了"第三届文艺评论奖颁奖大会"，并编辑了《四川历届文艺评论奖作品集》，文集收入了一、二、三届获奖的评论作品。

同月下旬　举办了"四川省第十一届摄影艺术展"，展出作品 150 件。

11 月

11 月 3 日、12 月 26 日　省书协分别在北京、成都两地举办了"首届北京·四川书法双年展"。

6 日　在文化部"群星奖"书法类评奖中，我省作者获金奖 1 名，银奖 3 名，铜奖 3 名，优秀奖 1 名。

11 日　在广西举行的"全国中华民歌大赛"中，谭学胜获一等奖，邓芳丽获三等奖。

12 日　"第六届中国民族民间工艺品、收藏品、旅游纪念品博览交易会"在成都展览馆举办。省人大副主席徐世群，省老领导聂荣贵，省老领导、中国民协名誉主席冯元蔚，省文化厅厅长张仲炎，省文联党组书记、常务副主席钟历国等出席。

同日　省剧协在省文联四楼会议室举办了《巴山秀才》艺术研讨会。

30 日　四川省第四届国际标准舞锦标赛在成都中铁二局落下帷幕。

11 月 30 日至 12 月 1 日　"四川省首届书法篆刻临帖展"评选工作在成都举行。

12月

8 日至 10 日　省文联中心组进行集中学习。

11 日　在广州举行的第三届中国音乐"金钟奖"比赛中，我省选手唐竹雅获得声乐表演三等奖。

12 日　四川省第四届产业系统"巴蜀文艺奖"颁奖会在省文联举行。省文联党组书记、常务副主席钟历国等领导出席。

同日　"四川省首届设计艺术展"在四川美术馆举行。四川省美协设计艺术委员会同时成立。

18 日至 21 日　省委宣传部、省文联共同主办的送文化下乡活动，在广元市青川县、宝轮镇宝珠寺水力发电厂、资阳市雁中社区、简阳市石盘镇等地开展广场演出。

24 日　省文化厅、省文联、省作协、省书协、省诗书画院、省美协、省国际文化交流中心主办的"马识途书法展"在四川省美术馆开幕，共展出书法作品 200 多幅。省老领导谢世杰、何郝炬、聂荣贵、章玉均，中国作协书记处书记、党组成员吉狄马加，省委宣传部副部长杜江，省文联主席李致，省文联党组书记、常务副主席钟历国等出席。年届九十的马老向大家表示感谢。

26 日　"北京·四川书法双年展"在四川省美术馆举行。省老领导章玉均，省文联党组书记、常务副主席钟历国等参加开幕式。

28 日　根据中国影协通知，选举产生 7 位参加中国影协第七次影代会的代表：李康生、王蜀灵、周力、潘虹、王冀邢、张北川、赵国庆；选举产生三位中影协理事候选人：李康生、王蜀灵、潘虹。

30 日　在省美术馆举办"第四届人民公仆书法邀请赛"，展出作品

135 件。

同日 省评协、《当代文坛》在成都召开文化研讨会。

31 日 "中国西部大地情·春熙雕塑、陶艺大展"在红星路三段步行街中心广场举办。

同日 "时代·城市·力量——西部大地情雕塑陶艺大展"在春熙路展出。

同月 组织召开"城市文化与城市现代化系列研讨会",为城市文化发展提出了新思路。

同月 在"全国唱曲大赛"中,四川清音《成都的传说》获表演一等奖,四川清音《蜀道不再难》《峨眉荣》、四川扬琴《沁园春·长沙》获表演二等奖,四川清音《四川妹崽》、四川扬琴《沁园春·长沙》获音乐设计奖,并摘取了大赛的最高殊荣——集体优秀节目奖。

同月 举办"四川省书法临帖展",展出作品 120 件。

本年 举办"绵竹之春钢琴音乐会"。

本年 省影协与四川师范大学电影电视学院联合出版《四川电影界》。

本年 举办第三届中国音乐金钟奖全国声乐大赛四川选拔赛。谭学胜、唐竹雅、刘琼、杨婉琴、江向东 5 名选手获"天府金钟奖"。

本年 完成电视艺术片川剧折子戏精选《托国入吴》等 7 个折子戏的拍摄。

本年 举办"2003'佳能杯'四川摄影艺术展",展出 400 多幅作品。

本年 举办"2003 成都摄影器材博览会"。

本年 举办"四川省第十一届摄影艺术展"。

本年 与有关单位合作拍摄大型专题片《百年巴金》。

本年 四川 8 名摄影艺术家被中国摄协表彰为全国"德艺双馨"优秀会员。

本年 在"中央电视台书法大奖赛"中,我省有三位作者分获优秀奖和铜奖。

本年　在"全国第二届流行书风征评展"中，我省作者获一等奖 2 名，二等奖 1 名，三等奖 1 名。

本年　"四川·北海道中日画家十人交流展"在日本札幌举行。

本年　柳建伟创作的八一厂拍摄的电影《惊涛骇浪》荣获华表奖和最佳编导演奖。

2004 年

1 月

1 日至 15 日　省书协组织我省 60 名书法家到李白故里——江油青莲乡、广汉市连山镇为群众送春联、写春联、赠送书法作品。

5 日　省文联在《中华情》歌曲征集演唱大型系列活动中被中国文联授予组织奖。

9 日　省美协 2004 年工作会议在成都举行。

15 日　省影协同华西都市报、青年摄影家协会共同主办了"四川小姐风采大奖赛"。

16 日　省影协举办新片《夏季无风》专家座谈会，文艺评论家吴野、廖全京，省社科院文研所所长苏宁、剧作家钱道远、高力等参加座谈会。

同日　《四川文艺网》开通。四川文艺网的英文域名是：www. arts. com. cn

16 日至 18 日　省文联、省书协主办的"剑南春杯"第三届四川省少年儿童书法展览和第一届四川省书法教师书法展览在四川美术馆举行。省人大副主任徐世群，省老领导章玉均、韩邦彦，省关工委副主任欧阳绍铭，省文联党组书记、常务副主席钟历国等出席。

2 月

27 日　省美协与川音美术学院在成都牧马山庄召开四川省高校美术创作座谈会。

2月28日至3月2日　省书协在西昌召开了"2004年四川省书协篆刻研讨会"。

同月　"迎全国两项美展四川省专题创作研讨会"在四川美术馆召开。

同月　《优雅》杂志执行主编郭彦当选为四川省十佳出版社工作者。

同月　《优雅》杂志广告增长20%，发行增长10%，中国时尚类女性期刊市场发行量排第六位。

3月

1日至3日　省文联第五届三次全委会在成都召开。省委副书记陶武先来信祝贺，省委常委、宣传部部长王少雄，省委宣传部副部长徐有胜，省政协文体医卫委员会主任龚焰祥出席并讲话。省文联主席李致主持会议。省文联党组书记、常务副主席钟历国，党组副书记、副主席周纪律等参会。

13日　省评协参加中宣部来川调研座谈会。省评协主席何开四、副主席廖全京、平志英、李明泉参加并撰写发言稿。

18日　省评协与省作协、省社科院等单位联合召开"文学新空间与世俗化经验理论研讨会"。

29日至31日　省文联举办《中国共产党党内监督条例（试行）》《中国共产党纪律处分条例》学习班。

31日　省杂协四届六次主席团会议在德阳举行。

同月　"全国第八届书法篆刻展"在陕西举办，四川入展42人，其中获奖3人，获提名1人。

同月　"全国第六届书学讨论会"在河南郑州市召开。四川杨代欣获提名奖，鲁明军、吕金光论文入选，杨代欣到会交流。

4月

1日至4日　省摄协2004年工作会在宜宾召开。省文联党组书记、常务副主席钟历国出席并讲话。

4日　著名画家邓奂彰遗作暨师生书画展在四川美术馆隆重举行。

15日　宜宾珙县文学艺术界联合会成立。

21日　松潘县文联成立。

22日至24日　"四川省首届临书临印展"在四川美术馆展出。

22日至24日　四川省书协和重庆市书协在四川美术馆联合主办"四川·重庆书法家中国画联展"。

24日至25日　中国文联副主席、中国民协主席冯骥才及中国民协党组书记白庚胜等一行，考察四川绵竹年画、峨眉山佛教圣地、三星堆博物馆等巴蜀文化，推动《中国木版年画集成·四川绵竹卷》的普查工作。省文联党组书记、常务副主席钟历国陪同。

5月

1日至3日　省民协组织绝技演员赴贵州参加由中国民协、贵阳市政府联合主办的全国首届绝技、绝活展演会，获圆满成功。

5月、10月　省书协与国际书法联盟韩国本部湖南支会共同举办"第十回中韩书法交流展"并进行互访。

24日至28日　川东北片区文联工作座谈会在南充组织召开。省文联党组书记、常务副主席钟历国，省文联党组副书记、副主席周纪律等领导参会。

29日　著名国际肖像画大师、英国皇家首席画家理查德·斯通在成都牧马山森宇集团·维也纳森林别墅举行首场英国经典肖像画艺术研讨暨作品展示会。

同月　省舞协组织举办四川省第一届"旭日风华"青少年儿童国标舞比赛。

6月

4日　中国音协主席、著名作曲家傅庚辰同志在四川音乐学院音乐厅举行题为"时代与作品"的学术讲座。

9 日 北京郭沫若纪念馆馆长郭平英来川拜访省文联名誉主席、省作协主席马识途,省文联主席李致,党组书记、常务副主席钟历国,并就艺术院命名为郭沫若艺术院交换了意见。

11 日至 16 日 省教委、省文化厅主办,省美协承办的"2004 四川省大专院校美术教师作品展"在四川美术馆举行。"全省中学教师美术创作研讨会"在川师大设计艺术学院举行。

12 日 省美协主办、上海多伦文艺公司承办的"西部阳光·张文源赵尚义油画摄影作品展"在上海多伦现代美术馆开幕。

14 日 中国文联理研室副主任夏潮一行来省文联调研。

15 日至 26 日 省文联党组成员、秘书长杨时川带队赴浙江、江苏、上海考察学习。

17 日 纪念著名作曲家罗念一创作《洗衣歌》40 周年座谈会在省文联会议室召开。

25 日 "四川省版画展"在四川美术馆开幕。

29 日 省文联机关党委对近两年来取得显著成绩的先进党支部、优秀共产党员、优秀党务工作者进行了表彰。

30 日 省剧协在成都召开"小平与川剧"纪念座谈会,在蓉部分戏剧家和新闻代表 30 余人出席了座谈会。省文联主席李致,省文联党组书记、常务副主席钟历国等出席。

7 月

2 日至 5 日 省委宣传部、省政府新闻办、省文联主办,省摄协等单位协办的"高原彩虹——四川藏区风情摄影展"在北京民族文化宫隆重举行。

3 日 省评协与四川大学、四川省社会科学院联合召开"巴金文艺思想研究暨庆贺巴老百年华诞研讨会"。

16 日 省文联主办、省曲协和省曲艺团共同承办的"纪念邓小平诞辰

100 周年暨新中国成立 55 周年曲艺精品晚会"在成都川剧艺术中心隆重举行。

22 日　纪念邓小平同志诞辰 100 周年书画展在四川省老干部活动中心举办。省委副书记陶武先出席并讲话。

24 日　省文联、省美协、香港国际画院主办、四川东方画院承办的"西风烈·四川中国画学术展"在四川美术馆开幕。此次展览展出钱来忠、杨允澄、尼玛泽仁、徐恒瑜、吴绪经、刘朴等 12 位画家的 70 件作品。

24 日至 30 日　"四川省书协第八期临帖培训班"在雅安市雅雨苑宾馆举办。

7 月 30 日至 8 月 3 日　第六届全国杂技比赛西南区预选赛在云南昆明举办。我省 7 个节目参加了这次预选赛，分别荣获两金、两银、叁铜的好成绩。德阳市杂技团《软钢丝》、遂宁市杂技团《双人技巧》获金奖。德阳市杂技团《空竹》、遂宁市春苗杂技团《顶碗》获银奖。遂宁市春苗杂技团《单手顶》、自贡市杂技团《倒立飞砖》《灯恋顶技》分获铜奖。

同月　省美协主办、四川美术馆承办的"四川省美术作品展"分两轮展出。

同月　省曲协举办四川曲艺精品展演晚会。

8 月

5 日　罗曲的论著《彝族民间文艺概论》获第五届中国民间文艺"山花奖·学术著作"二等奖，陈正平的论著《巴渠民间文学与民俗研究》获优秀奖。

14 日至 16 日　中国文联、省委宣传部、省文联、成都市委宣传部联合主办的"饮水思源·纪念邓小平同志诞辰 100 周年第二届春熙放歌合唱节"在成都春熙路步行街广场隆重举行。中国文联党组书记、常务副主席李树文，省委常委、宣传部部长王少雄，副省长柯尊平，宣传部副部长徐有胜，省文联主席李致，省文联党组书记、常务副主席钟历国等出席。

17 日　中国文联党组书记、常务副主席李树文同志来四川省文联检查指导工作。省文联主席李致介绍了有关情况，省文联党组书记、常务副主席钟历国作工作汇报。

18 日　省影协举办大型文献纪录片《小平，您好》主创人员、新闻媒体与观众看片暨新闻座谈会。

20 日至 23 日　省文联主办，省书协、省摄协、省民协联合承办的"四川书法、摄影、民间工艺品展览"在省美术馆隆重开幕。

8 月 28 日至 9 月 18 日　中国美协、省文联主办，省美协承办的"纪念邓小平诞辰 100 周年全国美术作品展"在四川美术馆举行。

同月　董怀义获第三届中国曲艺牡丹奖文学奖、田临平获第三届中国曲艺牡丹奖表演奖。

同月　严西秀的评论文章《从清音、谐剧的过去、现在看四川曲艺的总体衰败》参加"当代曲艺发展趋势论坛"，并作大会发言。

同月　"纪念邓小平同志诞辰 100 周年华夏摄影精品大展"在成都开展，展出作品 350 件。

9 月

5 日　"第三届中国曲艺牡丹奖"在山东淄博举行颁奖仪式。四川清音演员田临平、快板书演员董怀义榜上有名。

10 日　省文联向我省灾区：达州、南充、巴中、广安市文联发去慰问电，同时向重灾区达州市文联捐赠现金 1 万元，向南充、巴中、广安市文联分别捐赠现金 5000 元。

9 日至 11 日　省音协赴德阳、绵阳两地调研。

10 日　四川省川剧学校·刘萍艺术班开班。

9 月 13 日至 10 月 9 日　文化部和中国美协共同主办、省美协承办的"第十届全国美术作品展版画展"在四川美术馆举行，展出作品 381 件。在金奖作品空缺的情况下，徐匡版画《奶奶》、徐仲偶版画《土地》获银奖，李传康版画《一家四口》获铜奖。

15日至17日　省文联党组书记、常务副主席钟历国率领40余位艺术家到大渡河流域水电开发的瀑布沟水电站建设工地采风创作并开展慰问演出。

20日　茂县文联成立。

21日至22日　省文联在宜宾召开川西、川南片区工作会议。省文联党组书记、常务副主席钟历国出席。

26日　省影协举办影片《可可西里》首映式活动暨新闻看片会。

26日至30日　第六届中国民间艺术节在山西省晋中市老城清虚阁广场隆重举行。省民协选送的彝族歌舞《燃烧的七月》和彝族毕摩绝技双双摘获金奖，四川绝技女子口哨、川剧绝活《滚灯》获得优秀奖。省民协获优秀组织奖。

同月　车向前、张廷玉获中国曲艺家协会"德艺双馨"会员荣誉称号。

同月　洪厚甜、焦晴月的作品获文化部"全国第十三届群星奖"优秀作品奖。

同月　省美协在四川师范大学视觉艺术学院举办"四川省版画提名展"。

同月　省文化厅、省文联主办，省音协、四川爱乐文化传播公司承办的"四川省首届声乐大赛"正式启动。12月28日，专业组比赛在川音大音乐厅圆满落幕。约300名选手参加比赛。邓芳丽、葛菡、毛甦分获民族组、美声组、通俗组一等奖。

同月　中国杂协授予李邦元、周小衡第三届"德艺双馨"会员称号。

同月　省文联主办、四川省天府文学传媒艺术研究会承办的"四川省首届天府文学单篇作品奖"征稿工作拉开帷幕。

10月

2日　司徒华的漆画作品《藏画·四面八臂观音》获第六届中国民间文艺"山花奖·民间工艺"银奖。

9日至10日　省民俗学会第三次会员代表大会在成都市龙泉驿区召开。

13日至22日　省文联党组成员、秘书长杨时川一行赴西北采风学习。

14日　"福田繁雄海报设计展"在四川美术馆开幕。

同日　省音协在蓉召开全省首届声乐大赛座谈会。省文联党组书记、常务副主席钟历国出席。

15日　"2004年波兰电影周"活动在成都隆重开幕,此次电影周活动由中国影协、成都市政府、波兰电影家协会联合主办,中国影协外联部、峨影公司、省影协、东方世纪电影广场承办。

22日　中国文联、国家民委、广西壮族自治区政府、中国曲协联合举办的"第二届全国少数民族曲艺展演"在南宁落下帷幕,我省选送的彝汉双语相声《语言专家》获二等奖,省曲协获组织奖。

25日　第十一届西南戏剧艺术研讨会在成都召开,来自云、贵、川、渝的近三十位戏剧家参加了会议。省文联党组书记、常务副主席钟历国,省文联党组成员、秘书长杨时川出席。

30日至11月2日　省学校艺术教育委员会、省书协、四川师范大学共同主办的"四川省首届大学生书法展览"在成都市文化宫举行。

同月　"全国著名水墨画家作品展"在四川美术馆举行。

同月　省民协启动《中国木版年画集成·四川绵竹卷》的前期普查工作。

11月

17日至23日　省民协组织会员赴川滇少数民族地区考察。

22日至26日　中国文联主办、重庆市文联承办的第四届中国文联文艺评论奖颁奖仪式暨2004年当代文艺论坛在重庆举行。廖全京的文学评论文章《从双重故乡到人类家园——阿来论》获中国文联文艺评论奖。

23日　省政府新闻办、省旅游局、省文联主办,省音协和成都一方公司承办的"2004年西部旅游风光歌曲邀请赛"在四川电视台举行颁奖晚会。大赛于2004年9月21日在理县米亚罗桃坪景区古尔沟温泉山庄举行决赛。

25日　省评协与西南民族大学联合召开"全球化语境中民族文学与文化研究学术研讨会"。

27日至28日　四川省"巴蜀风韵"第五届国际标准舞大赛在成都市中铁二局集团公司文化宫体育馆举行。省文联党组书记、常务副主席钟历国，省文联党组成员、秘书长杨时川出席。

30日　大型画册《四川杂技》正式出版。本画册全面反映四川杂技界22年历程和省杂协成立22年所取得的成就。

同月　在云南丽江举行的"玉龙杯"中国西部民歌大赛中，我省选送的泽旺多杰获金奖，陈万、杨婉琴等3人获银奖，刘明辉获铜奖。

同月　省评协与省委宣传部、成都电视台召开"四川获飞天奖金鹰奖作品研讨会"。

12 月

9日　《中国民间故事集成·四川卷》《中国民间歌谣集成·四川卷》《中国谚语集成·四川卷》正式出版，并全部荣获编纂成果奖。

10日至20日　"印度尼西亚赤道热浪美术作品展"在四川美术馆举行。

15日　受省委书记、省人大主任张学忠委托，省委常委、宣传部部长王少雄到北京朝阳剧场看望遂宁市杂技团演员。

16日　"四川省纪念沙丁艾芜诞辰100周年座谈会"在成都举行。省人大副主任钮小明，副省长柯尊平，省政协副主席李进，中国作协副主席、党组成员陈建功，省文联名誉主席、省作协主席马识途，省文联主席李致等领导出席。

29日　省委宣传部、省文联、广元市委宣传部主办的"送文艺进校园"慰问演出在广元市东城实验学校隆重举行。

同月　省书协、省政法委、省美协、四川中国西部书画院在四川美术馆共同举办"四川省政法战线'干警风采'书画作品展"。

同月　省书协理论委员会组织编写的"二十世纪四川书法名家研究丛书"（共 13 卷）立项启动。

同月　组织"四川省声乐大赛"。

本年　第三届中国曹禺戏剧奖·评论奖在京揭晓，由省剧协推荐的杜建华的评论文章《川剧〈金子〉的审美示范意义》获得优秀奖，李祥林的《换个角度看历史》和李远强的《记忆那个"冬眠"——话剧〈儿子〉的价值取向》两篇评论文章获得提名。

本年　省文联、省美协、省书协共同举办"四川沫若艺术院落成庆典书画作品展"。

本年　在北京今日美术馆举办的"全国第二届流行书风征评展"中，四川作者获一等奖 2 名，二等奖 1 名，三等奖 1 名。

本年　开展了"20 世纪四川已故著名书法家"研究工作。

本年　省影协出版《四川电影界》1—2 期合刊。

2005 年

1 月

7 日　四川省"沫若艺术院"成立大会在龙泉驿隆重举行。四川省"沫若艺术院"是省委、省政府为打造文化强省投资建设的重点文化标志性工程。省政协主席秦玉琴，省委副书记陶武先，中国文联书记处书记、副主席仲呈祥，四川省文联党组书记、常务副主席钟历国等领导，以及文艺家代表 300 余人出席了大会。

同月　省书协组织书法家 80 余人赴雅安草坝镇、大邑县安仁镇为群众义务写春联、送春联、赠送书法作品。

2月

16日　中国文联、中国民协联合在沈阳举办中华灯彩大赛。四川省民协组织的自贡彩灯"宫廷瓷灯王"荣获"山花奖"金奖，协会获组织工作奖。

27日　省影协举办影片《孔雀》剧组主创人员与成都观众见面会，该片荣获第55届柏林国际电影节银熊奖，导演顾长卫、编剧李樯与主演冯乐等五位主创人员参加了见面会。

28日　四川省文联五届四次全委会在成都召开。省委常委、宣传部部长王少雄，省文联主席李致出席。省文联党组书记、常务副主席钟历国作工作报告。

3月

10日　省企业文联2005年工作会在沫若艺术院举行。

13日至15日　省文联举办全省文联系统经验交流会。

22日　中国曲协副主席、分党组书记姜昆到省曲协考察调研。省文联党组书记、常务副主席钟历国，省文联党组成员、秘书长杨时川参加了座谈。

23日　四川省首届声乐大赛颁奖音乐会在四川音乐学院大音乐厅举行。

30日　"丑小鸭·天鹅——安徒生生平暨童话插图原画展"在四川美术馆开幕。

同月　省评协在龙泉驿召开学术交流会。

4月

10日　2005年首届成都大学生戏剧论坛在西南财经大学召开。

15日　省文联2005年社团管理工作会召开。

22日　首届天府文学奖单篇作品奖颁奖仪式在省文联四楼会议室隆重

举行。

27 日　省文联、省民协联合召开全省民间文学三套集成总结表彰会，庆祝《中国民间故事集成·四川卷》《中国歌谣集成·四川卷》《中国谚语集成·四川卷》近 600 万字全部编纂出版。31 位基层代表受到表彰。

30 日至 5 月 7 日　中国收藏家协会、省文联主办，省根雕奇石协会、成都西部花木交易中心承办的大型国际奇石博览会在成都温江隆重举行。参展奇石来自国内 20 多个省、市、自治区的千余奇石收藏者，国外参展的有美国、马来西亚、泰国、日本、韩国、加拿大等。

同月　为期两天的"四川省音协 2005 会员工作会"在四川简阳龙泉湖召开。

同日　全国书协经验交流会在北京召开。省书协在大会上作了题为《加强队伍建设，开拓事业发展新局面》的书面发言。

同月　"库斯比·乔夫教授画展"在四川美术馆举行。

同月　省杂协推荐遂宁市杂技团《顶碗》参加法国第七届"舞台之火"国际杂技节，获银奖和政府奖。

5 月

8 日　四川艺术职业学院成立。

11 日至 13 日　省文联中心组进行第二季度中心组学习。

12 日　省影协在川师大影视学院举办川籍导演王光利影片《横竖纹》观摩会和新片《血战到底》新闻发布会。

14 日至 15 日　"2005 年四川省书协篆刻研讨会"在都江堰龙池举行。

17 日至 19 日　省文联组织 50 余位艺术工作者赴自贡沿滩、富顺等地慰问演出。省文联党组书记、常务副主席钟历国参加了活动。

25 日　"色彩魔术师·德尼斯绘画展"在四川美术馆开幕。

30 日　马识途文学创作 70 年暨《马识途文集》出版座谈会在北京举行。

5 月至 11 月　省评协会员朱丹枫、李明泉、王骏飞、邓经武等参加中宣部、国家社科基金委托项目《文化体制改革与四川文化强省建设》课题研究工作。

同月　省书协举办"四川省第二期创作培训班"。

同月　省舞协组织举办四川省第二届"旭日风华"青少年儿童国标舞比赛。

同月　省杂协举办四川省杂技创作理论研讨会。

同月　省评协主席何开四参加全国茅盾文学奖评委工作。

6 月

3 日　"四川高校　红色经典"主题巡演音乐会首场演出在西南交通大学隆重举行。首演后，巡演音乐会在西南财经大学、西南民族大学、四川师范大学、四川大学等高校相继举办。

3 日至 5 日　"水彩·四川——2005 年四川国际水彩画学术展"在四川美术馆举行。

12 日至 15 日　省民协带队参加由中国民协、江西省政府等联合主办的江西南昌国际傩文化艺术节。绵阳平武白马藏人表演的傩舞荣获银奖，省民协获组织工作奖。

13 日至 15 日　省文联工作经验交流会在都江堰市召开。

19 日至 7 月 5 日　省委宣传部、省文联、四川省摄影家协会举办了重走长征路大型系列摄影采风活动，途经凉山、阿坝。

21 日　第 15 届西部文联工作会在新疆举行。四川省文联党组书记、常务副主席钟历国作大会发言。

同月　严西秀评论文章《从清音、谐剧的情况看四川曲艺的总体状态》，参加"第五届中国文联文艺评论奖"获评论文章一等奖，并被列入中国曲协年度十大新闻。

同月　省舞协组织舞蹈素质教育师资培训班。

7 月

6 日至 7 月 12 日　"四川省水彩·粉画"在四川美术馆举行。

7 日　省影协举办抗战题材喜剧电影《举起手来》首映座谈会。

12 日至 15 日　省剧协与重庆市剧协在重庆召开"大后方反法西斯战争戏剧学术研讨会"。

15 日　省书协在成都举办"四川书法群体现状展"。

同日　省杂协第五次会员代表大会在成都召开。大会选举产生了新一届领导班子。省文联党组书记、常务副主席钟历国出席并讲话。

22 日至 8 月 7 日　"四川省体育美术作品展"在四川美术馆举行。

23 日至 29 日　"四川省书协第九期临帖培训班"在广元元坝区举办。

同月　省曲协组织推荐的四川清音《古蜀风流》、四川扬琴《贵妃醉酒》、谐剧《王熙凤招商》参加第五届中国曲艺节演出。严西秀的评论文章《从清音、谐剧的过去、现在看四川曲艺的总体衰败》参加了同期举办的"中国曲艺发展论坛"研讨活动。

8 月

4 日　省文联召开动员大会部署第二批保持共产党员先进性教育活动。

6 日　省文联、达州市委宣传部、省音协等单位组织一批词曲作者，深入到达州"9·3"和"7·8"洪灾的重灾区——宣汉县普光镇、天合乡等地体验生活。

8 日　省文联召开半年工作总结会。

11 日　省影协举办四川省、成都市纪念抗日战争胜利 60 周年电影观摩座谈会。

17 日至 22 日　省曲协组织全省曲艺作家采风团一行 10 人，由成都—岷江—杂谷脑—鹧鸪山—大草原—黄河第一湾，进行采风创作。

19 日　"四川省纪念抗日战争胜利 60 周年美术书法摄影大展"在四川美术馆隆重举行，展出作品 400 余件。

20日 第五届中国大学生戏剧节西南分会场在四川人艺小剧场闭幕，演出为期8天。

29日 省影协举行电影《红缘》观摩、新闻发布会及座谈会。

同月 省委宣传部、省文联主办，省美协承办的"纪念抗日战争暨世界反法西斯胜利60周年四川省美术作品展"在四川美术馆举行。

同月 省佛协、省书协和什邡市政府共同主办的"禅文化全国书法精品展"在四川省美术馆展出。

9月

1日 第七届中国"三品"博览会在成都举行。

14日 省剧协第六次会员代表大会在成都举行。省委宣传部常务副部长杜江，省文联主席李致，省文联党组副书记杨茂成出席。大会选举新一届领导机构。

19日至21日 省委宣传部、省文联、成都市委宣传部、成都市文联主办的纪念中国人民抗日战争暨世界反法西斯战争胜利60首年第三届"春熙放歌"抗战歌曲演唱会在成都市春熙路广场举行。

22日 第二届"川化杯"全省企业职工歌手大赛（决赛）在川化俱乐部举行。

23日 江油市文联成立。

23日至26日 省民协组织阿坝藏族表演队赴广东汕尾参加首届泛珠三角区民间艺术节。《马奈郭庄梦》获金奖。

24日 在汕尾市举行的首届泛珠三角（广东汕尾）民间艺术节上，省民协组织的阿坝"马奈锅庄"获金奖。

10月

13日 省曲协老曲艺家第16次金秋同乐会在成都西郊郎家花园举行。

同日 四川省第十二届摄影艺术展在四川美术馆隆重开幕。展出艺术类作品65幅，记录类作品59幅，商业类作品10幅。

17 日   中国民间鼓舞鼓乐艺术最高奖、中国民间鼓舞鼓乐大展演出在山西临汾市隆重举行。省民协组织的北川县羌族《羊皮鼓舞》获得第七届中国民间文艺山花奖（鼓舞鼓乐类）入围奖。

18 日至 19 日   第五届中国文联文艺评论奖颁奖仪式暨 2005 年当代文艺论坛在湖北武汉隆重举办。严西秀的《从清音谐剧的情况看四川曲艺的状态》、廖全京的《艰辛与忧患——李一清的〈农民〉与四川农村题材小说创作的传统》分别荣获评论类一等奖和三等奖。

20 日上午   省文联召开座谈会深切悼念巴金同志。省文联党组书记、常务副主席钟历国，省文联党组副书记杨茂成，艺术家车辐、洪钟、文辛、廖全京等出席。

20 日下午   四川省文艺界同仁前往龙泉驿巴金文学院吊唁巴金同志。

27 日   全国未成年人电视节目研讨会暨四川省第十八届城市电视台研讨会在什邡市召开。

11 月

3 日   著名作家王蒙与绵阳作家座谈交流。

5 日   四川省音协二胡学会成立。

6 日   省民协组织黑水县藏族表演队参加长江流域民族民间艺术节，组织茂县羌族表演队参加 2005 婺源中国乡村文化旅游周活动，两支表演队均荣获优秀表演奖。

23 日   省舞协、四川电视台科教频道《大魔方》联合主办的四川省首届"太阳神鸟"奖青少年儿童舞蹈电视大赛在成都市金牛少儿文化艺术教育中心剧场落下帷幕。

29 日   省音协到乐山市调研。

11 月 29 日至 12 月 2 日   省文联调研组到达州、大竹、南充、遂宁、蓬溪等市、县（区）文联调研。

同月   省音协在成都和境山庄召开"2005 音乐理论创作研讨会"。

同月   "俄罗斯列宾美术学院油画素描大展"在四川美术馆举行。

同月　省评协副主席李明泉在省文化产业发展论坛上以《探索文化产业发展重要环节，努力推进四川文化产业发展》为题作大会演讲。

12月

19日　省评协副主席冯宪光作为中央马克思主义理论研究与建设工程文学专家组成员，在四川大学主持召开马克思主义建设工程《文学理论》提纲讨论会。

20日　省影协第五次会员代表大会在成都君需苑隆重召开，89名会员代表参加了大会，会议通过了新的影协《章程》，选举产生了第五届领导机构。省委宣传部秘书长朱丹枫，省文联党组书记、常务副主席钟历国，省文联党组副书记杨茂成，省文联党组成员、秘书长杨时川等出席。

24日　省视协第四届会员代表大会在成都太成宾馆召开，112名代表出席会议。会议修改了《章程》，选举产生了新一届领导机构。

26日　省文联第二批保持共产党员先进性教育活动总结暨承诺宣誓大会在省文联四楼会议室举行。

28日　中宣部、国家广电总局、文化部在北京人民大会堂联合隆重举行纪念中国电影诞生100周年大会。省影协副主席潘虹被授予"国家有突出贡献电影艺术家"称号。

同月　何应辉当选为中国书协第五届副主席，张景岳、刘新德、洪厚甜当选为中国书协第五届理事。

本年　李传康版画作品《驼峰、飞虎、记忆》获纪念反法西斯战争胜利60周年国际艺术展优秀奖。

本年　川剧演员孙普协荣获第二十二届中国戏剧梅花奖。

本年　省书协举办"纪念世界反法西斯战争胜利暨中国抗日战争胜利60周年·四川省书法美术摄影作品展"。

本年　我省作者在"全国新人新作展"入展13人；"全国正书作品展"

入展入围 21 人；"全国扇面书法展"金奖 1 名，铜奖 1 名，入展 14 人。

2006 年

1 月

11 日　省委宣传部、省文联组织的"情系百姓、欢乐万家"送文化下乡演出活动在绵竹县孝德镇举行。

13 日　中国文联、四川省委宣传部、省文联等在中国革命老区蓬溪县举办"送欢乐下基层、情系百姓"慰问演出，并向遂宁市蓬溪县捐赠文化用品。中国文联党组成员、书记处书记廖奔，中国影协分党组书记、常务副主席康健民参加了活动。

16 日　省委宣传部、省文联、省科技厅、省卫生厅等 15 个单位举办的"第六届迎新春科技大场活动"在资中球溪镇举行。

19 日　四川省首届"谢无量书法创作奖"颁奖暨"四川省第四届书法篆刻作品展"在四川省美术馆举行。

2 月

18 日至 22 日　"可口可乐杯·四川省第四届少年儿童书法展览暨第二届四川省书法教师书法展览"在成都天府博览中心举行。

28 日　省文联在成都召开五届五次全委会。省委常委、宣传部部长王少雄，省人大副主任钮小明，省政协副主席李进，省委宣传部副部长杜江等领导出席。省文联主席李致，省文联党组书记、常务副主席钟历国，省文联党组副书记杨茂成参加了大会。

同月　省委宣传部、省文联主办的"天府新农村"大型摄影采风活动启动。

3 月

3 日　省音协召开方惠生《艺海钩沉》座谈会。

10日　"藏纸·印经·影像——金平作品巡回展"在蓉开幕。

15日　省文联召开党务工作会。

23日　《天籁和音·马薇独唱音乐会》在成都锦城艺术宫举行。

30日　省音协2006理事及工作会议在省文联四楼召开。

同日　振兴川剧暨《易胆大》汇报演出成功座谈会在省文联举办。

同月　省摄协举办了为期5天的"四川摄影家'天府新农村'大型摄影采风活动",深入广元的元坝区、朝天区、苍溪县、青川县等乡村。

4月

2日　四川2005年度摄影人物评选在成都艺术中心揭晓。

4日　省文联召开文艺界树立社会主义荣辱观建设先进文化座谈会。省文联主席李致,省文联党组书记、常务副主席钟历国,省文联党组副书记杨茂成,省文联党组成员、秘书长杨时川等参加了会议。

7日至16日　省文联与《中国艺术报》组成的"重走长征路"四川采访组沿红军长征经过的雪山草地采访,行程近三千公里。

12日至14日　省文联中心组进行第一季度理论学习。

23日至26日　全国文联组联干部培训班在成都市举办。中国文联党组成员、副主席仲呈祥,国内联络部主任夏潮,四川省文联党组书记、常务副主席钟历国等参加了会议。

30日　省文联发出向青年歌手丛飞同志学习的倡议书。

同月　第二次全省音协会员工作会议在雅安召开。

同月　中国杂协授予童荣华第四届"德艺双馨"会员称号。

5月

11日　省书协、山西省书协联合主办的"四川·山西书法联展"在四川省诗书画院开幕。展出书法作品130件,其中四川60件,山西70件。

22日　省评协召开座谈会,纪念毛泽东《在延安文艺座谈会上的讲话》发表64周年。

26 日　省书协第五次会员代表大会在蓉召开。大会选举产生了省书协新一届理事会和主席团。全川 86 名会员出席大会，选举产生新一届理事会和主席团。主席团成员为主席：何应辉；副主席：张景岳、徐德松、郭强、舒炯、刘新德；秘书长：代跃。

30 日　省曲协第五次会员代表大会在蓉召开。大会选举产生了新一届领导机构。省文联党组书记、常务副主席钟历国，省文联党组副书记杨茂成、陈黔鲁等领导出席。

6 月

1 日　泰中艺术家联合会代表团在会长蔡义批的带领下来四川考察。期间，对省文联进行了访问。

2 日　省民协第六次会员代表大会隆重召开，95 名全省民间文艺代表出席大会。大会选举产生了新一届理事会和新一届主席团，选举侯光为省民协第六届主席。省老领导、中国民协名誉主席冯元蔚，省文联主席李致，省文联党组书记、常务副主席钟历国，省文联党组副书记杨茂成、陈黔鲁等出席。

5 日至 7 日　省文联工作研讨会在攀枝花市举行。省文联党组书记、常务副主席钟历国，省文联党组副书记杨茂成、陈黔鲁出席。

15 日　省文联工作研讨会在绵阳召开。省文联党组书记、常务副主席钟历国，省文联党组副书记杨茂成、陈黔鲁等领导出席。

16 日　省文联召开机关干部和所属协会负责人会议，省委组织部常务副部长蒋先继，部务委员李泽远，省委宣传部常务副部长侯雄飞，省委副秘书长马波到会，蒋先继宣读省委决定：黄启国任四川省文联党组书记。

20 日　省影协举办"迎七一·庆建党 85 周年优秀国产影片展"启动仪式，此次展映活动从 6 月 20 日持续至 7 月 5 日。

23 日　省文联召开"纪念建党 85 周年暨表彰先进党支部、优秀党员和优秀党务工作者大会"。省文联党组书记黄启国，省文联党组副书记杨茂成、陈黔鲁，省文联党组成员、秘书长杨时川等参会。

29日至7月2日　省民协率领四川茂县羌族羊皮鼓舞队参加"锣鼓喧天庆七一"慕田峪长城民间鼓舞邀请赛，荣获最佳特色奖、最佳优秀表演奖。

30日　省文联召开五届七次主席团会议。会上宣读了省委有关黄启国同志担任党组书记的任职决定，并同意增选黄启国同志为第五届四川省文联常务副主席。

同月　省曲协与省杂协共同承办"庆祝建党85周年曲艺杂技精品展演"。

7月

1日至5日　以"重走秦汉路"为主题的"2006年四川省书协篆刻研讨会"在剑阁县举行。

3日至7日　省委宣传部、省文联、省摄协组织举办了"四川摄影家天府新农村暨重走长征路阿坝藏区大型摄影活动"。

4日至19日　省民协完成了以八邦寺为重要传承地的噶孜画派唐卡艺术的首次调查。

7日　省音协第六次会员代表大会在成都召开。省文联主席李致，省委宣传部秘书长朱丹枫，省文联党组书记、常务副主席黄启国，省文联党组副书记杨茂成、陈黔鲁，省文联党组成员、秘书长杨时川等出席。大会选举产生主席：敖昌群。副主席：李西林、伍明实、朱嘉琪、吉古夫铁、林戈尔、张龙、张文治。聘任朱嘉琪担任秘书长。聘请名誉主席：安春振、郎毓秀、黄万品。

9日　省舞协第六次会员代表大会在成都召开，大会选举产生了新一届舞协理事和主席团成员。省文联主席李致，省委宣传部秘书长朱丹枫，省文联党组书记、常务副主席黄启国，省文联党组副书记杨茂成、陈黔鲁，省文联党组成员、秘书长杨时川等出席。

13日　省影协举办了纪念文集《永远的放映师赵国庆》首发式，纪念省影协会员、峨眉院线公司原董事长赵国庆同志去世一周年。

17 日　省影协举办电影《新街口》主创人员新闻媒体与观众见面会。

20 日　省文联组织学习《中国文联党组书记、副主席胡振民同志在听取四川省文联工作情况汇报后的讲话》。

23 日至 29 日　"四川省书协第十期临帖培训班"在资阳市举行。

8 月

15 日　省摄协第五次会员代表大会在成都举行。省文联主席李致，省委宣传部秘书长朱丹枫，省文联党组书记、常务副主席黄启国，省文联党组副书记杨茂成、陈黔鲁，省文联党组成员、秘书长杨时川等出席。大会选举产生新一届协会领导班子。康大荃当选四川省摄协第五届主席，王达军、王学成、王瑞林、申荣、冉玉杰、金平、陈宁、陈锦、赵忠路、莫定有当选副主席。聘任贾跃红为秘书长（驻会）。

17 日　省民委、省文联、省音协联合召开的四川省原生态音乐保护与传承暨欢迎羌族、阿尔麦藏族歌手载誉归来座谈会在省文联四楼会议室召开。

29 日　四川省文艺理论及文联工作研讨会在省文联召开。

31 日　省影协举办电影《东京审判》首映式。

同月　四川省民族民间舞发展与创新交流座谈会在成都召开。

同月　召开"网络小说《大唐行镖》及网络文学发展态势研讨会"。

同月　省文联与泸州市委宣传部联合举办"纪念长征胜利七十周年"书法作品展。

同月　"第四届中国曲艺牡丹奖"评选揭晓。成都市歌舞剧院严西秀撰写的评论《从清音谐剧的情况看四川曲艺的状态》获牡丹奖评论奖、省曲艺团包德宾创作的谐剧《王熙凤招商》获牡丹奖文学奖，邹忠新获牡丹奖终身成就奖。

9 月

1 日　省文联、中国曲协在成都市川剧艺术中心举办了"长征路上送欢笑，革命圣地万里行"走进四川慰问老红军、老区人民专场演出。著名艺术家刘兰芳、姜昆等参加了演出。

3 日　省书协篆刻委员会、陕西省终南印社、山东省山东印社联合主办的"川陕鲁三省篆刻联展"在四川省诗书画院开幕。

6 日　"建设社会主义新农村暨纪念中国共产党成立 85 周年摄影艺术展"成都巡展在成都市三圣乡"荷塘月色"隆重举行。

8 日　"墨铭奇妙·戴媛书展"暨作品研讨会在北京大学图书馆举行。

10 日　"春熙放歌——走进校园"演唱会在成都理工大学影视学院广场举行。

14 日至 25 日　举办"第四届'春熙放歌'——红军精神代代传"纪念红军长征胜利 70 周年大型巡回演唱会。此次演唱会先后在成都理工大学影视学院、凉山西昌、阿坝马尔康、甘孜康定、南充仪陇巡演。

28 日　中国文联、四川省委宣传部、四川省军区政治部、四川省文联、泸州市人民政府等主办的"永远的丰碑——纪念中国工农红军长征胜利七十周年"文艺演出在泸州举行。

29 日　省书协主办的"二十世纪四川已故书法名家遗作展"在四川省诗书画院举行。

同日　省书协、中国书法院在四川美术馆举办"北京·四川书法双年展"，展出全国 19 个省市 90 位书法家的作品 201 件。

同月　中国曲协、省曲协共同组织"长征路上送欢笑，革命圣地万里行"活动，在成都和雅安各举办一场演出。

10 月

5 日　组织参加第八届中国民间文艺山花奖·中国首届民间飘色（抬阁）艺术展演活动。江油抬阁艺术团《穆柯寨》《白蛇传》获得全国民间艺术最高奖项"山花奖"。

11 日　省委宣传部、成都军区政治部主办，省文联、成都军区宣传部承办，省美协、省书协、省摄协协办的"纪念红军长征胜利 70 周年美术书法摄影展"在成都开幕。

20 日　省委宣传部、省文联召开的祝贺邹忠新先生荣获"中国曲艺牡丹奖终身成就奖"暨民族民间艺术保护传承座谈会在成都新华国际酒店举行，参会代表 50 余人。省委常委、宣传部部长王少雄，省文联主席李致，省文联党组书记、常务副主席黄启国出席。

25 日　省文联、省作协和省鲁迅研究会召开了"纪念鲁迅诞辰 125 周年暨逝世 70 周年座谈会"。

同月　在中国文联、中国书协主办的"第二届中国书法兰亭奖"中，吕金光获"艺术奖三等奖"、孙培严获提名。

同月　省评协与成都市沙河公园管理办公室、成都市美术家协会联合举办"水韵天府杯"沙河源生态美摄影、绘画、征文比赛。

同月　"四川省第九届摄影艺术作品展"在成都开幕。

11 月

8 日至 14 日　中国文联第八次代表大会在北京举行。四川 36 名艺术家代表参加了会议。

11 日　在首届"中国·雷波彝族民歌节"开幕式上，中国民协组联部副主任周燕屏宣读《关于同意命名四川省凉山州雷波县为"中国彝族民歌之乡"的决定》，正式授予雷波县"中国彝族民歌之乡"的称号。

13 日　"和谐阳光　百花芬芳"中国文联第八次全国代表大会、中国作协第七次全国代表大会联欢晚会在北京人民大会堂宴会厅举行。联欢会的第一个节目是四川省民协推选报送的泸州市雨坛彩龙，胡锦涛总书记亲自用毛笔为巨龙点睛，盛世龙腾、欢歌劲舞，展现了中华民族伟大复兴、文艺事业繁荣发展的壮丽景象。

16 日　省委召开全国八次文代会、七次作代会四川代表团欢迎座谈会。

21 日　省文联召开大会学习传达贯彻中国文联第八次文代会精神。

25 日　省评协第二次全省代表大会在成都召开。何开四当选主席，王海兵、平志英、刘大桥、伍松乔、李明泉、杜建华、钟仕伦当选副主席。

29 日　省书协推进"中国书法家进万家行动计划"把书法艺术精品送进老红军家。

同月　召开"电视作品低俗风现象与大众审美引导研讨会"。

同月　省杂协召开民营杂技团发展座谈会。

12 月

3 日至 4 日　四川摄影家"天府新农村"大型摄影采风活动在川南片区资中启动。

8 日至 9 日　"四川省民族民间音乐抢救与保护"会议在都江堰召开。

15 日　省音协召开 2007 年理事会，传达中国文联第八次代表大会精神、学习胡锦涛总书记在全国文代会上的讲话。

18 日　第五届巴蜀文艺奖获奖作品名单公示。

20 日　省影协与中国电影版权保护协会共同主办了"电影版权集体管理组织版权使用费收费标准及分配办法座谈会"。

29 日　省文联、省作协在成都新华国际酒店隆重举行第五届巴蜀文艺奖、第五届四川文学奖颁奖大会。此次获巴蜀文艺奖的 90 余件作品，涵盖了 13 个艺术门类。

2007 年

1 月

9 日　省委宣传部、省文联主办的"送欢乐，下基层，情系百姓——走进蒙顶山"大型文艺演出活动在名山县体育场举行。

15 日　四川省首届"文化进社区"优秀文艺节目展演活动在成都市春熙路步行街广场举行。

17 日　省文联在锦城艺术宫隆重举办四川省巴蜀文艺奖设立 15 周年庆典晚会。

17 日　省摄协在成都召开摄影理论研讨会。

19 日至 21 日　省书协在四川美术馆举办"全国三大展"获奖作品展,将中国书协主办的"第二届中国书法兰亭奖""全国首届行书大展""全国首届草书大展"的全部获奖作品借到四川展出。同时召开了 2007 年四川省书法第一次创作研讨会。

20 日　省委宣传部、省文联主办的"送欢乐,下基层,情系百姓——送文化下乡"活动在什邡举办。

同日　省书协组织"送书法进万家"到成都市彭州市蒙阳镇。

26 日　省视协常务理事会在凉山西昌举行。

27 日　省书协到德阳市什邡市开展送书法进万家活动。

27 日至 29 日　四川摄影家"天府新农村"大型摄影活动在雅安上里古镇举办。

2 月

2 日　省影协在川影宾馆举办 2006 年度四川电影界迎春茶话会。

同日　省企业文联第三次代表大会在成都隆重召开。大会通过了《工作报告》和省企业文联《章程》,选举产生了第三届领导机构。

6 日　四川省第七届迎春大场在绵阳梓潼石牛镇举行。

3 月

7 日　省杂协五届三次全委会在南充召开。

16 日　四川公安文联在蓉成立。

27 日　省文联五届六次全委会在成都召开。

30 日至 31 日　第十届四川省摄影大会在遂宁射洪召开。

同月　中国曲协主办的"宝丰马街书会全国唱曲鼓曲大赛"上,任平演唱的四川清音《锦水吟》获一等奖。

同月　在中国曲协、国家少工委和中央电视台联合举办的第二届少儿曲艺大赛上,省曲协获组织奖。

4 月

4 日　"四川省音协小音乐家学会"筹备大会在成都龙泉召开。

6 日　省文联召开整顿领导干部作风建设党组专题民主生活会。

7 日　中国文联、中国民协、扬州市人民政府共同在江苏省扬州市举办"2007·中国剪纸艺术精品博览会"。省民协选送的黄英《蚕丝祖母——嫘祖》获铜奖，协会获优秀组织奖。

10 日　省文联系统领导干部培训班在成都开班。

29 日　"2007 首届中国·四川古镇文化节"启动。

30 日　省委常务副书记陶武先，省委常委、宣传部部长王少雄到省文联、省作协考察调研。

同月　组织举办第七届国际标准舞锦标赛。

同月　录制完成《邹忠新金钱板精品 DVD》，出版《邹忠新金钱板作品集》。

5 月

同月　筹备省文联艺术团。

6 月

3 日至 5 日　"天府新农村——岳池采风行"大型摄影活动在广安岳池举行。

8 日　省委宣传部主办，省影协、峨影厂及省邮电公司协办的电影《香巴拉信使》看片会举行。

8 日至 10 日　省书协在成都市龙泉驿沫若艺术院举办 2007 年四川书法第二次创作研讨会。

10 日　省书协在四川省诗书画院举办"江苏优秀青年书法家 30 人作品展"。

25 日　纪念振兴川剧 25 周年·川剧出版成果发布暨展示会在成都金

河宾馆召开。

28 日　为纪念四川省提出振兴川剧口号 25 周年，"四川省川剧文化学术研讨会"在郫县召开。

同月　举办第六届中国音乐"金钟奖"声乐比赛四川赛区选拔赛。

7 月

6 日　全国大禹文化学术研讨会暨"中国大禹文化之乡"授牌仪式在北川县隆重举行。中国民协正式授予北川羌族自治县为"中国大禹文化之乡"称号。

23 日　省书协在绵阳市举办"四川省书协第十一期临帖培训班"。

同日　"四川省庆祝中国人民解放军建军 80 周年摄影、美术、书法展"在四川美术馆开幕。

26 日至 29 日　由中国民协和河北省文联主办的"中国民间民族歌舞精品展演"在南戴河举行。阿坝州茂县羌族民间表演艺术团的羌族歌舞《瓦尔俄足》荣获最高奖项"金荷花奖"，省民协获"优秀组织奖"。

28 日　省书协篆刻委员会在成都市新都区召开"2007 年全省篆刻研讨会"。

8 月

1 日至 3 日　省美协第五次会员代表大会在成都新华宾馆召开。大会推举叶毓山、李焕民为第五届省美协名誉主席，聘请徐匡、徐恒瑜、何哲生、朱理存为顾问。选举钱来忠为主席，尼玛泽仁、戴卫、张国平、周春芽、吴绪经、梁时民、蒋宜勋、阿鸽、黄宗贤、刘正兴为副主席，聘任张国平（兼）为秘书长，梁时民（兼）、张国忠为副秘书长。

8 日至 13 日　省杂协组织西南杂技采风团开展四川片区的采风活动。

21 日　省文联展演中心、维权中心授牌仪式和艺术团成立大会在文联四楼会议室举行。

26 日　省评协召开"川渝文化合作论坛"工作会。

30 日　省影协举办电影《南京》观摩研讨座谈会。

同月　2007 年度四川省新人新作摄影展在四川美术馆举办。

9 月

17 日　省文联、省文化厅等八家单位联合主办，省民协承办的 2007 首届中国（四川）古镇文化旅游节在龙泉驿区洛带镇拉开帷幕。

同日　省影协举办电影《八月一日》观摩及观众见面会。

19 日至 27 日　省委宣传部、省文联共同承办"中国画画中国——走进四川"大型绘画采风活动。全国政协常委、民族宗教委主任钮茂生出席。省委书记杜青林参加启动仪式。全国多位知名画家参加。

同月　中国曲协批准授予岳池县"中国曲艺之乡"称号。

同月　推荐张徐为中国文联德艺双馨文艺工作者候选人。

同月　推荐杨屹的《梦幻爵士》参加第六届中国杂技金菊奖第四次全国魔术比赛，并获优秀奖。

同月　省音协与四川天晟商业管理公司合作，共同举办四川省首届"文殊坊杯"少儿民乐演奏大赛。

10 月

20 日　省委宣传部、省文联、成都市委宣传部、成都市文联联合主办了第五届"春熙放歌——在党的阳光下"文艺演出，隆重庆祝中国共产党第十七次全国代表大会胜利召开。

10 月 21 日和 11 月 24 日　"湖南·四川中青年书法家提名展"分别在四川省诗书画院及长沙博物馆举行。

同月　第二届中国民间艺人精品展在杭州举办，省民协会员道安获得中国十佳民间艺人奖。

同月　省民协组织推荐阿坝州藏族折嘎说唱《折嘎》，参加了由中国文联、国家民委等联合举办的第三届全国少数民族曲艺展演并获三等奖。与会期间，参加了"全国少数民族曲艺现状与发展学术研讨会"。

同月　组织参加"全国第九届书法篆刻作品展"，四川 2 人获三等奖，2 人获提名。

11 月

3 日　省委宣传部主办，省书协承办的"名家书四川——当代著名书法家书'历代名人咏四川书法作品展'"在四川美术馆开幕，同时编印了《历代名人咏四川》作品集。

同日　推送作品参加第六届中国舞蹈"荷花奖"民族民间舞评比，《大山·女儿》荣获十佳作品奖、十佳编导奖。

5 日　中宣部、人事部、中国文联在北京人民大会堂隆重举行第二届全国中青年德艺双馨文艺工作者表彰大会，省影协副主席潘虹、省摄协理事林强被授予"全国中青年德艺双馨文艺工作者"荣誉称号。

9 日　首届"川渝文化合作论坛"在重庆开幕。重庆市文联党组书记、副主席李自治和四川省文联党组书记、常务副主席黄启国代表两地文联共同签署了《川渝文化合作宣言》，提出了川渝文化从 6 个方面开展交流合作。

10 日　第九届西部国际"三品"博览会暨第七届中国绵竹年画节开幕。中国文联党组成员、书记处书记白庚胜出席并讲话。

24 日　四川书法代表团一行 13 人到湖南长沙参加了"湖南·四川中青年书法家提名展"开幕式，并在湖南进行了为期 7 天的交流和考察。

同月　省文化厅、省文联、省音协共同举办四川省第二届声乐大赛，300 多名歌手参赛。

同月　省曲协、省音协共同承办庆祝十七大召开，举办"建设社会主义新农村"晚会。

同月　省曲协组织代表赴京参加中国曲艺家协会第六次全国代表大会。程永玲当选中国曲协副主席，车向前、曾小嘉当选中国曲协理事。

同月　推荐成都市文化艺术学校《散桌》参加 2007 北京国际杂技滑稽交流展演，获"新人杯"和"编创杯"。省杂协获"友好协作杯"。

同月　川剧《易胆大》获得第十二届文华大奖。

12月

24日至26日　中国文联、中国民协主办的首届中国故事节在上海市隆重举行。省民协推荐的周李静获首届中国故事节故事表演铜奖，并被命名为"故事员"。

同月　省民委、省音协主办四川省少数民族新人新歌大赛。

同月　组织选送刘洛仁的文章《大曲艺浅说》获中国文联文艺理论评论一等奖。

2008 年

1月

9日　省文联召开全体干部职工会议，学习贯彻省委九届四次全会精神。

13日　省书协主办的"四川省第五届书法篆刻新人新作展""四川省第二届妇女书法篆刻作品展""四川省第四届篆刻展"在省美术馆、省诗书画院同时开幕。编印、出版《四川省第二届妇女书法篆刻展作品集》《四川省第五届书法篆刻新人新作展作品集》《四川省第四届篆刻艺术展作品集》。

17日　中国文联主办、省委宣传部、省文联承办的"送欢乐、下基层"赴广安慰问演出活动在广安市会展中心广场和广安区协兴镇牌坊村举行。

1月21日、1月25日　省书协组织两批书法家到成都双流县金花镇农民新村、大邑县寿安镇开展中国书法家进万家活动。

同月　遂宁市杂技团《双人技巧》获第29届法国巴黎世界"明日"杂技节金奖。

2 月

20 日 省文联作家武志刚创作的电影剧本《城市里的蒲公英》荣获国家广电总局颁发的 2007 年度夏衍杯优秀电影剧本政府扶持剧本奖。

29 日 省书协召开评审委员会工作会。

同月 省曲协举办"迎新春会员茶话会",开展了慰问老曲艺家等活动。

同月 推荐吴瑕、刘明辉参加中国曲协主办的"宝丰马街书会全国唱曲鼓曲大赛",吴瑕演唱的四川扬琴《长相思》获一等奖、刘明辉演唱的四川清音《赶花会》获二等奖。

3 月

1 日至 2 日 四川省 2008 年摄影新人新作评选会在都江堰举行。

6 日至 7 日 省文联中心组学习全国宣传思想工作会议精神。

6 日至 11 日 中国文联理研室、中国曲协来四川文联调研。

19 日 省书协 2008 年工作会在成都召开。

同月 录制出版《徐述刘时燕四川扬琴演唱作品精选 DVD》。

4 月

2 日 省音协 2008 年度理事扩大会在成都召开。

9 日 四川省民间工艺百家表彰会和《四川民间工艺百家》画册首发式、四川省民间文化遗产抢救与保护研讨会在成都举行。

12 日 省书协理论委员会工作会在成都市新都区召开。

15 日 省杂协选送的杂技节目《双人技巧》获中国杂技金菊奖金奖,《高椅》获优秀奖。

16 日 省文联在成都召开五届七次全委会。

19 日 省书协教育委员会工作会在四川师范大学召开。

18 日 省音协小音乐家学会成立大会在省文联四楼会议室召开。

19 日至 21 日　四川省第十一届摄影大会在成都市邛崃市举行。

20 日　省文联荣获"2007 年度中国文联舆情信息工作先进集体"。

26 日　四川摄影家 2007 年十大年度人物颁奖大会在成都锦江剧场举行。

4 月至 10 月　省评协组织主席何开四、副主席李明泉、会员黎风、孙旭军等为四川纪念改革开放三十年专题《巴蜀潮》六集政论片撰稿、总撰稿、编辑等工作。该片由省委宣传部和四川电视台联合摄制。

5 月

12 日　省文联在四川艺术院（沫若艺术院）举办市州县文联领导干部培训班。上午由党组书记黄启国进行了授课。14 时 28 分四川汶川发生 8.0 级特大地震，党组立即决定培训班停办，投入抗震救灾工作。

13 日　省文联党组下发《关于做好抗震救灾工作的紧急通知》。

14 日　省文联召开各省级文艺家协会秘书长会议，布置创作抗震救灾文艺作品以及募集捐款等相关事宜。

14 日至 15 日　省文联、省摄协组织 20 位摄影家志愿者兵分三路，深入重灾区参加抗震救灾，记录救灾工作。

14 日　省音协主席、著名作曲家敖昌群带领宋名筑、昌英中、文锋、杨晓忠、石兵、吴飞、宋瑛、王平等 10 多位成都本地作曲家，赶赴都江堰地震灾区。

15 日起　省音协和《华西都市报》联合发起公开征集"抗震救灾"公益歌曲。

同日　由中国知识产权局和深圳"珍宝馆"联合举办的首届中国工艺美术大师优秀作品展暨中国传统知识与民间工艺美术精品展示基地在深圳举行揭牌仪式，省民协会员杨莉被聘为中国知识产权文化大使，杨莉的三件漆器精品被国家知识产权局永久收藏并展示。

16 日下午 3 时　省文联在机关大院举行四川文艺界"万众一心，众志成城"抗震救灾捐赠仪式，共收到捐款约 40 多万元。

19 日　省文联召开各省级文艺家协会秘书长会议，布置创作抗震救灾文艺作品事宜。

19 日至 20 日　中国书协五届四次理事会上增补代跃为中国书协五届理事会理事。

20 日　省书协、省美协、省体育局共同主办的"四川省迎奥运美术·书法·摄影展"书法部分征稿工作全面完成（该展览因"汶川 5·12 特大地震"影响未完成展出工作）。同时，全省有 20 位书法家参加了中国书协组织的"迎奥运书法长卷"的创作，38 位书法家参加了中国书协主办的"全国千名书法家精品走进奥运场馆志愿活动"。

23 日　省文联机关党委向所属各党支部发出《中共四川省文联机关党委关于进一步加强党的基层组织建设夺取抗震救灾斗争全面胜利的通知》。响应号召，党员交纳"特殊党费"52470 元。

同日　省民协会同中国民协一行奔赴地震重灾区绵竹市，看望慰问年画老艺人，并将其中的部分剪纸作品送至绵竹市抗震救灾指挥部。

23 日至 25 日　省舞协与中国舞协携带大量卫生用品、药品、食品、舞蹈服装、舞蹈教材等物质，奔赴什邡、绵阳、绵竹、汉旺等地震灾区慰问。

24 日　省文联艺术团组织了一支 10 人志愿者小分队前往彭州通济镇，慰问济南军区英雄侦察连。

26 日至 27 日　省文联组织艺术家 80 余人，深入地震灾害重灾区都江堰、绵竹、什邡、彭州四地采访慰问。

28 日　省文联党组召开扩大会议，总结了上一阶段抗震救灾创作工作，布置下一阶段工作，要求全力投入狠抓抗震救灾创作工作。

29 日　"四川省民族民间音乐抢救与保护工作会"暨"《四川省民族民间音乐研究文集》（第一集）首发式"在成都举行。

5 月至 6 月中旬　中国民协冯骥才主席一行赴绵竹、北川地震灾区进行实地考察，就遭到毁灭性破坏的羌族文化专门在四川成立"紧急保护羌族文化遗产四川工作基地"。省文联党组书记黄启国、副书记杨茂成、省民协秘书长孟燕等参加和协助工作。省民协为《羌族文化学生读本》的编纂提供基础资料和图片。

同月　组织举办四川省舞蹈创作、理论讲座。

同月　省评协参与组织召开"灾后重建与灾难学术研讨会"。

6月

3日　省文联艺术团和省视协组织艺术家赴什邡灾区慰问受灾群众和解放军官兵。

3日至9日　省视协在成都举办全省电视专业编导研修班培训活动。

12日至20日14点28分　在新闻出版总署、省委宣传部、中国红十字总会、中国慈善总会、省文联的大力支持下，"2008我们在一起"全国抗震救灾公益设计展及"5·12"四川汶川特大地震摄影展在四川美术馆正式开幕。

15日　省文联艺术团到郫县灾民安置点，对来自汶川、茂县、都江堰、绵竹、重庆等地区的受灾群众进行了慰问，并送去剪纸作品和礼物。

18日　省文联艺术团组织40多名演员、剪纸大师和20多名画家、书法家前往彭州通济镇，慰问济南军区沙家浜部队的官兵及来自江西、福建、龙泉等外援单位的代表。

19日　"紧急保护羌文化遗产四川工作基地"在成都正式挂牌成立，与此同时，"保护羌族文化遗产"研讨会在西南民大举行。全国政协常委、民进中央副主席、中国文联副主席、中国民协主席冯骥才，全国人大常委、民进中央副主席朱永新，省文联党组书记、常务副主席黄启国出席会议。

同日　中国书协副主席、省书协主席何应辉带队前往在彭州参加抗震救灾的济南军区某部驻地看望、慰问。

20日至21日　省舞协与中国舞协组成联合慰问组赴什邡、绵阳、绵竹、都江堰等地开展赈灾慰问演出。

29 日　在成都锦江宾馆组织"美术界抗震救灾捐赠作品义卖"活动，征集作品 1400 余件，拍卖作品 116 件，善款 1415100 元。

同月　省评协参与组织"汶川地震灾后重建座谈会"，协会副主席李明泉、苏宁等就灾后文化重建发表意见并在《四川日报》发表论文。

同月　汪青玉论文《论杂技滑稽与市场供需之关系》获第十一次全国杂技理论研讨会暨第七届金菊奖第六次理论评奖优秀论文奖。

7 月

1 日　省文联为大邑县委、县政府公益策划、导演、组织大型纪念文艺晚会——"爱的光辉"。

16 日　"心系汶川·全国美术作品特展"到四川美术馆巡展。此展已于 6 月 20 日在中国人民革命军事博物馆开幕。

17 日至 22 日　省音协组织参加"第四届鼓浪屿钢琴节"和"首届全国钢琴考级优秀选手展演比赛"。

21 日至 25 日　组织美术家及作品赴成都军区某部、成都空军某部、武警四川总队某部开展慰问活动，捐赠作品约 100 幅。

22 日　省文联艺术团到北川擂鼓镇对铁军四师的官兵和当地受灾群众举办"情系灾区、唱响奥运"慰问演出。

同日　在凉山彝族自治州布拖县火把节开幕式上，中国民协名誉主席冯元蔚宣布正式命名布拖县为"中国彝族火把节之乡"，中国彝族火把节已被列入中国十大民俗节日。

23 日至 29 日　四川省少儿舞蹈直通车走出国门，赴马来西亚参加第二届"马中"青少年儿童舞蹈比赛和"为了灾区的孩子——中国四川灾区校园重建慈善义演"，赛事获一金两银。

24 日　省摄协主办《尔玛人的呼唤》震后羌族专题图片展。

26 日　省美协与毓秀书画艺术苑共同组织艺术家赴成都空军抗震救灾前线指挥部慰问，捐赠作品 40 余幅。

28 日　省书协在攀枝花召开"四川省书协首届书学理论研讨会"。会议收到书学论文 30 余篇，并编印成册，30 余位作者参加了会议。

7 月至 9 月　省评协组织李明泉、谭继和、苏宁、李昊等成立"汶川地震灾后文化重建的对策建议"课题组，其成果上报省委宣传部和有关部门参考。

同月　著名版画家李焕民的《牧场》《高原之母》，徐匡的《草地诗篇》《主人》，阿鸽的《鸽子》《故乡》被外交部选为新落成的驻美使馆馆藏艺术品。

8 月

3 日至 16 日　举办"迎奥运"全国著名艺术家版画精品展。

5 日　奥运火炬正在成都传递。省文联党组书记、常务副主席黄启国带队四川文联艺术团，到汶川特大地震中受灾严重的广元市剑阁县慰问演出。

9 日至 17 日　举办首次川、滇少儿舞蹈友好交流暨四川省少儿舞蹈直通车云南行。

同月　成都市文化艺术学校的"草帽舞""仿真大熊猫杂技表演"获得北京奥运会、残奥会体育展示工作突出贡献奖，省杂协主席陈育新同时获得该奖。

同月　省评协召开"生命与超越：灾难文学研讨会"。这是国内文艺理论界率先召开的灾难文学专题研讨会，受到媒体的广泛关注。

9 月

2 日　省美协创作培训中心成立。

7 日　中国民协主持，省文联、省民协承担具体工作的《羌族文化学生读本》在北京人民大会堂四川厅举行首发式。国务院总理温家宝 9 月 10 日批示："翻阅了一下，觉得很好。你们在保护民族文化遗产上又做了一项有益的工作。"

10 日至 15 日　由人民日报海外版和中国新闻社主办，省文联和省摄协协办的"四川抗震救灾图片展"在日本东京成功举办。400多幅图片生动地介绍了四川抗震救灾中的动人情景。

20日　省文联率《羌·悲壮的辉煌》摄制组和民间文艺工作者、摄影工作者穿越震中汶川，实地调研，记录、整理羌族文化遗产。

21日　中国民协、广东省文联等联合共同主办的"中国首届客家文化节"上，省民协率队参赛的客家山歌《鸡公车进行曲》获大赛银奖，省民协获优秀组织工作奖。

22日　"中国画·画中国——走进四川"作品展在四川美术馆举行。

26日　四川省中青年德艺双馨文艺工作者表彰大会在成都举行，会上来自全省13个艺术门类的30位文艺家受到了表彰。

27日　大型交响乐及合唱《生命》定稿。

同月　组织推荐张徐、任萍、吴瑕、闵天浩参加第六届中国曲艺节，演出受到观众热烈欢迎，省曲协获组织奖。

同月　组织实施第二届川渝文化合作论坛曲艺理论研讨会。

10月

9日至12日　省书协在成都市新都区新繁镇举办了隶书创作培训班，来自全省近60名隶书创作骨干参加了培训。中国书协培训中心主任、隶书专业委员会秘书长刘文华来川授课。在全国首届隶书展中，我省21名作者入展，2位作者分获二等奖和三等奖。

11日至12日　中国文联、中国民协等联合主办的第七届中国民间艺术节暨"山花奖"中国民间飘色（抬阁）艺术展演与评奖活动在广东开幕。省民协带队参赛的宜宾兴文大坝高装《阿三妹出征》荣获银奖，省民协获优秀组织工作奖。

12日　杨屹、常静表演的魔术《幻之舞》获中国·宝丰第四届魔术文化节暨"宝丰杯"全国魔术比赛表演奖、优秀奖。

13日　省书协五届三次理事会上增补代跃为省书协副主席。

14日　四川省第八届漫画展在遂宁开展。

15 日　省视协在成都召开主席团会。

19 日　省摄协第五届二次理事会在成都召开。会议增补邓风、李燊、迟阿娟、田捷砚为第五届理事。理事会进行第五届主席团成员届中调整，选举王达军同志为主席，增选林强、贾跃红、王建军、黄东、田捷砚为副主席。聘请康大荃同志为协会名誉主席。

20 日　话剧《青春飞扬》参加在上海举办的中国大学生校园戏剧节决赛，获优秀剧目入围奖。

21 日　省杂协召开五届四次理事会。会议进行了届中调整，民主选举产生了协会五届主席团主席陈育新、副主席蔡湘南。聘请傅启辉为名誉主席。

26 日　省文联与省民委共同承办"云朵上的民族——羌族文化展览"（省第九届西博会活动之一）在省科技厅开展。

31 日　省文联与四川党建期刊集团联合主办"成都浓园国际艺术展"，160 多名艺术家的 3000 幅作品参展。

同月　举办四川省第二届"文殊坊"杯少儿民乐演奏大赛。

同月　组织举办四川省建国六十周年舞蹈创作专题研讨会。

同月　完成"四川音乐家丛书"（民族器乐曲集）一套共 10 本的出版工作。

同月　省评协参加成都市灾后重建课题研究。李明泉、郭念文撰写《灾区社区文化建设》专章，该课题已成书出版。

11 月

1 日至 2 日　省摄协在唐家河自然保护区举办"唐家河秋韵"摄影活动。

3 日　省美协 2008 中国画培训班在四川省美协创作培训中心开办。培训为期 20 天，来自全省各地 30 余位艺术家参加了培训。

同日　省书协主办的"四川省第六届书法篆刻新人新作展"评审工作在四川省诗书画院举行，评出一等奖 5 名、二等奖 10 名、三等奖 15 名，优秀奖20名，入展作品130件，入选作品97件。

6日　省美协组织"四川·绵阳依然美丽"采风创作活动，创作震后绵阳的画卷。

7日　峨影厂、省影协、成都市劳动人民文化宫、四川省学生联合会、川大文学与新闻学院共同主办的"四川本土优秀电影展映文化月"启动。本次活动共展映了7部影片，并举行了征文比赛和影评座谈会。

8日　举办四川省"抗震救灾优秀电视节目评选"，推荐20部四川电视台的优秀抗震救灾节目参加"全国中央电视台和省台抗震救灾节目评选"。

10日　省委宣传部文艺处处长平志英一行赴四川省美协创作培训中心调研。

13日　在省文联会议室举办为灾区羌族学生捐赠《羌族文化学生读本》仪式，阿坝州教育局、北川中学羌族学生代表接受了捐赠。

14日　由省教育厅、省美协和省中学美术教育创作研究会共同主办的"四川省第三届中学教师美术作品双年展"颁奖典礼在成都举行。

15日至19日　四川乐山井研33位农民画家的70件作品应邀赴北京大学百年纪念讲堂举办"金色田园·四川井研农民画走进北大"画展。

28日　举办"四川省首届原创音乐沙龙暨《乐苑》杂志社读者联谊会"。

同月　推荐省川剧院《巴山秀才》参加"第三届长江流域戏剧节"大赛，获优秀剧目奖（第一名）、优秀编剧奖、优秀导演奖。

同月　省剧协与省川剧院联合打造了以抗震救灾、重建家园为主题的大型戏剧专题文艺晚会《大爱·国魂》。

12月

6日　纪念改革开放30周年第六届"春熙放歌——不屈的脊梁"走进绵竹。

8日　在省文联会议室举办四川文艺界"纪念改革开放三十周年座

谈会"。

9 日　第二届"川渝文化合作论坛"在成都新华国际酒店举行。

19 日　省美协第五届代表大会第四次理事会在成都召开。会议推举李焕民、叶毓山、钱来忠为名誉主席，聘请徐匡、朱理存、何哲生、尼玛泽仁、戴卫、蒋宜勋、吴绪经、高小华为顾问。选举阿鸽为主席，张国平（常务）、周春芽、黄宗贤、梁时民、刘正兴、邓乐、张国忠、吴映强、秦天柱为副主席。

19 日　省剧协与四川川剧研究院联合召开著名川剧编剧李明璋诞辰 80 周年作品研究会。

23 日　"首届'西南力量'当代艺术邀请展"在四川美术馆举行。

同日　中影协召开第八次全国会员代表大会，省影协副主席潘虹当选第八届中影协副主席。

本年　编辑出版《川剧梅花谱》一书，将四川省历届荣获"中国戏剧梅花奖"的川剧演员的艺术人生载入史册。

2009 年

1 月

1 日　四川省少儿舞蹈直通车开赴灾区什邡进行慰问演出。

同日　省摄协组织 24 位摄影家深入北川地震极重灾区，慰问当地受灾群众。

5 日上午　省书协主席何应辉带队走进地震灾区安县桑枣中学，为学校创作了近 80 件书法精品。

1 月 6 日至 7 日　省文联到绵阳柏林镇、乐山犍为县等地组织送文化下基层"情系百姓"活动。

9 日　省文联组织艺术工作者参加在绵阳市安县举办的"四川省科技、卫生、文化赶场"大型惠民活动。

10 日至 12 日　"四川省第六届新人新作书法篆刻作品展"在省美术馆成功举办，全省近 2000 名书法爱好者及群众参观了展览。

12 日至 13 日　中国摄协、省摄协到都江堰市和乐山市慰问基层摄影家。

14 日　省视协在成都召开 2009 年度常务理事会及省视协抗震救灾优秀电视节目颁奖典礼。

14 日至 15 日　省文联协同中国文联"送欢乐下基层"活动前往地震灾区汶川、北川等地。

20 日　省文联召开主席团会议，审议《四川省文联 2008 年工作总结》（征求意见稿）和《四川省文联 2009 年工作要点》（征求意见稿）。

22 日　四川少儿舞蹈直通车开赴都江堰，为当地灾民喜迁新居送上祝福并进行演出。

2 月

7 日至 8 日　省文联到街子镇、川化生产车间组织开展"送欢乐、下基层"慰问演出活动。

25 日至 27 日　四川省第六次文代会会在成都召开，来自全省 558 名文艺界代表参加了此次大会。省委书记、省人大常委会主任刘奇葆，省委副书记、省长蒋巨峰，省政协主席陶武先，中国文联党组副书记、副主席覃志刚，中国作协党组成员、副主席高洪波以及在蓉的四川省四大班子领导出席了开幕式。开幕式由省文联名誉主席马识途主持。大会审议通过了党组书记黄启国所作的工作报告；修改了四川省文联章程；选举产生了四川省文联新一届领导机构。黄启国当选为常务副主席，何应辉、沙马拉毅、敖昌群、程永玲、意西泽仁、蒋东生、阿鸽、王达军、王玉兰、陈育新、陈智林、林强、杨茂成、陈黔鲁、杨时川、张力、杨吉成、余开元当选为副主席。马识途、冯元蔚、席义方、李致被推举为名誉主席。会议还发出了《给老文艺家的致敬信》以及《文艺服务人民，重建精神家园倡议书》。

28 日 省杂协召开五届五次理事会。

同月 省曲协举办了"迎新春会员茶话会",开展了慰问老曲艺家等活动。

同月 省曲协组织推荐严西秀、沈伐、叮当参加"庆祝新中国成立 60 周年、中国曲协成立 60 周年曲艺精品创作班"。

3 月

2 日 省音协在成都召开 2009 年度理事会。

9 日至 14 日 全省"电视专题节目高编班"培训活动在成都举办。

10 日至 12 日 省视协在成都举办电视专题节目培训。

14 日至 15 日 省书协在成都召开了 2009 年度工作会。

18 日 省书协与成都市书协在成都召开了成都地区重点创作骨干作者调研座谈会。

同月 省委宣传部、省文联、省杂协组织编辑的四川省民族民间文化艺术抢救保护工程——《王智忠古彩戏法作品精选》由中国唱片成都公司出版。

4 月

4 日 省摄协组织 15 人前往什邡、绵竹等地震重灾区,祭奠在"5·12"特大地震遇难的同胞和在抗震救灾中英勇牺牲的烈士,用镜头见证重建家园。

10 日 四川省第十四届摄影艺术展在成都开幕。

24 日 全国第 20 届图书交易博览会上,《爱的见证——摄影家眼中的灾后重建》首发式暨摄影作品展开幕。

24 日至 27 日 中国书协、省委宣传部、省文联主办,省书协和绵竹市承办的"5·12 汶川特大地震一周年中国书法名家走进地震灾区暨绵竹市'兰亭小学'奠基仪式"隆重举行。中国书协将全体理事义捐作品拍卖所得的 100 万元款项捐赠给了绵竹大西街小学支持其重建,并将其命名为

"兰亭小学"，现场书写并赠送书法作品 100 余件。

28 日　纪念张大千先生诞辰 110 周年暨《张大千的世界》《张大千的世界研究》首发仪式并学术研讨会在蓉举行。

同月　省书协主持编撰的《二十世纪四川书法名家研究丛书》推出《刘孟伉卷》和《徐无闻卷》。

5 月

6 日　《中国艺术报》采访组重访四川地震灾区，《四川文艺》记者邓风获年度优秀稿件奖、特别报道奖。

7 日至 8 日　中国视协、省委宣传部主办，省视协、德阳市委宣传部承办的纪念四川"5·12"特大地震一周年暨 2008 全国抗灾救灾优秀电视作品表彰活动在德阳市举行。

9 日　中国美协、省委宣传部、省文联主办，省美协、四川美术馆承办的"感恩·重建——纪念 5·12 汶川特大地震一周年全国美术作品展"在四川美术馆举办。

同日　由省文联、中国残疾人事业新闻宣传促进会、绽放基金联合会主办的"生命绽放——5·12 汶川特大地震周年纪念暨第二届挑战命运特殊大赛颁奖晚会"在四川大邑举行。

同日　省文联艺术团组织中、日、韩三国演员在德阳举行"纪念汶川特大地震一周年"灾区演唱会，向灾区人民表达慰问之情。

同日　在大邑举行"5·12"地震周年纪念晚会——生命的绽放。

11 日　大型交响音乐——"感恩奋进·走进青川"在地震重灾区青川东河口成功演出。

同日　"纪念'5·12'抗震救灾一周年诗画音乐会"在德阳艺术宫庄严举行。

12 日　四川省委宣传部指导，上海市委宣传部、上海市文联、四川省文联、四川音乐学院、上海之春国际音乐节组委会在上海音乐厅主办了以"感恩"为主题的音乐会。

同日　省文联、省政府驻广州办事处、省对外友协及四川省扶贫基金会主办的"携手同行·明天更美好"5·12四川汶川特大地震周年纪念大型晚会在广东奥林匹克体育中心举办。

同日　省民协参与编纂出版的《羌族口头遗产集成》在北京人民大会堂发布并举行了捐赠仪式。同时亮相的还有被省文联、省民协列入四川民族民间文化艺术抢救保护工程项目的《濒危羌文化》。中华慈善总会等为"四川羌族文化遗产工作基地"颁发了"慈善单位"的牌匾。

21日　省委宣传部、省文联主办，省文联组织创作的以抗震救灾为主题的大型交响乐《生命》在四川音乐学院音乐厅演出。

同日　省文联、四川博远传媒等联合拍摄的《风雨之后》在成都王府井影城首映。这是国内首部反映抗震救灾的儿童电影，也是首部主题涉及心理重建的影片。

25日　2009年四川省新人新作摄影展在四川美术馆开幕。展览收到600余人5000多幅摄影作品，评审出460幅作品入展。

26日　省文联主办，省美协、四川美术馆及成都、德阳、绵阳、广元、阿坝五市州联合承办的"不屈的脊梁——四川地震灾区画家5·12周年祭美术作品展"在四川美术馆隆重开幕。

29日　"全国优秀少儿合唱歌曲进校园"——成都站启动仪式在成都列五中学举行。

31日　省民协承办完成的《中国木版年画集成·绵竹卷》正式出版。这是中国民协主持的中国民间文化遗产抢救工程重点实施项目，收录绵竹年画代表作200余幅，代表画板60余幅。

同月　中国民协组织评审组赴四川阆中市考察评审，命名阆中为"中国春节文化之乡"，授予阆中"中国春节文化传承基地"称号。

6月

5日　"全国优秀少儿合唱歌曲进校园"绵竹市重灾区启动仪式在绵竹市"天河小学"举行。

13 日至 14 日　第七届中国音乐"金钟奖"声乐比赛（四川分赛区）在四川师大举行了半决赛和决赛。

13 日　省书协书法培训中心挂牌仪式在新都宝光寺举行。同时开办了为期 3 天的全省第十二期临帖培训班。

18 日至 23 日　中国美协、省美协、四川美术馆举办"周抡园山水画展"纪念山水画大师、美术教育家周抡园先生诞辰 110 周年。

23 日至 29 日　省文联艺术团以感恩为主题，赴韩国进行了三场慰问演出。

同月　四川 20 位书法家参加了 2009 年韩、中、日国际书法展。省书协副主席郭强等代表省书协出席在韩国青州举办的展览开幕式并进行了友好交流访问。

同月　举办四川省舞蹈创作培训班。

7 月

9 日　中国文联和中国民协共同主办的"全国首届民俗影像作品博览会"在河北省秦皇岛市隆重举行。省民协组织拍摄的唐卡影像作品《德格八邦的唐卡艺术》获金奖。

7 月 27 日至 8 月 13 日　省文联、省美协、四川美术馆共同主办的"庆祝中华人民共和国建国 60 周年——四川省美术作品展"在四川美术馆举办，共展出 420 余件作品。

30 日　省文联在成都召开学习贯彻川委办〔2009〕15 号文件工作会。

同月　纪念中国曲协成立 60 周年暨全国中青年曲艺家创作会议在北京举行。程永玲、徐述获"突出贡献曲艺家"荣誉称号；张徐获"优秀中青年曲艺家"荣誉称号；曾小嘉获"突出贡献组织工作者"荣誉称号。

8 月

2 日　组织 5 位少年儿童代表四川青少年书法爱好者参加了中国书协和日本成田山书会共同举办的第 25 届中日友好少年书法交流大会。

5 日至 7 日　四川省曲艺家协会召开全省曲协创作研讨会。

18 日　省文联、省美协美术创作基地授牌仪式在成都浓园国际艺术村举行。

27 日　四川美术馆新馆建设工程项目通过立项审批。

30 日　在成都锦城艺术宫成功举行"庆祝中华人民共和国成立 60 周年暨四川省优秀杂技节目展演"。

同月　我省派出的 6 个小演员在中国戏曲"小梅花荟萃"活动中，全部获得戏曲小梅花称号，其中 5 人进入全国"十佳"行列。省剧协获优秀组织奖。

9 月

1 日　中国美协秘书长刘健出席中国美协都江堰市青城山高级中学新校园落成暨新学期开学典礼并讲话。

同日　北京市文联一行，在前往震后对口援建城市四川什邡市慰问途中，在成都与四川艺术家举行了交流笔会。

14 日至 16 日　"川渝谐剧优秀人才培训班"在岳池举办。

21 日至 26 日　省文联组织退休老干部赴延安、西安考察学习。

24 日　举办迎国庆"银幕闪耀六十年辉煌"座谈会。

25 日　韩中文化协会赴省文联回访交流。

26 日至 28 日　在广安岳池举办西部地区首个"中国曲艺之乡"挂牌暨全国曲艺之乡经验交流、"乡音·乡韵·乡情——中国曲艺之乡优秀节目展演"活动。

30 日　四川省第十二届摄影大会在南充召开。

同月　李先海雕塑作品《苦旅共甘泉》获第十一届全国美展银奖。

10 月

11 日　省民协成立 50 周年的庆祝大会在成都召开。省委、省政府、省文联领导与来自全省的民间文艺家百余人参加了庆祝大会。

13 日　省文联党组决定，梁时民任四川省美术家协会秘书长（兼四川美术馆馆长）；聘请武海成为省美协副秘书长。

14 日　在绵阳市绵州大剧院举行著名川剧表演艺术家、中国戏剧梅花奖得主蒋淑梅从艺三十周年专场演出。

15 日　四川省视协在四川电视台演播厅举行第六届"四川省十佳电视艺术工作者"暨全省优秀城市形象片颁奖典礼。

19 日至 22 日　四川省文联系统第四期领导干部培训班在沫若艺术院举办。

22 日　省文联、中共阿坝州委宣传部主办的"不屈的脊梁——四川地震灾区画家美术作品巡回展"在汶川县举行。

30 日　四川省第七届"春熙放歌——祖国在我心中·警民共建和谐社会"专题晚会在成都市春熙路广场演出。

31 日　组织推荐《寻吟"东巴"》荣获第九届"中国民间文艺山花奖·民俗影像类"，西南民大教授杨正文获中国民协授予的中青年德艺双馨文艺家称号。

11 月

19 日　省文联、省对外友协等主办，省民协参与承办的"第十届西部国际'三品'博览会"在四川省科技馆开幕，展期 5 天。

11 月 27 日至 12 月 4 日　省文联艺术团以感恩为主题，赴台湾进行了 4 场交流演出。

27 日至 30 日　省文联与射洪县政府联合主办"四川摄影名家聚焦射洪新农村"活动。

同月　中国文联、中国书协主办的"第三届中国书法兰亭奖"，吕金光获"理论奖三等奖"；陈敦良、龚晓斌、吕楠、张军文的作品获提名；陈刚、蒲剑、齐建霞、汤文俊、王道义、吴朝晖、严昭裕、钟显金、杨帆的作品入展。

同月　省评协组织省内专家探讨新农村文化建设问题。

同月　省评协组织会员赴阿坝藏区调研宣传思想文化工作，撰写报告《用先进文化改造藏传佛教文化》获省领导批示。

12 月

3 日至 4 日　省文联主办的四川省优秀杂技节目赴地震重灾区茂县、汶川慰问演出。

17 日　省影协走进高校，专家影评及创作讲座在成都理工大学举行。

22 日至 24 日　省文联组织 50 余名专家学者召开"重大题材、重点作品创作研讨会"。

24 日　省评协与四川省中国现当代文学研究会联合召开"文学需要什么样的思想"研讨会。

25 日　四川文化发展"十二五"规划研究暨案例库建设研讨会在成都召开，省评协副主席李明泉出席并做专题报告。

29 日　省委宣传部、省文联和省作协联合召开全省电视电话表彰会，隆重表彰四川省第十一届精神文明建设"五个一工程"奖、第六届巴蜀文艺奖、第六届四川文学奖和第四届四川少数民族文学创作优秀作品奖获奖单位、获奖作品和作者。本届巴蜀文艺奖有 12 个艺术门类共 102 件作品获奖，并授予部分作品荣誉奖。

30 日　在峨眉山市文化剧场举办"情系百姓　送欢乐　下基层——走进峨眉"大型文艺慰问演出。

同日　"郝淑萍从艺五十周年师生蜀绣作品展"在四川博物院开幕，省文联党组书记、常务副主席黄启国，中国工艺美术学会秘书长赵之硕出席。

同月　省评协组织省内专家学者召开"文学与思想学术研讨会"。

本年　组织实施程永玲从艺 50 周年纪念演出活动及理论研讨会。

本年　录制出版《张永贵竹琴演唱精品 DVD》（四川文艺音像出版社），出版蒋守文著《四川曲艺史话》（四川文艺出版社）。

本年　省评协组织会员主研国家社科基金重点委托课题《文化四川——文化体制改革与文化强省建设的探索与实践》的研究和撰写工作（四川人民出版社 2009 年 5 月版）。

本年　省剧协与中央电视台电视剧制作中心联合组织了绵阳剧作家王慧清，创作了川剧电视连续剧《李白进京》（20 集）。

本年　推荐剧目《死水微澜》参加第 11 届中国戏剧节。

2010 年

1 月

6 日至 19 日　省美协、北京画院主办的"阳光高原——徐匡画展"在北京画院成功举办。

25 日　四川美术馆新馆开工奠基仪式举行。省委副书记、省长蒋巨峰宣布四川美术馆新馆正式开工。省政府副省长黄彦蓉出席仪式并讲话，副省长王宁，省文联党组书记、常务副主席黄启国，省住建厅厅长杨洪波出席仪式。四川美术馆新馆建设工程顺利动工，工程归属省政府代建工程、交钥匙项目。

26 日　省美协在省文联会议室举行"四川省重大历史题材美术创作座谈会"。

28 日　省美协、四川美术馆组织书画家到地震灾区崇州市鸡冠山乡为当地广大群众送上了新春祝福。

29 日　省书协与德阳市总工会，德阳市书协联合主办了"中国书法家进万家活动走进东汽"。

同月　省舞协"少儿舞蹈直通车艺术团"赴绵阳北川开展了"新年首日"文化送温暖到基层活动。

同月　省文联决定成立"四川省文联创作中心"。

同月　省曲协启动了"曲艺新苗工程"，在全省开展曲艺学校的创建工作。

同月　四川文艺网与新华网（四川频道）合作改版。

2月

1日　省文联召开市州文联工作座谈会。

2日上午　省文联六届二次全委会在成都召开。

2日下午　"百花天府"四川文艺界2010年春节大联欢在成都举行。全省文艺界知名艺术家和文艺工作者代表、各市、州文联及文艺界领导欢聚一堂。

4日　四川阆中市被中国民协正式命名为"中国春节文化之乡"。

同日　第十届迎新春科技大场在雅安名山茅禾乡举行。省委宣传部、省文联等十余个厅局单位参加活动。

6日　省委宣传部、省文联等联合在绵竹文化广场举办的"送欢乐下基层·情系百姓"大型文艺慰问演出。

同日　江油市颁发首届太白文学奖。

8日　省美协、成都市美协在成都举办2010新春联谊会。省文联党组书记、常务副主席黄启国等出席活动。

8日至9日　省文联党组走访慰问老干部。

9日　省市音乐界联合举办新春团拜会。

2月25日至3月2日　国家教育部主办的"全国第三届中小学生艺术节展演活动绘画、书法、摄影优秀作品展"在上海展出，四川有64件学生艺术作品获奖，其中36件作品获一等奖，22件获二等奖，6件获三等奖，取得了本次展览最好成绩。

3月

2日　省文联组织文艺工作者参加四川省第十届迎新春科技大场。

9日　省文联"四川省文艺创作（蓬安）基地"授牌仪式在蓬安县举行。

16日　省文联领导赴北京调研中国文艺家之家。

20 日　走进灾区寻找最美汶川特大地震三周年大型纪实摄影展采风活动在成都正式启动。来自全国的 30 多名摄影家、摄影记者分赴绵阳、广元、映秀、汶川等地震极重灾区进行采风创作。

23 日　在宜宾召开省杂协五届六次理事会。民主推选出四川杂技艺术专家委员会委员：陈育新、朱炳宣、傅启辉、程伍伢、高建新、江明生、刘明金、蔡湘南、童荣华、周小衡、汪青玉、邹光荣、赵智敏。

同月　省书协主席团全体成员到北川县慰问山东援建指挥部干部群众，现场创作并赠送书法作品 50 余件。

同月　省曲协推动曲艺人才数据库的建设。

4 月

1 日　四川高校曲艺联盟成立。

6 日　省对外友协、省美协、韩国艺术协会、省中韩经济文化交流促进会主办的"中韩美术作品交流展"在成都开展。

7 日　省委宣传部、省文联、省文化厅共同主办，省美协、省书协、四川省艺术创作交流促进会联合承办的"四川更加美丽——四川美术书法名家优秀作品展"在成都举行了启动暨采风出发仪式。省委宣传部副部长朱丹枫，省文联党组书记、副主席黄启国等出席了开幕式。

16 日　省美协和省艺术创作交流促进会组织的"四川美术家爱心捐助玉树灾区活动"顺利举办，活动当日共作画 22 件，捐款 27500 元。

21 日　省文联组织干部职工向青海玉树地震灾区捐款。

26 日　2010 年省美协工作会在成都召开。省文联党组书记、常务副主席黄启国出席了会议。期间召开了省美协理事会，表决通过主席团决议：增补林跃、武海成为副主席；梁时民为常务副主席。

24 日至 25 日　四川省十三届摄影大会暨四川省第十三届摄影大会作品展在隆昌县举行。

27 日　省视协 2010 年度常务理事会在成都召开。

30 日　四川省第三届声乐大赛决赛在成都举办。

同月 省音协成立木（竖）笛专业委员会。

同月 省文联离退休工作处获省委老干局通报表扬。

5 月

9 日 省委宣传部、中国摄协和省文联主办，省摄协、四川日报报业集团、川商杂志社承办的"瞬间永恒——5·12 汶川特大地震三周年大型纪实摄影展"在四川博物院开幕。

11 日 全国第二届西部书法篆刻作品展在乌鲁木齐开幕，我省 45 位作者入展，入展人数列西部十二省市第二位。

13 日 中国文联指导，省委宣传部、省文联主办，省音协、四川音乐学院联合承办的大型交响音乐会《生命》在北京中山音乐堂演出。

14 日 省评协参加广安文化软实力发展研讨会。

同日 省评协与省社科院、宜宾学院等联合主办的"后悲剧时代的灾难叙事与人文关怀"全国学术研讨会在宜宾举行，来自复旦大学、中国人民大学、上海社科院的专家学者 60 余人参会。

15 日至 16 日 举办四川省文联文艺惠民工程——走进什邡、绵竹杂技专场慰问演出。

17 日 省美协、省教育厅体卫艺处等联合主办的四川省第四届中学教师美术作品双年展在成都浓园国际艺术村举办。

21 日 省委宣传部文艺处与省评协共同主办的"纪念毛泽东同志《在延安文艺座谈会上的讲话》发表 68 周年暨文艺评论工作研讨会"在省社科院召开。省委宣传部副部长朱丹枫作重要讲话。

24 日 四川重大题材美术作品创作研讨会在成都锦江大礼堂举行。

5 月 28 日至 6 月 1 日 中国曲协、法国中国文化中心、巴黎华商会和法国《欧洲时报》联合在法国巴黎举办"首届巴黎中国曲艺节"。四川金钱板《逛成都》、四川清音《赶花会》参加了多场演出。

5 月 31 日至 6 月 4 日 省文联组织美术、书法、摄影、音乐、舞蹈、民间文艺、曲艺、戏剧等艺术门类的 50 多名艺术家，奔赴 5·12 汶川特大地震重灾区广元、绵阳、德阳三地，进行以慰问、感恩、采风、创作为主题的活动。

同月　省舞协组织舞蹈素质教育师资培训班。

同月　省剧协创作基地在蓬安县建立。

同月　省音协成立省音协川派古琴学会。

6月

5日至6日　省摄协在南充蓬安举行"一起快乐摄影吧——走进蓬安周子古镇"。

7日　在第六届中国曲艺牡丹奖大赛上，吴瑕的四川扬琴《贵妃醉酒》获中国曲艺牡丹奖新人奖。

8日　省文联主办的四川"花间集·花鸟画十人展"在成都浓园国际艺术村展出。省文联党组副书记、副主席陈黔鲁等出席开幕式。

12日　文化部、国家民委和中国民协联合发起的中国民间文学集成于1984年启动，2009年全部完成普查、出版任务。在中国民协成立60周年大会上，四川省民间文学集成编委会办公室获集体表彰，黎本初、侯光、钱正杰、刘大军、张思勇、夏成政等12人获个人表彰。

同日　省委宣传部、省文联、省文化厅联合主办，省美协、省书协、四川艺术创作交流促进会共同承办的"四川更加美丽——全国美术名家灾区新貌采风行"在汶川、都江堰、绵阳地震灾区举行。省委宣传部副部长朱丹枫出席启动式并宣布采风活动正式出发。

16日至21日　农业部、文化部、中国文联共同主办的首届中国农民艺术节在北京举行。省民协会员王少农创作的中国夏布画《沱江山水图》被评为优秀作品并被中国农业博物馆永久收藏和展出。开幕式当天，王少农向中央政治局、国务院副总理回良玉汇报了中国夏布画、中国夏布艺术品研发情况。

18日　四川首家高等院校文联——德阳市高校文联成立大会在国家示范高职院校四川建筑职业技术学院举行。

同日 省书协到江油四川石油西北片区灾后重建工地慰问。

29 日至 30 日 "四川省声乐大赛获奖选手南充慰问演出音乐会"在南充大剧院、武警 8740 部队举办了两场演出。

7 月

8 日 大型交响音乐会《生命》创作集体表彰大会在四川省文联举行。

9 日 省文联艺术团召开 2010 年工作会。

11 日至 16 日 中国文联、国家民委、贵州省政府、中国曲协在贵州举办第四届少数民族曲艺展演。四川彝族月琴弹唱《阿嫫妞妞》获二等奖，松潘土琵琶弹唱《南桥汲水》获三等奖。省曲协获组织奖。

13 日 省文联、省摄协主办的四川省抗震救灾恢复重建摄影研讨会在绵阳召开。省文联党组副书记、副主席陈黔鲁出席。

20 日 省文联主办，省美协、省书协和成都浓园国际艺术村共同承办的"巾帼情怀——首届四川省女书画家精英展"在成都举行。省文联党组书记、副主席黄启国出席开幕式。

20 日至 26 日 省美协、四川美术馆赴凉山州、攀枝花考察调研，辅导创作，促进基层美协、美术馆工作。

26 日 成都军区宣传部、省美协、省书协联合举办"四川省美术书法名家八·一建军节赴成都军区献艺慰问活动"。

27 日 "四川省首届青年书法篆刻作品展"在四川省博物院开幕。

28 日 省书协组织书法家到成都军区现场为解放军官兵创作并赠送书法作品。

29 日 省文联、省摄协组织文化惠民活动走进攀枝花。

30 日 省文联艺术团、省民协组织艺术家赴成都军区陆航团慰问演出。

同月 省文联、省曲协策划主办的"四川谐剧展演"在成都演出。

8 月

1 日 《四川民间文艺 60 年论文集》正式出版。

同日　省书协赴总参 57 所慰问，并创作书法作品赠送解放军官兵。

3 日　黄英《云朵上的羌寨》、袁成祥《菊花》获第十届中国民间文艺山花奖铜奖，林琼华《永陵乐伎》、龙玲《锦鲤牡丹》获第十届中国民间文艺山花奖优秀奖。省民协获优秀组织奖。

4 日至 7 日　中国曲协、全国少工委办公室、央视少儿频道主办的"东方朔杯"第四届全国少儿曲艺大赛在山东省陵县举办。省曲协组织少儿曲艺节目参赛。

12 日　四川重大题材美术创作（选题）学术研讨会在成都召开。

15 日至 17 日　中国文联、中国民协等联合主办首届中国（东莞·望牛墩）七夕风情文化节。省民协推荐的郝淑萍蜀绣作品《天竺歌姬》获银奖。省民协获优秀组织奖。

18 日　省文联与长影集团联合出品的电影《大太阳》在成都开机。该剧以汶川特大地震为背景，关注灾民心灵重建和家园重建。

同日　上海世博会事务协调局、上海市城市规划局、黄浦区政府与省文联、省美协联合主办的四川雕塑专题展在上海举办。

28 日　电影《大太阳》在长春举行开机仪式暨新闻发布会。

31 日　李焕民、叶毓山任中国国家画院顾问，省美协主席阿鸽任中国国家画院版画院副院长。

同月　《二十世纪四川书法名家研究丛书·徐无闻卷》出版发行。

9 月

1 日至 3 日　第二届四川省曲艺创作研讨会暨四川谐剧精品展演工作会在成都举行。

6 日至 7 日　省文联党组书记、常务副主席黄启国率 50 多位艺术家深入大凉山成都军区驻川某驻外训点和盐源县平川铁矿举行"文艺惠民工程"慰问演出活动。

9 日　省美协、韩国版画研究会共同主办的"2010 釜山国际版画交流展"在韩国釜山成功举办。

14 日　四川省文联系统第五期领导干部培训班在省文联举行。

16 日　省美协合江福宝创作基地正式成立。

19 日　组织凉山布拖彝族歌舞《朵乐荷》参加第八届中国民间艺术节暨第九届中国（大同）云冈文化艺术节，获艺术节银奖，省民协获优秀组织奖。

23 日　已故著名版画家"牛文作品回顾展"在成都西村艺术空间举行。

27 日至 30 日　《中国艺术报》2010 通联工作会在江苏南京举行。四川记者站被评为优秀记者站。汶川县文联受邀参会。

28 日　四川省漫画双年展在德阳罗江举办。

同日　举办"四川省第八届'春熙放歌'——走进绵阳监狱"大型演唱活动。

同月　中国剧协来四川地震灾区慰问，并开展创作。

10 月

12 日至 21 日　省美协组织省内部分创作骨干赴甘孜采风写生。

15 日　省曲协第 20 届老曲艺家同乐会在成都举行。

28 日　四川省文联系统网络文化建设和舆情信息工作会议在成都召开。

11 月

2 日　四川高校曲艺联盟"文化惠民高校行"巡回演出活动正式拉开帷幕。

3 日　省美协及西南民族大学艺术学院版画专业师生召开"重大历史题材美术创作版画主题组画创作座谈会"。

5 日至 15 日　上海市美协、省美协、四川美术馆共同主办的"东形西式——上海四川油画交流展"在成都浓园艺术村天艺美术馆举行。省委宣传部副部长朱丹枫，省文联党组书记、常务副主席黄启国等出席了开幕式。

7 日　国画大家刘伯骏艺术馆——"伯骏画庐"在大邑青霞揭幕。省委常委、秘书长、统战部部长陈光志，中国美协副主席、著名画家尼玛泽仁等出席了活动。

8 日至 9 日　四川省文联工作座谈会在峨眉山市召开。

11 日　省文联、省对外友协、中华民族文化促进会等主办，省民协参与承办的"第十一届西部国际'三品'博览会"在沙湾会展中心隆重开幕。来自全国 22 个省市的民间文艺家、"三品"企业以及泰国、缅甸、越南、俄罗斯、老挝的民间艺术家，携上万种各类展品参展。

16 日　省文联主办，省摄协、省摄影家协会网承办的，四川摄影家大型摄影惠民活动《"温暖·家园"——最美的全家福》在阿坝桃坪启动。

17 日　组织召开全省音乐创作研讨会。

18 日　大型电视连续剧《汶川儿女》在映秀隆重开机。省文联编剧武志刚获"汶川县荣誉市民"称号。

21 日　全国政协副主席、中国文联主席孙家正来到省文联调研指导，听取了省文联的工作汇报。

29 日　省杂协第六次会员代表大会在成都召开。省委宣传部副部长朱丹枫，省文联党组书记、常务副主席黄启国出席大会开幕式并讲话。大会审议并通过了陈育新同志代表省杂协第五届理事会和主席团所作的工作报告，修订了《四川省杂技家协会章程》，选举产生了省杂协第六届理事会和主席团。

30 日　四川公安文联书画（收藏）专业委员会成立大会在成都召开。省文联党组书记、常务副主席黄启国等出席了会议。

12 月

16 日　省美协主办的第二届西南民族大学艺术学院师生版画作品展在西南民族大学艺术学院开幕。

同日　省文联、省杂协文艺惠民工程走进汶川杂技专场演出活动。

18日　"岁月留痕"版画邀请展在岁月画廊开幕，共展出李少言、牛文、李焕民、丰中铁、徐匡、阿鸽、林军、宋广训等28位四川版画艺术家创作的91件作品。

20日　省美协、省美协水彩水粉画艺委会、成都大学联合主办的"四川省2010水彩·水粉画学术展"在成都大学美术学院举办，同时还举行了省美协水彩水粉画艺术委员会挂牌仪式。

21日　四川重大题材美术创作看稿会在成都召开。

本年　廖全京的《潮涨潮落30年》荣获第七届中国文联文艺评论三等奖。

本年　杜建华的《突破：改革开放三十年之川剧理论研究》荣获优秀中国戏剧奖理论评论奖。

本年　大型川剧剧本《尘埃落定》荣获中国戏剧奖·曹禺剧本奖提名。

本年　省评协承担的省委宣传部重大课题有《四川省文化产业发展规划2010—2015》（全省文化产业发展的指导性文件）《加快我省文化产业发展的实施意见》《四川省工业化现代化进程中的文化产业发展战略》《文化与经济结合的商业模式》等。

本年　省评协参与策划并以联合编著名义编辑出版纪念改革开放30周年的大型图书《敢为天下先——四川改革开放30年大事记》被列入国家新闻出版署纪念改革开放30周年的重点图书。

本年　省评协参与纪念新中国成立60周年的大型系列图册《辉煌60年——四川经济社会发展成就系列图册》的编辑出版。

本年　省评协参与论证《成都市文化软实力发展研究》《广安市文化软实力发展研究》课题、参与策划"第二届川渝文化合作论坛""成都市非物质文化遗产公园"；主持成都市成华区、武侯区、郫县、汶川、德格等县域文化产业及旅游发展规划。

2011 年

1 月

3 日　由省文联主办、中旭投资有限公司承办的覃志刚、姜昆、徐沛东、郁钧剑四人书画联展在成都举办。

7 日　省委宣传部、省文联"送文化、下基层"文艺惠民工程走进资阳。

8 日　"第三届四川·北京书法双年展"在四川省诗书画院开幕。该展览由省委宣传部、省文联、中国艺术研究院中国书法院、省书协联合主办，来自全国的 122 位书法家参加了该项展览，共展出作品 242 件。

22 日　组织杂技节目走进都江堰市向峨乡棋盘村，参加"感恩奋进，新春联谊会"演出。

24 日　"百花天府——四川省文艺界 2011 年春节大联欢"在成都国际会展中心举行。省政协、省委宣传部、省文联荣誉主席、省文联党组、省文联主席团、省直文化宣传系统领导、各市州分管文艺工作领导、省级各文艺家协会负责人和老文艺家代表观看演出。

25 日　省文联第六届三次全委会在成都召开。

26 日　"2011 中国年画节暨第十届绵竹年画节"在绵竹开幕，中国民协主席冯骥才为绵竹年画新馆题名，省民协同时授予绵竹市"四川省民间文艺传承基地"。

同日　省文联组织文艺工作者参加"四川省科技、卫生、文化赶场"大型惠民活动。

27 日　省杂协召开六届二次主席团会。

1 月 29 日至 2 月 13 日　由中国美协、上海市文广影视管理局主办，上海美术馆承办，省美协、四川美术馆协办的"刻画人生——徐匡艺术作品展"在上海展出。外交部部长杨洁篪等领导观看了展览。

2月

3日至8日　省委宣传部、省文联、省文化厅联合组织的"文化暖冬"活动，先后到彭州、什邡、江油、广元、芦山、茂县等地举办。

15日　中国·宝丰马街书会曲艺擂台赛开幕，四川省曲艺团青年扬琴演员唐瑜蔓演唱的四川扬琴传统曲目《船会》，荣获"中国·宝丰马街书会曲艺擂台赛"一等奖。

18日　省委宣传部、省文联主办的"和谐家园·大美四川"首届四川省工笔画学会作品展暨中国工笔画名家邀请展在四川省博物院展出。

25日　省文联创作中心主任武志刚编写的《杨柳村里的年轻人》荣获2010年夏衍杯创意剧本奖。

3月

3日　首届四川省民间工艺百家精品展在四川博物院开幕。展览期间还举办了"非物质文化遗产的'生产性'保护"学术讲座，同时评选出"十佳"作品给予奖励。

14日　省文联在眉山组织召开"庆祝建党90周年创作研讨会"。

15日　省文联、省影协主办，四川音乐学院国际演艺学院承办的"四川'电影发展论坛'"在成都新都区川音国际演艺学院举行。

18日　省美协工作会在省人大锦江大礼堂召开。省文联党组书记、常务副主席黄启国，省人大常委会副秘书长曾平，省文联党组副书记、副主席陈黔鲁等领导出席会议。

19日　省视协2011年度常务理事会在成都召开。

20日　省委宣传部、省文联主办的"走进灾区　寻找最美"——"5·12"汶川特大地震三周年大型纪实摄影展采风活动在成都正式启动。

同月　省曲协和省曲艺团完成"5·12"三周年纪念曲艺专场晚会《感恩天下》，在央视三台"曲苑杂坛"栏目播出数次。

4 月

1 日 省委宣传部、省文化厅、省文联、成都市委宣传部、市文化局、省剧协共同主办现代抒情京剧《魂系油气田》座谈会。

8 日 省文联在川北设立文艺创作（南部）基地。

12 日 省文联主办、省曲协承办的 2011 四川谐剧展演在川艺实验剧场首演。这是省曲协首次举办以"展谐剧风采，扬蜀粹风韵"为主题的四川谐剧展演。

13 日 "中国文联领导调研座谈会"在成都召开。

16 日 文化部、中国文联、中国民协共同主办的中国木版年画抢救与保护工作成果发布暨总结表彰大会在人民大会堂隆重举行。四川的孟燕、罗应光、毛建华、胡光葵分别荣获中国木版年画抢救和保护特别贡献奖。

18 日至 30 日 中国美协组织十余名美术家赴甘孜阿坝藏区等地采风写生，采风团由中国美协分党组书记、常务副主席吴长江领队。

19 日 在纪念"5·12"汶川地震三周年之际，由中国文联和四川省文联联合主办的"全国百名文艺工作者看四川震后重建"大型活动在金牛宾馆召开。

4 月 22 日至 5 月 18 日 第二届"四川花鸟画展"在成都浓园国际艺术村美术馆举办。

26 日 "农夫山泉杯首届大学生电影论坛暨金鸡百花奖获奖影片高校巡展活动"在北京启动，省影协组织成都地区 20 多所高校开展展映活动。

26 日至 28 日 举办西南地区民营剧团川剧调演。

4 月 30 日至 5 月 2 日 在江苏常州举办的"第十届中国民间文艺'山花奖·民间鼓舞鼓乐'展演大赛"中，阿坝州茂县羌族歌舞团的羊皮鼓舞获得银奖，省民协获优秀组织奖。

4 月 30 日至 5 月 2 日 "四川省手风琴艺术节暨第四届手风琴比赛"在川音举办。

4 月 20 日、5 月 21 日、6 月 27 日、7 月 22 日 在书协创培中心组织创作培训班 4 期。先后邀请了省内外全国知名专家来川讲座并指导创作，培训作者共计 400 余人次。

同月　省剧协推荐参加"中国少儿戏曲小梅花荟萃"，王裕仁获得"小梅花金奖"及"十佳"的称号。

5月

3 日　省文联 2011 年重点作品研讨会在成都召开。

同日　为纪念汶川地震三周年，长影集团和省文联等单位联合出品拍摄的重点影片《大太阳》在四川太平洋影院举行了首映式。省影协还举办了影片的观摩研讨会。

5 日至 18 日　省委宣传部、省文化厅、省文联共同主办，省美协、省书协、省艺促会联合承办的"四川更加美丽——四川省美术书法名家优秀作品展"在北京中国人民革命军事博物馆展出。

9 日　省委宣传部、中国摄协和省文联主办，省摄协、川报集团承办的"瞬间永恒——5·12 汶川特大地震三周年大型纪实摄影展"在四川博物院开幕。

14 日　省美协和重庆红岩革命历史博物馆联合举办的"红岩版画——《红岩》原著版画插图五十年"图书首发暨"红岩"版画插图原作捐赠仪式在重庆歌乐山烈士陵园渣滓洞监狱旧址举行。6 月 30 日，图书首发暨原著插图作品展在成都购书中心举行。

16 日至 27 日　省音协举办第八届中国音乐"金钟奖"声乐比赛四川赛区选拔赛。

24 日　四川省民族民间音乐抢救保护工程工作会在省文联召开。

同日　省曲协组织专家赴岳池验收，并为四川省首批曲艺社区、曲艺学校授牌。

25 日至 30 日　中国美协、浙江省美协、安徽省美协、福建省美协、四川省美协共同主办的大型国画邀请展"携手西湖"在杭州艺术博览会亮相。

26日　省文联机关全体干部职工开展"感恩·奋进大家唱"暨红歌卡拉OK比赛活动。

28日　省文联纪念中国共产党成立90周年大型慰问演出走进大岗山水电站。

5月至7月　省曲协与省文明办共同完成第三届全国道德模范"故事汇"四川地区的活动。

同月　中国文联、中国剧协、成都市政府、省文联主办的"第二十五届中国戏剧梅花奖大奖赛（南方片区）"在成都召开。

6月

1日　"首届西部民族民间手工艺文化博览会"在西南民大隆重开幕，参展项目涉及藏、羌、彝、苗、土等多个少数民族独具特色的书画、服饰、漆器等50多种。

3日　省文联、泸州市委宣传部主办，省音协、泸州市文化局、泸州市文联承办的四川省第九届"春熙放歌——红色土地、红色旋律"走进泸州演唱会在泸州市江阳艺术宫上演。

4日　"四川·大邱中韩书法交流展"在成都市诗书画院开幕，展期3天。这次展览共展出103件作品，其中四川省共有53件（特邀3件），大邱共有50件。此次展览于2012年移展韩国大邱。

8日　省文联机关工会荣获省直单位"先进职工之家"殊荣。

10日　中国文联、成都市政府、中国剧协、四川省文联主办的第二十五届中国戏剧"梅花奖"大赛颁奖晚会在成都西南剧场举行。

14日　"纪念西藏和平解放60年全国美术作品展"在京举办，展出作品215件。其中，省美协、神州版画博物馆提供参展作品50幅。

15日　省美协版画创作基地挂牌仪式暨"蝶变"版画展在西南民大艺术学院举行。

同日　"四川更加美丽——四川美术书法名家优秀作品展（成都展）"在四川美术馆开幕，省长蒋巨峰莅临现场观看。

17 日至 22 日　省音协组织参加第八届中国音乐"金钟奖"合唱比赛（苏州）。

19 日　德阳市杂技团刘佳平、遂宁市杂技团童小红获第八届中国杂技金菊奖第三次全国杂技比赛最佳教师奖。省杂协获组织工作奖。遂宁市杂技团杨刚、宜宾市杂技团吴红获第六届中国杂协"德艺双馨会员"称号。

20 日　省杂协组织杂技专场赴邛崃 95616 部队慰问演出。

22 日　省文联第一期文艺人才培训班在文联机关开班。

23 日至 27 日　省文联与雅安市委、市政府共同举办"从安顺场到夹金山"主题采风创作活动。全国全省一批著名作家、诗人、艺术家参加活动，其中有茅盾文学奖获得者熊召政、著名诗人舒婷等。

24 日至 25 日　组织泸州雨坛彩龙参加"庆祝中国共产党成立 90 周年暨第十届中国民间文艺山花奖舞龙大赛"获"山花奖"，省民协获优秀组织奖。

27 日　省文联文艺工作调研会在雅安召开。

28 日　省文联、省教育厅主办，省舞协承办的大型少儿情景歌舞剧《红色少年》在成都上演。

29 日　省文联在成都举办庆祝建党 90 周年暨创先争优表彰大会。

30 日　省书协、省美协与成都军区政治部宣传部共同举办"四川省纪念中国共产党成立 90 周年军地美术、书法作品展"。该展在成都军区开幕，共展出军地文艺骨干创作的 105 件作品，其中书法作品 55 件。

同月　省评协与省社科院联合组建"四川省艺术评论研究中心"，召开"四川美术理论与书画作品讨论会"。邀请国内美术理论与评论家、美术理论杂志负责人、省内高校和研究单位艺术评论家等 20 余人参会。

7 月

4 日至 6 日　中国音协在川展开调研。省音协组织我省一线词曲作家召开调研座谈会。

8 日　省文联与南部县共同举办"大爱·情怀"大型摄影作品展。

9 日至 11 日　四川省第十四届摄影大会暨摄影展在广安举行，四川省各地 100 余位摄影家走进小平故里。

13 日　新疆文联、四川文联、新疆美协、四川美协等主办的"千年胡杨　大漠风光——刘拥油画作品展"在四川博物院开幕。

20 日　四川省文联系统第六期领导干部培训班在成都开班。

26 日　省文联主办、省舞协承办的庆祝中国共产党诞辰 90 周年献礼之作——大型少儿情景歌舞剧《红色少年》荣获本届"小荷风采"最高奖项"特别贡献奖"。

26 日至 31 日　四川省书协与安徽省书协在四川省博物院举办了"皖军书法华夏行——书法艺术交流展"，安徽省书法界 20 多位代表性人物来川与省书协 27 位作者进行了书艺交流。

8 月

4 日至 6 日　省书协创作培训中心举办了"第十四期临帖培训班"，共计有 120 余位爱好者参加了这次学习。

5 日　省美协、成都画院、成都市美术馆、成都市美协主办的"中国娇子·中国画伍瘦梅、赵蕴玉、岑学恭三大名家（族）精品展"在成都画院展出。

6 日　省书协主办的"2011 年四川省篆刻研讨会"在遂宁召开，40 余名篆刻名家出席了会议。

9 日　省文联在成都召开该年第二次"四川省文联重点作品创作研讨会"。

10 日　省文联工作座谈会在成都召开。

17 日　省书协主办，金堂县政府承办的"四川省第二届临书临印展"在省诗书画院开幕。评出获奖作品 30 件，入展作品 209 件，入选作品 202 件。

9 月

7 日至 9 日　中国曲协、省文联、广安市政府主办，省曲协、岳池县政府承办的"岳池杯"中国曲艺之乡建设系列活动在广安岳池举行。四川谐剧《麻将人生》获金奖，四川扬琴《帮倒忙》获银奖。

8日　第四届中国西南六省市区摄影联展在重庆开幕。

9日　省文联、省教育厅、省语委等单位共同举办的"中华经典诵读之《梦回唐朝》"晚会在杜甫草堂举行。

10日至15日　省美协和四川省博物院主办的"书画同源提名展"在四川省博物馆举行。

15日　《四川省藏族民间音乐全集》编辑工作研讨会在成都召开。

19日至22日　中国文联、省文联和遂宁市政府联合主办，四川省沫若艺术院等单位联合承办的全国民间文化之乡建设经验交流会暨管理培训班在遂宁举办。

27日　四川重大题材美术创作签约仪式在省文联举行。

10月

8日　省文联、省教育厅主办，省舞协承办的大型少儿情景歌舞剧《红色少年》首演影像光碟首发式在省文联举行。

19日　省美协、省美协版画艺委会和神州版画博物馆主办的"2011四川省版画展"在西南民族大学艺术学院开展。

19日至23日　在第七届中国曲艺节上，省曲协选送的四川谐剧《舍不得》（表演：叮当）、四川金钱板《耗子的烦恼》（表演：张徐、林晓东、谢赤非）、四川清音《四川更美丽》（表演：曾恋）获优秀节目奖，省曲协获组织奖。

23日至30日　应台湾高雄市中华文化经贸交流发展协会邀请，省书协17名书法艺术家精选90幅作品赴台举办"辛亥百年四川·台湾书法篆刻名家交流展"。

26日　省文联组织全体干部职工学习贯彻党的十七届六中全会精神。

同月　在中国曲艺高峰（柯桥）论坛上，省曲协组织选送的论文《谐剧：闪耀着创造智慧光芒的地方艺术》（作者：李祥林）获优秀论文奖。

同月 在第十二届中国戏剧节上,大型现代川剧《尘埃落定》获"中国戏剧奖·剧目奖";现代京剧《魂系油气田》获"第十二届中国戏剧节优秀剧目奖";大型川剧《夕照祁山》获"中国戏剧奖·优秀剧目奖"。

11月

1日 省文联"文艺惠民工程"走进中石油四川石化。

4日 金堂县被中国书协正式授牌命名为四川首个"中国书法之乡"。

9日 省文联主办,省美协、省书协、省摄协和四川博物院承办的"四川省首届人民公仆美术·书法·摄影作品展"在四川博物院开幕,共展出作品200余件。省人大原副主任徐世群、王荣轩,省委宣传部副部长朱丹枫,省文联党组书记、常务副主席黄启国,机关党委书记、副主席兼秘书长杨时川等出席了开幕式。

17日 省文联主办,省美协、四川省沫若艺术院承办的"流金岁月·文联情怀"——省文联离(退)休老艺术家、老同志美术、书法、摄影作品展在四川省沫若艺术院开幕。省文联党组书记、常务副主席黄启国,党组副书记、副主席陈黔鲁,机关党委书记、副主席兼秘书长杨时川等领导出席了开幕式。

18日 在第八届中国舞蹈"荷花奖"民族民间舞比赛中,四川推荐的舞蹈作品《口弦》荣获作品银奖。

24日 "蜀韵天成——四川国画名家赴美邀请展及文化考察代表团"一行14人在省委宣传部副部长傅思泉,省美协常务副主席兼秘书长梁时民等率领下,从成都飞赴美国旧金山举办画展并进行文化考察和采风活动。

26日 省评协与省作协创研室、省社科院文学所就学习贯彻党的十七届六中全会精神,如何加强文艺评论、繁荣四川文艺创作召开研讨会。

11月29日至12月1日 省音协在眉山召开四川省重点创作及作品研讨会。

同月 省曲协与遂宁市文联、市曲协共建四川省曲艺学校、四川清音曲艺艺术遂宁培训基地,筹备创建四川的第二个中国曲艺之乡。

12 月

2 日　省民协深入挖掘羌族、藏族民间文化瑰宝，编纂出版《濒危羌文化》《中国唐卡艺术集成·德格八邦卷》等书籍，为保护民族优秀文化作了大量工作，省政府授予协会"四川省民族团结进步模范集体"。

8 日　省文联、省曲协组织文化惠民活动走进雅安。

10 日　中国美协陶瓷艺术委员会和省美协主办的"2011 中国西部陶艺精品年度展"在成都国际非物质文化遗产博览园开幕。

11 日　"梦回唐朝·情系李白故里"经典诵读晚会在江油李白纪念馆举行。

11 日至 21 日　省文联、省美协、成都市文联、成都市美协主办的"蜀山与天路——刘正兴水墨画油画精品展"在成都岁月艺术馆展出。

13 日　省文联组织文艺惠民工程走进水磨（魔术杂技专场）开展慰问演出。

16 日　省委宣传部、省文联主办，省民协等承办的四川典藏唐卡图片展暨《中国唐卡艺术集成·德格八邦卷》举行首发式，许多珍贵的老唐卡首次向公众展示。

30 日　省摄协主办的"'花椒欲望——管窥四川摄影 30 年'摄影艺术展"在北京中国美术馆开幕。本次展览邀请了 30 位四川摄影家，共展出 108 幅作品。

本年　吴浩工笔人物作品《沧海笑》获 2011 中国百家金陵画展金奖。邬林《马灯系列》获第十九届全国版画展提名奖（最高奖）。黄润生油画作品《深秋南街图》、王子奇油画作品《辛丑条约》获第四届全国青年美展优秀奖。罗敏油画作品《骇》获文化部主办的艺术家眼中的当代中国画展佳作奖（二等奖）。

本年　编辑出版《程永玲：我与清音五十年》《严西秀作品选》《董怀义作品集》。纪录片《清音印记》（暂名）完成后期制作。

本年　李在兵在中国书协"全国手卷书法作品展"中获优秀奖（最高奖），在中国书协举办的"全国第十届书法篆刻展"中获优秀奖（最高奖）。刘自坤在"全国第十届书法篆刻展"中获优秀提名奖。舒志福在由中国书协举办的专项展"全国职工书法展"中获奖（最高奖）。

本年　省评协副主席兼秘书长李明泉参与省委九届九次全会《关于进一步深化文化体制改革加快文化强省建设的决定》的起草。

本年　省评协先后承担了四川省委重大委托课题《灾后文化重建的四川模式》、成都市"十二五"文化改革发展规划纲要、都江堰市文化发展战略研究、达州市全国新农村文化艺术演展基地和"十二五"文化产业发展规划等课题。

本年　省评协参与中国古代官德文化、马克思主义官德思想、中国当代官德文化建设等研究。

2012 年

1 月

1 月 5 日　省委宣传部、省文明办、省文联等 15 家省级部门共同举办的"四川省第十二届迎新春科技大场"活动在绵阳市安县塔水镇开场。

同日　中国文联、中国文化艺术基金会、四川省委宣传部、省文联共同主办，内江市委宣传部、市文联、资中县委县政府承办的"送欢乐下基层"大型文艺慰问演出走进资中。

同日　省民协推选的会员冀文正的作品《珞巴族民间故事》获得第十届中国民间文艺"山花奖"民间文学作品奖。

9 日　四川省文联第六届四次全委会在成都沙湾加州花园酒店召开。省文联党组书记、常务副主席黄启国向全委会作《工作报告》。

同日下午　"百花天府——四川省文学艺术界 2012 春节大联欢"在成都国际会展中心金色歌剧院隆重举行。全省 1000 多名艺术工作者参加了联欢会。

11 日　2012 省市音乐界新春团拜会在福德酒店举办。

同日　省美协、成都市美协联合举办的"2012 四川省美术家协会、成都市美术家协会新春团拜会"在成都东篱翠湖举行。省文联党组书记、常务副主席黄启国等出席了活动。

12 日晚　省委宣传部、省文联、中央电视台 CCTV-7《阳光大道》栏目等单位专门为农民工举办的"2012 全国农民工春节大联欢"晚会在四川大学体育馆上演。四川省委常委、副省长钟勉，中国文联党组成员、书记处书记夏潮，以及中视协、省级有关部门领导，和省文联党组书记、常务副主席黄启国等出席晚会。

13 日　省委宣传部、省文联、省文化厅、省旅游局、德阳市委、市政府主办，绵竹市委、市政府承办的"2012 第十一届中国（绵竹）年画节开幕式暨四川省文联文艺惠民工程情系百姓"大型文艺演出在绵竹市文化广场隆重举行。

17 日　省政府副省长、省代建领导工作小组组长黄彦蓉视察了四川美术馆新馆建设项目，省住房和城乡建设厅厅长杨洪波，省文联党组书记黄启国等陪同视察。

同月　省曲协主办的四川曲艺界"名家新秀"迎新春晚会在成都举行。

同月　省书协组织 20 位书法家在汶川县水磨镇开展"送文化下基层"惠民活动，用创作春联的方式为村民送去新年的祝福。

2 月

16 日　省书协 2012 年工作会议在成都福德酒店召开。

18 日　四川省文联与广安市委、广安市政府、联合主办的"返璞归真——邓林回家乡画展"在广安市邓小平故居陈列馆开展。

28 日　省视协 2012 年度常务理事会在宜宾召开。

29 日　省杂协六届三次理事会在自贡召开。

同月　省杂协主编的《四川杂技论文集》由大众文艺出版社出版。

3月

30日　四川省美协 2012 年工作会暨四川省美协创作研究院成立大会在成都太成宾馆召开。省文联党组书记、常务副主席黄启国等出席了会议。

同月　省剧协组织参加了中国剧协在郑州召开的第七届理事会第二次会议。

同月　省文联下发《四川省文艺创作培训基地申报建设管理办法》。

4月

1日至3日　"中国秋千展演暨第十一届中国民间文艺山花奖·民间绝技绝艺（秋千）"在河南开封市隆重举行。省民协率凉山州甘洛县彝族的原生态"磨儿秋"民间表演队获金奖。

7日　中国美协、四川省委宣传部、省文化厅、省文联共同主办，省美协、四川美术馆承办的"大美四川——全国美术作品邀请展"采风写生活动启动仪式在成都时代锦江宾馆举办。中国美协秘书长刘健，省文联党组书记、常务副主席黄启国，省文化厅副厅长李兆权等出席了活动。

12日至13日　省曲协同相关单位举办了"包德宾作品回顾展演"，并召开"包德宾作品研讨会"。

25日至27日　省文联、峨影集团、省影协主办，长宁县委、县政府协办的纪念《在延安文艺座谈会上的讲话》发表 70 周年暨第二届"四川电影发展高峰论坛"在宜宾市长宁县隆重举行。

26日　"站在新起点——曾擎个人声乐作品音乐会"在成都锦城艺术宫举办。

4月至7月　省舞协参加四川省委宣传部全省文艺调演活动。

4月、6月和8月　中美协在全国范围内邀请百名美术名家分三批次来川采风写生。

5月

1日 省美协自贡仙市古镇创作基地授牌仪式暨"沿滩版画展"顺利举办。

9日 省书协创作工作会在成都召开。

5月15日至6月9日 省委宣传部、省文联主办,省曲协、四川扁月亮少儿语言表演影视培训基地承办的"第五届全国少儿曲艺大赛四川赛区选拔赛暨首届四川省少儿曲艺大赛"在成都举行。

19日 省委宣传部和省文联主办,省曲协、省杂协等承办的纪念毛泽东《在延安文艺座谈会上的讲话》发表70周年——"文化惠民"大型文艺演出走进洛带古镇。

20日 省委宣传部、省文联主办,省音协、宜宾市委宣传部、宜宾市文联、宜宾市文化广播影视新闻出版局承办的"第十届春熙放歌——走进宜宾""纪念毛泽东同志《在延安文艺座谈会上的讲话》发表七十周年"在宜宾酒都剧场举办。

23日 省文联召开全体职工大会,学习传达四川省委第十次党代会精神。

25日 "四川省第十五届摄影艺术展"在成都隆重开幕。本次摄影艺术展设立社会生活类、自然景观类、数码创新观念类、专题与图片故事类,展出作品300余幅。

26日 第九届中国摄影金像奖颁奖晚会在湖北武当山隆重举行。四川王建军、陈锦、王达军荣获中国摄影最高奖项——中国摄影金像奖。

27日 四川省第十五届摄影大会暨摄影工作会在康定县民干校举行。

29日 中国民间文艺家协会授予四川省西充县"中国(纪信)忠义文化之乡"的命名仪式在西充县隆重举行。

30日 省影协等单位举办成都第十一届儿童电影周。

6月

2日至24日 举办"喜迎十八大 红歌献给党"中国红歌会四川赛区

选拔赛。

9 日　"中国新疆国际书法大展"在乌鲁木齐举行，省书协组织 21 名书法家参加了该展。

12 日至 13 日　省文联召开重点作品研讨会和第六届九次主席团（扩大）会议。

18 日　省美协版画艺委会参与主办"蝶变二·青春絮语西南民大2012 年版画研究生、本科生作品展"，展出作品 90 件。

20 日　第二届巴黎中国曲艺节在法国巴黎中国文化中心开幕。彝族月琴弹唱《阿嫫妞妞》获"卢浮"铜奖。

25 日　四川省美协少儿艺委会成立。

28 日　省文联、四川日报报业集团主办的"蓉城艺术名片——杨学宁芙蓉花油画作品展"在四川省沫若艺术院开展。

29 日　省音协召开四川省音协 2012 年主席团扩大会议。

6 月、7 月、8 月及 9 月　省书协在创培中心组织举办了四期创作培训班、一期临帖培训班。

7 月

3 日　省委常委、省委宣传部部长吴靖平，副部长朱丹枫一行到省文联调研，召开座谈会。省文联党组书记、常务副主席蒋东生汇报了文联工作。

7 日　四川省委宣传部、重庆市政协办公厅、四川省美协、重庆市美协主办的"重庆三峡油画院作品展"在四川博物院开幕。全国政协社会和法制委员会副主任秦玉琴、四川省委宣传部副部长朱丹枫等出席了开幕式。

24 日至 25 日　经中宣部批准，中国文联、财政部、文化部主办，中国美协、四川省文联承办，乐山市委、市政府协办的"中华文明历史题材美术创作工程创作动员大会"在峨眉山麓红珠山宾馆隆重召开。中宣部副部长翟卫华，中国文联党组成员、副主席左中一，中国文联副主席、中国美协副主席、工程组委会副主任兼秘书长冯远，中国作协党组成员、书记处书记白庚胜，中国美协分党组书记、常务副主席吴长江；四川省委常委、宣传部部长吴靖平，省委宣传部副部长朱丹枫，省文联党组书记、常务副主席蒋东生等出席会议。

27日　遂宁市被中国曲协授予"中国曲艺之乡"称号，这也是全国第一个地级市的曲艺之乡。

28日　四川省委宣传部、中国舞蹈家协会、四川省文联主办，四川省舞蹈家协会创作承办的大型少儿音乐舞蹈诗《红色少年》在成都锦城艺术官隆重首演。

8月

1日　省文联组织召开"中华文明历史题材美术创作工程创作动员大会"。省文联党组书记、常务副主席蒋东生出席了会议。省美协名誉主席李焕民、省美协主席阿鸽等做了大会发言。

同日　为纪念中国人民解放军建军85周年，省杂协组织杂技节目赴四川省革命伤残军人大邑疗养院慰问演出。

5日至6日　省民协选送的阿坝州藏族歌手参加"2012首届中国情歌（藏族拉伊）大赛"获三等奖，省民协获优秀组织奖。

13日至18日　第五届全国少儿曲艺大赛在江苏泰州举办。四川谐剧《采访时刻》荣获少年组一等奖，四川荷叶《学校来了北大生》、四川清音《农家喜奏交响乐》获少年组二等奖，四川金钱板《福娃唱成都》获少儿组三等奖。

21日　省文联在沫若艺术院召开机关处级以上干部工作会，研究文联机关干部作风整顿工作和重点工作。

22日　省文联主办，省美协、省书协、浓园国际艺术村共同承办的"巾帼情怀——第二届女书画家精英展"在浓园天艺村美术馆开幕。省文联党组书记、常务副主席蒋东生等出席了开幕式。

24日　省文联召开工作会，确定2013年为"艺术四川"创作年。

同日　第七届中国曲艺牡丹奖评奖结果在江苏南京揭晓。在本次牡丹奖评选出的 7 大项共 47 个奖项中，四川曲艺夺得两项大奖。

25 日　第 11 届长春电影节颁奖晚会在长春五环体育馆举行。《大太阳》中饰演银杏的倪萍，获得长春电影节金鹿奖最佳女主角奖。

同日　省文联、自贡市委、市政府主办，省杂协承办的四川省第七届"巴蜀文艺奖"杂技比赛在自贡举行。

26 日　遂宁市杂技团《高椅》获第十届中国武汉国际杂技艺术节银奖。

9 月

3 日至 5 日　中国民协、河北省委宣传部等联合主办的"皮影俏滦州和中国'滦河杯'皮影雕刻大赛"在唐山滦县隆重举行。四川省民协组织南部县马王皮影参加展演，获得好评。成都叶牧天老师参加雕刻大赛，获优秀奖。

6 日至 8 日　省文联召开全省文联系统领导干部培训会。21 个市（州）文联、40 多个扩权强县、10 余个县（区）文联以及省文联机关各处室、各省级文艺家协会、各直属事业单位的主要负责同志共计 90 余人参加。

8 日　省书协与自贡市沿滩区政府主办的"沿滩新城杯居住与人文——四川省第七届书法篆刻新人新作展"在自贡市南湖体育中心艺术展览厅隆重开幕。

12 日　省民协带队的甘孜县踢踏舞《踢踏飞扬》获第九届中国民间艺术节金奖。

15 日　四川清音表演艺术家任平凭借《中华医药》荣获第七届中国曲艺牡丹奖·表演奖，四川省曲艺研究院新创作的四川扬琴《情怀》荣获第七届中国曲艺牡丹奖·节目奖。

17 日　四川省美协第六次会员代表大会在成都太成宾馆召开。省委宣传部副部长朱丹枫出席开幕式并作讲话，省文联常务副主席、党组书记蒋东生全程参加会议。大会选举出理事 181 人。会议推举李焕民、钱来忠、叶毓山为名誉主席；聘请尼玛泽仁、朱理存、何哲生、吴绪经、周春芽、徐匡、徐恒瑜、蒋宜勋、戴卫（按姓氏笔画排名）为顾问。选举阿鸽为主席，马光剑、邓乐、邓鸿、刘正兴、许燎原、张国平、张国忠、张跃进、李青稞、吴映强、林跃、罗敏、武海成、贺丹晨、秦天柱、梁时民（常务）、黄宗贤、管民樇（按姓氏笔画排名）为副主席，聘任梁时民为秘书长，武海成、杨梁相为副秘书长。

18 日　第四届中国戏剧奖·理论评论奖（原第七届中国曹禺戏剧奖·评论奖）颁奖仪式在京举行。省剧协主席廖全京撰写的《勇者魏明伦》一文荣获得理论评论奖，省剧协副主席杜建华撰写的《新中国川剧改革与发展之思考》一文获得提名奖。

20 日　中国文联、四川省政府主办，省委宣传部、省农工委、中国群众文化学会、省文化厅、省文联、达州市委、市政府共同承办的"第二届全国新农村文化艺术展演"在四川省达州市举行。

24 日晚　中宣部第十二届精神文明建设"五个一工程"颁奖典礼在中央电视台举行，中共中央政治局常委李长春出席晚会并为获奖代表颁奖。四川省文联和长影集团联合出品的电影《大太阳》名列其中。这是四川省文联历史上第一次获全国最高文艺奖，是四川省文联开展"精品创作工程"的重大收获和历史性突破。

25 日　"喜迎十八大，曲艺走基层"——"中国曲艺之乡"授牌仪式暨送欢笑走进遂宁文艺晚会在遂宁市河东新区会展中心隆重举行。

27 日　省委宣传部、省文联、省文化厅主办，省民协策划并与省非遗中心共同承办的迎接党的十八大"唱响山歌——四川首届传统民歌大赛"在泸州纳溪区成功举办。

同月　中国文联、四川省政府主办的第二届全国新农村文化艺术展演活动的重要组成部分——新农村印象·全国版画邀请展在达州成功举办。

同月　省书协举办"四川省第二届书法创作'谢无量奖'评奖暨四川省第五届书法篆刻作品展"。

同月　中国曲协分党组书记董耀鹏率队，中国快板名家李立山、李世儒、董怀义等赴彭州调研，为"天下快板聚彭州"和打造彭州"中国快板城基地"签订合作协议。

同月　举办第五届全国少儿曲艺大赛四川赛区选拔赛暨首届四川省少儿曲艺大赛及"花开的声音"——四川省优秀少儿曲艺节目展演晚会。该活动被中共四川省委宣传部列入四川省"喜迎十八大系列文化活动"。

10 月

10 日　省委宣传部、省文联，眉山市委、市政府共同主办，眉山市委宣传部、眉山市精神文明建设办公室、眉山市文联、四川省文联艺术团、四川省巴蜀文艺发展基金会等单位承办的中华经典诗词《宋词雅韵》吟诵晚会在三苏故里眉山市隆重推出，这是全国首场大规模以宋词为主题的舞台演出。

14 日　四川省书协、江苏省书协共同主办的"四川·江苏书法交流展"在成都美术馆开幕。四川共有 66 件作品参展。

18 日　遂宁市杂技团《双人倒立技巧》获第十四届意大利国际马戏杂技节金奖。

24 日　省书协与国际书法艺术联合韩国本部大邱庆北支会共同举办的"2012 年庆州国际书艺大展"在韩国庆州开展。我省 10 名书法家赴韩国参加展览开幕式并进行交流考察。

25 日　四川省第七届"巴蜀文艺奖"杂技比赛在盐都自贡举行。

27 日　省剧协推选的四川大学创作的《今夜无眠》在第三届中国校园戏剧节上获"优秀剧目奖"。

28 日　省委宣传部、省文化厅、省文联、省美协、四川音乐学院、文轩美术馆共同主办的"问道：马一平艺术教育 50 年师生同仁作品展"在文轩美术馆开幕。

10 月 30 日至 11 月 6 日　省文联组织艺术家开展"走基层、转作风、改文风"活动。

10 月 31 日至 11 月 15 日　2012 四川省第六届新人新作作品展在省美协创作基地浓园国际艺术村成功举办。副省长黄彦蓉参观了展览。省委宣传部副部长朱丹枫，省文联常务副主席、党组书记蒋东生等出席了展览开幕式。

11 月

2 日　省书协和自贡市人民政府联合主办的"2012 年四川省书法家协会篆刻年会暨'印韵盐都——城市之玺'篆刻展"在自贡召开及开幕，40 余名篆刻名家出席了会议并在研讨会上进行了论文交流。

16 日至 18 日　四川省第三届理论研讨会在眉山举行。

17 日　四川省文联、西南民族大学主办，四川、云南、贵州、西藏、广西、重庆等西南六省（自治区、直辖市）摄影家协会协办的"第五届中国西南摄影联展"在成都西南民族大学老校区民族博览中心隆重开幕。

21 日　省文联召开会议传达学习党的十八大精神。省文联全体干部职工 100 余人参加了会议。

29 日　四川省戏剧家协会第七次会员代表大会在成都福德酒店召开。四川省委宣传部副部长朱丹枫，省文联常务副主席、党组书记蒋东生，省文联副主席、副书记陈黔鲁，省文联秘书长钱江平，以及省剧协第六届主席团成员出席了大会开幕式。大会选举了新一届领导班子：陈智林任主席，刘宁任常务副主席，王爱飞、王焰珍、刘露、杜建华、李亭、余开元、陈巧缘、林戈尔、范远泰任副主席，秘书长由刘宁兼任。会议聘请栗茂章、严福昌、廖全京为名誉主席。

30 日　四川省音协阮学会成立大会在川音召开。

同月　"民间有大美——省民协惠民工程之民间艺术走进高校"顺利开展。

12 月

1 日　省文联、峨眉电影集团、省影协联合主办的"光影四川，幸福生活"四川微电影佳作年度评选颁奖典礼在省文联大楼举行，评选出了最佳影片、最佳导演等9个奖项。

4日　中国文联主办、中国舞协承办的"百花芬芳盛世风华"表演艺术精品展演晚会在国家大剧院隆重上演。由中国舞蹈家协会、四川省文学艺术界联合会、四川省舞蹈家协会联合打造的中国大型少儿音乐舞蹈诗《红色少年》精彩选段《红星照我去战斗》，作为全国少儿舞蹈优秀作品的唯一代表，应邀成为本台晚会的节目之一荣登国家大剧院。

5日至6日　四川省音乐家协会第七次会员代表大会在成都花园宾馆隆重召开。四川省委宣传部副部长朱丹枫，省文联党组书记、常务副主席蒋东生，党组副书记李兵，秘书长钱江平，著名音乐家黄万品等出席。会议聘请黄万品、安春振为省音协名誉主席，聘请张文治、武明实、张龙、李西林为省音协顾问。大会选举敖昌群为主席，朱嘉琪为常务副主席，孙洪斌、冉涛、吉古夫铁、吕小琴、李晓明、张黎、易柯、林戈尔、罗蓉、赵小毅、赵正基、郭瓦加毛吉、彭涛、曾擎、穆兰任副主席，秘书长为朱嘉琪（兼）。

10日　中国摄影家协会第八届理事会举行第一次全体会议。四川省摄协主席王达军当选为中国摄协第八届副主席。

13日　省文联、罗江县委县政府主办，省杂协等承办的"宣传贯彻党的十八大精神'文艺惠民工程'杂技专场慰问演出"在罗江上演。

16日　省摄协在成都举办成都摄影角成立二十周年庆典大会。

17日　省曲协在彭州市举办"学习十八大"首期快板培训班。

18日　北川羌族自治县文学艺术界联合会成立。

19日　四川省民间文艺家协会第七次会员代表大会在成都召开。中国民协名誉主席、四川省文联名誉主席冯元蔚，四川省委宣传部副部长朱丹枫，四川省文联党组书记、常务副主席蒋东生，党组副书记李兵，秘书长钱江平出席了大会。大会选举产生了以沙马拉毅为主席的新一届领导班子，孟燕为常务副主席，王川、达尔基、李锦、李建中、李祥林、何政军、孟德芝、龚建忠、魏学峰为副主席，孟燕为秘书长（兼）。

20日　省文联党组书记、常务副主席蒋东生率多名艺术工作者看望慰问一线企业员工。

24日　作为省级文化中心项目重要组成部分的"四川省文联文艺家之家"正式开工建设。四川省委常委、宣传部部长吴靖平，四川省人民政府副省长黄彦蓉出席发布会。

27日　四川省书法家协会第六次会员代表大会在成都召开，来自全省各地的121名书法家代表参加了会议。四川省委宣传部副部长朱丹枫，四川省文联党组书记、常务副主席蒋东生，党组副书记、副主席陈黔鲁，党组副书记李兵，秘书长钱江平出席。大会总结了省书协过去六年的工作，修改了省书协章程，选举产生了省书协第六届领导机构。会议选举产生了四川省书协第六届理事会理事93人，选举产生了以何应辉为主席的新一届领导班子。四川省书协第六届主席团聘请代跃为常务副主席兼秘书长；徐德松、郭强、舒炯、刘新德、王七章、谢和平、洪厚甜、何开鑫、钟显金、林峤、黄泽江分别担任副主席。省书协第六届主席团还聘请张景岳、刘奇晋、蒲宏湘、谢季筠、黄启国为省书协顾问。

同日　四川省美协组织艺术家前往桃坪羌寨开展送文化下乡活动。

同日　省剧协推选的四川大学创作的《今夜无眠》在第三届中国校园戏剧节上获"优秀剧目奖"。

28日　四川省曲艺家协会第六次会员代表大会召开。四川省委宣传部副部长朱丹枫，四川省文联党组书记、常务副主席蒋东生，党组副书记、副主席陈黔鲁，秘书长钱江平出席。大会选举产生了新一届领导班子。林戈尔任主席。李蓉任常务副主席。包德宾、任平、刘斌、陈淳、陈孝智、沙玛瓦特、张徐、张旭东、杨兴国、涂太中、董怀义担任副主席。李蓉任秘书长（兼）。

同月　在中国文联、中国书协主办的"第四届中国书法兰亭奖"中，吕金光获"佳作奖三等奖"；陈敦良、杨江帆的作品入展。

同月　省美协、版博与成都一汽大众组织的发现工业之美·2012版画一汽版画展在省博成功举办。

2013 年

1 月

9 日　四川省文化科技卫生三下乡活动在宜宾正式拉开序幕。

17 日　省文联六届五次全委会暨第七届四川省巴蜀文艺奖颁奖大会在成都召开。大会宣读了《省文联关于表彰 2012 年度全省文联系统先进单位的决定》和《关于表彰奖励第七届四川省巴蜀文艺奖获奖作品（作者）的决定》。

同日　四川省文联成立六十周年纪念大会暨百花天府——2013 年四川文艺界迎春文艺演出在四川广播电视台演播大厅隆重举行。省领导吴靖平、黄彦蓉、冯元蔚、席义方、马识途等出席了大会。黄彦蓉副省长宣读了《四川省文联关于授予马识途等 12 名同志四川省"巴蜀文艺奖终身成就奖"称号的决定》，授予我省 12 名从事文艺事业超过 30 年，年龄 70 以上，受到业内推崇，得到社会公认，在全省影响巨大的著名文艺家"四川省巴蜀文艺奖终身成就奖"称号，他们是：马识途、李致、卢子贵、李焕民、徐匡、魏明伦、徐棻、栗茂章、黄万品、徐述、黎本初、冷茂弘。

20 日至 21 日　"四川省第十三届迎新春科技、卫生、文化赶场"大型惠民活动在宜宾李庄举办。

23 日　省文联兴文县文艺创作培训基地授牌仪式在兴文县举行。

29 日　第二届"中国美术奖·终身成就奖"在北京颁发，李焕民获此殊荣。

同月　省书协组织 15 位书法家在内江开展"送文化下基层"惠民活动。

2 月

3 日　"四川名家迎春国画作品展"在绵阳越王楼举行。

3 日至 5 日　省文联、省民俗学会、德阳市委、市政府主办的"绵竹年画与四川民俗艺术学术研讨会"在绵竹剑南春大酒店举行。

4日 省文联到理县定点帮扶村开展慰问活动。

19日 自贡市人民政府、四川省美协共同举办了"翰墨缘·自贡情——第五届四川名家中国画作品提名展"。

20日 省文联党组书记蒋东生、秘书长钱江平到四川省美协调研。

3月

5日 省美协召开第三届版画艺委会全委会。

11日至14日 省文联、德阳市委、市政府组织30余名四川书画名家赴德阳开展采风创作活动。

12日 四川省三件美术作品入选"中华文明历史题材美术创作工程"。分别是：中国画《李冰与都江堰》（作者：梁时民、李锛、张跃进）、雕塑《中华医学》（作者：李先海）、雕塑《唐诗仙圣》（作者：叶毓山）。

15日 省杂技家协会六届四次理事会在德阳召开。

17日至18日 省美协组织专家到巴中指导重大题材美术作品创作工作。

21日至24日 中国文联党组书记、副主席赵实率中国文联调研组来川调研文艺发展和文联工作，并于21日在蓉召开西南片区调研工作座谈会、四川文艺家代表座谈会。调研围绕"社会主义文艺大发展大繁荣与当前文联工作创新"的主题，突出"以人民为中心的价值理念"和"文联组织网络体系建设"两个重点展开。省文联党组书记、常务副主席蒋东生做了专题工作汇报。

21日 中国文联党组书记、副主席赵实看望慰问马识途、李焕民两位老艺术家。省文联党组书记、常务副主席蒋东生陪同慰问。

22日 四川省视协五届二次理事会在德阳召开。四川省视协纪录片专业委员会、电视剧专业委员会正式成立。

25日至26日 四川省音协召开2013主席团会议暨四川省"我们在阳光下"少儿歌曲创作启动仪式。

29 日　四川省美协召开 2013 年工作会议。省文联党组副书记、副主席陈黔鲁出席会议。

4 月

1 日　中国曲协、四川省文联主办的"全国年度优秀曲艺作品颁奖典礼暨中国曲艺家协会'送欢笑'专场演出"在成都举行。谐剧《麻将人生》获 2011 年度全国优秀曲艺作品金奖。

1 日至 7 日　中国民协等主办的"中国（开封）首届民间工艺美术展暨第十一届中国民间文艺山花奖·民间工艺美术作品奖"颁奖仪式在河南开封上河园举行。四川省民协组织了蜀绣、蜀锦、羌绣和布贴画作品参加评比。中国工艺美术大师郝淑萍、孟德芝的单面绣作品《盼》和异面双色绣品《荷花鲤鱼》荣膺金奖。

2 日　全国曲协工作会在成都召开。成都市委宣传部部长白刚出席开幕式并讲话，中国曲协分党组书记董耀鹏主持开幕。四川省曲协荣获全国先进曲协荣誉称号，全国仅 4 名。

同日　著名相声表演艺术家姜昆受聘为岳池文化顾问。

7 日至 10 日　省文联、省影协主办的"大型电影惠民活动优秀影片捐赠仪式暨四川电影界少数民族题材电影文学剧本研讨会"在凉山州甘洛县举行。期间，召开了少数民族题材剧本《那些过去的岁月》研讨会。

16 日至 17 日　省文联在成都召开 2013 年影视作品创作研讨会。

18 日　省杂协重点作品《圣火吉祥》研讨会在成都召开。四川省文联党组副书记、副主席陈黔鲁出席。

4 月 19 日至 6 月 9 日　省文联、省音协策划、组织并举办了四川省"岁月如歌——首届知青歌唱比赛"。

20 日　四川省雅安市芦山县发生 7.0 级强烈地震，给灾区人民群众生命财产造成重大损失。22 日，中国文联致函四川文联表示慰问。

4 月 22 日至 28 日，5 月 29 日至 30 日　"艺术创作年·说唱四川·我的未来不是梦——叮当谐剧专场创作会"在双流彭镇举行。

26 日至 28 日　中国书协、中国美协艺委会、四川省文联等单位主办，省美协、省书协承办的"徽风蜀韵张学群李兵书画展（成都展）"在四川博物院举办。

4 月 26 日至 5 月 3 日　省文联、省影协主办，中共兴文县委、县人民政府等单位承办的"百花回报沃土，电影扎根人民"的大型电影惠民活动"光影四川·魅力兴文"在宜宾兴文县举行。

27 日　省文联干部职工向"4·20"芦山地震灾区捐款的活动在省文联四楼会议室举行。

同月　"4·20"雅安芦山地震发生后，在四川省文联领导的带领下，省曲协和省杂协共同组织艺术家赴灾区慰问演出。省书协组织主席团成员及理事会全体理事捐献作品参加义卖，收到作品共计 106 幅。

5 月

2 日至 3 日　省影协在兴文县举办"光影四川·魅力兴文"大型电影惠民系列活动，组织省内影视专家、高校教授在兴文开办专题讲座，为兴文培训影视创作人才，围绕兴文本土影视作品《日月山庄》，提出剧本修改建议和市场运作办法。

4 日　省美协召开第二届油画艺委会全会并举行授牌仪式。

8 日　"中国爱——四川省委宣传部、四川省文化厅、四川省文联第三文艺小分队赴灾区慰问演出"在雅安举行。

13 日　省文联在机关四楼会议室召开"实现伟大中国梦、建设美丽繁荣和谐四川"主题教育活动动员大会。

15 日至 19 日　第九届中国音乐"金钟奖"声乐四川选拔赛在川师大音乐学院圆满结束。

17 日　四川省第八届"十佳电视艺术工作者"和第八届全国"德艺双馨电视艺术工作者"推选活动在成都举行，潘勇、黄蕾、王红芯、邹太明、张扬、阎冰、彭文、田蓉、余澜、启米翁姆等十位电视艺术工作者当选为四川省第八届"十佳电视艺术工作者"。

20 日　第 26 届中国戏剧梅花奖大赛颁奖典礼在成都东郊记忆演艺中心举行。

21 日至 24 日　四川省第 16 届摄影大会在泸州市召开。

24 日　省文联成立文艺资源中心。

25 日　省美协主办、都江堰市委宣传部主办的中国画家第一村二十年文献展暨西部文化艺术广场启动仪式在都江堰市聚源镇举行。

28 日　省影协协办的成都第十二届儿童电影周在东方世纪电影城开幕。

同日　省美协黄龙溪三都博物馆分馆创作基地成立。

31 日　省文联党组书记蒋东生到美术馆新馆工地实地调研。

同月　为纪念 "5·12" 地震灾区重建取得的重大胜利，省书协组织二十多位书法家参加了 "中国力量·什邡放歌" ——援建者诗词京川书法展。

同月　省书协启动 "'西泠百年·金石华章' 西泠印社大型国际篆刻选拔活动暨第八届篆刻艺术评展" 西南赛区的征稿工作，并于 7 月 28 日在成都完成了西南赛区的评审工作。

6 月

14 日　省美协、四川美术馆在太成宾馆召开 "放飞人生梦想，彩绘时代风貌" 四川省美协、美术馆 "实现伟大中国梦、建设美丽繁荣和谐四川" 主题教育学习大会。

同日　省视协五届三次主席团扩大会议在绵阳召开。

16 日　省书协和省文物局、成都市文化局共同主办的 "印道·中国篆刻艺术双年展 2013 中国篆刻艺术名家邀请展" 在四川省博物院开幕。来自全国的 105 位篆刻名家所创作的篆刻印屏作品 102 幅、篆刻原石作品 102 方和书法作品 3 件，共计 200 余件代表中国篆刻最高水平的作品在该展中展出。

17 日至 22 日　省美协组织 10 多名美术家赴甘孜州写生采风。

24日　省书协协办的"笔墨东方——中国书法艺术国际大展"在成都非物质文化遗产园开幕，展出了美国、加拿大、英国、日本、韩国、新加坡、法国等国的书法家代表和国内书法名家的作品。省书协组织30余名书法家参加了该展。

28日至29日　省民协组织洛带舞龙团参加中国（南宁·青秀）舞龙展演暨第十一届中国民间文艺山花奖·民间艺术表演奖评奖，获银奖。

6月至7月　第六届全国少儿曲艺大赛四川赛区选拔赛暨第二届四川省少儿曲艺大赛在成都举办。

7月

2日　川藏艺术家联盟在四川省艺术院成立。

7日　"花开的声音"——四川省优秀少儿曲艺节目展演暨颁奖晚会在成都川艺实验剧场举行。

8日　省文联在机关四楼会议室召开深入开展党的群众路线教育实践活动动员大会。

14日　省摄协组织摄影志愿者，深入洪雅县汉王乡开展文化惠民活动暨学习开展党的群众路线教育实践活动。

15日至16日　省文联在成都召开"全省文艺作品创作工作会"。全省21个市州文联，12个省级文艺家协会，省文联机关各处室和直属事业单位负责人参加了会议。

18日至21日　省书协举办四川省书法家协会第十六期临帖（行草）培训班。

20日　四川省书画艺术交流促进会成立大会暨中国书画名家展在成都金河宾馆召开。文化部原副部长、中国文联原副主席、党组书记、促进会名誉会长高运甲，中国人民解放军总装备部原副部长、促进会顾问张建启中将，北京美术家协会副主席、中国美术家协会理事、首都师范大学美术学院原院长、博士生导师孙志钧，四川省文联党组书记、副主席蒋东生等领导出席了活动。

22 日　省文联召开党的群众路线教育实践活动专题学习辅导大会。省文联机关、省级各文艺家协会及所属事业单位的全体干部职工参加会议。

同日　民间有大美——省民协惠民工程之民间文艺系列讲座在四川省彝文学校举行。

24 日　省摄协在成都召开"中国先锋摄影"座谈会。

27 日　2013 年四川省摄影新人新作展在成都开展。

7 月 27 日至 8 月 4 日　中国民协分党组书记罗杨带队的考察调研组赴凉山州开展为期 8 天的"我们的节日——彝族火把节"文艺采风活动。

30 日　省文联开展《四川省文联机关工作制度》制订和完善工作。

同月　省美协举办了为期 12 天的 2013 年省美协版画创作班。

同月　省杂协配合中国杂协编辑《中国杂技老艺术家传略》,四川省金剑风、童守均、周昭文、赵保中、高建兴五位杂技老艺术家入选。

同月　《中国唐卡艺术集成·德格八邦卷》荣获第四届中华优秀出版物奖图书提名奖。

8月

2 日　省视协纪录片专业委员会成立。

5 日　中国文联文艺培训志愿服务试点项目中国美协美术培训项目——四川巴中基层美术工作者培训班在巴中市委党校正式开学。中国文联、中国美协、省文联、省美协专家,巴中市委市政府相关领导和学员共 100 多人参加了开学典礼。

14 日　省文联召开所属社团工作会。

18 日至 29 日　省民协赴甘孜州进行田野普查,为编纂《中国唐卡文化档案·甘孜炉霍卷》打下基础。该书是《中国唐卡文化档案》(经中宣部批准的国家社科基金特别委托项目)系列丛书之一。

20 日　四川省文艺评论家协会第三次会员代表大会在成都召开。省委宣传部、省社科院、省文化厅、省作协、成都市文联、西南民大等有关领导出席大会,省评协第二届主席团成员以及来自全省理论、评论界 110 余位代表参加了大会。会议由第二届省评协副主席、秘书长李明泉主持，第二届省评协主席何开四致开幕词。李明泉当选四川省文艺评论家协会主席，万山河、王海兵、王骏飞、牟佳、刘大桥、江永长、苏宁、李晓明、罗勇、罗庆春、钟昌式、姜明、黄宗贤、黎风当选四川省文艺评论家协会副主席。

24日　省摄协主办，《影像生活》杂志社（筹）、成都影像艺术中心、诗婢家美术馆等单位联合承办的"当代影像收藏研讨会"在成都举行。

26日　组织甘孜州歌手参加2013中国少数民族（藏语原生态唱法）情歌大赛，获银奖和铜奖。

26日至28日　省美协组织19名艺术家赴会理采风写生。

9月

6日　川藏艺术家联盟正式成立。省文联党组书记、常务副主席蒋东生，西藏自治区文联党组书记、副主席沈开运在西藏文联正式签订了川藏艺术家联盟协议。

13日　省民协理事沈晓表演的《影梦人生》在克罗地亚第46届萨格勒布国际木偶节上获"最佳作品奖"。

13日至20日　"中华文明历史题材美术创作工程"草图观摩展在中国国家博物馆举办。经过两轮严格的审评，共有167幅作品入围（包括特邀），四川省有7件入围作品，它们是：梁时民、李锛与张跃进的中国画《李冰与都江堰》、李先海的雕塑《中华医学》、叶毓山的雕塑《唐诗仙圣》、马振声与朱理存的中国画《忽必烈与元大都》、邓乐的雕塑《汤显祖与明代戏剧》、吴绪经的中国画《科举考试》以及高小华、雷著华的油画《〈周易〉占筮》。

16日　中国民间文艺家协会为泸州市"中国长江奇石文化城"正式授牌。

17日　省文联、省侨办、省对外友协、省美协、奥中文化交流协会联合主办，成都徐悲鸿画院和东方茉莉女子国乐团共同承办的"东方彩·中国风"中国民族绘画艺术欧洲巡展在维也纳莫雅皇宫博物馆正式开幕。中国驻奥地利大使馆文化参赞李克辛先生、奥中友好协会常务副主席卡明斯基博士、维也纳市长办公室外事主任郭思乐女士、莫雅博物馆馆长克拉姆、奥中文化交流协会会长常恺等出席了开幕展,来自文化、艺术、经济界的奥中嘉宾近200人到场观摩。

23日　国家新闻出版广电总局主办、国家广电总局电影剧本中心承办的"夏衍杯"电影剧本奖揭晓。四川省文联作家李牧雨的电影剧本《藏刀》在全国1339个参评剧本中胜出,荣获优秀剧本奖。

23日至27日　省杂协主办的"技炫四川"魔术进校园活动周,在四川大学、电子科技大学、西南财经大学、四川传媒学院、西南民族大学举办。

25日至26日　省视协组织我省第八届全国"德艺双馨电视艺术工作者"和第八届四川省"十佳电视艺术工作者"一行人前往乐山市沙湾、苏稽镇程扁村等地,开展走基层活动。

27日至28日　中国曲协、四川省文联主办,四川省曲协、岳池县人民政府承办的第二届"岳池杯"中国曲艺之乡系列活动在四川省岳池县举行。

28日　第十一届"春熙放歌——大千情·中国梦"走进内江师范学院。四川省文联党组副书记、副主席李兵出席。

同日　省书协主办的"四川省第五届篆刻艺术作品展"在成都美术馆隆重开幕。本次展览共评出10名获奖作者,5名获奖提名,85名入展作者。

同日　中国文联立项、中国书协主办、中国文学艺术基金会资助的以"名篇、名家、名作"为主题的成果汇报展——首届全国"三名"工程书法展在北京中国美术馆隆重开幕。"三名工程"书法展共计展出书法作品50件。我省书协驻会常务副主席、秘书长代跃创作的草书长卷陶渊明《归去来辞》,省书协副主席何开鑫创作的草书立轴陆游《书愤》、副主席洪厚甜创作的楷书册页《洛神赋》入展。

29 日　省摄协主办的《影像生活》杂志在成都新华宾馆举行首发式。

10 月

1 日至 7 日　中国美协分党组书记、常务副主席吴长江一行赴凉山州调研、创作、写生。

2 日　组织参加中国音乐"小金钟"奖暨第二届全国少儿二胡比赛，四川省音协获"优秀组织奖"。

8 日至 18 日　省美协举办国画创作班。

12 日　第八届全国"德艺双馨电视艺术工作者"颁奖典礼在浙江嘉兴举行。四川省视协推荐的梁晓痴、潘勇、启米翁姆三位电视艺术工作者被评为第八届全国"德艺双馨电视艺术工作者"。

15 日　《四川省文联重点文艺作品扶持奖励暂行办法》在四川省文联六届十二次主席团会议上讨论通过。

20 日　省美协主办的"中国西部首届新生代油画展"在南充嘉陵江美术馆开幕。

21 日　省文联、省杂协主办的"文艺惠民工程"慰问演出分别在资中县重龙镇中心小学、资中县第一中学举行，超过 5000 名当地师生观看了节目。

22 日　省视协组织四川省第八届"十佳电视艺术工作者"和第八届全国"德艺双馨电视艺术工作者"赴甘孜阿坝开展文艺志愿服务活动，并在甘孜州康定藏文中学创建了全国第一所"影视小屋"，举行了"四川省电视艺术家协会影视小屋"授牌仪式。

23 日至 24 日　中国曲协主办第三届柯桥论坛。四川省曲协推荐陈淳、邓添天参加第三届柯桥论坛，陈淳著《浅论四川曲艺改革创新的战略性思维》获论文优秀奖。

23 日　四川什邡双盛中学被中国书协正式授牌命名为"兰亭中学"，这是我省创建的首所"兰亭中学"。

24 日　"圣洁甘孜·情歌故乡"中国甘孜州首届国际摄影大展全面

启动。

27 日　省文联、省书协共同主办的"翰墨四川——四川省书法家协会会员优秀作品展"在成都美术馆（成都画院）隆重开幕。

28 日　省视协纪录片专委会委员、成都广播电视台导演赵刚创作的纪录片《民间戏班》荣获第 56 届德国莱比锡国际纪录片电影节评委会大奖。

29 日　省曲协与中共雅安市委宣传部、市文联合作，举办了首届曲艺创作表演培训班。

30 日至 31 日　四川省音协第七届主席团第四次会议在绵阳北川举行。

10 月 30 日至 11 月 1 日　省文联组织美术、书法家赴革命老区巴中市南江县开展创作采风暨文艺惠民活动。四川省文联党组书记、常务副主席蒋东生，巴中市委常委、宣传部部长陈兴国出席。

31 日　中国艺术报社表彰文联系统新闻工作先进单位，四川文联等八家单位获表彰。

同月　徐匡《扎西和他的羊》荣获 2013 年百家金陵画展金奖。

同月　马力平《高原汽车兵》套色版画荣获第二十届全国版画展优秀奖。

同月　刘迅、岳莹合著的论文《媒介素养与网络影评的主体结构》获第 22 届"中国电影金鸡奖理论评论奖"三等奖。

11 月

11 月 1 日至 12 月 10 日　省文联组织开展 2013 年度调研工作。

3 日　省书协首届行草书研讨会在遂宁召开。

4 日至 9 日　省美协组织 24 位艺术家赴达州、巴中采风写生。

8 日　中国美术家协会陶瓷艺术委员会和四川省美协主办的"2013 第三届中国西部陶艺双年展"在成都市龙泉驿区洛带古镇展出。

11 日　省舞协组织作品参加第九届中国舞蹈"荷花奖"民族民间舞评比，《日出日落》荣获表演银奖。

14 日　省视协首期"影视大讲堂"在成都开讲。中国著名演员、国家一级导演、四川广播电视台首席编导，87版电视连续剧《红楼梦》贾宝玉扮演者欧阳奋强担任主讲嘉宾。

19日 中国曲协、四川省文联、四川省文化厅主办，省曲协、省曲艺研究院承办的"说唱四川——叮当谐剧专场"在成都锦城艺术宫举行。中国曲协主席姜昆，中国曲协分党组书记董耀鹏，四川省文联党组书记、常务副主席蒋东生，四川省文联党组副书记、副主席李兵等观看晚会。

同日 省杂协召开魔术座谈会。省文联党组副书记、副主席陈黔鲁出席会议并讲话。参与"魔术进校园活动周"演出的魔术师及该活动协办高校的魔术社代表参加会议。

22日 省川剧保护与扶持暨民营集团发展研讨会在绵阳举行。

26日至28日 中国民协、江西省文联、上饶市人民政府等在江西婺源共同主办了2013婺源·中国乡村文化旅游节暨"山花奖"全国民间灯彩大赛。省民协组织的自贡彩灯获金奖。

27日 中美协第八次全国代表大会闭幕。四川美术家代表李兵、阿鸽、梁时民、刘正兴、张国平、秦天柱当选中国美协第八届理事。

30日 2013年四川省篆刻艺术年会在温江举行。

同月 第四届中国西部书法篆刻作品展落户眉山市。

同月 省文联举办第八期文联系统领导干部培训班。

12月

2日至12日 省美协举办油画创作培训班。

5日 四川省首届志愿者服务展示交流活动在武侯区长寿苑社区广场举行。

6日至24日 省美协、四川美术馆共同主办的纪念毛泽东诞辰120周年"第四届四川省青年美术作品展览"在成都浓园国际艺术村天艺美术馆展出。

8日 省视协主办，四川省视协播音主持专委会、华西都市报、四川广电星空电视购物有限公司承办的"诗丹雨四川省首届十佳主持人评选"

颁奖活动在四川传媒学院隆重举行。

9日 省美协召开第六届第二次主席团会议，省文联党组书记、常务副主席蒋东生出席会议并讲话。

11日 省民协推荐的陈云华青神竹编《苦乐清凉》获"第十一届山花奖·民间工艺美术类"，阿牛木支、吉则利布、孙正华等合著的《彝族克智译注》获"第十一届山花奖·民间文学类"，赵军、张涛、张泽松、林波合制的《坚守》获"第十一届山花奖·民俗影像类"。

16日 第八届四川省"十佳电视艺术工作者"表彰大会在成都举行。中国文联原副主席、中国电视艺术家协会原主席赵化勇，中国电视艺术家协会原党组书记、驻会副主席、秘书长张显，四川省文联党组书记、常务副主席蒋东生，省视协名誉主席卢子贵、吴宝文，省文联党组副书记、副主席李兵等领导出席表彰大会并为获奖电视艺术家颁奖。

同日 四川省电视艺术家协会五届四次主席团会议在成都召开。

17日 省杂协主席团会在成都召开。

18日 省音协举办"2013四川省音协专委会暨学会工作年会"。

19日至20日 省影协以"百花回报沃土·电影扎根人民"为主题开展的"光影四川·魅力遂宁"大型惠民活动暨"第三届四川电影发展高峰论坛"在遂宁市隆重举行。

20日 省美协主办的"静水深流"四川版画提名展（第二回）在绵阳巡展。

21日 中国画学会、四川省委宣传部、省文联、省美协联合主办的第六届全国当代著名花鸟画家作品展在四川博物院拉开帷幕。

24日 省文联在成都金河宾馆召开了全省文联系统网络与信息工作座谈会。省文联党组书记、常务副主席蒋东生，省文联党组副书记、副主席李兵，中国文联文艺资源中心副主任、中国文联信息化建设领导小组办公室副主任冉茂金，省文联党组成员、秘书长钱江平出席。

25日 四川省摄影家协会第六次会员代表大会在成都太成宾馆召开。省委常委、宣传部部长吴靖平，省文联党组书记、常务副主席蒋东生，省委宣传部秘书长李晓俊，省文联党组副书记、副主席李兵，省文联副主席陈黔鲁，省文联党组成员、秘书长钱江平及省摄协第五届主席团成员和来自全省各市州的摄影家代表200余人参加了大会。王达军当选主席，贾跃红当选常务副主席，王建军、王瑞林、田捷砚、冉玉杰、陈宁、陈锦、林强、金平、莫定有、黄冬当选副主席。聘任贾跃红为秘书长（兼、驻会）。

25日　四面风——四川四人书画作品展在四川沫若艺术院开展。展出李兵、范小平、黄泽江和李国莲的书画作品共80件。

26日　省文联举行老干部座谈会。

27日　省杂协组织剧目参加第八届中国杂技金菊奖第三次杂技剧目奖评奖，省杂协获组织工作奖。

28日　"逢春杯"第四届四川省声乐大赛圆满落幕。

31日　100集大型系列纪录片《纪录四川——新时期感动中国（四川）的100双手》样片《根在四川》审片会在四川广播电视台举行。

本年　省评协沈晶的纪录片《木雅我的木雅》荣获第十二届四川国际电视节"金熊猫"纪录片人文类评委会大奖，并获中央电视台"活力中国"社会人物类优秀纪录片奖。

本年　省剧协与四川省川剧院共同组办"川剧惠民藏区巡演"活动，川剧《绣襦记》和川剧综艺节目在康定"康巴文化中心"成功首演。

本年　中国剧协组织戏剧采风团赴凉山采风创作。

本年　省剧协与成都市总工会共同举办"中国梦、京剧梦"职工京剧展演活动。

本年　全国政协常委、中国文联原党组书记、副主席胡振民带队中国剧协"梅花奖"艺术团一行赴彭州演出。

2014 年

1 月

6 日 中国文联、中国书协主办，四川省书协和雅安市承办的中国文联、中国书协"我们的中国梦——送欢乐、下基层""中国书法进万家——走进上里古镇暨'兰亭学校'命名授牌仪式活动"在雅安市雨城区上里古镇举行。仪式上，中国书协向雨城区上里镇中心学校捐款 200 万元、向雨城区兴贤小学捐款 100 万元用于"兰亭学校"的建设。

同日 中国视协、四川广播电视台、四川省视协在北京联合主办《壮士出川》创作研讨会召开。中国文联原副主席、中国视协原主席赵化勇，中国视协原分党组书记、驻会副主席、秘书长张显，中国文联原副主席、文艺评论家李准，著名文艺评论家仲呈祥等领导及业界专家出席会议。

8 日 省文联六届六次全委会在成都召开。省文联党组书记、常务副主席蒋东生，省文联党组副书记、副主席李兵等出席。蒋东生主持了大会。

8 日 省曲协成立了四川省曲艺家协会文艺志愿服务团。

14 日 "群众题材的当代书写"理论研讨会在成都召开。省委宣传部、省市及地方文联作协、省社科院、川大、川师大等高校和科研院所近 60 名专家学者、作家参会。

14 日至 15 日 组织参加在雅安芦山县举办的"2014 年迎新春科技、卫生、文化赶场"大型惠民活动。

16 日至 19 日 第 38 届蒙特卡洛国际马戏节在摩纳哥蒙特卡洛举行。省文联、省杂协支持的重点作品遂宁杂技团《双人技巧》代表中国最顶尖的倒立技巧节目参赛并获"银小丑奖"。

22 日 省民协举办第二届民间艺术大师授牌仪式。

2月

1日　省民协编纂的《四川民间工艺百家制作流程》一书，由中国书籍出版社正式出版。

2日　省民协七届三次主席团扩大会议在蓉举行。中国民协副主席、省民协主席沙马拉毅，省民协名誉主席黎本初、侯光及其他主席团成员、驻蓉部分理事参会。

21日　中国文联主办，中国美协及中国文联文艺志愿服务中心联合承办，四川省美协和巴中市委宣传部、巴中市文联协助实施的中国文联文艺培训志愿服务，中国美协巴中美术培训第二期开学典礼，在巴中市顺利举行。中国文联文艺志愿服务中心副主任邵志军，中国美协秘书长、分党组副书记徐理，四川省文联党组书记、常务副主席蒋东生等领导出席了开学典礼。

22日　第七届西班牙国际马戏节在西班牙阿伯赛特举办。自贡市杂技团《倒立飞砖》荣获最高奖金奖和特别奖。

3月

2日　省书协第六届教育委员会第一次工作会议在成都召开。会议就中小学的书法教育培训与研究、高校的书法教育培训与研究以及四川书法面对国内外的交流与研究等方面进行了探讨。

4日　省杂协六届五次理事会在成都召开。省文联党组书记、常务副主席蒋东生出席会议并讲话。

7日至9日　"第四届中国西部书法篆刻展·四川书法创作班"在眉山举行。此次创作班共培训学员170余名。

20日　中国文联，中国文联基金会，中国摄协、四川省文联、成都市龙泉驿区委、龙泉驿区政府共同主办的"绚彩意象——张桐胜摄影艺术展"在龙泉驿区洛带古镇"中国艺库"开幕。

20日至24日　省音协组织四川省优秀歌唱表演人才赴赣进行交流

研讨。

24 日　四川首个手机摄影社区辅导站在黉门街社区挂牌。

同日　中国文联，中国视协、四川省文联联合主办"我的中国梦——送欢乐下基层文艺志愿服务活动"在北川举办。

27 日　省摄协六届二次主席团扩大会议在成都召开。

28 日至 30 日　省视协主办，四川省视协纪录片专委会承办的首届非虚构电视节目（纪录片）制作培训讲座在德阳举行。

同月　四川省书协篆刻（创作）年会在广安市召开。此次会议总结了我省篆刻创作的现状，并对近年来全国篆刻展览的情况、我省篆刻发展的方向进行了分析与探讨。

4 月

4 日　省文联召开全体干部职工大会，深入学习习近平总书记系列重要讲话精神。

6 日　第一届四川省书法家协会青少年书法工作委员会第一次会议在成都抚琴小学召开。与会者共同分析讨论我省教材与师资、书法教师水平等问题。

11 日至 14 日　四川省首届歌词创作培训班在剑阁举办。

12 日　省杂协指导，四川高校魔术联盟成立大会在四川省文联四楼会议室举行。四川省内共 26 个学校的 65 名代表参加会议。大会选举四川高校魔术联盟主席 1 名，副主席 2 名。

16 日至 17 日　省视协五届五次主席团会议及五届三次理事会在成都召开。

17 日至 18 日　省影协主办，中共雅安市雨城区委宣传部、区文联承办的，以"百花回报沃土，电影扎根人民"为主题开展的"追光中国梦，逐影雨城情'感恩奋进'"大型电影惠民活动在雅安举行。

21 日　四川首个乡级文联组织"解放乡文学艺术界联合会"在雅安市名山区解放乡成立。省文联党组书记、常务副主席蒋东生，中共雅安市委宣传部副部长李蓉等出席了在解放乡政府会议室举行的开幕式。

24 日至 27 日　省剧协、成都市劳动人民文化宫联合举办的"蜀风京韵——四川省首届职工京剧邀请赛"在成都市劳动人民文化宫梦想剧场成功举行。

28 日　省文联召开党的群众路线教育实践活动"回头看"工作会。

30 日　省书协、四川省语言文字工作委员会共同发起的四川省"书法名家进校园"文化志愿活动启动仪式暨首场活动在成都市龙舟路小学举行。

5 月

4 日至 12 日　中国民协、省民协组织"走基层"活动。民间文艺专家以及演员、民间艺术家在甘孜基层调研藏族民俗文化。

6 日　省民协"民间有大美"——民间文艺学者志愿服务大课堂（题目为《茶马古道及其文化价值》）活动在甘孜州非物质文化遗产博物馆举行，当地 100 余人参加。

6 日至 11 日　第九届中国音乐"金钟奖'禾邦杯'"四川赛区长笛、单簧管、合唱选拔赛暨第六届"神州唱响"全国高校声乐比赛四川赛区选拔赛在川师大音乐学院举行。

14 日至 18 日　中国杂协、广西文联主办，广西、广东、贵州、云南、四川五省（区）杂技家协会等承办的"追寻中国梦　精彩南国风"首届南方五省（区）青年魔术新秀展演活动在广西桂林举行。

19 日至 21 日　第四届中国西部书法篆刻作品展评审活动在四川眉山举行。

20 日　省视协组织的第六届新农村电视艺术节四川地区评选活动顺利落下帷幕。本届新农村评选收到四川省内各级广播电视台和影视制作机构的参评作品 58 件。

同日　省美协召开"四川美术志愿者"成立大会，并对志愿者进行第一次岗前培训。

22 日　绵阳仙海水利风景区中心学校被中国书协正式授牌命名"兰亭小学"。这是四川创建的首个"兰亭小学"。

23 日　峨眉电影集团、四川省少工委联合主办，太平洋电影院线公司、四川省电影公司、四川省电影家协会联合承办的四川省首届儿童电影周开幕式在太平洋院线峨影 1958 电影城隆重举行。

24 日　"马识途百岁书法展"在北京中国现代文学馆隆重开幕。中国作家协会党组书记、副主席李冰主持开幕式。中国作家协会主席铁凝在开幕式上发言致辞。著名作家王蒙、邓友梅等马老好友上台发言。四川省委宣传部、省文联、省作协等相关领导出席开幕式。

26 日　省视协在成都举办 2014 年四川省电视节目制片人职业素养研修班。

28 日至 30 日　省音协在双流组织召开"中国梦——踏歌四川"重点作品研讨会。

31 日　四川省小牡丹艺术团成立典礼在四川音乐学院礼堂举行。中国曲协主席姜昆为艺术团题写了团名。省文联党组书记、常务副主席蒋东生出席了典礼。

同月　完成《中国近现代版画——神州版画博物馆藏品集 1》的印制出版。

6 月

7 日　省摄协、四川网络广播电视台主办，程卓主讲的《走进大师影像殿堂》——大师作品研究之纪实摄影主题演讲在成都举办。

9 日　省音协手风琴学会举行第二次会员代表大会。

同日　省书协刻字委员会在四川省文化馆举办了"王志安现代刻字艺术讲座暨全省第三次刻字看稿会"。

11 日至 13 日　省文联组织 34 名四川书画名家，由省文联党组书记、常务副主席蒋东生带队赴羌族腹地理县采风，开展题为"泼墨吉祥谷　丹青绘理县"——"中国梦"文艺创作四川名家画理县活动。

14日　省文联党组书记、常务副主席蒋东生一行在大英县看望了由省文联、省影协主抓的电影《转移》演职员和剧组人员。

15日至16日　中国文联党组书记、副主席赵实带领中国文联文艺志愿服务团，赴广安开展"高山仰止——纪念邓小平同志诞辰110周年"慰问活动。中国文联党组成员、书记处书记罗成琰，中共四川省委常委、宣传部部长吴靖平，四川省文联党组书记、常务副主席蒋东生等领导出席此次活动。

19日　中国美协分党组书记、常务副主席吴长江带领的"第十二届全国美展"专家组到四川地区观摩指导。

20日　省摄协、四川传媒学院摄影系发起并主办的"四川摄影百年的发展与探索"综合项目在四川传媒学院正式启动。

22日　"百花回报沃土　电影扎根人民"——省影协大型电影惠民创作采风活动在西昌市火把广场启动。启动仪式上，省影协向凉山州文化局、图书馆、市文化广播新闻出版局赠送电影书籍和优秀四川电影光碟400余册（盘），随后惠民电影广场放映了《达吉和她的父亲》《奴隶的女儿》。中国电影家协会党组副书记许柏林，四川省文联党组副书记、副主席李兵出席。

26日至7月1日　省文联、省美协主办，四川美术馆承办的"四川省美术作品展"在文轩美术馆展出。

27日　省民协组织推选盐亭县水龙队参加"全国舞龙展演暨第十二届中国民间文艺山花奖·民间艺术表演奖评奖活动"，获银奖。

28日至29日　省杂协主办，四川高校魔术联盟等承办的四川省首届魔术交流大会在成都举行。活动包括四川高校魔术联盟揭牌仪式、魔术比赛、讲座、沙龙和颁奖晚会暨嘉宾汇演。

30日　在中法建交50周年之际，在中国曲协、巴黎中国文化中心举办的"法国巴黎中国曲艺节"上，"中国曲艺之乡"四川省遂宁市、岳池县的两个节目四川清音《杨柳新枝》、四川荷叶《秋江》参演分获卢浮银奖和铜奖。

同日　中国视协、四川省视协、中国文联基金会主办的，孩子眼中的美丽乡村暨"影视小屋"授牌仪式，在阿坝州红原县寄宿制藏文中学举行。中国文联原副主席王兆海，中国文联原副主席、中国视协原主席赵化勇，中国视协原分党组书记、驻会副主席、秘书长张显等领导出席活动。

7月

1日　省文联文艺创作研讨会参会代表在成都参观第十一届全国美展2014四川省美展入选作品展。

1日至2日　省文联文艺创作研讨会在成都召开。四川省文联党组书记、常务副主席蒋东生出席会议并作重要讲话，会议由省文联党组副书记、副主席李兵主持，省文联副巡视员、秘书长钱江平参加会议。

3日　省文联召开学习先进典型、践行"三严三实"学习教育活动动员大会。

4日　四川美术馆"四川艺术讲坛"系列公益讲座正式上线，首期讲座为四川大学艺术学院教授吴永强的《四川当代油画的文脉与现状》。

11日　省美协、四川省中学美术教育创作研究会主办的"理想之光——四川省第六届中学教师美术作品双年展"在省美协创作基地成都浓园天艺美术馆开幕。

15日　组织举办四川省首届青年舞蹈展演评比。

16日　"我们的价值观——曲艺走基层全国百场巡演四川专场"在"中国曲艺之乡"彭州磁峰镇举行。省文联党组副书记、副主席李兵，彭州市委常委、宣传部部长曹建春参加了活动。

同日　经教育部同意、中国书协组织实施、四川省书协承办的"翰墨薪传工程"中小学书法师资四川培训项目开班典礼在成都市福德酒店举行。

18日　省文联党组书记、常务副主席蒋东生，四川省文联党组副书记、副主席李兵带领省美协、省书协的20余名知名书画家，来到成都军区驻蓉某部和成都军区机关，举行"中国梦强军梦——四川知名书画家送文化进军营"拥军笔会。

22 日　省文联赴黑水县开展"双联"工作。

7 月 28 日至 8 月 1 日　中国视协、四川省视协"影视小屋"艺术课堂在成都举办。

8 月

4 日　省摄协主办、《影像生活》杂志协办的《青年影像探索计划》第一季暨第三届"徐肖冰杯"全国摄影大展推荐会在成都举行。

5 日　中国首届宣威（杨柳）山歌展演在"中国山歌之乡"杨柳举行。泸州市纳溪滚板山歌《薅海椒》获得银奖。

同日　省文联召开 2014 年第三季度党组中心组学习扩大会。

6 日　省美协新一届中国画艺委会成立。四川省文联党组副书记、副主席李兵等领导出席活动。

7 日至 9 日　省书协举办了第十七期临帖（正书）培训班。此次共培训学员 200 余人，评出 49 名优秀学员。

11 日至 17 日　《中国摄影报》、省摄协和阿坝州文联联办的"温情阿坝——藏寨羌乡送全家福"活动走进阿坝州理县、马尔康、阿坝县、红原县、黑水县。

11 日　中国关心下一代工作委员会办公室、中国曲协、四川省文联共同主办，四川省曲协、成都市文明办、成都市文联、彭州市委宣传部承办的第六届全国少儿曲艺大赛在四川成都彭州举办。

14 日　彭州市被中国曲艺家协会正式命名为"中国曲艺之乡"，成为全国第 44 个曲艺之乡。

16 日　中国中央文献研究会、中国美术家协会、中国国家画院、中共广安市委主办，邓小平故里管理局、重庆市美术家协会、四川省美术家协会、中央文献出版社承办的"春天的故事——全国版画艺术精品展"在中国美术馆开幕。

21 日至 23 日　首届西南民歌邀请赛在四川兴文县举行。

26 日　省文联系统第 9 期领导干部培训班在成都举办。此次培训班主旨是为了提升我省文联系统领导干部政治理论水平、业务素质和工作能力。省文联党组书记、常务副主席蒋东生，党组副书记、副主席李兵同志到会授课。

27 日至 31 日　中国美术家协会和中国少数民族美术促进会联合在北京举办"第八届民族百花奖全国中国画作品展"。刘秦的《微信系列之一》获银奖，闫佳丽的《窗里窗外》获铜奖。

8 月 30 日至 9 月 3 日　中国文化部艺术司等主办的"2014 第二届粤港澳台魔术节"在广州中山纪念堂举行。代表四川参赛的著名魔术师杨屹表演的原创魔术情景剧《电话亭的奇遇》荣获银奖。

同月　中国曲协副主席、浙江省曲协主席、著名莲花落表演艺术家翁仁康，浙江省曲协秘书长庄洁率领的浙江曲艺家一行 13 人参加在沫若艺术院举办的"人间天堂与天府之国的生动对话——川浙两省曲艺家开展交流座谈活动"。

9 月

2 日至 8 日　遂宁市杂技团《顶碗》《男女对手》参加在莫斯科国家马戏院举行的俄罗斯第十三届世界青少年杂技比赛。《顶碗》节目夺得金奖，《男女对手》节目获得铜奖和三项特别奖。

5 日　"电视剧《历史转折中的邓小平》评论座谈会"在成都召开。省委宣传部副部长朱丹枫，以及省作协主席阿来、省评协主席何开四等 50 余名专家学者出席。

9 日　"辉煌新中国电影 65 周年"展映活动在都江堰市工人文化宫举行。

11 日至 12 日　省杂协、阿坝州文联、阿坝县委县政府主办的"技炫四川——四川省杂技家协会文艺惠民演出暨庆祝阿坝县建县六十周年杂技展演"活动在阿坝县上演。

17 日　省美协创作基地暨通讯员工作会在自贡市召开。

17日至26日　中国文联、中国文学艺术基金会、中国曲协等单位共同主办"向人民报告——庆祝新中国成立65周年暨说唱中国梦优秀曲艺节目展演"活动，四川省曲协组织了蜀风蜀韵四川曲艺专场进京演出。

21日　第九届中国音乐"金钟奖"合唱比赛决赛在苏州市文化艺术中心闭幕。四川音乐学院合唱团获得银奖，四川师范大学音乐学院合唱团获优秀奖。

22日　省影协主办的辉煌新中国电影65周年展映暨第四届四川电影发展高峰论坛在成都市总工会东郊职工群众惠民服务中心举行。

23日　"中国（百色　田东）民间广场歌舞大赛暨第十二届山花奖·民间广场歌舞"评奖活动在广西百色市田东县举行。古蔺花灯《逗幺妹》代表四川参加比赛，获大赛银奖。

23日至24日　中华文明历史题材美术创作工程草图指导工作会（成都站）在成都时代锦江国际酒店召开。中国文联副主席、中国美协副主席冯远，四川省文联党组书记、常务副主席蒋东生，四川省文联党组副书记李兵等领导出席了会议。

25日　省文联、省杂协主办，成都市杂协协办的四川省首届魔术比赛在锦江剧场举行。本次比赛设近景组和舞台组2个类别，比赛评出金奖2个、银奖3个、铜奖5个。省文联党组书记、常务副主席蒋东生，省文联党组副书记、副主席李兵，省文联副巡视员、秘书长钱江平等为获奖者颁奖。

同月　省人大办公厅主办、省老年书画院承办的"纪念邓小平诞辰110周年暨建国65周年书画展"开幕，省书协组织的书法作品参加了该展。

10月

10日　由中国文联、四川省人民政府主办，四川省文联参与承办的第四届全国新农村文化艺术展演在四川达州盛大开幕。中国文联党组副书记、副主席李屹，四川省委常委、省委农工委主任李昌平，省人大常委会副主任刘道平，省政协副主席王正荣、罗布江村，省文联党组书记、常务副主席蒋东生，副书记、副主席李兵，达州市委书记焦伟侠等出席开幕式。文化部全国公共文化发展中心副主任颜芳宣读文化部贺电，四川省文化厅党组书记、厅长郑晓幸主持开幕式，焦伟侠代表达州市委、达州市人民政府致欢迎辞。

同日　第十届中国金鹰电视艺术节暨第27届中国电视"金鹰奖"在长沙举行。康巴卫视主持人启米翁姆获得最佳主持人奖，四川星空影视文化传媒有限公司电视剧《壮士出川》获得优秀电视剧奖，四川广播电视台纪录片《天府》获得优秀电视纪录片奖，四川广播电视台主持人杨畅获得优秀主持人提名奖。

11日　省民协组织参加由中国文联、中国民协等联合主办的第四届中国民间艺术精品展。蜀菁文化公司蜀锦蜀绣作品《交子·行市图》、杨莉漆器作品《双耳龙凤瓶》获金奖，王彩彩核雕作品《雅集》获银奖。

12日　省电视艺术家协会第五次会员代表大会在成都召开。

16日　省文联组织专题会议，学习传达习近平总书记在"文艺工作座谈会"上重要讲话精神。省文联党组书记、常务副主席蒋东生主持了会议并讲话。省文联主席团成员，省级文艺家协会主席及驻会干部，省文联机关各处室及直属机构全体人员，文艺家和文艺工作者共123人参加了会议。

同日　省委宣传部、省文联主办，省音协承办的"四川省第十二届春熙放歌——踏歌四川·走进南充"在蓬安举办。

同日　省文联主办，省民协和省摄协承办的四川传统村落立档调查工作启动暨培训会在成都召开。21个市州相关负责人共计70余人参会。

17日至23日　川豫两省摄影交流活动周在川举行。两省摄影名家先后走进自贡、南溪、泸州等地采风、交流。

18日　第八届中国曲艺"牡丹奖"颁奖仪式在南京举行。四川谐剧青年演员叮当（张旭东）荣获中国曲艺牡丹奖·表演奖，四川扬琴青年演员唐瑜蔓荣获中国曲艺牡丹奖·新人奖。

18日至20日　四川省首届行草书创作培训班在成都市福德酒店举行。

18 日至 22 日　在中国音乐"小金钟"奖——长江钢琴第二届全国钢琴比赛（业余组）的比赛中，D 组选手唐可获银奖，省音协获组织奖。

21 日　"曲艺的盛会，大众的节日"——第八届中国曲艺节在江苏连云港举办。四川的两个新作四川清音《竹颂》、四川竹琴《竹情》参加展演。

21 日至 25 日　省文联举办的四川省美术人才培训班在成都开班。四川省文联党组书记、常务副主席蒋东生，副书记、副主席李兵，四川省文联副巡视员、秘书长钱江平等领导出席了开班仪式。

27 日　四川省文联、西藏自治区文联主办，四川省美协、西藏自治区美协承办的"川藏之光——四川美术作品交流展"在西藏博物馆展出。

31 日至 11 月 5 日　省剧协推荐的小戏《火焰山》、小品《家恋》、小话剧《永不褪色的油彩》入选第一届长江流域小戏小品展。

同月　刘忠俊中国画作品《川藏公路》获"多彩中国梦——2014·中国百家金陵画展（中国画）"金奖。

11 月

1 日至 2 日　第五届中国戏剧奖·理论评论奖颁奖活动在江苏省张家港市举行。四川省剧协推荐的《臻于至善铸戏魂——谈陈智林在〈巴山秀才〉中的表演创造》在评选中获奖。省剧协获组织奖。

3 日至 4 日　省文联文艺志愿服务团百余名艺术家赴革命老区平昌开展慰问活动。

6 日　省音协组织"贯彻学习习总书记文艺座谈会讲话精神暨第二届群众喜爱的原创作品沙龙音乐会"。

7 日　省美协南充松林画坊创作基地挂牌仪式暨第十二届全国美展南充成果表彰会在南充举行。

11 日至 13 日　中国视协、四川省视协先后在四川巴中、甘孜创建 4 所"影视小屋"，中国文联原副主席、中国视协原主席赵化勇，中国视协原分党组书记、驻会副主席、秘书长张显等领导出席授牌仪式。

14 日　"大山大水·大美四川——美术创作工程"动员会在成都太成宾馆召开。四川省文联党组书记、常务副主席蒋东生，秘书长钱江平等领导出席了会议。

16 日　省民协推荐陈云华的青神竹编作品参加长江流域民间艺术博览会获金奖。

17 日　"水韵天府——四川省高校水彩画作品展"在自贡南湖艺术中心展览馆举行。

20 日　中国书协和眉山市人民政府主办，四川省书法家协会、中共眉山市委宣传部、眉山市文联承办的"第四届中国西部书法篆刻作品展"在四川眉山市举行了开幕式。

27 日　省视协策划制作的"中国梦·百姓故事"百集系列纪录片《纪录四川 100 双手》在四川广播电视台文化旅游频道、四川卫视频道以及全省各市州电视台播出。

11 月 29 日至 12 月 2 日　省环境保护厅、省美协联合主办，省环境保护宣传教育服务中心承办的"我眼中的生态四川"中国画赛作品展在成都展出。

29 日　中国摄协北京摄影函授学院建院 30 周年庆典暨全国校友作品大展颁奖典礼在京隆重举行。四川分院获坚如磐石奖、组织工作优秀单位奖，贾跃红、胡世模获中流砥柱奖，李燊获公益奉献奖。

12 月

9 日　省摄协在成都召开六届三次主席团（扩大）会议，学习贯彻习近平总书记在文艺工作座谈会上重要讲话精神。

10 日　四川省文联主办，省美协、四川美术馆承办的"大山大水·大美四川"美术创作工程看稿会在成都举行。四川省文联党组书记、常务副主席蒋东生，副书记、副主席李兵等领导出席了会议。

12 日　省委宣传部、省文化厅、省新闻出版广电局、省文联、省作协主办，德阳市委宣传部、中江县委协办的"脚下土地·美好梦想"四川省文艺界"深入生活·扎根人民"主题实践活动启动仪式在中江县举行。

14日 省文联主办,省杂协承办,德阳市文联、中江县委宣传部、中江县文联、中江县文体广播局协办的"技炫四川"——文艺惠民活动在中江县文体广场举行。

14日至22日 四川大学、北京大学、四川省书法家协会主办,四川大学艺术学院、四川大学艺术研究院、四川省书法家协会教育委员会承办的"第四届海峡两岸高校书法名家作品联展暨书学论坛"在四川大学举行。

15日至16日 省影协赴广安开展以"追光中国梦·逐影广安情"为主题的大型电影惠民系列活动。

16日 省文联机关党委、省杂协主办的"文艺大讲堂系列活动之魔术讲座"在省文联四楼会议室举行。

19日 省影协在成都召开文学作品专题研讨会,对文学作品《末代彝族土司岭光电》和《失去童心的岁月》进行专题研讨。

20日 中国杂协第九届中国杂技金菊奖第八次理论作品奖揭晓,汪青玉的《四川杂技的现状调查与前景思考》、周小衡的《论新时代杂技艺术的创新与弘扬》获优秀论文奖,省杂协获"组织工作奖"。

20日 北京摄影函授学院四川分院建院30周年庆典活动在成都举行。

21日 国家民委文化宣传司、中国文联国内联络部指导,中国电视艺术家协会、中国文学艺术基金会、四川广播电视台主办,中国视协少数民族专业委员会、中国视协电视舞台视觉艺术委员会、四川省电视艺术家协会和康巴卫视联合承办的《中华民族一家亲》全国少数民族优秀获奖节目展演展播元旦迎新晚会在四川成都举办。

26日 省文联六届十四次主席团(扩大)会议在成都金河宾馆召开。

27日 成都市精神文明办授予的"成都市首批未成年人社会主义核心价值观实践教育示范基地"挂牌仪式在成都市未成年人心理成长中心举行,四川美术馆成为"成都市首批未成年人社会主义核心价值观实践教育示范基地"。

31 日　省视协五届二次主席团会议在成都召开。

同月　故事《美丽妈妈》、四川清音《秋娃娃》、四川谐剧《远山的呼唤》经专家评审，作为优秀节目入选参加由中国文学艺术基金会主办的"牵手朝霞工程——圆孩子们艺术梦想"15 周年进京展演系列活动。

同月　四川扬琴《宝山脊梁》荣获由中国文联、中国文学艺术基金会、中国曲艺家协会颁发的"中国梦"全国优秀曲艺节目一等奖；四川清音《竹颂》荣获"中国梦"全国优秀曲艺节目二等奖。

同月　四川美术馆新馆建设工程通过竣工验收。

本年　李焕民版画作品《守望》获第十二届全国美展"中国美术奖·创作奖"银奖，杨向宇漫画作品《爱》获第十二届全国美展"中国美术奖·创作奖"铜奖，马力平、马青版画作品《高原汽车兵》、刘释凌水彩·粉画作品《打麦场上》获第十二届全国美展"中国美术奖·创作奖"优秀奖。

本年　省书协主持编撰《当代四川中青年书法名家系列丛书》。

本年　省书协出版《二十世纪四川书法名家研究丛书》的《赵熙卷》和《何鲁卷》。

本年　四川作者吴维羲、吴开斌合著论文在全国第十届书法理论研讨会中获优秀奖。

2015 年

1 月

1 日　省美协主办，四川美术馆承办的四川省第七届新人新作美术展在成都怀古堂美术馆展出。

5 日至 6 日　省曲协文艺志愿服务小分队赴南充，分别在南充燕京啤酒厂、武警南充支队进行了两场慰问演出。

9 日　省文联六届七次全委会暨四川省文联系统先进集体、先进个人表彰大会在成都金牛宾馆召开。省文联党组书记、常务副主席蒋东生，党组副书记、副主席李兵，省人力资源和社会保障厅公务员局副局长杨进等出席会议。

同日　省杂协六届六次理事会在成都召开。

同日　"踏歌四川，拥军惠民——走进驻泸英雄工兵团"大型音乐会在泸州市三岩脑举行。

11日　省书协、华西都市报主办的"我们的中国梦——中国书法家送万福进万家"公益活动在简阳贾家镇启动，拉开了省书协2015文化惠民的序幕。100多位中书协、省书协会员走进大英县河边镇、彭山县谢家镇为当地老百姓写春联、送"福"字。

13日至14日　省文联主办，省民协、省杂协共同承办的"到人民中去——文艺惠民走基层"活动在攀枝花盐边县红格镇和仁和区迤沙拉村开展。

15日　省美协中国画艺委会中国人物画专委会成立大会在金河宾馆召开。

17日　省视协"影视大讲堂"在攀枝花市广播电视台开讲。

同日　"四川摄影百年的发展与探索"综合项目（川西南）调研会在米易召开。

22日至25日　中国摄协、四川省文联、甘孜州人民政府主办，中国摄影报社、四川省摄协、甘孜州委宣传部、甘孜州文联、甘孜州摄协会联合承办的"圣洁甘孜·情歌故乡——中国甘孜首届国际摄影大展"获奖作品在康定情歌广场隆重展出。展出获奖作品152幅，其中金银铜作品12幅，佳作作品40幅，优秀作品100幅。

23日　省美协艺委会新一届花鸟画专委会成立大会在金河宾馆举行。

28日　四川美术馆主办，四川省美协版画艺委会协办，宽窄巷子社区美术馆承办的"刀刻笔画·东成西就"美术作品展在宽窄巷子社区美术馆顺利展出。

29日　省美协山水画专委会换届工作会在成都清源际艺术中心举行。

同月 在中国文联、中国书协主办的"第五届中国书法兰亭奖"中，杨江帆获"佳作奖三等奖"；郭彦飞、刘洪健、王道义、杨江帆佳作奖入展。

2月

2日至3日 省文联、雅安市文联组织"深入生活、扎根人民"文艺直通车，赴芦山地震灾后恢复重建一线芦山、宝兴等地慰问演出。

4日 省曲协第六届四次主席团会议在成都召开。

5日至8日 省文联主办，省美协、省书协、安徽黄山画院、四川天骄大熊猫画院、四川九寨画院共同承办的"一山一水——九寨黄山书画艺术交流展"在成都市琴台路怀古堂美术馆展出。

6日至7日 省书协组织10位书法家到绵阳江油参加"2015年迎新春科技、卫生、文化赶场"大型惠民活动。

8日 四川省小牡丹艺术团、四川扁月亮少儿语言表演影视培训基地（四川省曲艺学校）在成都举办2015年"快乐说唱，喜迎新春"展演活动，来自全省各地近200多名孩子欢聚一堂。

11日 省美协第二届民族民间美术艺委会成立大会在成都436文化创意机构会议室召开。

13日 省曲协授予泸县"四川省曲艺之乡"称号。

14日 省杂协、省舞协共同赴蒲江78525部队开展"军民鱼水情"2015迎新春送欢乐拥军文艺慰问演出。

18日 遂宁市杂技团《青花瓷》登上2015中央电视台春节晚会舞台，成为国内第一个登上央视春晚的民营杂技院团。

25日 国家广电总局从全国选送的105部纪录片中推选出了35部优秀国产纪录片，作为2014年度优秀纪录片向全国各卫视频道、各级电视台推荐播出。四川广播电视台、省文联、省视协联合各市州电视台集体创作，省视协纪录片专委会具体实施的"中国梦·百姓故事"系列纪录片《纪录四川100双手》榜上有名。

同月 省文联党组书记蒋东生、副书记邓涛分别看望慰问部分离退休老干部及老艺术家。

同月　四川省舞蹈家协会被中央精神文明建设指导委员会授予"全国未成年人思想道德建设工作先进单位"称号。

3月

2日至3日　中国曲协、河南省文联、平顶山市委、市政府主办，河南省曲协、宝丰县委、县政府承办的"第十届河南宝丰马街书会全国曲艺邀请赛"圆满举办。省曲协选送的四川扬琴《雪梅，雪梅》、四川竹琴《竹情》摘获一等奖，四川扬琴《踏伞》获得二等奖。

10日　"大山大水·大美四川美术创作工程"集中看稿会在太成宾馆举行。会议对遴选出的510余件作品的电子图逐一观看点评，初步筛选出170余件作品进入终评环节。

12日　省影协和雅安市文联举行电影《北纬30度之爱》的签约仪式。

同日　省书协组织的"四川省'中国书法'公益大讲堂——高新区公务员书法学习班"在高新区开班。

15日　省文联指导，省美协、成都市美协共同主办的天府之春——著名女画家十人作品展在大为美术馆开幕并举行学术研讨会。

17日　省书协2015年工作会在成都福德酒店召开。

同日　省摄协组织摄影志愿服务小分队，走进四川雅安地震灾区新村聚居点，开展"最美·全家福"志愿服务活动。

18日　省美协版画艺委会主办的第三届"暖冬记忆"版画展在西南民族大学开幕。

26日　中国视协、四川省视协在凉山州民族中学、凉山州德昌县中学创建"影视小屋"，并举行授牌仪式。中国文联原副主席王兆海、中国文联原副主席、中国视协原主席赵化勇，中国视协原分党组书记、驻会副主席、秘书长张显等出席授牌仪式。

同日　省影协在成都举办纪念中国电影110周年诞辰暨法制题材电影剧本《律颂》研讨会。四川省文联党组副书记、副主席李兵，峨影集团副总裁、四川影协常务副主席兼秘书长王春良以及多位电影艺术专家、学者与会研讨。

29 日至 30 日　省视协五届七次主席团会和五届四次理事会在成都召开。

30 日至 31 日　中国曲协、四川省文联主办，省曲协、市文广新局、市文联、市戏剧曲艺家协会承办的"我们的价值观——曲艺走基层全国百场巡演"走进四川巴中，在巴中市新天地广场、巴州区十一中学、巴中市武警支队成功演出。

4 月

7 日　中国文联党组书记、副主席赵实同志率中国文联调研组一行来四川省文联调研。四川省文联党组书记、常务副主席蒋东生，省文联党组副书记、副主席李兵，党组副书记邓涛等参加了调研会。调研会结束后，赵实书记率中国文联调研组赴乐山市五通桥区、沙湾区等地就文艺创作、基层文艺阵地建设和文艺惠民工作等进行实地调研。此前，赵实书记一行还视察了四川美术馆新馆的建设情况，并与省委书记王东明就有关文艺方面工作交换了意见。

7 日至 21 日　四川剪纸艺术家黄英参加了由中国民协组织的赴美文化艺术访问团。

9 日　省美协 2015 年工作会议在太成宾馆召开。

10 日　省美协漫画艺委会、省漫画艺术研究会主办的四川省第十一届漫画双年展在遂宁市美术馆开幕。

同日　省美术家协会钢笔画艺委会成立大会在成都清源际艺术中心举行。

同日　省民协、巴中市文联等组织"深入生活·扎根人民"民间文艺惠民活动走进通江县泥溪乡犁辕坝村。

11 日　中国书协与四川省书协联合举办的"中国书法公益流动大讲堂（四川）"活动在成都福德酒店隆重举行。中国书协副主席言恭达，中国书协培训中心教授崔胜辉为来自四川省各地市州的 400 余名书法骨干作者和爱好者作了精彩的书法讲座和书法作品点评。

11 日至 12 日　省音协主办，川南音乐艺术发展委员会和泸州市音协承办的"四川省音乐家协会群众歌咏合唱指挥培训班"，在泸州军分区礼堂举办。

12 日　四川省青年舞蹈创作委员会成立。

16 日　省文联以"讲政治、守纪律、守规矩"为主题召开专题会议。省文联党组书记、常务副主席蒋东生，党组副书记、副主席李兵，党组副书记邓涛，副巡视员、秘书长钱江平等参加会议。

17 日　省摄协实训基地在四川传媒学院摄影系挂牌。

22 日至 24 日　"巴山说唱"专题采风创作深入巴中走访、调研。

24 日　中国文联副主席、中央文史馆副馆长、中国美协副主席冯远在川调研"中华文明历史题材美术创作工程"情况。

同日　"大山大水·大美四川"美术创作工程终评会在四川科技馆举行。评委会由中国美协推荐的 10 位国家级美术专家组成，评审会以无记名投票的方式从 130 件参评作品中评选出 100 件优秀作品。

27 日　省音协召开七届主席团五次会议。

29 日　省美协组织美术家赴中江县合兴乡和睦村和集凤镇石垭子村采风写生。

5 月

1 日至 3 日　成都艺术剧院有限责任公司刘静表演的《箩圈变化》获第九届中国杂技金菊奖第六次全国魔术比赛"中国古典魔术传承奖"。四川省杂技家协会获"优秀组织奖"。

6 日　第九届全国"德艺双馨电视艺术工作者"和四川省"十佳电视艺术工作者"推选活动在成都举行。凌中、董其、李颖、苏晓苑、杜焱、李容江、周康、张军、刘翼、李福才等 10 位电视艺术工作者当选为四川省第八届"十佳电视艺术工作者"。

11 日至 14 日　省视协组织我省各级广播电视台的领导及相关业务骨干赴山东省烟台市广播电视台学习考察。

12 日　召开"唱响四川——百姓喜爱的歌曲"音乐创作工程动员会。

13 日　省民协在四川大学锦城学院举行民间文艺创新研究基地授牌仪式暨民间文艺家志愿服务大课堂。

15 日　2015 中国巴蜀国际艺术博览会——当代四川书法精品展在成都开幕。省书协组织了 100 位书法家参加该展，参展作品全面展示了近年来四川书法艺术事业蓬勃发展的新成就。

15 日至 18 日　省视协主办，四川省视协纪录片专委会承办的第二届全省非虚构电视节目制作培训讲座在遂宁市举办。

16 日至 17 日　省文联和自贡市政府联合主办，省美协和自贡市文联承办的四川省首届农民美术作品展览暨"到人民中去"主题实践活动在自贡市举行。

17 日　省音协向泸州市纳溪区乐道古镇授牌——"川南民歌第一村"。

19 日　中国民协正式命名巴中市为"中国石刻艺术之乡"。

20 日至 23 日　由广西文联主办，广西、云南、贵州、四川、广东五省（区）杂技家协会等单位承办的 2015 年南方五省（区）青年魔术新秀展演系列活动之魔术创新发展讲座在桂林市举行。

22 日至 25 日　中国曲协组织发起的大型文化交流活动——中华曲艺海外行走进爱尔兰、英国。四川谐剧表演艺术家张旭东参与演出。

22 日至 6 月 2 日　省美协、成都师范学院美术学院、成都市民办博物馆发展研究院联合主办的 2015 年"Ideal And Reality"国际艺术交流创作营活动在成都举办。

23 日　"大山大水·大美四川美术创作工程优秀作品展"开展暨四川美术馆落成仪式在成都市四川美术馆新馆隆重举行。四川省委副书记、宣传部部长尹力出席仪式并代表四川省委、省政府作重要讲话，副省长黄彦蓉出席并主持仪式。中国文联发来贺信。中国美协分党组书记、常务副主席吴长江，中国美术馆负责同志，四川省文联党组书记、常务副主席蒋东生、省文联党组副书记、副主席李兵，省文联党组副书记邓涛出席了仪式。全国部分著名艺术家、美术馆馆长、画院院长等嘉宾，四川省美协负责同志，省内各地市州文联领导，省内著名艺术家代表也参加了此次仪式。

同日　四川美术馆新馆正式对外开放。

24日　中国美协一行赴凉山州开展为期3天的"走基层、接地气"的采风写生活动。

25日　"纪念中国工农红军长征强渡大渡河胜利80周年大型文艺演出"在安顺场隆重举行。省音协、省剧协、省曲协集结强大的阵容为革命老区人民奉上精彩的演出。

26日　省文联、省教育厅主办的"四川省戏剧进校园"演出活动在广安职业技术学院报告厅举行，900余名师生观看了演出。

26日至29日　遂宁市川剧团、遂宁市杂技团参加了在土耳其克尔克拉雷利市举办的第25届卡卡瓦国际艺术节系列活动。川剧绝技《变脸·吐火》、民俗绝技《功夫茶艺》、杂技《滚杯》《蹬伞》《肩上芭蕾》等节目，成为本届艺术节的一大亮点。

同月　完成《中国近现代版画——神州版画博物馆藏品集2》的出版。

6月

1日　中共中央政治局委员、中央书记处书记、中宣部部长刘奇葆到新落成的四川美术馆调研，听取了四川美术馆新馆基本情况及开馆展览情况汇报，并参观了"大山大水·大美四川——美术创作工程优秀作品展""大美四川——全国美术作品邀请展"等开馆展览。

1日至6日　中国文联、中国文艺志愿者协会主办，中国文联文艺志愿服务中心、中国曲艺家协会、中国文联曲艺艺术中心、四川省文联联合承办，省曲协协办的"2015中国文联文艺培训志愿服务项目——曲艺人才培训班"在四川中江、遂宁、岳池举办。

1日　全国传统村落立档调查工作现场经验交流会在河北省邢台市沙

河市召开，省民协常务副主席兼秘书长孟燕作为特邀嘉宾在交流会上作了题为《行动，为记住美丽乡愁》的发言，与全国传统村落立档调查工作者分享四川经验。

2 日至 6 日　第十届中国音乐"金钟奖"声乐四川选拔赛暨第三届"小金钟"长江钢琴全国钢琴比赛四川选拔赛在四川师范大学音乐学院举行。

3 日　省杂协主席团会在省文联三楼会议室召开。省文联党组副书记邓涛参加会议并讲话。

4 日　中国文联调研组来四川省文联开展"团结联络新文艺组织和青年文艺工作者"调研，调研会在省文联机关四楼会议室召开。中国文联调研组由中国文联国内联络部主任刘尚军带队。四川省文联党组书记、常务副主席蒋东生，党组副书记、副主席李兵，党组副书记邓涛出席了调研会。

5 日至 6 日　中国曲协、广东省曲协等举办的"第三届'南山杯'全国曲艺新人新作展演"在深圳宝安区群众文化艺术馆举行。颁奖仪式于 6 月 7 日在深圳大学演会中心举行。四川金钱板《耙耳朵》，四川扬琴《邻里之间》、相声《歌曲漫谈》分获一、二、三等奖。

12 日　四川省文联 2015 年全省文艺创作工作会在成都召开。省文联党组书记、常务副主席蒋东生，省文联党组副书记、副主席李兵，省文联党组副书记邓涛出席会议。

20 日　省民协《羌族服饰文化图志》新书发布座谈会在茂县举行。该书是"5·12"汶川特大地震后为抢救羌族文化的紧急立项，列入"中国民间文化遗产抢救保护工程"。省委宣传部副部长、省文明办主任朱丹枫，省文联党组副书记邓涛，阿坝州委常委、宣传部部长张万平出席。

22 日　举行第十届中国音乐"金钟奖"手风琴比赛暨小金钟"吟飞杯"全国电子键盘展演比赛四川选拔赛。

同日　牡丹绽放——曲艺英才培育工程在北京启动。任平、张旭东（叮当）入选曲艺培英行动首批培育名单。

24日　省视协主办,成都市广播电视台和成都市电视电影家协会承办的优秀青年编剧苏晓苑作品研讨会在成都举办。

7月

1日至12日　由四川省美协、成都文理学院主办,四川省美协油画艺术委员会、成都文理学院美术学院承办的文理杯·首届四川省青年油画作品展在四川美术馆举行。

7月5日至10月1日　省美协、神州版画博物馆主办的"抗日烽火——纪念中国人民抗战胜利70周年"神州版画博物馆抗战版画专题展在四川美术馆展出。

5日　省摄协、省曲协组织文艺志愿者走进邛崃水口镇,并成立了手机摄影乡村辅导站。

8日　四川省委宣传部、省文联主办,省美协、省书协协办的"四川省廉政文化书画作品展"在四川美术馆展出。

同日　省文联主办,省杂协承办的"深入生活·扎根人民"杂技惠民演出分别在马边县烟峰乡、马边县三九广场举行。

8日　省书协、阿坝州文联、阿坝州教育局等共同主办的"翰墨薪传"书法大讲堂暨阿坝州中小学骨干书法教师培训班在汶川威州师范学校举行。

9日　"四川省廉政文化书画作品展"在四川美术馆开展。

10日　大山大水·大美四川美术创作工程总结大会在四川美术馆学术报告厅召开。

12日　"四川省第四届书法理论研讨会"在成都召开,并出版了论文集。

15日　省美协中江石垭子村美术创作基地授牌暨梁时民先生捐赠泡桐树小学石垭子分校活动仪式在中江举行。

20日　首届四川艺术节·2015藏戏创新与发展研讨会在马尔康举行。

21日至24日　省视协联合中国视协、中国视协主持人专委会组织优秀电视艺术工作者赴四川省凉山彝族自治州开展"重走长征路"活动。中国文联原副主席、中国视协原主席赵化勇出席活动。

22日至23日　省文联组织四川著名书画家走进雅安重建一线开展采风创作笔会。省政府副省长、雅安市委书记叶壮，省文联党组书记、常务副主席蒋东生，雅安市委副书记、市长兰开驰，省文联党组副书记、副主席李兵，雅安市委副书记、政法委书记张燕飞等先后出席。

24日　重庆市文联党组书记王超一行到四川美术馆参观考察。

同日　"历史的印痕——神州版画博物馆馆藏主题组画展"在四川美术馆隆重开幕。

7月29日至8月2日　中国视协、四川省视协"影视小屋"艺术课堂在成都举办。

8月

4日至7日　中国文联、中国舞协主办的第十届中国舞蹈"荷花奖"民族民间舞评奖在四川省凉山彝族自治州举行。四川音乐学院舞蹈学院《你是一首歌》、四川省凉山彝族自治州歌舞团《情深谊长》获得作品奖；四川省凉山彝族自治州歌舞团《铃·魂》获"十佳作品"荣誉称号。

7日至9日　省书协第十八期临帖（行草）培训班在成都举行。何应辉、何开鑫、林峤分别作了题为《大草书的源流与审美物质（兼及创作）》《二王书风的渊源形成、流变及〈书谱〉的风格特点》《章草的审美特质与〈出师颂〉的临习》的讲座，并分别进行了临帖示范和辅导。

7日　第十届中国舞蹈"荷花奖"民族民间舞评比中，省舞协组织推荐的作品《情深谊长》《你是一首歌》荣获优秀作品奖。

同日　农工党四川省委主办，四川美术馆承办的"农工党成立85周年暨抗战胜利70周年画展"在四川美术馆展出。

11日　省政府参事室、省政府文史研究馆主办，四川美术馆承办的"正义之歌——蜀巴文史翰墨第二届诗书画印艺术展"在四川美术馆展出。

12日　省书协和中国将军书画院西南分院、华西都市报组织了"为抗日老战士送书法慰问进家门"活动。

20日　省美协、四川美术馆举办"纪念抗战胜利七十周年，惠风荷畅——徐保林花鸟画展"。

同日　由教育部和中国文联共同实施，并由中国教育学会和中国书法家协会联合举办，省书协承办的"翰墨薪传·全国中小学书法教师培训项目"首期培训班（西南地区）在成都举行。此次培训为期一周，共培训了来自四川、云南、贵州、西藏、重庆五省市的180名中小学教师。

22日　"天籁之音·石海之约"——四川省第二届民歌大赛在兴文石海景区天泉洞穹庐广厦大厅举办。

24日至27日　中国曲协在南江县举办首期曲艺创作与表演培训班。

25日　省委宣传部、成都军区政治部宣传部、省文联主办，省美协、四川美术馆，成都军区政治部宣传部文化处承办的"四川省、成都军区纪念中国人民抗日战争暨世界反法西斯战争胜利70周年美术作品展"在四川美术馆展出。

同日　"第七届全国少儿曲艺大赛四川赛区选拔赛"暨"第三届四川省少儿曲艺大赛"在成都川音艺术学院举行。

26日　四川省第三届少儿曲艺大赛展演暨颁奖典礼在成都市川艺实验剧场举行。省文联党组书记、常务副主席蒋东生，中国曲协分党组成员、副秘书长黄群，省文联党组副书记、副主席李兵出席。

同日　中国曲协、四川省文联、省曲协、曲艺杂志社共同组织"说唱四川·歌颂中国"曲艺创作工程——首届四川曲艺新人新作创作、研讨、展演系列活动。

同月　省评协编选出版《温度与深度——四川省第十三届全国"五个一工程"奖获奖作品选及评论集》。

9月

17日　全国第八届"小荷风采"少儿舞蹈评比中，省舞协组织推荐的《弦舞歌飞》《阿妞嫫》荣获"小荷之星"荣誉称号。

22 日　中国曲协、四川省文联、岳池县委、岳池县人民政府主办的以"曲乡盛会·欢乐农家"为主题的第三届"岳池杯"中国曲艺之乡系列活动正式拉开帷幕。

同日　四川省首届川东北片区篆刻艺术作品展、四川省书法家协会篆刻艺术创作培训基地（川东北片区）命名授牌仪式同时在岳池县举行。

23 日　"看四川——民间文艺创作工程"暨"看四川——摄影创作工程"优秀作品展在四川美术馆开幕。省文联党组书记、常务副主席蒋东生，省文联党组副书记、副主席李兵等出席开幕式。

24 日　"廉学洺作品全国巡展——成都站"在四川美术馆举办。

同日　杨屹表演的原创作品《中国风》荣获深圳欢乐谷第十六届国际魔术节暨第六届欢乐谷杯国际魔术大赛冠军。

25 日　中国曲艺牡丹奖艺术团"送欢笑到基层"惠民演出走进遂宁。中国曲协副主席、陕西省文联副主席马小平，四川省文联党组副书记、副主席李兵，遂宁市委常委、宣传部部长何大海与观众一同观看演出。

28 日　四川省文联安岳文艺创作培训基地在安岳县图书馆四楼报告厅正式授牌成立。省文联党组副书记、副主席李兵出席。

29 日　省杂协魔术教学培训基地授牌仪式分别在阿坝州茂县八一中学和汶川绵虒中学举行。

同月　在全国第十一届书法篆刻作品展中，四川入展 27 位作者，位居西部 12 个省市的自治区第一。

10 月

10 日　"和谐盛世·花开吉祥——邵仲节先生九十画展"在四川美术馆开幕。

同日　"'千年木偶，指掌记忆'闽南文化走透透——闽南非遗明珠布袋木偶艺术展"在四川美术馆成功举办。

同日　省文联、省杂协主办，宜宾市文联等承办的第八届四川省巴蜀文艺奖杂技比赛在宜宾市举行。

11 日 "大山大水·大美四川——朱常棣'巴山蜀水'中国画展"在四川美术馆开幕。

13 日至 15 日 "追光中国梦·筑影雅安情"为主题的电影惠民活动在雅安石棉开展。

14 日 省美协昭化古城写生创作基地举行成立授牌仪式。

15 日 "第三届四川省民间艺术大师评定工作"在四川省文物局进行，评选出 28 名四川省民间艺术大师。

17 日 第九届全国"德艺双馨电视艺术工作者"表彰大会在浙江海宁召开。凌中、李颖两位电视艺术工作者获评第九届全国"德艺双馨电视艺术工作者"。

同日 "岸芷汀兰——王玮艺术作品展"在四川美术馆展出。

20 日 "彩墨世界——邱笑秋八旬画展"在四川美术馆开幕。

22 日至 29 日 中国曲协副秘书长曲华江，四川省文联党组书记、常务副主席蒋东生率领 40 名书画家、摄影家及 100 名演员赴革命老区巴中市南江县、通江县、巴州区、恩阳区、旺苍县开展"深入生活，扎根人民"创作采风暨"送欢笑"文艺惠民演出活动。

22 日 在第四届柯桥曲艺高峰论坛上，四川省曲协获优秀组织奖，岳池县曲协主席邓庆贵撰写的《试说曲艺元素在百姓日常生活中的体现及作用》获大会优秀论文奖。

23 日至 26 日 省剧协到巴中市开展戏剧进校园演出活动。

24 日 "海螺沟杯"第二届圣洁甘孜国际摄影大展在成都正式启动。

25 日至 30 日 举办四川省第七届"金秋乐"中老年舞蹈展演和第九届"星光灿烂"少儿舞蹈展演活动。

27 日 由中国国家画院、四川省美术家协会、重庆市美术家协会担任学术指导，成都市文化广电新闻出版局、重庆市文化委员会主办，成都画院（成都美术馆）、重庆画院（重庆市美术馆）承办的"从解放碑到宽窄巷子——成渝美术双百名家双城展"在四川美术馆展出。

同月 第三届亚洲微电影艺术节"金海棠"奖评选在黑龙江省齐齐哈

尔市落幕。四川省视协报送的巴中市通江县沙溪中学"影视小屋"作品《我把我寄给你》获一等奖。

11 月

1 日　我省选手刘静获 2015 年第九届上海国际魔术比赛舞台新人赛银奖。

4 日　"守望自然——敬庭尧师生作品展"在四川美术馆新馆开幕。

5 日　"翰墨飘香——丁世昭国画精品展"在遂宁市美术馆开幕。

同日　"春华·秋实——第九届四川省十佳电视艺术工作者暨 2015 四川电视节首届电视主持新秀大赛颁奖典礼"在四川安仁镇隆重举行。来自全省各级广播电视台的电视工作者及各传媒艺术院校的师生近千人参加了活动。

同日　"2015'深入生活、扎根人民'采风、写生作品展"在四川美术馆展出。

10 日至 13 日　第七期全国曲艺创作高级研修班在成都举办。

12 日　"纪念吴道悲教授诞辰 110 周年——吴建堂、吴乙古捻条画展"在四川美术馆开幕。

13 日　省美协、神州版画博物馆主办的"烽火岁月——中国抗战版画暨华村画家之村旧址新迁开幕展"在重庆市渝中区李子坝抗战遗址公园高公馆开幕。

14 日　"四川省文艺评论骨干首期培训班暨《关于繁荣发展社会主义文艺的意见》理论研讨会"在绵阳市举行。

15 日　省评协"学习贯彻习近平总书记《在文艺工作座谈会上讲话》精神和中共中央《关于繁荣发展社会主义文艺的意见》理论研讨会"在绵阳市召开。

16 日　中国艺术研究院、四川省文联、四川传媒学院主办，《中国摄影家》杂志社、四川省摄影家协会、四川传媒学院摄影系承办的影像"中国梦"摄影艺术展成都巡展在四川传媒学院开幕。

20 日　省书协正书专业委员会 2015 年工作会议在成都召开。

21 日至 27 日　首届四川艺术节文化建设成就展暨文华奖美术作品展在四川美术馆展出。展览共展出 300 余件作品。

11 月 25 日至 12 月 1 日　在镜月湖宾馆举行"唱响四川"初评、复评。

27 日　第十三届"春熙放歌——踏歌四川"走进内江武警 8742 部队。

28 日至 29 日　中国曲协、四川省文联主办的"说唱四川·歌颂中国"曲艺创作工程——首届四川曲艺新人新作研讨会在四川省成都市举行。

30 日　省民协在金川县万林乡苟尔光村隆重举行神山文化（达委达乌）之乡授牌仪式。

同月　《中国近现代版画——神州版画博物馆藏品集 3》印制出版。

同月　省书协完成《当代四川中青年书法名家系列丛书》审稿、编辑及出版发行工作。

同月　川剧《尘埃落定》成功入选第十四届中国戏剧节并获优秀参演剧目奖。

同月　省剧协与四川师范大学等单位主办戏剧文化系列活动——首届四川师范大学川剧周。

12 月

1 日　中国美协、四川省文联、省美协共同主办的 2015 "古蜀文脉·墨韵天府"全国中国画作品展在四川美术馆开幕。

4 日　省民协、省视协推选的峨影集团民俗影像片《金沙江飞排》荣获"第十二届中国民间文艺山花奖·民俗影像类"。

7 日至 10 日　省剧协、省川剧院等共同举办了四场"川剧丑角戏传承展演"活动。

13 日至 18 日　"第六届四川省少年儿童书法篆刻作品展暨第一届四川省青少年书法教育教学研讨会"在四川美术馆展出。

14 日　四川省重大历史题材美术创作工程终审会在四川美术馆举行。

22 件作品获通过。

17 日　完成重大历史题材（第二批次）的收藏工作，共收藏艺术作品19 件，其中国画 7 件、版画 1 件、油画 13 件、雕塑 1 件。

同日　"看四川——摄影创作工程优秀作品展"总结会在都江堰举行。

18 日　"第三届群众喜爱的原创音乐作品沙龙音乐会"在成都菱彩酒店会议厅成功举办。

20 日至 26 日　省文联、省美协主办，四川美术馆、西蜀花鸟画院、成都现代艺术馆、大观艺术馆、文轩美术馆等联合承办的王敬恒 2015 纪念展在四川美术馆开幕。

21 日　四川省文联六届八次全委会暨第八届巴蜀文艺奖颁奖大会在成都新华宾馆隆重召开。省委副书记、宣传部部长尹力，省政府副秘书长王七章，省委宣传部秘书长陈彦夫，省文联党组书记、常务副主席蒋东生，党组副书记、副主席李兵，党组副书记刘建刚，省文联主席团成员，省文联六届全委会委员，第八届四川省巴蜀文艺奖获奖代表等数百人参加了大会。颁奖大会共对 114 个文艺类作品（作者），35 个特殊荣誉奖的作品（作者），获得提名的 31 个作品（作者）颁发奖励。著名文艺家严福昌（戏剧）、阿金（音乐）、黄虎威（音乐）、吴凡（美术）、叶毓山（美术）、康大荃（摄影）、沈伐（曲艺）、刘时燕（曲艺）、郝淑萍（民间文艺）、何开四（文艺评论）等 10 人荣获第八届四川省巴蜀文艺奖终身成就奖。

同日　四川广播电视台、省文联、省视协联合全省各市、州（县）电视台共同制作的大型系列纪录片《纪录四川 100 双手》第二季在四川卫视《今日视点》栏目播出。

23 日　"田野欢歌"文化惠民演出走进华蓥。

27 日　省美协、四川美术馆承办的"蜀韵中坚——四川中国画名家邀请展"在四川美术馆顺利展出。

28 日　"放歌颂党恩　元帅故里情"文艺惠民演出走进仪陇。

30 日　省文化厅、省文联、眉山市委宣传部主办的"仰望东坡·大美眉山"美术作品展在四川美术馆开幕。

本年　省剧协获得中国少儿戏剧"小梅花奖"组委会颁发的组织奖。

2016 年

1 月

1 日　省书协、省美协、四川省巴蜀文艺发展基金会主办的"巴蜀情·中国梦"四川省首届少儿书画大展开幕式暨四川省首届少儿书画大赛颁奖典礼在四川美术馆举行。

5 日　省美协、省评协、四川省政协书画院、四川省沫若艺术院、四川大学艺术学院、西南民族大学艺术学院主办，四川美术馆承办的"雄美之光——李兵水墨雪山画展"在四川美术馆顺利展出。

同日　四川广播电视台、省视协主办，四川电影电视学院承办的"春华·秋实——第九届四川省十佳电视艺术工作者暨 2015 四川电视节首届电视主持新秀大赛颁奖典礼"在成都举行。

5 日至 9 日　省美协组织 20 余名老、中、青艺术家赴中江县、昭化县、冕宁县开展义务写春联活动，为群众提前送上新春的祝福。

6 日　省音协批复成立华蓥"音乐创作基地"。

9 日　"启程——四川水彩双年展"在四川美术馆顺利展出。

10 日　"1990 西部风景——袁学军、王达军、王建军摄影展"在雅昌（深圳）艺术中心美术馆区域开幕。

10 日至 13 日　省文联党组书记、常务副主席蒋东生，党组副书记、副主席李兵，党组副书记刘建刚带队"深入生活、扎根人民"系列文艺惠民活动走进川藏兵站、广元苍溪、利州。

14 日至 17 日　"大山大水·大美四川"巴蜀大地四川省山水画大展在四川美术馆展出。

17 日　西藏自治区委宣传部，西藏那曲地委、行署，四川省文联，西藏自治区文联等单位主办，四川省电影家协会、西藏影视家协会承办，峨影音像有限公司协办的电影文学剧本《草原英雄布德》研讨会暨新闻发布会在成都西藏饭店召开。省文联党组副书记、副主席李兵出席。

19日　省音协七届主席团七次会议及2016省市音乐界新春茶话会在成都举办。

22日　"2016年迎新春科技、卫生、文化赶场"大型惠民活动在南充仪陇县开展。

同日　举办四川书法艺术周。艺术周期间四个专题展览："看四川——诗书创作工程优秀书法作品展"（展出作品100件）、"四川省第二届书法创作'谢无量'奖暨四川省第五届书法篆刻展"（展出作品299件）、"永逸杯——四川省首届行草书大展"（展出作品264件）、"四川省首届现代刻字艺术展"（展出作品57件）共计720件作品分别在四川美术馆、四川省文化馆（刻字展）展出。

23日　省书协、理县宣传部、理县文联联合主办的"中国书法家送万'福'进万家"公益活动在阿坝州理县薛城镇甲米村举行，20位书法家为老百姓书写了1000余幅"福"字和春联。

25日　省文联赴阿坝州理县桃坪开展慰问贫困户专项活动。

28日至31日　在第5届摩纳哥"新一代"国际青少年马戏节上，遂宁市杂技团表演的《中国娃娃》获银奖，并获两项特别奖。

29日　省民协2015年度会员交流暨第三届四川省民间艺术大师授牌仪式召开。

2月

1日　省影协举办为纪念中国工农红军长征胜利80周年创作的电影文学剧本《红缘》研讨会。四川省文联党组副书记、副主席李兵，四川电视家协会名誉主席、一级编剧吴宝文，剧本作者王伟等参加研讨。

9日　省美协、四川美术馆承办的"第五届四川省青年美术作品展"在四川美术馆展出。

16 日　中国国家画院院长、中国美协副主席杨晓阳，中国国家画院副院长曾来德一行到四川美术馆考察交流。

24 日　2015 年全国美术馆优秀项目评选结果公布，2015 年 5 月在四川美术馆举办的"大山大水·大美四川美术创作工程优秀作品展"获评"优秀展览项目"。

26 日　完成"第五届四川省青年美展"专题收藏，共收藏艺术作品 16 件，其中国画 7 件、版画 3 件、油画 5 件、雕塑 1 件。

2 月 29 日至 3 月 14 日　中国文联、中国美协、中国美术馆主办的向人民汇报——深入生活、扎根人民当代十五位美术家作品展巡回至四川展出，四川省美协、四川美术馆负责承办此次展览。

同月　省曲协组织筹建四川省曲艺博物馆。

同月　四川省小牡丹艺术团和四川扁月亮少儿语言表演影视培训基地在成都举办四川少儿曲艺新苗迎春联谊演出。

3 月

2 日　省杂协在成都召开六届七次理事会。省文联党组副书记刘建刚出席。

7 日　四川省文联在成都新华宾馆召开四川省文艺宣传工作会。省文联党组书记、常务副主席蒋东生，省文联党组副书记、副主席李兵，省文联党组副书记刘建刚出席。

8 日至 29 日　中国美协、北京美协、北京画院、四川省文联主办，北京画院美术馆承办、虚苑美术馆协办的"凉山情·鸽子——阿鸽作品展"在北京画院美术馆展出。

15 日　省美协 2016 年工作会议在太成宾馆召开。

17 日　锦绣天府——四川首届妇女美术作品展在四川美术馆开幕并举办颁奖仪式。省文联党组书记、常务副主席蒋东生，党组副书记、副主席李兵出席。

同日　中国视协、四川省视协在四川省绵阳市北川羌族自治县北川中学建立全省第十所"影视小屋",并举行授牌仪式。中国文联原副主席、中国视协原主席赵化勇,中国视协原分党组书记、驻会副主席、秘书长张显等领导出席授牌仪式。

21日 全国政协常委、中国书法家协会主席苏士澍一行到四川开展书法调研工作。省文联党组书记、常务副主席蒋东生,党组副书记、副主席李兵,中书协顾问、省书协主席何应辉等参加了座谈会。

25日 "走向大众·传承经典"四川美术馆馆藏精品2016巡回展首展在南充开幕。

27日 中国美协陶瓷艺术委员会、四川省美协、中华陶瓷大师联盟联合主办的2015第四届中国西部陶艺双年展在成都洛带齐盛艺术博物馆开幕。

30日 省曲协第六届五次主席团会在成都新华宾馆举行。

4月

6日至7日 省视协五届五次理事会在成都召开。

6日至9日 省文联、乐山市委宣传部联合举办"深入生活、扎根人民"文艺扶贫采风创作活动走进犍为县、马边彝族自治县、沐川县。

8日 "'云卜论兵'书画作品展"在四川美术馆开展。

10日至13日 "四川曲艺流动讲堂"暨曲协会员培训在"中国曲艺之乡"遂宁市举办。

12日 《纵横祖国五万里》摄影综合考察30周年回顾展开幕式在四川美术馆举行。

同日 省杂协组织省内著名魔术师赴茂县八一中学、汶川绵虒中学"魔术教学培训基地"开展了"结对帮扶"活动,为爱好魔术的学生进行表演、培训和辅导。

16日 "觅色诗篇——张明静个人风景油画展"在四川美术馆顺利展出。

17日 省文联、雅安市委宣传部主办的"美丽雅安——纪念芦山地震三周年美术书法摄影作品展"在四川美术馆开展。

19日 中国文联在四川成都举办第9期地县级文联负责人研修班。培训时间8天。

21日至22日 全国文联研究部门工作会议在成都召开,来自各国家级文艺家协会、各省(自治区、直辖市)文联和新疆生产建设兵团文联的领导和研究部门代表,以及中国文联相关部门(中心)代表100余人参加会议。中国文联党组成员、副主席、书记处书记夏潮,中国文联理论研究室主任、中国文艺评论家协会副主席兼秘书长、中国文联文艺评论中心主任庞井君,四川省文联党组书记、常务副主席蒋东生,省文联党组副书记刘建刚,中国文联理论研究室副主任朱丽华、徐粤春等出席会议。

22日 "'走向大众·传承经典'四川美术馆馆藏作品2016巡回展(第二站)"在自贡盐业历史博物馆隆重开幕。

22日至24日 省书协主办、省书协行草书委员会和遂宁市书协协办的"'永逸杯'四川省首届行草书大展获奖作品展暨2016四川省行草书创作研讨会"在四川省射洪县举行。

25日 四川省文联召开"两学一做"学习教育工作会。省文联党组书记、常务副主席蒋东生,省文联党组副书记刘建刚参会。

同日 召开"唱响四川"音乐创作工作总结暨表彰会。

4月23日至6月5日 省美协与江苏凤凰艺都发展有限公司联合主办的大川东流——四川油画邀请展在江苏无锡市凤凰艺都美术馆展出。

26日至28日 省视协组织我省各级广播电视台台长及业务骨干40多人赴浙江长兴传媒集团考察学习。

29日 四川美术创作年"战前动员"暨四川省美术家协会油画艺术委员会工作会议在四川美术馆举行。

30日 "匠人精神与时代脉搏——1930s-1950s版画家眼中的劳动史暨四川美术馆馆藏精品版画展"在四川美术馆展出。

同月 "唱响四川——百姓喜爱的歌曲"评选结果公布,《羌红》《七湖少女》等51首歌曲获奖。

5 月

5 日　四川省音协小音乐家学会换届。

6 日至 10 日　省文联党组书记、常务副主席蒋东生带队，百名艺术家分赴阿坝州黑水县、松潘县、茂县三地，开展"到人民中去"重走长征路文艺扶贫采风创作惠民活动。

7 日　由国家艺术基金支持，广西艺术学院主办，四川省美术家协会、四川美术馆承办的"美丽的南方——漓江画派中国行·四川站"在四川美术馆拉开帷幕。

9 日　成都市文联、四川省摄影家协会主办的姜晓文、赵秀文"前世今生——川剧摄影艺术展"在成都展出。

12 日　省文联开展"两学一做"学习教育专题党课。省文联党组书记、常务副主席蒋东生讲授专题党课。

14 日　省摄协凉山州螺髻山手机摄影乡村辅导站在普格县螺髻山镇正式挂牌。

19 日　"中国工笔画省际联盟——首届优秀作品提名巡展"在四川美术馆开幕。

同日　中国民间文艺家协会为巴中市"中国石刻艺术之乡"正式授牌。

20 日　省视协在成都举办四川省青少儿播音主持考级成立暨全省青少儿播音主持考级工作。

24 日　省委宣传部、省文化厅、省新闻出版广电局、省文联主办的向人民汇报"深入生活、扎根人民"文艺创作美术书法摄影成果展在四川美术馆开幕。省文联党组书记、常务副主席蒋东生，省文联党组副书记、副主席李兵，省文联党组副书记刘建刚出席开幕式。

24 日至 27 日　"四川省首届流行音乐邀请赛"在南充举办。

25 日　"向党 95 周年华诞献礼"——曲艺名家新秀走进泸县暨泸县"中国曲艺之乡"授牌活动在泸县举行。

26日至31日　省文联党组书记、常务副主席蒋东生带队赴绵阳市涪城县、平武县、北川县和广元市青川县，开展"深入生活、扎根人民"文艺扶贫采风创作惠民演出活动。

27日至31日　四川省摄影家协会组织10余位摄影家深入泸州市古蔺县、叙永县、贵州赤水等地，重走长征路，重温"长征"精神。

28日　由四川美术馆公共教育部、四川美术学院版画系、方所书店主办的"一切历史都是当代史——从印刷术、版画到数字网屏"公益讲座在方所书店开讲。

6月

1日　省美协、四川美术馆、成都市文明办等承办的"走进美术馆"少儿美术教育暨青羊区中小学生优秀美术作品展开幕式在四川美术馆举行。

2日　省民协组织推选的吉曲金水《欢庆佳节》、胡宏玲《燃烧激情点燃梦想》入选第六届中国剪纸艺术节暨"中国梦·冬奥情"全国剪纸艺术作品展，省民协获优秀组织奖。

3日　省文联在成都金河宾馆召开所属省级各文艺家协会主席团全体成员会。省文联党组书记、常务副主席蒋东生，省文联党组副书记、副主席李兵，省文联党组副书记刘建刚参加。

同日　省杂协主席团会在成都金河宾馆召开。

6日　省文联"两学一做"学习教育党支部书记暨党务骨干培训班动员会在省文联四楼会议室召开。省文联党组书记、常务副主席蒋东生，省文联党组副书记、副主席李兵，省文联党组副书记刘建刚参加。

同日　"手作匠心——首届西南青年版画创作推动计划"展览在四川美术馆拉开帷幕。

11日　省美协组织开展纪念红军长征胜利80周年采风活动，分凉山和阿坝两条采风线路，均历时8天。

同日　完成"手作匠心青年版画推动计划展览"专题收藏，共收藏作品20件。

13日至17日　中国视协第二期深入学习贯彻习近平总书记文艺工作座谈会重要讲话精神专题研讨班在四川大邑举行。中国文联原党组成员、书记处书记郭运德，中国文联原副主席、中国视协原主席赵化勇，中国视协原分党组书记、驻会副主席、秘书长张显，四川省文联党组副书记、副主席李兵，中国视协原副巡视员冯怀中等出席活动。

14日　中国民间文艺家协会第九次全国代表大会在北京举行。省老领导、原中国民协副主席冯元蔚当选中国民协名誉主席。四川省民协主席沙马拉毅当选中国民协副主席。孟燕、李锦当选中国民协理事。

15日至17日　省影协组织省内电影艺术家深入泸州合江县，开展"深入生活扎根人民"大型电影惠民创作采风活动。

23日　"芙蓉花开——杨学宁芙蓉花油画作品展"在四川美术馆展出。

25日　"唱响四川——百姓喜爱的歌曲"音乐创作工程优秀作品演唱会在成都西南剧场举行。副省长杨兴平，省文联党组书记、常务副主席蒋东生，省文化厅党组书记、厅长郑晓幸，省文联党组副书记、副主席李兵，省新闻出版局副局长彭佳，省文联党组副书记刘建刚出席。

30日　"曹辉人物画作品展"在四川美术馆展出。

6月30日至7月3日　省视协在成都举办2016青少儿播音主持考级教师培训班。全省50多名播音主持业务骨干参加了培训。

7月

1日　"'两学一做'红色典藏精品展"在四川美术馆举办。

1日至19日　在庆祝中国共产党成立95周年之际，由省文联、省摄协等组织的"弘扬长征精神——四川省'重走长征路'摄影主题活动"深入泸定、丹巴、新龙、炉霍、壤塘、阿坝等地，开展摄影采风创作。

4日　省文联召开全体党员大会学习习近平总书记"七一"重要讲话精神。

8 日至 11 日　国家民委、中国曲协等主办的第六届全国少数民族曲艺展演在呼和浩特举行。省曲协选送的凉山彝族克格《趣说火把节》参演。

16 日　"纪念红军长征 80 周年版画创作班"在自贡市文化馆举行开班仪式。

19 日　中国视协、四川省视协主办的"恒风杯"首届全国"影视小屋"优秀微电影、微视频作品评选活动结束。甘孜州康定中学的参赛作品《爸爸妈妈不在的日子》获金奖。

23 日　省文联主办，省书协承办的"翰墨薪传"文艺扶贫巴中市中小学书法教师培训项目在革命老区和贫困地区巴中市巴州区开班。来自巴中市各区县的 80 位中小学书法教师接受了为期 5 天的专业系统培训。

同日　省文联、中共巴中市委、巴中市人民政府主办的"诗意山水五彩巴中——大型摄影美术书法展"在四川美术馆拉开帷幕。

28 日　中国视协、四川省视协主办，成都恒风动漫股份有限公司承办的"恒风杯"首届全国"影视小屋"微电影、微视频优秀作品颁奖仪式在成都举行。中国视协原副巡视员冯怀中，四川省文联党组副书记、副主席李兵等出席活动。

29 日　省文联党组中心组召开扩大会，传达省委十届八次会议精神。省文联党组书记、常务副主席蒋东生，省文联党组副书记、副主席李兵，省文联党组副书记刘建刚参加会议。

7 月 30 日至 8 月 5 日　"木语——吴坤木雕作品展"在四川美术馆展出。

8 月

4 日　四川省文联"四川声乐高级人才研修班"在成都开班。省文联党组书记、常务副主席蒋东生主持开班仪式并讲话。著名歌唱家万山红授课。

同日　省书协第十九期临帖（篆刻、篆书）培训班在成都福德酒店举行。120 名学员参加了为期 4 天的系统学习。

5 日　省书协、成都市温江区政府共同主办的"四川省第六届篆刻艺术作品展"在温江区美术馆开幕。

同日　省美协和四川艺术网共同开展的"崇德尚艺影响四川"老艺术家专题采访活动启动仪式在四川美术馆举行。

同日　省民协、省非遗保护中心主办以"最后的坚守——中国非物质文化遗产保护及其面临的问题"为主题，在成都市成华区文化馆举办非遗讲座。

6 日　"纪念红军长征胜利八十周年——七市文化馆群众美术和书法作品主题联展"在四川美术馆展出。

6 日至 14 日　中国民协主席潘鲁生带领中国民协文艺志愿服务队与四川省民协文艺志愿服务队一行 20 余人深入羌藏地区对古村落、藏族药泥雕塑、唐卡等考察调研，并在阿坝壤塘县举办"壤巴拉文化发展论坛"。

8 日至 12 日　中国曲协、中国关心下一代工作委员会办公室共同主办的"第七届少儿曲艺展演"在福建省福州市举办。四川省曲协推荐的四川谐剧《一根红薯》、四川金钱板《百牛渡江》、四川清音《江姐上华蓥》和四川清音《审狐狸》等 4 个节目入选。

9 日　省美协主办的"纪念红军长征 80 周年暨四川美术创作年中国画、油画创作班"活动在沫若艺术院启动。

10 日　中国美协、四川省文联、省美协、深圳市文体旅游局主办的"开路 50 年——其加达瓦艺术作品巡回展"在四川美术馆开幕。省文联党组书记、常务副主席蒋东生，省文联党组副书记、副主席李兵出席。

12 日　"四川省刻字艺术创作培训基地"授牌仪式在华蓥市华蓥山石林景区举行。

15 日　省民协组织参加"京西右卫·美丽万全·大好河山迎冬奥"河北省故事征集活动，夏刚获三等奖，卢树盈、蒋延珍、杨力等 18 名四川作者分别获优秀奖和入围奖。

19 日　"第九届中国西南摄影展暨四川省第十七届摄影大会"在西昌举行。

22 日　青海省文联党组书记、主席班果，青海省文联党组成员、青海美术馆馆长马金彪一行到四川美术馆考察交流。

24 日至 26 日　"花开的声音"——第七届全国少儿曲艺大赛四川赛区选拔赛暨第三届四川省少儿曲艺大赛在四川职业艺术学校举行。

28 日至 30 日　省书协举办"第五期深入学习贯彻习近平总书记文艺工作座谈会重要讲话精神专题研讨班"。四川全省各地市州 60 岁以下的中国书协会员 170 余人参加了为期 3 天的集中脱产学习。

29 日　四川省文联在成都举办"四川美术人才高级研修班"。省文联党组书记、常务副主席蒋东生，省文联党组副书记、副主席李兵，省文联党组副书记刘建刚参加开班仪式。著名书画家霍春阳授课。

30 日　巴州区获"中国曲艺之乡"称号。

8 月 30 日至 9 月 1 日　省杂协组织李富国、李晓龙参加在云南举办的"第三届南方五省（区）青年魔术新秀展演"，李晓龙表演的《走运的魔术师》获银奖，李富国表演的《蝶行舞飞扬》获铜奖。

同月　省评协编选的《评论四川》（中国文联出版社）一书出版。

9 月

3 日　省文联主办的为期一周的"四川美术人才高级研修班"在成都圆满落幕。

5 日　省视协"影视大讲堂"走进宜宾广播电视台，为宜宾两区八县 50 多名电视主持人送去专业指导。

6 日　省摄协在都江堰市召开了专题学习会，深入学习习近平总书记在文艺工作座谈会上的重要讲话精神。

同日　省美协、神州版画博物馆联合主编，四川美术出版社出版的《烽火岁月——中国抗战版画集》荣获第二十五届"金牛杯"优秀美术图书银奖。

7 日　省民协组织美姑县毕摩乐队参加"我们的节日博尔塔拉那达慕草原节——留住乡愁·中国西部山歌会"。参赛节目《毕摩指路经》因彝族毕摩文化浓郁、寓意吉祥，备受好评，省民协获优秀组织奖。

8日　"向人民汇报'深入生活、扎根人民'2016 四川省美术家协会主席团汇报展"在四川美术馆开展。

13日　全国政协副主席、九三学社中央主席、中国科学技术协会名誉主席韩启德到四川美术馆调研。

14日　"2016 年四川美术馆馆藏作品秋季展"在四川美术馆展出。

15日　省民协组织推选广元市昭化区射箭提阳戏戏班参加"我们的节日——中国（郑州）2016 中秋文化节"全国傩舞展演活动。该戏班表演的傩舞《春耕》被誉为汉民族傩戏的"活化石"。

15日至25日　省美协水彩画艺委会在阿坝州松坪沟举办了为期 10 天的秋季阿坝写生行活动。

16日　"静水深流——四川省美术家协会版画艺委会书画作品展"在四川美术馆开展。

23日　四川省第二届青年舞蹈展演在成都举办。全省共 62 个舞蹈作品参展，最终评选出一等奖 4 个，二等奖 7 个，三等奖 10 个，优秀奖 10 个。

24日　省舞协举办全省青年舞蹈创作研讨会。中央民族歌舞团团长丁伟及北京舞蹈学院教授田露，教授并分享了舞蹈艺术的创作理念和要点。

27日　四川大学、省美协联合主办的"海纳百川·四川大学 120 周年校庆美术作品展暨'学院内外'艺术文献展"在文轩美术馆开幕。

30日　"纪念红军长征胜利 80 周年——深入生活、扎根人民四川美术创作年作品展"在四川美术馆开幕。

10 月

10日　省文联、省曲协在桃坪镇佳山村开展重阳敬老送温暖、送欢笑活动。

11日　省舞协组织推荐的舞蹈作品《我的弦》参加中国舞协首届"金秋风采"中老年舞蹈展演，荣获展演彩云奖。

14 日至 16 日　第 28 届中国电视金鹰奖暨第 11 届中国金鹰电视艺术节在湖南长沙举行。四川省视协报送的四川八骏联盟影视文化传播有限责任公司电视剧作品《雪域雄鹰》荣获第 28 届中国电视金鹰节电视剧荣誉提名奖。

15 日　省美协主办的"巴山蜀水·罗其鑫山水画展"在中国国家画院美术馆开幕。

20 日　省评协参与举办的"第二届盐都文学研讨会"在自贡市开幕。

25 日　"韩·中国际书艺大展"在韩国大邱市安东文化艺术殿堂隆重开幕。书艺大展由四川省书法家协会和国际书法艺术联合韩国本部大邱庆北支会共同主办，四川省书法家协会代表团郭强、何开鑫、唐德明、胡放、钟宣秋、马林、孙培严、黄博、尹荣、王道义赴韩国参加了开幕式。此次展览省书协组织了 50 件作品参展。

同日　省纪委、省监察厅、省文联主办的"清廉四川——文艺创作工程美术、书法、摄影、诗歌优秀作品展"在四川美术馆开幕。该展收到投稿近 400 件，经过评审选出了 50 件优秀作品展参展。

29 日　省评协参与协办的"世界少数族裔文学国际研讨会"在成都开幕。

30 日　省文联、新华文轩主办的"丰碑永铸浩气长存——叶毓山红军长征主题雕塑作品集"首发仪式在四川美术馆举行。

31 日　省文联召开大会学习贯彻党的十八届六中全会精神。省文联党组书记、常务副主席蒋东生，省文联党组副书记、副主席李兵，省文联党组副书记刘建刚参会。

同月　完成《中国近现代版画——神州版画博物馆藏品集 4》的印制出版。

同月　第九届中国曲艺"牡丹奖"获奖结果在江苏徐州揭晓。四川盘子《心如莲》获节目奖，四川清音《莲花开》获创作奖。

11 月

1 日　"中国·锦绣凉山摄影作品展"在四川美术馆开展。

3 日 中国视协、四川省视协在宜宾市筠连县职业技术学校创建四川第 11 个"影视小屋",并举行授牌仪式。中国文联原副主席、中国视协原主席赵化勇,中国视协原分党组书记、驻会副主席、秘书长张显等出席授牌仪式。

4 日 中国文联、中国摄协主办的第十一届中国摄影金像奖在北京揭晓。四川摄影家杨麾、郭际分别获纪录类、艺术类奖项。

同日 省美协、四川美术馆、北京东方雍和国际版权交易中心艺术家公盘主办,成都广坤文化传播有限公司承办的"九十正当春——世纪大家刘伯骏水墨艺术展"在四川美术馆展出。

5 日至 7 日 省民协组织民间艺人参加"第二届中国(张家港)长江流域民间艺术博览会",毕六福油纸伞作品《龙凤呈祥》荣获金奖,李道春绵竹年画作品《双旗门》和沈涛蜀锦蜀绣作品《熊猫系列》分获银奖和铜奖。

5 日至 9 日 中国视协深入学习贯彻习近平总书记文艺工作座谈会重要讲话精神第二期专题研讨会在四川大邑举行。中国文联原副主席、中国视协原主席赵化勇,中国视协原分党组书记、驻会副主席兼秘书长张显,中国视协原副巡视员冯怀中等领导出席活动。

6 日 省书协组织 50 名川内书法名家在成都东郊音乐公园开展了"让书法进入寻常百姓家"的大型公益书法活动。

7 日 "纪念红军长征胜利八十周年——'深入生活、扎根人民'四川美术创作年作品展"在广元美术馆顺利展出。

9 日至 11 日 中国美协深入学习贯彻习近平总书记文艺工作座谈会重要讲话精神专题研讨班第十六期在四川成都举办。

15 日 完成四川重大历史题材创作的收藏工作,共收藏艺术作品 12件,其中国画 6 件、版画 3 件、油画 2 件、雕塑 1 件。

15 日至 17 日 中国民协牵头,省民协主办的"送欢乐、下基层——民间文化进校园"活动走进四川省泸州市古蔺县,沙马拉毅代表中国民协为古蔺 6 所学校颁发"民间文化教育示范学校"荣誉称号。

16日　省美协、内江师范学院主办，张大千美术学院承办的"'携手相行、彩墨传薪'——张大千美术学院师生作品展"在四川美术馆展出。

同日　"纪念红军长征胜利八十周年'深入生活、扎根人民'四川美术创作年作品巡展（巴中站）"在巴中市图书馆成功举办。

17日　"走向大众·传承经典"四川美术馆馆藏精品2016巡回展·达州站在四川文理学院开幕。

20日　中国文联、国家财政部、文化部共同主办，中国美协承办的"中华史诗美术大展"在中国国家博物馆盛大启幕，四川省美协报送的作品多件入展。

21日　省舞协组织推荐的舞蹈作品《永远的川军》《滚灯》参加中国舞协第十届中国舞蹈"荷花奖"当代舞、现代舞评比，荣获当代舞奖。

21日至27日　"含道应物——霍春阳花鸟画作品展暨四川美术人才高级研修班学员作品汇报展"在四川美术馆开展。

23日　"从严治警　书写忠诚——全省公安学习贯彻党的十八届六中全会和省委十届九次全会精神书法美术作品展"在四川美术馆成功举办。

12月

3日　"情系巴中——杜渊华从艺50年中国画作品展"在四川美术馆开展。

8日　省文联召开专题会议，学习贯彻习近平总书记在全国十次文代会开幕式上的讲话精神。全省文联系统近200人参会。省文联党组书记平志英，省文联党组副书记、副主席李兵，省文联党组副书记刘建刚参加会议。

同日　中国摄协、中国摄影著作权协会等主办，四川省摄影家协会等协办的"图片产业发展与摄影版权维护专家谈"在成都举行。

12日　四川省美协、四川美术馆召开专题会议，学习习近平总书记在中国文联十大、中国作协九大开幕式上的讲话精神。

同日　中国美协、四川省文联、福建省文联主办的"'深入生活、扎根人民'董希源红色写生之旅作品巡回汇报展"在成都举行。

14 日至 20 日 遂宁市杂技团表演的杂技节目《连年有鱼》获第三届中国杂技艺术节"优秀节目",杂技晚会《中华绝技秀》获"优秀剧目"。

15 日 省评协会员白浩的文章《路遥的体验式现实主义与人民性》获评中国文艺评论 2016 年度优秀作品。

同日 "学习习近平总书记在中国文联中国作协代表大会开幕式上重要讲话精神理论座谈会"在成都召开。

16 日 省文化厅、省文联共同主办的《观·注》四川雕塑艺术季系列展在四川美术馆开幕。本次展览为四川近 10 年来最大规模的雕塑艺术系列展。

17 日 "感知与表达——儿童绘画作品的启迪与赏析公益讲座"和"触手可及的雕塑——少年儿童雕塑艺术普及公益讲座"在四川美术馆四楼学术厅先后举办。

24 日 大型系列纪录片《纪录四川 100 双手》(第二季)获得 2016 年度中国"十大纪录片"称号。

25 日 举办第十三届"春熙放歌·踏歌四川——走进三台暨三台县 2017'欢歌唱春'迎新年音乐会"。

12 月 27 日至 2017 年 1 月 7 日 "四川省第八届新人新作美术作品展"在四川美术馆展出。

27 日 省文联六届九次全委会在成都召开。

28 日至 29 日 四川省文联第七次代表大会在成都金牛宾馆举行。省委书记王东明出席开幕式并讲话,省委副书记、省长尹力出席。中国文联党组书记、副主席赵实到会祝贺并致辞。省文联党组书记平志英作工作报告。

28 日至 2017 年 1 月 11 日 四川省首届钢笔画展在成都清源际艺术中心举行。

29 日下午 四川省文联第七次代表大会投票选出第七届主席团名单,郑晓幸当选省文联主席,平志英当选常务副主席,选出王玉兰、王达军、李兵、李明泉、沙马拉毅、宋凯、张旭东、陈智林、林戈尔、倮伍拉且、童荣华等12位副主席。

30日至2017年1月15日　"大漠无垠——武海成美术作品巡回展"在广元美术馆开幕。

同月　省美术馆完成年度接受捐赠工作，共收藏艺术作品415件，其中国画38件、版画195件、油画1件、水粉水彩67件、雕塑3件、素描速写10件、书法101件。

同月　在中国曲协指导下，四川省曲协成立四川清音专业委员会。

本年　省书协推出《二十世纪四川书法名家研究丛书·蒲殿俊卷》。

本年　省剧协与成都市劳动人民文化宫共同主办了"成都　今夜有戏"第八届青年话剧艺术鉴赏月活动。

本年　省剧协组织创作的大型川剧剧本《诗酒太白》获得2016国家艺术基金支助。

本年　省剧协推选大幕戏《秦香莲》《青春禁忌游戏》，小戏《伴侣》《交界》参与第七届长江流域戏剧艺术节。

本年　省文联开展文艺创作十大工程："大山大水·大美四川"美术创作工程、"看四川——民间文艺创作工程""看四川——摄影创作工程""看四川——诗书创作工程""看四川——百姓喜欢的歌"音乐创作工程、"中国梦·百姓故事"《纪录四川100双手》创作工程、"说唱四川·歌颂中国"——曲艺创作工程、"舞韵四川"——巴蜀舞蹈创作工程、新藏戏创作与展演工程、文艺创作培训基地建设工程。时任中宣部部长刘奇葆同志派中央八大媒体宣传报道。

2017 年

1月

5日　省美协雕塑艺术创作基地授牌仪式在雅安市芦山县东方乌木根

雕艺术馆举行。

10日 省文联组织艺术家前往中江县石垭子村开展"送春联下乡"活动，书写了数百幅春联，并向石垭子村小学捐赠180册美术书籍，现场指导孩子们制作陶艺。

11日 省书协主办的"四川省第三届临书临印展""四川省第八届书法篆刻新人新作展"在四川美术馆开幕。省文联党组副书记刘建刚、中国书协顾问、省书协主席何应辉，省书协常务副主席兼秘书长戴跃等领导及各地市州书协负责人、投稿作者代表和来自全省各地的书法爱好者计500余人参加了开幕式并观看展览。

15日 省文联主办，省影协、省评协承办的纪录电影《金沙江飞排》研讨会在峨影音像公司举行。该纪录电影是省文联、省影协主抓并同峨影集团、峨影音像公司联合摄制。

2月

6日 省文联召开全体干部职工大会，组织观看电视专题片《打铁还需自身硬》，传达省纪委十届六次全会精神，开展新春廉政第一课教育活动。

9日 省文联组织阿来、何开四、廖全京、高小华、黄宗贤、李祥林等知名文艺家开展"观'丝路之魂艺术展'、扬巴蜀文化自信心"学术研讨活动。

14日 中国曲协赴川调研组邀请近20位四川曲艺工作者在成都举办座谈会，中国曲协分党组书记、驻会副主席、秘书长董耀鹏，中国曲协副主席、上海市文联副主席、上海市曲艺家协会主席王汝刚，省文联党组副书记、副主席李兵参加座谈，省文联副主席、省曲协主席、四川音乐学院院长林戈尔主持会议。

24日 省摄协主席团扩大会暨基层工作会议在内江召开。省文联党组书记、常务副主席平志英，内江市委宣传部副部长、文明办主任江建军，省摄协主席王达军，常务副主席秘书长贾跃红，省摄协主席团成员及各市州摄影家协会主席和内江市市文联相关领导同志 40 余人参加会议。

28 日　省杂协六届八次理事会在成都召开。省文联党组副书记刘建刚出席并讲话，省杂协主席陈育新主持会议，省杂协副主席、秘书长汪青玉作工作报告，省杂协六届理事会成员参加会议。

3 月

19 日　由省文联承办的《姜昆"说"相声》四川专场在成都锦城艺术宫推出公益演出。

20 日　由中国文联等主办的"中国木版年画展"在墨尔本大洋艺术中心拉开帷幕。省民协组织绵竹年画参展获得好评。

同日　由省曲协、广安市曲协及岳池县委宣传部、县文联、县文化馆、县曲协共同举办"四川曲艺流动讲堂暨 2017 年岳池县曲艺创作表演培训班"在岳池正式开班，岳池、武胜等地的近 50 名曲艺爱好者参加。

27 日　"中国茶文化之乡"授牌仪式在四川省雅安市名山区隆重举行。"第十三届蒙顶山茶文化旅游节暨首届蒙顶山禅茶大会"正式启动。中国民协分党组成员、副秘书长周燕屏代表中国民协向名山区授予"中国茶文化之乡"牌匾。

28 日　省文联七届二次全委会在成都召开。省委宣传部副部长向宝云出席并讲话。省文联党组成员、主席团成员、七届全委会委员、省级各文艺家协会秘书长、文联机关和直属单位共计 200 余人参加会议，大会由省文联主席郑晓幸主持。

29 日　省美协主办，四川美术馆、神州版画博物馆承办的"馆藏李焕民先生作品展"开幕。

同日　省书协 2017 年工作会在成都召开。省文联党组副书记、副主席李兵，省书协主席何应辉，省书协驻会常务副主席、秘书长戴跃，省书协副主席以及四川省各地市州书协负责人出席会议。会议由戴跃主持。

4 月

10 日　"第六届中国·观澜国际版画双年展"复评结果揭晓，四川作品《尘封的记忆之深秋》和《寻找二三见》获颁"荣誉作品"。

13日 "百岁文脉 世纪书香"——著名作家、省文联名誉主席马识途先生捐书仪式在省图书馆举行。省委常委、宣传部部长甘霖出席捐赠仪式并向马识途先生颁发收藏证书。

17日 省视协在成都召开五届九次主席团会议和五届六次理事会。

18日 中国曲协第十八期深入学习贯彻习近平总书记文艺工作座谈会和十次文代会重要讲话精神专题研讨班在成都举办。中国文联党组成员、副主席、书记处书记赵实，中国曲协分党组书记、驻会副主席董耀鹏，省文联主席郑晓幸，党组副书记、副主席兼秘书长李兵，省文联副主席、省曲协副主席张旭东及广大文艺工作者出席会议。中国曲协分党组书记董耀鹏主持会议。

同日 四川省中国影协、剧协、视协会员深入学习贯彻习近平总书记文艺工作座谈会重要讲话精神专题研讨班在成都开班。中国文联党组成员、副主席、书记处书记郭运德授课，中国影协分党组成员、秘书长饶曙光作开班动员，省文联党组副书记刘建刚主持开班动员会，350余名四川籍中国影协、剧协、视协会员参加培训。

4月27日至5月1日 省剧协与成都市劳动人民文化宫联合举办的"梨园琴声"——生、旦、净、末、丑大型成都川剧演唱会在成都市劳动人民文化宫梦想剧场举行。

5月

6日至7日 "一本爱心第三季慈善公益展"在四川美术馆举办。本展是新浪四川携手四川美术馆，为了一本爱心公益活动共同举办的线下公益活动，展出12位艺术家的35幅作品，在艺术作品中表达对公益活动的支持。活动将部分募捐到的课外书籍赠送给山区孩子。

7日 "彩的从容与担当——四川省首届岩彩画壁画展暨省美协岩彩画壁画专委会成立展"在四川美术馆开展。

10日 由省民协、四川大学锦城学院文学与传媒学院主办的"四川文艺流动大讲堂"暨"民间有大美"讲座在锦城学院成功举办。省民协副主席、四川大学教授李锦以《历史延续与现代生活并存：传统村落的保护路径》为题授课。

12日　"历代名人咏成都·全国书法大展"获奖作品出炉，选出了38件获奖作品。

15日至17日　"第六届全国新农村文化艺术展演"在达州圆满举办。15日下午，中国文联党组成员、副主席、书记处书记李前光宣布开幕，并与四川省人大副主任李向志，省政府副省长杨兴平，省政协原副主席方小方，达州市委书记包惠等，共同启动第六届全国新农村文化艺术展演。开幕式后，CCTV-7《乡村大世界》走进达州综艺演出拉开展演帷幕。

19日　CCTV-7《美丽乡村快乐行——走进雅安》端午节特别节目录制在雅安市区三雅园举行。

21日　省文联主办，省摄协承办的"治蜀兴川五年　跨越中的四川"摄影展在四川美术馆隆重开幕。省文联主席郑晓幸，党组书记、常务副主席平志英，四川省政协教育委员会副主任、四川省摄协副主席林强，省美协常务副主席兼秘书长、四川美术馆馆长梁时民，四川省文联机关干部职工以及各界代表出席了开幕式。省摄协常务副主席兼秘书长贾跃红主持开幕式。

21日至28日　"治蜀兴川5年　跨越中的四川摄影展"在四川美术馆、春熙路步行街举行。

22日　省文联主办，省影协承办的四川元素电影文学剧本《命定》专题研讨会在成都举行。中国影协分党组成员、秘书长、中国电影评论学会会长饶曙光，省文联党组副书记、副主席兼秘书长李兵出席研讨会。

23日　中国视协、省视协在广元创建2所"影视小屋"，并举行授牌仪式。

23日至27日　第四届非虚构电视节目制作培训讲座在乐山市举办，培训讲座由省视协主办、省视协纪录片专委会承办、乐山广播电视台协办。来自四川全省各级电视制作机构、社会影视公司、大专院校以及部分省外的 150 多名学员参加了培训讲座。

26 日　第十一届中国音乐金钟奖表演奖（美声、民族、钢琴）四川赛区选拔赛在四川省彭州市白鹿镇举办，400 余名选手参赛。

31 日　由省曲协主办的"来中国听相声，进高校说相声——四川曲艺流动讲堂走进校园"活动在西南石油大学艺术楼举办。数百名西南石油大学学子参加了活动。

6 月

2 日　省文联学习贯彻省第十一次党代会精神大会暨省文联主席团七届三次（扩大）会议在成都新华宾馆召开。省文联七届主席团成员、各市州文联负责人、省级各文艺家协会负责人、省文联机关各处室及直属事业单位干部职工约 160 余人分阶段参加会议。

3 日　"来中国听相声，进高校说相声——四川曲艺流动讲堂走进校园"活动在武警警官学院举办。

6 日至 7 日　省文联在理县举办羌绣培训班，邀请农技专家对理县佳山村和甲米村农业产业结构进行调研评估，深入推进精准扶贫工作。

7 日至 9 日　中国曲协、省文联、四川师范大学主办的"第三届全国高等院校曲艺教育峰会"在四川师范大学成功召开。中国曲协副主席崔凯，中国曲协分党组成员、副秘书长黄群，中国曲协评书艺术委员会主任、评书表演艺术家田连元，省文联党组副书记、副主席、秘书长李兵，四川师范大学党委书记丁任重、校长汪明义，及 10 余所高校和科研机构的专家、学者，以及新华社、光明日报等新闻媒体记者，四川师范大学教师和学生代表共 60 余人参加会议。

同月　省文联组织文艺家分赴甘孜州、凉山州采风创作。

7 月

6 日　省民协组织实施的专著《羌族服饰文化图志》荣获省社会科学优秀成果三等奖。

14日　中国曲协第八次代表大会四川代表团行前会议在省文联举行。四川代表团团长、省文联党组副书记、副主席兼秘书长李兵出席。

26日　省委宣传部指导，省文联和省民协共同主办，四川博物院承办的以"四川首届漆艺精品展"为主题在四川博物院开幕。省文联主席郑晓幸，党组书记、常务副主席平志英，党组副书记刘建刚等领导，及来自我省各地的民间艺术家、展品作者、部分媒体代表出席了展览开幕式。

31日　省委宣传部、省文联、西部战区政工部共同主办的"向钢铁长城致敬——纪念中国人民解放军建军90周年四川美术书法作品展"在四川美术馆开幕，《与史同在——中国人民解放军建军九十周年诗歌选》首发式同步举行。

8月

1日　中国曲协、省文联、遂宁市委市政府主办，省曲协、遂宁市委宣传部、遂宁市文联、遂宁市文广新局承办的"西部遂宁·曲艺遂宁"的第二届中国西部优秀曲艺节目展演暨曲艺名家新秀"送欢笑"活动开幕式在国际会展中心举行。省文联党组书记、常务副主席平志英、中国曲协分党组成员、副秘书长黄群出席活动并讲话。

2日　中国文联、中国曲协、省文联、南江县委县政府主办，省曲协、南江县宣传部、县文联、县文广新局承办的中国文联中国曲协文艺志愿服务团"送欢乐"走进四川南江专场演出在南江县影剧院隆重上演。

3日　四川省书法家协会第二十期临帖（行草）班在成都福德酒店开班。中国书协顾问、四川省书协主席何应辉出席开班仪式并作了《书法传统的两大系统和当代创作》专题讲座。

5日至6日　四川省文明办、四川省教育厅指导，省视协、四川有线广播电视网络股份有限公司、成都市广播电视台联合主办的四川省首届少儿"金话筒"电视大赛在成都举行。

17日　阿坝州壤塘县"壤巴拉节"开幕式举办。"中国民间文化艺术之乡"和"中国藏族民间文化保护传承基地"授牌仪式举行。

25日　省文联携手钦成实业有限公司在理县桃坪镇佳山村开展"精准扶贫，助学扶智"活动，向全村 66 名家庭困难的学生发放助学金 7.8 万元。

29日　由中国杂协、省文联主办，省杂协承办的第四届南方六省区青年魔术新秀展演在成都举行。

30日　由中国国际文化交流中心和省文联支持，省美协、四川美术馆和国立书画文化发展有限公司主办，四川国际文化交流中心和四川国颂文化传播有限责任公司协办，北京颂雅风文化传媒有限责任公司承办的"风起澜沧江西南地区少数民族题材美术作品展（成都站）"在四川美术馆开幕。

9 月

2日　中国美协、四川省委宣传部、省文联、省文化厅、新华文轩出版传媒股份有限公司主办，省美协、四川美术馆、四川美术出版社承办的"硝烟中走出的人民艺术家——李少言作品文献展"在四川美术馆开展。

6月　彝族舞蹈《银塑》《生在火塘边》获得中国民族民间舞的最高奖项——第十一届中国舞蹈"荷花奖"。

12日　第 26 届金鸡百花电影节，省文联、阿坝州国有资产投资有限公司、峨眉电影音像有限公司联合出品的《红缘》，省文联、省影协、雅安市文联联合摄制的电影《北纬 30 度之爱》分别入围第 26 届金鸡百花电影节少数民族电影展和国产新片推荐展映。四川大学教授曹峻冰的论文《中国电影"新锐导演"的语义命名、创作状况与文化坚守》获得第 26 届金鸡百花电影节"十佳"优秀学术论文奖。

14日　省音协主办的"金钟歌声靓　喜迎十九大——中国音乐'金钟奖'四川赛区获奖选手音乐会"举行。

15日　"中新曲艺文化交流会"在四川省沫若艺术院举行。来自中国的曲艺工作者和新加坡的华族文化推广人士共同探讨曲艺艺术的交流与传播。中国曲协副主席、四川省文联副主席、四川省曲协副主席张旭东（叮当）主持了交流会。

　　23日　由省书协、国际书法艺术联合韩国本部大邱庆北支会联合主办的2017中韩书法交流展在温江区美术馆举行开幕式。省文联党组书记、常务副主席平志英，中国书协顾问、省书协主席何应辉，四川大学校长、省书协副主席谢和平等出席开幕式。

　　24日至26日　由中国曲协、省文联主办，省曲协、岳池县委县政府承办的喜迎十九大·第四届"岳池杯"中国曲艺之乡曲艺展演、岳池论坛、中国曲艺牡丹奖艺术团"送欢笑"活动在广安市岳池县成功举办。

　　29日　由河南省委宣传部、河南省文联、四川省文联主办，河南省美协、四川省美协会承办的"中原画风——河南省美术作品四川展"在四川美术馆隆重开幕。

10 月

　　4日　"2017年欢乐谷杯全国魔术精英挑战赛"在北京开幕。自贡市杂技团选送的青年魔术演员李熹凭借《变伞——雨中情》荣获本届比赛银奖。

　　10日至15日　省文联党组书记平志英带队，组织70余名艺术家赴雅安、凉山、攀枝花等地，开展"喜迎十九大、文艺助力脱贫攻坚"文艺惠民活动。

　　21日　省曲协与四川师范大学影视与传媒学院联合申报的2017年国家艺术基金项目《西南地区地方曲种创作及评论人才培养》在四川师范大学举行开班仪式，来自全国各地的30余位学员参加了为期一个月的封闭式学习，中国曲协、中国戏曲学院、省曲协专家为学员做了精彩的讲座和现场表演。

　　24日　第五届中国曲艺柯桥高峰论坛在浙江省绍兴市柯桥区开幕。由省曲协报送，四川扁月亮少儿语言表演影视培训基地（四川省曲艺学校）校长范杨撰写的《论少儿曲艺的创新中的"六要"》入选本次论坛，并被评选为优秀论文。

25日 四川省委宣传部、省文联主办，省美协、省书协、省摄协承办的"庆祝党的十九大胜利召开四川省美术、书法、摄影主题展"在四川美术馆开幕。省文联主席郑晓幸，党组书记、常务副主席平志英，省政府原副秘书长王七章，四川大学校长谢和平，省文联党组副书记、副主席、秘书长李兵，党组副书记刘建刚，各有关文艺家协会负责同志、参展艺术家等参加了开幕式并与近千群众一同观看展览。

26日至28日 中国民协、省民协专家组一行8人对什邡市马祖镇申报"中国马祖农禅民俗文化之乡"进行考察论证。

27日 省文联召开专题座谈会，深入学习贯彻党的十九大精神。

11月

1日 省文联深入学习贯彻党的十九大精神暨省级文艺家协会理事专题培训会，在成都金牛宾馆大礼堂召开。近1000名文艺工作者人参加此次专题培训。

3日 省音协重大主题重点作者创作研讨会召开，在蓉部分词曲作者参加了研讨，省音协主席敖昌群出席了本次研讨会。

4日 省书协"用十九大精神作指引，推进四川书法艺术在民族文化传承中发挥独特作用"专题研讨会举行。

5日 学习贯彻十九大精神，弘扬民族文化"一带一路"沿线省份"北京——四川曲艺家交流演出"活动，在北京民族文化宫大剧院成功举办。

7日 省文联党组副书记刘建刚、省企业文联主席钱江平率领省文联、省企业文联10余名书画家走进成飞集团采风创作。

7日至12日 组织遂宁市杂技团《男女对手》参加第18届法国圣保尔莱达克斯国际马戏节，获组委会颁发的"优秀奖"。

9日 第五届亚洲微电影节"金海棠"奖在云南临沧举行。省视协报送的21部微电影作品获奖。其中甘孜州康定中学"影视小屋"创作的微电影《你是我的眼》荣获亚洲微电影节"金海棠"奖一等奖和单项奖——

大国工匠单元优秀微电影奖。

10 日　第 23 届中国纪录片学术盛典"十佳十优"颁奖典礼在深圳广电集团演播厅隆重举行，省文联、省视协选送的《纪录四川 100 双手》（第三季）获系列片十佳。

13 日至 16 日　省文联组织 40 余名艺术家赴甘孜州九龙县、康定市开展"宣传十九大　惠民走基层"文艺采风创作惠民演出活动。

13 日至 20 日　省文联、省文化厅、省教育厅、宜宾市政府联合主办的"2017 四川省大学生校园戏剧展演季"在成都锦江剧场、宜宾江安剧场演出 10 场，共有省内高校和在校戏剧团体报送的原创或改编剧目 46 部参演。

21 日　四川省摄协召开会议学习宣传贯彻党的十九大精神。

22 日　中国新当代艺术年度人物提名展暨四川当代油画院学术年展（第五回）在四川美术馆开幕。

28 日至 29 日　由中国民协、中国民协故事委员会、《民间文学》杂志社、省民协、金堂县委宣传部主办的 2017 中国故事节·金堂故事会在成都市金堂县召开。

30 日　四川省电影家协会第七次全省代表大会召开，峨影集团董事长韩梅当选主席。

12 月

3 日　中国曲协在成都新华宾馆召开小剧场自由职业者、基层创作表演一线代表调研座谈会。中国曲协分党组书记、驻会副主席、秘书长董耀鹏，中国曲协曲艺之乡（名城）建设委员会秘书长、江苏省曲协副主席、秘书长芦明等，和曲艺小剧场自由职业代表、基层创作一线代表参加座谈会。

3 日至 4 日　四川省曲艺家协会第七次全省代表大会在成都隆重召开。中国曲协分党组书记、驻会副主席兼秘书长董耀鹏，省文联主席郑晓幸，党组书记、常务副主席平志英，党组副书记、副主席兼秘书长李兵，党组副书记刘建刚等领导与来自全省各地的 80 位代表出席。大会选举产生了四川省曲协第七届理事会和主席团，张旭东为主席，田海龙、任平、李多、李蓉、沈军、骆平、秦渊为副主席，聘请车向前、程永玲为名誉主席，聘任李蓉为秘书长，赵蓉、李多为副秘书长。

6 日至 7 日　四川省戏剧家协会第八次全省代表大会在成都召开。省文联党组副书记、副主席兼秘书长李兵到会并讲话。大会选举产生了四川省剧协第八届理事会和主席团，陈智林为主席，刘宁、范远泰、陈巧缘、李亭、陈淳、刘翼为副主席，聘请严福昌、栗茂章、廖全京为名誉主席，聘任刘宁为秘书长。

8 日　四川省杂技家协会第七次全省代表大会在成都隆重召开。中国杂协分党组书记、驻会副主席、秘书长王仁刚，省文联党组书记、常务副主席平志英，党组副书记、副主席兼秘书长李兵，党组副书记刘建刚等领导出席了代表大会。大会选举产生了四川省杂协第七届理事会和主席团，童荣华为主席，李轶、杨屹、吴红、汪青玉、张爽、周小衡、赵智敏为副主席，聘任汪青玉为秘书长。

13 日　省民协常务副主席兼秘书长孟燕与中国民协国际联络部副主任李刚陪同以色列访问团阿里尔公司总裁奇昂图戈曼一行参观了四川锦门非物质文化遗产博览馆、四川丝绸博物馆。

25 日　第十四届精神文明建设"五个一工程"（2014—2017）在成都隆重颁奖，四川广播电视台、省文联推荐的作品《纪录四川 100 双手》荣获优秀作品奖。

26 日　由省文联指导，省美协、省民协、阿坝州文联、甘孜州文联联合主办的"极乐之境——四川省首届唐卡艺术精品展"在四川美术馆开幕。省文联党组副书记刘建刚等出席开幕式。

2018 年

1 月

12 日　由中国文学艺术基金会携手新华网共同打造的"艺术公益中国行"艺术公益项目展评活动落下帷幕，省视协"影视小屋"影视培训获评"艺术公益中国行"年度最炫公益项目，由省视协"影视小屋"创作的微电影《我把我寄给你》获评最佳公益作品。

13 日　中国文联、中国民协主办的第十三届中国民间文艺山花奖在广州市中山纪念堂隆重颁奖。省民协会员藏族民间画师着着，以农民画《南丝路一带缘　藏汉人一家亲》喜摘山花大奖，成为本届最年轻的获奖者。

16 日　省直机关工委召开 2018 年度省直机关党建工作会议。省文联获得 2017 年度省直机关党组（党委）理论学习中心组先进单位和全省机关宣传信息工作先进单位并受到通报表扬。

21 日　第十届全国德艺双馨电视艺术工作者表彰大会在北京隆重举行。四川广播电视台纪录片导演高松荣获第十届"全国德艺双馨电视艺术工作者"。省视协荣获先进集体。省视协驻会副主席、秘书长寒露荣获先进个人，并作为获奖代表在大会上发言。

22 日至 25 日　四川省遂宁市杂技团受中央电视台中文国际频道邀请，于北京录制中央电视台中文国际频道春节特别节目《2018 中国年》。节目于春节期间通过 CCTV-4 向全球观众播出。

2 月

6 日　省文联七届三次全委会在成都新华宾馆召开。省文联七届全委会委员、部分艺术家代表、省文联机关处室、省级各文艺家协会、省文联直属事业单位负责人近 150 人参加会议。

17 日至 21 日　第八届海峡两岸春节民俗庙会在台湾南投举办。本届庙会以"熊猫故里·锦绣四川"为主题，集中展示了四川形象，除了川剧变脸、羌笛吹奏、歌舞杂技等节目外，四川的剪纸、面塑、绳编、羌绣、蜀绣、蛋雕、泥塑、竹编、潮扇、麦秆画、绵竹年画等民间工艺都得到了充分展示。

26 日起　省文联、省视协联合省内 21 个市州电视台共同推出了《主播看四川——改革开放四十周年成果精品节目展播》活动，在四川电视台公共频道 SCTV-9《联播四川》节目中开播，节目连续播出 41 天，每晚播出一集。

28 日　省书协、荣县县委县政府主办的纪念赵熙诞辰 150 周年全国书法名家作品展在荣县大佛景区开幕。省文联党组副书记刘建刚等参加开幕式并观展。

3 月

8 日至 12 日　省委组织部、省委宣传部，省文联、四川广播电视台联合推出的重点纪录片《第一书记》在四川卫视 22：30 分时段播出。

17 日　中国美协、中国国家画院、省文联、省美协、北京画院主办的"匠心独行——徐匡独版画艺术展"在北京画院美术馆隆重开幕。展览展出徐匡先生 1954 年至今的作品，见证了他长达 60 年的创作生涯。

21 日　省民协授予柳街镇"川西林盘文化之乡"匾牌。

22 日　中国杂协七届四次理事会扩大会议在重庆召开，省杂协荣获先进单位，省杂协主席童飞同志获得中国杂协"优秀会员"称号。

23 日　省文联，省曲协，巴中市委、市政府，巴中市巴州区委、区政府共同打造的大型曲艺《望红台》在四川省川剧院成功首演。省文联党组书记平志英，省文联副主席李明泉、张旭东，省级有关部门和巴中市有关领导及部分红后代表参加了首演活动并与数百名观众共同观看首演。

4 月

2 日至 3 日　四川省文联系统深化改革工作座谈会在成都召开。

3 日　中国电视艺术最高奖——第 25 届中国电视文艺星光奖颁奖盛典

在浙江宁波隆重举行。省文联、四川广播电视台联合出品的纪录片作品《纪录四川100双手》获"纪录片大奖——提名作品奖"。

9日 为期一周的首届中国·彭州曲艺牡丹嘉年华主题活动在彭州市丹景山镇举办。李金斗、郭达、奇志、李菁等曲艺大家倾情参演。

11日 四川省民间文艺家协会第八次全省代表大会在成都金牛宾馆召开。中国民协名誉主席、四川省委老领导冯元蔚,中国民协党组书记、常务副主席邱运华,省文联主席郑晓幸,党组书记、常务副主席平志英,党组副书记、副主席兼秘书长李兵,中国民协副主席、省文联副主席沙马拉毅等领导和嘉宾出席开幕式。大会选举产生了四川省民协第八届主席团。主席:孟燕。副主席(以姓氏笔画为序):王川、巴桑、李锦、李建中、孟德芝、黄红军。推举黎本初、侯光、沙马拉毅同志为名誉主席。聘请达尔基、何政军、李样林、龚建忠、魏学峰为协会顾问。聘任黄红军同志为驻会副秘书长,杨骊同志为兼职副秘书长。

13日 四川省美术家协会第七次全省代表大会在成都召开,中国美协分党组书记、驻会副主席兼秘书长徐里,省委宣传部副部长李酌,省文联主席郑晓幸,党组副书记、副主席兼秘书长李兵,党组副书记刘建刚等出席开幕式。大会选举产生了四川省美协第七届理事会理事95名。选举产生了四川省美协第七届主席团。主席:梁时民。副主席:马晓峰、邝明惠、李树、李青稞、杨梁相、张跃进、林跃、姚叶红、黄宗贤、管苠櫋。聘请钱来忠、阿鸽为名誉主席。聘任刘正兴、邓乐、马光剑、秦天柱、张国平、张国忠、吴映强、武海成、许燎原、罗敏、贺丹晨为顾问。聘任杨梁相为副秘书长。

14日 四川省书法家协会第七次全省代表大会在成都金牛宾馆举行。中国书法家协会主席苏士澍,省文联主席郑晓幸,党组副书记、副主席兼秘书长李兵,党组副书记刘建刚等领导及9位特邀代表、121位全省书协会员代表出席大会开幕式。省文联党组书记平志英出席闭幕式并接见省书协新一届主席团成员。大会选举产生了新一届理事会和主席团,代跃当选为主席,王家葵、王道义、刘健、林峤、洪厚甜、钟显金、龚晓斌、黄泽江八人为副主席。聘请何应辉为名誉主席。聘任谢和平、王七章、舒炯、郭强、徐德松、何开鑫等为顾问，唐昊、冷柏青、王书峰为副秘书长。

同日　由省文联主办、省杂协承办的"技炫四川"——杂技惠民走进金川、壤塘，在当地党委政府的组织协调下，演出团历时 4 天，行程近 3000 公里演出 3 场。

16 日　省文联召开理论学习中心组（扩大）会议，传达学习全省市厅级主要领导干部"学习贯彻习近平新时代中国特色社会主义思想和习近平总书记对四川工作重要指示精神"读书班精神，部署省文联开展"大学习、大讨论、大调研"活动初步贯彻意见。

17 日至 24 日　由省剧协、成都市劳动人民文化宫联合举办的"戏剧嘉年华"——成都市职工京剧、川剧、越剧大联展在成都市劳动人民文化宫梦想剧场上演。

18 日　全国文联组联工作会议在成都开幕。四川省人民政府副省长杨兴平出席会议并致辞，中国文联党组成员、副主席左中一出席会议并讲话，省文联党组书记、常务副主席平志英，省文联党组副书记、副主席兼秘书长李兵等有关方面负责人出席会议。

22 日至 23 日　四川省舞蹈家协会第八次全省代表大会在成都金牛宾馆召开。中国舞协主席、中国文学艺术基金会副理事长冯双白，省文联党组书记、常务副主席平志英，党组副书记刘建刚等出席开幕式。大会选举产生了四川省舞协第八届主席团。主席：王玉兰。副主席（以姓氏笔画为序）：马东风、马琳、吉布阿鸽、夺科、苏冬梅、李延浩、郝继伟、哲他、高小军。聘请白云、吕勇、李炜、张平、何川、林海、杨向东、郑源、侯宏澜、琚渝安、曹平为顾问。聘任王凡为驻会副秘书长。

26 日　四川省电视艺术家协会第六次全省代表大会在成都金牛宾馆召开。中国文联副主席、中国视协主席胡占凡，省文联党组书记、常务副主席平志英，党组副书记、副主席兼秘书长李兵，党组副书记刘建刚等出席大会开幕式，全省一百多名电视艺术工作者代表参会。大会选举产生了四川省视协第六届主席团、理事会。四川广播电视台党委书记、台长刘成安当选为四川省视协新一届主席团主席，李川、柳耀辉、王红芯、赵修正、游光辉、甘建荣、莫培勇、梁碧波、寒露等9人当选为副主席，80位电视艺术工作者代表当选为理事会理事。聘请卢子贵、吴宝文为名誉主席；聘请王海兵、钱滨为顾问；聘任寒露为秘书长。

5月

3日　四川省文艺评论家协会第四次全省代表大会在成都隆重召开。中国评协主席仲呈祥、副主席兼秘书长庞井君，省委宣传部副部长李酌、省文联主席郑晓幸，党组书记、常务副主席平志英等领导出席会议，来自全省各市州的文艺评论家协会主席和评论家代表等100余名嘉宾、代表、特邀代表出席大会。大会选举了四川省评协第四届主席团主席、副主席与理事会理事。李明泉当选主席，丁鸣、艾莲、李若峰、罗庆春、姜明、徐登明、韩刚当选为副主席，艾莲当选为秘书长，白浩、李立为副秘书长。聘请何开四为名誉主席，聘请王海兵、冯宪光、刘大桥、杜建华、苏宁、曹顺庆、廖全京、黎风作为顾问。

3日至6日　"四川省书法家协会现代刻字艺术创作培训基地揭牌仪式暨全省刻字艺术骨干创作培训班"在川东北革命根据地华蓥市举行，来自全省的刻字骨干和爱好者近100人参加了此次活动。

7日　由中国文联、四川省委宣传部、中国文志协主办，中国文联文艺志愿服务中心、省文联、中共绵阳市委宣传部承办纪念"5·12"汶川特大地震10周年在绵阳、北川等地慰问演出、辅导培训。中国文联党组成员、副主席李前光，中国文志协主席姜昆，四川省委常委、宣传部部长甘霖，省文联党组书记、常务副主席平志英，40多位中国文联文艺志愿服务团的艺术家以及主承办方负责人参加了相关活动。

10日　"感恩·奋进——5·12汶川特大地震十周年灾区重建成就主题摄影展"在四川美术馆展出。

11日　四川省音乐家协会第八次全省代表大会在成都金堂召开。中国音协分党组书记、驻会副主席、秘书长韩新安，省文联主席郑晓幸，党组书记、常务副主席平志英，党组副书记，副主席兼秘书长李兵，党组副书记刘建刚等出席开幕式。大会选举产生了四川省音乐家协会第八届主席团。主席：林戈乐。副主席（以姓氏笔画为序）：吕小琴、刘党庆、安冰冰、孙洪斌、吴永波、罗蓉、赵小毅、彭涛、曾擎、穆兰。聘请敖昌群为名誉主席。聘任杨小兰为副秘书长。

14日、17日、18日　省文联党组书记、常务副主席平志英一行赴成都都江堰市、乐山犍为县调研，开启了省文联党组以"挖掘传统村落文化内涵，带动乡村振兴文化发展"为主题的大调研活动。

16日至19日　由省视协主办，省视协纪录片专委会承办的第五届非虚构电视节目制作培训讲座在雅安举办。110名电视传媒界的学员参训。

26日　CCTV-9纪录片频道播出川军纪录片力作《梦回眉州》。该片由中国著名纪录片导演、四川纪录片创作领军人物王海兵担纲总导演，省视协纪录片专委会指导，中共眉山市委宣传部和四川第四城文化传播有限公司共同出品。

同月　由省文联、省影协、雅安市文联联合摄制，四川省华泰飞雅影视文化传播有限公司、上海思禹文化传播工作室出品的电影《北纬30度之爱》，在美国洛杉矶电影奖（Las Angeles Film Awards）中成功入围，获得最佳摄影奖、演员荣誉提名奖（肖宏），最佳团队奖等奖项。

6月

20日　中国视协、省文联在理县中学举行了"影视小屋"授牌仪式，并向理县中学捐赠了六部高清摄像机和一百多部电视艺术启蒙书籍、光碟。中国视协名誉主席赵化勇、省文联党组副书记刘建刚，和来自中央电视台、北京大学、中央民族大学的专家学者出席了授牌仪式。

20日至25日　由省文联主办、省视协承办的《四川藏区广播电视传播力影响力情况调查》考察调研了阿坝、甘孜藏区。在中国视协名誉主席赵化勇的率领下，由中央电视台、中国视协、北京大学、中央民族大学、民革中央、省视协组成的专家调研组一行 8 人走进了阿坝、甘孜藏区，开展实地考察调研。

22 日　中国美协、省文联主办，中国文联美术艺术中心、省美协、四川美术馆承办的"入蜀方知画意浓——全国美术作品展（中国画）"在四川美术馆开幕。

25 日　中国音协"全国青年声乐拔尖人才（含新文艺群体）培训班"在崇州市街子镇举行。来自 31 个省、自治区、直辖市，新疆生产建设兵团及石油、石化、煤矿、公安系统的 135 名青年声乐演员参加此次培训。

7 月

7 日　四川、浙江两省书协共同主办，文轩美术馆、四川书法家网协办的四川·浙江书法篆刻名家精品交流展在成都文轩美术馆开幕。省文联党组书记、常务副主席平志英，省文联党组副书记刘建刚，省书协主席代跃等参加开幕式并观看展览。

13 日上午　省舞协邀请中国舞协副主席、国家一级编剧赵明，在省文联开展舞蹈专场讲座，舞蹈界老专家、各市州舞协会员 120 余人次参加了此次讲座。

同日　省影协召开"坚持创作初心振兴四川影视"座谈会，学习贯彻习近平总书记给新近入党的电影表演艺术家牛犇的信。省影协主席、峨影集团党委书记兼董事长韩梅主持会议。

31 日　第四届全国文艺评论骨干专题研讨班在雅安开班。此次培训班为期十二天。中国评协席仲呈祥，中国文联理研室主任、中国评协副主席兼秘书长庞井君，中国文联文艺评论中心副主任、中国评协副秘书长周由强，省文联党组副书记刘建刚等出席开班仪式。

8 月

3 日　"2018 中国乐山·马边彝族风情狂欢节暨第三届小凉山火把节"开幕。中国民协授牌"中国小凉山彝族民间文化活态传习基地"。

15 日　"中国民间文学大系出版工程·四川省卷编委会"召开。省文联党组书记、常务副主席平志英出席。

9 月

8 日　"循道·惟新——第二届西南青年版画创作推动计划展览"在四川美术馆开幕。国家画院版画院秘书长、中央美院研究生院常务副院长陈琦和著名版画理论家、中央美院版画史论方向博士生导师齐凤阁在四川美术馆四楼报告厅相继举行讲座。

14 日至 16 日　中国文联副主席、中国民协主席潘鲁生带领的中国民协专家评审组一行 10 人对宣汉县申报"中国巴文化之乡"进行实地考察、评审。

17 日　中国文联副主席、中国民协主席潘鲁生到四川调研传统工艺，在成都市文殊坊实地考察了蜀绣、竹编、漆器、苴却砚等传统工艺的传承创新及艺人生存状况。中国民协副主席、省文联副主席沙马拉毅，省民协主席孟燕等陪同调研。

10 月

1 日至 7 日　由省视协打造的"影视小屋"项目创作的《我把我寄给你》《祠堂里的老板凳》《诉》《欣欣的日记》《心灵的圣坛》《刺猬》《红花》7 部优秀作品登陆四川广播电视台妇女儿童频道，得到了观众的热烈好评。

7 日　第十届中国曲艺牡丹奖颁奖系列活动新闻发布会在江苏扬州举行。省曲协、巴中市曲协、巴中市文广新局、巴州区文广新局、巴州区曲协联合报送的四川扬琴《守望》，获得了牡丹奖节目奖。

9 日　由省书协与韩国国际书法艺术联合韩国本部大邱庆北支会共同举办的"2018 中韩国际书法展"在韩国庆尚北道浦项艺术会馆隆重开幕。此次展览共展出作品 105 件，其中中方作品 55 件，韩方作品 50 件。

14 日　第二十九届中国电视金鹰奖颁奖晚会在长沙隆重举行。由省视协推荐的《天下粮田》荣获本届金鹰奖优秀电视剧奖，《索玛花开》荣获金鹰奖电视剧提名。

22 日至 26 日　由中国文联、中国文志协主办，中国曲协、省曲协等承办的"2018 中国文联文艺志愿培训项目——四川南江曲艺培训班"在南江县举办。

11 月

5 日至 7 日　中央文明办三局、中国文联文艺志愿服务中心主办，省文明办、省文联承办的 2018 年"四川省乡村学校少年宫艺术辅导员培训"开班仪式暨第一期培训在理县古尔沟正式启动。

6 日至 8 日　由中国视协、中央新影集团、云南省委宣传部、云南省文旅厅、云南省广播电视局、临沧市政府共同主办的第六届亚洲微电影艺术节举行。绵阳市微电影协会创作的《萤火》获最佳品牌微电影奖；绵阳市人民检察院创作的《野豆荚》获得平安中国单元优秀作品奖；巴中市视协、巴中市南江县桥亭镇九年义务学校创作的《红花》，四川星光无限文化传媒有限公司创作的《初心如初》，四川电影电视学院创作的《看不见的邮路》，四川微电影艺术协会创作的《留住妈妈》获得优秀作品奖；甘孜州康定中学创作的《心灵的圣坛》、四川省微电影艺术协会创作的《红线》、广元市朝天区之江初级中学创作的《刺猬》、康定中学创作的《终为江河》、四川省微电影艺术协会创作的《监狱来的扶贫书记》、四川省卫生与计划生育宣传中心创作的《高原上的格桑花》获得好作品奖；绵阳市微电影协会创作的《诉》获得优秀新作奖。《初心如初》的导演张若以获优秀导演奖；绵阳市微电影协会会长杨伟获"十佳制片人出品人"奖；省视协获得"优秀组织"奖。

7 日　省文联深入精准扶贫定点帮扶驻村点阿坝州理县桃坪镇佳山村开展"艺术乡村"的试点论证工作。论证工作邀请了省美协、四川美术馆、沫若艺术院、四川师范大学影视传媒学院、四川师范大学美术学院、西南民族大学艺术学院、神州版画博物馆等 7 家单位 8 名艺术类专家，组成专家组对佳山村"艺术乡村"实施计划进行实地考察论证,确认"艺术乡村"方案可实施性。

12 日 由中国艺术报社、省文联主办的"壮阔东方潮 奋进新时代——纪念改革开放 40 周年四川文艺成就座谈会"在成都新华宾馆召开。《中国艺术报》总编辑康伟、副总编辑余宁,省文联主席郑晓幸,省文联党组书记、常务副主席平志英,省文联党组副书记、副主席兼秘书长李兵,省文联党组副书记刘建刚,省文联副主席、成都市文联党组书记宋凯,四川省委宣传部文艺处处长黄怡,中国曲协副主席、省文联副主席、省曲协主席张旭东,省文联副主席、省舞协主席王玉兰,以及我省各艺术领域代表艺术家 30 人参加座谈会。

22 日 省文联特别推出的"恢宏改革画卷·见证巴蜀巨变——四川省文联纪念改革开放 40 年文艺特展"在四川美术馆隆重开幕。省委常委、省委宣传部部长甘霖出席开幕式,并宣布展览开幕。此次特展一直持续到 12 月 9 日,先后共接待观展观众近 3 万人次,观展团队 718 个,包括 100 多个省直机关单位。平均每天约 1500 人。展览吸引了 180 余家新闻媒体的高度关注,人民网、中国新闻网、凤凰资讯网、中国网、中国文明网、中国文艺网、新浪网、网易、搜狐、今日头条以及四川日报、四川电视台等国家级和省内媒体纷纷给予密切报道。四川省人民政府官方网站也在 11 月 23 日的头版上刊登了特展消息。仅新华网的展览开幕式消息点击量就达到近 66 万,百度新闻词条搜索超过 24600 条,总点击量预计超过 3000 万人(次)。

22 日至 23 日 省文联组织 20 家社团组织的 60 余位艺术家赴广元市青川县开展"两新联万村 党建助振兴"脱贫攻坚文艺行动。活动由中共四川省委非公有制经济组织、社会组织工作委员会和省文联共同主办,广元市相关部门和青川县委、县政府承办。

24 日 由省文联主办,省书协承办的"当代书法名家书四川首批十大历史名人诗文邀请展"暨"传承与创新——四川省第六届书法篆刻作品展"在成都新会展中心"文轩美术馆"隆重开幕。省政协副主席、凉山州委书记林书成，省文联党组书记、常务副主席平志英，中国书协顾问、省书协名誉主席何应辉，省委组织部副部长邓涛，省文联党组副书记、副主席李兵，省文联党组副书记刘建刚，中国书协理事、省书协主席戴跃，文轩美术馆馆长蔡家骏，省书协部分顾问、主席团成员、各市州书协主席以及全省各地的书法家和书法爱好者1000余人参加了开幕式并观展。

同月　由省文联、阿坝州国有资产投资有限公司和四川峨眉电影音像有限公司等单位联合摄制的少数民族题材主旋律电影《红缘》经过中宣部和国家电影局严格审评，入围国家电影局"2018年度电影精品"并获专项资金资助。

12月

7日　由省文联、中国评协、光明日报文艺部联合召开的"新时代、新力量、新展望"——四川新文艺群体发展研讨会暨《文化繁荣兴盛的有生力量》首发式在成都新华宾馆举行。省人民政府副省长杨兴平，全国政协委员、第九届中国文联副主席、书记处书记、中国评协副主席夏潮出席开幕式并致辞。省文联主席郑晓幸作《新文艺群体：文艺繁荣兴盛与文化强省的有生力量》主旨演讲。

7日至8日　"庆祝改革开放四十周年——四川省第三届青年舞蹈展演"在锦城艺术宫举办。

11日　省文联召开全体党员大会，专题学习省委十一届四次全会精神。省文联党组书记、常务副主席平志英主持会议，党组副书记、副主席兼秘书长李兵出席会议。

15日　"师造化境匠心独行——徐匡艺术展"在四川美术馆隆重开幕。省政府、省政协、省人大、省委宣传部、省委统战部、省文联、省文史馆、四川出版集团、新华文轩出版传媒股份有限公司、中国五冶集团等部分领导，各界知名艺术家，院校师生近两百名观众和新闻媒体出席开幕式。

2019 年

1 月

3 日 省文联党组中心组召开学习扩大会，党组书记、常务副主席平志英主持会议并重点发言和总结。党组副书记、副主席兼秘书长李兵，党组副书记刘建刚参加学习并作交流发言。

9 日 2018 年度百家"推优工程"发布会在成都市举行。最终推选出了 98 件优秀作品，113 位优秀艺术家。省政府副省长杨兴平，省政协副主席王正荣，省政府副秘书长刘全胜，省委外宣办副主任代光举，省文联主席郑晓幸，党组书记、常务副主席平志英，党组副书记、副主席兼秘书长李兵等近 400 人参加发布会。

10 日至 11 日 中国民协顾问、彩灯艺术专业委员会主任常嗣新带队的"中国彩灯艺术之乡"考察评审组一行 10 人，专程赴自贡市自流井区，对该区申报"中国彩灯艺术之乡"的工作进行实地考察、评审。

15 日 省文联组织文艺志愿服务队伍到邛崃市水口镇梁山村为当地群众送上新年祝福。

16 日至 19 日 省文联党组书记、常务副主席平志英率队，带领全省 50 余名艺术家赴巴中市平昌县、南充市仪陇县、绵阳市三台县开展"我们的中国梦，文化进万家，送欢乐下基层"文艺惠民活动。

21 日 由省委组织部、省文联和四川广播电视台联合出品、省视协联合八个市州电视台共同创作、省视协纪录片专委会监理指导的 10 集电视系列纪录片《第一书记》，在第十三届"中国纪录片国际选片会"获创优评析社会类二等作品奖。

24 日 省文联党组书记、常务副主席平志英，党组副书记刘建刚率戏剧、音乐、摄影、书法等文艺工作者以及机关党委工作人员到理县佳山村，开展"我们的中国梦——文化进万家"新春慰问活动。

26 日 省文联七届四次全委会在成都召开，会议传达了中国文联十届四次全委会精神和全省宣传部部长会议精神，全面总结四川省文联 2018 年工作，部署 2019 年工作。省文联主席郑晓幸出席会议并作总结讲话。省文联党组书记、常务副主席平志英主持会议并做工作报告。省文联党组副书记、副主席兼秘书长李兵，党组副书记刘建刚出席会议。

28 日　中国文联、中国民协领导慰问老领导冯元蔚。中国民协党组成员、副秘书长周燕屏，省文联党组书记、常务副主席平志英，带着中国文联党组书记、常务副主席李屹同志的慰问信一同探视、慰问冯元蔚同志。

29 日　省文联党组书记、常务副主席平志英代表省文联全体干部职工慰问了文联名誉主席马识途、席义方、李致，为他们送去节日的祝福和新春的问候。

31 日　四川省人民政府副省长杨兴平来到省文联看望慰问干部职工，向文艺工作者致以诚挚问候和新春祝福。

2 月

18 日　省文联召开了庆祝建国 70 周年新文艺组织综合成果展第一次工作筹备会，党组副书记刘建刚参加会议。

21 日　庆祝新中国成立 70 周年新文艺组织综合成果展筹备工作组在省文联党组副书记刘建刚同志带领下来到"红仓完美世界文创基地"，进行实地考察、现场调研。

同日　省文联向帮扶贫困村阿坝州理县桃坪镇佳山村捐赠的 200 平方米遮阳大棚正式投入使用。

21 日至 22 日　由省曲协、简阳市委宣传部主办，简阳市文联、简阳市曲协承办的"四川曲艺流动讲堂"在简阳市隆重举办。共计 500 余人参加了培训。

25 日至 28 日　由中央文明办三局、中国文联文艺志愿服务中心主办，省文明办、省文联承办的"四川省乡村学校少年宫艺术辅导员培训"第三期培训在凉山州昭觉县举办。本次培训学员来自凉山州的昭觉和雷波两县共计 100 余人。

28日　省委统战部副部长魏在田带领统战部新阶处一行3人在省文联开展"文艺四新"统战工作调研。省文联党组书记、常务副主席平志英，省文联党组副书记刘建刚，省文联副主席、省评协主席李明泉等参加了调研座谈会。

3月

5日　四川省文联系统领导干部能力提升研修班开班仪式，在上海复旦大学新闻学院举行。省文联党组书记、常务副主席平志英参加开班仪式。

11日至14日　中国文联文艺评论中心副主任周由强一行赴我省成都、自贡、内江开展了为期4天的文艺评论调研。省文联党组副书记刘建刚，省文联副主席、省评协主席李明泉等陪同调研。

14日　省文联被评为2018年度省直机关理论学习中心组学习先进单位。

15日　省文联组织党员干部职工观看了法制教育电影《特别追踪》。

18日　"文旅助力乡村振兴·名家惠民喜迎国庆——四川省文艺志愿服务走进革命老区活动"在泸定、丹巴和小金三地展开。

21日　第十二届中国音乐"金钟奖"四川选拔赛正式启动。金钟奖四川选拔赛新闻发布会在遂宁举行。

25日　"国学修养与书法·四川省书法家协会首期青年创作骨干研习班"在四川省直机关党校举行开班典礼。

26日　四川两首音乐作品《金不换银不换》《我有一个梦》入选2018年度"听见中国听见你"优秀歌曲。

26日至30日　中国文联、中国美协联合主办的"中国精神·中国梦——美丽乡村行"走进雅安写生采风创作活动在雅安举行，来自全国各地的艺术家及四川当地画家20多人参加了此次活动。

27日至28日　中央文明办三局、中国文联文艺志愿服务中心主办，省文明办、省文联承办的乡村学校少年宫艺术辅导员培训在广元举行。培训来自剑阁县、朝天区的乡村学校少年宫艺术辅导员共计170余人，观摩旁听的文艺爱好者超过130人余人，包括音乐、舞蹈、美术、书法四个类别。

27日至28日　省文联、峨眉电影集团、省影协联合重点打造的10集文献纪录片《万山红遍——川陕苏区革命斗争纪实》摄制组在达州市宣汉县王维舟纪念馆、巴山红军公园、达州红军文化陈列馆、凤凰山等地开机拍摄。

4月

4日　省文联"艺术乡村"帮扶项目在理县桃坪镇佳山村正式启动。

8日　省文联组织机关处以上和省级文艺家协会、直属事业单位负责人共计36名党员干部赴省法纪教育基地接受警示教育。

9日　第十二届中国西南六省区市摄影联展在重庆市文联美术馆开幕，以"多彩西南"为主题的120幅摄影作品精彩亮相。省文联党组副书记、副主席兼秘书长李兵及西南六省区市文联、摄协负责人出席开幕式。

10日　中国文联指导，中国曲协、省文联、成都市文联、彭州市委市政府共同主办的"第二届中国·彭州曲艺牡丹嘉年华开幕式"暨"中国曲艺名城"授牌仪式在彭州市新兴镇举行。省文联党组书记、常务副主席平志英，党组副书记、副主席兼秘书长李兵等有关领导出席了开幕式。张旭东向彭州市颁发了"中国曲艺名城"牌匾。

12日至14日　由省文联主办，省书协、遂宁市文联承办的讲座"国学修养与人文素养构建"在遂宁举行。遂宁市机关单位、学校企业的广大文艺爱好者和市文联、市书协等组织的艺术家代表300余人聆听了讲座。

17日　由四川美术馆申报的"记忆与梦想——海峡两岸少儿美术大展暨'汶川十年'纪念特展系列公共教育活动""师造化境　匠心独行——徐匡艺术展"分别荣获2018年度全国美术馆优秀公共教育项目和2018年度全国美术馆优秀展览提名项目。

19日　省摄协第七次全省代表大会在成都召开，137名代表出席了大会。中国摄协分党组书记、驻会副主席郑更生，省文联主席郑晓幸，省文联党组书记、常务副主席平志英，党组副书记、副主席兼秘书长李兵，党组副书记刘建刚等出席了大会开幕式。贾跃红同志当选为省摄协第七届主席团主席。

23 日至 24 日　省文联党组理论学习中心组在沫若艺术院召开扩大会议。党组书记、常务副主席平志英主持会议并重点发言和总结。党组副书记、副主席兼秘书长李兵，党组副书记刘建刚参加会议并重点发言。

26 日　省文联党组副书记刘建刚率领省音协、省视协专家，深入阿坝州理县桃坪镇佳山村调研乡村振兴工作。

同日　第 29 届中国戏剧梅花奖获奖演员名单正式出炉，成都市川剧研究院青年演员虞佳凭借《目连之母》成功"摘梅"。

5 月

5 日至 10 日　中国视协主办，省视协承办的全国"影视小屋"工作经验交流会暨第二届全国"影视小屋"优秀微视频（微电影）表彰活动在四川成都举行。中国视协名誉主席赵化勇，中国视协分党组书记、驻会副主席兼秘书长张显，省文联党组书记、常务副主席平志英，党组副书记、副主席兼秘书长李兵，党组副书记刘建刚等领导出席活动。四川"影视小屋"有 2 部作品获得一等奖，3 部作品获得二等奖，7 部作品获得三等奖，3 部作品获得优秀奖。

6 日　第十六届中国人口文化奖民间艺术品类评选工作组委会会议在京召开。李德芬和李延琼的麦秆画《和美》获三等奖，李悦的绵竹年画《舞狮》获优秀奖。

9 日　第十三届全国美术作品展览中国美协专家组赴四川观摩指导工作会在四川美术馆举行。中国美协副主席、中国美协专家组组长何家英，省文联党组副书记、副主席兼秘书长李兵，省美协主席梁时民等参加了会议。

同日　中国致公党成都市委、中国致公党丹东市委、四川国际文化交流中心、四川美术出版社主办，四川美术馆、文轩美术馆、丹东新区美术馆承办的"邂逅·金达莱——当代朝鲜油画精品展（成都站）"在四川美术馆隆重开幕。

14日至18日　中国文联主办，中国文联文艺研修院承办，四川省文联协办的"2019铸梦计划·成都：围绕中心工作　提高策展水平——主题展览的有效策划与实施"活动在四川成都举办。省文联主席郑晓幸，党组书记、常务副主席平志英，中国文联文艺研修院常务副院长傅亦轩出席开幕式。

15日　省纪委监委驻省委宣传部纪检监察组在省文联召开第一站驻点监督工作动员会，组长张卓出席会议并讲话，省文联党组书记、常务副主席平志英主持会议并作表态发言。

21日　四川省文联、遂宁市委市政府主办的第十二届中国音乐金钟奖四川选拔赛在遂宁落幕。本次四川选拔赛分设成都、遂宁、德阳、南充、乐山、内江6个分赛区。

23日　由省文联党组副书记、副主席兼秘书长李兵同志率队，省美协主席梁时民，省书协主席代跃等7位艺术家走进全国模范法院——武侯区人民法院。

23日至25日　省文联大调研小组深入阿坝民族地区，围绕此次调研主题"挖掘传统村落文化内涵，带动乡村振兴文化发展"，在理县甘堡藏寨和壤塘县觉囊文化传习所开展了深入调研。

24日　省文联作为业务主管单位的社会组织（新文艺组织）工作培训会在成都教育宾馆召开。省文联主席郑晓幸，省文联党组副书记、副主席兼秘书长李兵和已成立党支部的社会组织支部书记及四川省文联社会组织党建工作指导员等100多人参加会议。

24日至27日　省文联组织四川书法代表团46人赴绍兴参加了由中国书法家协会主办的"源流时代——以王羲之为中心的历代书法与当前书法创作"暨"绍兴论坛"学术主题系列活动。

25日至28日　由省文联、凉山州委宣传部主办，凉山州文联、会东县政府、宁南县政府承办的"到人民中去"文艺志愿活动走进凉山。省文联党组书记、常务副主席平志英，党组副书记、副主席兼秘书长李兵以及40余名文艺志愿者参加活动。

26日　CCTV-9纪录片频道播出川军纪录片力作《梦回眉州》。该片由中国著名纪录片导演王海兵担纲总导演，省视协纪录片专委会指导，眉山市委宣传部和四川第四城文化传播有限公司共同出品。

30日　省文联指导，《现代艺术》杂志社主办的"中国双宝 四川名片——大熊猫、金丝猴科学发现150周年纪念巡展（雅安站）"在雅安博物馆成功举行。省文联党组副书记、副主席兼秘书长李兵讲话并宣布展览开幕。

同月　由中国舞协主办的第二届"戴爱莲杯"人人跳全国群众舞蹈展演在江门市举行。省舞协推送的《红盖头》《筑梦新时代》荣获"风采之星""潜力编导""星级组织"称号；《彝乡之舞》荣获最高荣誉"魅力之星"称号。

6月

10日　省纪委监委驻省委宣传部纪检监察组驻点省文联监督工作组向省文联党组反馈驻点监督情况。

10日至14日　"四川曲艺流动讲堂"走进江安——四川谐剧专题培训活动在宜宾市江安县成功举办。四川省内各市州以及重庆市、贵州省的共60余名学员参训。

11日　四川省文联"不忘初心、牢记使命"主题教育工作动员部署会在文联四楼会议室召开。省文联党组书记、常务副主席平志英作动员讲话，省文联党组副书记刘建刚宣读《省文联"不忘初心、牢记使命"主题教育领导小组、领导小组办公室及工作机构职责》，省委第九巡回指导组组长刘永剑、副组长席晓艳到会指导。

同日　由省美协、四川美术馆主办的"动静之间——何多苓与他的时代"公益讲座在四川美术馆四楼报告厅开讲。

11 日至 18 日　由省文联党组书记、常务副主席平志英带队，来自省文联基层各党支部的书记、党员骨干以及脱贫攻坚扶贫联系点阿坝州理县桃坪镇党务工作者代表 45 人，赴山东大学、沂蒙革命老区开展培训。

14 日　上海合作组织成员国元首理事会第十九次会议在吉尔吉斯斯坦首都比什凯克举行。中国画家、四川省文联党组副书记、副主席兼秘书长李兵获上合峰会国际美展"国际和平艺术家奖"。

18 日至 21 日　中国舞协、中国文联人事部主办，中国文联舞蹈艺术中心、省舞协承办的第二届舞蹈维权工作培训班在成都举办。50 名舞蹈工作者参加培训。

20 日　省文联、四川新华发行集团主办的《李致文存》新书首发式在四川大学中华文化研究院举行。省委宣传部副部长周青，四川新华发行集团党委书记、董事长朱丹枫，省文联党组副书记刘建刚出席首发式。

24 日至 28 日　省文联理论学习中心组（扩大）会议开展"不忘初心、牢记使命"主题教育集中学习研讨。

7 月

1 日　省文联开展"不忘初心、牢记使命"主题教育暨"七一"表彰活动，省文联全体在职党员和离退休党员代表 80 余人参加。党组书记、常务副主席平志英出席并讲党课，党组副书记、副主席兼秘书长李兵宣读表彰决定，党组副书记刘建刚主持会议。省委第九巡回指导组副组长席晓艳到会指导。

4 日　省文联副主席、副书记兼秘书长李兵同志率队前往绵阳市调研企业文化建设。

4 日至 9 日　中视协名誉主席、中央电视台原台长赵化勇等一行 7 人到凉山州，深入喜德县光明镇阿吼村、冕宁县拖乌乡鲁坝村、昭觉县解放乡火普村、布拖县拉达乡店子村等，实地了解脱贫攻坚情况，探寻广播电视助力脱贫攻坚路径。

8 日至 10 日　省文联党组书记、常务副主席平志英同志带队赴壤塘、阿坝两县实地走访调研基层文联组织建设工作。

12 日　四川省文联和山西省文联参与主办的"盛世华诞国色天香——邵仲节牡丹画展"在山西省美术馆隆重开幕。省文联主席郑晓幸参加开幕式并讲话。

17 日　中国文联主办，中国文联国内联络部、省文联承办的"崇德尚艺做有信仰有情怀有担当的新时代文艺工作者巡回宣讲活动"在成都举行。各界代表 300 余人参加活动。

同日　中国共产党的优秀党员、共产主义的忠诚战士，我省党的杰出领导干部，第七、八、九届全国政协常委，冯元蔚同志因病医治无效，于 2 时 11 分在成都逝世，享年 89 岁。

同日　省文联、省文旅厅主办，省美协、四川美术馆承办的"庆祝中华人民共和国成立七十周年暨迎接第十三届全国美术作品展 2019 四川省优秀美术作品展"在四川美术馆开幕。省政府副省长杨兴平，省政府副秘书长刘全胜，省文联主席郑晓幸，党组书记、常务副主席平志英等出席。省文联党组副书记、副主席兼秘书长李兵主持开幕式。

同日　省文联主席郑晓幸调研彭州市文旅融合发展及特色文化小镇（园区）建设工作。

22 日　省委第九巡回指导组刘永剑一行到四川美术馆，和四川省美协、四川美术馆班子成员及党员代表围绕美协党支部开展主题教育活动的情况进行了调研座谈。省文联党组副书记刘建刚参加座谈。

26 日　省文联召开了省级文艺家协会会员工作会，省级各文艺家协会、组联处及文艺资源中心参加了会议。会上各文艺家协会就会员工作现状和存在的问题进行了交流发言。省文联党组书记、常务副主席平志英作总结发言。

28 日　由中国文联、中国舞协、广东省文联共同主办的第十届"小荷风采"全国少儿舞蹈展演在广州举办。我省选拔推荐的作品《少年军梦》《梦想的雏鹰》及《坝坝戏》荣获展演最高奖项"小荷之星"荣誉称号；《苗家娃娃跺月亮》《花·花儿》荣获展演"小荷新秀"荣誉称号。

29日　中国文联副主席、中国民协主席潘鲁生，省文联党组书记、常务副主席平志英等一行21人，对甘孜州乡城、理塘、甘孜、白玉、德格、炉霍、道孚、康定等县市的民间工艺和民间民俗文化进行了为期6天的考察调研。

30日　理塘国际赛马文化节在海拔4000多米的理塘草原上拉开帷幕。开幕式上，"四川赛马文化之乡"授牌仪式隆重举行。中国文联副主席、中国民协主席潘鲁生，中国民协副主席万建中，四川省文联党组书记、常务副主席平志英一行出席活动。平志英代表省文联为理塘县授牌。

同月　由省委宣传部、省文联报送的《我有一个梦》和由省委宣传部、凉山州委宣传部报送的《金不换银不换》入选中宣部第七批"中国梦"主题新创作歌曲。省音协获得中国当代歌曲创作精品工程"听见中国听见你"2018年度优秀歌曲推选活动优秀推选单位。

8月

2日　由省文联指导、省摄协支持，达州市委市政府主办的"聚焦巴山·达观天下"——达州建市20周年摄影特展在四川美术馆开幕。

6日　康定市孔玉乡色龙村手机摄影辅导站成立，标志着四川藏区第一个手机摄影乡村辅导站在甘孜州诞生。

8日　中国文联、中国影协、省文联主办，中国文联电影艺术中心、省影协、武胜县人民政府承办的"诗画田园·美好生活"中国文联、中国影协文艺志愿服务团"送欢乐下基层"主场慰问演出活动在武胜县举行。

8日至10日　中国文联、中国舞协主办，凉山州人民政府承办的第十二届中国舞蹈"荷花奖"民族民间舞评奖在西昌市举办，我省推荐的舞蹈《永远的诺苏》荣获中国舞蹈"荷花奖"民族民间舞奖。

11日　由致公党四川省委、省文联共同主办的"美丽四川·赤子情深"——川籍海外获奖音乐家献礼新中国70华诞大型交响音乐会在成都城市音乐厅举办。

12日　省文联"不忘初心、牢记使命"主题教育调研成果交流会召开，对领导班子成员开展调研的基本情况、存在问题、对策建议进行集中交流，省委第九巡回指导组副组长席晓艳到会指导并讲话。省文联党组书记、常务副主席平志英主持会议。

12 日至 24 日　由省文联指导与支持，并报经省政府主管部门审批同意，来自省舞协、省剧协等单位 22 人组成的中国代表团参加了第 26 届匈牙利夏日国际民俗艺术节。

15 日至 16 日　由中国曲协、省文联主办，省曲协承办的"燕语丹颜庆华诞"——四幕谐剧《爱你到永远》首次试演在成都新声剧场举行。省文联党组书记、常务副主席平志英，副书记、副主席兼秘书长李兵等观看了演出。

16 日至 17 日　由省文联主办，省杂协、古蔺县委宣传部等承办的"不忘初心、牢记使命"技炫四川文艺惠民演走进革命老区古蔺县。

23 日　"中国哪吒文化之乡"授牌仪式在四川省宜宾市翠屏区隆重举行。

24 日　第九届全国优秀少儿曲艺节目展演四川地区选拔展演暨第五届四川省优秀少儿曲艺节目展演在四川彭州市龙门山镇宝山村举行。

同日　省书协第二十二期临帖（正书）班在成都开班。

28 日至 30 日　省文联组织挂靠社团 20 余位党支部书记到天全红军纪念馆、泸定铁索桥、石棉安顺场三地接受红色教育，追寻革命历史。

29 日　由省文联指导，省音协、德阳市文联主办的"2019 第十二届中国音乐金钟之星·走进绵竹"大型音乐会在绵竹市中心广场唱响。绵竹市各界群众 3000 余人在现场观看了演出。

9 月

3 日　由省文联主办、省摄协承办的喜迎新中国 70 华诞——"百姓·百态"摄影作品展在四川美术馆开幕。四川省文联主席郑晓幸，党组书记、常务副主席平志英，党组副书记刘建刚等 200 余人出席开幕仪式并观看展览。

5日　由四川省纪检监察学会、省文联共同主办的"清廉四川——建国70周年书画摄影作品展"在四川美术馆开展。

同日　省视协推荐的电视剧《彝海结盟》《索玛花开》摘得第十二届"电视制片业十佳""十佳优秀电视剧"大奖。

9日　省文联"不忘初心、牢记使命"主题教育总结会在省文联四楼会议室召开。党组书记、常务副主席平志英出席会议。会议由党组副书记、副主席兼秘书长李兵主持。机关副处级以上干部、省级文艺家协会和事业单位副处级以上负责同志40余人参加了会议。

18日　第十三届全国美术作品展览版画作品展媒体通气会在四川美术馆学术报告厅举行。省文联党组副书记、副主席兼秘书长李兵，中国美协理事、省美协主席梁时民等领导以及20余家媒体记者参加通气会。

21日至22日　由中国杂协、湖北省文联主办的"长江杯"南方六省区青年魔术师展演在湖北举行。四川省杂协推荐的近景魔术《成长》获"最佳手法奖"，舞台魔术《神灯奇幻夜》受邀参加颁奖典礼演出。

23日　由文旅部、中国文联、中国美协主办，省文旅厅、省文联、省美协承办的国家级最高水平版画作品展"第十三届全国美术作品展览·版画作品展"在四川美术馆开幕。中国文联副主席、中国美协名誉主席冯远，中国美协主席范迪安，省委常委、宣传部部长甘霖共同为展览启幕。省文联党组书记、常务副主席平志英致辞。

23日至26日　由省文联、甘孜州委宣传部主办，甘孜州文联、乡城县委宣传部、稻城县委宣传部承办的"文旅助力乡村振兴·名家惠民喜迎国庆"主题活动在甘孜州乡城县和稻城县展开。

28日　由省民协、成都市民协等单位联合举办的2019"我们一起走过·四川（金堂）故事会"征文成果发布暨四川故事委员会成立大会在中国故事小镇五凤召开。

29日　省委宣传部副部长高中伟，省文联党组书记、常务副主席平志英前往省文联离休干部刘尚乐家中，送去由中共中央、国务院、中共军委颁发的"庆祝中华人民共和国成立70周年"纪念章和慰问品、慰问信。

同日　省文联以"金秋助学、扶贫扶智"为主题，在定点帮扶村——理县桃坪镇佳山村开展助学金的发放工作。

30 日　由省文联、四川广播电视台主办，四川省视协携手四川广播电视台"四川观察"和全省 21 个市州广播电视台共同推出的《主播看四川——庆祝新中国成立 70 周年直播活动》正式上线。

同月　四川省文联经过长期筹备、建设的四川数字艺术馆开启全面试运行。

10 月

11 日　由省委宣传部、省委统战部指导，省文联、省新的社会阶层人士联谊会主办，成都市文联协办的"'新时代、新文艺、新力量、新展望'——四川省新文艺群体发展成果展"在成都开幕。省政府副秘书长刘全胜，省委宣传部副部长高中伟，省委统战部副部长魏在田，省文联主席郑晓幸，党组书记、常务副主席平志英，党组副书记刘建刚，省文旅厅副厅长赵红川等有关领导出席开幕式。

同日　由省文联和光明日报四川记者站共同主办的新文艺群体发展峰会暨理论研讨会在四川成都召开。

13 日　由省委宣传部指导，省文联、省作协、四川广播电视台联合主办的庆祝中华人民共和国成立 70 周年"风雅颂四川"音画诗剧在四川广播电视台上演。

18 日　省政府副省长杨兴平参观四川省新文艺群体发展成果展。省文联党组书记、常务副主席平志英陪同。

19 日　由中国文联、中国音协主办，成都市政府承办的第十二届中国音乐金钟奖开幕音乐会在五粮液成都金融城演艺中心上演。

20 日　中国文联党组书记、副主席、书记处书记李屹，中国文联党组成员、副主席、书记处书记李前光，省委常委、宣传部部长甘霖一行调研四川省新文艺群体工作，参观了正在举办的"四川省新文艺群体发展成果展"，并与部分新文艺群体代表座谈。省委宣传部副部长高中伟，省文联主席郑晓幸，党组书记、常务副主席平志英，党组副书记、副主席兼秘书长李兵，党组副书记刘建刚等出席了活动。

21日至25日　由省文联党组书记、常务副主席平志英带队，组织50余名艺术家到绵阳市安州区、平武县，阿坝州九寨沟县开展"坚守初心使命·书写时代篇章"文艺志愿服务活动。

22日　省文联系统办公室干部增强"脚力、眼力、脑力、笔力"培训班在金堂县开班，省文联党组副书记刘建刚同志作了开班动员，共计60余人参加了此次培训。

27日至31日　中国曲协赴岳池、巴中等地开展调研和复核"中国曲艺之乡"。

28日至31日　由中国曲协、省文联、广安市委宣传部主办的第五届"岳池杯"中国曲艺之乡曲艺展演在四川省广安市岳池县吴雪艺术中心举行。中国曲艺家协会党组成员、副秘书长黄群，四川省文联党组书记、常务副主席平志英等出席了此次活动。

29日　中国文联党组成员、副主席、书记处书记李前光一行在四川省副省长杨兴平的陪同下到成都当代影像馆参观调研。省文联主席郑晓幸，党组书记、常务副主席平志英，省文联副主席、成都市文联党组书记宋凯及成都当代影像馆相关负责人陪同。

11月

4日　省文联在四川美术馆学术报告厅召开学习贯彻党的十九届四中全会精神大会，共计120余人参加了会议。

6日　由省文联指导，省书协主办的"四川省第九届书法篆刻新人新作展"在世纪城新会展中心文轩美术馆隆重开幕。省文联党组书记、常务副主席平志英宣布展览开幕。

7日　省文联召开四川省文联主管的社会组织党组织"不忘初心、牢记使命"主题教育推进会暨党支部书记培训会。

11日　庆祝人民空军成立70周年"我爱祖国的蓝天"主题摄影展在

四川美术馆拉开帷幕。展览展出 160 幅（组）图片，以及主战飞机模型、飞行装具、荣誉证章等各种不同类型的实物 60 余件。

16 日　省文联指导，省书协、绵阳市委宣传部、绵阳市文联主办承办的"四川省第三届妇女书法篆刻作品展"在绵阳市博物馆隆重开幕。

同日　省曲协、江安县政府主办的首届四川谐剧艺术节，在宜宾江安县开幕。省文联机关党委书记江永长等出席系列活动。艺术节上，中国曲协副主席、省曲协主席张旭东（叮当）向江安授予"四川谐剧之乡"荣誉牌匾。

同日　省文联主办，省舞协承办的四川省首届"天府青荷"青少年儿童舞蹈展演在四川大剧院成功举办。

20 日　省文联党组理论学习中心组召开扩大会议，省文联党组书记、常务副主席平志英主持会议，党组其他成员出席会议。

26 日至 29 日　由四川省文联、四川广播电视台和各市（州）电视台联合摄制、省视协纪录片专委会监理指导的《第一书记》（第二季）荣获"第 25 届中国纪录片系列片十优作品"。

12 月

4 日　由省文联指导，省书协、广安市委宣传部主办的"四川省第二届现代刻字艺术作品展"在成都画院·成都市美术馆举行开幕式。展览共收到来自全省 21 个市州投稿作品 268 件，最终评选出 98 件入展作品和 10 件优秀作品。

8 日　四川、重庆两地艺术家交流座谈会在重庆市文联三楼艺术沙龙举行，来自四川省文联、重庆市文联所属文艺家协会负责人共计 30 余人参加座谈，交流学习、互鉴经验，助推两地文艺发展。

8 日至 14 日　省文联党组书记、常务副主席平志英带队的四川省文联采风创作团赴重庆、湖北、安徽三省市开展交流座谈、采风创作活动。

20 日　省文联召开学习贯彻党的十九届四中全会精神、省委十一届六次全会精神大会。党组副书记刘建刚主持会议，机关党委书记、党组成员江永长出席会议。省文联 70 余名干部职工参加了会议。

22 日　第十四届中国民间文艺山花奖颁奖典礼在深圳市宝安区西乡会堂隆重举行。四川泸州雨坛彩龙《龙腾盛世》喜获第十四届"山花奖"。

26 日至 27 日　省文联指导，省音协、省摄协组织艺术家深入基层、深入群众，连续两天在眉山市的彭山区谢家镇、洪雅县槽渔滩镇分别举办"我们的中国梦——文化进万家"活动。

30 日　第九届四川省巴蜀文艺奖颁奖会在成都新华宾馆举行，四川省人民政府副省长杨兴平出席并讲话。省文联名誉主席席义方、李致，中国文联文艺志愿服务中心主任冀彦伟，省文联主席郑晓幸，党组书记、常务副主席平志英，省文联党组副书记、副主席兼秘书长李兵，省文联党组副书记刘建刚等领导出席。12 个艺术门类 60 件优秀作品被授予第九届四川省巴蜀文艺奖。

31 日　省文联召开机关党委、机关纪委委员会换届选举。省直机关工委机关党委书记唐功江同志到会指导并讲话。省文联党组书记、常务副主席平志英同志，党组副书记、副主席兼秘书长李兵同志，党组副书记刘建刚同志，党组成员、机关党委书记江永长同志，省文联机关处室、省级文艺家协会、直属事业单位党员同志和离退休党员同志近 70 人参加了会议，会议由刘建刚同志主持。

2020 年

1 月

7 日至 8 日　中国文联第十届五次全委会在京召开，中国文联主席、中国作协主席铁凝主持会议并传达了中央领导同志对中国文联工作的批示。中国文联党组书记、副主席李屹作题为《牢记初心使命　坚定正确方向　为繁荣发展新时代文艺事业作出新贡献》的工作报告。中国文联党组书记、副主席李前光作会议总结。四川省文联主席郑晓幸参会，省文联党组书记、常务副主席平志英作交流发言。

11 日至 13 日　中央纪委国家监委机关扶贫办、中宣部文艺局、中国文联文艺志愿服务中心调研组赴我省马边彝族自治县调研。

16 日　省民协八届四次主席团会在阆中市召开。

同日　第七届四川省青年美术作品展在四川美术馆举办。

17 日　中国民协、光明日报等单位指导，省民协主办的 2020 落下闳春节文化博览会主题活动之一——"2020 落下闳天文学暨春节文化论坛"在中国春节文化之乡阆中召开。

同日　省文联党组书记、常务副主席平志英率队，"我们的中国梦"——文化进万家新春慰问活动在阿坝州理县举行。

2月

2 月至 3 月　新冠肺炎疫情爆发以来，省文联心系湖北武汉，在以习近平同志为核心的党中央坚强领导下，共组织创作和征集文艺作品 13679 件。8 首作品被中国音协采用到全国优秀"战疫"公益歌曲展播系列，53 首音乐作品在学习强国学习平台上发布。专门录制了四川艺术家为湖北加油的 App 视频 10 余部，并且在较短的时间内筹集了口罩、消毒液等防疫物资，以最快的速度发往湖北，支援坚守岗位、深入社区一线的湖北文联同志，同时寄去慰问信，表达了与湖北文联风雨同舟、共克时艰的坚定决心。

同月　省文联党员为支持疫情防控工作踊跃捐款。

同月　省文联主管社团组织通过各种方式和渠道捐款捐物为抗疫情积极捐款捐物。据不完全统计，仅捐款金额就高达 30 余万元，其中，请文联转赠给省红十字会共 10 个社团单位、190 余人捐款 133397 元。

3月

3 日　中国文联报李屹书记在《关于四川省文联新文艺组织群体工作开展的情况汇报》上批示：四川省文联对加强新文艺组织、新文艺群体团结引领工作，认识到位、行动迅速、措施具体、成效初显，在全国文联系统作出了积极影响。望深入调研、深化措施，在可操作性、有效性、示范性上取得积极进展。

16 日　省委副书记邓小刚对省文联近期战疫工作作出批示：省文联战疫工作扎实有效。

19 日　四川美术馆恢复开馆。观展群众经过出示健康码、监测体温无异常、完成信息登记、身份识别后有序进入。

24 日　省文联召开党组理论学习中心组学习会。

31 日　杨兴平副省长在《省文联关于战疫工作的情况报告》批示：全省文联系统围绕防疫积极开展文艺创作，在凝神聚力、抚慰一线医务人员和患者心灵等方面发挥了重大作用，望办好抗疫主题美术作品展，助力疫情防控，凝聚强大的社会正能量。

同月　省文联获省直部门（单位）2019 年度党组（党委）理论学习中心组学习先进单位。

4 月

3 日　省文联党组书记、常务副主席平志英带队深入理县佳山村走访调研脱贫攻坚工作，慰问大病医疗困难群众。理县县委书记依当措等陪同调研。

10 日　省民协主席孟燕所撰写的题为《愿乡愁这棵树在中华大地美成诗》入编《党的建设与思想政治工作优秀成果汇编》大型文献史册。

22 日　"中国民间文学大系" 2020 年四川编纂工作会在成都启动。省文联党组副书记、副主席兼秘书长李兵出席。

23 日　川渝两地文联在成都共同召开加强川渝两地文联全方位合作、助推成渝地区双城经济圈建设座谈会，草签了双向合作的框架协议。重庆市文联党组书记、副主席陈若愚，省文联党组书记、常务副主席平志英，以及川渝两地文联领导班子成员等参加座谈。

同日　省文联组织社团参加省委 "两新工委" 组织的 "学用新思想，建功新时代" 读书演讲比赛。

27日 省文联召开党组理论学习中心组（扩大）学习会。

30日 省剧协获中国剧协通报表扬。

5月

14日 四川省文联、重庆市文联在重庆正式签署《成渝地区双城经济圈建设文艺先行战略合作框架协议》。四川省文联党组书记、常务副主席平志英，党组副书记刘建刚，省文联副主席、成都市文联党组书记宋凯，省文联党组成员、秘书长仲晓玲；重庆市文联党组书记、副主席陈若愚、中国剧协副主席、重庆市文联主席沈铁梅，党组成员、副主席龙川、黄振伟等参会。

15日 省曲协召开启动曲艺剧《红杜鹃》创排工作会。

21日 省文联党组书记、常务副主席平志英一行到省政府参事室（文史研究馆）调研座谈。

同日 省曲协选送5个节目入围中国曲艺最高奖项——牡丹奖。四川清音《绣蜀》、四川竹琴《张松献地图》、四川评书《永不凋谢的索玛花》、四川清音《小姑出嫁》、四川竹琴《竹琴声声》分别入围表演奖、新人奖、节目奖。

26日至27日 省文联党组成员、秘书长仲晓玲带领四川省文艺志愿服务小分队走进广安。

6月

1日 四川省文联、重庆市文联、四川省生态环境厅和重庆市生态环境局主办的"同饮一江水·共护长江源"川渝主播环保公益行正式启动。

2日 省文联传达学习全国"两会"精神。四川省文联党组书记、常务副主席平志英主持会议并讲话。省文联党组成员、机关党委书记江永长，党组成员、秘书长仲晓玲出席会议。

5日 省文联七届五次全委会在成都召开。省委宣传部副部长高中伟到会并作讲话。省文联主席郑晓幸在会上作了重要讲话。省文联党组书记、常务副主席平志英同志作题为《提高政治站位 坚定文化自信 在决胜决战之年奋力贡献四川文艺力量》的工作报告。省文联党组副书记、副主席李兵，省文联党组副书记刘建刚，省文联党组成员、机关党委书记江永长，省文联党组成员、秘书长仲晓玲，省文联副主席沙马拉毅、王达军、陈智林、王玉兰、林戈尔、张旭东、童荣华、李明泉、宋凯，省文联主席团委员梁时民，省文联第七届全委会委员等出席会议。

9日至10日 省文联党组书记、常务副主席平志英一行在阿坝州理县考察"四川文艺创作培训基地""羌绣传习基地""四川省摄影家协会创作基地"建设和活动开展情况。党组成员、机关党委书记江永长参加。

10日 李少言抗战版画原作《一二〇师在华北》及相关文物捐赠中国人民抗日战争纪念馆仪式在四川美术馆贵宾厅举行。李少言夫人侯文川及全家，省文联党组副书记、副主席李兵，中国国家画院版画院副院长、省美协名誉主席阿鸽，省美协主席梁时民，副主席兼秘书长杨梁相，以及中国人民抗日战争纪念馆馆长罗存康等出席了捐赠仪式。

同日 "爱满校园 传承校园——2020戏剧进校园活动"在绵阳开展。

12日 省文联党组书记、常务副主席平志英一行赴"天府红谷耕读桃源"基地考察调研。

16日 第30届中国电视金鹰奖四川地区评选活动在蓉举办。

17日 四川美术馆申报的公教项目"东方华彩——壁画保护及岩彩画推广项目（第一季）"荣获2019年度全国美术馆优秀公共教育项目，"野原——何多苓个人作品展"获2019年度全国美术馆优秀展览提名项目奖项。

19日至21日 省文联在成都万达广场（锦华店）举办"羌山市集"，为省文联对口帮扶的理县佳山村和省干部函授学院帮扶的蒲溪村村民促销生态农产品和手工艺品。

21日至24日 中国文联、中国曲协主办的第十一届中国曲艺牡丹奖全国曲艺大赛（余杭赛区）在杭州举行。四川竹琴《竹琴声声》、四川清音《绣蜀》荣获节目奖提名；四川清音《小姑出嫁》荣获新人奖提名。

同月　由中国曲协批准、四川省文联承办的第十一届中国曲艺节将于2023年在四川乐山举办。

7月

2日　中国杂协、广西文联主办的"追寻中国梦，精彩南国风"——第六届南方六省（区）青年魔术新秀展演在广西南宁圆满落下帷幕。省杂协组织的曹俊的《炫彩和平鸽》获舞台类最佳手法奖，周明禹的《infinity》获近景类优秀奖。

同日　梁时民美术馆在绵阳三台县潼川古城开馆。省文联主席郑晓幸，省文联党组书记、常务副主席平志英，省文联党组副书记、副主席李兵，省文联党组副书记刘建刚等领导以及数百名嘉宾出席开馆仪式。

13日　四川省首届老年书法篆刻作品展评审工作圆满结束。

13日至14日　省文联献礼建党100周年主题文艺创作暨四川历史文化名人研讨会在眉山召开。

17日　省文联召开专题会议，传达学习贯彻省委十一届七次全会精神。省文联党组书记、常务副主席平志英主持会议。省文联党组成员、机关各处室主要负责同志，各直属单位领导班子成员参加了会议。

同日　2020年度省文联项目签约仪式在成都召开。

21日　为助力佳山村"艺术乡村"打造，省视协新媒体专业委员会一行15人到四川省文联定点帮扶贫困村阿坝州理县桃坪镇佳山村进行帮扶调研。

31日　四川省原创音乐创作出版推广中心挂牌成立。

8月

5日　四川省脱贫攻坚主题美术作品展在四川美术馆开幕。

同日　四川省视协与重庆市视协联合主办的"打开新视界，助推成渝经济圈建设——川渝媒体共话未来"工作交流会在山城举行。

同日　四川省脱贫攻坚主题美术作品展和四川省第 17 届摄影艺术展在四川美术馆、四川数字艺术馆同时展出。

6 日　四川省文联党组书记、常务副主席平志英一行到阿坝州理县桃坪镇，举行省委十一届七次全会精神宣讲报告会。

6 日至 8 日　中国曲协主办的第九届全国少儿曲艺展演在江苏张家港市举办。四川清音《天梯上的阿果》，谐剧《起跑线》，四川金钱板《疑人偷鸡》3 个曲艺节目喜获入选展演。

7 日　省文联组织理县桃坪镇脱贫村少年儿童开展"走出大山看世界"暑期夏令营活动，参观了映秀震中遗址、汶川大地震震中纪念馆、青少年活动中心等爱国主义教育基地。

8 日至 11 日　省民协组织专家赴凉山州金阳县考察地方民俗活动。

12 日　省视协新媒体专委会成立。省文联主席郑晓幸出席了成立大会并讲话。

14 日　《努力餐》《川藏·茶马古道》入围第十二届中国舞蹈"荷花奖"舞剧终评。

15 日　中国曲协曲艺研修院成立暨挂牌仪式在四川省艺术院（沫若艺术院）举行。中国曲协曲艺研修院名誉院长、中国曲协主席姜昆；中国曲协分党组副书记、秘书长曲华江；中国曲协曲艺研修院执行院长，中国《曲艺》杂志社社长、主编宋洪发；中国曲协曲艺研修院名誉院长、省文联主席郑晓幸；省文联党组书记、常务副主席平志英；省文联党组副书记、副主席李兵；省文联党组成员、机关党委书记江永长；省文联党组成员、秘书长仲晓玲；中国曲协副主席、省文联副主席、省曲协主席张旭东（叮当）等出席。

同日　四川省第 17 届摄影艺术展在四川美术馆开展。

17 日至 23 日　省美协到万源开展"深入生活·扎根人民"红军长征主题创作采风交流活动。

18 日　省视协联合重庆市视协和四川省生态环境厅启动"同饮一江水·共护长江源　川渝主播赴青海三江源环保公益行"活动。中国视协名誉主席、原中央电视台台长赵化勇、中央电视台著名主持人敬一丹等参与。

18日至20日　中国音协八届三次理事会在成都召开。中国文联党组成员、副主席李前光，中国音协主席叶小钢，中国音协分党组书记、驻会副主席韩新安，省文联主席郑晓幸，成都市人民政府副市长敬静等出席会议。

22日　省书协主办的"国学修养与书法四川省书法家协会第二期青年书法创作骨干研习班"在成都开班。省文联党组成员、机关党委书记江永长出席开班仪式并讲话。

25日　四川谐剧《找到你》亮相第七届全国道德模范故事汇基层巡演。

26日　四川省政府副省长、党组成员罗强来到省文联进行调研，走访慰问。省政府副秘书长刘全胜，省文联党组副书记、副主席李兵，省文联党组副书记刘建刚，省文联党组成员、机关党委书记江永长，省文联党组成员、秘书长仲晓玲陪同调研。

同日　中央宣传部、中央文明办召开推进学雷锋志愿服务工作电视电话会议。四川省寒露同志被评为最美志愿者。

26日至27日　省文联召开党组理论学习中心组学习（扩大）会。会议由党组书记、常务副主席平志英主持。

28日　"礼赞百年——四川省民间文艺主题创作研讨会"在德阳召开。省文联主席郑晓幸，省文联党组副书记刘建刚，德阳市委常委、宣传部部长吴成钢等参加会议。

8月29日至9月6日　在中宣部的统一安排部署下，"我们的中国梦"——文艺进万家、心连心文艺小分队到我省国家级深度贫困县凉山州普格县、越西县、昭觉县、布拖县、金阳县等5个县开展学雷锋文艺志愿服务活动。冯巩、殷秀梅、李丹阳等组成的文艺小分队辗转行程近3000公里，共开展5场文艺演出和3场文艺培训。

9 月

1 日　第十五届中国长春电影节组委会公布入围名单，省文联重点文艺作品——川剧题材电影《笑里藏刀》入围角逐"金鹿奖"。

7 日　四川曲艺节目展演工作会议召开。

7 日至 12 日　中国民协分党组成员、副秘书长吕军一行赴四川泸州调研。省文联党组副书记刘建刚陪同调研。

9 日　省文联组织离退休干部收看《习近平谈治国理政》（第三卷）网上学习辅导报告会。

10 日　省文联做指导单位的《只有峨眉山》戏剧研讨会在峨眉山市召开。省文联主席郑晓幸，省文联党组书记、常务副主席平志英，中国评协副主席、省评协主席李明泉等参加活动。

15 日至 18 日　中国文联加强县级文联工作专题调研座谈会在成都召开。中国文联理研室主任周由强，青海省文联党组书记班果，四川省文联党组成员、机关党委书记江永长，江西省文联党组成员、副主席邬定忠，湖北省文联党组成员、副主席肖伟池，贵州省文联二级巡视员李雯，广西壮族自治区文联党组成员、副主席牙韩彰，海南省文联专职副主席王艳梅等参加专题调研座谈会。

17 日　中国杂协第七届理事会第六次会议在山东蓬莱召开。四川省杂协、遂宁市杂技团和自贡市杂技团获得中国杂协表彰。

22 日　省文联党组书记、常务副主席平志英率省文联机关及部分市州文联同志赴青白江区调研。

23 日至 25 日　四川省文联系统干部综合素能提升培训班赴重庆交流学习。培训班由省文联机关党委书记、党组成员江永长带队。

24 日　"魔术进校园"活动分别在仁寿县职业教育中心、四川科技职业学院两所学校开展。

24 日至 29 日　省文联党组副书记、副主席李兵率队赴河南、山东、山西文联交流学习、采风创作。

25 日至 30 日　"2020 年四川舞协藏戏弦子舞蹈创作采风活动"在甘孜州成功举行。

28 日　第十二届中国舞蹈"荷花奖"舞剧评奖在上海圆满落下帷幕。成都艺术剧院作品《努力餐》荣获第十二届中国舞蹈"荷花奖"舞剧奖。四川省文联党组书记、常务副主席平志英带队助阵并观看了演出。

30 日　省文联 2020 年助学扶智助学金发放仪式暨党建促脱贫工作调研座谈会在理县佳山村举行。

10 月

11 日至 14 日　"脱贫致富奔小康　颂歌献给共产党"——四川省文艺志愿者惠民巡演活动在广安前锋、岳池、北川开展了为期 4 天 3 场共计 13 个节目的巡演活动。

13 日　省美协在金牛宾馆召开美术创作座谈会。省文联党组副书记、副主席李兵出席座谈会。

15 日　姑苏牡丹颂——"曲赞全面小康　艺为人民大众"第十一届中国曲艺牡丹奖颁奖仪式在江苏省苏州文化艺术中心大剧院隆重举行。四川清音演员罗捷获牡丹奖新人奖。省文联党组副书记、副主席李兵带队出席。

16 日　"川派评论：文艺理论与实践"学术研讨会之川西论坛在西昌召开。省文联党组副书记刘建刚出席会议。

同日　"精彩非凡全国美术作品名家邀请展——百城冬奥文化推广计划冰雪文化美术作品名家公益行（成都）"亮相四川美术馆。中宣部原副部长、中国文联原党组书记、中国关心下一代委员会常务副主任胡振民，省文联党组书记、常务副主席平志英，中国美术家协会分党组副书记陶勤，四川省关工委副主任、四川省人大常委会原副秘书长李尚志等出席开幕式。

19 日　四川省首届老年书法篆刻作品展在遂宁开幕。中国老年书画研究会常务副会长兼秘书长、文化和旅游部直属机关党委原常务副书记王吉，省首届老年书法篆刻作品展组委会主任、省政协原主席秦玉琴，省老年书画研究会原会长、省政府原副省长徐世群等老领导，省文联党组书记、常务副主席平志英，遂宁市委常委、宣传部部长涂虹等参加开幕式并观看展览。

19日至25日 省文联赴甘州、阿坝州开展"送欢乐走基层"暨重走长征路采风创作活动。省文联党组书记、常务副主席平志英，党组副书记、副主席李兵带队。

21日 省文联党组书记、常务副主席平志英同志带领离退休人员工作处同志，向省文联退休老同志胡德嘉送达中共中央、国务院、中央军委颁发的"中国人民志愿军抗美援朝出国作战70周年"纪念章并致以重阳节的问候。省文联荣获"中国人民志愿军抗美援朝出国作战70周年"纪念章的老同志还有朱炳宣、卢成春、谭才英。

24日 省文联、省舞协主办的"第四届四川省青年舞蹈展演"在四川大剧院成功举办。

25日至30日 首期全国基层（市县）曲协组织负责人培训班在四川艺术院（沫若艺术院）成功举办。中国曲协分党组书记杨发航，中国曲协分党组副书记、秘书长曲华江，中国曲协曲艺研修院名誉院长、省文联主席郑晓幸，省文联党组副书记、副主席李兵等出席开班仪式。

28日 "传承与创新·四川省第二届行草书大展"在四川福宝美术馆新馆开幕。省文联党组副书记刘建刚，中国书协顾问、四川省书协名誉主席何应辉等参加开幕式。

30日 川渝长江嘉陵江流域文艺联盟成立大会在广安市举行。省文联党组书记、常务副主席平志英，重庆市文联秘书长周和平，广安市市委副书记赵波，广安市委常委、宣传部部长洪丽，广安市人大常委会副主任陈全禄等参会。

同日 四川省文联、重庆市文联主办的"同绘川渝景共抒巴蜀情"重庆、四川美术名家作品联展（2020广安站）在广安市启动。省文联党组书记、常务副主席平志英，重庆市文联秘书长周和平出席开展仪式，广安市委副书记赵波出席仪式并宣布展览开展，广安市委常委、宣传部部长洪丽，川渝两地的近百名的文艺工作者出席开展仪式。

11 月

1 日　省美协 2020 工作推进会在蓉召开。省文联党组副书记、副主席李兵出席。

2 日　省文联召开干部职工大会，传达学习党的十九届五中全会精神。省文联党组书记、常务副主席平志英主持会议。

3 日　乡村振兴"艺术乡村"彩绘项目研讨会在理县桃坪镇佳山村举行。

同日　省文联脱贫攻坚成果展开幕暨"乡村美术馆"揭牌仪式在理县桃坪镇佳山村举行。省文联党组副书记刘建刚，党组成员、机关党委书记江永长，理县县委书记金天强等参加了开幕式。

同日　省曲协在省艺术院组织召开了"庆祝谐剧开创八十周年"研讨会。

4 日至 6 日　省文联"笔颂大美、圆梦小康"惠民书画创作支教培训活动，在文联党组副书记、副主席李兵同志带领下在宜宾市屏山县、叙州区开展了书画笔会。

7 日至 8 日　首届"技炫巴蜀"川渝杂技魔术展演系列活动在渝举行。

9 日至 12 日　2020 中国传统村落保护与发展高峰论坛在甘孜州乡城县举行，并举办了"中国白藏房文化之乡"授牌仪式。中国民协副主席、北京师范大学教授万建中，中国文联民间文艺艺术中心主任徐岫鹃，副主任刘德伟，省文联党组副书记刘建刚等出席此次活动。

11 日　省文联脱贫攻坚成果展在成都东郊记忆中国新视觉影像艺术中心开幕。省文联党组书记、常务副主席平志英，省委宣传部机关党委书记孟华，省直机关工委副书记张平森等出席开幕式。

16 日　省社科院、省文联、省作协、乐山市政府主办的"第二届郭沫若文化周"启动仪式在乐山师范学院举行。省社科院院长向宝云，省文联党组书记、常务副主席平志英，省作协党组副书记张颖，郭沫若亲属郭庶英女士、张鼎立先生等出席。

17日　省文联陪同中宣部、中国文联赴马边调研。中宣部文艺局联络处处长王均宇，中国文联文艺志愿服务中心副主任李岩，省文联党组书记、常务副主席平志英等出席。

18日　省文联、四川广播电视台主办，省视协承办的《主播看四川——乡村振兴区县行》大型媒体行动颁奖活动暨川渝两地"生命长江"主播宣讲团成立大会在成都新华宾馆举行。全国政协常委、省政协副主席、农工党四川省委主委王正荣，省文联党组书记、常务副主席平志英等出席。

19日　省文联新文艺组织培训工作会在绵阳四川文化艺术学院梓潼校区召开。省文联主席郑晓幸，省文联党组副书记、副主席李兵等出席开班仪式。

同日　省文联举办2020年预算绩效管理培训。

26日至27日　省文联党组副书记刘建刚带队调研组赴眉山调研特色文化艺术节。

12月

2日至3日　四川省文联系统信息舆情工作培训会在成都举办。省文联党组副书记刘建刚出席。

5日　中华人民共和国文化和旅游部艺术司公布《黄河文化主题美术创作重点选题入选草图名单》，四川省有5部作品入选：刘刚创作的国画《大美黄河》、刘浪涛创作的国画《黄河之源》、张垚创作的油画《大河之上（三联画）》、钱磊创作的国画《陕北锣鼓、乡恋如歌、又有牧歌》、李兵创作的国画《雪域欢歌》。

7日　省文联召开全体会议传达学习省委十一届八次全会精神。

9日　省文联参加省委宣传部庆祝建党100周年主题文艺创作和重大文艺活动专题策划会。

10 日　省委宣传部组织召开中国剧协第九次全国代表大会、中国杂协第八次全国代表大会四川代表团行前会议。常务副部长、省文明办主任傅思泉同志参加会议并讲话。

16 日　省文联主办的"四川省文学艺术界联合会 2020 年度百家'推优工程'发布会"在成都新华宾馆召开。省文联主席郑晓幸，省文联党组书记、常务副主席平志英，省文联党组副书记、副主席李兵，省文联党组成员、机关党委书记江永长等出席。

18 日　四川省文联、凉山州人民政府主办，中共凉山州委宣传部、省摄协、凉山州文联承办的"向人民汇报——四川省脱贫攻坚主题摄影展"在西昌开幕。省文联党组书记、常务副主席平志英，凉山州政协主席杨文泉，凉山州委副书记张伟，凉山州人大常委会副主任卢强，凉山州人民政府副州长肖春等出席开幕活动。

23 日　省文联召开党组理论学习中心组学习（扩大）会。

2021 年

1 月

4 日　省美协、四川美术馆召开以案促改工作部署会。省文联党组副书记、副主席李兵出席会议。

11 日　省文联党组在省美协、四川美术馆召开以案促改工作推进会。党组书记、常务副主席平志英出席并讲话。党组成员、机关党委书记江永长同志宣读了《纪律检查建议书》。会议由党组副书记、副主席李兵同志主持。

13 日　四川省文联获评 2020 年度省直部门（单位）机关党建宣传信息工作先进单位。

22 日　中国书法家协会第八次全国代表大会四川代表团行前会议召开。省委宣传部副部长高中伟，省文联党组书记、常务副主席平志英，省文联党组副书记刘建刚及四川代表团全体代表参加了会议。

25 日　省文联七届六次全委会在成都召开。省文联主席郑晓幸作重要讲话，党组书记、常务副主席平志英作题为《繁荣创作　服务人民　在文化强省建设新征程上开创四川文艺事业发展新局面》的工作报告。党组副书记、副主席李兵，党组成员、机关党委书记江永长，党组成员、秘书长仲晓玲等出席会议。

同日　省曲协七届五次主席团会议在成都召开。省文联党组副书记、副主席李兵出席会议并讲话。

同日　省杂协主席团七届五次会议在成都召开。省文联党组副书记、副主席李兵出席会议并讲话。

27 日　中国书法家协会第八次全国代表大会在北京闭幕。省书法家协会主席代跃全票当选中国书法家协会副主席，林峤、王道义、龚晓斌、王堂兵全票当选理事会理事。

29 日　省民协八届五次主席团扩大会议在成都召开。

2月

4 日　省文联赴理县佳山村开展主题党日暨新春慰问活动。党组书记、常务副主席平志英，党组成员、机关党委书记江永长等参加活动。

5 日　省文联党组召开 2020 年度党员领导干部民主生活会。省委第八督导组、省纪委监委驻省委宣传部纪检监察组领导和有关同志到会督导指导。会议由党组书记、常务副主席平志英主持。

同日　省书法家协会"纳福迎春送万福"活动在省图书馆举行。

5 日、8 日　省文联党组书记、常务副主席平志英代表省文联党组看望慰问省文联名誉主席马识途、席义方、李致和著名艺术家魏明伦。

7 日　首届"四川省十大歌曲"评选活动新闻通气会在成都举行。省文联党组书记、常务副主席平志英，党组副书记刘建刚出席了会议。

8 日　省委常委、宣传部部长甘霖看望徐匡、阿鸽夫妇。省文联党组书记、常务副主席平志英陪同。

12 日至 18 日　"致敬与奋进中国同行的你我——习近平主席二〇二

一年新年贺词书法作品网络展"在四川书法家网陆续展出。

18日　省委书记彭清华走访慰问群团组织，调研了解相关工作情况。省委副书记邓小刚，省领导甘霖、王一宏，省直有关部门负责同志参加走访慰问。省文联主席郑晓幸，省文联党组书记、常务副主席平志英汇报了文联工作情况。彭清华强调，今年是建党100周年，也是实施"十四五"规划、全面建设社会主义现代化四川的第一年。推动"十四五"迈好第一步、见到新气象，确保把美好蓝图变为现实，需要全省各群团组织和广大职工群众凝心聚力、不懈奋斗。要深化思想政治引领，结合庆祝建党100周年广泛开展党史学习教育，以多种形式生动宣传党领导群团事业取得的巨大成就。要立足职能履职尽责，充分发挥自身优势特点，创造性开展工作，为服务全省经济社会发展大局作出更大贡献。要持续用力加强自身建设，精准把握新时代群团工作的规律与特点，积极探索新形势下做好群团工作的新思路新办法，为群团工作创新发展营造良好环境，不断把群团事业推向前进。在省文联，彭清华了解今年我省重点文艺创作情况和我省新文艺组织发展状况，观看优秀文艺作品陈列，听取了省文联重点工作汇报，走访慰问干部职工。清华书记在对做好今年文艺工作提出要求的同时，还代表省委向全省文艺工作者致以新春的问候！

20日　省美协召开七届主席团第十九次扩大会议。省文联党组副书记、副主席李兵出席会议。

23日　省文联召开会议专题学习省委书记彭清华同志在省文联调研时的重要讲话精神。党组成员、文艺家代表、机关全体党员干部和各协会、直属事业单位以及《现代艺术》《音乐世界》《优雅》杂志社负责同志共60余人参加了会议。

同日　省委组织部副部长、省委编办主任陈忠义到省文联调研。党组书记、常务副主席平志英，党组副书记、副主席李兵，党组成员、秘书长仲晓玲参加调研座谈会。

同日　省书协召开七届主席团第八次会议。党组副书记刘建刚出席会议。

同月　省文联出品，省视协策划推出，省视协新媒体专委会、成都世纪捷美文化传播有限公司共同承制的《四川非遗100》系列短视频（第一季）于大年初一上线播出。

3月

2日　党组书记、常务副主席平志英率队到成都市武侯区调研指导工作。

4日　省文联召开党员大会安排部署党史学习教育工作。

5日　省书协召开2021年工作会议。省文联党组副书记刘建刚出席会议。

同日　省文联荣获2020年度省直机关理论学习中心组学习先进单位。

5日至15日　省剧协指导打磨提升现代京剧《浩然成昆》。

9日　省民协向重庆市非物质文化遗产保护中心捐赠了走马镇民间文学三集成史料。党组副书记刘建刚出席仪式并讲话。

15日　省美协开启为期6天的庆祝建党一百周年天府天工——四川工业题材美术创作工程采风写生活动。

17日　省文联党组副书记刘建刚一行到德阳开展"互联网+"调研工作。

19日　省舞协召开八届主席团第七次会议。

同日　省剧协、重庆市渝北区文联在成都召开了话剧《杨闇公》剧本审读和研讨会。党组成员、秘书长仲晓玲参会。

21日　第七届中国书法兰亭奖评奖工作在浙江省绍兴市圆满结束。四川书法家林峤获得"兰亭奖"铜奖，杨江帆、王家葵"兰亭奖"入选。

23日　省文联召开全面从严治党工作会议。

23日至24日　省文联召开党组理论学习中心组第2次集中学习（扩大）会。

25日至26日　中国杂协第八届理事会第二次会议在广州举行。省杂协、遂宁市杂技团、成都艺术剧院杂技团、自贡市杂技团、宜宾市酒都艺术研究院杂技团受到表彰。中国杂协副主席、省文联副主席、省杂协主席、遂宁市杂技团团长童荣华受聘担任中国杂协"两新"组织发展指导委员会主任。

26 日　《巴蜀造物》丛书编撰工作会在成都召开。省文联党组副书记刘建刚出席。

27 日　省书协组织书法家参加"学百年党史　聚奋进力量——西南油气田公司庆祝建党 100 周年百人百米长卷书法献礼活动"。

29 日　省曲艺家协会（省杂技家协会）荣获省直机关三八红旗集体称号。省影协秘书长、省视协驻会副主席、秘书长寒露同志荣获省直机关三八红旗手称号。

4 月

6 日　四川省艺术院、四川师范大学影视与传媒学院在成都签署战略合作框架协议。党组副书记、副主席李兵参加仪式。

8 日　省文联举行 2021 年度项目签约仪式。

9 日　2021 年度全国舞协工作会在长沙举办。四川省舞协荣获 2015—2020 年度"中国舞蹈家协会优秀团体会员单位"称号。

同日　四川省沫若艺术院与标榜学院、龙泉驿区社科联等联合开展红色主题讲座"美术中的红色江山"。

13 日　中国文联主办，中国文联网络文艺传播中心、四川省文联承办的全国文联信息化建设工作会议在成都召开。党组书记、常务副主席平志英出席会议并致辞。

14 日　省文联离退休党支部开展"学党史、庆中国共产党成立一百周年"学习活动。

同日　省视协召开六届主席团第五次会议。

同日　《中国民间剪纸集成阿坝藏羌卷》在理县召开一审修改工作会。

14 日至 16 日　省文联开展红色路线主题采风活动。采风团由党组副书记刘建刚带队，先后到达娄山关、四渡赤水烈士陵园、遵义会议会址等长征旧址参观学习。

15日至16日　省文联党组书记、常务副主席平志英，党组成员、机关党委书记江永长到自贡调研考察文艺人才队伍建设工作。

15日至25日　10集系列纪录片《第一书记》（第三季）每晚18：00在四川卫视《今日视点》播出。

17日　2021年"魔术进校园"暨四川高校魔术交流会在成都信息工程大学（龙泉校区）举办。

19日至23日　川渝开展"两江文脉·红色巴蜀"第一阶段采风活动。省文联党组成员、机关党委书记江永长宣布采风活动启动并授旗。

20日　省文联党组书记、常务副主席平志英，党组副书记刘建刚赴雅安市文联调研。

同日　省文联召开纪检干部专题学习培训会。

21日至23日　我省第17所"影视小屋"在宣汉县土黄中学正式创建。

22日　中国评协指导，四川省文联、重庆市文联主办，四川省评协、重庆市评协承办的第三届川渝文化发展合作论坛在重庆隆重举办。

同日　省文联组织离退休老同志开展专题调研活动。

23日　"漆彩闽川——福建四川漆艺术作品邀请展"在福建省美术馆开幕。

24日　"2021年全国文联理论研究工作会"在安徽省芜湖市召开。四川省文联荣获"中国文联2020年度舆情工作先进单位"。

24日至26日　党组成员、秘书长、信息化领导小组副组长仲晓玲一行前往达州调研"互联网+文联"工作建设情况。

25日　省文联青年理论学习小组开展主题学习活动。

25日至29日　省文联举办第3次党组理论学习中心组会暨党员领导干部专题读书班。

26日　庆祝中国共产党成立100周年"东坡风韵"全国邀请展在省沫

若艺术院开幕。省文联党组副书记、副主席李兵，省公安厅原厅长吕卓等领导出席。

29 日　省评协召开四届主席团 2021 年第一次会议。

30 日　省委宣传部组织召开全省舆情信息工作会议。会议对省文联、成都市等 12 个单位的舆情信息工作进行了表扬。

4 月至 5 月　省文联直属期刊《现代艺术》杂志推出"文艺赞百年"之《百刊话百家》《百馆展百作》姊妹特辑。

5 月

10 日　省文联直属期刊《优雅》杂志获第八届中华印制大奖金奖。

10 日至 12 日　省曲协组织专家组赴大竹县调研"四川竹琴之乡"创建工作。

13 日　省民协召开中国民间文学大系 2021 年编纂工作会。省文联党组副书记刘建刚参加会议。

16 日至 17 日　省沫若艺术院举办第三届"弘琴杯"古琴展演四川选区活动。

16 日至 18 日　省文联组织艺术家赴理县开展"我为群众办实事"实践活动。党组成员、机关党委书记江永长带队。

17 日至 20 日　中国文联主办、浙江省文联和杭州市文联共同承办的全国文联"文艺两新"工作座谈会在杭州召开。省文联党组书记、常务副主席平志英作了题为《营造新文艺群体的温暖之家》的大会交流发言。

19 日至 22 日　中国书协主办的 2021 年全国书协系统驻会干部培训班在广东东莞举行。四川省书协荣获"第七届中国书法兰亭奖组织工作先进单位"称号。

21 日　第 30 届中国戏剧"梅花奖"颁奖晚会在江苏大剧院落下帷幕。省川剧院一级演员张燕获"梅花奖"。

同日　袁隆平院士作词，杨柠豪谱曲，四川省文联出品的《我有一个梦》入选庆祝新中国成立 70 周年"中国梦"主题新创作歌曲名单。

同日 党史学习教育省委第十八巡回指导组到省文联调研督导。

23日至30日 川渝"两江文脉·红色巴蜀"文艺活动第三阶段采风圆满结束。

24日至25日 省文联召开第四次党组理论学习中心组（扩大）会。

25日 2021年全国基层民协工作者思想道德与行风建设培训班在川举办。中国民协分党组成员副秘书长侯仰军、省文联党组副书记刘建刚、内江市委常委宣传部部长蒋学东、内江市人大副主任市文联主席秦金保等领导出席开班式。

26日 省文联荣获2020年省直部门（单位）定点扶贫先进集体，省文联派驻理县桃坪镇佳山村党支部第一书记胡文荣获2020年脱贫攻坚"五个一"帮扶先进个人。

26日至28日 中国文联、中国舞协、深圳市委宣传部主办的第十二届中国舞蹈"荷花奖"当代舞、现代舞评奖活动在深圳市举办。四川师范大学舞蹈学院《远山不远》拟确定荣获第十二届中国舞蹈"荷花奖"当代舞奖。

29日至30日 中国书协分党组书记、驻会副主席李昕一行在四川开展调研。5月30日下午在省文联会议室召开调研座谈会。省文联党组副书记刘建刚等参加座谈会。

30日 中国书协、四川省文联主办，四川省书法家协会承办的"庆祝中国共产党成立100周年系列书法展（四川篇）"之"人间正道是沧桑——四川省书法名家书党史优秀作品展"在成都文轩美术馆开幕。

同日下午 中国文联文艺志愿服务中心主任冀彦伟来川举办专题讲座。

6月

1日 《巴蜀造物》召开第二次编纂工作会。

2日 "彩墨写丹心——四川香格里拉彩墨画研究书画作品展"在内江张大千美术馆开幕。省政协原副主席李进，省文联党组书记、常务副主席平志英等出席了开幕式。

2日至3日　党组书记、常务副主席平志英一行赴内江开展基层文艺人才队伍建设情况实地走访调研。

3日至5日　省民协赴珙县考察民间文艺之乡创建工作。

5日　四川省文联"学党史　传精神　跟党走"主题文艺宣传活动走进理县。

7日　省影协在成都召开七届七次主席团会议。省影协主席，峨眉电影集团党委书记、董事长韩梅等出席了会议。

9日　四川省文联文艺精品创作工作推进会在成都召开。省文联党组领导、主席团部分成员出席会议，各市（州）文联负责人和艺术家代表，省级各文艺家协会负责人，省文联机关处级以上干部和直属事业单位负责人，以及新文艺组织代表共120余人参加会议。

同日　省评协和"诗婢家"共同设立的四川省文艺评论家协会新文艺群体联络中心、四川省文艺评论家协会创评基地在成都"诗婢家"挂牌成立。省文联主席郑晓幸，省文联党组成员、机关党委书记江永长等出席授牌仪式。

12日　"爱与责任·赞歌献给党——庆祝建党100周年"民族交响音乐会在成都举行。

14日　魔术进校园暨四川高校魔术展演在四川师范大学开展。

15日至16日　省文联召开2021年第五次党组理论学习中心组（扩大）会。

17日　2021全国"文艺评论两新"锦江论坛在蓉举行。论坛由中国文艺评论家协会、中国文联文艺评论中心、四川省文联主办，中国评协新文艺群体评论工作者委员会、四川评协等承办。中国评协主席夏潮以及中国文联文艺评论中心主任、中国评协副主席兼秘书长徐粤春，四川省文联主席郑晓幸，省文联党组书记、常务副主席平志英，中宣部文艺局理论文学处处长胡友笋，以及省文联党组副书记刘建刚等领导出席论坛。

19日　四川省文联、四川省作家协会、重庆市文联、重庆市作家协会联合主办的"魂系中华——马识途书法展"在重庆市文联美术馆开幕。省文联党组书记、常务副主席平志英等领导出席开幕式。

21日 省摄协召开七届主席团第五次视频会议。

22日 省文联召开安全生产工作专题会议。党组副书记刘建刚,党组成员、机关党委书记江永长等参加会议。

23日 党组书记、常务副主席平志英率队到原定点帮扶村理县桃坪镇佳山村集中开展主题党日活动,到新调整的联系村理县下孟乡沙吉村开展调研活动。

同日 省文联离退休支部开展活动庆祝建党100周年,为来到现场参加活动的党龄50年以上的老同志佩戴"光荣在党50年"纪念章。

25日 重庆市文联、四川省文联等部门主办的首届巴蜀青年摄影作品展在重庆市九龙坡区巴国城中心广场举行开幕式。

28日 "同心向党 共绘辉煌"书画邀请展在四川省沫若艺术院开幕。

30日 省文联举行2021年度"两优一先"表彰暨庆祝建党100周年"颂歌献给党"歌咏活动。

7月

1日 省文联组织收看中国共产党成立100周年庆祝大会。

2日 省文艺志愿者协会召开一届第三次主席团会议。省文联党组副书记、副主席、省文志协主席李兵出席本次会议。

6日至7日 省文联召开2021年第六次党组理论学习中心组(扩大)会。

7日 四川省文联、四川省文旅厅、重庆市文联主办,四川省舞协、重庆市舞协、四川省艺术研究院承办的"舞动的红绸——庆祝建党100周年川渝舞蹈精品汇演"在四川大剧院举办。

7日至21日 四川省美协、四川美术馆与陕西省美协、重庆市美协共同主办的"丝路荣光——川陕艺术交流展""川渝共融美术作品交流展"

在成都开幕。

11 日　省文联党组成员、机关党委书记江永长带队赴理县下孟乡沙吉村调研定点帮扶工作。

16 日　"庆祝中国共产党成立 100 周年·全省媒体看成就"大型全媒体短视频联合报道公益行动在双流启动。

18 日　省书协"遂宁、内江、南充、广安四地片区"书法篆刻看稿活动在遂宁举行。

20 日　第十四届中国西南六省区市摄影联展在弥勒开幕。四川省文联党组书记、常务副主席平志英等领导参加开幕式。

25 日　省美协和广安、广元、绵阳、德阳、遂宁、内江和南充七市文联共同主办，七市美术家协会共同承办的"百年辉煌——庆祝中国共产党成立 100 周年四川省第三届七市美术作品联展"在南充市常玉美术馆开幕。

27 日　纪录片《前进吧！少年》登录中央广播电视总台纪录频道首次播出，四川卫视于 8 月 2 日 21：20 播出。

同月　省文联课题组论文《党建引领助脱贫凝心聚力奔小康——省文联开展党建助脱贫工作调研报告》荣获"2020 年度机关党建研讨论文"二等奖。

8 月

5 日　省文联机关第一党支部召开党史学习教育专题组织生活会。省委党史学习教育巡回指导组第八组组长、省直机关工委副书记张玉强等到会指导。党组书记、常务副主席平志英，支部党员参加专题组织生活会。

6 日　省文联党组书记、常务副主席平志英讲专题党课。

10 日　四川省巴蜀文艺发展基金会在成都召开工作座谈会。省文联党组成员、秘书长仲晓玲出席。

13 日　四川省视协动漫专委会举办"Hi，大自然"少儿艺术展。

8 月 17 日至 2022 年 3 月 10 日　四川省沫若艺术院举办"墨染金秋颂

党恩——四川省书画艺术家作品展播"线上展。

21日　"风华正茂"四川省新风景摄影作品展在蓉开展。

24日　省委第十巡视组巡视省文联工作动员会召开。省委第十巡视组组长赵晓东作巡视动员讲话，省文联党组书记、常务副主席平志英主持会议并作表态讲话。

25日至29日　四川省书法家协会第二十四期临帖（楷书、行书、草书）培训班在成都举办。

26日　省曲协、省杂协、省文志协、省文艺家维权中心联合召开学习贯彻《修身守正　立心铸魂——致广大文艺工作者倡议书》暨文艺工作者职业道德和行风建设工作座谈会。党组副书记、副主席，省文艺志愿者协会主席李兵出席会议。

27日　省剧协成功举办"2021年四川省文艺两新青年戏剧表演人才培训班"。

30日　"守正创新　聚焦时代——四川省摄影家协会职业道德和行风建设工作座谈会"在蓉召开。党组副书记、副主席李兵参加座谈会。

同月　话剧《杨闇公》在成都城市音乐厅戏剧厅首演。

同月　林峤著《林峤汉砖佛造像》荣获中国编辑学会组织的第二十九届"金牛杯"美术图书银奖。

9月

8日　省舞协在蓉召开职业道德和行风建设工作座谈会。党组成员、机关党委书记江永长参加本次会议。

10日　"大国脊梁圣境峰光——高原雪山画派作品展"在山西美术馆开幕。

同日　省文联召开文娱领域综合治理工作会。省文联主席郑晓幸，党组书记、常务副主席平志英，党组副书记、副主席李兵，党组副书记刘建刚，党组成员、秘书长仲晓玲等参会。

同日　中央文明办三局（全国志愿服务工作协调小组办公室）与中国

文艺志愿者协会共同主办的首届宣传推选学雷锋文艺志愿服务"时代风尚"先进典型名单官方发布，四川省视协"影视小屋"及四川省摄协"手机摄影乡村辅导站"入选"最美文艺志愿服务项目"。

13 日至 17 日　"蜀派古琴艺术骨干人才培训班"在四川省沫若艺术院举办。

15 日　省文联指导，省美协和广安、南充、遂宁、广元、绵阳、德阳、内江等七市文联主办的"百年辉煌——庆祝中国共产党成立 100 周年四川省第三届七市美术作品联展"（广安站）开幕式在广安市劳动人民文化宫举行。

15 日至 17 日　省民协赴名山、绵竹调研民间文艺之乡。

16 日　省书协走进李庄古镇开展书法作品惠民捐赠活动。

16 日至 17 日　省文联开展 2021 年预算绩效管理培训。党组副书记刘建刚，党组成员、秘书长仲晓玲出席会议并讲话。

17 日　"蜀派古琴继承与创新研讨会"在四川省艺术院举行。

22 日　"舞动的红绸——庆祝建党 100 周年惠民演出"在德阳市文庙广场举行。

23 日　中国文联和中国摄协主办的"第十届全国农民摄影大展"在中华世纪坛开幕。省摄协获得中国摄协颁发的《优秀组织工作证书》。

29 日　省文联主办，省教育厅、省文旅厅、省广播电视局、四川音乐学院支持，省音协承办的"四川省十大歌曲"颁奖晚会在成都城市音乐厅举行。

同日　省民协召开《巴蜀造物》审稿工作会。

同月　川剧《草鞋县令》入选第十七届中国戏剧节参演剧目。

10 月

1 日　省视协等单位共同主创的情景诗演诵《聆听新中国》在四川广播电视台文旅频道及"四川观察"等新媒体平台播出。

9 日　"金钟之声"惠民音乐会在蓉举办。

同日　省杂协召开七届六次主席团会和七届四次理事会。党组副书记、副主席李兵参加会议。

11日　《中国民间文学大系·传说·四川卷》编纂工作推进会在蓉召开。

12日　中国舞协"新农村少儿舞蹈美育工程"（四川宜宾）启动及挂牌仪式在四川宜宾高县举行。中国舞蹈家协会主席、中国文学艺术基金会副理事长冯双白，省文联党组书记、常务副主席平志英出席了仪式。

同日　省评协、四川师范大学艺术研究院联合主办的央视热播电视剧《火红年华》专题研讨会在四川师范大学召开。

14日　传承与创新·四川省第四届临书临印展在成都开幕。中国书协孙晓云主席，中国书协分党组书记、驻会副主席李昕率中国书协部分副主席及专家出席了开幕式并观展。

15日　2021中国故事节·金堂廉政故事会创作成果发布会在蓉举行。省文联党组副书记刘建刚出席发布会。

17日　省委书记彭清华在成都会见中国文联主席、中国作协主席铁凝一行，欢迎他们来川出席第十三届中国音乐金钟奖有关活动。中国文联副主席李前光、叶小钢，中国音协名誉主席赵季平，省领导甘霖、罗强，省委宣传部副部长王红芯、省文联党组书记平志英、省作协主席阿来等参加会见。

同日　中国文联主席、中国作协主席铁凝，中国文联党组成员、副主席、书记处书记李前光一行来到四川省文联名誉主席、四川省作协名誉主席马识途，四川省作协名誉主席王火、著名雕塑家李先海家中，代表中国文联、中国作协送上问候和祝福。四川省委常委、宣传部部长甘霖，四川省委宣传部副部长王红芯、省文联党组书记平志英、省作协主席阿来陪同慰问。

18日　"生命长江"主播宣讲团走进四川省文联。

20日　省文志协组织艺术家走进四川省消防救援总队。党组副书记、副主席，省文志协主席李兵参加了本次活动。

25 日至 27 日　第十三届中国舞蹈"荷花奖"民族民间舞评奖活动在山东省会大剧院圆满落下帷幕。四川艺术职业学院舞蹈作品《柔情似水》荣获第十三届中国舞蹈"荷花奖"民族民间舞奖。

26 日　"西部文艺评论工作座谈会"在蓉召开。省文联党组书记、常务副主席平志英出席会议。期间，省委宣传部副部长王红芯会见了与会代表。

同日　省文联《现代艺术》杂志社"文艺百家"工程·文艺讲坛 2021 年度 12 期全部圆满举行。

同日　四川"中国民间文艺之乡"创建推进会在"中国茶文化之乡"雅安名山召开。中国民协有关领导，省文联党组副书记刘建刚出席会议。

26 日至 27 日　省文联召开第 7 次党组理论学习中心组（扩大）会。

27 日至 29 日　省音协举办 2021 全省基层音乐骨干培训班。

同月　"中国戏曲小梅花荟萃"活动圆满结束，省剧协被中国戏剧家协会授予"优秀组织单位"奖。省剧协推荐的小演员共获得个人"小梅花"称号 4 名，集体"小梅花"1 名。

11 月

1 日　省文联第八次代表大会、省作协第九次代表大会开幕式在成都锦江大礼堂召开。省委书记彭清华出席开幕式并讲话。中国文联、中国作协致贺信。省委副书记、省长黄强，省领导甘霖、王一宏、包惠、罗强、崔保华出席开幕式。省文联党组书记、常务副主席平志英主持开幕式，省作协主席阿来致开幕词，省妇联主席杨娟代表省级各人民团体致贺词。省直有关部门（单位）负责同志出席。省文联第八次代表大会、省作协第九次代表大会代表参加了开幕式。

同日　四川省文学艺术界联合会第八次代表大会第一次全体大会在成都锦江大礼堂召开。省文联主席郑晓幸，党组书记、常务副主席平志英，党组副书记、副主席李兵，党组副书记刘建刚，党组成员、机关党委书记江永长，党组成员、秘书长仲晓玲，省文联主席团成员，来自全省的近

600 名代表参加大会。平志英代表第七届主席团作了题为"勇担新使命 共绘新画卷 奋力推进四川文艺高质量发展"的工作报告。李兵代表省文联第七届全委会作了关于《四川省文联章程（修改草案）》的说明。

2 日 四川省文学艺术界联合会第八次代表大会闭幕，陈智林当选省文联主席。大会选举产生了省文联第八届主席团。陈智林当选新一届省文联主席，平志英当选省文联常务副主席，王川、王迅、艾莲、田捷砚、代跃、刘成安、孙洪斌、李兵、李延浩、李树、宋凯、张旭东、黄泽江、龚学敏、韩梅、童荣华、寒露（按姓氏笔画为序）当选省文联副主席。马晓峰、张令伟、郝继伟、龚晓斌、董凡（按姓氏笔画为序）当选省文联主席团委员。省文联第八届主席团第一次会议推举马识途、席义方、李致、郑晓幸为第八届主席团名誉主席，聘任仲晓玲为四川省文联第八届主席团秘书长，聘请王玉兰、王达军、李明泉、沙马拉毅、林戈尔、俫伍拉且、梁时民为四川省文联第八届主席团顾问。大会审议通过了《四川省文学艺术界联合会第八次全省代表大会关于第七届委员会工作报告的决议》和《四川省文学艺术界联合会第八次全省代表大会关于修改四川省文学艺术界联合会章程的决议》。

同日 《现代艺术》荣晋"2020—2021 中国人文大众数字阅读影响力期刊 TOP100"。

8 日 省文联召开第 8 次党组理论学习中心组（扩大）会。专题学习贯彻彭清华同志在四川省第八次文代会、第九次作代会开幕式上的重要讲话精神。

10 日 省摄影家协会"手机摄影乡村辅导站"志愿服务项目入选四川省精神文明建设办公室 2021 年度"四川省十佳志愿服务项目"。

12 日 省文联召开第八次文代会工作总结会。

15 日 省文联召开传达学习贯彻党的十九届六中全会精神会议。党组书记、常务副主席平志英，党组副书记刘建刚，党组成员、机关党委书记江永长，党组成员、秘书长仲晓玲出席了会议。

16 日 省影协举行首届四川省"十佳电影工作者"推选活动，评选出王冀邢等 10 位同志为首届四川省"十佳电影工作者"。

18 日　省音协召开第八届主席团第十次会议。

23 日　省剧协举办"2021 年四川省民族地区戏剧创新与发展系列活动"。

24 日至 25 日　省文联党组书记、常务副主席平志英带队到理县桃坪镇、下孟乡开展"我为群众办实事"文艺惠民活动。

25 日　四川省沫若艺术院承办"东安湖楹联座谈会"。

26 日　省文联召开 2021 年意识形态工作分析研判会。党组副书记刘建刚出席会议并讲话，党组成员、机关党委书记江永长主持会议。

28 日至 29 日　省文联党组书记、常务副主席平志英到金川调研拓展新时代文明实践中心示范县建设工作。

11 月 29 日至 12 月 1 日　省音协举办全省音乐组织工作负责人培训班。

11 月 29 日至 12 月 2 日　省文联党组副书记、副主席，省文志协主席李兵带队在乐山市沙湾区、峨边彝族自治县举办"我为群众办实事"——系列活动。

30 日　"追寻郭沫若足迹"川渝行文艺交流活动在乐山启动。四川省文联党组副书记、副主席李兵等领导出席此次活动。

12 月

2 日　省文联召开机关互联网信息化平台培训工作会。

4 日　"修身守正　立心铸魂——四川省书法家协会'国学修养与书法·青年书法创作骨干研习班'学员学习心得书法作品展"在成都开展。

5 日至 12 日　省书协教学专家圆满完成 2021 年中国文联帮扶甘肃陇南武都区书法支教任务。

6 日至 12 日　省剧协成功举办"2021 年四川省大学生校园戏剧展演季"。

7 日　四川省文联、重庆市文联主办，四川省摄影家协会、重庆市摄影家协会承办，四川省摄影家协会青年与新摄影群体委员会、米拍摄影社区协办的"平行线索——第二届巴蜀青年摄影作品展"开幕。

14 日　"百年辉煌——庆祝中国共产党成立 100 周年四川省七市美术作品联展"（德阳站）开展。

14 日至 17 日　中国文联十一大、中国作协十大在人民大会堂开幕。习近平总书记出席大会开幕式并作了重要讲话。四川文艺界 40 多名代表参加盛会。

20 日　省文联召开学习贯彻第十一次全国文代会精神专题会议。省文联主席陈智林，省文联全体党组成员，主席团成员，各市州文联主要负责人、文艺创作骨干，省级各文艺家协会主席和负责人，省文联机关各处（室）、直属事业单位负责人、省级有关新文艺组织负责人，2021 年度百家"推优工程"优秀作品艺术家代表等 200 余人参加会议。

同日　省文联 2021 年度百家"推优工程"在成都揭晓。国画《莫听穿林打叶声》、川剧《死水微澜》、音乐《川·渝》等 100 件我省文艺界优秀原创文艺作品新鲜出炉，副省长罗强出席发布会并为受表彰艺术家颁发荣誉证书。

同日　省剧协召开 2021 年全省剧协工作会暨剧协工作人员培训会。省剧协名誉主席严福昌、廖全京，省文联主席、省剧协主席陈智林，省文联党组成员、秘书长仲晓玲等参加会议。

23 日　省书协学习贯彻第十一次全国文代会精神。

23 日至 24 日　省文联举办党建工作专题培训班。

24 日　省美协、四川美术馆组织学习传达第十一次全国文代会精神。

27 日　省文志协（维权中心）、省曲协（杂协）联合组织专题会议学习贯彻第十一次全国文代会精神。

30 日　省民协召开八届六次主席团扩大会学习贯彻第十一次全国文代会精神。

31 日　省影协会员旦真旺甲获得第 34 届金鸡奖最佳导演处女作奖，省影协编剧专委会副主任余曦获得第 34 届金鸡奖最佳编剧奖。

同日　省委第十巡视组巡视省文联党组情况反馈会议召开。省纪委副书记、省监委副主任赵正文出席反馈会议，对抓好巡视整改工作提出要求。省委第十巡视组组长赵晓东向省文联党组领导班子反馈了巡视情况。省文联党组书记、常务副主席平志英主持反馈会议并作表态发言。省纪委监委、省委巡视办、省委第十巡视组以及省纪委监委驻省委宣传部纪检监察组相关负责同志出席会议；省文联党组成员参加会议；省文联机关全体干部职工，各省级文艺家协会、直属事业单位和企业主要负责人，省文联离退休干部代表列席会议。

2022 年

1月

4 日至 5 日　省文联党组副书记、副主席李兵率队赴广安市前锋区调研四川曲艺之乡创建工作。

8 日　省摄协手机摄影乡村辅导站表彰授牌活动举行，省文联党组书记、常务副主席平志英出席。

13 日　邓添天《试析抗疫戏剧创作三道难题》获评第六届"啄木鸟杯"中国文艺评论年度优秀文艺长评文章。

14 日　省文联党组副书记、副主席李兵出席遂宁市文联第七次代表大会。

19 日　省文联党组副书记、副主席李兵率队赴彭州市出席"中国曲艺名城"建设工作推进会。

21 日　省文联、理县乡村振兴工作沟通协调会在成都召开。双方就理县下孟乡沙吉村文化资源保护传承、文旅产业发展、乡村振兴等工作进行交流探讨。

同日　省音协八届十一次主席团会议在成都召开，省文联党组副书记刘建刚出席会议并讲话。

26 日　省文联党组成员、机关党委书记江永长率队赴理县沙吉村开展新春慰问活动。

2月

1日至17日　省文联出品、省视协承制的系列短视频《〈四川非遗100〉第二季》在四川广播电视台卫视频道、文旅频道和经济频道播出。

9日至11日　第二届"技炫巴蜀"川渝杂技魔术展演在成都举行，该展演由中国杂协、省文联、省文旅厅、重庆市文联、重庆市文旅委主办，省杂协、重庆市杂协承办。

10日　省杂协七届七次主席团会在成都召开，省文联党组副书记、副主席李兵出席会议并讲话。

11日　省文联报送的《通江民间歌谣校补图注》获第十五届中国民间文艺"山花奖"。

14日　涪江鼓调《丹韵群芳谱》、四川扬琴《明灯》、四川竹琴《半截皮带》、四川清音《竹雕》入选中国曲协主办的"说唱新时代　奋进新征程"——第17届马街书会优秀曲艺节目网络展播。

18日　省书协2022年度第一次主席团会议在成都召开。

24日　省摄协七届六次主席团会议在成都召开。

3月

7日　省书协2022年度第二次主席团会议在成都召开。

10日　省曲协七届六次主席团会议在成都召开，省文联党组副书记、副主席李兵出席会议并讲话。

15日至17日　省文联"喜迎二十大·礼赞新时代"采风活动在苍溪县举行。

18日　四川省文艺工作者职业道德建设委员会成立大会在成都举行，省文联主席陈智林，党组书记、常务副主席平志英出席会议，党组副书记、副主席李兵主持会议，党组副书记刘建刚，党组成员、机关党委书记江永长，党组成员、秘书长仲晓玲等参加会议。

21日　省委宣传部副部长、省电影局局长王红芯到省文联调研指导工作，省文联党组书记、常务副主席平志英，党组副书记、副主席李兵，党组副书记刘建刚，党组成员、机关党委书记江永长，党组成员、秘书长仲晓玲等参加调研座谈。

21日至22日　省摄协"我们的中国梦"文化进万家惠民活动在理县沙吉村举行。

24日　省文志协基层文艺志愿服务和发展主题调研座谈会在成都召开，省文联党组副书记、副主席，省文志协主席李兵出席会议。

28日　四川省文艺家吉克曲布、张旭东、寒露获得第五届全国中青年德艺双馨文艺工作者称号。

30日　繁荣文艺创作"狮子山文艺群落"研讨会在成都召开，省文联党组副书记刘建刚，中国评协副主席、省评协主席李明泉，四川师范大学校长汪明义、副校长何诣然出席会议。

4月

2日　省美协七届二十五次主席团会议在成都召开。

6日　"我眼中的新时代"主题采风创作活动工作推进会在成都召开，省文联党组副书记、副主席李兵主持会议，党组成员、机关党委书记江永长出席会议。

7日　"喜迎二十大·说唱新时代"四川曲艺专场进京演出工作座谈会在成都举行，省文联党组副书记、副主席李兵出席会议。

11日至13日　省文联党组副书记、副主席李兵率队赴宜宾市调研杂技和曲艺工作。

20日　省文联党组书记、常务副主席平志英率队赴邛崃市、崇州市考察调研文艺工作。

同日　省文志协一届五次主席团会议在成都召开，省文联党组副书记、副主席、省文志协主席李兵出席会议。

20日至22日　2022年政治思想和文艺志愿服务及维权工作专题培训

在成都举办，省文联党组副书记、副主席，省文志协主席李兵授课。

22日　省文联八届二次主席团会议在成都召开。省文联主席陈智林主持会议。党组书记、常务副主席平志英参加会议。会议审议通过了《四川省文联主席团成员履职工作规则（审议稿）》等。

同日　省文联八届二次全委会在成都召开。省委宣传部副部长王红芯出席会议并讲话，省文联主席陈智林主持大会并讲话，省文联党组书记、常务副主席平志英作工作报告。省文联党组成员、省文联副主席、主席团委员出席会议。

24日　省曲协四川曲艺学科建设和少儿曲艺教育发展专题座谈会在成都召开，省文联党组副书记、副主席李兵出席会议。

28日　"丹青笔绘龙泉驿"全国美术主题作品征集展在沫若艺术院开幕，省文联党组成员、机关党委书记江永长出席开幕式。

29日　省音协八届十二次主席团会议暨2022年全省音协工作会在成都召开。

30日　代跃当选中国书协艺术委员会委员、草书委员会主任，王道义、林峤当选中国书协职业道德与行风建设委员会职业道德工作部委员，王堂兵当选中国书协职业道德与行风建设委员会志愿服务工作部委员，孙培严当选中国书协隶书委员会委员，钟显金当选中国书协行书委员会委员，王兴国当选中国书协书法教育委员会委员，王家葵当选中国书协书法评论与文化传播委员会委员。

同月　省文联第二批文艺人才专家库建立，新入选12个艺术门类专家260名，聘期3年。

5月

5日至7日　省文联党组书记、常务副主席平志英率队赴松潘县开展少数民族题材影视调研。

5日至7日　省文联党组成员、秘书长仲晓玲率队赴遂宁市、广安市调研文艺工作情况。

11日 "我眼中的新时代"主题采风创作活动行前会在成都召开，省委宣传部副部长、省电影局局长王红芯，省文联党组书记、常务副主席平志英出席会议。

17日 省美协2022年工作会议在成都召开，省文联党组副书记李兵出席会议。

18日 "天府天工——四川工业题材美术创作工程作品展"在四川美术馆开幕。省政府副省长罗强宣布开幕，省政府副秘书长刘全胜，省委宣传部副部长、省电影局局长王红芯，省委省政府决咨委工业组组长、省工业文化协会筹备组组长蔡竞，省经济和信息化厅机关党委书记周海琦，省文联主席陈智林，省文联党组书记、常务副主席平志英，省文联党组副书记、副主席李兵，省文联党组成员、秘书长仲晓玲等出席开幕式。该活动由中国美协作学术支持单位，省文联主办，省美协、四川美术馆承办。

19日至20日 省杂协七届五次理事会在宜宾召开，省文联党组副书记、副主席李兵出席会议并讲话。

20日 四川省文联、重庆市文联纪念毛泽东同志《在延安文艺座谈会上的讲话》发表80周年座谈会召开，省文联主席陈智林，省文联党组书记、常务副主席平志英，重庆市文联党组成员、副主席阳奎兴出席会议，会议以双会场视频连线方式举行。

26日 四川省民间文艺精品专题创作培训会在绵阳召开，省文联党组成员、机关党委书记江永长出席会议。

31日 省曲协七届三次理事会在成都召开，省文联党组副书记、副主席李兵出席会议。

同月 省文联党组副书记、副主席李兵率队赴自贡市、宜宾市、南充市和射洪市调研杂技工作情况。

6月

2日 省文联召开党组（扩大）会议和专题会议传达学习贯彻省第十二次党代会精神。党组书记、常务副主席平志英，党组副书记、副主席李兵分别主持会议。会议要求，要把学习贯彻省第十二次党代会精神同做好当前文艺文联工作结合起来，围绕中心、服务大局，按照"讲政治、抓发展、惠民生、保安全"工作总思路，精心谋划未来五年文联工作和文艺工作，确保大会确定的奋斗目标和重点任务在我省文艺领域文联系统不折不扣贯彻落实。

8 日　省美协七届二十六次主席团会议在成都召开。

9 日　"守正拓新——四川省首届高校师生书法篆刻展"在成都开幕。中国书协顾问、省书协名誉主席何应辉，四川省教育厅副厅长张澜涛，省文联党组副书记刘建刚，四川师范大学校长汪明义，中国书协副主席、省文联副主席、省书协主席戴跃等出席开幕式。

13 日　四川歌舞剧院舞蹈作品《江城子·记梦》《一川清水》入围第十三届中国舞蹈"荷花奖"古典舞终评。

16 日　省文联启动第十届四川省巴蜀文艺奖评奖工作。

20 日至 26 日　2022 年省文联系统干部素能提升研修班在浙江大学举办，省文联党组副书记刘建刚带队参训。

23 日　四川省民间文艺理论工作座谈会召开，省文联党组成员、机关党委书记江永长出席会议。

27 日　省美协七届二十七次主席团（网络）会议在成都召开。

28 日至 29 日　省文联赴广安市和遂宁市开展宣讲活动，党组书记、常务副主席平志英宣讲习近平总书记来川视察重要指示精神和省第十二次党代会精神，党组成员、秘书长仲晓玲参加宣讲活动。

28 日至 30 日　"我们的中国梦·文化进万家"文艺志愿服务系列活动在蓬溪县举办，省文联党组书记、常务副主席平志英出席活动。

7 月

1 日　省文联党组副书记刘建刚率队赴省流行音乐协会调研并召开座谈会。

同日　四川在第五届中国（黄河流域）戏剧红梅大赛中取得优异成

绩。四川的孙欣、王耀超、尹莲莲、付丝雨获得一等奖，雷云、崔伟杰、蒋金津、刘茜、蒲丽玲、宋文心获得二等奖。

同日　"北京国际美术双年展——第九届中国北京国际美术双年展捐赠作品成都巡展"在四川美术馆展出，本次巡展由中国美协、省文联主办，中国文联美术艺术中心、省美协、四川美术馆承办。

5日　省文联党组书记、常务副主席平志英到阿坝州理县下孟乡讲党课，到省文联定点帮扶地沙吉村开展调研工作。

7日　第十届四川省巴蜀文艺奖杂技奖选拔赛开幕式在南充举行，中国杂协分党组副书记、秘书长、一级巡视员肖世革，省文联党组书记、常务副主席平志英出席开幕式。该赛由省文联主办，省杂协、南充市委宣传部、南充市文联、南充市文广旅局承办。

12日　第十五届中国西南六省区市摄影联展在广西柳州开展，展出来自贵州、云南、广西、西藏、四川、重庆六省区市160余位摄影家创作的作品约400幅（组）。

21日　省文联、省台办联合调研活动在成都浓园艺术博览园举行，省文联党组书记、常务副主席平志英、省台办主任罗治平出席调研活动。

25日　中国美术摄影书法名家邀请展采风创作活动启动暨四川省文艺创作培训基地授牌仪式在剑阁县举行，省文联党组书记、常务副主席平志英出席活动并讲话。

29日　省书协代跃、王道义等8位书法家作品入选由中国文联、中国国家博物馆、中国书协共同主办的"征程：迎接庆祝党的二十大胜利召开书法大展"。

8月

2日　红原县获评"四川牦牛文化之乡"，省文联党组书记、常务副主席平志英授牌。

11日　四川省文联、新疆文联文艺交流合作座谈会暨双边协议签订仪式在成都举行，新疆文联党组书记、副主席邓选斌，省文联党组书记、常务副主席平志英，党组成员、秘书长、二级巡视员仲晓玲出席活动。

16日　第26届中国少儿戏曲小梅花荟萃揭晓，省剧协选送作品获个人奖项1个，集体奖项6个。

23日至25日　省文联习近平总书记文艺工作重要论述理论培训班在成都举办，省文联党组副书记刘建刚出席开班仪式。

24日　第三届蜀派古琴艺术人才高级班在沫若艺术院开班，省文联党组成员、机关党委书记江永长出席开班仪式。

27日　省摄协七届七次主席团会在成都召开。

同月　邹瑾任省文联党组书记。

同月　四川金钱板《车耀先》、四川清音《闪闪红星》、故事《口是心非》入选第十届全国少儿曲艺展演。

9月

6日　省文联发布《关于号召全省广大文艺工作者积极投身疫情防控和抗震救灾的倡议书》，号召全省广大文艺工作者以文艺力量积极投入抗疫和抗震救灾。

6日至15日　省音协《"音"为爱》《我们在一起　音乐传递爱》征集原创抗疫、抗震歌曲135首，举办展播活动10期。

7日至22日　"防疫抗震墨池春——2022四川省书法界防疫抗震主题书法篆刻创作网络展"成功举办。

8日　省文联组织开展支援"9·5"泸定地震抗震救灾募捐活动，省文联党员干部共捐款9.8万余元。

8日至16日　"团结艺心，共同抗疫——四川省民协抗疫主题文艺作品展"进行线上展播。

10日　"千里共婵娟——中秋赏月云连麦"特别节目在四川发布、四川观察、川观新闻等平台直播。该节目由省文联、省作协、四川新闻网传媒（集团）公司主办，省视协、四川发布承办。

15日　川剧《草鞋县令》获得第十七届"文华大奖"，四川扬琴《蜀道》获第十九届"群星奖"。

26日　第二届全国"文艺评论两新"锦江论坛遂宁峰会在北京、成都、遂宁以线上线下相结合的形式同时开幕,论坛由中国评协、中国文联文艺评论中心、省文联、中共遂宁市委、遂宁市政府主办。

27日至28日　"我眼中的新时代"之川剧振兴主题摄影采风创作活动在郫都区举行,省文联党组成员、秘书长、二级巡视员仲晓玲出席活动。

27日至29日　四川清音《中华家风》、谐剧《我们的力量》、四川清音《一双青布鞋》入选"喜迎二十大　说唱新时代"——全国优秀曲艺作品网络展播。

28日　"'喜迎二十大　奋进新征程'四川省机关干部职工主体书法绘画摄影作品展"在四川美术馆开幕,展览由省直机关工委、省文联、省书协、省美协、省摄协主办。

同月　省影协举办《影视战疫》《大爱之光》《抗疫影像》等主题展播活动20期,征集作品128件。

同月　省美协举办"壬寅战疫'美'中有您——2022四川省抗疫主题美术作品线上展"12期。

同月　省舞协举办"防疫抗震·以舞传情"原创舞蹈作品展播8期。

同月　省文志协举办"文"笃行·矢"志"抗击——携手同心　并肩助力　抗击疫情、抗震救灾专题14期。

同月　省剧协开展"疫情防控""抗震救灾"主题戏剧作品征集和线上展播展示活动。

同月　省杂协推荐的遂宁市杂技团《沙漠,绿洲——双人顶碗》、南充市杂技团《坛韵》入围第十一届中国杂技金菊奖全国杂技比赛决赛。

10月

8日至22日　省杂协开展"喜迎二十大　礼赞新时代""同庆二十大　奋进新征程"优秀杂技剧目网络展播活动。

12日　省人社厅党组书记、厅长胡斌率队到省文联调研。省文联党组书记邹瑾，党组副书记、副主席李兵，党组副书记刘建刚，党组成员、机关党委书记江永长，党组成员、秘书长、二级巡视员仲晓玲参加调研座谈会。

13日　省文联党组书记邹瑾到成都市调研新文艺组织工作情况，党组成员、机关党委书记江永长参加调研。

同日　四川清音《绣蜀》入选由中国曲协主办的"长江颂"长江流域优秀曲艺节目展演。

同日　《中国民间文学大系·故事·四川卷·汉族分卷》出版，该书是中华优秀传统文化传承发展工程"中国民间文学大系出版工程"项目之一，共收录700余则四川民间故事。

14日　"迎庆二十大·奋进新征程""艺"起战疫捐献书画作品展在沫若艺术院开展。

16日至22日　省音协开展"庆祝二十大　礼赞新时代"主题歌曲展播，播出歌曲17首。

17日　"礼赞新时代　奋进新征程——喜庆党的二十大四川省美术书法摄影作品展"在四川美术馆开幕，省人大副主任何延政，省政协副主席欧阳泽华，省政府副秘书长刘全胜，省委宣传部副部长、电影局局长王红芯，省文联主席陈智林，省文联党组书记邹瑾出席开幕式。

同日　2022年度四川"影视小屋"优秀微电影评选活动在成都举行，评选出一等奖作品2部，二等奖作品3部，三等奖作品6部。

27日　省文联召开党组（扩大）会议传达学习党的二十大精神，省文联党组书记邹瑾主持会议并安排部署相关工作。

28日　四川竹琴《永远的江姐》入选由中国曲协主办的第四届"走马杯"讲好中国故事曲艺节目网络展播。

30日　"新时代川渝乡村振兴文学建设暨罗伟章创作研讨会"在达州举行，省文联党组书记邹瑾出席研讨会并讲话。

同月　《评论四川2016—2020》文集公开出版发行。

11 月

1 日　省文联党组成员、机关党委书记江永长向黑水县羊茸村授牌"四川省文艺创作培训基地"。

同日　四川省第 19 届摄影大会暨"镜头下的雅安"摄影大赛开赛仪式在雅安举行，省文联党组成员、秘书长、二级巡视员仲晓玲出席仪式。

6 日　省视协推荐的电视剧《湾区儿女》获第 31 届中国电视金鹰奖电视剧提名。

7 日至 9 日　省文联"学习党的二十大精神，提高干部职工能力素质"专题培训班在成都举办，省文联党组书记邹瑾，省文联党组副书记、副主席李兵，省文联党组副书记刘建刚授课。

9 日　《中国民间文学大系·史诗·四川卷·格萨尔分卷》出版。该书系国家重点出版工程"中国民间文学大系出版工程"成果之一，本卷共收录在四川藏区及其周边流传最广、影响较大的《赛马登位》《辛巴与典玛》《地狱救妻》《朱古兵器宗》《霍舍兵器宗》《打开阿里金窟》《取雪山水晶国》等七部史诗。

10 日至 11 日　省文联主管社会组织党支部书记和党建指导员学习党的二十大精神专题培训班在眉山举办，省文联党组成员、机关党委书记江永长出席开班仪式并讲话。

12 日　我省电影获第三十五届中国电影"金鸡奖"多个奖项和提名。《漫长的告白》获最佳中小成本故事片、最佳男配角两项大奖及最佳编剧、最佳女主角两项提名；《黑帐篷》获最佳女主角提名，并入围金鸡百花电影节民族电影展映；《邓小平小道》获最佳编剧、最佳女配角两项提名。

15 日　"'扎根人民的艺术家'守望者——李焕民艺术研究展"在四川美术馆开幕，该展览由中国美协、中国国家画院、省文联主办，省美协、四川美术馆、成都画院（成都市美术馆）承办，四川省政协书画研究院协办，入选文旅部"2022 年全国美术馆馆藏精品展出季项目"。

同日　省书协 2022 年度第三次主席团会议在成都召开。

16日　四川省文艺评论（成都大学）基地揭牌仪式暨"光"系列之《微光》创评研讨会在成都大学举行，省文联党组副书记刘建刚出席会议。

19日至21日　2022中国传统村落保护与发展调研交流活动在稻城县举办，本次活动由中国民协和省文联、稻城县政府主办。

22日　省影协举办"新青年·新征程"四川省微电影创作大赛，16部作品获奖。

同月　我省14件作品入围第十二届中国曲艺"牡丹奖"初评。其中，四川扬琴《蜀道》主唱夏铭锺获表演奖提名奖、四川竹琴《宽窄》主唱王晟培获新人奖提名奖、四川清音《三星伴月》获节目奖提名奖、四川评书《埋名英雄柴云振》许亮获新人奖提名奖。

12月

7日　省文志协一届六次主席团会议在成都召开，省文联党组副书记、副主席、省文志协主席李兵出席会议。

8日　四川天府新区文学艺术界联合会成立，省文联党组成员、机关党委书记江永长出席成立大会。

11日　四川清音《米香粉香》、四川竹琴《村史馆夜话》入选中国曲协主办的"黄河颂"黄河流域优秀曲艺节目展演。

15日　第八届全国新农村文化艺术展演在达州市开幕，此活动由文旅部、中国文联和四川省政府主办，省文旅厅、省文联、达州市政府承办。

19日　省文联文艺创作培训基地授牌仪式暨2023年迎新春文艺惠民活动在温江区寿安镇岷江书院举行，省文联党组副书记、副主席李兵出席仪式。

同日　电影《我的父亲焦裕禄》获第十六届精神文明建设"五个一工程"优秀作品奖。

28日　纪念阳翰笙诞辰120周年座谈会（网络）召开，中国文联党组成员、书记处书记，中国影协分党组书记张宏，省文联党组副书记、副主席李兵出席线上座谈会。

28 日至 29 日　第八届南方六省（区）青年魔术新秀展演在广州举办，省杂协推荐的苏林的舞台魔术《锦绣巴蜀》获"最佳原创节目"，石田顺一的近景魔术《尽是虚幻》获"最佳手法节目"。

29 日　省剧协第八届主席团 2022 年第三次会议在成都召开，省文联主席、省剧协主席陈智林出席会议。

同日　《四川非遗 100》（第二季）、歌曲《阿普》荣获四川省第十六届精神文明建设"五个一工程"优秀作品奖。

同日　四川省文联数字文艺建设成果纳入四川省委办公厅和四川省人民政府办公厅关于《四川推进国家文化数字化战略实施方案》（川委办）〔2022〕40 号内容，汇集融入中华文化数据库。

29 日至 30 日　四川省文联主管社会组织负责人培训班在成都举办。省文联党组书记邹瑾出席开班仪式并授课。

各省级文艺家协会
获国际、国家级奖项名录

美　术

国际奖

1957 年　第三届世界青年联欢节国际美术作品展

三等奖:《唐・文成公主入藏图》(中国画)　梅定开、任兆祥

三等奖:《酒歌图》(中国画)　马振声、朱理存

1959 年　莱比锡国际版画展

金奖:《蒲公英》　吴凡

1975 年　全国美展

三等奖:《高路入云端》　丰中铁

三等奖:《蜀山行旅图》

1988 年　中国现代版画展览(日本)

金奖:《育林人》　其加达瓦

1988 年　汉城奥林匹克运动美术大展(韩国)

金奖:《巫峡秋色》(中国画)　岑学恭

1990 年　中国新兴版画回顾展(日本)

金奖:《藏族女孩》　李焕民

1992 年　国际中国画展暨大赛

一等奖:《春情》　李秀清

另:唐先德、肖野、蓝有智同时获一等奖。

全国奖

1956 年　全国青年美展

　　　　一等奖：《高原峡谷》　李焕民

1957 年　全国青年美术工作者作品展

　　　　一等奖：《高原峡谷》（版画）　李焕民

　　　　一等奖：《巫峡》（版画）　林军

　　　　三等奖：《布谷鸟叫了》（版画）　吴凡

　　　　三等奖：《珙桐花与桐花凤》（中国画）　朱佩君

　　　　三等奖：《草原上来了拖拉机》（中国画）　雷荣厚

　　　　三等奖：《同学们》（中国画）　钟如义

1980 年　第五届全国美展

　　　　一等奖：《主人》　徐匡、阿鸽

1981 年　第二届全国青年美术作品展览

　　　　一等奖：《父亲》（油画）　罗中立

1982 年　全国宣传画展览

　　　　一等奖：《我和小树一起长》（宣传画）　李善

1984 年　第六届全国美术作品展览

　　　　金奖：《敬爱的元帅》（年画）　樊怀章、曾廷仲、邬华敏、
　　　　　　　李增吉、何多俊、雷文彬、朱嘉铭、刘云生

　　　　金奖：《亲爱的妈妈》（油画）　汪建伟

　　　　银奖：《高原的阳光》（版画）　徐匡

1985 年　第一届中国体育美术作品展览

　　　　特等奖：《千钧一箭》（雕塑）　朱成

　　　　一等奖：《边关习武》（中国画）　王琥

1986 年　第三届全国连环画展

　　　　荣誉奖：《雪雁》　何多苓

　　　　二等奖：《李慧娘》　徐恒瑜

二等奖：《水浒》　欧治渝、姚渝永、王以时

三等奖：《三月不知心里事》　白德松

三等奖：《罗瑞卿的青少年时代》　曹辉

三等奖：《蛇郎》叶毓中

三等奖：《世界最小的乐器——口弦》　张惠平、彭欧嘉

三等奖：《川江怒涛》　雷著华、陈娟

1987 年　第一届当代工笔画大展

获奖作品：《游》　朱理存

1987 年　全国首届油画展

优秀作品奖：《阿米子和牛》　程丛林

1987 年　国际包装设计协会（PDC）金奖竞赛（纽约）

优秀奖：《沱牌曲酒系列》包装设计　赫荣定、陈小林

1988 年　第四届中国年画展览

一等奖：《小小心意》（宣传画）　李云龙、李汇泉

1988 年　中华杯中国画大奖赛

一等奖：《清音》　姚思敏

三等奖：《雪后青城更幽深》　吴孝杰

三等奖：《清明时节雨纷纷》　王以时

佳作奖：《江南小镇》　朱常棣

佳作奖：《雨夜》　张修竹

1988 年　第四届年画展

二等奖：《中华之光》　侯荣、何多俊、邹华敏、程国英、
樊怀章、曾廷仲

二等奖：《祝您健康长寿》　曾廷仲

二等奖：《幽谷飞瀑》　黄振永

三等奖：《朱德爱兰》　刘光旭、刘光灿

三等奖：《史湘云醉卧芍药裀》　刘光旭、刘光灿、曾廷仲

1989 年　第七届全国美术作品展览

金奖：《大买主》（漫画）　杨昆原

银奖：《血与火的洗礼》（丙烯壁画）　马一平等

　　　《少女和羊》　康宁

　　　《四月的漫步》（漆画）　陈恩深

铜奖：《虹》　牛文

　　　《野山》　唐允明

　　　《带阁楼的房子》　何多苓

　　　《西厢画意》　彭先诚

　　　《原上草》　吴映强

　　　《1949·10·1》　王承云

　　　《欢乐》　徐光福

　　　《春雨》　谢彬

　　　《未列入名单》　何述平

　　　《我给你们当好后勤》　何启超

　　　《峡江图》　叶瑞泽

　　　《公用过道》　尤路

　　　《太阳的女儿》　阿都什吟

　　　《小阿依》　李东鸣

1989 年　全国第二届体育美术作品展

　　　二等奖：《梅花香自苦寒来》（工笔画）　朱理存

　　　三等奖：《边关习武图》（工笔画）　王琥

1990 年　全国青年版画展览

　　　优秀奖：《绿色的精灵四幅》　代政生

　　　优秀奖：《山里的雾》　向思楼

　　　创作奖：《竹》　邵常毅

　　　鼓励奖：《羌家寨》　张国忠

1990 年　第二届全国体育美展（第十一届亚运会）

　　　特等奖：《竞技图》（中国画）　吴绪经

一等奖：《打马球》（中国画）　彭先诚

二等奖：《醉酒戏高图》（中国画）　张自启

二等奖：《万人马拉松》（漫画）　王加林

二等奖：《升腾》（宣传画）　鄢和曦

二等奖：《门》（油画）　陈宏

二等奖：《隆起的地平线》（雕塑）　邓乐

三等奖：《平衡木》（中国画）　李青稞

三等奖：《蜀林小雪》（中国画）　李彤　谭红　赵悌恺

优秀奖：《帆》（雕塑）　李兵

1990 年　第十届全国版画展览

铜奖：《飘香时节》　甘庭俭

铜奖：《泉》　康林

铜奖：《松潘汉》　彦冰

铜奖：《飘系列之二》　单乃正

1990 年　杭州中国水彩画大展

金马奖：《秋韵》　牟康华

1991 年　建党 70 周年全国美展

银奖：《晨钟》　张旭

铜奖：《功在当今利在今后》　张友林

1991 年　"纪念鲁迅诞辰 110 周年暨中国新兴版画 60 周年大会"

中国美协、中国版协主办

中国新兴版画杰出贡献奖：李少言、丰中铁

中国新兴版画荣誉奖：乐以钧、尚莫宗

1991 年　第二届工笔画大展

二等奖：《顾》　朱理存

三等奖：《虎门销烟》　吴绪经

　　　　《明清情话》　张自启

1991 年　全国第四届连环画展

　　　　二等奖：《出国留学记》　张晓红

　　　　三等奖：《带阁楼的房子》　何多苓

　　　　优秀套书特别一等奖：

　　　　　　　《中国古典十大喜剧·西游记》　徐恒瑜

　　　　优秀套书二等奖：

　　　　　　　《西厢记》　徐恒瑜

　　　　　　　《中国古典十大悲剧·白蛇传》　张自启

　　　　　　　《中国古典十大悲剧·汉宫秋》　吴绪经

1992 年　全国第十一届版画展览

　　　　铜奖：《黄山奇峰耸翠》　丰中铁

　　　　　　　《榫卯系列》　徐仲偶

　　　　　　　《山里的雾》　向思楼

1992 年　全国水粉水彩画展

　　　　优秀奖：《寂》　张学忠

　　　　　　　《约克郡的农民们》　刘明明

　　　　　　　《冬暮》　张明生

　　　　　　　《青菜头》　曾扬华

　　　　　　　《勿忘我》　王有嫦

　　　　　　　《春天里的歌》　许世虎

1992 年　纪念毛泽东同志《在延安文艺座谈会上的讲话》发表 50 周年美术作品展

　　　　银奖：《生命之歌》（中国画）　朱理存

1992 年　枫叶奖中国书画创作展览

　　　　金奖：《天凉好个秋》（中国画）　胡冰

1993 年　第三届中国体育美展

　　　　一等奖：《强者夺魁》（中国画）　徐恒瑜

　　　　二等奖：《梦要成真》（雕塑）　谭云

三等奖：《浪遏飞舟》（雕塑）　朱成

　　　　《弦上的箭》（雕塑）　许宝忠

　　　　《圣火——不朽的奥林匹克》（中国画）　张自启

1993 年　首届全国中国画展览会（中国美术家协会中国画艺术委员会主办）

　　一等奖：《聊斋》（水墨人物）　马振声

　　三等奖：《虎门销烟》（工笔画）　吴绪经

1994 年　全国第三届工笔画大展

　　佳作奖：《暮秋晚唱》　姚思敏

　　　　《这里曾有一支歌》　江溶

　　　　《风声》　李青稞

1994 年　第一届中国少数民族百花美术作品展

　　一等奖：《元蕃瑞和图》（中国画）　尼玛泽仁

　　二等奖：《凉山人》（版画）　阿鸽

　　三等奖：《阳光下》（版画）　其加达瓦

　　荣誉金奖：《山水》（中国画）　岑学恭

1994 年　全国第十二届版画展览

　　铜奖：《高山祥云》　代政生

1994 年　全国第八届美术作品展览

　　优秀奖：《红岭》（中国画）　唐允明

　　　　《青年时代 1919.5》（中国画）　吴绪经

　　　　《沉思》（版画）　其加达瓦

　　　　《凉山人》（版画）　阿鸽

　　　　《希望之路》（雕塑）　钱斯华、赵莉

1994 年　全国城市雕塑设计方案展

　　优秀作品奖：德阳艺术墙主题浮雕《智慧之光》　朱成

1995 年　第二届中国少数民族百花美术作品展

　　二等奖：《私语》（版画）　阿鸽

　　　　《沉思》（版画）　其加达瓦

1996 年 第二届全国中国画人物画展览

　　银奖：《西风烈》　李青稞

　　铜奖：《冬日》　付仲超

　　优秀奖：《祥和的土地》　徐恒瑜

　　　　　　《岷山千里雪》　朱晓丽

1996 年 第十三届全国版画展

　　银奖：《高原之母》　李焕民

1997 年 第四届全国体育美展

　　一等奖：《散聚》（漫画）　庞家夷、庞家俄

　　三等奖：《初泳》（雕塑）　李占祥

　　　　　　《虹》（雕塑）　程祥

　　　　　　《顽强拼搏》（宣传画）　李燕

1997 年 全国'97 中国画坛百杰奖

　　《空门》（中国画）　梅凯

　　《金秋十月梦三峡》（中国画）　管苠楄

　　《惜花》（中国画）　张自启

1998 年 第十四届全国版画展览

　　金奖：《堤》　武海成

　　银奖：《雾朦朦》　阿鸽

　　铜奖：《牧归》　彦冰

　　　　　《母亲》　向思楼

　　　　　《金秋》　马力平、郑廷

1999 年 第九届全国美术作品展

　　铜奖：《凉山姑娘》（版画）　阿鸽

　　　　　《吉祥如意》（年画）　王殿科

　　　　　《渔惘》（雕塑）　严永明

　　　　　《源》（雕塑）　刘忠

　　　　　《世纪阳光》（雕塑）　钱斯华、赵莉

优秀奖:《春到高原》(版画)　马力平、青萍

《水》(油画)　胡承斯

《十世班禅藏区巡游图》(中国画)　翔秋志玛、陈秉玺

《三国演义大迷宫》(连环画)　刘学伦、刘葵、殷梦、郭川

《小川戏》(雕塑)　李先海

《绿化检查》(漫画)　雷瑞之

《又是一年好秋天》(油画)　何冠霖

1999 年　鲁迅版画奖

李少言、牛文、林军、阿鸽、其加达瓦、吴凡、李焕民、
宋广训、宋克君、徐匡、黄玄之、袁吉中、王明月、吴强年、
正威、尹琼、傅文淑、黄德珍、武海成、彦冰、甘庭俭、
向思楼、董小庄

2000 年　全国中国画作品展（义乌）

优秀奖:《醉翁亭记》　陈尔云

《巴山曙色》　李炬、李彤

《秋染凉山》　李江

2001 年　第五届全国体育美展

一等奖:《力争上游》(雕塑)　袁成龙

二等奖:《舟影》(雕塑)　邹勇

三等奖:《乐章》(雕塑)　严永明

2001 年　第六届全国年画展（上海）

绘画年画部分

银奖:《佛门盛事》　尼玛泽仁

铜奖:《敬爱的邓小平同志》　雷文彬、陆海林、林清和、
王正中、李汇泉

《喜相逢》　唐传东

优秀奖:《割草女——"川妹子"组画之一》　刘竹梅

《绿阴环抱》　文小苗

《苗苗》 郭长林

《花箐鲁》 陈秉玺

《酒歌》 翔秋志玛

《一子多福》 胡光葵

摄影年画部分

银奖：《黄龙九寨沟》 四川美术出版社

2002 年 第十六届全国版画展

铜奖：《雪》（木版） 阿鸽

《金色阳光》（木版） 邝明惠

优秀奖：《岁月之一》（木版） 陈玛瑛

2003 年 第三届中国油画展精选作品展

中国油画艺术奖：《一公一母》 程丛林

《母亲》 何多苓

2004 年 第十届全国美术作品展览

银奖：《奶奶》（版画） 徐匡

《土地》（版画） 徐仲偶

优秀奖：《大熊猫》（工笔） 王申勇

《白山·色山》（油画） 程丛林

《格萨尔王传·天界篇》（连环画） 廖新松

2004 年 第十二届中国人口文化奖

金奖：《高原·阳光》（油画） 李德镁

《今年收成好》（油画） 何冠霖

银奖：《阳光下的央金阿玛》（中国画） 陈斌

《婆婆布置的"作业"》（漫画） 雷瑞之

铜奖：《大地·母亲》（油画） 何哲生

《收获季节》（油画） 林山

《十字路口》（漫画） 刘世华

《梳小辫》（中国画） 王俊

《追"心"一族》（漫画）　程国英

《山歌》（中国画）　王纬

2004 年　全国第十三届群星奖

获奖作品：《戏剧情》（中国画）　王双才

2004 年　全国中国画作品展

银奖：《凉山风》　邓枫

2004 年　庆祝中华人民共和国成立 55 周年全国青年书画展

银奖：《蝶舞缤纷》（中国画）　杨学洪

2004 年　第二届全国少数民族美术作品展

铜奖：《康巴藏风》（中国画）　宋智明

《情系高原》（中国画）　杨梁相

《凉山踏歌》（中国画）　杨循

2005 年　第十七届全国版画展

铜奖：《岁月风痕》　晏太卿

2005 年　第七届全国水彩·粉画展

铜奖：《高原日记两则》　胡俊涤

2006 年　全国中国画作品展

优秀奖：《天菩萨》　米金铭

2007 年　全国第十四届群星奖

创作类最高奖：《天菩萨》　米金铭

2007 年　全国小幅工笔重彩作品展

优秀奖：《溪涧秋霭》　刘刚

2008 年　北京奥运景观雕塑方案大赛　北京奥组委与中国美协联合主办

金奖：《高台跳水》　叶宗明

2009 年　第十一届全国美术作品展览

银奖：《苦旅共甘泉》（雕塑）　李先海

优秀奖：《东汽——托起明天的太阳》（版画）　马力平

2011 年　第四届全国青年美展

优秀奖：《深秋南街图》（油画）　黄润生

　　　　　《辛丑条约》（油画）　王子奇

2011 年　中国百家金陵画展

　　　金奖：《沧海笑》（工笔人物）　吴浩

2012 年　第三届中国画线描艺术展（郑州）

　　　优秀奖（最高类奖）：《墙根杂记》　赖柱石

2012 年　全国第三届工笔山水画展（唐山）

　　　优秀奖（最高类奖）：《八月雪》　邓枫

2013 年　全国中国画作品展（抚顺）

　　　优秀奖（最高类奖）：《泉落青山白云出》　陈野平

　　　　　　　　　　　《彝家姐妹》　穆晋国

2013 年　第二十届全国版画作品展览（哈尔滨）

　　　优秀奖：《高原汽车兵》　马力平、马青

2013 年　墨韵岭南·全国中国画作品展（东莞）

　　　优秀奖（最高类奖）：《晨曦》　陈万福

　　　　　　　　　　　《月影阑珊》　邓远清

2013 年　时代印记——2013 中国百家金陵画展

　　　金奖：《扎西和他的羊》（版画）　徐匡

2013 年　全国油画作品展

　　　优秀奖：《迴梦高台》　刘栋

2014 年　第十二届全国美术作品展

　　　"中国美术奖·创作奖"银奖：《守望》（版画）　李焕民

　　　"中国美术奖·创作奖"铜奖：《爱》（漫画）　杨向宇

　　　"中国美术奖·创作奖"优秀奖：

　　　　　《高原汽车兵》（版画）　马力平、马青

　　　　　《打麦场上》（水彩·粉画）　刘释凌

四川美术馆

2018 年　文旅部 2017 年度全国美术馆优秀展览提名奖：《硝烟中走出的人民艺术家——李少言作品文献展》。

2019 年　文旅部 2018 年度全国美术馆优秀展览提名奖：《师造化境匠心独行——徐匡艺术展》。

2020 年　文旅部 2019 年度全国美术馆优秀展览提名奖：《野原——何多苓个人作品展》。

2022 年　项目入选文旅部 2022 年全国美术馆馆藏精品展出季：《守望者——李焕民艺术文献展》。

2019 年　文旅部 2018 年度全国美术馆优秀公共教育项目："记忆与梦想"——海峡两岸少儿美术大展暨"汶川十年"纪念特展系列公共教育活动。

2020 年　文旅部 2019 年度全国美术馆优秀公共教育项目：东方华彩——壁画保护及岩彩画推广项目（第一季）。

戏　剧

国际奖

1988 年　世界国际木偶联盟大会暨第十五届国际木偶艺术节

　　　　　演出奖：《人间好》《活捉王魁》　成都木偶皮影剧团

全国奖

1952 年　第一次全国戏曲观摩演出　文化部主办

　　　　　剧本奖：《柳荫记》　剧本整理、执笔：刘成基、胡裕华、

　　　　　　　　　宋逸成、赵循伯

　　　　　演出奖：《秋江》《评雪辨踪》

　　　　　表演一等奖：陈书舫、周企何

　　　　　表演二等奖：吴晓雷、周裕祥、袁玉堃、许倩云

　　　　　表演三等奖：陈淡然、谢文新、戴雪如

1955 年　全国木偶皮影汇演　文化部主办

　　　　　演出奖：《小放牛》　成都木偶皮影剧团

1956 年　第一届全国话剧汇演　文化部主办

　　　　　剧本创作二等奖：《四十年的愿望》　编剧：李庆升、赵锵、

　　　　　　　　　　　　　田广才、石曼、

　　　　　　　　　　　　　石玺

　　　　　剧本创作三等奖：《一个木工》　编剧：刘莲池、栗茂章

　　　　　演出一等奖：《四十年的愿望》《一个木工》

导演二等奖：《一个木工》　导演：刘莲池

　　　　　　　《四十年的愿望》导演：赵锵

表演二等奖：杨次禹、高伯功、高群、纪慕弦、田广才、刘曦

表演三等奖：徐峙、范国瑞、田园、郭绛、徐立起、张展、张莺

1957 年　第一批得奖的戏曲剧目　文化部主办

　　　　优秀剧作奖：川剧《彩楼记》

1979 年　建国三十周年献礼演出　文化部主办

　　　　创作、演出二等奖：《卧虎令》　四川省川剧院

　　　　演出三等奖：《修不修》　成都市实验川剧团

1980—1981 年　全国话剧、歌剧、戏曲优秀剧本评奖

　　　　　　　文化部、中国剧协主办

　　　　　　　优秀创作奖：话剧《赵、钱、孙、李》

　　　　　　　　　　　编剧：栗粟、李佩、庞家声

　　　　　　川剧《四姑娘》　编剧：魏明伦

　　　　　　川剧《易胆大》　编剧：魏明伦

　　　　　　川剧《点状元》　编剧：汪隆重

1981 年　全国戏曲现代戏汇演　文化部主办

　　　　演出一等奖：《四姑娘》　自贡市川剧团

1981 年　全国木偶皮影戏调演　文化部主办

　　　　演出奖：《老公公种红苕》　成都木偶皮影剧团

1982 年　全国儿童剧观摩演出　文化部主办

　　　　优秀创作奖：歌舞剧《3+2×5＝?》　编剧：廖登敏

　　　　优秀演出奖：歌舞剧《3+2×5＝?》　内江地区文工团

　　　　创作奖：川剧《57》　编剧：黄平

　　　　演出奖：话剧《少先队员的秘密》　四川省人民艺术剧院

　　　　　　　童话歌剧《腿的鸡蛋》　成都市音乐舞剧院

　　　　　　　谐剧《竹筒筒》　四川省曲艺团

　　　　　　　川剧《57》　乐山地区川剧团

1984 年　全国现代戏调演　文化部主办

　　　　　导演奖：《火把节》　导演：王松柏

　　　　　演出奖：《火把节》　重庆市歌剧团

1984 年　首届中国戏剧"梅花奖"　中国剧协主办

　　　　　获奖者：晓艇

1984 年　1982 年至 1983 年全国优秀话剧、戏曲、歌剧剧本创作奖

　　　　　中国剧协主办

　　　　　《巴山秀才》　编剧：魏明伦、南国

1984—1985 年　全国优秀话剧、戏曲、歌剧剧本创作奖　中国剧协主办

　　　　　　　　优秀创作奖：《月琴与小老虎》　编剧：加力

1987 年　中国首届艺术节　文化部主办

　　　　　演出奖：《人间好》　成都木偶皮影剧团

1987 年　全国青年剧演员电视大赛　中央电视台、中国剧协主办

　　　　　优秀演员奖：刘以淑、胡正中

　　　　　荧屏奖：程联群、尹桂梅、王韵声、陈建、李有国、张澍、

　　　　　　　　　汪玉莲、刘国华、蒲祖惠

1988 年　第五届中国戏剧"梅花奖"　中国剧协主办

　　　　　获奖者：刘芸、张国立

1988 年　第四届全国优秀剧本评奖　中国剧协主办

　　　　　获奖作品：《田姐与庄周》　编剧：徐棻、胡成德

1988 年　首届中国戏剧节　中国剧协主办

　　　　　优秀演出奖：《西关渡》《凤仪亭》　重庆市川剧院一团

1989 年　第六届中国戏剧"梅花奖"　中国剧协主办

　　　　　获奖者：古小琴、沈铁梅

1990 年　第七届中国戏剧"梅花奖"　中国剧协主办

　　　　　获奖者：陈智林

1990 年　全国歌剧调演　文化部主办

　　　　　表演奖：王军、黄萌

1990 年　第二届中国戏剧节　中国剧协主办

　　　　优秀剧目奖：《九美狐仙》　成都市川剧院联合团

　　　　优秀演出奖：《九美狐仙》　成都市川剧院联合团

1990 年　"南开杯"全国小品比赛　文化部、中国剧协主办

　　　　三等奖：《烈士像前》　万县地区歌舞团

1991 年　第八届中国戏剧"梅花奖"——中国剧协主办

　　　　获奖者：马文锦

1991 年　全国戏曲现代戏观摩演出　文化部主办

　　　　新剧目奖：《攀枝花传奇》　攀枝花市川剧团

　　　　优秀编剧奖：《攀枝花传奇》　编剧：阳晓、王汶

　　　　优秀导演奖：《攀枝花传奇》　导演：黄跃清

　　　　优秀表演奖：程尊堂

1991 年　全国中青年京剧演员电视大赛　中央电视台、中国剧协主办

　　　　表演奖：高颂、胡正中

　　　　三等奖：李晓兰

　　　　荧屏奖：韩嘉瑛

1992 年　第九届中国戏剧"梅花奖"　中国剧协主办

　　　　获奖者：陈巧茹、田曼莎、吴珊珊

1992 年　第二届文华奖　文化部主办

　　　　获奖作品：《死水微澜》　成都话剧院　查丽芳

1992 年　"五个一工程"奖　中宣部主办

　　　　获奖作品：《死水微澜》　成都话剧院　查丽芳

1992 年　全国木偶皮影戏调演　文化部主办

　　　　演出奖：《玉莲花》　南充市木偶剧团

　　　　　　　　《斗妖记》　资中县木偶剧团

1992 年　全国戏剧小品比赛　文化部主办

　　　　二等奖：《难得糊涂》　四川省人民艺术剧院

　　　　三等奖：《村口有棵老树》　四川省人民艺术剧院

优秀表演奖：潘虹

表演奖：翁如、卢茜

1994 年　中国曹禺戏剧文学奖

剧本奖：《结同行》　金乃凡

1994 年　第四届文华奖　文化部主办

新剧目奖：川剧《刘氏四娘》

1994 年　第十一届中国戏剧"梅花奖"　中国剧协主办

获奖者：喻海燕

1995 年　第五届文华奖　文化部主办

新剧目奖：京剧《少帝福临》

1995 年　第十二届中国戏剧"梅花奖"　中国剧协主办

获奖者：何伶

1996 年　第十三届中国戏剧"梅花奖"　中国剧协主办

获奖者：肖德美

1996 年　第六届文华奖　文化部主办

文华大奖：川剧《山杠爷》

新剧目奖：话剧《辛亥潮》

木偶剧《哪吒》

1997 年　第七届文华奖　文化部主办

文华大奖：川剧《死水微澜》

舞剧《远山的花朵》

新剧目奖：话剧《船过三峡》

1997 年　第六届"五个一工程"奖　中宣部主办

舞剧《远山的花朵》、川剧《山杠爷》

1998 年　中国曹禺戏剧文学奖

戏曲组剧本奖第一名：川剧《变脸》　魏明伦

曹禺戏剧文学奖·评论奖第一名：评论《题材的超越》　廖全京

1998 年　第十五届中国戏剧"梅花奖"　中国剧协主办

　　　　　获奖者：蒋淑梅、赵青

2000 年　第二届中国曹禺戏剧文学奖

　　　　　评论奖：张羽军

2000 年　第八届文华奖　文化部主办

　　　　　文华大奖：川剧《变脸》

　　　　　新剧目奖：音乐剧《未来组合》

　　　　　　　　　　川剧《中国公主杜兰朵》

　　　　　　　　　　木偶剧《红地球·蓝地球》

2001 年　第八届"五个一工程"奖　中宣部主办

　　　　　音乐剧：《未来组合》

　　　　　川剧：《文成公主》

2001 年　第十八届中国戏剧"梅花奖"　中国剧协主办

　　　　　获奖者：刘萍

2002 年　第十九届中国戏剧梅花奖　中国剧协主办

　　　　　获奖者：李莎

2003 年　第二十届中国戏剧"梅花奖"　中国剧协主办

　　　　　获奖者：田蔓莎（二度梅）、崔光丽、孙勇波

2004 年　中国少儿戏曲小梅花荟萃

　　　　　金奖状元：谢皓

　　　　　金奖：贾雯琳

　　　　　银奖：张琪超

2005 年　第二十二届中国戏剧"梅花奖"　中国剧协主办

　　　　　获奖者：孙普协

2006 年　第二十三届中国戏剧"梅花奖"　中国剧协主办

　　　　　获奖者：刘谊

2007 年　第十二届文华奖　文化部主办

　　　　　文华大奖：《易胆大》

2008 年　"第三届长江流域戏剧节"大赛

　　　　　优秀剧目奖（第一名）、优秀编剧奖、优秀导演奖：

　　　　　　《巴山秀才》　四川省川剧院

2008 年　中国少儿戏曲小梅花荟萃

　　　　　地方戏专业组十佳：林雨佳、周妍

　　　　　地方戏专业组金花：庞惠琳

2009 年　中国少儿戏曲小梅花荟萃

　　　　　地方戏专业组金花称号、"小梅花十佳"：

　　　　　　　地方戏专业组的第 1 名　陈若梅

　　　　　　　地方戏专业组的第 3 名　李玲琳

　　　　　　　地方戏专业组的第 4 名　桂豪杰

　　　　　　　地方戏专业组的第 5 名　朱梦婷

　　　　　　　地方戏专业组的第 7 名　陈宇辉

　　　　　金花：王超

2010 年　第七届中国文联文艺评论奖

　　　　　三等奖：《潮涨潮落 30 年》　廖全京

2010 年　优秀中国戏剧奖理论评论奖

　　　　　获奖作品：《突破：改革开放三十年之川剧理论研究》　杜建华

2010 年　中国少儿戏曲小梅花荟萃

　　　　　金花：周久茂、蒲丽玲、邓莉

2010 年　第二届中国校园戏剧节

　　　　　优秀表演奖：虞佳

　　　　　剧目奖：川剧《死水微澜》、话剧《狼雨》

　　　　　优秀表演奖：川剧《死水微澜》

　　　　　优秀组织奖：四川省戏剧家协会

2011 年　第二十五届中国戏剧"梅花奖"　中国剧协主办

　　　　　获奖者：王玉梅、胡瑜斌

　　　　　梅花奖大奖赛（南方片区）优秀组织奖：四川省戏剧家协会

2011 年　第十二届中国戏剧节

　　　　优秀剧目奖：京剧《魂系油气田》

　　　　中国戏剧奖·剧目奖：大型现代川剧《尘埃落定》

　　　　中国戏剧奖·优秀剧目奖：大型川剧《夕照祁山》

2011 年　"中国少儿戏曲小梅花荟萃"金奖及"十佳"

　　　　获奖者：王裕仁

2012 年　第四届中国戏剧奖理论·评论奖

　　　　优秀奖：《勇者魏明伦》　廖全京

2012 年　中国戏剧节

　　　　中国戏剧奖·校园戏剧剧目奖：《今夜无眠》　四川大学

　　　　组织奖：四川省戏剧家协会

2012 年　中国少儿戏曲小梅花荟萃

　　　　"小梅花金奖"及"十佳"：赵浩鑫

　　　　银奖：李美琪

2013 年　第二十六届中国戏剧"梅花奖"　中国剧协主办

　　　　获奖者：王超、刘露

2013 年　中国少儿戏曲小梅花荟萃

　　　　金奖：陈佳英、蒋巧、徐洋滔

　　　　十佳：陈佳英

2014 年　第五届中国戏剧奖·理论评论奖

　　　　组织奖：四川省戏剧家协会

2014 年　第五届中国戏剧奖·理论评论奖

　　　　获奖作品：《臻于至善铸戏魂——谈陈智林在〈巴山秀才〉中的
　　　　表演创造》　邓添天

2014 年　第十三届"五个一工程"奖　中宣部主办

　　　　获奖作品：话剧《活在阳光下》

2017 年　第十五届中国戏剧节

　　　　优秀入选剧目：川剧《铎声阵阵》　四川省川剧院

2019 年　第二十九届中国戏剧"梅花奖"　中国剧协主办

　　　　　获奖者：虞佳

2019 年　第十六届中国戏剧节

　　　　　优秀剧目奖：京剧《陈毅回川》

2021 年　第三十届中国戏剧"梅花奖"　中国剧协主办

　　　　　获奖者：张燕

2021 年　第十七届中国戏剧节

　　　　　优秀剧目：川剧《草鞋县令》《烈火中永生》

2022 年　第十三届中国艺术节　文旅部主办

　　　　　文华大奖：川剧《草鞋县令》

音　乐

国际奖

1955 年　苏联第五届世界青年及学生联欢节
　　　　表演金质奖：范裕伦等（领唱合唱）
1980 年　波兰第十届国际肖邦钢琴比赛
　　　　"诙谐曲"特别奖：刘忆凡
1987 年　德国国际韦伯室内乐作曲比赛
　　　　创作奖第三名：《两个时辰》　作曲：何训田
1987 年　英国第三届世界歌手国际声乐比赛
　　　　表演奖第一名：范竞马
1988 年　英国第五届罗莎·庞塞国际声乐比赛
　　　　表演奖第二名：范竞马
1988 年　美国国际手风琴比赛
　　　　表演奖第四名：陈军
1990 年　美国第二届国际新音乐作曲家比赛
　　　　杰出音乐成就奖：何训田
1990 年　美国第 21 届国际作曲比赛
　　　　创作奖第三名：《草堂·琴韵》　作曲：沈纳蔺
1991 年　日本人野基金会举办 91 国际作曲比赛
　　　　创作大奖：《弦乐四重奏》　作曲：贾达群

全国奖

1954 年　全国群众歌曲评奖　文化部、中国音协主办

创作奖：《战斗在朝鲜多荣耀》　作词：张建华　作曲：竞波

创作奖：《洋芋丰收》　作词：敖漠尘　作曲：李铭琴

1955 年　全国群众业余音乐舞蹈会演比赛

独唱优秀表演奖：詹亚琴

1961 年　全国群众业余歌曲创作比赛　文化部、中国音协主办

创作一等奖：《好姑姑》　编曲：雷达

创作二等奖：《新嫂嫂》　编曲：雷达

创作二等奖：《太阳出来照白岩》　作词：张永枚　作曲：王志乐

创作二等奖：《东山升起红太阳》　编曲：达瓦

创作二等奖：《半夜起来看星星》　编曲：赤虹

1964 年　职工广播歌曲比赛　中国音协等单位举办

创作奖：《隧道工人歌》　作词：田逢俊　作曲：周忠全

1979 年　建国三十周年献礼演出

创作二等奖：《对山歌》　词曲：余杨、杨正杰

1979 年　全国部分省市农村业余艺术调演　文化部等主办

优秀节目奖：《我家喂了一只猫》　作词：张引　作曲：晓鹰

优秀节目奖：《友谊调》　作曲：古觉尔坡

1980 年　"上海之春"音乐会　文化部主办

创作奖：《嘉陵江幻想曲》　作曲：黄虎威

1980 年　全国艺术院校声乐比赛

表演三等奖：古幼玲

1981 年　全国交响音乐作品评奖　文化部、中国音协主办

优秀奖：《云岭写生》　作曲：李忠勇

优良奖：《草地往事》　作曲：高为杰、唐青石

优良奖：《打双麻窝子送给你》　作曲：黄万品

1982 年　全国部分省区少数民族演员独唱调演

　　　　　表演奖：德西美朵

　　　　　表演奖：尔子嫫依果

　　　　　表演奖：泽仁彭措

1982 年　全国民族器乐观摩演出（南方片）

　　　　　优秀表演奖：唢呐　张放

　　　　　优秀表演奖：扬琴　瞿冰心

　　　　　优秀表演奖：二胡　周钰

　　　　　优秀表演奖：笛子　杜长松

1982 年　全国第一届青少年长笛比赛

　　　　　第一名：张兵

1983 年　"珠江奖"钢琴邀请赛

　　　　　第二名：刘忆凡

1983 年　全国第三届音乐作品评奖

　　　　　文化部、中国音协、广播电视部等举办

　　　　　一等奖：《蜀宫夜宴》　作曲：朱舟、余抒、高为杰

　　　　　一等奖：《达勃河随想曲》　作曲：何训田

　　　　　二等奖：《阿诗玛叙事诗》　作曲：易柯、易加义

1984 年　"祖国在前进"征歌　中央人民广播电台举办

　　　　　二等奖：《向往》　作词：张士燮　作曲：竞波

1985 年　小型器乐独奏曲征稿　中国音协《音乐创作》杂志社举办

　　　　　二等奖：《b 小调奏鸣曲》　作曲：敖昌群

　　　　　三等奖：《回旋曲》　作曲：贾达群

1985 年　全国第四届音乐作品评奖　文化部、中国音协举办

　　　　　三等奖：《青春年华》(弦乐四重奏)　作曲：敖昌群

1985 年　全国轻音乐征集活动　中国音协等单位举办

　　　　　创作奖：《月夜》　作曲：王家

　　　　　创作奖：《黄杨扁担》　作曲：苏汉兴

1985 年　全国聂耳、冼星海作品声乐比赛

　　　　　铜牌奖：罗丽岷

1986 年　首届中国唱片奖　中国唱片社上海分社、上海音协等举办

　　　　　二等奖：《天籁》　作曲：何训田

　　　　　三等奖：《龙凤图腾》　作曲：贾达群

1986 年　第二届北京合唱节

　　　　　专业组二等奖：四川人民广播电台合唱团

　　　　　指挥：李西林

1986 年　首届中国民族通俗歌曲大赛

　　　　　银孔雀奖：德西美朵

1987 年　第五届音乐作品评奖　文化部、中国音协等单位举办

　　　　　二等奖：《哈雷彗星你好》　作词：田逢俊　作曲：张龙

1987 年　第二届全国少数民族声乐比赛

　　　　　优秀奖：德西美朵

1987 年　艺术歌曲征稿评奖　中国音协《音乐创作》举办

　　　　　二等奖：《忆秦娥》　诗：（唐）李白　作曲：彭涛

　　　　　三等奖：《相思树》　诗：张黎　作曲：晓明

　　　　　三等奖：《西湖四季》　作词：梁上泉　作曲：钱维道

1988 年　全国小提琴中国作品演奏比赛

　　　　　三等奖：李开祥

　　　　　三等奖：魏源

1988 年　全国少儿小提琴演奏比赛

　　　　　一等奖：丁铌

　　　　　二等奖：程立

　　　　　中国作品奖：丁铌

1988 年　全国首届少儿民乐西洋乐演奏邀请赛

　　　　　儿童组

　　　　　一等奖：单簧管　杨毅

三等奖：唢呐　田丁

三等奖：琵琶　蓝维微

三等奖：单簧管　陈晓斌

三等奖：单簧管　张峥

少儿组

三等奖：单簧管　李媛媛

1988 年　第一届全国全级别大提琴比赛

三等奖：张义铭

1988 年　全国民族新作大奖赛

独唱二等奖：刘朝

1988 年　全国第六届音乐作品评奖

文化部、广电部、中国音协等单位举办

三等奖：《天籁》　作曲：何训田

三等奖：《幽远的歌声》　作曲：陈文杰

1989 年　"山城杯"全国部分民乐电视大奖赛

三等奖：古筝　何果晶

1989 年　中国残疾人第二届艺术节

文化部、民政部、中国残疾人联合会举办

二等奖：《光明颂》　作词：王持久　作曲：汤重稀

1989 年　全国少儿优秀歌曲奖　中国音协、宋庆龄基金会等单位举办

二等奖：《小珍珠》　作曲：杜娟

1992 年　第二届全国群星奖

铜奖：《布谷鸟叫了》　相加义、范璨

铜奖：《栀子花儿顺墙栽》　钟国英

1993 年　第三届全国群星奖

铜奖：《布谷鸟叫了》　作词：王晋川　作曲：卢先堂

1994 年　全国第八届音乐作品（交响乐）评奖

优秀创作奖：《川江魂》

优秀创作奖：《觅》

优秀创作奖：《纪念》

1995 年　第五届全国群星奖

独唱铜奖：《山路拴住了你》　作曲：秦运梁

独唱铜奖：《金色的秋风》

1997 年　第六届全国"五个一工程"奖

获奖作品：歌曲《熊猫的摇篮》　作曲：昌英中

1997 年　"天华杯"少儿琵琶比赛

二等奖：李竹梅

1997 年　第七届文华奖

获奖作品：儿童舞剧《远山的花朵》　作曲：彭涛

1998 年　第八届文华奖

获奖作品：舞蹈《阿惹妞》　作曲：林幼平

1999 年　第七届全国"五个一工程"奖

获奖作品：歌曲《旗鼓阵》　作词：李惠新　作曲：朱嘉琪

1999 年　第九届全国群星奖

银奖：女声独唱《妈妈的日记》

铜奖：男声独唱《绿色情》

铜奖：女声独唱《川北妹》

2000 年　第九届文华奖

获奖作品：音乐剧《未来组合》　作曲：李海鹰

2001 年　中国音乐"金钟奖"

终身荣誉勋章：郎毓秀

2001 年　首届中国音乐"金钟奖"——新时期艺术歌曲演唱比赛

铜奖：马薇

2001 年　全国琵琶大赛

优秀奖：李敬、邹宇、蒋庆玮、唐璐

2001 年　"全国歌手唱云南"比赛

　　　　　专业组三等奖：赵蓉

　　　　　业余组二等奖：黄静获

2002 年　第二届中国音乐"金钟奖"钢琴比赛

　　　　　银奖：杜静

　　　　　中国作品演奏奖：杨旸

2002 年　西部民歌演唱大赛

　　　　　金奖：甘霖、赖丽

　　　　　银奖：赵蓉、曹鹃

2002 年　国际民歌节民歌演唱比赛（南宁）

　　　　　二等奖：黄静

　　　　　三等奖：吉木喜尔

2002 年　第八届全国"五个一工程"奖

　　　　　获奖作品：歌曲《麻辣烫》　作词：杨笑影　作曲：姚明

　　　　　获奖作品：歌曲《村支书》　作词：龙清江　作曲：曾毅、邹居阵

2003 年　第三届中国音乐"金钟奖"

　　　　　声乐（美声）铜奖：唐竹雅

2004 年　第四届中国音乐"金钟奖"

　　　　　声乐（民族）银奖：谭学胜

　　　　　声乐（美声）银奖：张怡荣

　　　　　声乐（民族）铜奖：罗蓉荣

2007 年　第六届中国音乐"金钟奖"

　　　　　声乐（美声）铜奖：吴李红

　　　　　民族器乐作品奖（独奏、室内乐）三等奖：《阿塞调》

　　　　　作者：宋名筑

2007 年　第十届全国"五个一工程"奖

　　　　　获奖作品：歌曲《变脸》　作词：阎肃　作曲：孟庆云、陈小涛

2009 年　第七届中国音乐"金钟奖"

　　　　声乐（美声）银奖：吴李红

　　　　声乐（美声）铜奖：李毅

　　　　竹笛演奏奖全国第八名：石磊

2009 年　第十一届全国"五个一工程"奖

　　　　获奖作品：歌曲《生死不离》　作词：王平久　作曲：舒楠

2010 年　第十五届全国群星奖

　　　　获奖作品：《岷江随想》《朵洛荷》

2011 年　第八届中国音乐"金钟奖"

　　　　声乐（美声）银奖：吴李红

　　　　作品奖银奖：《吉祥阳光》无伴奏合唱　作者：昌英中

　　　　优秀合唱作品奖：无伴奏女生合唱《生命之花》　作者：杨晓忠

　　　　优秀合唱作品奖：《羊角花开》　作者：孙洪斌

　　　　小提琴比赛中国作品演奏奖：袁源

2012 年　第十二届全国"五个一工程"奖

　　　　获奖作品：歌曲《蜀道》　作词：王持久　作曲：陈小涛

2013 年　第十六届全国群星奖

　　　　获奖作品：音乐《川北婚嫁》　词曲：岳亚

　　　　获奖作品：《香巴拉》　作词：刘忠寿　作曲：秋加措

2014 年　第十三届全国"五个一工程"奖

　　　　获奖作品：歌曲《老井》　作词：余启翔　作曲：戚建波

2019 年　第十八届全国群星奖

　　　　获奖作品：表演唱《亮花鞋》

　　　　作词：陈娅、张夏　作曲：袁嫣、张朝明

2021 年　第十三届中国音乐"金钟奖"

　　　　钢琴组第一名：孙麒麟

　　　　声乐（民族）第四名：张宇

2022 年　吉克曲布荣获"全国中青年德艺双馨文艺工作者"称号（中宣部、中国人力资源和社会保障部、中国文联）

民间文艺

国际奖

2013 年　第 46 届萨格勒布国际木偶节

最佳作品奖：《影梦人生》　沈晓

2017 年　加拿大总督奖

《外来文明的印记：中国·嘉定往事》　徐杉

全国奖

1983 年　第一届全国优秀民间文学作品评奖

三等奖：《格萨尔·取阿里金》　邓珠拉姆

三等奖：《尔比尔吉》　杨植森

三等奖：《新娘鸟》　周贤中

三等奖：《峨眉山的传说》　张承亚

1989 年　第二届全国优秀民间文学作品评奖

二等奖：《木姐珠与斗安珠》　罗世泽

三等奖：《白云的歌》　意西泽珠

荣誉奖：《增布的宝鸟》　萧崇素

1996 年　中国图书奖　中国出版工作者协会主办

《彝族文学史》　李明

1997 年　第五届中国艺术节

银奖:《敦煌壁画》(漆画)　司徒华

1997 年　"中国十大民间艺术家"　中国文联主办

获奖者:司徒华

1998 年　中国民协"德艺双馨"文艺家

获奖者:李建中、江玉祥、刘大军

1998 年　全国文艺集成志书编纂成果奖

文化部、全国艺术科学规划领导小组主办

一等奖:《中国民间故事集成·四川卷》　洪钟、侯光、
孟燕、李建中

2000 年　全国文艺集成志书编纂成果奖

文化部、全国艺术科学规划领导小组主办

《中国谚语集成·四川卷》　侯光、王沙、黄红军

《中国民间歌谣集成·四川卷》(上下册)　黎本初、侯光、
孟燕、曾小嘉

2000 年　文艺集成志书优秀编审工作奖

文化部、全国艺术科学规划领导小组主办

获奖者:李致、钱来忠、杨时川

2000 年　文艺集成志书优秀编纂成果奖

文化部、全国艺术科学规划领导小组主办

一等奖:黎本初、侯光

二等奖:孟燕、曾小嘉、王沙、黄红军

三等奖:李建中、汪青玉、罗雪村、王陶宇

2000 年　国家民委社科成果奖

一等奖:《九寨·黄龙沿线民族地区旅游资源开发》　王康等

2000 年　首届中国民间文艺"山花奖"　中国文联、中国民协主办

成就奖:袁珂、萧崇素

民俗影像奖:《川北狮灯》

2001 年　第五届中国民间艺术节

　　　　金奖：《俣几佐》（彝族民间舞蹈）　鼓蓉等

　　　　金奖：《变脸》（川剧绝技）　孟祥义

　　　　银奖：《围彩圈》（彝族民间舞蹈）　李晖等

　　　　优秀组织工作奖：省民协

2002 年　中国木版年画国际研讨会暨中国木版年画大联展

　　　　中国民协、中共河南省委宣传部等单位联合举办

　　　　优秀组织工作奖：省民协

2004 年　中国民间文艺山花奖　中国文联、中国民协主办

　　　　学术著作类二等奖：《彝族民间文艺概论》　罗曲

　　　　学术著作类优秀奖：《巴渠民间文学与民俗研究》　陈正平

　　　　民间工艺类银奖：《藏画·四面八臂观音》　司徒华

2004 年　第六届中国民间艺术节

　　　　金奖：《燃烧的七月》

　　　　金奖：《毕摩绝技》

　　　　优秀组织工作奖：省民协

2005 年　中国民间文艺山花奖　中国文联、中国民协主办

　　　　工艺类金奖：《宫廷瓷灯王》

　　　　优秀组织工作奖：省民协

2006 年　中国民间文艺山花奖　中国文联、中国民协主办

　　　　获奖作品：《穆柯寨》《白蛇传》　江油抬阁艺术团

2007 年　中国民间文艺山花奖

　　　　终身成就奖：冯元蔚

2008 年　中国民间文艺山花奖　中国文联、中国民协主办

　　　　银奖：《阿三妹出征》

　　　　优秀组织工作奖：省民协

2009 年　中国民间文艺山花奖　中国文联、中国民协主办

　　　　民俗影像类：《寻吟"东巴"》

中青年德艺双馨文艺家：杨正文

2010 年　中国民间文艺山花奖　中国文联、中国民协主办

民间工艺美术奖（剪纸类）铜奖：《云朵上的羌寨》　黄英

民间工艺美术奖（剪纸类）铜奖：《菊花》　袁成祥

民间工艺美术奖（剪纸类）优秀奖：《永陵乐伎》　林琼华

民间工艺美术奖（剪纸类）优秀奖：《锦鲤牡丹》　龙玲

优秀组织工作奖：省民协

2011 年　中国木版年画抢救和保护特别贡献奖

文化部、中国文联、中国民协主办

获奖者：孟燕、罗应光、毛建华、胡光葵

2011 年　第十届中国民间文艺山花奖　中国文联、中国民协主办

获奖节目：《雨坛彩龙》（民间演艺）　泸县雨坛彩龙表演队

优秀组织工作奖：省民协

2012 年　中国民间文艺山花奖　中国文联、中国民协主办

民间文学作品奖：《珞巴族民间故事》　冀文正

民间绝技绝艺（秋千）类金奖：凉山州甘洛县"磨儿秋"民间
表演队

2013 年　中国（开封）首届工艺美术展

中国文联、河南省政府、中国民协主办

金奖：《盼》（蜀绣）　郝淑萍

金奖：《荷花鲤鱼》（蜀绣）　孟德芝

2013 年　第十一届中国民间文艺山花奖　中国文联、中国民协主办

民间艺术表演类银奖：洛带舞龙团

民间艺术美术作品奖：《苦乐清凉》（青神竹编）　陈云华

民间文学作品奖：《彝族克智译注》　阿牛木支、吉则利布、
孙正华等

民俗影像作品奖：《坚守》　赵军、张涛、张泽松、林渤

2013 年　2013 婺源·中国乡村文化旅游节暨全国山花奖民间灯彩大赛
　　　　金奖：自贡彩灯
2014 年　全国舞龙展演暨第十二届中国民间文艺山花奖·民间艺术表演奖
　　　　银奖：盐亭县水龙队
2014 年　中国（百色·田东）民间广场歌舞大赛暨第十二届山花奖·民间
　　　　广场歌舞
　　　　银奖：《逗幺妹》（古蔺花灯）
2014 年　第十二届中国民间文艺山花奖　中国文联、中国民协主办
　　　　民俗影像作品奖：《金沙江飞排》　峨影集团
2017 年　第十三届中国民间文艺山花奖　中国文联、中国民协主办
　　　　优秀民间工艺美术作品：《南丝路一代缘，藏汉人一家亲》（唐卡）
　　　　　　　　　　　　　　　着着
2019 年　第十四届中国民间文艺山花奖　中国文联、中国民协主办
　　　　优秀民间艺术表演：《雨坛彩龙》　四川省泸县文体新广局
2022 年　第十五届中国民间文艺山花奖　中国文联、中国民协主办
　　　　优秀民间文学作品：《通江民间歌谣校补图注》
　　　　　　　　　　　　潘大聪、黄尚军、李国太

摄　影

国际奖

1963 年　世界新闻摄影比赛（WORLD PRESS PHOTO，简称"WPP"，通称"荷赛"）（荷兰）

荣誉奖：《人勤苗壮》　孙忠靖

1999 年　琼斯国际摄影奖

获奖作品：《凉山人》　黎朗

2009 年　第 52 届世界新闻摄影比赛

突发新闻类组照二等奖：《四川大地震》　景长观

2015 年　第 58 届世界新闻摄影比赛

体育类单幅一等奖：《世界杯——一步之遥》　鲍泰良

全国奖

1990 年　第 16 届全国影展

金牌奖：《大地系列》（组照 6 幅）（彩）　王达军

银牌奖：《壮歌》　蒙明国

银牌奖：《炉底奋战》（彩）　瞿迎祥

铜牌奖：《通途》（彩）　王达军

铜牌奖：《牧人之歌》（彩）　曾有力

铜牌奖：《沙漠行军》（彩）　王建军

铜牌奖：《师者》（彩）　钟大坤

1992 年　第二届中国摄影金像奖　中国摄影家协会、中央电视台主办

金像奖：王达军

开拓杯奖：龙绪明

金像提名奖：王建军

1993 年　全国第七届尼康奖摄影比赛

一等奖：《金婚一刻》　颜晓亚

1993 年　全国晚报好新闻评比

一等奖：《火娃纪实》　王学成

1996 年　首届中国民俗摄影"人类贡献奖"

饮食文化类一等奖：《茶馆》　陈锦

1996 年　王小列获全国优秀摄影师奖。

1997 年　第十八届全国影展

银牌奖：《炉底奋战》　洪杰

铜牌奖：《静物》　赵秀文

1997 年　全国新闻摄影

最佳奖：《乡亲泪》　袁孝正

1998 年　第九届全国新闻奖

银奖：《喜极而"弃"》　王瑞林

1999 年　第四届中国摄影金像奖　中国摄影家协会、中央电视台主办

金像奖：王瑞林

组织工作奖：康大荃

2000 年　第九届摄影艺术展

银牌奖：《木场激战》　李学智

2001 年　第九届中国国际摄影艺术展

金牌奖：《万马奔腾》　许康荣

银牌奖：《彝人过河》　吴久灵

2001 年　第 25 届国际摄联影展

　　金牌奖：《过客》　李绍毅

2001 年　第七届全国人像摄影展

　　金牌奖：《问天》　吴久灵

　　铜牌奖：《寂寞的声音》　陈展颖

　　　　　　《凉山兄弟》　朱丹

2002 年　第 20 届全国摄影艺术展览

　　金牌奖：《峨眉金顶》　田捷砚

　　银牌奖：《白云深处有彝家》　吴传明

　　　　　　《立体进攻》　田捷砚

　　　　　　《铁骨铸边关》　田捷砚

　　优秀奖：《倾听历史的脚步》　李隆德

　　　　　　《乐山大佛》　田捷砚

　　　　　　《大地之子》　吴传明

　　　　　　《遐》　汤志明

　　　　　　《天问》　吴久灵

　　　　　　《母爱》　杨晓川

　　　　　　《河塘清香幽幽情》　廖平

　　　　　　《春回大地》　李永弟

　　　　　　《河谷记忆》　陈家刚

　　　　　　《一决雌雄》　杨朝茂

　　　　　　《万马争雄》　吴传明

　　　　　　《魅》　曾巨光

　　组织工作奖：四川省摄协

2004 年　第六届中国摄影金像奖　中国摄影家协会、中国旅游协会、中国
　　　　　艺术摄影学会和中央电视台主办

　　　　　创作金像奖提名奖：田捷砚（四川）

2007 年　第七届中国摄影金像奖　国务院新闻办公室、中国文联、中国摄影家协会和青海省人民政府主办

　　　　创作奖（纪录类）：林强

　　　　创作奖（艺术类）：田捷砚

2007 年　第二十二届全国摄影艺术展览　中国文联、中国摄协主办

　　　　金奖（艺术摄影类）：《阿勒泰哈巴河》（组照）　田捷砚

2009 年　第八届中国摄影金像奖　中国文联、中国摄影家协会主办

　　　　创作奖（纪录类）：刘应华（解放军）

2010 年　第二十三届全国摄影艺术展览　中国文联、中国摄协主办

　　　　金奖（纪录类）：《众志成城　托举生命》　刘应华

2012 年　第九届中国摄影金像奖　中国文联、中国摄影家协会主办

　　　　创作奖（艺术类）：王建军、陈锦

　　　　图书奖：王达军

2013 年　第二十四届全国摄影艺术展览　中国文联、中国摄协主办

　　　　金奖（艺术类）：《牡丹亭——竹园昆梦》　杨建川

2014 年　第十届中国摄影金像奖　中国文联、中国摄影家协会主办

　　　　创作奖（艺术类）艺术摄影（创意观念）组：杨建川

2016 年　第十一届中国摄影金像奖　中国文联、中国摄影家协会主办

　　　　纪录摄影类：杨麾

　　　　艺术摄影类：郭际

2018 年　第十二届中国摄影金像奖　中国文联、中国摄协主办

　　　　艺术摄影类：《喜马拉雅七千米之上》《濮秘》　金平

书　法

1989 年　全国第四届书法篆刻展览

　　　　　三等奖：周德华、罗永嵩、夏应良

1992 年　全国第五届书法篆刻展览（本届展览只评优秀奖）

　　　　　优秀奖：侯开嘉、林峤、傅舟、傅士河、张树明、洪厚甜

1994 年　全国第一届楹联书法大展

　　　　　银奖：周德华、洪厚甜、刘新德、李正清、何开鑫

1994 年　全国第一届正书大展

　　　　　优秀奖：洪厚甜、刘新德

1995 年　全国第六届书法篆刻展

　　　　　全国奖：刘新德

　　　　　全国奖：李代煊

1995 年　全国第六届中青年书法篆刻展

　　　　　二等奖：刘新德

1996 年　全国第二届楹联大展

　　　　　金奖：刘新德

1996 年　全国第一届行草书大展

　　　　　妙品奖：刘新德、林峤

1997 年　全国第二届正书大展

　　　　　优秀奖：刘畅

1997 年　全国第一届扇面书法大展

　　　　二等奖：方一帆

1997 年　全国第七届中青年书法篆刻展

　　　　一等奖　刘新德

　　　　三等奖：徐德松

1997 年　第四届中国书坛新人作品展

　　　　新秀奖：罗喜泽

1999 年　全国第七届书法篆刻展

　　　　全国奖：刘新德、洪厚甜、胡郁、何开鑫

1999 年　全国第三届楹联书法大展

　　　　铜奖：钟显金、周永生、杨燕刚

2000 年　全国第八届中青年书法篆刻展

　　　　一等奖：戴跃

　　　　二等奖：张景岳、刘新德

　　　　三等奖：何开鑫、杨进、吕骑铧、文永生、洪厚甜

2001 年　中国书法兰亭奖

　　　　创作奖：谢兴华、周毛新

2002 年　全国第三届正书大展

　　　　获奖者：曾杰、朱玉华、吕骑铧

2002 年　洪厚甜、傅士河、高文被中国书协评为中国书协第三届"德艺双
　　　　馨"会员。

2002 年　全国第十二届群星奖　文化部主办

　　　　金奖：王道义

　　　　银奖：吕骑铧、林峤、汤文俊

　　　　铜奖：曾杰、傅仕河、洪厚甜

　　　　优秀奖：张兴明、杨进、余斌、张开、王宝明

2004 年　全国第十三届群星奖　文化部主办

　　　　优秀作品奖：洪厚甜、焦晴月

2006 年　第二届中国书法兰亭奖　中国文联、中国书协主办
　　　　艺术奖三等奖：吕金光

2009 年　第三届中国书法兰亭奖　中国文联、中国书协主办
　　　　理论奖三等奖：吕金光

2012 年　第四届中国书法兰亭奖　中国文联、中国书协主办
　　　　佳作奖三等奖：吕金光

2015 年　第五届中国书法兰亭奖　中国文联、中国书协主办
　　　　佳作奖三等奖：杨江帆

2017 年　第六届中国书法兰亭奖　中国文联、中国书协主办
　　　　银奖：徐右冰

2021 年　第七届中国书法兰亭奖　中国文联、中国书协主办
　　　　铜奖（书法创作方向）：林峤

舞　蹈

国际奖

1986 年　日本琦玉县第三届国际舞蹈大奖赛皇冠金奖

获奖作品：双人舞《鸣凤之死》（刘士英、岳仕果、柳万麟）

全国奖

1977 年　全军第四届文艺会演创作奖

获奖作品：《飞夺泸定桥》（邓代焜等）

获奖作品：《美好的心愿》（罗俊生、匀平、胡胆）

1979 年　全国庆祝建国 30 周年献礼演出

创作一等奖：《观灯》（冷茂弘、张正平、冯波、陈沐光）

创作一等奖：《为了永远的纪念》（张瑜冰、陈大德）

二等奖：《新华报童》（张正良、杨雅丽、曾繁柯）

二等奖：《喜雨》（黄石）

1980 年　第一届全国舞蹈比赛

编导一等奖：《小萝卜头》（编导：杨昭信、毕西园、宁永忠）

表演二等奖：《小萝卜头》（演员：刘亚莉）

服装二等奖：《弹起月琴唱起歌》（服装设计：陈沐光）

1980 年　全国单、双、三人舞蹈比赛

创作一等奖：《小萝卜头》（编导：杨昭信、毕西园、宁永忠）

三等奖：《弹起月琴唱起歌》（冷茂弘、张正平、陈沐光）

1981 年　中华学联颁发

　　　　创作一等奖：《悔恨》（四川师范学院集体创作）

　　　　创作一等奖：《实习之前》（马赵培、李耀雯）

1993 年　第三届文华大奖　中华人民共和国文化部主办

　　　　新剧目奖：《西藏之光》大型歌舞

　　　　　　　　（编导：刘德功、张坚、杨笑影，演员：徐燕、岳小玲）

1994 年　中华民族 20 世纪华人舞蹈经典评比展演

　　　　经典作品奖：《快乐的罗嗦》

　　　　经典提名奖：《观灯》

　　　　经典提名奖：《阿哥追》

　　　　经典提名奖：《卓瓦桑姆》

　　　　经典提名奖：《珠穆朗玛》

1995 年　第五届文华大奖　中华人民共和国文化部主办

　　　　文华新剧目奖、文华导演奖：《三峡情祭》

　　　　　　　　（编导：宁永忠、杨波、高兴、秦宝岗，演员：徐燕、宋庆吉）

1995 年　第三届全国舞蹈比赛

　　　　编导二等奖：《川江·女人》双人舞（马东风、邢舰、郑源）

　　　　编导二等奖：《远山的孩子》三人舞（马东风）

1996 年　全国儿童新剧目奖

　　　　一等奖：舞剧《远山的花朵》

1997 年　全国"五个一工程"奖

　　　　获奖作品：《远山的花朵》

1997 年　第七届文华大奖　文化部主办

　　　　文华大奖、文华导演奖：舞剧《远山的花朵》

1997 年　全国第五届"桃李杯"舞蹈比赛

　　　　一等奖：舞蹈《生死情》

　　　　一等奖：《漫漫草地》

一等奖：《在那遥远的地方》

二等奖：严桦莎、杨奕（少年组）

1997 年　全国"孔雀奖"舞蹈比赛

一等奖：《阿惹妞》

一等奖：《阿月与阿海》

1998 年　中国舞蹈家协会

"双十佳"会员：李菁

1998 年　中国舞蹈"荷花奖"

金奖：《阿惹妞》

银奖：《漫漫草地》

铜奖：《川江·女人》

组织奖：四川省舞协

1998 年　中国舞蹈"荷花奖"

表演银奖：《远山的花朵》（李菁）

表演铜奖：《漫漫草地》（严桦莎、余捍雷）

1998 年　"文华奖"

表演奖：《阿惹妞》（李菁）

文华新节目奖：《阿惹妞》

文华新节目奖：《漫漫草地》

1998 年　第四届全国舞蹈比赛

表演二等奖：《蜀道难》双人舞

（编导：何川，演员：李菁、孟波）

表演二等奖：《玉碎》三人舞

（编导：赵青，演员：常艺、聂翠、郝继伟）

2000 年　全国第十届"群星奖"比赛

金奖：《欢乐的老姆苏》

2000 年　全国优秀儿童剧展演舞蹈

优秀编导奖：《想变蜜蜂的孩子》

2000 年　第十届"孔雀奖"舞蹈比赛

　　　　　二等奖：《野山椒》

2000 年　第六届"桃李杯"舞蹈比赛

　　　　　一等奖：《阿莫惹妞》

　　　　　一等奖：《师徒春秋》

　　　　　二等奖：《立》

　　　　　一等奖：廖学静

　　　　　二等奖：郑敏、罗莎莎

2000 年　全国"蒲公英"舞蹈比赛

　　　　　金奖：《放飞的希望》（宋欣欣）

　　　　　银奖：《糖人》（倪艳、熊曦、游海）

2001 年　全国第五届舞蹈比赛舞蹈

　　　　　二等奖：《摩梭女人》

2001 年　全国少数民族文艺汇演舞蹈

　　　　　金奖：《尔玛姑娘》

　　　　　金奖：《康巴锅庄》

　　　　　金奖：《阿惹妞》

　　　　　金奖：《阿莫惹妞》

2002 年　首届中国舞蹈节　中国舞蹈家协会主办

　　　　　组织工作铜奖：四川省舞蹈家协会

2002 年　"欢天喜地"中国（威海）新秧歌大赛　中国舞蹈家协会主办

　　　　　组织奖：四川省舞蹈家协会

2002 年　第三届中国舞蹈"荷花奖"比赛　中国文联、中国舞协主办

　　　　　创作金奖：《师徒春秋》双人舞

　　　　　表演金奖：《旧事女人》女子独舞

　　　　　　　　　　（编导：马东风，演员：李菁　四川省歌舞剧院）

　　　　　表演银奖：《师徒春秋》双人舞

　　　　　　　　　　（编导：何川，演员：郑敏、余悍雷　四川省舞蹈学校）

2003 年　中国青少年艺术大赛全国第七届"桃李杯"舞蹈比赛

　　　　　中国文化部主办

　　　　　教学剧目创作一等奖：《俏花旦》女子群舞

　　　　　群舞（古典舞）组表演一等奖：《俏花旦》女子群舞

　　　　　　　（编导：刘凌莉）

　　　　　表演一等奖：《少年天子》男子独舞

　　　　　　　（编导：曾纯、严桦莎，演员：卿庆　四川省舞蹈学校）

　　　　　表演一等奖：《咬定青山》女子独舞

　　　　　　　（编导：梁群，演员：余尔格　四川省舞蹈学校）

　　　　　表演二等奖：《芝麻官》男子独舞

　　　　　　　（编导：何川，演员：钟宏宇　四川省舞蹈学校）

　　　　　创作金奖：《鸣凤》双人舞

　　　　　中国舞组教学剧目创作一等奖：《鸣凤》双人舞

　　　　　　　（编导：何川，演员：张娅姝、刘庆佳　四川省舞蹈学校）

　　　　　创作金奖：《茶倌》女子独舞

　　　　　古典舞（少甲）组教学剧目创作一等奖：《茶倌》女子独舞

　　　　　　　（编导：刘凌莉，演员：刘倩　四川省歌舞剧院）

　　　　　创作金奖：《石磨的歌》群舞

　　　　　群舞（民间）组教学剧目创作一等奖：《石磨的歌》群舞

　　　　　　　（编导：何川、周全莉，演员：张燕、车曦）

　　　　　表演二等奖：《糖人》双人舞

　　　　　　　（编导：刘凌莉，演员：陈薇、曾纯　四川省舞蹈学校）

　　　　　表演二等奖：《风舞竹动》女子独舞

　　　　　　　（编导：梁群　四川省舞蹈学校，演员：王露浠）

　　　　　创作二等奖：《天织女》女子群舞

　　　　　　　（编导：苏冬梅　成都军区战旗文工团）

　　　　　表演二等奖、剧目创作三等奖：《静夜思》男子独舞

　　　　　　　（编导：李楠，演员：谢明　四川省舞蹈学校）

表演二等奖：《彝女》女子独舞

　　（编导：马琳，演员：杨金晶　四川省舞蹈学校）

表演一等奖：《岁月如歌》群舞

创作二等奖：《岁月如歌》群舞

　　（编导：李楠　四川省舞蹈学校，演员：余尔格、王露浠等）

西部原生态舞蹈保护贡献奖一等奖：《依娜麦达》群舞

　　民间组教学剧目创作二等奖：《依娜麦达》群舞

　　（编导：梅永刚　四川省舞蹈学校，演员：易辛、龙芙君）

2004 年　第六届全国舞蹈比赛

创作表演金奖：《俏花旦》女子群舞（编导：刘凌莉）

创作一等奖、表演一等奖：《岁月如歌》群舞

　　（编导：李楠，演员：余尔格、王露浠等）

创作、表演三等奖：《鸣凤》双人舞

　　（编导：何川，演员：张娅姝、刘庆佳）

创作表演金奖：《兄弟们》男子双人舞

　　（编导：何川，演员：郭屹、郝继伟、陈珂）

创作二等奖、表演三等奖：《圈舞》女子群舞

　　（编导：李楠，演员：马莹娇、陈橙等）

创作表演银奖：《溜溜的康定溜溜的情》女子群舞

　　（编导：马东风，演员：宋欣欣、常艺）

创作二等奖：《天织女》女子群舞

　　（编导：苏冬梅，演员：胡宁等）

创作银奖：《石磨的歌》群舞

　　（编导：何川、周全莉，演员：张燕、车曦）

2004 年　第十一届文华奖　中华人民共和国文化部主办

文华新剧目奖创作：《大唐华章》大型时尚诗乐舞

文华编导奖：《大唐华章》大型时尚诗乐舞

文华舞台美术奖：《大唐华章》大型时尚诗乐舞

文华表演奖：《大唐华章》大型时尚诗乐舞

（编导：陈维亚，演员：常艺、卿庆、郝继伟、施伟、郭屹）

2004 年　第十三届群星奖　中国文化部主办

金奖：《盐路向天边》群舞（编导：何川）

2005 年　第五届中国舞蹈"荷花奖"比赛　中国文联、中国舞协主办

银奖：《弦歌悠悠》藏族群舞（编导：李楠）

2007 年　第六届中国舞蹈"荷花奖"比赛　中国文联、中国舞协主办

十佳作品奖：《大山·女儿》民族民间舞

十佳编导奖：《大山·女儿》民族民间舞（编导：何川）

2009 年　第十二届中宣部"五个一工程"奖

获奖作品：《红军花》群舞（编导：马东风）

2011 年　第八届中国舞蹈"荷花奖"比赛　中国文联、中国舞协主办

民族民间舞作品银奖：《口弦》（编导：何川）

2013 年　第九届中国舞蹈"荷花奖"比赛　中国文联、中国舞协主办

民族民间舞表演银奖：《日出日落》（编导：陈橙）

2015 年　第十届中国舞蹈"荷花奖"民族民间舞比赛　中国文联、中国舞
协主办

民族民间舞优秀作品奖：《情深谊长》《你是一首歌》

十佳作品奖：《铃·魂》《远行》

2016 年　第十届中国舞蹈"荷花奖"舞剧·舞蹈诗比赛　中国文联、中国
舞协主办

舞剧奖：《家》（编剧：何川）

2016 年　第十届中国舞蹈"荷花奖"当代舞、现代舞比赛　中国文联、中
国舞协主办

现当代奖：《滚灯》（编导：李微、钟宏宇）

现当代奖：《永远的川军》（编导：何川）

2016 年　第十一届中国艺术节　文化部主办

舞蹈类群星奖：《我的弦》女子群舞

2017 年　第十一届中国舞蹈"荷花奖"民族民间舞

中国文联、中国舞协主办

民族民间舞作品奖：《银塑》（编导：马琳、沙呷俊楠）

民族民间舞作品奖：《生在火塘边》

（编导：何川、吉布阿鸽、冯建华、邹野）

2019 年　第十二届中国舞蹈"荷花奖"比赛　中国文联、中国舞协主办

民族民间舞作品奖：《永远的诺苏》

（编导：何川、吉布阿鸽、冯建华、邹野）

2020 年　第十二届中国舞蹈"荷花奖"舞剧评奖　中国文联、中国舞协主办

舞剧奖：《努力餐》（编导：秦尤佳、魏久成）

2021 年　第十二届中国舞蹈"荷花奖"　中国文联、中国舞协主办

当代舞奖：《远山不远》（编导：张晓华、崔梦璇、姜雨欣）

2021 年　第十三届中国舞蹈"荷花奖"　中国文联、中国舞协主办

民族民间舞奖：《柔情似水》（编导：李楠、陈橙、李崇敏）

曲 艺

国际奖

1957 年　第六届世界青年联欢节评奖　世界民主青年联盟主办
　　　　金质奖章：四川清音《小放风筝》《青杠叶》《忆娥郎》　李月秋
2010 年　巴黎中国曲艺节　中国曲艺家协会、巴黎中国文化中心主办
　　　　"卢浮"节目奖：金钱板《逛成都》　张徐
　　　　"卢浮"节目奖：四川清音《赶花会》　任平
2014 年　巴黎中国曲艺节　中国曲艺家协会、巴黎中国文化中心主办
　　　　"卢浮"银奖：四川荷叶《秋江》　罗捷
　　　　"卢浮"铜奖：四川清音《杨柳新枝》　高利红
2019 年　国际说唱幽默艺术节评奖　国际说唱艺术联盟主办
　　　　国际说唱幽默艺术节"红狮奖"最佳艺术表演奖：
　　　　四川清音与苏州弹词对唱《彭州牡丹苏州月》　曾恋

全国奖

1956 年　全国第一届民间音乐周
　　　　一等奖：四川清音《小放风筝》　李月秋
1981 年　全国优秀短篇曲艺作品
　　　　二等奖：《心心咖啡店》四川评书（作者：程梓贤）
　　　　三等奖：《公社的"礼花"》清音唱词（作者：叶占祥、王光寿）

1981 年　全国部分省市职工业余曲艺调演

　　　　优秀节目奖：《白发吟》琵琶弹唱（作者：严西秀）

　　　　优秀节目奖：《关怀》故事（作者：侯一川）

1982 年　全国曲艺优秀节目（南方片）观摩演出　文化部举办

　　　　创作、演出一等奖：谐剧《这孩子像谁》

　　　　　　　（作者：包德宾，演员：沈伐）

　　　　创作、演出一等奖：四川清音《幺店子》

　　　　　　　（作者：陈犀原诗　竹亦青改词，编曲：曹正礼，演员：程永玲）

　　　　演出一等奖，创作二等奖：四川盘子《三个媳妇争婆婆》

　　　　　　　（作词：熊炬，作曲：李静明，演员：马光华、王红、

　　　　　　　　　赵静、朱砂）

　　　　创作、演出二等奖：四川清音《江津广柑甜又香》

　　　　　　　（作词：黄伯亨，作曲：贾钟秀，演员：龚七妹）

　　　　创作、演出二等奖：四川扬琴《真心诚意》

　　　　　　　（作词：贺星寒，作曲：温毛驴，演员：刘时燕、万泓、李永梅）

　　　　创作、演出二等奖：弹唱《三哥哥包鱼塘》

　　　　　　　（作词：贺星寒，作曲：贾钟秀，演员：罗玉华、林幼陶、

　　　　　　　　　郑阿莉、詹小茜等）

　　　　创作、演出二等奖：四川扬琴《春到杨柳坝》

　　　　　　　（作词：叶占祥，作曲：傅兵，演员：邓俊如、王铁军、柳树华）

　　　　创作、演出二等奖：四川扬琴《探亲》

　　　　　　　（作词：熊炬，作曲：陈再碧，演员：孙慧瑜、叶吉淑、王红）

1984 年　全国相声创作评奖

　　　　创作、表演三等奖：相声《川菜飘香》

　　　　　　　（作者：隋涤新，演员：隋涤新、黄洲全）

1986 年　全国新曲（书）目比赛

　　　　创作二等奖、表演二等奖：谐剧《零点七》

　　　　表演二等奖、音乐设计二等奖、音乐伴奏二等奖、创作三等奖：

四川清音《六月六》

表演二等奖、音乐设计二等奖、音乐伴奏二等奖、创作三等奖：
四川扬琴《凤求凰》

创作三等奖、表演三等奖：四川清音《心愿》

创作三等奖、音乐设计三等奖：四川琵琶弹唱《长江魂》

1988 年　全国首届故事大赛　中国曲协、河南省曲协主办

表演二等奖：《范县长拍板》故事（演员：黄道宣）

1989 年　第二届全国新故事"蒿山泉"奖大赛

中国曲艺家协会、《曲艺》杂志社举办

创作、表演铜牌奖：《浓浓的樱桃汁》新故事

（作者：李辉珣，演员：胡宁）

1990 年　"长治杯"全国曲艺（鼓曲、唱曲部分）大赛

中国曲艺家协会、山西省长治市、中央电视台文艺部联合举办

表演一等奖，伴奏二等奖，音乐设计三等奖：四川扬琴《船会》

（演员：刘时燕、万泓、孙云金，音乐设计：温见龙）

表演三等奖：四川清音《峨眉茶》（演员：梁音）

音乐设计一等奖，表演二等奖，伴奏二等奖，创作二等奖：四川
扬琴《浣花夫人保成都》

（演员：田茂君、王铁军，音乐设计：傅兵，作词：蒋守文）

音乐设计二等奖，表演三等奖：四川清音《断桥》

（音乐设计：曹正礼，演员：田临平）

表演一等奖，伴奏三等奖，音乐设计三等奖：四川清音《凤仙抚琴》

（演员：赵静，音乐设计：邓碧霞、夏元龙）

表演二等奖，伴奏二等奖：四川清音《花园跑马》（演员：朱砂）

表演奉献奖：四川竹琴《华子良传奇》（演员：华国秀）

1990 年　首届全国新故事比赛　文化部群文司、大众文学学会、中国新故
事学会、辽宁省文化厅、抚顺市政府主办

创作二等奖：故事《择婿》（作者：张义洪、罗愚）

创作三等奖：故事《窝窝头》（作者：李辉珣）

创作三等奖：故事《兰草王后》（作者：刘盛陶）

演出三等奖：《夜背醉女》故事（演员：谢小蓓）

1990 年　全国三分钟笑话作品评比

中央电视台文艺部、中华说唱艺术研究中心举办

三等奖：《跟着感觉走》（作者：彭明羹）

1991 年　全国青年业余相声邀请赛

中国曲艺家协会、文化部群文司、湖南益阳市政府联合主办

创作二等奖、逗哏二等奖：《叫卖进行曲》（作者：袁航、墨雨）

创作三等奖：《恋爱新词》（作者：赵清林）

1992 年　"宋河杯"全国曲艺小品邀请赛

中国曲艺家协会、河南省曲艺家协会联合主办

创作、表演二等奖：《梁山一百零九将》

（作者：包德宾，演员：沈伐）

创作、表演二等奖：《开会》（作者：凌宗魁，演员：凌宗魁）

组织奖：四川省曲艺家协会、重庆市曲艺家协会

1992 年　全国省辖市电台优秀长篇节目评选

二等奖：长篇评书《西部淘金狂》（作者：商欣）

1992 年　全国"三书"幽默小段电视邀请赛

专业组金奖：北方评书《老佛爷坐车》

（作者：杨新安，演员：刘朝）

专业组银奖：四川评书《梅英与汤水》

（作者：王捍东、徐勃，演员：程大琼）

业余组金奖：四川评书《牌迷恋爱》

（作者：魏奉明、李伯清、郭大军，演员：李伯清）

业余组金奖：四川评书《吃汤圆》

（作者：杨昌厚，演员：闫蜀勤）

业余组银奖：四川评书《耳光悟》

（作者：杨昌厚，演员：张光明）

优秀作品奖：《老佛爷坐车》

作品奖：《梅英与汤水》《牌迷恋爱》《吃汤圆》《耳光悟》

组织奖：四川省曲艺家协会、四川省曲艺团、成都市曲艺家协会、
  万县曲艺团

1992 年　全国戏剧小品比赛

优秀编剧奖：《无处可投》小品

　　（作者：凌宗魁，演员：凌宗魁、叶吉淑，表演奖：凌宗魁）

1993 年　中国相声节　文化部、中国曲协等主办

"金玫瑰"创作、表演三等奖：相声《学唱》（演员：白桦、邓小林）

1994 年　"南阳杯"全国曲艺小品大赛

三等奖：小品《生日》（演员：张廷玉、袁永恒）

1994 年　94 中国曲艺荟萃

新人奖：四川清音《成都的传说》　梁音

1995 年　全国曲艺理论研究优秀科研成果评奖

一等奖：《四川扬琴宫调研究》　李成渝

1995 年　张振声撰稿，王敦礼编辑的《情香巴蜀、曲沃春泥——四川曲坛
  巡礼》获广电部第一届国家级政府二等奖，中国广播电视学会曲
  委会特等奖。

1996 年　第二届中国曲艺节

牡丹奖：四川清音《小放风筝》（程永玲演唱）、四川省曲艺团
  《邻居对唱》（作者、演员：涂太中）、成都市曲艺团
  《懒汉和鸡蛋》（张继楼词、曹正礼曲，田临平、陈莉
  等表演）、重庆市曲艺团《峡江流》（何文渊、张尚元
  词，李静明曲，周萍、粟琳表演）

1996 年　全国小品比赛

作品二等奖：袁永恒创作的小品《咖啡屋》

表演二等奖：张徐

1996 年 "广寒宫杯"全国快书、快板电视大赛

        表演一等奖：董怀义（快板书《吃钱》）

        杰出指导奖：牛德增（辅导董怀义排演《吃钱》）

        组织奖：四川省曲协

1997 年 中国曲艺牡丹奖·快板书（亚视怀）

        表演二等奖：快板书《神州天府图》 董怀义

1997 年 第七由文华奖

        新节目奖：《洪霞》（查丽芳、袁航创作，张廷玉，袁永恒表演）

1997 年 全国"群星奖"

        银奖：小品《救孩子》 航永创

1998 年 程永玲、高蓉蓉、徐述被中国曲协评为"德艺双馨"优秀会员。

1998 年 全国戏剧小品大赛

        二等奖：小品《夫妻之间》

                （袁永恒、袁航编剧，张廷玉、袁永恒表演）

1998 年 全国相声大赛

        创作奖、表演奖：相声《孩子的歌》（创演：张徐、李多）

2000 年 第一届中国曲艺牡丹奖

        文学奖：小品《致富之路》（创作：涂太中）

        表演奖：张廷玉

2000 年 "西岗杯"全国跨世纪新人新作相声有奖征文

        繁荣奖：相声《老兵新传》（创作：刘俊杰、李金亮）

2000 年 全国文华大奖

        新节目奖：四川清音《蜀绣姑娘》（作词：黄志，作曲：曹正礼）

        新节目表演奖：程永玲

2001 年 "红旗渠"杯全国快板书大赛

        创作二等奖、表演一等奖：快板书《猪新娘与猪新郎》 董怀义

2001 年 "板桥杯"全国快板、快书电视大赛

        一等奖：音乐快板《请祖国检阅》

（董怀义创作，董怀义、董琳、董巍表演）

　　　　三等奖：音乐快板《乌蒙铸铁军》

2001 年　中国曹禺戏剧奖

　　　　三等奖：小品《赔鸡蛋》（创作：陈云福）

2001 年　中国西部曲艺邀请赛

　　　　特别贡献奖：董怀义、涂太中

　　　　贡献奖：董琳、董巍、田临平、任萍

2001 年　首届 CCTV 电视相声大赛

　　　　荧屏奖：程鹏

2002 年　第二届中国曲艺牡丹奖

　　　　表演奖：张徐

2004 年　第三届中国曲艺牡丹奖

　　　　表演奖：田临平

　　　　表演奖：董怀义

2005 年　严西秀撰写的论文《从清音谐剧的过去看四川曲艺的未来》获中
　　　　国文联评论奖一等奖。

2006 年　第四届中国曲艺牡丹奖

　　　　文学奖：谐剧《王熙凤招商》　包德宾

　　　　理论奖：《从清音、谐剧的情况看四川曲艺的状态》　严西秀

　　　　终生成就奖：邹忠新

2010 年　第六届中国曲艺牡丹奖

　　　　新人奖：四川扬琴《贵妃醉酒》　吴瑕

2012 年　第七届中国曲艺牡丹奖

　　　　节目奖：四川扬琴《情怀》

2012 年　第七届中国曲艺牡丹奖

　　　　表演奖：四川清音《中华医药》　任平

2014 年　第八届中国曲艺牡丹奖

　　　　表演奖：谐剧《麻将人生》　张旭东（叮当）

新人奖：四川扬琴《活捉三郎》　唐瑜蔓

2016 年　第九届中国曲艺牡丹奖

节目奖：四川盘子《心如莲》　四川省曲艺研究院

文学奖：四川清音《莲花开》　秦渊

2018 年　第十届中国曲艺牡丹奖

节目奖：四川扬琴《守望》　巴中市文化馆、巴州区文化馆

2020 年　第十一届中国曲艺牡丹奖

新人奖：四川清音《小姑出嫁》　罗捷

受表彰个人或集体

1991 年　程永玲、雷宗荣被文化部评为"全国文化系统先进工作者"。

1994 年　肖化荣获全国"职工故事家"称号。

1995 年　巴中市曲艺团被文化部评为"全国文化先进集体"。

1997 年　程永玲获"中国文联德艺双馨艺术家"荣誉称号。

2001 年　四川省老曲艺术家邹忠新、刘松柏、车辐、王华德、牛德增、李
少华、田于秀、黄伯亨荣获中国曲协表彰的"新中国曲艺 50 年
特别贡献曲艺家"荣誉称号。

2009 年　程永玲被中华人民共和国文化部评为"国家级非物质文化遗产项
目四川清音代表性传承人"。

2009 年　张徐被中华人民共和国文化部评为"国家级非物质文化遗产项目
金钱板代表性传承人"，被中国曲艺家协会评为中国曲艺 60 年
"优秀中青年曲艺家"。

2021 年　罗捷被授予"全国文化和旅游系统先进工作者"称号。

2022 年　张旭东（叮当）被中宣部、人力资源社会保障部、中国文联评为
第五届全国中青年德艺双馨文艺工作者。

杂 技

国际奖

1981 年　第八届摩纳哥世界马戏节

　　　　瑞士俱乐部奖杯（三等奖）：

　　　　　　《坛技》　杨柳、王正刚　重庆杂技艺术团

1987 年　第一届"中国吴桥国际杂技艺术节"

　　　　获银狮奖：《顶碗》　万县地区杂技团

　　　　　编导：龙银秀，演员：冉启洪、冯天桂

1989 年　第二届中国吴桥国际杂技艺术节

　　　　优秀节目奖：《排椅造型》　成都市杂技团

1991 年　第三届"中国吴桥国际杂技艺术节"

　　　　铜狮奖：《双层分梯》　达县地区杂技团

　　　　　编导：冉启先，演员：刘碧、王华菊、杨毅、向影、蒋姗等

1992 年　意大利第八届"金色马戏节"

　　　　艺术家大奖：《蹬技》　重庆杂技团　演员：陈文秀、张艺、姜芸

1992 年　比利时第五届"希望之路"国际杂技比赛

　　　　金奖：《皮条》　成都市杂技团

1995 年　法国巴黎第八届世界"未来"杂技比赛

　　　　金奖：《水流星》　重庆杂技团

1999 年　第七届中国吴桥国际杂技艺术节

　　　　银狮奖、法国评委奖、瑞士评委奖：《彩条纵歌》

　　　　成都市文化艺术学校

2002 年　法国第六届"舞台之火"国际杂技比赛
　　　　　法国政府奖、青年演员奖和观众评选奖：《女子四人造型》
　　　　　成都市文化艺术学校

2005 年　法国第七届"舞台之火"国际杂技节
　　　　　银奖、政府奖：《顶碗》　遂宁市杂技团

2008 年　第 29 届法国巴黎世界"明日"杂技节
　　　　　金奖：《双人技巧》　遂宁市杂技团

2011 年　第五届莫斯科国际马戏节
　　　　　第一金奖：《双人倒立技巧》　遂宁市杂技团

2012 年　第十四届意大利国际马戏节
　　　　　金奖：《双人倒立技巧》　遂宁市杂技团

2012 年　第十届中国武汉国际杂技艺术节
　　　　　文化部外联局、文化部艺术司、中国杂技艺术家协会等主办
　　　　　银奖：《高椅》　遂宁市杂技团

2014 年　第 38 届蒙特卡洛国际马戏节　摩纳哥大公雷尼埃三世创办
　　　　　银小丑奖：《双人倒立技巧》　遂宁市杂技团

2014 年　第七届西班牙国际马戏节
　　　　　金奖和特别奖：《倒立飞砖》　自贡市杂技团

2014 年　俄罗斯第十三届世界青少年杂技比赛
　　　　　金奖：《顶碗》　遂宁市杂技团
　　　　　铜奖：《男女对手》　遂宁市杂技团

2016 年　第 5 届摩纳哥"新一代"国际青少年马戏节
　　　　　银奖：《中国娃娃》　遂宁市杂技团

2017 年　第 18 届法国圣保罗莱斯达克斯国际艺术节
　　　　　优秀奖：《男女对手》　遂宁市杂技团

2019 年　第 12 届西班牙阿尔瓦塞特国际马戏艺术节
　　　　　银奖：《高拐》　成都市杂技团

2021 年　澳大利亚第五届国际马戏节

　　　　"未来之星"铜奖:《中国结》　宜宾市酒都艺术研究院杂技团

2023 年　第 14 届瑞士巴塞尔国际青年马戏节

　　　　银奖:《倒立·哪吒》　自贡市杂技团

全国奖

1984 年　第一届全国杂技比赛

　　　　银狮奖:《柔术滚杯》　万县杂技团

　　　　鼓励奖:《对蹬平衡》　重庆杂技团

　　　　鼓励奖:《晃梯飞拐》　自贡市杂技团

1987 年　第二届全国杂技比赛

　　　　铜狮奖:《蹬技》　重庆杂技团

　　　　优秀节目奖:《晃梯顶技》　自贡杂技团

　　　　优秀节目奖:《双人椅技》　达州市杂技团

1987 年　首届"新苗杯"全国杂技比赛

　　　　银狮奖:《高架顶碗》　南充市杂技团

　　　　银狮奖:《玻塔爬梯》　德阳市杂技团

　　　　银狮奖:《对口含花》　德阳市杂技团

1991 年　第三届全国杂技比赛

　　　　银狮奖:《皮条》　成都市杂技团

　　　　铜狮奖:《跳板》　成都市杂技团

1995 年　第四届全国杂技比赛

　　　　金狮奖:《顶技》　重庆杂技团

　　　　银狮奖:《钻地圈》《转碟》　重庆杂技团

　　　　铜狮奖:《跳晃板》　自贡市杂技团

1997 年　第五次全国杂技论文评奖

　　　　三等奖:《论杂技艺术及杂技基本功》　程伍伢

1998 年　首届金菊奖滑稽节目邀请赛

　　　　　铜奖：《熊猫嬉戏》　成都市杂技团

　　　　　特别奖：《下招牌》　成都市杂技团

1998 年　在第三届全国少儿杂技比赛中，四川分获 2 个银狮奖、3 个铜
　　　　　狮奖。

2000 年　第四届全国杂技比赛

　　　　　银狮奖：《春之芽》　成都市文化艺术学校

2001 年　首届天津国际滑稽节

　　　　　铜奖：《熊猫嬉戏》　成都市文化艺术学校成都市杂技团

2002 年　第四届全国青少年杂技比赛

　　　　　银狮奖：《双人技巧》　遂宁市杂技团

　　　　　铜狮奖：《顶碗》　遂宁市杂技团

　　　　　铜狮奖：《三个小沙弥》　四川省艺术学校

　　　　　铜狮奖：《顶碗》　遂宁市"新苗"杂技团

2004 年　第六届全国杂技比赛　文化部主办

　　　　　铜狮奖：《双人技巧》　遂宁市杂技团

2007 年　第六届中国杂技金菊奖第四次全国魔术比赛　中国杂协主办

　　　　　优秀奖：《梦幻爵士》　杨屹

2008 年　第七届中国杂技金菊奖第二次全国杂技比赛　中国杂协主办

　　　　　金奖：《双人技巧》　遂宁市杂技团

　　　　　优秀奖：《高椅》　遂宁市杂技团

2008 年　中国·宝丰第四届魔术文化节暨"宝丰杯"全国魔术比赛　中国
　　　　　杂协主办

　　　　　表演奖、优秀奖：《幻之舞》　杨屹、常静

2008 年　第十一次全国杂技理论研讨会暨第七届金菊奖第六次理论评奖
　　　　　中国杂协主办

　　　　　优秀论文奖：《论杂技滑稽与市场供需之关系》　汪青玉

2008 年　第七届全国杂技比赛　文化部主办

　　　　　"文华杂技节目创作"铜奖：《球技》　南充市杂技团

　　　　　铜奖：《三人技巧》　德阳市杂技团

　　　　　铜奖：《五壮士——皮条》　自贡市杂技团

2010 年　首届全国民营艺术院团展演　文化部主办

　　　　　优秀剧目奖：《飞翔》　德阳杂技团杂技剧

2011 年　第八届中国杂技金菊奖第三次全国杂技比赛　中国杂协主办

　　　　　最佳教师奖：刘佳平　德阳市杂技团

　　　　　最佳教师奖：童小红　遂宁市杂技团

　　　　　组织工作奖：四川省杂技家协会

2012 年　第八届中国杂技金菊奖第七次理论作品奖评奖　中国杂协主办

　　　　　优秀论文奖：《杂技艺术训练方法的变革》　张爽

2012 年　第十届中国武汉国际杂技艺术节

　　　　　文化部外联局、文化部艺术司、中国杂技艺术家协会等共同主办

　　　　　银奖：《高椅》　遂宁市杂技团

2014 年　第九届中国杂技金菊奖第八次理论作品奖

　　　　　中国文联、中国杂协主办

　　　　　优秀论文奖：《四川杂技的现状调查与前景思考》　汪青玉

　　　　　优秀论文奖：《论新时代杂技艺术的创新与弘扬》　周小衡

2015 年　第九届中国杂技金菊奖第六次全国魔术比赛

　　　　　中国文联、中国杂协主办

　　　　　中国古典魔术传承奖：《箩圈变化》　成都艺术剧院刘静

受表彰个人或集体

1998 年　第一届中国杂协"德艺双馨会员"称号　中国杂协颁发　江明生

2001 年　第二届中国杂协"德艺双馨会员"称号　中国杂协颁发

　　　　　付启辉、程伍伢、刘明金、周昭文、王德珍

2004 年　第三届中国杂协"德艺双馨会员"称号　中国杂协颁发
　　　　周小衡、李邦元

2006 年　第四届中国杂协"德艺双馨会员"称号　中国杂协颁发　童荣华

2008 年　第五届中国杂协"德艺双馨会员"称号　中国杂协颁发　牟强

2008 年　全国服务农民服务基层文化建设工作先进集体称号
　　　　中宣部、国家广电总局、文化部颁发　广元市鹏飞马戏团

2011 年　第六届中国杂协"德艺双馨会员"称号
　　　　中国杂协颁发　杨刚、吴红

2013 年　四川省杂技家协会获中国杂协颁发的第八届中国杂技金菊奖第三
　　　　次杂技剧目奖"组织工作奖"。

2014 年　第七届中国杂协"德艺双馨会员"称号　中国杂协颁发　汪青玉

2014 年　四川省杂技家协会获中国杂协颁发的第九届中国杂技金菊奖第八
　　　　次理论作品奖"组织工作奖"。

2015 年　四川省杂技家协会获中国杂协颁发的第九届中国杂技金菊奖第六
　　　　次全国魔术比赛"优秀组织奖"。

2016 年　先进个人　中国杂协颁发　童荣华（遂宁市杂技团）

2018 年　四川省杂协获中国杂协颁发的"年度先进单位"称号。

2019 年　四川省杂协获中国杂协颁发的"年度先进单位"称号。

电　影

国际奖

1981 年　南斯拉夫国际劳动保护电影节

　　　　电影节一等奖，艺术、技术二等奖：科教片《声》　峨眉电影
　　　　制片

1987 年　葡萄牙国际电影节

　　　　儿童影片奖：《少年彭德怀》　峨眉电影制片厂

1987 年　第五届大马士革国际电影节

　　　　最佳女主角奖：《末代皇后》　潘虹

1988 年　法国巴黎第一届中国电影"雄狮奖"

　　　　最佳儿童故事片奖：《为什么生我》　峨眉电影制片厂

1989 年　第十九届意大利陶尔米纳国际电影节

　　　　银质奖：《井》　峨眉电影制片厂

1992 年　朝鲜民主主义人民共和国"发展中国家"电影节

　　　　最佳摄影奖：《狂》　峨眉电影制片厂

2010 年　第六届中美电影节　美国鹰龙传媒公司主办

　　　　最佳影片奖、金天使奖、最佳女演员奖、杰出新人奖：《康定情歌》
　　　　峨眉电影集团有限公司

2010 年　第三届伦敦万象电影节

　　　　杰出艺术奖：《康定情歌》　峨眉电影集团有限公司

2010 年　第二十三届东京国际电影节

最佳艺术成就奖、最佳女主角奖：《观音山》　峨眉电影集团有限公司

2011 年　莫斯科国际（军事）电影节

最佳导演奖：《康定情歌》　峨眉电影集团有限公司

2013 年　第四十七届美国纳什维尔国际电影节

国际电影奖、田纳西州州长特别奖：《天上的菊美》　峨眉电影集团有限公司

2016 年　第四十届蒙特利尔国际电影节

最佳中国电影金奖：《夜孔雀》　峨眉电影集团有限公司

2017 年　第十四届中美电影节　美国鹰龙传媒公司主办

中华文化传播力金天使奖：《十八洞村》　峨眉电影集团有限公司

2017 年　第五届中英电影节

优秀青春电影奖：《李雷和韩梅梅——昨日重现》　成都天音奇林影视传媒股份有限公司

2018 年　第八届北京国际电影节　中国国家广播电影电视总局和北京市人民政府主办

天坛奖最佳视觉效果奖：《红海行动》　峨眉电影集团有限公司

2018 年　第三十一届东京国际电影节

亚洲未来单元最佳影片：《第一次的离别》　峨眉电影集团有限公司

2018 年　第六十九届柏林国际电影节

新生代单元国际评审团最佳影片奖：《第一次的离别》　峨眉电影集团有限公司

2020 年　第十七届意大利罗马国际电影节

最佳外语片奖：《随风飘散》　峨眉电影集团有限公司

2021 年　第五届平遥国际电影展

最佳男演员奖：《日夜江河》　峨眉电影集团有限公司

2021年　第十七届中美电影节　美国鹰龙传媒公司主办

中美金天使奖、最佳女配角奖：《人潮汹涌》　峨眉电影集团有
限公司

全国奖

1978年　少数民族题材电影"腾龙奖"　国家民委、国家文化部主办

少数民族题材电影"腾龙奖"：《孔雀飞来阿佤山》　峨眉电影
制片厂

1979年　文化部优秀影片奖　国家文化部主办

年度优秀影片奖：《神圣的使命》　峨眉电影制片厂

1979年　文化部优秀科教片奖　国家文化部主办

优秀科教片：《吸烟危害健康》

1980年　文化部优秀影片奖　国家文化部主办

《文汇报》最佳影片奖：故事影片《法庭内外》　峨眉电影制片厂

1981年　文化部优秀影片奖　国家文化部主办

年度优秀影片奖：《被爱情遗忘的角落》　峨眉电影制片厂

1981年　第二届中国电影金鸡奖　中国文联、中国影协主办

最佳编剧奖：《被爱情遗忘的角落》　峨眉电影制片厂

最佳女配角奖：《被爱情遗忘的角落》　贺小书

1981年　劳动保护优秀科教片奖　国家劳动局、文化部、总工会、科协主办

优秀科教片：《声》　峨眉电影制片厂

1982年　第三届中国电影金鸡奖　中国文联、中国影协主办

最佳女主角奖：《人到中年》　潘虹

1983年　文化部优秀影片奖　国家文化部主办

年度优秀影片荣誉奖：《特急警报333》　峨眉电影制片厂

1983年　全国第一届优秀农业科教片奖

优秀农业科教片：《微量元素》　峨眉电影制片厂

1984 年　少数民族题材电影"腾龙奖"　国家民委、国家文化部主办
　　　　少数民族题材电影"腾龙奖"：《卓瓦桑姆》　峨眉电影制片厂

1984 年　文化部优秀影片奖　国家文化部主办
　　　　年度优秀故事片二等奖：《为什么生我》　峨眉电影制片厂

1984 年　首届儿童故事片"童牛奖"
　　　　优秀导演奖：故事影片《为什么生我》　李亚林　峨眉电影制片厂

1984 年　文化部优秀影片奖　国家文化部主办
　　　　年度优秀故事片一等奖：《红衣少女》　峨眉电影制片厂

1984 年　国家教委优秀教育影片奖　国家教委主办
　　　　优秀教育影片：《清清溪流》　峨眉电影制片厂

1984 年　全国"三八"红旗手　陆小雅

1985 年　第五届中国电影金鸡奖　中国文联主办
　　　　最佳故事片奖：《红衣少女》　峨眉电影制片厂

1985 年　第八届大众电影百花奖　中国文联、中影协主办
　　　　最佳故事片：《红衣少女》　峨眉电影制片厂

1985 年　儿童广播剧金猴奖
　　　　获奖作品：《大大和小小》　里沙

1985 年　首届中国电影节全国群众影评征文比赛
　　　　二等奖：影评《在愿望与现实之间轮回》　里沙

1985 年　全国群众影评征文比赛
　　　　三等奖：影评《毛泽东思想的复归》　里沙

1986 年　中华人民共和国教育委员会优秀教育影片奖
　　　　中华人民共和国教育委员会主办
　　　　优秀教育影片奖：《清清溪流》　峨眉电影制片厂

1986 年　第二届"童牛奖"
　　　　优秀成人表演奖：《鸽子迷的奇遇》　张丰毅

1986 年　首届中国电影表演艺术学会奖
　　　　优秀男演员奖：《鸽子迷的奇遇》　张丰毅

1986 年　年度国家政府奖

　　　　故事影片《钢铧将军》　峨眉电影制片厂

1986 年　第六届金鸡奖　中国文联主办

　　　　最佳少儿影片奖：《少年彭德怀》　电影文学剧本　丁隆炎

1988 年　第八届金鸡奖　中国文联主办

　　　　最佳女主角奖：《井》　潘虹

1989 年　第二届中国电影表演艺术学会奖

　　　　获奖者：《远离战争的年代》朱琳、《京都球侠》孙敏

1989 年　上海首届农民电影节

　　　　"银絮奖"：《热恋》　峨眉电影制片厂

1989 年　电影城市奖

　　　　最佳导演奖：故事影片《顽主》　米家山

1989 年　第九届金鸡奖

　　　　最佳男配角奖：《晚钟》　孙敏

1989 年　中国电影全国群众影评征文比赛

　　　　三等奖：谢学军

1990 年　广电部优秀影片奖　国家文化部主办

　　　　优秀影片奖：《焦裕禄》　峨眉电影制片厂

1991 年　第三届中国电影表演艺术学会奖

　　　　获奖者：孙淳《死期临近》

1991 年　第十四届大众电影百花奖　中国文联、中国影协主办

　　　　最佳故事片奖：《焦裕禄》　峨眉电影制片厂

1991 年　第十一届中国电影金鸡奖　中国文联、中国影协主办

　　　　最佳故事片奖：《焦裕禄》　峨眉电影制片厂

1991 年　第一届中宣部"五个一工程"奖　中共中央宣传部主办

　　　　入选作品奖：《焦裕禄》　峨眉电影制片厂

1991 年　庆祝建国 40 周年全国群众影评征文比赛

　　　　二等奖：胥怀勇

1992 年　第二届中宣部"五个一工程"奖　中共中央宣传部主办

入选作品奖：《毛泽东的故事》　峨眉电影制片厂

1992 年　全国首届大众影评征文

二等奖：电影评论《且喜且忧话过年》　郭履刚

1992 年　庆祝建党 70 周年全国群众影评征文比赛

三等奖：谢学军

1992 年　庆祝建党 70 周年全国影评比赛

三等奖：胥怀勇、王宏昭

1994 年　第四届中宣部"五个一工程"奖　中共中央宣传部主办

入选作品奖：《被告山杠爷》　峨眉电影制片厂

1994 年　第十八届中国大众电影百花奖　中国文联、中国影协主办

最佳故事片奖：《被告山杠爷》　峨眉电影制片厂

1994 年　第十五届中国电影金鸡奖　中国文联、中国影协主办

最佳故事片奖、最佳编剧奖、最佳处女作导演奖：《被告山杠爷》
峨眉电影制片厂

1995 年　第一届中国电影华表奖　中共中央宣传部、国家广播电视总局、
国家电影局主办

最佳故事片奖、最佳编剧奖：《被告山杠爷》　峨眉电影制片厂

1997 年　第十六届中国电影金鸡奖　中国文联、中国影协主办

最佳男配角奖、最佳女配角奖：《吴二哥请神》　峨眉电影制片厂

1997 年　中国电影华表奖　中共中央宣传部、国家广播电视总局、国家电
影局主办

优秀故事片奖：《鸦片战争》　峨眉电影制片厂

1997 年　第六届中宣部"五个一工程"奖　中共中央宣传部主办

入选作品奖：《鸦片战争》　峨眉电影制片厂

1997 年　第十七届中国电影金鸡奖　中国文联、中国影协主办

最佳故事片奖、最佳男配角奖、最佳摄影奖、最佳录音奖、最佳
道具奖：《鸦片战争》　峨眉电影制片厂

1997 年　第二十一届大众电影百花奖　中国文联、中国影协主办

　　　　最佳故事片奖：《鸦片战争》　峨眉电影制片厂

1998 年　中国长春电影节　国家新闻出版广电总局、吉林省人民政府、长

　　　　春市人民政府主办

　　　　评委特别奖：《桃源镇》　峨眉电影制片厂

1998 年　第七届中宣部"五个一工程"奖　中共中央宣传部主办

　　　　入选作品奖：《遥望查里拉》　峨眉电影制片厂

1998 年　中国电影华表奖　中共中央宣传部、国家广播电视总局、国家电

　　　　影局主办

　　　　评委会奖：《遥望查里拉》　峨眉电影制片厂

1998 年　第十九届中国电影金鸡奖　中国文联、中国影协主办

　　　　最佳导演处女作奖提名：《遥望查里拉》　峨眉电影制片厂

2000 年　第八届中宣部"五个一工程"奖　中共中央宣传部主办

　　　　入选作品奖：《彩练当空舞》　峨眉电影制片厂

2000 年　第七届中国电影华表奖　中共中央宣传部、国家广播电视总局、

　　　　国家电影局主办

　　　　优秀故事片奖：《彩练当空舞》　峨眉电影制片厂

2001 年　全国优秀文艺音像制品奖　新闻出版署和中国音像协会主办

　　　　三等奖：《我的格桑梅朵》　峨眉电影制片厂

2003 年　第十届中国电影华表奖　中共中央宣传部、国家广播电视总局、

　　　　国家电影局主办

　　　　优秀故事片奖、最佳新人奖、最佳歌曲奖：《三十八度》　峨眉

　　　　电影制片厂

2007 年　第十二届中国电影华表奖　中共中央宣传部、国家广播电视总

　　　　局、国家电影局主办

　　　　优秀故事片奖：《香巴拉信使》　峨眉电影制片厂

2007 年　第十届中宣部"五个一工程"奖　中共中央宣传部主办

　　　　入选作品奖：《香巴拉信使》　峨眉电影制片厂

2007 年 第二十六届中国电影金鸡奖 中国文联、中国影协主办

最佳音乐奖:《香巴拉信使》 峨眉电影制片厂

2009 年 第十八届中国金鸡百花电影节 中国文联、中国影协主办

展映影片:《麾兵天府》 峨眉电影制片厂

2010 年 第十一届华语电影传媒大奖 南方都市报主办

最佳导演奖、最佳男主角奖:《让子弹飞》 峨眉电影集团有限公司

2010 年 第十五届华语榜中榜暨亚洲影响力大典 成都市对外文化交流协

会、成都传媒集团和星空传媒联合主办

最佳影片奖:《让子弹飞》 峨眉电影集团有限公司

2010 年 第四十七届台湾电影金马奖 中国台湾电影事业发展基金会的台

北金马影展执行委员会主办

最佳女演员奖:《观音山》 峨眉电影集团有限公司

2011 年 第十八届北京大学生电影节 北京师范大学艺术与传媒学院、国

家新闻出版广电总局等多家单位联合主办

组委会民族题材特别奖:《康定情歌》 峨眉电影集团有限公司

2012 年 第十三届华语电影传媒大奖 南方都市报主办

最受瞩目男演员奖:《二次曝光》 峨眉电影集团有限公司

2013 年 第十六届中国电影华表奖 中共中央宣传部、国家广播电视总

局、国家电影局主办

优秀少数民族题材影片:《天上的菊美》 峨眉电影集团有限公司

2013 年 第三十届中国电影金鸡奖 中国文联、中国影协主办

最佳女配角奖提名:《天上的菊美》 峨眉电影集团有限公司

2014 年 第十三届中宣部"五个一工程"奖 中共中央宣传部主办

优秀作品奖:《天上的菊美》 峨眉电影集团有限公司

2017 年 第三十四届中国大众电影百花奖 中国影协、中国文联主办

最佳女主角奖:《十八洞村》 峨眉电影集团有限公司

2017 年 第十七届中国电影华表奖 中共中央宣传部、国家广播电视总

局、国家电影局主办

优秀故事片奖、优秀编剧奖、优秀女演员奖：《十八洞村》
峨眉电影集团有限公司

2018 年　第三十四届大众电影百花奖　中国文联、中国影协主办
优秀故事片奖、最佳导演奖、最佳男配角奖、最佳女配角奖、最
佳新人奖：《红海行动》　峨眉电影集团有限公司

2018 年　第十七届中国电影华表奖　中共中央宣传部、国家广播电视总
局、国家电影局主办
优秀故事片奖、优秀编剧奖、优秀女演员奖：《红海行动》
峨眉电影集团有限公司

2019 年　第三十二届中国电影金鸡奖　中国文联、中国影协主办
最佳导演奖：《红海行动》　峨眉电影集团有限公司

2021 年　第三十四届中国电影金鸡奖　中国文联、中国影协主办
最佳导演处女作奖：《随风飘散》　峨眉电影集团有限公司

2022 年　第三十五届中国电影金鸡奖　中国文联、中国影协主办
最佳中小成本故事片奖、最佳男配角奖：《漫长的告白》
峨眉电影集团有限公司

2022 年　第十六届中宣部"五个一工程"奖　中共中央宣传部主办
优秀作品奖：《我的父亲焦裕禄》　峨眉电影集团有限公司

电　视

国际奖

1989 年　美国电影电视节

历史传记类优秀创作奖：《长江第一漂——一个导演的回述》

1996 年　戛纳电视节

FIPA 评委特别提名奖：《山洞里的村庄》（编导：郝跃骏）

1996 年　戛纳电视节

FIPA 评委特别提名奖：《回家》（编导：王海兵）

1998 年　新加坡"亚洲电视大奖赛"

最佳纪录片及野生动物片奖：《传宗接代》（编导：张新民）

1998 年　第 18 届法国"人类学电影节"

最佳短片奖：《桃坪羌寨我的家》（编导：冷杉）

1999 年　匈牙利国际视觉电影节

电影节大奖：《婚事》（编导：梁碧波）

2000 年　新加坡"亚洲电视大奖赛"

最佳野生动物片奖：《峨眉藏猕猴》（编导：郝建）

2000 年　第五届罗马尼亚阿斯特拉国际纪录片电影节

电影节大奖：《婚事》（编导梁碧波）

2000 年　布达佩斯国际艺术节

最佳纪录片奖：《背篓电影院》（编导：彭辉）

2001 年　第 11 届匈牙利国际视觉电影节

录像带奖、评委会奖：《空山》（编导：彭辉）

2001 年　第 20 届法国国际真实电影节

特别奖：《三节草》（编导：梁碧波）

2007 年　四川电视节国际纪录片"金熊猫奖"　四川电视节"金熊猫"
奖国际电视节目评选办公室主办

最佳长纪录片奖、最佳导演奖：《迁徙的人》

主创人员：彭辉等

2013 年　第十二届四川电视节"金熊猫"奖国际纪录片评选活动　四川电
视节"金熊猫"奖国际电视节目评选办公室主办

社会类评委特别奖：纪录片《天府》

总导演：康健宁、段锦川、蒋樾

监制：王红芯、陈庄、梁晓痴、董其

制片人：王海兵、潘勇

导演组：姚远、徐进、陈瑷伊、唐婉琪、彭斌、王斌、李屹

制片主任：雒国成、殷继超、陈敏、王云

人文类评委特别奖：纪录片《木雅，我的木雅》

主创人员：沈晶、金恺文、魏华、邹太明

2019 年　第四届亚广联特别推荐　亚广联秘书处主办

优秀新闻奖：《肖全眼中的四十年》

主创人员：宋小川、凌珂

2022 年　亚广联大奖　亚广联秘书处主办

特别推荐奖：电视综艺《2022 花开天下・国韵新年演唱会》第
七季

全国奖

1980 年　全国优秀电视剧（飞天奖前身）

二等奖：《乱世擒魔》

1980 年　全国优秀电节少儿节目

　　　　　二等奖：《你让弟弟学什么》

1981 年　全国优秀电视节目实况录像文艺节目奖

　　　　　获奖节目：川剧《燕燕》

1981 年　全国优秀电视节目少儿节目

　　　　　二等奖：《帽子的秘密》

1983 年　第四届"飞天奖"

　　　　　优秀儿童剧奖：《小佳佳游园》

1984 年　第三届大众电视"金鹰奖"

　　　　　优秀儿童剧奖：《小佳佳的一天》

1984 年　中央电视台优秀节目奖

　　　　　获奖节目：首届青年歌手电视大奖赛

1984 年　中央电视台专栏节目奖

　　　　　一等奖：《民族之春联欢会》

　　　　　一等奖：《音乐与舞蹈》

1984 年　全国优秀综合节目奖

　　　　　三等奖：《放开青春的歌喉》

1984 年　建国 35 周年全国节目大展播

　　　　　一等奖：《天府花正红》

1985 年　第四届大众电视"金鹰奖"

　　　　　优秀儿童剧奖：《小佳佳的苦恼》

1985 年　首届全国戏曲电视剧"鹰像奖"

　　　　　三等奖：戏曲电视连续剧《王熙凤》

1985 年　中央电视台国庆电视剧展播

　　　　　优秀奖：《五月春正浓》

1986 年　第六届"飞天奖"

　　　　　优秀电视短剧、小品奖：《编辑的困惑》

1986 年　全国电视短剧、小品展播

特别奖：《饮食菩萨》《究竟像谁》

1986 年　全国卫生电影电视片"白鹤奖"

二等奖：《卫生监督岗》

1986 年　第五届大众电视"金鹰奖"

优秀儿童剧奖：《小佳佳与熊猫》

优秀单本剧一等奖：《长江第一漂》

1986 年　第七届"飞天奖"

特别奖：《长江第一漂》

1987 年　第三届全国戏曲电视剧"金三角"

三等奖：戏曲电视剧《果树下的奇案》

1988 年　第八届"飞天奖"

儿童电视剧一等奖：《跑跑天地》

1988 年　第六届大众电视"金鹰奖"

优秀儿童剧奖：《跑跑天地》

1988 年　第三届青年歌手电视大奖赛

美声组一等奖：柳建平（四川推荐）

1989 年　第四届全国戏曲电视剧"攀枝花奖"

一等奖、优秀导演、优秀演员、集体表演三个单项奖：戏曲艺术

片《四川好人》

三等奖：《乔老爷上轿》

1989 年　第七届大众电视"金鹰奖"

优秀电视连续剧奖：《家、春、秋》（上海电视台联合录制）

1989 年　第九届"飞天奖"

儿童单本剧二等奖：《男子汉虎虎》

1989 年　第七届大众电视"金鹰奖"

儿童剧特别奖：《男子汉虎虎》

1989 年　中央电视台全国电视小品展播
　　　　优秀奖：《缺俏的 Fe 耳锅》

1989 年　全国首届优秀录像片评比
　　　　二等奖：《死水微澜》
　　　　优秀奖：《海灯法师》

1990 年　第十届"飞天奖"
　　　　中篇连续剧特别奖：《长城向南延伸》
　　　　单本剧三等奖：《无人知晓的世界纪录》
　　　　短剧、小品三等奖：《缺俏的 Fe 耳锅》
　　　　戏曲电视剧二等奖：《四川好人》

1991 年　第十一届"飞天奖"
　　　　儿童单本剧一等奖、优秀剪辑奖：《一个真实的童话》

1991 年　四川国际电视节
　　　　电视剧大奖：《南行记》

1992 年　中宣部"五个一工程"奖
　　　　优秀电视剧奖：《南行记》

1992 年　首届中国电视节目展播评选
　　　　电视剧一等奖、优秀编剧奖、优秀导演奖：《南行记——人生哲学第一课》

1992 年　第十二届"飞天奖"
　　　　中篇连续剧一等奖、优秀导演奖、优秀摄影奖、演出荣誉奖：《南行记》
　　　　儿童单本剧二等奖：《我有一片辽阔的蓝天》

1992 年　精神文明建设"五个一工程"奖
　　　　优秀电视剧奖：《南行记——边寨人家的历史》

1994 年　中国电视奖
　　　　文化类一等奖：《灯城游》（编导：王海兵、王石林、张平）

1994 年　全国海外电视节目评选

专题长篇优秀奖、最佳摄影奖：《高原之旅》（编导：夏晓风、郝建等）

1995 年　95 四川国际电视节

"金熊猫"大奖：纪录片《回家》（编导：王海兵）

1998 年　中国电视第十六届"金鹰奖"

优秀纪录片奖：电视片《无臂青年胡林》（编导：曾维新）

1998 年　第三届中国电视纪录片

短篇一等奖、最佳摄影奖：电视片《冬天》（编导：梁碧波）

1999 年　1997—1998 中国"彩虹奖"

人物专题一等奖：《难忘岁月》（编导：杜晓娟、李晓川）

1999 年　第 17 届中国电视"金鹰奖"

戏曲电视剧奖：戏剧电视剧《变脸》（导演：马功伟）

优秀短篇纪录片奖：纪录片《应聘妈妈》（编导：陈慧谊、周康）

优秀长篇纪录片：《中国人——乌蒙赤子赵春瀚》（编导：王海兵）（50 集，成铁、川台合拍）

1999 年　"五个一工程"奖

获奖作品：《中国人——乌蒙赤子赵春瀚》（编导：王海兵）（50 集，成铁、川台合拍）

1999 年　中国人口文华奖

一等奖：《人口・家庭・社会》（编导：叶数）

1999 年　第 19 届全国电视剧"飞天奖"

短篇电视剧二等奖：《啊，雀儿山》（导演：欧阳奋强）

1999 年　第七届中宣部"五个一工程"奖

获奖作品：《啊，雀儿山》（导演：欧阳奋强）

1999 年　第 13 届全国电视"星光奖"

优秀栏目奖：《综艺大世界》（编导：牟佳、倪绍钟等）

1999 年　中国彩虹奖　国家广电总局主办

最佳纪录片、最佳摄影奖：《空山》

主创人员：彭辉

2000 年　第 14 届全国电视 "星光奖"

晚会一等奖：《西部神韵》（编导：牟佳、邓书中、张安弟等）

2000 年　中国金桥奖　国务院新闻办、国家广电总局主办

中国电视纪录片学术奖一等奖：《背篓电影院》

主创人员：彭辉

2001 年　第 19 届中国电视金鹰奖　中国文联、中国电视艺术家协会主办

长篇纪录片最佳作品奖：《平衡》

主创人员：彭辉

综合文艺优秀节目奖：《西部神韵》（编导：牟佳、邓书中、张安弟等）

2001 年　第六届四川电视节 "金熊猫" 奖

国际纪录片评选自然及环境类最佳创意奖：《度过生命的危机》

（编导：孙剑英、赵新民）

2001 年　"中国彩虹奖"

专题节目一等奖：《度过生命的危机》（编导：孙剑英、赵新民）

2001 年　第 21 届 "飞天奖"

戏曲连续剧一等奖：《新乔老爷奇遇》（导演：马功伟）

优秀短剧奖：《雄起酒家》（导演：欧阳奋强）

2001 年　第 19 届 "金鹰奖"

长篇电视剧优秀作品奖：《朱德》

2002 年　首届中国影视人类学会节目评选

一等奖：《海拔 3000 米的冬》（编导：冷杉、程鹏）

2002 年　中国骏马奖　国家民委、国家广电总局、文化部、中国文联主办

中国骏马奖：《平衡》

主创人员：彭辉

2003 年　中国广播电视新闻奖 2003 年度广播社教节目奖评选　国家广播
　　　　电影电视总局主办

　　　　知识性节目二等奖：广播社教节目《律师在线——关于房屋产权
　　　　　　证书的访谈和咨询》

　　　　主创人员：蒋玲、李伟

2006 年　中国十大纪录片评选活动　中国电视艺术家协会主办

　　　　中国电视纪录片学术奖：《我的太阳》

　　　　主创人员：彭辉等

2006 年　新中国成立六十周年优秀纪录片评选活动　国家广电总局、文化
　　　　部、中国广播电视协会、《求是》杂志社、中央电视台主办

　　　　金奖：《忠贞》

　　　　主创人员：彭辉

2006 年　中国国际环保纪录片评选活动　国家广电总局、国家环保总局、
　　　　文化部、中国广播电视协会主办

　　　　最佳导演奖：《泰晤士河》

　　　　主创人员：彭辉

2007 年　中国纪录片 30 年经典作品评选活动　中国文联、中国电视艺术
　　　　家协会主办

　　　　中国电视纪录片学术奖：《平衡》

　　　　主创人员：彭辉

2007 年　四川国际纪录片金熊猫奖

　　　　最佳人文类长篇奖、最佳导演奖：《迁徙的人》

　　　　主创人员：彭辉等

2007 年　中国广电视协会 2007 国际选片会　中国广播电视协会主办

　　　　十佳纪录片：《浮萍》

　　　　主创人员：彭辉

2008 年　全国城市电视台抗灾救灾优秀电视节目专栏节目评选　中国电视
　　　　艺术家协会、城市电视台工作委员会主办

特别奖：电视栏目《记者日记：枷担湾堰塞湖排险》

主创人员：付启法

2008 年　第五届中国纪录片国际选片会　中国广播电视协会主办

十大纪录片：纪录片《5·12 汶川大地震纪实》

主创人员：集体

2008 年　全国城市电视台抗灾救灾优秀电视节目评选　中国电视艺术家协会、城市电视台工作委员会主办

新闻消息类一等奖：《直击地震：大赛现场紧急疏散》

主创人员：万高迈　宋李丽

2008 年　中国视协纪录片学术委员会"十佳纪录片"评选活动　中国电视艺术家协会主办

十佳纪录片奖：《忠贞》

主创人员：彭辉

2009 年　中国播音主持"金话筒奖"　中国广播电视协会主办

广播主持作品奖：广播专题《那一刻，我们在一起》

主创人员：孙静

2009 年　中国广播电视协会访谈类优秀栏目评选　中国广播电视协会主办

二等奖：电视栏目《真实对话——我不再是当初那个杨苹了》

主创人员：孔维薇、范梦瑶、何苑菁、王磊、孟辉、邓志斌

2009 年　中国广播电视协会访谈类优秀栏目评选　中国广播电视协会主办

三等奖：短纪录片《帐篷里的鸟叫声》

主创人员：李艳、熊跃东、孔维薇

2009 年　中国广播电视协会访谈类优秀栏目评选　中国广播电视协会主办

三等奖：短纪录片《没有手脚的新娘》

主创人员：李艳、熊跃东、孔维薇

2009 年　中国广播电视协会访谈类优秀栏目评选　中国广播电视协会主办

二等奖：系列片《从老家到成都——总理让路女孩的 2009》

主创人员：王理、叶万里

2009 年 中国广播电视协会访谈类优秀栏目评选 中国广播电视协会主办

三等奖：电视栏目《放大镜里的世界》

主创人员：李艳、熊跃东、孔维薇

2012 年 中国新闻奖 中国记协主办

三等奖：新闻评论《"老堂客"被踢出市场 消费者应在反思前列》

主创人员：陈奎、邱东鸣

2012 年 第二十二届中国新闻奖 中华全国新闻工作者协会主办

二等奖：电视系列《我们的家园》

主创团队：陈亮、雷小雪、王琰、徐培、龙渝江、王德等

三等奖：电视直播《国道 213 线都汶段多处泥石流 道路中断》

主创团队：杨楠、王建洲、刘炯、王晗、杨泉、张昊

三等奖：电视评论《利益下的疯狂》

主创团队：熊星、胡鹏、薛景、林忠黎、贺卉、周洪

2012 年 第 26 届中国电视金鹰奖 中国文联、中国电视艺术家协会主办

优秀电视剧奖：电视剧《雪豹》

四川广播电视台联合出品

2013 年 第二十三届中国新闻奖 中华全国新闻工作者协会主办

三等奖：电视消息《马背电视走进高原牧场》

主创团队：李文韬、李明

2013 年 第 23 届中国新闻奖 中华全国新闻工作协会主办

电视编排三等奖：栏目 2 月 8 日《成视早新闻》

主创人员：严勤、余静、黄倩

2013 年 第十二届全国精神文明建设"五个一工程"奖 中共中央宣传主办

优秀作品奖：《解放大西南》

四川广播电视台联合出品

2013 年 年度"三农人物电视作品"评选 中国电视艺术家协会主办

三等奖：纪录片《山里的希望》

主创人员：谢晓芹、李晓琴、胡兵、郑丽

眉山市广播电视台

2014 年 第六届新农村电视艺术节 中国电视艺术家协会主办

"优秀对农电视作品"三等奖：纪录片《为了大山的希望》

主创人员：谢晓芹、李晓琴、胡兵、郑丽

眉山市广播电视台

2014 年 第二十四届中国新闻奖 中华全国新闻工作者协会主办

三等奖：电视系列《曹家巷拆迁记》

中央台记者：兴建、白璐、齐涛、建峰

本台记者：寇志鹏、王伟

2014 年 第十三届全国精神文明建设"五个一工程"奖 中共中央宣传部
主办

优秀作品奖：《历史转折中的邓小平》电视剧

2014 年 中国广播影视大奖·广播电视节目奖（第 23 届"星光奖"）

中国广播电影电视社会组织联合会主办

电视纪录片大奖：《从悲壮走向豪迈》

监制：李晓骏、王忠臣，制片人：王海兵、潘勇

总导演：段锦川、蒋樾，导演：孟琳、姚远、林曦

导演组：凌中、张平、王永刚、高松、李玲、李劲峰、韩轶、
　　　　祝勇、陈凌波、李红心、刘超、李如春、吴开明、李纯

摄影组：曾志斌、汪其武、廖涛、李茂、付俊、张春雷、张剑平、
　　　　朱理、王赫泽、孙少光、何雨泽、邹涛

制片主任：殷继超

2014 年 2013 年度节目创新评选活动 中国广播电视协会主办

三等奖：新闻消息《成都首个无会周——群众问题成关注》

主创人员：张琳、李涛、周爱华

2014 年 第 27 届中国电视金鹰奖 中国文联、中国电视艺术家协会主办

优秀电视纪录片奖：《天府》

总导演：康健宁、段锦川、蒋樾

监制：王红芯、陈庄、梁晓痴、董其

制片人：王海兵、潘勇

导演组：姚远、徐进、陈瑷伊、唐婉琪、彭斌、王斌、李屹

制片主任：雒国成、殷继超、陈敏、王云

三等奖：文艺节目《魅力四川——四川省 2013 年新春联欢晚会》

主创团队：梁晓痴、董其、叶数、罗欣、林曦

三等奖：电视剧《战火西北狼》

四川广播电视台联合出品

三等奖：电视剧《战火兵魂》

四川广播电视台立项、联合出品

三等奖：纪录片《国仗》

主创团队：陈庄、周锋、李海

2014 年　第 24 届中国新闻奖　中华全国新闻工作协会主办

二等奖：电视直播《SNG 卫星连线：四川省雅安芦山县发生 7.0 级
地震》

主创人员：集体

2015 年　中国广播影视大奖　中国广播电视学会主办

广播剧提名奖：歌曲《看山看水看四川》

主创人员：曾红、蔡靖

2015 年　第二十五届中国新闻奖　中华全国新闻工作者协会主办

二等奖：电视消息《"电力天路"五跨金沙进行时　高空行走
安装间隔棒川藏电力联网飞跃金沙江完成》

主创团队：王军、王静、廖玉良、童米

2015 年　第 27 届中国电视金鹰奖　中国文联、中国电视艺术家协会主办

优秀电视剧奖：《壮士出川》

四川广播电视台立项、独立出品

2015 年　中国广播影视大奖·第 30 届（2013—2015 年度）电视剧"飞天奖"

国家广电总局、中国广播电视社会组织联合会主办

优秀电视剧提名荣誉：《壮士出川》

四川广播电视台立项、独立出品

2017 年　第 23 届中国纪录片学术盛典　中国电视艺术家协会主办

长片十佳作品奖：纪录片《村有多美》

导演：侯伦文　策划：李斌、王金　制片：梁云华

撰稿：何先鸿　摄像：侯伦文、孟昱、郑科　制作：张亮

广元市广播电视台

2018 年　第 25 届中国纪录片学术盛典　中国电视艺术家协会主办

十佳作品"好作品奖"：纪录片《虹》

导演：侯伦文　撰稿：何先鸿

摄像：侯伦文、孟昱、郑科、冉志巍、胡明中

广元市广播电视台

2018 年　第 29 届中国电视金鹰奖　中国电视艺术家协会主办

电视剧作品提名奖：脱贫攻坚主题电视剧《索玛花开》

导演：王伟民　编剧：王伟民　主演：王力克、于晓光

凉山五彩云霞文化传媒集团有限公司

2018 年　第二十八届中国新闻奖　中华全国新闻工作者协会主办

二等奖：融媒创新节目《总书记说四川话　你听过吗?》

主创团队：集体（高驰、岳学渊、宋小川、陈彦希、涂丁丁、

　　　　　李景良、段海钦）

国际传播奖二等奖：康巴卫视新闻《主播走基层　见证新景象》

　　　　系列新闻报道

主创团队：集体（苟小华、启米翁姆、扎西措、王涵维、

　　　　　邓小龙、杨威、高瑞茹、谢佳佑、黄槐、丹杰益西）

2018 年　第 28 届中国新闻奖　中华全国新闻工作协会主办

三等奖：电视专题《生者》

主创人员：张林林、李文娟、李多思、谭晟、邢航

2019 年　第 29 届中国新闻奖　中华全国新闻工作协会主办

电视编排三等奖：电视栏目《5 月 15 日〈深夜快递〉》

主创人员：集体

2019 年　第二十九届中国新闻奖　中华全国新闻工作者协会主办

媒体融合二等奖：电视新闻《上桥！今天和"溜索"说再见》

主创团队：集体（王军、薛怀刚、王茂羽、黄欣、凌珂、
　　　　　兰学军、王琰、林飞鸿、胡可嘉、刘玉）

二等奖：电视消息《驾驶舱玻璃高空脱落　川航客机安全备降成都》

主创团队：王琰、李景良、顾婕、邓绍希、李明泽

三等奖：电视评论《小区里的民宿之争》

主创团队：范渝、陈锐东、梁雨舟，编辑：许琴、李玲芸

国际传播三等奖：《雅康高速全线试通车　"云端天路"成甘孜
　　　人民的幸福新年礼物》

主创团队：苟小华、何立、杨威、王涵维、措加伍姆、唐延

2020 年　第三十届中国新闻奖　中华全国新闻工作者协会主办

三等奖：电视新闻专题《力洛的心愿》

主创团队：寇志鹏、由进、孟琳、胡定舟、刘芳、薛怀刚

2020 年　2017—2018 年度中国广播电视大奖·广播电视节目奖　中国广播
电影电视社会组织联合会主办

电视现场直播类大奖：《万里山河万里情》

主创团队：集体（刘成安、何健、王军、薛怀刚、高驰、
　　　　　岳学渊、陈亮、张耀春、魏炜、潘自力、王珊珊、
　　　　　严继勋、宋小川、王琰、孟琳、黄河、寇志鹏、
　　　　　张鲁婧、贾晶云、桑丁、张藜凡、范义勇、周柳青、
　　　　　衡星、唐乾、谢梦吟、袁野、韦鹏、刘斯可、
　　　　　何思洋、李琰、梁颖、冯娜娜、李爽、程玥、靳涛）

2021 年　第 31 届中国新闻奖　中华全国新闻工作者协会主办

　　　　三等奖：电视评论《智能生活不能"屏蔽"老人》

　　　　主创团队：王茂羽、黄欣、王伟、刘圆梦、凌珂

　　　　三等奖：国际传播《胡同里的藏文课》

　　　　主创团队：孔兵、启米翁姆、苟小华、陈春文、旺珍、

　　　　　　　　　仁增才让、康主才让、周倩

　　　　二等奖：短视频专题报道《说"彝"解字：这间"房"有丝也

　　　　　　　　有粮》

　　　　主创团队：冯欢、邓雅薪、高慧玲、涂丁丁、王松龄、杨双羽、

　　　　　　　　　薛怀刚

2021 年　2019—2020 年度中国广播电视大奖·广播电视节目奖　中国广播

　　　　电影电视社会组织联合会主办

　　　　中国广播电视节目奖：电视节目现场直播类《长江之恋——长江

　　　　　　　　流域十二省市联合大直播》

　　　　主创团队：何健、王兆、潘涛、寇志鹏、王晗、刘畅、高慧玲、

　　　　　　　　　宋小川、解非、由进、林飞鸿、凌珂、洪昊然、

　　　　　　　　　魏炜、程玥、王楚涵

2022 年　第 32 届中国新闻奖　中华全国新闻工作者协会主办

　　　　三等奖：新闻专题《大熊猫"降级"　保护区"上新"》

　　　　主创团队：敬思秋、徐小辉、薛怀刚、王娴、范义勇

　　　　三等奖：新闻纪录片《云端上的足球梦》

　　　　出品人：刘成安

　　　　总监制：王红芯

　　　　总制片人：朱广皓、张平

　　　　总导演：高松

　　　　导演：郭宗福、彭阳洋

2022 年　第十六届精神文明建设"五个一工程"奖　中共中央宣传部主办

　　　　优秀作品奖：纪录片《又见三星堆》

出品人：刘成安

总策划：王红芯

总监制：朱广皓

总导演：王剑

导演：陈佳、李忠、何喻洁

总制片人：张平

2022 年　中国广播电视大奖第 27 届全国电视文艺"星光奖"　国家广电总局主办

提名作品：电视综艺节目《大河奔流新时代——黄河流域九省（区）迎春文艺演出》

主创团队：白夏、王静、周理

个人获奖情况

1997 年　范元、温原兴、王海兵被中国文联评为"德艺双馨"文艺家。

1998 年　倪绍钟、黄铁军、钱滨被评为首届全国"百佳电视艺术工作者"。

2000 年　卢子贵、陈杰、奉孝芬、钟季和被评为第二届全国"老百佳电视艺术工作者"。

王海兵、欧阳奋强、梁碧波被评为全国"百佳电视艺术工作者"。

2002 年　孙剑英、杨泽明、张胜庸、彭辉被评为第三届全国"百佳电视艺术工作者"。

彭辉被中国记协、中华全国新闻工作者协会评为全国百佳新闻工作者。

2003 年　彭辉被中国文联、中国电视艺术家协会授予中国电视金鹰奖 20 年突出成就奖。

2004 年　彭辉被中国文联、中国电视艺术家协会授予中国纪录片特别成就奖。

2011 年　刘成安被国务院授予国务院政府特殊津贴专家；

叶数被中国电视艺术家协会评为第七届全国"德艺双馨电视艺术

工作者"。

2012 年　陈首军被全国妇联、中国家庭教育学会评为中国家庭教育百名公
　　　　益人物。

2013 年　陈首军被中国教科文卫体工会全国委员会、国家文化部办公厅评
　　　　为全国艺德标兵。

　　　　梁晓痴、潘勇、启米翁姆被中国电视艺术家协会评为第八届全国
　　　　"德艺双馨电视艺术工作者"。

2014 年　启米翁姆荣获中国电视艺术家协会颁发的第 27 届中国电视金鹰
　　　　奖"最佳电视节目主持人"。

　　　　刘成安、王海兵被中宣部评为文化名家暨"四个一批"人才。

2015 年　陈首军被中央精神文明建设指导委员会评为第三届全国未成年人
　　　　思想道德建设先进工作者。

2016 年　陈首军被全国社会科学普及工作组委会评为全国优秀社会科学普
　　　　及工作者。

　　　　陈首军被教育部社区教育研究培训中心评为全国"优秀家庭教育
　　　　指导师"。

　　　　刘成安荣获中华全国新闻工作者协会颁发的第 14 届"长江韬
　　　　奋奖"。

　　　　启米翁姆荣获中国广播电影电视社会组织联合会颁发的中国播音
　　　　主持"金话筒"奖。

2017 年　凌中被中国电视艺术家协会评为第九届全国"德艺双馨电视艺术
　　　　工作者"。

　　　　何健被中宣部评为文化名家暨"四个一批"人才。

2018 年　柳耀辉被国务院授予国务院政府特殊津贴专家。

　　　　寒露被农工党中央评为全国"优秀党员"。

　　　　高松被中国电视艺术家协会评为第十届全国"德艺双馨电视艺术
　　　　工作者"。

　　　　彭辉被中宣部、国家广电总局中广联合会评为中国改革开放四十

年优秀记录者。

寒露被中国电视艺术家协会评为全国视协系统先进个人。

2019 年　寒露被中国电视艺术家协会评为全国视协系统先进个人。

寒露被中宣部评为"全国最美志愿者"。

2020 年　毕圆被科技部、中宣部、中国科协评为全国科普工作先进工作者。

张艺荣获中共中央、国务院、中央军委颁发的全国抗击新冠肺炎疫情先进个人。

2021 年　寒露被农工党中央评为全国农工党脱贫攻坚工作先进个人。

启米翁姆被人力资源和社会保障部、国家广播电视总局、国家新闻出版署授予 2021 "全国新闻出版广播影视系统先进工作者"。

启米翁姆被国家广播电视总局授予激情、奉献、廉洁——2021 全国广播电视和网络视听先进事迹报告会"先进个人"。

启米翁姆、高松、姚远、左韬被国家广电总局授予首届全国广播电视和网络视听行业青年创新人才荣誉称号。

徐捷、李啸飏、旭东入选国家广电总局"2020 年度全国广播电视和网络视听行业青年创新人才工程（文艺创作界别）"。

2022 年　寒露被中宣部、人社部和中国文联评为第五届"全国中青年德艺双馨文艺工作者"。

启米翁姆荣获中华全国新闻工作者协会颁发的第 17 届"长江韬奋奖"。

陈首军被国家生态环境部评为全国 2022 年百名最美生态环境志愿者。

文艺评论

全国奖

2004 年　第四届中国文联文艺评论奖　中国文联主办
　　　　文学评论文章奖：《从双重故乡到人类家园——阿来论》（文章）
　　　　廖全京

2016 年　第一届文艺评论"啄木鸟杯"　中国文联主办
　　　　年度优秀作品：《路遥的体验式现实主义与人民性》（文章）
　　　　　　白浩

2018 年　第三届文艺评论"啄木鸟杯"　中国文联主办
　　　　年度优秀作品：《当电影遇上哲学——试论电影史与艺术史的博
　　　　　弈》（文章）　李立

2019 年　第二十九届中国新闻奖　中国记协主办
　　　　二等奖：《提升乡村价值，构建乡村振兴媒体推动力》（新闻论文）
　　　　　　姜明

2020 年　第三十届中国新闻奖　中国记协主办
　　　　二等奖：《警惕提笔忘字后的沙漠困境》（文艺评论）
　　　　　　李瑾（笔名：李咏瑾）

2020 年　第五届文艺评论"啄木鸟杯"　中国文联主办
　　　　年度优秀文艺评论文章：《反规约：当前长篇小说的无理据书写》
　　　　　（文章）　刘小波

2022 年　第六届文艺评论"啄木鸟杯"　中国文联主办
　　　　年度优秀文艺长评文章:《试析抗疫戏剧创作三道难题》(文章)
　　　　　　邓添天
2022 年　四川省文艺评论家协会荣获"全国文艺评论工作 2021 年度先进
　　　　集体"。

四川省巴蜀文艺奖
历届获奖名录

第一届四川省巴蜀文艺奖获奖作品名单

（1992 年）

戏剧（9 件）

话剧《辛亥潮》
获奖等次：一等奖
编剧：徐棻

川剧《婚变案》
获奖等次：二等奖
编剧：倪国桢

歌剧《哭嫁的新娘》
获奖等次：二等奖
编剧：陆棨

话剧《死水微澜》
获奖等次：二等奖
编导：查丽芳

儿童话剧《赖宁》
获奖等次：三等奖
编剧：段中济、胡一飞

儿童话剧《水晶之歌》
获奖等次：三等奖
编剧：加力

川剧《杨汉秀》
获奖等次：三等奖
编剧：蔡世武

川剧《冰河血》
获奖等次：三等奖
编剧：杨中泉

话剧《母女风流》
获奖等次：三等奖
编剧：彭光华、潘虹、栗栗

音乐（9 件）

合唱《老兵、新兵》
获奖等次：一等奖
作词：韩海滨
作曲：朱嘉琪

女声独唱《攀枝花在哪里》
获奖等次：二等奖
作词：陈显环
作曲：杨新民

歌舞曲《白马姑娘赶歌会》

获奖等次：二等奖

作词：吴淑坤

作曲：杨玉生

少儿歌曲《打酸枣》

获奖等次：二等奖

作词：晨枫

作曲：王积应

歌曲《十佳少年是榜样》

获奖等次：三等奖

作词：崔吉熹

作曲：王广源

歌曲《思乡情》

获奖等次：三等奖

作词：便巴单孜

作曲：黄建康

混声合唱《中国的脚步声》

获奖等次：三等奖

作词：石顺义

作曲：何福琼

小提琴协奏曲《川江魂》

获奖等次：三等奖

作曲：宋名筑

歌曲《赶街天》

获奖等次：三等奖

作词：张东辉

作曲：张永安

舞蹈（9件）

女子群舞《山那边的晒场上》

获奖等次：一等奖

创编：湛明明、王晓英

作曲：刘中伦

女子群舞《红辣椒》

获奖等次：二等奖

创编：马东风、刘凌莉

作曲：冯波

群舞《溪涧》

获奖等次：二等奖

创编：沈小珍、李小平

作曲：吉古夫铁

群舞《都则格》

获奖等次：二等奖

创编：阿委玛琳

作曲：吉古夫铁

现代集体舞《龙的传人》

获奖等次：三等奖

创编：李楠

男子集体舞《康色尔》

获奖等次：三等奖

创编：安真

作曲：罗正鑫

群舞《白旺艺术人之歌》

获奖等次：三等奖

创编：洛扎

作曲：格桑洛布

舞蹈《在跑马的山上》

获奖等次：三等奖

编导：曲萌生　作曲：李井文

舞蹈《忠魂》

获奖等次：三等奖

编导：重庆大学集体创作

《草书》

获奖等次：三等奖

作者：胡郁

《行书》

获奖等次：三等奖

作者：林峤

书法（9件）

《行书》

获奖等次：一等奖

作者：谢季筠

《行书》

获奖等次：二等奖

作者：洪厚甜

《行书》

获奖等次：二等奖

作者：魏学峰

《篆刻》

获奖等次：二等奖

作者：缪永舒

《行书》

获奖等次：三等奖

作者：温原兴

《行草》

获奖等次：三等奖

作者：陈明德

《行书》

获奖等次：三等奖

作者：卢德龙

曲艺（9件）

四川方言朗诵诗《邻居对唱》

获奖等次：二等奖

创作：涂太中

车灯、盘子《幺姑娘出嫁》

获奖等次：二等奖

创作：包德宾

讽刺小品《伞》

获奖等次：二等奖

编剧：刘墨雨

四川清音《巴山嫂》

获奖等次：二等奖

创作：邓新志

四川评书《程梓贤初试品仙台》

获奖等次：三等奖

创作：王正平

四川评书《老佛爷坐车》

获奖等次：三等奖

创作：杨新安

小品《请教》

获奖等次：三等奖

编剧：袁航、刘墨雨

四川清音《茶馆风情》

获奖等次：三等奖

作词：廖仲宣

谐剧《喜相逢》

获奖等次：三等奖

编剧：罗良德

民间文艺（9件）

民间文学《成都市民间文学集成》

获奖等次：一等奖

主编：成都市民间文学集成办公室

民间文学《重庆市民间文学集成》

获奖等次：二等奖

主编：重庆市民间文学集成办公室

《三峡情歌》

获奖等次：二等奖

主编：万县地区民间文学集成办公室

《吉帕瓦的故事》

获奖等次：二等奖

主编：刘平　等

《绵阳的传说》

获奖等次：三等奖

主编：绵阳市艺术馆

《花见蜜蜂朵朵开》

获奖等次：三等奖

主编：巴中县文化馆

《遂宁市民间文学集成》

获奖等次：三等奖

主编：遂宁市文化局

《鬼城的传说》

获奖等次：三等奖

主编：丰都县文化馆

《乐山的传说》

获奖等次：三等奖

主编：乐山市委宣传部

杂技（9件）

《水碗》

获奖等次：一等奖

演出单位：成都市杂技团、成都市文化艺术学校杂技班

《大球顶椅》《双层吊子》

获奖等次：二等奖

演出单位：万县地区杂技团

《车技》

获奖等次：二等奖

演出单位：成都市杂技团

《蹬人》《双爬竿》

获奖等次：三等奖

演出单位：重庆市杂技团

《钻圈》

获奖等次：三等奖

演出单位：成都市杂技团

《狮子舞》

获奖等次：三等奖

演出单位：万县地区杂技团

《杂耍》

获奖等次：三等奖

演出单位：自贡市杂技团

电视（9件）

电视剧《长征号今夜起飞》

获奖等次：一等奖

编剧：苏亚平、李鸣生

导演：唐毓椿

摄像：嵇中传

主演：唐国强、孙滨、

张宏民等

制作单位：四川电视台

电视剧《同一片蓝天》

获奖等次：二等奖

编剧：王代隆

导演：陈福黔

摄影：傅钢

主演：成洁、兰楠、李国华、刘慧

制作单位：四川文化音像制作中心、中共达县地委宣传部、中央电视台青少部

《青衣净土》

获奖等次：二等奖

制作单位：重庆电视台

《撒在森林的歌》

获奖等次：二等奖

制作单位：成都人民广播电台

电视剧《心之恋》

获奖等次：三等奖

原著：松鹰

编剧：松鹰

导演：松鹰

制作单位：成都电视台

《嘎嫫阿妞》

获奖等次：三等奖

制作单位：四川人民广播电台

《锦江英魂》

获奖等次：三等奖

制作单位：成都市文化局　成都市房管局　成都市广播电视艺术团

文艺栏目《文艺听众之家》

获奖等次：三等奖

制作单位：四川人民广播电台

电视文艺晚会《烛光颂》

获奖等次：三等奖

策划：黄长君、李生

撰稿：李生

导演：李生、曹蕊

摄像：张军、封跃刚等

监制：罗禄伦、耿富琪

制作单位：成都电视台

摄影（9件）

《征战布尔甘》

获奖等次：一等奖

作者：王智

《暖流》

获奖等次：二等奖

作者：周开明

《边关古堡的畅想》

获奖等次：二等奖

作者：王建军

《拓》

获奖等次：二等奖

作者：李益民

《夜寒奶茶香》

获奖等次：三等奖

作者：晋守贤

《高原上的云和光》

获奖等次：三等奖

作者：田捷民

《哈那斯之路》

获奖等次：三等奖

作者：陈锦

《羌家金墙》

获奖等次：三等奖

作者：杨恭洁

《嘉峪雄关》

获奖等次：三等奖

作者：王达军

作者：朱理存

雕塑《雕塑与人》

获奖等次：二等奖

作者：刘威

油画《暖秋》

获奖等次：二等奖

作者：徐光弟

油画《到大鲁艺去》

获奖等次：三等奖

作者：庞茂琨

油画《黄土地的思念》

获奖等次：三等奖

作者：张启文

中国画《新年》

获奖等次：三等奖

作者：孙林

连环画《项羽本纪》

获奖等次：三等奖

作者：康宁、李赵名、徐贤文、
        张春新、杨麟翼

连环画《浴血罗霄》

获奖等次：三等奖

作者：刘晓钟

美术（8件）

中国画《生命之歌》

获奖等次：一等奖

第二届四川省巴蜀文艺奖获奖作品名单

(1995 年)

戏剧（10 件）

话剧《结伴同行》

获奖等次：一等奖

编剧：金乃凡

京剧《少帝福临》

获奖等次：一等奖

编剧：董雯、程悦

话剧《空港故事》

获奖等次：二等奖

编剧：王焰珍

话剧《沙洲坪》

获奖等次：二等奖

编剧：阳晓

川剧《刘氏四娘》

获奖等次：二等奖

编剧：谭愫、刘少匆、严淑琼

川剧《情系洪荒》

获奖等次：三等奖

编剧：杨中泉

川剧《周八块》

获奖等次：三等奖

编剧：任衡道

川剧《大佛传奇》

获奖等次：三等奖

编剧：谢平安、陈果卿、李永贤

川剧《杏花二月天》

获奖等次：三等奖

编剧：周朗

川剧《东都赋》

获奖等次：三等奖

编剧：南国

音乐（9 件）

独唱、合唱《西部畅想》

获奖等次：一等奖

作词：王持久

作曲：朱嘉琪

弦乐组合《康巴风情》

获奖等次：二等奖

作曲：林戈尔

歌曲《吉祥的喜马拉雅》

获奖等次：二等奖

作词：章戈·尼玛

作曲：黄建康

歌曲《芙蓉盛开的花季》

获奖等次：二等奖

作词：王持久

作曲：邱仲彭

歌曲《望上一眼心也醉》

获奖等次：三等奖

作词：李介人

作曲：吉古夫铁

管弦乐《峡江赋》

获奖等次：三等奖

作词：邹向平

独唱《我们为母亲歌词》

获奖等次：三等奖

作曲：戢祖义

歌曲《跟党走，中国更富强》

获奖等次：三等奖

作词：崔吉熹

作曲：李景铄

歌曲《白马情歌》

获奖等次：三等奖

作词：刘光弟

作曲：薛明

舞蹈（10件）

大型民族舞剧《山峡情祭》

获奖等次：一等奖

创编：集体创作

演出单位：重庆歌舞团

男女群舞《大山下》

获奖等次：二等奖

创编：高新星

演出单位：重庆市群众艺术馆青

年舞蹈队

三人舞《远山的孩子》

获奖等次：二等奖

创编：马东风

演出单位：四川省歌舞剧院

女子群舞《席勒的红裙》

获奖等次：二等奖

创编：马琳

演出单位：凉山州歌舞团

双人舞《川江女人》

获奖等次：二等奖

创编：马东风

演出单位：四川省歌舞剧院

儿童舞蹈《种太阳》

获奖等次：三等奖

创编：罗彩文

演出单位：四川省军区机关幼儿园

傈僳族舞蹈《葫芦笙的歌》

获奖等次：三等奖

演出单位：攀枝花市舞蹈院

藏族女子群舞《斯铃铃——桑朗朗》

获奖等次：三等奖

演出单位：甘孜州群众艺术馆

大型广场舞剧《嘉州魂》

获奖等次：三等奖

演出单位：乐山市文化局、乐山
市舞协

藏族女子群舞《阿细嘎》

获奖等次：三等奖

演出单位：甘孜州歌舞团

书法（9件）

《行书》

获奖等次：一等奖

作者：洪厚甜

《行书》

获奖等次：二等奖

作者：刘新德

《隶书》

获奖等次：二等奖

作者：林峤

《篆书》

获奖等次：二等奖

作者：傅舟

《行书》

获奖等次：三等奖

作者：陈硕

《篆书》

获奖等次：三等奖

作者：傅士河

《行草》

获奖等次：三等奖

作者：李文岗

《行书》

获奖等次：三等奖

作者：张树明

《篆书》

获奖等次：三等奖

作者：戴文

曲艺（9件）

四川清音《成都的传说》

获奖等次：一等奖

作词：包德宾

作曲：车向前

金钱板《黑旋》

获奖等次：二等奖

编剧：邓新华

小品《过年》

获奖等次：二等奖

编剧：涂太中

谐剧《追星的姑娘》

获奖等次：二等奖

编剧：凌宗魁

小品《当务之急》

获奖等次：三等奖

编剧：严西秀

快板书《天府游》

获奖等次：三等奖

创作：董怀义

唱词《竹乡姑娘》

获奖等次：三等奖

创作：成尧肇

小品《生日》

获奖等次：三等奖

编剧：袁航、袁永恒

弹唱《闯夔门》

获奖等次：三等奖

编剧：何文渊

民间文艺（9件）

文学史丛书《羌族文学史》

获奖等次：一等奖

主编：李明

民间文艺《巴渝民间文学荟萃》

获奖等次：二等奖

主编：金祥明

民俗文化丛书《世界民俗文化系列》11册

获奖等次：二等奖

主编：侯光

民俗文化丛书《中国民俗文化系列》10册

获奖等次：二等奖

主编：李鉴踪

民俗文化丛书《四川民俗文化系列》6册

获奖等次：三等奖

主编：黎本初

专著《中国道教音乐》

获奖等次：三等奖

编著：王纯五、甘绍成

民间文学《凉山民间文学集成·歌谣卷》

获奖等次：三等奖

主编：凉山州民间文学集成编委会

民间工艺《四川糖画》

获奖等次：三等奖

制作单位：成都市锦江区文广局、成都市锦江区民间糖画艺术协会、陈启林

民间文艺《俏皮话大全》

获奖等次：三等奖

编著：王陶宇、孙玉芬

杂技（9件）

《舞流星》
获奖等次：一等奖
演出单位：重庆市杂技团
《皮条》
获奖等次：二等奖
演出单位：成都市杂技团
《晃板跷碗》
获奖等次：二等奖
演出单位：重庆市杂技团
《跳晃板》
获奖等次：二等奖
演出单位：自贡市杂技团
《钻地圈》《转碟》《顶技》
获奖等次：三等奖
演出单位：重庆市杂技团
《坛技》
获奖等次：三等奖
演出单位：宜宾地区杂技团
《木砖顶》
获奖等次：三等奖
演出单位：德阳市杂技团

电视（9件）

电视连续剧《大进攻序曲》
获奖等次：一等奖

编剧：宋严、曹灿
导演：张乙
摄影：李勇
美术：程兵
主演：付学诚、卢奇、马永胜、
　　　刘锡田、赵恒多、陈继铭
制作单位：重庆电视台
电视单本剧《在其香居茶馆》
获奖等次：二等奖
原著：沙汀
编剧：吴因易
导演：马功伟
摄影：罗逊
主演：庞祖云、梁自忠、李文兵
制作单位：四川电视台
电视连续剧《爱在雨季》
获奖等次：二等奖
编剧：王焰珍、唐宋元、周芳、
徐阿李、黎德墅等
导演：欧阳奋强
摄像：马厚渝
主演：江珊、金莉莉、师小红等
制作单位：四川电视台
**电视文艺晚会节目《春在巴山蜀
水间》**
制作单位：重庆电视台、成都电
视台

电视广场演出节目《东方绿洲》

获奖等次：三等奖

总导演：李生、钟季和

导播：惠毅、李小燕

摄像：张军、冯刚、唐健、陈飞、李向明、袁辉、乔晋等

制作单位：成都电视台

电视连续剧《何处不风流》

获奖等次：三等奖

编剧：乔瑜、李昌旭

导演：熊郁

摄像：强军

美术：程金昶、王善忠

主演：雷恪生、刘艺、曲国强、刘钊

制作单位：成都经济电视台

电视文艺晚会节目《迎接辉煌》

获奖等次：三等奖

导演：陈雪汰

撰稿：张东辉

摄像：乔晋、梁晓痴、王勇江、潘涛、梁建伟

制作单位：四川电视台

电视连续剧《中国出了个毛泽东》

获奖等次：三等奖

编剧：韩三平

导演：周力

主演：古月、苏林、刘怀正、潘正华、曹灿、张安安

摄影：范杨

制作单位：峨眉电影制片厂音像出版社

电视文艺晚会节目《喜迎春》获

奖等次：三等奖

制作单位：重庆电视台

电影（8件）

故事片《被告山杠爷》

获奖等次：大奖

编剧：毕必成、范元

导演：范元

摄影：饶仁

美术：谭小林

主演：李仁堂、杨桦、董丹军

制作单位：峨眉电影制片厂

故事片《带轱辘的摇篮》

获奖等次：二等奖

编剧：陈剑雨

导演：米家山

摄影：强军

美术：陈若刚

主演：王学圻、盖丽丽、梁天

制作单位：峨眉电影制片厂

故事片《毛泽东的故事》

获奖等次：二等奖

编剧：韩三平、茅毛、罗星

导演：韩三平

摄影：罗逊

美术：吴绪经、陈德生

主演：古月、孙敏

制作单位：峨眉电影制片厂

故事片《老娘土》

获奖等次：二等奖

编剧：王冀邢

导演：王冀邢

摄影：强军

美术：程金昶

主演：胡亚捷、赵尔康、祝延平

制作单位：峨眉电影制片厂

故事片《1942·雾都大曝光》

获奖等次：三等奖

导演：王冀邢

编剧：梁沪生、李昌旭

导演：马绍惠

摄影：李宝琦

美术：谭小林

主演：许亚军、石兆琪、龚和平

制作单位：峨眉电影制片厂

故事片《你没有十六岁》

获奖等次：三等奖

编剧：苗月

导演：米家山

摄影：钟星座、米家山

主演：张国立、莫歧、龚蓓

制作单位：峨眉电影制片厂

故事片《血搏敌枭》

获奖等次：三等奖

编剧：邓家惠、茅毛

导演：张西河、胡涂

摄影：李大贵、张可一

美术：程金昶

主演：温海涛、吴坚、徐行

制作单位：峨眉电影制片厂

故事片《乡亲们》

获奖等次：三等奖

编剧：徐光耀

导演：王冀邢

摄影：强军

美术：程金昶

主演：黄文珂、丁俨、陈小艺

制作单位：天津电影制片厂、峨眉
电影制片厂

摄影（9件）

《狂舞欢歌》

获奖等次：一等奖

作者：胡敬林

《哺育情》

获奖等次：二等奖

作者：谢奇

《捷足先"蹬"》

获奖等次：二等奖

作者：王瑞林

《四川茶铺》

获奖等次：二等奖

作者：陈锦

《金秋圆舞曲》

获奖等次：三等奖

作者：胡敬林

《老街·古宅》

获奖等次：三等奖

作者：李杰

《垄上秋阳》

获奖等次：三等奖

作者：杨恭洁

《新基地》

获奖等次：三等奖

作者：李学智

《仲夏》

获奖等次：三等奖

作者：李翔

美术（9件）

工笔画《元蕃瑞合图》

获奖等次：一等奖

作者：尼玛泽仁

中国画《聊斋》

获奖等次：一等奖

作者：马振声

中国画《红岭》

获奖等次：二等奖

作者：唐允明

中国画《强者夺魁》

获奖等次：二等奖

作者：徐恒瑜

雕塑《梦要成真》

获奖等次：三等奖

作者：谭云

年画《边防战士》

获奖等次：三等奖

作者：林清和

工笔画《青年时代》

获奖等次：三等奖

作者：吴绪经

油画《自然回声》

获奖等次：三等奖

作者：叶永青

版画《沉思》

获奖等次：三等奖

作者：其加达瓦

第三届四川省巴蜀文艺奖获奖作品名单

(1999 年)

戏剧 （12 件）

川剧《变脸》

获奖等次：特殊贡献奖

编剧：魏明伦

导演：谢平安、张开国、刘忠义

主演：任庭芳、李艳冬等

演出单位：四川省川剧院

川剧《死水微澜》

获奖等次：特殊贡献奖

编剧：徐棻

川剧《山杠爷》

获奖等次：特殊贡献奖

编剧：谭愫、谭昕

导演：宋学斌

主演：王树基、孙普协、刘芸等

演出单位：成都市川剧院

话剧《船过三峡》

获奖等次：一等奖

编剧：李亭

演出单位：四川人民艺术剧院

歌舞剧《嫘祖与黄帝》

获奖等次：二等奖

编剧：杨中泉、何烺

川剧《琼江作证》

获奖等次：二等奖

编剧：胡雪松、周光宁

演出单位：遂宁市川剧团

话剧《废墟》

获奖等次：二等奖

编剧：严福昌、邱礼农

川剧《粉锅》

获奖等次：三等关

编剧：张尚全

演出单位：大竹县川剧团

儿童话剧《娇娇女王》

获奖等次：三等奖

编剧：刘庆来

演出单位：四川人民艺术剧院

川剧灯戏《郎当驿》
获奖等次：三等奖
编剧：任衡道

川剧《陈毅回乡》
获奖等次：三等奖
编剧：周安民

川剧《好军妹》
获奖等次：三等奖
编剧：杨景民、昊晓飞
主演：刘萍
演出单位：成都市川剧三团

音乐（11件）

歌曲《熊猫的摇篮》
获奖等次：特殊贡献奖
作词：何山怀
作曲：昌英中

歌曲《喜马拉雅山的祝福》
获奖等次：一等奖
作词：徐晓苏
作曲：段永生、康阿革

音诗《水月芙蓉》
获奖等次：二等奖
作曲：邹向平

歌曲《心儿在歌唱》
获奖等次：二等奖
作词：斯子木柳
作曲：安渝、吉古夫铁

歌曲《和平，摇着风铃》
获奖等次：二等奖
作词：张东辉
作曲：张龙

圆号协奏曲《裂谷风》
获奖等次：二等奖
作曲：杨新民

管弦乐组曲《五行》
获奖等次：二等奖
作曲：林戈尔

二胡协奏曲《江河云梦》
获奖等次：三等奖
作曲：梁云江

歌曲《旗鼓阵》
获奖等次：三等奖
作词：李惠新、姜诗
作曲：朱嘉琪（荒山）

钢琴独奏曲《嘉陵江幻想曲》
获奖等次：三等奖
作曲：黄虎威

歌曲《山上的老兵》
获奖等次：三等奖
作词：杨笑影
作曲：许寒松

舞蹈（10件）

舞剧《远山的花朵》
获奖等次：特殊贡献奖

创编：郑源、马东风

作曲：彭涛

演出单位：四川省歌舞剧院

双人舞《阿惹妞》

获奖等次：一等奖

创编：马琳

作曲：林幼平、宋小春

演出单位：四川省歌舞剧院

双人舞《心之翼》

获奖等次：二等奖

创编：苏冬梅

作曲：杨正仁

演出单位：成都军区战旗歌舞团

双人舞《漫漫草地》

获奖等次：二等奖

创编：何川

演出单位：四川省歌舞剧院

双人舞《阿月与海娃》

获奖等次：二等奖

创编：苏冬梅、邢舰

作曲：董炳常

演出单位：四川省舞蹈学校

女子独舞《热巴姑娘》

获奖等次：三等奖

创编：冯玉德

作曲：匀平、梁仲倚

双人舞《拉着你的手》

获奖等次：三等奖

创编：李楠

演出单位：四川省舞蹈学校

男女集体舞《欢乐的扎渠卡》

获奖等次：三等奖

创编：阿布、杨英

作曲：韩长龄

演出单位：四川省舞蹈学校

女子群舞《卓嫫》

获奖等次：三等奖

创编：马芙蓉

作曲：高金贵

演出单位：四川省舞蹈学校

群舞《花开时节》

获奖等次：三等奖

创编：奇特

作曲：姜祥仲

书法（9件）

《书法》

获奖等次：一等奖

作者：刘新德

《行草》

获奖等次：二等奖

作者：徐德松

《隶书》

获奖等次：二等奖

作者：钟杨琴笙

《草书》

获奖等次：二等奖

作者：何开鑫

《行书》

获奖等次：三等奖

作者：傅士河

《行书》

获奖等次：三等奖

作者：李代煊

《行书》

获奖等次：三等奖

者：吴大亮

《行书》

获奖等次：三等奖

作者：吕骑铧

《行草》

获奖等次：三等奖

作者：林峤

曲艺（11件）

小品《洪霞》

获奖等次：特殊贡献奖

编剧：查丽芳、袁航

快板书《神州天府图》

获奖等次：特殊贡献奖

编剧：董怀义

曲艺小品《致富之路》

获奖等次：一等奖

编剧：涂太中

清音《红辣椒》

获奖等次：二等奖

作词：廖仲宣

清音《蜀道不再难》

获奖等次：二等奖

作词：马振山

作曲：车向前

曲艺小品《两张全家照》

获奖等次：二等奖

编剧：陈正鹏

对口快板《过五关》

获奖等次：三等奖

创作：魏育才

清音《妈妈的孩子回来了》

获奖等次：三等奖

作词：陈晓铃

作曲：卢国珍

清音《小康村里春意浓》

获奖等次：三等奖

作词：成尧肇

金钱板《岳飞劝友》

获奖等次：三等奖

创作：江延滨

山东快书《招聘》

获奖等次：三等奖

创作：宋艺香

民间文艺（10件）

著作《中国民间故事集成·四川卷》
（上下册）
获奖等次：一等奖
主编：洪钟
副主编：侯光、杨时川、刘尚乐

著作《成都掌故》
获奖等次：二等奖
主编：张世英

著作《铁的起源》
获奖等次：二等奖
主编：赵洪泽、李文华

著作《爱我中华》彩图系列丛书
（25册）
获奖等次：二等奖
主编：朱炳宣、邓星盈
副主编：蔡行端、卢成春、侯光、
杨时川

著作《青衣这方土》
获奖等次：三等奖
主编：曹纪祖

著作《成都掌故轶闻系列文章》
（66篇）
获奖等次：三等奖
主编：徐伯荣

著作《峨眉山传奇》
获奖等次：三等奖

主编：许德贵

著作《民俗文化研究文集》
获奖等次：三等奖
主编：冯举

著作《大熊猫传奇》
获奖等次：三等奖
主编：姚枫

著作《四川酒的传说》
获奖等次：三等奖
主编：张武德、张洪流

杂技（9件）

《喊太阳》
获奖等次：一等奖
演出单位：成都市文化艺术学校

《少儿皮条》
获奖等次：二等奖
演出单位：成都市杂技团

《转碟》
获奖等次：二等奖
演出单位：四川华夏艺术团

《顶碗》
获奖等次：二等奖
演出单位：遂宁市杂技团

《高车踢碗》《坛技》
获奖等次：三等奖
演出单位：宜宾地区杂技艺术团

《晃管踢碗》

获奖等次：三等奖

演出单位：成都市杂技团

《双人蹬车》《莲池伞技》

获奖等次：三等奖

演出单位：成都市文化艺术学校

电视（21 件）

电视纪录片《回家》

获奖等次：特殊贡献奖

导演：王海兵

撰稿：王海兵

摄像：王海兵

录音：李杰

制作单位：四川电视台

电视纪录片《冬天》

获奖等次：特殊贡献奖

主创人员：梁碧波、杨益

制作单位：成都经济电视台

电视戏曲片《死水微澜》

获奖等次：特殊贡献奖

原著：李劫人

编剧：徐棻

电视导演：倪绍钟

舞台导演：谢平安

制作单位：四川电视台

电视剧《血战万源》

获奖等次：特殊贡献奖

编剧：史超、赵利群

导演：李三义

摄影：张学薏、石少升

主演：施京明、陈嘉徒、张卫国、
　　　龙思平、马永胜、林先进

制作单位：达川市委宣传部

电视栏目《综艺大世界》

获奖等次：特殊贡献奖

负责人：牟佳、叶数、梁晓痴、
　　　　李小燕、王强、董其、
　　　　曾志斌等

主持人：刘磊、龙宇、陈岚、
　　　　何嘉、何炯、程鹏等

制作单位：四川电视台

电视纪录片《三节草》

获奖等次：特殊贡献奖

导演：梁碧波

摄像：梁碧波

撰稿：梁碧波

制作单位：成都经济电视台、中
央电视台

电视剧《逼侄赴科》

获奖等次：特殊贡献奖

责任编剧：陆士强等

导演：倪绍钟

主演：晓艇、刘萍

制作单位：四川电视台

电视剧《长大未成年人》

获奖等次：特殊贡献奖

编剧：苗月

导演：苗月

摄像：杜小四

美术：张丹

总监制：王少雄、魏柏良、黄长君

监制：王冀邢、高建民、罗禄伦、
　　　易为平

主演：苗苗、王小丹、王新民等

制作单位：成都经济电视台

《生命潮　友谊颂歌——97 国际熊猫节开幕式晚会》

获奖等次：特殊贡献奖

制作单位：成都电视台、成都经济电视台

电视剧《红魂·一九三五》

获奖等次：一等奖

策划：马明

编剧：彭又文

导演：张志国

总制片：马明

主演：王春妹、隋永清、刘钠、
　　　张沂等

制作单位：广元电视台、中央电视台影视部

电视剧《大山无言》

获奖等次：二等奖

编剧：钱滨、许艺

导演：李文岐

摄像：陈洪

美术：丁建辉

主演：白志迪、宋晓英、朱琛

制作单位：成都电视合

文艺专题片《贡嘎撷珠》

获奖等次：二等奖

编导：扎登、张新建

撰稿：扎登

摄像：张新建、肖勇、向国华

编辑：陈川、张新建、肖勇、
　　　扎登、益西

制作单位：甘孜州电视台

电视连续剧《跑滩》

获奖等次：二等奖

原著：吴因易

总编剧：江兰

编剧：刘云生、秦晖

导演：马功伟

摄像：刘刚

主演：何雁、梁自忠、李冰冰、
　　　徐玉琨、熊应政、罗及隆等

制作单位：绵阳电视台

电视连续剧《希望不流泪》

获奖等次：二等奖

编剧：丁菘

导演：陈福黔

主演：康晓熙、李敏、林华、
　　　何音、陈卓
制作单位：四川经济影视制作中心
电视剧《雨夜》
获奖等次：二等奖
编剧：徐阿李
导演：蔡晓琴
摄像：王永春
美术：周晓野
制片主任：张立宪
主演：陈慧娟
制作单位：四川电视台
电视文艺晚会《四川人过年》
获奖等次：二等奖
策划：钟季和、阎小侠
导演：黄志
撰稿：严西秀
制作单位：四川电视台
文艺专题片《草帽》
获奖等次：三等奖
导演：曹建烈
摄像：韩卫国
撰稿：周吉芬
主演：伍继祖、周吉芬、张琼
制作单位：攀枝花电视台
文艺晚会《大山·军魂·深情》
获奖等次：三等奖
总策划：宋长江

策划：刘刚、泰晖
总导演：张黎
撰稿：商欣、张黎
主持人：杨黎明
制作单位：绵阳电视台
文艺专题片《巴山之路》
获奖等次：三等奖
制作单位：巴中电视台
文艺栏目《综艺时空精华版》
获奖等次：三等奖
制作单位：四川有线电视台
文艺栏目《金广安》
获奖等次：三等奖
制作单位：广安电视台

电影（6 件）

故事片《鸦片战争》
获奖等次：特殊贡献奖
编剧：朱苏进、倪震、宗福先、
　　　麦天枢
导演：谢晋
主演：鲍国安、林连昆、苏民、
　　　鲍伯·派克、郎雄、邵昕、
　　　威廉士·西蒙、姜华、
　　　李士龙、李维新
摄影：侯咏
美术：邵瑞刚
制作单位：峨眉电影制片厂

故事片《桃源镇》

获奖等次：一等奖

编剧：熊郁、先子良

导演：熊郁

主演：戈治钧、雷恪生、杜宁林

摄影：李宝琦

美术：程今昶

制作单位：峨眉电影制片厂

故事片《超导》

获奖等次：二等奖

编剧：王冀邢等

导演：王冀邢

主演：王志文、李志舆、吴坚

制作单位：北京电影制片厂、峨眉
电影制片厂

故事片《吴二哥请神》

获奖等次：二等奖

编剧：范元、刘小双

导演：范元

主演：曹景阳、郑卫莉、赵军

摄影：杜小四、强军、胡思光

美术：谭晓林

制作单位：峨眉电影制片厂

故事片《太行星》

获奖等次：二等奖

编剧：白宏

导演：白宏

主演：高强、乔琛、梁斌

摄影：杜小四

美术：陈德生

制作单位：峨眉电影制片厂

儿童故事片《来不及道歉》

获奖等次：三等奖

编剧：钱道远、余纪、梁沪生

导演：梁沪生、余纪

主演：王超群、秦天、汤索真、
陈卓、肖飞、常佩婷、
梁沪生、余纪

摄影：李宝琦

美术：程今昶

制作单位：峨眉电影制片厂

摄影（9件）

单幅《秋语》

获奖等次：一等奖

作者：郝维平

单幅《水在哪里》

获奖等次：二等奖

作者：谢奇

单幅《将军的目光》

获奖等次：二等奖

作者：李勇

单幅《创业者》

获奖等次：二等奖

作者：李学智

组照《蜀里》

获奖等次：三等奖

作者：陈锦

单幅《凌波仙子》

获奖等次：三等奖

作者：陈轲

单幅《晨光曲》

获奖等次：三等奖

作者：辜爱平

单幅《喜极而"弃"》

获奖等次：三等奖

作者：王瑞林

单幅《乡亲泪》

获奖等次：三等奖

作者：袁孝正

美术（9件）

漫画《散·聚》

获奖等次：一等奖

作者：庞家夷、庞家俄

版画《高原之母》

获奖等次：二等奖

作者：李焕民

工笔国画《西风烈》

获奖等次：二等奖

作者：李青稞

中国画《祥和的土地》

获奖等次：二等奖

作者：徐恒瑜

版画《私语》

获奖等次：三等奖

作者：阿鸽

雕塑《走泥丸》

获奖等次：三等奖

作者：邓乐

中国画《金秋十月梦三峡》

获奖等次：三等奖

作者：管苡榈

宣传画《顽强拼搏》

获奖等次：三等奖

作者：刘根蓉

雕塑《大地之子》

获奖等次：三等奖

作者：钱斯华、赵莉

第四届四川省巴蜀文艺奖获奖作品名单

(2003 年)

戏剧 （15 件）

川剧《中国公主杜兰朵》

获奖等次：荣誉奖

编剧：魏明伦

川剧《都督夫人董竹君》

获奖等次：荣誉奖

编剧：徐棻

导演：熊源伟

科幻木偶剧《红地球、蓝地球》

获奖等次：荣誉奖

编剧：王新纪

方言歌剧《风雨送春归》

获奖等次：荣誉奖

编剧：盛长滨、邓玉树

川剧《文成公主》

获奖等次：荣誉奖

编剧：谭愫、吴晓飞、谭昕

导演：刘萍

音乐剧《未来组合》

获奖等次：荣誉奖

编剧：李亭

导演：唐毓椿

话剧《我在天堂等你》

获奖等次：一等奖

编剧：孟冰、王焰珍

话剧《人生天地间》

获奖等次：二等奖

编剧：刘庆来

话剧《儿子》

获奖等次：二等奖

编剧：米家山、庞越

川剧《好女人坏女人》

获奖等次：二等奖

编剧：魏明伦

方言话剧《包谷神》

获奖等次：三等奖

编剧：张尚全

话剧《回到拉萨》

获奖等次：三等奖

编剧：川妮

川剧《人迹秋霜》

获奖等次：三等奖

编剧：廖时香、李加建

演出单位：四川省自贡市川剧团

川剧《无言的莫高》

获奖等次：三等奖

编剧：王汶

演出单位：四川省攀枝花市川剧团

话剧《广厦为秋风所破歌》

获奖等次：三等奖

编剧：盛长滨

演出单位：成都话剧院

音乐（12件）

歌曲《村支书》

获奖等次：荣誉奖

作词：龙清江

作曲：曾毅、邹居阵

歌曲《旗鼓阵》

获奖等次：荣誉奖

作词：李惠新、姜诗

作曲：朱嘉琪

独唱《麻辣烫》

获奖等次：荣誉奖

作词：杨笑影

作曲：姚明

（本届一等奖空缺）

二胡协奏曲《天府是故乡》

获奖等次：二等奖

作词：水木亚丁、刘中昭

作曲：水木亚丁、刘中昭

歌曲《那一天》

获奖等次：二等奖

作词：骆恒

作曲：余新蓉

歌曲《巴山姑娘》

获奖等次：二等奖

作词：陈克福

作曲：余义奎、秦渊

二胡协奏曲《嘉陵随想》

获奖等次：二等奖

作曲：李冰

歌曲《云南好个春》

获奖等次：三等奖

作词：蒲杰

作曲：岳亚

歌曲《岁月酒》

获奖等次：三等奖

作词：张东辉

作曲：张龙

歌曲《向往西藏》

获奖等次：三等奖

作词：唐明晰

作曲：阿金

演唱者：谭维维

歌曲《丰收小景》

获奖等次：三等奖

作词：刘萍

作曲：李音

歌曲《信念》

获奖等次：三等奖

作词：赵明

作曲：桑楠、冯世全

舞蹈（10件）

女子群舞《欢乐的老姆苏》

获奖等次：荣誉奖

创编：李晓琴、姜涛

演出单位：成都群众艺术馆

群舞《阿嫫惹妞》

获奖等次：一等奖

创编：马琳

演出单位：四川省舞蹈学校

双人舞《师徒春秋》

获奖等次：二等奖

创编：何川

演出单位：四川省舞蹈学校

女子群舞《摩梭女人》

获奖等次：二等奖

创编：刘凌莉

演出单位：四川省歌舞剧院

大型民族舞蹈《彝之舞》

获奖等次：二等奖

创编：黄石

演出单位：凉山州歌舞团

女子群舞《天织》

获奖等次：三等奖

创编：苏冬梅

演出单位：成都军区战旗歌舞团

女子群舞《尔玛姑娘》

获奖等次：三等奖

创编：梅永刚

演出单位：四川省民委

女子群舞《竹雨沙沙》

获奖等次：三等奖

创编：崔佳、牟世旭

演出单位：成都歌舞剧院

《凉山彝人》

获奖等次：三等奖

演出单位：凉山州舞协

女子群舞《拖党拉达的姑娘》

获奖等次：三等奖

创编：包仿

演出单位：凉山州舞蹈家协会

书法（11件）

《草书》

获奖等次：荣誉奖

作者：胡郁

《篆书》

获奖等次：荣誉奖

作者：周毛新

《草书条幅》

获奖等次：一等奖

作者：何丌鑫

《楷书屏条》

获奖等次：二等奖

作者：吕骑铧

《小行草方联》

获奖等次：一等奖

作者：刘新德

《楷书册页》

获奖等次：二等奖

作者：曾杰

《篆书》

获奖等次：三等奖

作者：王道义

《行书扇面小斗方》

获奖等次：三等奖

作者：谢兴华

《刻字——大肚能容》

获奖等次：三等奖

作者：钟显金

《行草单条》

获奖等次：三等奖

作者：戴跃

《弄翰余渖——书学纵横谈》

获奖等次：三等奖

作者：刘咸炘

评注：杨代欣

曲艺（12件）

金钱板《怪哪个》

获奖等次：荣誉奖

编剧：张徐

清音《蜀绣姑娘》

获奖等次：荣誉奖

演唱：程永玲

小品《致富之路》

获奖等次：荣誉奖

编剧：涂太中

小品《登记》

获奖等次：一等奖

编剧：袁航、袁永恒

小品《都市风景线》

获奖等次：二等奖

编剧：袁航

音乐快板《蜀道通天》

获奖等次：二等奖

编剧：董怀义、董琳、董巍

清音《四川妹崽》

获奖等次：二等奖

作词：邓平兰

作曲：干文能

演唱：敖兰

快板剧《近邻》

获奖等次：三等奖

编剧：杨兴国

清音《幺妹农家乐》

获奖等次：三等奖

作词：严西秀

作曲：付兵

相声《语言专家》

获奖等次：三等奖

编剧：沙马木乌、阿吉拉则

表演：沙马木乌、莫色阿沙

小品《闪光》

获奖等次：三等奖

编剧：曹兴才、黄文和

音乐快板《军旅红十字》

获奖等次：三等奖

编剧：文守秀、张赛

演出单位：成都军区总医院

民间文艺（9件）

专著《彝族文学概论》

获奖等次：一等奖

主编：沙玛拉毅

专著《四川方言与民俗》

获奖等次：二等奖

作者：黄尚军

工具书《谚语小词典》

获奖等次：二等奖

编著：王陶宇、王若燕

《羌风》

获奖等次：二等奖

编著：绵阳电视台

工具书《藏族祝酒诵词》

获奖等次：三等奖

编著：达尔基

工具书《中国民间文艺大系简表》

获奖等次：三等奖

作者：邓钦

文集《安州风情》

获奖等次：三等奖

作者：高一旭

论文《中国传统旅游的民俗学审视》

获奖等次：三等奖

作者：罗曲

儿歌画丛《童真童趣新童谣》

获奖等次：三等奖

作者：胡兴模

杂技（9件）

《彩条纵歌》

获奖等次：一等奖

演出单位：成都市文化艺术学校

《春之芽》

获奖等次：二等奖

演出单位：成都市文化艺术学校

《熊猫嬉戏》

获奖等次：二等奖

演出单位：成都市文化艺术学校、
成都市杂技团

《双人技巧》

获奖等次：二等奖

演出单位：遂宁市杂技团

《女子四人造型》

获奖等次：三等奖

演出单位：成都市文化艺术学校

《顶碗》和《转碟》

获奖等次：三等奖

演出单位：遂宁市杂技团

《空竹》

获奖等次：三等奖

演出单位：德阳市杂技团

《顶碗》

获奖等次：三等奖

演出单位：遂宁市春苗杂技团

电视（24件）

电视纪录片《平衡》

获奖等次：荣誉奖

导演：彭辉

摄像：彭辉

摄像助理：夏海军、王朝晖、
　　　　　彭育松

制作单位：成都电视台

专题片《美哉，川北狮灯》

获奖等次：荣誉奖

撰稿：李建国

导演：李建国

摄像：宋军、刘刚

制作单位：绵阳电视台

纪录片《乌蒙赤子赵春瀚》

获奖等次：荣誉奖

编剧：王海兵、谷三、王代利

撰稿：晋肃林、谷三

摄像：王海兵、王代利、王新军

制作单位：四川电视合

纪录片《应聘妈妈》

获奖等次：荣誉奖

编剧：陈慧谊、周康

摄像：周康

制作单位：四川电视台·海外社教
中心

电视剧《新乔老爷奇遇》

获奖等次：荣誉奖

编剧：刘少聪

导演：马功伟

摄影：罗逊

美术：周晓野

主演：孙勇波、张燕、唐云峰

制作单位：四川电视台、中国电视
剧制作中心

电视剧《晴朗地带》

获奖等次：荣誉奖

编剧：钱滨、易丹

导演：毛卫宁

摄影：程鹏

美术：夏陈若刚

主演：方涛、王海燕、李冲聪、
　　　安俊民

制作单位：成都电视台

文艺晚会《西部神韵》

获奖等次：荣誉奖

导演：牟佳、邓书中

撰稿：杨笑影

摄像：王勇江、潘涛、路红、
　　　黄河、杨洋

制作单位：四川电视台

电视剧《忠诚》

获奖等次：荣誉奖

编剧：周梅森

导演：胡玫

总策划：任仲伦、吴宝文、
　　　张黎

制片人：冯骥、瞿新华、
　　　段未名

摄像：张黎、池小宁

美术：刘心刚

主演：张国立、焦晃、刘蓓

制作单位：四川有线电视台等

电视剧《淘金记》

获奖等次：荣誉奖

原著：沙汀

编剧：吴因易

导演：郑效农、栾逢勤、刘继忠

制作单位：四川电视台

电视剧《啊，雀儿山》

获奖等次：荣誉奖

编剧：高旭帆

导演：欧阳奋强

摄影：马厚渝

美术：周晓野

主演：多布吉、黄若萌、徐静

制作单位：四川电视台

川剧电视剧《变脸》

获奖等次：荣誉奖

编剧：魏明伦

导演：马功伟

摄影：于建镁

美术：王继刚

主演：任庭芳、杨韬等

制作单位：四川电视台

电视短剧《地下的天空》

获奖等次：荣誉奖

编剧：麦家、何大草

导演：王冀邢

摄影：罗逊

美术：程金昶

主演：王新军、徐正运、王新民、
　　　于代军等
制作单位：成都电视台
电视纪录片《度过生命的危机》
获奖等次：荣誉奖
编导：孙剑英、赵新民
摄像：赵新民
制作单位：四川电视台·海外社教
中心
《综艺大世界》第 148 期、170 期、
203 期、234 期节目
获奖等次：荣誉奖
《文化时空》第 68 期《走近歌声》
获奖等次：荣誉奖
专题文艺节目《人口·家庭·社会》
获奖等次：荣誉奖
电视剧《誓言无声》
获奖等次：一等奖
编剧：钱滨、易丹
导演：毛卫宁
摄像：孟凡
主演：高明、赵峥、王海燕、
　　　李强、周显欣、寇振海
制作单位：中央电视台影视部、成
都电视台、山东电影电视制作中心
电视剧《高路入云》
获奖等次：二等奖
编剧：徐冰

导演：欧阳奋强
副导演：陈卫
摄像：张少明
主演：宋运成、村里、徐玉昆
制作单位：四川电视台
电视专题片《飞越四川》
获奖等次：二等奖
总编导：王海兵
总撰稿：钱滨
总策划：郭剑新
出品人：王均
制片主任：李明
分路编导：姜鲁、黄正和、
　　　　　李旭东、曾志斌、
　　　　　周康、谷三
主摄像：黄铁军、程鹏、
　　　　　汪其武
主录音：朱广皓
制作单位：四川电视台
电视纪录片《峨眉藏猕猴》
获奖等次：三等奖
编导：郝建
摄像：郝建
制作单位：四川电视台
方言电视剧《府河人家》
获奖等次：三等奖
编剧：乔喻、李昌旭
导演：熊郁

监制：郑抗美、柳耀辉

策划：钱滨

主演：李文兵、李克纯、朱军、
　　　李伯清等

制作单位：成都电视台

电视纪录片《老照片·1910—1913》

获奖等次：三等奖

制作单位：四川省有线广播电视台

方言节目《李伯清散打"法轮功"》

获奖等次：三等奖

编导：梁碧波

制作单位：四川省有线广播电视台

《攀西岁月》

获奖等次：三等奖

电影（4件）

故事片《彩练当空舞》

获奖等次：荣誉奖

导演：周力

编剧：胡月伟、周力、梁沪生、
　　　佳云

主演：王新军、贾妮

摄影：龙晓阳

美术：夏正秋

制作单位：峨眉电影制片厂

故事片《这山更比那山高》

获奖等次：一等奖

导演：萧峰

编剧：范元、萧峰、梁沪生、
　　　张先国

主演：郝岩、王超群、李永田

摄影：杜小四、饶正友

美术：陈德生

制作单位：峨眉电影制片厂

故事片《我的格桑梅朵》

获奖等次：二等奖

导演：熊郁

编剧：裘山山、邓家慧

主演：陈锐、章艳敏

摄影：罗逊

美术：谭晓林

制作单位：峨眉电影制片厂

故事片《烛光》

获奖等次：二等奖

导演：王冰

编剧：陶玲芬、王冰

主演：V.V·夏特拉（英）、
　　　马刚

摄影：刘勇宏

美术：邸琨

制作单位：峨眉电影制片厂

摄影（12件）

单幅《过客》

获奖等次：荣誉奖

作者：李绍毅

《万马奔腾》

获奖等次：荣誉奖

单幅《峨眉金顶》

获奖等次：荣誉奖

作者：田捷砚

组图《乌江纤夫》

获奖等次：一等奖

作者：吴久灵

单幅《古桥负重》

获奖等次：二等奖

作者：贾宗强

单幅《嘉陵江汉子》

获奖等次：二等奖

作者：杨麾

单幅《老街育新苗》

获奖等次：二等奖

作者：李隆德

单幅《捉鸭》

获奖等次：三等奖

作者：辜爱平

单幅《岷江春暖》

获奖等次：三等奖

作者：刘保

单幅《农家后代》

获奖等次：三等奖

作者：谢奇

组照《乡间油灯》

获奖等次：三等奖

作者：杨鸥

单幅《蓉城之夜》

获奖等次：三等奖

作者：曾逸农

美术（11件）

中国画《有故事的土地》

获奖等次：荣誉奖

作者：尼玛泽仁

版画《阳光下的母女》

获奖等次：荣誉奖

作者：甘庭俭

雕塑《力争上游》

获奖等次：一等奖

作者：袁成龙

水彩画《藏族大娘》

获奖等次：二等奖

作者：刘云生

中国画《峻岭嵯峨》

获奖等次：二等奖

作者：孟夏

中国画《熊猫》

获奖等次：二等奖

作者：王申勇

中国画《包谷林》

获奖等次：三等奖

作者：梁时民

中国画《佛门盛事》

获奖等次：三等奖

作者：尼玛泽仁

中国画《凉山归牧》

获奖等次：三等奖

作者：彭先诚

中国画《天边的那一片云》

获奖等次：三等奖

作者：邓枫

雕塑《舟影》

获奖等次：三等奖

作者：邹勇

文艺评论（10件）

理论专集《当代彝文文学研究》

获奖等次：荣誉奖

作者：阿牛木支

理论专集《马克思美学的现代阐释》

获奖等次：一等奖

作者：冯宪光

理论专集《审美心理与诗学论题》

获奖等次：二等奖

作者：黎风

文论专著《文艺的绿色之思》

获奖等次：二等奖

作者：曾永成

艺术专著《艺术辩证法》

获奖等次：二等奖

作者：李明泉

文论专著《世纪末的镜语》

获奖等次：三等奖

作者：高力

理论文章《超越伤感的笑声》

获奖等次：三等奖

作者：袁基亮

理论文章《弱水三千，只取一瓢饮》

获奖等次：三等奖

作者：何世平

文艺评论《宏大叙事与女性角色》

获奖等次：三等奖

作者：王琳

评论《艺术最佳社会效益的选择》

获奖等次：三等奖

作者：丹雪儿

第五届四川省巴蜀文艺奖获奖作品名单

（2006 年）

戏剧 （12 件）

儿童剧《青春时光》

获奖等次：荣誉奖

编剧：薛梅

导演：胡一飞

演出单位：成都少儿艺术剧团

木偶剧《三星·金沙之谜》

获奖等次：荣誉奖

编剧：吴晓飞、于俊海

川剧《刘光第》

获奖等次：一等奖

编剧：廖时香

话剧《"爱"在身边》

获奖等次：二等奖

编剧：映铮、张尚全

话剧《超越地平线》

获奖等次：二等奖

编剧：孟冰、王焰珍

川剧《野鹤滩》

获奖等次：二等奖

编剧：吴晓飞

导演：任庭芳、李增林

演出单位：成都市川剧院

音乐剧《草房子》

获奖等次：三等奖

编剧：李亭、陈丽丽

音乐剧《哎呀呀，网》

获奖等次：三等奖

编剧：盛长滨、邓玉树

话剧《黑颈鹤还活着》

获奖等次：三等奖

编剧：鄢然

小戏曲《九品官》

获奖等次：三等奖

编剧：钟树勋

川剧《心有泪千行》

获奖等次：三等奖

编剧：郑瑞林（雨林）

哑剧《新兵站岗》

获奖等次：三等奖

编剧：谢先莉

音乐（12件）

合唱《神奇的面具》

获奖等次：荣誉奖

作词：杨笑影

作曲：杨新民

二胡与钢琴曲《尼苏调》

获奖等次：荣誉奖

作曲：宋名筑

无伴奏合唱《香巴拉》

获奖等次：荣誉奖

作词：周长征

作曲：宋名筑、周长征

大提琴独奏曲《川腔》

获奖等次：荣誉奖

作曲：邹向平

室内乐《"帮、打、唱"——为室内管弦乐与打击乐而作》

获奖等次：荣誉奖

作曲：邹向平

独唱《九曲黄河第一弯》

获奖等次：荣誉奖

作词：谢述钧、夏培馨

作曲：萧萧

本届未分等次

音乐剧《一醒惊天》

编剧：王晋川、吴飞

作曲：刘党庆

联唱《好一个都江堰》

作词：刘中昭

作曲：刘中昭

演唱者：吴燕、张文博、金光灿

独唱《山那边》

作词：蒲杰

作曲：彭涛

二胡曲《满江红》

作曲：车向前

演奏：黄维志

二胡曲《西蜀琴韵》

作曲：贺超波

独唱《美丽的康定溜溜的城》

作词：余力生

作曲：阿金

舞蹈（20件）

女子群舞《岁月如歌》

获奖等次：荣誉奖

创编：李楠

演出单位：四川省舞蹈学校

女子群舞《圈舞》

获奖等次：荣誉奖

创编：李楠

演出单位：四川省舞蹈学校

男子独舞《床前明月光》

获奖等次：荣誉奖

创编：李楠

演出单位：四川省舞蹈学校

藏族群舞《弦歌悠悠》

获奖等次：荣誉奖

创编：李楠

演出单位：四川省舞蹈学校

双人舞《鸣凤》

获奖等次：荣誉奖

创编：何川

演出单位：四川省歌舞剧院

男子三人舞《兄弟们》

获奖等次：荣誉奖

创编：何川

演出单位：四川省歌舞剧院

群舞《盐路向天边》

获奖等次：荣誉奖

创编：何川

演出单位：四川省歌舞剧院

集体舞《石磨的歌》

获奖等次：荣誉奖

创编：何川

演出单位：四川省歌舞剧院

羌族群舞《伊娜麦达》

获奖等次：荣誉奖

创编：梅永刚

演出单位：四川省舞蹈学校

大型乐舞《大唐华章》

获奖等次：荣誉奖

创编：刘凌莉、马东风、何川、
　　　赵青、赵小刚

演出单位：四川省歌舞剧院

女子集体舞《溜溜康定溜溜情》

获奖等次：荣誉奖

创编：马东风

演出单位：四川省歌舞剧院

女子集体舞《俏花旦》

获奖等次：荣誉奖

创编：刘凌莉

独舞《茶馆》

获奖等次：荣誉奖

创编：刘凌莉

藏族群舞《扎西德勒》

获奖等次：二等奖

创编：苏冬梅

群舞《扎西德杰》

获奖等次：二等奖

创编：杨向东、高宾

男子群舞《天堂雨》

获奖等次：二等奖

创编：冉晓策

女子群舞《军营小夜曲》

获奖等次：二等奖

创编：冉晓策、刘平

现代群舞《火之灵》

获奖等次：三等奖

创编：严道康

男子群舞《栈道》

获奖等次：三等奖

创编：何川

羌族群舞《云朵上的阿都》

获奖等次：三等奖

创编：李晓琴、姜涛

书法（12件）

《篆书》

获奖等次：一等奖

作者：王道义

《草书》

获奖等次：一等奖

作者：王义军

《草书》

获奖等次：二等奖

作者：钟显金

《草书》

获奖等次：二等奖

作者：汤文俊

《行草》

获奖等次：二等奖

作者：龚小膑

《隶书》

获奖等次：二等奖

作者：吕骑铧

《行草》

获奖等次：三等奖

作者：孙培严

《行草》

获奖等次：三等奖

作者：吕楠

《行书》

获奖等次：三等奖

作者：朱玉华

《行草》

获奖等次：三等奖

作者：赵安全

《篆刻》

获奖等次：三等奖

作者：汪黎特

《草书》

获奖等次：三等奖

作者：林峤

曲艺（16件）

评论《从清音谐剧的情况看四川曲艺的状态》

获奖等次：荣誉奖

作者：严西秀

清音《成都的传说》

获奖等次：荣誉奖

作曲：车向前

表演：田临平

音乐快板《猪新娘与猪新郎》

获奖等次：荣誉奖

编创：董怀义

谐剧《王熙凤招商》

获奖等次：荣誉奖

编剧：包德宾

话剧小品《小老乡》

获奖等次：荣誉奖

编剧：涂军娅

评书《小先生》

获奖等次：荣誉奖

创作：何成正

本届未分等次

竹琴《麻林晨曲》

编创：王希昇、杨坤义、彭仪贵

竹板·盘子《人人有颗公德心》

创作：李多、张徐

音乐快板《收费还贷利国利民》

创作：董怀义、刘忠福

清音《李月秋经典唱段·游园》

表演：田临平

扬琴《贵妃醉酒》

表演：于南

谐剧《山村播音员》

编剧：严西秀

表演：钟燕萍

金钱板《小虎逗猪》

编创：杨兴国

方言脱口秀《中江表妹》

编创：李永玲

表演：李永玲

扬琴《貂蝉之死》

表演：刘明辉

清音《天府好风光》

编创：龚炤祥

民间文艺（12件）

民间工艺彩灯《宫廷瓷灯王》

获奖等次：荣誉奖

编创：自贡市灯贸管理委员会

本届未分等次

文献工具《中国歌谣集成·四川卷》
上下

主编：黎本初

副主编：侯光、孟燕、曾晓嘉、
　　　　杨时川、吴蓉章

文献工具《中国谚语集成·四川卷》

主编：黎本初

副主编：王沙

专著《宋代民间巫术研究》

作者：刘黎明

民间文学《凉山彝族克智精粹》

编译：马布都、沙玛瓦特、
　　　　吉则利布（执笔）、

贾司拉核

民间文艺《阿坝情歌》

编者：达尔基

民间文学《文明的背影》

作者：蒋永志

民间文学《跑马山下的传说》

编者：程圣民

漆器《锡片闪光龙凤漆器座盘》

创作：杨莉

民间年画《门神系列》

创作：陈兴才

蝶翅画《高歌》

创作：吴泽全

民俗专题片《白马跳曹盖》

编者：赵军、姚红、王钰、
　　　龚士斌、王继伟

杂技（9件）

平衡《倒立双人技巧》

获奖等次：荣誉奖

演出单位：遂宁市杂技团

本届未分等次

柔术/平衡《双人滚杯》《溜冰》

演出单位：成都市文化艺术学校

跟斗/平衡《地圈》《顶技》

演出单位：德阳市杂技团

平衡《高椅》

演出单位：遂宁市杂技团

平衡《排椅》

演出单位：成都市杂技团

平衡《倒立飞砖》

演出单位：自贡市杂技团

平衡《空中花碟》

演出单位：宜宾市杂技艺术团

电视（24件）

电视连续剧《誓言无声》

获奖作品：荣誉奖

编剧：钱滨、易丹

导演：毛卫宁

摄影：孟凡

主演：高明、赵峥、王海燕、
　　　李强、周显欣、寇振海

制作单位：中央电视台影视部、成
都电视台、山东电影电视制作中心

电视连续剧《高路入云》

获奖等次：荣誉奖

编剧：徐冰

导演：欧阳奋强

副导演：陈卫

摄影：张少明

主演：宋运成、村里、徐玉昆

片长：8集

制作单位：四川电视台

戏曲电视剧《白蛇传》

获奖等次：荣誉奖

编剧：刘少聪

导演：刘翼

摄影：马厚渝

主演：刘萍、孙勇波、王玉梅

制作单位：中央电视台影视部、四川电视台、成都市川剧院

电视连续剧《尘埃落定》

获奖等次：荣誉奖

原著：阿来

编剧：郑效农

导演：阎建钢

主演：刘威、宋佳、范冰冰、李解

制作单位：成都电视台、四川电视台、成都天音文化传播有限公司

电视连续剧《公安局长》

获奖等次：荣誉奖

编剧：魏人

导演：张国庆

主演：陈宝国、柳云龙、宋春丽、
　　　刘洁

制作单位：四川有线电视台、公安部金盾影视文化中心等

电视散文《黄昏的忏悔》

获奖等次：荣誉奖

撰稿：王一兵、孙建军

编导：赵刚、王一兵

摄像：曹军

主演：王岩平、董俊岑

制作单位：成都广播电视台

电视纪录片《抉择》

获奖等次：荣誉奖

作品类型：电视纪录片

编导：王石林

摄像：汪其武

制作单位：四川电视台·海外社教中心

电视文艺《康巴之舞》

获奖等次：荣誉奖

导演：扎登、阿祥、张新建

撰稿：扎登

摄像：阿祥、肖勇、王德云、
　　　旦珠泽仁等

制作单位：甘孜州广播电视局

电视纪录片《鸟的王国》

获奖等次：荣誉奖

编导：李晓川、沈欣

摄像：李晓川

制作单位：四川电视台·海外社教中心

电视文艺《赛马称王》

获奖等次：荣誉奖

策划：扎登、肖勇、秋吉

撰稿：扎登

摄影：肖勇、旦珠泽仁、
　　　王德云等

制作单位：甘孜州广播电视局

戏曲电视剧《山杠爷》

获奖等次：荣誉奖

导演：马功伟

主演：任庭芳、王玉梅

制作单位：四川电视台

短篇电视剧《山村的故事》

获奖等次：荣誉奖

导演：苗月

主演：宋忆宁等

制作单位：四川省委宣传部、四川
有线电视台

电视纪录片《萨马阁的路沙》

获奖等次：荣誉奖

编导：孙剑英、赵新民

摄像：廖涛

制作单位：四川电视台·海外社
教中心

电视栏目《天府娃娃舰队》

获奖等次：荣誉奖

主创人员：颜林、江南、魏敏

制作单位：四川电视台妇女儿童
频道

本届未分等次

电视连续剧《暗算》

编剧：麦家、杨健

导演：柳云龙

摄影：王晓明、张力等

主演：柳云龙、祝希娟、高明、

王宝强、张海

制作单位：四川电视台、四川有线
电视实业开发总公司、中国人民解
放军八一电影制片厂、北京东方联
盟影视文化传播有限公司

电视文艺《川剧奇葩》

制作单位：成都广播电视台

电视连续剧《康定情歌》

编剧：高旭凡

导演：王小列

摄像：王威

美术：谢锦添、杨浩宇、李明山

主演：胡军、陶红、斯琴高娃、

唐国强、翁虹、叶童

制作单位：四川昊天影视有限责
任公司、北京世纪精彩文化传播
有限公司、北京金英马影视文化
有限责任公司

电视纪录片《朗金和她的妹妹们》

导演：王石林

摄像：汪其武

制作单位：四川电视台·海外社教
中心

电视文艺晚会《让历史告诉未来》

总体设计：朱丹枫

撰稿：廖全京

导演：牟佳、叶数、董其

摄像：王勇江、梁建伟、梁晓痴、

路红、冯木、毛国强、
黄河、胡海

舞美设计：刘伟

监制：曹钢、缪玄明

制作单位：四川电视台文艺中心

电视散文《探问春天》

撰稿：文雯

导演：文雯

策划：倪波

摄影：王珏、张涛

制作单位：绵阳电视台

电视纪录片《天府的记忆》

编导：尹力、李荃、王益平、
俞乐观

摄像制作单位：中央电视台海外中
心、中共成都市委宣传部、成都市
广播电视局、成都电视台

电视文艺晚会《又是一个春天》

总体设计：王潞明

总导演：曹钢

导演：江虹、祁滨、李嬙

撰稿：潘勇

导播：梁晓痴

摄影：王勇江、潘涛、梁建伟、
路红、黄河、杨益

编辑：常明

舞美：刘伟

主持人：董凡、叶蓉、海光

制作单位：四川电视台、重庆电视
台、贵州电视合等

戏曲电视剧《中国公主杜兰朵》

编剧：魏明伦

导演：欧阳奋强

摄像：于健镁

主演：刘萍、孙永波、李琴

制作单位：四川广电集团、长富文
化传播公司

文献纪录片《中国李庄》

撰稿：刘瑞祥、陈凡

摄像：李勇、卢川

责任编辑：刘瑞祥、陈凡

编辑：唐杨

解说：荆淳

制作单位：宜宾电视台

电影（5件）

本届未分等次

故事片《青苔》

导演：余纪

编剧：余纪、黎萌

主演：徐晓寒、陈伟、许好州、
刘小娜、刘莎白、李琳、
妮雯卡（美）

摄影：杨平

美术：陈宝文

制作单位：峨眉电影制片厂、峨眉

电影集团

公映时间：2005 年

故事片《38 度》

导演：刘新、南岳

编剧：朱苹、刘新

主演：黄磊、陶红

制作单位：峨眉电影制片厂

公映时间：2003 年 9 月 4 日

故事片《冷枪 1941》

导演：李康生

编剧：钱滨

主演：雷汉、程希、孙敏

摄影：金贵荣

美术：夏正秋

制作单位：峨眉电影制片厂

故事片《夏季无风》

导演：王冰

编剧：柳建伟

主演：袁志顺、马炼、唐华

摄影：王宗德

美术：南楠

制作单位：峨眉电影制片厂

故事片《浪漫黄昏》

导演：梁沪生

编剧：梁沪生

主演：王媛可、孙敏、陈卫、
　　　廖小宣

摄影：杨平

美术：曹宇

制作单位：峨眉电影制片厂、峨眉
电影集团

公映时间：2005 年 12 月 29 日

摄影（20 件）

单幅《闲者》

获奖等次：荣誉奖

作者：何军

组照《激情脱缰》

获奖等次：荣誉奖

作者：华熔

单幅《彝人服饰》

获奖等次：荣誉奖

作者：唐跃武

单幅《育苗》

获奖等次：荣誉奖

作者：王国荣

画册《孟屯河风情》

获奖等次：荣誉奖

作者：向心杰

画册《笑从心里来》

获奖等次：荣誉奖

作者：王伟

画册《节日》

获奖等次：荣誉奖

作者：曾子强

画册《不堪重负》

获奖等次：荣誉奖

作者：朱森

本届未分等次

画册《德格》

作者：热贡·多吉彭措

组照《荥经砂锅》

作者：金平

纪实组照《高考前夕》

作者：景长观

人物肖像《彝家兄弟》

作者：李光恢

画册《亡灵99》

作者：李杰

纪实单幅《川南夜市》

作者：李绍毅

组照《走进大自然》

作者：林强

纪实组照《金口河大峡谷》

作者：王家福

纪实组照《百万农民乘上致富车》

作者：吴传明

纪实组照《我的川北老乡》

作者：杨麾

邮册《小平故里》

作者：郑继明

纪实组照《城市记忆》

作者：周安

美术（48件）

中国画《最后的净土》

获奖等次：荣誉奖

作者：尼玛泽仁

油画《高原·阳光》

获奖等次：荣誉奖

作者：李德镁

油画《今年收成好》

获奖等次：荣誉奖

作者：何冠霖

中国画《阳光下的央金阿玛》

获奖等次：荣誉奖

作者：陈斌

漫画《婆婆布置的作业》

获奖等次：荣誉奖

作者：雷瑞之

油画《大地·母亲》

获奖等次：荣誉奖

作者：何哲生

油画《收获季节》

获奖等次：荣誉奖

作者：林山

漫画《十字路口》

获奖等次：荣誉奖

作者：刘世华

中国画《梳小辫》

获奖等次：荣誉奖

作者：王俊

中国画《阳光下的歌谣》

获奖等次：荣誉奖

作者：龚仁军

雕塑《斗转星移》

获奖等次：荣誉奖

作者：陈小林、张国平

油画《一公一母》

获奖等次：荣誉奖

作者：程丛林

中国画《钟声》

获奖等次：荣誉奖

作者：戴卫

中国画《回归》

获奖等次：荣誉奖

作者：德西央金

中国画《凉山风》

获奖等次：荣誉奖

作者：邓枫

雕塑《工业时代》

获奖等次：荣誉奖

作者：邓乐

油画《母亲》

获奖等次：荣誉奖

作者：何多苓

水粉画《高原日记两则》

获奖等次：荣誉奖

作者：胡峻涤

版画《1984 年 10 月 1 日的故事》

获奖等次：荣誉奖

作者：黄明进

水彩画《丰收歌》

获奖等次：荣誉奖

作者：刘云生

中国画《金风过处》

获奖等次：荣誉奖

作者：刘樸

中国画《鹾山归牧图》

获奖等次：荣誉奖

作者：彭先诚

油画《门神·世纪》

获奖等次：荣誉奖

作者：骆韬颖、周泳

版画《土地》

获奖等次：荣誉奖

作者：徐仲偶

油画《家》

获奖等次：荣誉奖

作者：王子奇

中国画《戏剧情》

获奖等次：荣誉奖

作者：王双才

中国画《康巴藏风》

获奖等次：荣誉奖

作者：宋智明

中国画《情系高原》

获奖等次：荣誉奖

作者：杨梁相

漆画《红色追忆》

获奖等次：荣誉奖

作者：杨波

版画《岁月风痕》

获奖等次：荣誉奖

作者：晏太卿

版画《奶奶》

获奖等次：荣誉奖

作者：徐匡

中国画《凉山踏歌》

获奖等次：荣誉奖

作者：杨循

水彩画《佳期有待》

获奖等次：荣誉奖

作者：周宝工

油画《喜》《怨》《衰》《乐》

获奖等次：荣誉奖

作品类型：油画

作者：朱成

漫画《追"心"一族》

获奖等次：荣誉奖

作者：程国英

中国画《蝶舞缤纷》

获奖等次：荣誉奖

作者：杨学鸿

美术理论《藏族美术史》

获奖等次：一等奖

作者：康·格桑益希

美术理论《抗日战争美术图史》

获奖等次：一等奖

作者：黄宗贤

油画《绿狗系列——2001》

获奖等次：二等奖

作者：周春芽

油画《夏日》

获奖等次：二等奖

作者：郭维新

中国画《寒夜》

获奖等次：二等奖

作者：丁世谦

中国画《蜀山秋色图》

获奖等次：三等奖

作者：何自立

油画《江西岁月》

获奖等次：三等奖

作者：周七

中国画《挺立冰天厚》

获奖等次：三等奖

作者：梁时民

中国画《大熊猫》

获奖等次：三等奖

作者：王申勇

油画《川西小路》

获奖等次：三等奖

作品类型：油画

作者：简崇明

连环画《格萨尔王传·天界篇》

获奖等次：三等奖

作者：廖新松

油画《回家》

获奖等次：三等奖

作者：张国忠

文艺评论（12件）

专著《中国戏剧寻思录》

获奖等次：一等奖

作者：廖全京

论文《人民需要艺术，艺术更需要人民》

获奖等次：二等奖

作者：李明泉

专著《回归实践论人类学》

获奖等次：二等奖

作者：曾永成

专著《理论品格》

获奖等次：二等奖

作者：朱丹枫

专著《〈聊斋志异〉与川剧聊斋戏》

获奖等次：三等奖

作者：杜建华

专著《邓小平文艺思想研究论集》

获奖等次：三等奖

主编：袁基亮

副主编：孙建军

编印单位：四川省作协创作研究室

论文《关于发展马克思主义文艺学的一些思考》

获奖等次：三等奖

作品类型：论文

作者：李益荪

专著《聚集茅盾文学奖》

获奖等次：三等奖

作者：邓经武、毛克强、徐其超

论文《诗之思的断裂与延伸》

获奖等次：三等奖

作者：黎风

专著《西蜀文学的当代图式》

获奖等次：三等奖

作者：冯源

专著《远游的思想》

获奖等次：三等奖

作者：罗勇、刘云春

论文《转型期的流变：90年代中国电影散论》

获奖等次：三等奖

作者：高力

企业文联（10件）

本届未分等次

摄影《坝坝宴》

作者：李安宁

摄影《明镜》

作者：李勇

摄影《春到川西》

作者：沈镐

摄影《抢险》

作者：吴建新

摄影《晨曦》

作者：刘雪冬

歌曲专辑《为中国加油》

作者：田歌

舞蹈《忠诚与奉献》

编创：高兴

诗歌《超验之球》

作者：杨晓云

报告文学《东方枭龙》

作者：中航工业成都飞机工业（集
团）有限责任公司

纪实文学《为了兄弟》

作者：王幸

第六届四川省巴蜀文艺奖获奖作品名单

（2009 年）

戏剧（8 件）

本届未分等次

歌舞剧《相如长歌》

编剧：林解

导演：李翎

主演：陈柯维、祝洁、王勤牛、

邹艳清

演出单位：中共蓬安县委宣传部、

蓬安县文体旅游局

京剧《薛涛》

编剧：董雯、程锐

导演：谢平安、白振斌

主演：刘露、高颂、邓洁、

刘永盛等

演出单位：成都艺术剧院京剧团

话剧《坚守》

编剧：王爱飞、谢先莉

导演：王晓鹰、王剑男

主演：侯岩松、杨婧、冉平生、

屠爱民、张大年、巴登

演出单位：中国国家话剧院、成

都艺术剧院

川剧《青铜魂》

编剧：严福昌、邱礼农

导演：张开国

主演：周蓉等

演出单位：四川省德阳市金桥川

剧团

川剧《镜花缘》

编剧：雨林

导演：任庭芳、查尔斯

主演：何洪庆、刘谊

演出单位：四川省川剧院

方言剧《兄弟姐妹》

编剧：严西秀

导演：关大心

主演：沈伐、李伯清、廖健等

演出单位：四川省曲艺团、成都市

曲艺团

儿童话剧《TEXT 课本总动员》

编剧：孟意明

导演：王根、冯建华等

主演：刘洋、鲁文婷等

演出单位：四川省人民艺术剧院

川剧剧本《史外英烈》

作者：宋小武

音乐 （8 件）

大型交响乐《生命交响音乐会》

获奖等次：一等奖

词曲作者：集体

演出单位：四川音乐学院

歌曲《卓玛》

获奖等次：二等奖

作词：真知

作曲：秋加措

演唱者：真知

音乐剧《未来组合 2008》

获奖等次：二等奖

作词：李亭

作曲：刘党庆

歌曲《血红·雪白》

获奖等次：三等奖

作曲：段永生

演唱者：张文博

歌曲《我们永远在一起》

获奖等次：三等奖

作词：吴飞、柴永柏

作曲：敖昌群

歌曲《动脉》

获奖等次：三等奖

作词：罗鸣

作曲：李宣康

演唱者：王利

音乐剧《千古东坡》

获奖等次：三等奖

作词：王晋川

作曲：彭涛

演唱者：罗蓉、唐竹雅等

歌曲《邛海的清晨》

获奖等次：三等奖

作词：李介人

作曲：吉古夫铁

演唱者：金索玛组合

舞蹈 （7 件）

本届未分等次

群舞《诺苏惹》

创编：吴成涛

导演：吴成涛

演出单位：乐山市歌舞剧团

群舞《锅庄之魂》

创编：张英

演出单位：甘孜藏族自治州民族歌
舞团

集体舞《士兵突击》

创编：杨向东、高宾等

导演：杨向东、高宾等

演出单位：四川大学艺术学院

群舞《生命通道》

创编：刘雅平、杨蔚川

导演：刘雅平

演出单位：成都军区陆航团

群舞《情系巴山鞋》

创编：周晓兰、万先知等

导演：周晓兰

演出单位：南充市文化馆

群舞《撒拉罗》

创编：马琳

导演：马琳

演出单位：乐山市歌舞剧团

儿童集体舞《放飞希望》

创编：姚丽

导演：杨佳佳

演出单位：大邑县佳佳艺术团

书法（8件）

《草书》

获奖等次：一等奖

作者：吕金光

《草书》

获奖等次：二等奖

作者：王义军

《隶楷》

获奖等次：二等奖

作者：孙培严

《草书》

获奖等次：三等奖

作者：钟显金

《篆书》

获奖等次：三等奖

作者：杨帆

《草书》

获奖等次：三等奖

作者：龚小膑

《章草》

获奖等次：三等奖

作者：张军文

《篆刻》

获奖等次：三等奖

作者：汪黎特

曲艺（13件）

相书剧《姐夫的烦恼》

获奖等次：荣誉奖

编剧：涂军娅

说唱《折嘎》

获奖等次：荣誉奖

表演者：甲央甲木初

谐剧《广安小幺妹》

获奖等次：荣誉奖

编剧：邓庆贵、包德宾

脱口秀《说学逗唱》

获奖等次：荣誉奖

表演者：闽天浩

音乐快板《生死大救援》

获奖等次：荣誉奖

编剧：董怀义

表演者：董怀义

音乐快板《大爱颂中华》

获奖等次：荣誉奖

编剧：杨兴国

本届未分等次

小品《英雄》

编剧：王宝社、王讯

导演：王宝社、王讯

表演者：王讯、刘轶等

曲艺集粹《蜀粹芳华》

编剧：严西秀

音乐快板《走出喜马拉雅》

编剧：董怀义

导演：董琳、董巍

表演者：向喆、雷建刚等

相声《改歌》

编剧：张徐、李多

导演：张徐、李多

表演者：张徐、李多

竹琴《竹琴魂》

编创：崔佳

作曲：王文能

演出单位：成都市残疾人艺术团

谐剧《超男梦》

编剧：凌宗魁、严西秀

导演：关大兴

表演者：张旭东（叮当）

清音《给总理的一封信》

编剧：严西秀

表演者：任萍

民间文艺（7件）

本届未分等次

著作《中国木版年画集成·绵竹卷》

作者：毛建华、胡光葵

艺术工具书《四川民间工艺百家》

作者：孟燕、强华

蜀绣《舞者》

作者：郝淑萍

著作《凉山彝族民俗文化》

作者：马德清、沈英

音像专辑《中国青城洞经古乐》

作者：侯光、蒋永志

专著《四川藏区的建筑文化》

作者：杨嘉铭、杨环

著作《雪山文脉》

作者：甘孜州文联

杂技 （6件）

本届未分等次

《球技》

获奖等次：荣誉奖

创编：赵智敏

《掌上芭蕾》

创编：周月香

导演：刘丽

表演者：王婷、罗鑫

演出单位：成都市文化艺术学校

《力量》

创编：赵智敏

导演：赵智敏

表演者：马成、喻军

演出单位：南充市杂技团

《白塔之夜》

创编：刘明金、吴红

导演：吴红

表演者：刘丽娟、程雪琴等

演出单位：宜宾市杂技艺术团

《五壮人一皮条》

创编：何川、蔡湘南

导演：何川、李航

表演者：谢军、胡磊等

演出单位：自贡市杂技团

《蹬球》

创编：王家鹏、童飞

导演：王家鹏、童飞

表演者：杨飞燕、吴廷艳

演出单位：遂宁市杂技团

电视 （14件）

电视文艺晚会《以生命的名义》

获奖等次：荣誉奖

制作单位：四川电视台、凤凰卫

祝、成都电视台

文献纪录片《国立剧专在江安》

获奖等次：荣誉奖

编导：陈凡

摄像：卢星

责编：陈凡

编辑：王永刚

解说：马宏刚

制作单位：宜宾电视台

电视纪录片《悬崖上的夫妻小学》

获奖等次：荣誉奖

导演：彭文

片长：30分钟

制作单位：凉山电视合

少儿电视文艺晚会《首届"马小跳"校园剧全国邀请赛总决赛》

获奖等次：荣誉奖

创编：陈岳、鞠罗耘、陈彤、

曾渝陵、夏佳

制作单位：成都电视台少儿频道

电视纪录片《"5·12"汶川特大地震救灾纪实》

获奖等次：荣誉奖

制作单位：中共四川省委宣传部、中国国际广播电台、四川电视台

电视连续剧《死水微澜》

获奖等次：荣誉奖

原著：李劼人

编剧：余纪

导演：朱正

主要演员：黄梦丹、罗莉、方涛、徐玉琨

作品片长：20集

制作单位：四川电视台

本届未分等次

电视连续剧《我在天堂等你》

原著：裘山山

编剧：高建强

导演：马功伟

主要演员：罗海琼、巫刚、赵小锐、阿斯茹

作品片长：26集

制作单位：华谊兄弟公司、天音传媒公司、成都电视台

电视纪录片《崛起——5·12四川抗震救灾启示录》

总编导：孙杰

作品片长：10集

制作单位：中共四川省委宣传部、中国国际广播电台、四川电视台

电视专题片《乡情》

编剧：文雯

导演：文雯、郑直

摄影：唐智

作品片长：30集

制作单位：绵阳市广播电视台文雯工作室

动画片《全能冠军生肖鼠》

编剧：张旗、孙哲

导演：孙哲

作品片长：13集

制作单位：成都大学美术学院数字动画原创中心

电视连续剧《纯真岁月》

编剧：文戈

导演：欧阳奋强

摄影：高进军

主演：陶红、何政军、吴京安、高明

作品片长：39集

制作单位：北京搜星文化传播公司、四川广电集团

纪录片《抗战时期的中央博物院》

撰稿：阎冰

导演：阎冰、陆建芳

责任编辑：刘文涛、张小朋

编辑：唐杨

摄像：卢川

解说：马宏刚

作品片长：4集

制作单位：宜宾电视台、南京博物院

电视文艺晚会《倾国倾城·成都》

编导：李容江、吴玲、郭宁、张
阿宾、朴楠

制作单位：成都电视台影视文艺频道

电视专题片《话说毕摩文化》

编导：加拉

导演：加拉

主创人员：巴久、解红兵、
杨华、张霞

片长：47分钟

制作单位：凉山电视台

电影（4件）

本届未分等次

故事片《鏖兵天府》

导演：李康生、钱路劼

编剧：李康生、钱路劼

主演：唐国强、刘劲、
许道临等

片长：90分钟

制作单位：峨眉电影集团、峨眉电

影制片厂

公映时间：2009年5月1日

灾难片《五月的声音》

编剧：李传锋、莫灏

主演：王媛可、王雷、孙敏、
陈卫、廖小宣

片长：93分钟

制作单位：峨眉电影集团、峨眉电
影制片厂

公映时间：2009年4月17日

灾难片《风雨过后》

导演：吕行

编剧：吕行

主演：苏丽

片长：90分钟

制作单位：四川省文联、四川博远
文化传媒有限公司、哈尔滨天歌文
化传播有限公司

公映时间：2009年5月1日

故事片《塔铺》

导演：王威

编剧：王威

主演：王威、刘漾、陈浩

片长：90分钟

制作单位：峨眉电影集团、峨眉电
影制片厂

公映时间：2007年6月16日

摄影（10 件）

组照《四川大地震》

获奖等次：荣誉奖

作者：景长观

单幅《大山之子》

获奖等次：荣誉奖

作者：龚雷

本届未分等次

组照《乡村戏迷》

作者：李燊

组照《羌——龙溪记事》

作者：徐献

画册《"5·12"汶川特大地震四川灾情纪实》

作者：苏碧群

画册《心境》

作者：李永忠

画册《中国西部——甘孜州藏族民居》

作者：热贡·多吉彭措

画册《川北油灯》

作者：杨鸥

组照《嘉陵江畔的挑夫》

作者：杨麾

组照《佛缘》

作者：何军

美术（14 件）

国画《溪涧秋霭》

获奖等次：荣誉奖

作者：刘刚

国画《天菩萨》

获奖等次：荣誉奖

作者：米金铭

油画《夏夜》

获奖等次：荣誉奖

作者：黄润生

雕塑《高台跳水》

获奖等次：荣誉奖

作者：叶宗明

本届未分等次

国画《南国晨曲》

作者：安华平

国画《春潮》

作者：管苃榈

油画《警营写真》

作者：余长明

美术史论《四川画像砖艺术》

作者：范小平

国画《悲痛与力量》

作者：谢泰伟

国画《有阳光的日子》

作者：龚仁军

国画《玉浴图》

作者：吕应鑫

国画《轮回》

作者：华林

国画《明天的太阳》

作者：周平

国画《灾后抢修组》

作者：顾洪斌

文艺评论（6 件）

著作《论杂技滑稽与市场供需之关系》

获奖等次：荣誉奖

作者：汪青玉

著作《媒体上的文化庄稼》

获奖等次：一等奖

作者：伍松弄

著作《坚守乡村图景书写的意义》

获奖等次：二等奖

作者：刘大桥

著作《新批评：中国后现代性批评话语》

获奖等次：二等奖

作者：支宇

论文《试谈电视娱乐节目文化品位的提升》

获奖等次：三等奖

作者：周雪珍

著作《川剧》

获奖等次：三等奖

作者：杜建华

企业文联（17 件）

本届未分等次

歌曲《中铁二局组歌》

词曲作者：集体

演出单位：中铁二局

音乐剧《蓝天女儿情》

作词：杨笑影

作曲：张骁、陈彦宇

演出单位：中航工业成飞公司

歌曲《一样的心愿》

作词：程炎

作曲：陈忠义

演唱者：于美怡

演出单位：攀钢艺术团

文艺晚会《油气英豪壮巴蜀》

编导：田青

演出单位：中国石油西南油气田

舞蹈《春风绿浪》

创编作者：杨晴

导演：杨晴

演出单位：泸天化公司

摄影（组照）《北京奥运的不了情》

作者：吴建新

摄影（单幅）《万人空巷》

作者：张晓川

摄影（单幅）《零的突破》

作者：谢瑞发

摄影（单幅）《圆梦》

作者：刘广德

摄影（单幅）《大爱情怀》

作者：伍庆华

摄影（单幅）《延伸》

作者：黄朝华

《篆书》

作者：罗喜泽

《篆书》

作者：杨章君

《行书》

作者：吕楠

国画《同一个太阳》

作者：陈斌

水彩画《从雪域走来》

作者：肖家建

国画《秋》

作者：余波

第七届四川省巴蜀文艺奖获奖作品名单

(2012 年)

戏剧 （11 件）

川剧《马前泼水》

获奖等次：金奖

主创人员：徐棻、任庭芳、
　　　　　陈巧茹、蔡少波

演出单位：成都市川剧研究院

川剧《槐花几时开》

获奖等次：银奖

主创人员：谭愫、乔晋、孙永波、
　　　　　沈敬东、谢红、
　　　　　廖启华等

演出单位：宜宾市酒都艺术研究院

川剧《尘埃落定》

获奖等次：银奖

主创人员：谭愫、雨林、
　　　　　谭昕、张金娣、
　　　　　魏小平、陈智林等

演出单位：四川省川剧院

音乐剧《槐花大院》

获奖等次：铜奖

主创人员：王爱飞、张慧、
　　　　　崔馨予、夏喆、
　　　　　高振璐、王婧

演出单位：成都市艺术剧院话剧团

豫剧《娘》

获奖等次：铜奖

主创人员：王辉、赵玉祖、
　　　　　包桂花、李青、
　　　　　李向峰

演出单位：四川省豫剧团、广元
市艺术剧院

音乐剧《娥加美》

获奖等次：铜奖

主创人员：商欣、吴欢迎、
　　　　　宋阿依姆等

演出单位：四川艺术职业学院

音乐剧《狼雨》

获奖等次：铜奖

主创人员：曹飞越、许春林、
　　　　　王月琳等
演出单位：四川大学艺术学院

民俗风情剧《蜀红》
获奖等次：铜奖
主创人员：林解、李翎、陈柯维、
　　　　　祝洁、李晓泓、
　　　　　刘汉章、孙大鹏
演出单位：中共蓬安县川剧团

川剧《夕照祁山》
获奖等次：特别奖
主创人员：魏明伦、任庭芳、
　　　　　刘开逵、鲍小飞、
　　　　　陈芋伶
演出单位：自贡市川剧团

京剧《魂系油气田》
获奖等次：特别奖
主创人员：胡筱坪、鹤鸣、
　　　　　杨景民、刘露、
　　　　　张建峰

音乐剧《燃烧的雪野》
获奖等次：特别奖
主创人员：李亭、曹平、
　　　　　宫晓东、唐钟、
　　　　　宋天天、李志刚、
　　　　　邱瑞、邓莹、
　　　　　曲珍、刘晓民

音乐（11 件）

管弦乐《阔什节之夜》
获奖等次：金奖
作曲：敖翔
演奏者：四川音乐学院交响乐团、
　　　　四川爱乐乐团

小提琴与钢琴《彝歌》
获奖等次：金奖
作曲：宋名筑
演奏者：马佐、冯继霆、
　　　　袁源等

歌曲《归来的白鹭》
获奖等次：银奖
作词：杨笑影
作曲：张骁
演唱者：王莉

歌曲《大道朝天》
获奖等次：银奖
作词：李牧雨
作曲：林下风
演唱者：王莉

交响诗《凉山音画》
获奖等次：银奖
作曲：林戈尔

竹笛与乐队《新疆印象·天山马》
获奖等次：铜奖
作曲：黄旭、石磊

演奏者：川音交响乐团

石磊竹笛独奏

歌曲《天梯》

获奖等次：铜奖

作词：蒲杰

作曲：彭涛

演唱者：马渲子

歌曲《因为有你》

获奖等次：铜奖

作词：王晋川、陈道斌

作曲：黄德成

歌曲《感谢人民》

获奖等次：铜奖

作词：王持久

作曲：刘中昭

演唱者：陈恩跃

歌曲《问神女》

获奖等次：铜奖

作词：田逢俊

作曲：赵小毅

演唱者：周薇薇

无伴奏混声合唱《吉祥阳光》

获奖等次：特别奖

作词：昌英中

作曲：昌英中

舞蹈（10件）

原创歌舞剧《红色少年》

获奖等次：金奖

总导演：赵士军、姚丽

编剧：罗斌

艺术总监：冯双白

演出单位：四川省舞蹈家协会

舞蹈《百花争艳》

获奖等次：银奖

编舞：刘凌莉

导演：刘凌莉

作曲：蓝天

演出单位：四川省歌舞剧院

群舞《雪山箭歌》

获奖等次：银奖

创编：杨向东、高宾、升德锦

演出单位：四川大学艺术学院

群舞《拨动你心弦》

获奖等次：铜奖

创编：马琳

导演：马琳

演出单位：乐山市歌舞剧团

群舞《心灵的声音》

获奖等次：铜奖

创编：何川

导演：何川

演出单位：乐山市特殊教育学校

三人舞《心中的花儿纳吉》

获奖等次：铜奖

创编：杨向东、陈蕾

演出单位：四川大学艺术学院

舞蹈诗剧《盐·泉》

获奖等次：铜奖

文学剧本：廖时香

舞台剧本：毕富纯、高兴、张斧

导演：高兴、张斧、刘为

演出单位：自贡市歌舞剧团

舞蹈诗《震撼》

获奖等次：特别奖

创编：李楠

导演：李楠、白莉、李炜

演出单位：四川音乐学院舞蹈学院

原创舞剧《红军花》

获奖等次：特别奖

编剧：田心、常鸣、马东风

导演：马东风

主演：林晨、苗怡、郑敏、庄星、

吕品、卿庆

演出单位：四川省歌舞剧院

男子集体舞《口弦》

获奖等次：特别奖

编导：何川

演出单位：乐山市歌舞剧团

书法（8件）

草书《世说新语》选抄

获奖等次：金奖

作者：李在兵

隶书《隶书条幅》

获奖等次：银奖

作者：孙培严

行草书《禅诗》选抄

获奖等次：银奖

作者：龚小膑

隶书《滕王阁序》

获奖等次：铜奖

作者：陈敦良

隶书《每临·不信》联

获奖等次：铜奖

作者：郭彦飞

行草书《齐白石题画》

获奖等次：铜奖

作者：汤文俊

大篆《商彝刚水》联

获奖等次：铜奖

作者：王道义

章草《晁错论》

获奖等次：铜奖

作者：张军文

曲艺（8 件）

本届未分等次
四川扬琴《船会》
表演：唐瑜蔓
编曲：温见龙
理论专著《四川曲艺史话》
作者：蒋守文
金钱板《车耀先》
编剧：徐建成、查丽芳
导演：查丽芳
表演：张徐、李多等
清音台本《中华医药》
作者：秦渊
表演：任平
四川扬琴《新船会》
编曲：付兵
整理改编：严西秀
表演：曾晓利
曲艺节目《岳池衣家》
编剧：严西秀、雷允树
导演：赵青、陈波
小品《拍广告》
表演：徐崧
四川扬琴《情怀》
获奖等次：特别奖
作词：马振山
作曲：王文能

编导：施伟
艺术指导：陈淳

民间文艺（13 件）

著作《中国唐卡艺术集成·德格八邦卷》
获奖等次：金奖
作者：孟燕、杨嘉铭
漆器《雕漆隐红蝉瓶》
获奖等次：金奖
作者：杨莉
著作《羌山采风录》
获奖等次：银奖
作者：万光治
著作《中国古代民间密宗信仰研究》
获奖等次：银奖
作者：刘黎明
民间工艺（蜀绣）《荷花鲤鱼》
获奖等次：银奖
作者：孟德芝
著作《川北薅草锣鼓》
获奖等次：铜奖
作者：敬远清
著作《勒格斯惹的故事》（彝语版）
获奖等次：铜奖
作者：吉则利布、阿牛木支
著作《藏乡神韵》
获奖等次：铜奖

作者：渠底塔

民间工艺《一帆风顺》

获奖等次：铜奖

作者：道安、王晓璐

年画《四川太阳喜洋洋》

获奖等次：铜奖

作者：刘竹梅

纪录片《寻吟"东巴"》

获奖等次：特别奖

作者：李铁流

专著《珞巴族民间故事》

获奖等次：特别奖

作者：冀文正

民间表演《泸州雨坛彩龙》

获奖等次：特别奖

作者：泸州市民间文艺家协会

杂技（7件）

技巧《双人软功》

获奖等次：金奖

创编：李航、李轶

演出单位：自贡市杂技团

技巧《中国芭比》

获奖等次：银奖

创编：童小红

演出单位：遂宁市杂技团

传统杂技《地圈》

获奖等次：银奖

创编：刘佳平

演出单位：德阳市杂技团

技巧《女子车技》

获奖等次：铜奖

创编：刘佳平

演出单位：德阳市杂技团

技巧《空中技巧》

获奖等次：铜奖

创编：周小衡、刘佳平

演出单位：德阳市杂技团

柔术《恋之魂》

获奖等次：铜奖

创编：赵智敏

主演：苏红平、王丽

演出单位：南充市杂技团

柔术《雪域精灵》

获奖等次：铜奖

创编：童小红

演出单位：遂宁市杂技团

电视（17件）

电视剧《菩提树下》

获奖等次：金奖

编剧：张译兮

导演：赖水清

片长：53集

制作单位：四川广播电视台

纪录片《峥嵘岁月》

获奖等次：金奖

导演：梁碧波

片长：7集

制作单位：成都电视台

文艺节目《天籁之音——中国藏歌会》

获奖等次：银奖

执行导演：左鹏、白夏

片长：90分钟/集

制作单位：四川广播电视台

文艺晚会《重生——"5·12"抗震救灾一周年特别节目》

获奖等次：银奖

导演：周轶芳、张阿宾

片长：117分钟

制作单位：成都广播电视台

文艺晚会《梦回唐朝·情系李白故里》

获奖等次：银奖

导演：寒露

片长：90分钟

制作单位：四川省文联艺术团

纪录片《夕佳山民居》

获奖等次：银奖

编剧：陈凡、李铁流

导演：陈凡、李铁流

片长：62分钟

制作单位：宜宾广播电视台

电视剧《汶川故事》

获奖等次：铜奖

编剧：高旭帆、贾立强、栈桥

导演：毛卫宁

片长：53集

制作单位：四川省委宣传部、荷塘月色影视文化传媒有限公司等

文艺晚会《弦舞巴塘》

获奖等次：铜奖

导演：李晓虎

片长：146分钟

制作单位：康巴卫视、甘孜州巴塘县委县政府

文艺晚会《为了新中国》

获奖等次：铜奖

总导演：刘曦徽

片长：1时17分46秒

制作单位：巴中市广播电视台

纪录片《草困》

获奖等次：铜奖

编剧：丹泊、刘树刚

导演：冯小强、曾晓鸿

片长：15分38秒

制作单位：阿坝州广播电视台

纪录片《重生》

获奖等次：铜奖

编剧：文雯、赵成云

导演：文雯、赵成云

片长：240 分钟

制作单位：绵阳市广播电视台

纪录片《剑门关》

获奖等次：铜奖

编剧：侯伦文

片长：19 分钟

制作单位：广元市广播电视台

纪录片《跨越的力量》

获奖等次：铜奖

编剧：彭文

导演：彭文

片长：16 集

制作单位：凉山电视台、西昌市委宣传部

电视剧《解放大西南》

获奖等次：特别奖

编剧：王朝柱

导演：王珈、强军

片长：32 集

制作单位：四川省委宣传部、重庆市委宣传部、云南省委宣传部、贵州省委宣传部

电视剧《雪豹》

获奖等次：特别奖

编剧：张健、景旭枫、佟睦、王鹏义

导演：杜玉明

片长：40 集

电视剧《五星红旗迎风飘扬》

获奖等次：特别奖

编剧：赵锐勇、王彪

导演：王晓明

片长：40 集

制作单位：四川广播电视台、浙江长城影视有限公司

纪录片《蜀道》

获奖等次：特别奖

总导演：夏骏

导演：何苗、余立军

片长：3 集

制作单位：四川广播电视台

电影（8 件）

故事片《观音山》

获奖等次：金奖

编剧：李玉、方励

导演：李玉

制作单位：峨眉电影集团、北京劳雷影视有限公司等

故事片《槐花几时开》

获奖等次：银奖

编剧：谭愫

导演：乔晋、李传峰

制作单位：四川省委宣传部、峨眉电影集团等

故事片《康定情歌》

获奖等次：银奖

编剧：朱苹

导演：江平

制作单位：峨影集团、中国电影集团公司、电影频道节目中心等

故事片《旷继勋蓬遂起义》

获奖等次：铜奖

编剧：赵浚凯、李昂

导演：赵浚凯、毛鲲宇

制作单位：八一电影制片厂、蓬溪县政府等

故事片《羌笛悠悠》

获奖等次：铜奖

编剧：苗月

导演：苗月

制作单位：峨眉电影集团

故事片《杨闇公》

获奖等次：铜奖

编剧：张硕

导演：张坚

制作单位：峨眉电影集团、中共重庆市委宣传部、中共潼南县委、潼南县人民政府等

舞台戏曲故事片《八大藏戏》

获奖等次：铜奖

编剧：群培

导演：次旦多吉、张坚

故事片《大大阳》

获奖等次：特别奖

编剧：武志刚

导演：杨亚洲

制作单位：四川省文联、长影集团

摄影 （8件）

本届未分等次

画册《瞬间永恒——"5·12"汶川特大地震三周年摄影纪实》

作者：集体创作（四川省摄影家协会）

画册《见证——老绵阳映像》

作者：杨松林

单幅《一个人的篮球》

作者：王斌

书籍《摄影教学专辑》（四册）

作者：冉玉杰

组照《父亲·教师》

作者：王伟

单幅《连心桥》

作者：赵培源

单幅《家电下乡》

作者：李远华

画册《春风桃李——"5·12"汶川特大地震学校灾后重建纪实》

作者：苏碧群

美术（12件）

油画《深秋南街图》

获奖等次：金奖

作者：黄润生

油画《辛丑条约》

获奖等次：金奖

作者：王子奇

油画《新兵营的小丫头》

获奖等次：银奖

作者：罗敏

油画《巢》

获奖等次：银奖

作者：吴汉怀

国画《沧海笑》

获奖等次：银奖

作者：吴浩

美术理论《新时期主流美术：国家、艺术家、受众的互动》

获奖等次：铜奖

作者：屈波

中国画《白云飞去青山瘦》

获奖等次：铜奖

作者：邓枫

中国画《有阳光的日子之六》

获奖等次：铜奖

作者：龚仁军

中国画《古往今来》

获奖等次：铜奖

作者：李杰

油画《出山》

获奖等次：铜奖

作者：张国忠

版画《东汽——托起明天的大阳》

获奖等次：特别奖

作者：马力平

雕塑《苦旅共甘泉》

获奖等次：特别奖

作者：李先海

文艺评论（5件）

著作《中国草书艺术史》

获奖等次：金奖

作者：田旭中

论文《中美电视情景喜剧人物形象塑造差异研究——以〈成长的烦恼〉和〈家有儿女〉为例》

获奖等次：银奖

作者：周雪珍

著作《川剧录音制作及赏析》

获奖等次：银奖

作者：沈晶

专著《范小青小说创作论》

获奖等次：铜奖

作者：张德明

论文《戴枷的舞蹈——得失之间〈梅兰芳〉》

获奖等次：铜奖

作者：吴童、余玥

企业文联（12件）

本届未分等次

歌曲《大渡河情歌》

作词：马文举

作曲：张长发

演唱者：李鸿

演出单位：国电大渡河流域水电公司

独唱《创业之歌》

作词：张季次

作曲：杨新民

演唱者：陈喜华

演出单位：攀钢公司文联

草书《忆江南·江南好》

作者：魏爱臣

所属单位：国电大渡河流域水电公司

草书《元散曲一首》

作者：吕楠

所属单位：四川省建安公司

水彩画《基座》

作者：肖家建

所属单位：川化集团公司

中国画《永远的蓝天》

作者：陈斌

所属单位：川化集团公司

工笔山水画《西羌寻梦》

作者：唐玲

所属单位：川化集团公司

群舞《炼》

创编：高凌飞、杜刚

演出单位：攀钢公司文联

舞蹈《云朵上的歌声》

创编：苏冬梅

演出单位：成飞公司

单幅《大渡河情·缘100人》

作者：李向阳

所属单位：国电大渡河流域水电公司

单幅《工地婚礼》

作者：黄朝华

所属单位：中铁二局文联

晚会《家园因我们而美丽》

导演：田青

演出单位：四川省石油文联

第八届四川省巴蜀文艺奖获奖作品名单

（2015 年）

终身成就奖（10 名）

戏剧　严福昌

音乐　黄虎威

音乐　阿金

美术　吴凡

美术　叶毓山

摄影　康大荃

曲艺　沈伐

曲艺　刘时燕

民间文艺　郝淑萍

文艺评论　何开四

戏剧（13 件）

本届未分等次

川剧《尘埃落定》

编剧：徐棻

导演：谢平安

主演：王超、陈巧茹

演出单位：成都市川剧研究院

川剧《还我河山》

文学艺术总监：魏明伦

编剧：廖时香

导演：任庭芳

主演：刘开逵、曾宇

演出单位：自贡市川剧艺术中心

川剧《草民宋士杰》

编剧：隆学义

导演：李小平

主演：陈智林

演出单位：四川省川剧院

话剧《雪域忠魂》

编剧：陈丽丽

导演：敖晓艺

演出单位：四川人民艺术剧院有限公司、甘孜州委宣传部

话剧《第二十九棵树》

编剧：李享

导演：黄定山

演员：李东昌、刘晓民、范艳、
　　　李艺峰、董凡
演出单位：四川人民艺术剧院有
限公司

歌剧《彝红》
编剧：李亭
总导演：黄定山
导演：曹平
演出单位：凉山州歌舞团

京剧《浣花吟》
总导演：李六乙
编剧：韩剑光
主演：刘露
演出单位：成都市京剧研究院

木偶剧《龙门传说》
艺术顾问：严福昌
总导演：熊源伟
导演：李翎、唐国良
编剧：李和明、郑瑞林
演出单位：四川省大木偶剧院

戏歌剧《追梦人》
编剧：林戈尔、孙奇
导演：龙立孝、李力
演出单位：四川省南充歌舞剧院

**文艺评论《勇者魏明伦》（获中国
戏剧奖·理论评论奖）**
获奖等次：特殊荣誉奖
作者：廖全京

**戏剧评论《臻于至善铸戏魂——
赏谈陈智林在〈巴山秀才〉中的
表演创造》**
获奖等次：特殊荣誉奖
作者：邓添天

**戏剧《浣花吟》（获中国戏剧奖·
梅花表演奖）**
获奖等次：特殊荣誉奖
演员：刘露

**戏剧《装盒盘宫》《逼侄赴科》
《越王回国》（获中国戏剧奖·梅
花表演奖）**
获奖等次：特殊荣誉奖
演员：王超

电影（11件）

电影《被偷走的那五年》
获奖等次：金奖
编剧：黄真真
导演：黄真真
主演：白百何、张孝全
出品单位：峨眉电影集团有限公司

电影《富春山居图》
获奖等次：银奖
编剧：孙健君
导演：黄真真
出品单位：峨眉电影集团有限公司

电影《笑过2012》

获奖等次：银奖

编剧：冉平

导演：游晓锦

出品单位：四川卿圣影视文化发展有限公司、四川省经济电视制作中心

电影《巴山女红军》

获奖等次：铜奖

编剧：远山、陈祖继、张仕芳

总导演：远山

导演：翔宇

出品单位：四川传媒学院

电影《非秀不可》

获奖等次：铜奖

编剧：钱路劼

导演：钱路劼

演出单位：峨眉电影集团有限公司、四川通达艺鑫影视文化传播有限公司

电影《城南庄1948》

获奖等次：铜奖

编剧：陈宝光

出品单位：成都八益文化产业投资有限公司

微电影《第一书记》

获奖等次：铜奖

编剧：梁婧

导演：雷雨、赵励

摄制单位：遂宁市蓬溪县广播电视台

微电影《提线木偶》

获奖等次：铜奖

编导：霍建中

摄制单位：四川省影协、思禹文化传播工作室

电影《哦，爱》

获奖等次：铜奖

编剧：孙斯彧、王博

导演：韩婷

主演：王驾麟、刘梦珂、陈恩娜

摄制单位：四川省文联、四川省影协、峨眉电影集团有限公司、宜宾石海传媒有限公司

电影《天上的菊美》

获奖等次：特殊荣誉奖

编剧：苗月

导演：苗月

出品单位：峨眉电影集团有限公司

电影《兰辉》

获奖等次：特殊荣誉奖

编剧：柳建伟

导演：温德光

出品单位：绵阳文化旅游集团有限公司、中国电影制片人协会

电视（26 件）

纪录片《天府》

获奖等次：金奖

导演：康健宁、段锦川

制作单位：四川广播电视台

综艺节目《我知道》

获奖等次：金奖

制作单位：四川广播电视台

纪录片《新二环·同心环》

获奖等次：银奖

总策划：白刚

导演：刘玉龙

制作单位：成都市广播电视合

纪录片《九旬老兵重走抗战生命线》

获奖等次：银奖

制作单位：安岳县广播电视合

文艺晚会《2013 中国城市春晚——幸福城市·美丽中国》

获奖等次：银奖

总导演：张扬

制作单位：成都市广播电视台

文艺晚会《百花天府》

获奖等次：银奖

导演：寒露

制作单位：四川省文联艺术团

纪录片《武则天之谜》

获奖等次：铜奖

制作单位：峨眉电影集团有限公司

纪录片《热灸传人》

获奖等次：铜奖

导演：赵刚

制作单位：成都市广播电视台

纪录片《米易》

获奖等次：铜奖

导演：赵刚

制作单位：米易县广播电视台

文艺晚会《中华民族一家亲》

获奖等次：铜奖

导演：邓林

制作单位：康巴卫视

综艺节目《泰爱你了》

获奖等次：铜奖

制作单位：四川广播电视台

动画片《蔬果小镇》

获奖等次：铜奖

制作单位：成都恒风动漫制作有限公司

电视剧《密战峨眉》

获奖等次：铜奖

编剧：张元森、赵敬忠、谢光弟

导演：王忠伟

制作单位：峨眉山山水影视文化有限公司

节目主持人：启米翁姆

获奖等次：特殊荣誉奖

纪录片《从悲壮走向豪迈》

获奖等次：特殊荣誉奖

纪录片《国仇——川军抗战实录》

获奖等次：特殊荣誉奖

纪录片《远逝的僰人》

获奖等次：特殊荣誉奖

纪录片《木雅，我的木雅》

获奖等次：特殊荣誉奖

电视剧《历史转折中的邓小平》

获奖等次：特殊荣誉奖

电视剧《解放大西南》

获奖等次：特殊荣誉奖

电视剧《壮士出川》

获奖等次：特殊荣誉奖

电视剧《战火兵魂》

获奖等次：特殊荣誉奖

电视剧《战火西北狼》

获奖等次：特殊荣誉奖

电视广告片《人为什么坚持》

获奖等次：特殊荣誉奖

电视文艺晚会《魅力四川》

获奖等次：特殊荣誉奖

电视动画片《星系宝贝》

获奖等次：特殊荣誉奖

音乐（12件）

混声合唱《喜马拉雅》

获奖等次：金奖

作曲：昌英中

大合唱《壮士出川》

获奖等次：金奖

作词：吴飞

作曲：敖昌群

无伴奏合唱《吉祥谣》

获奖等次：银奖

作词：穆兰、符辉

作曲：穆兰、符辉

少儿歌舞曲《蚂蚁搬家》

获奖等次：银奖

作词：刘中昭

作曲：刘中昭

艺术歌曲《那片红叶》

获奖等次：银奖

作词：李牧雨

作曲：赵小毅

流行歌曲《杞人忧天》

获奖等次：铜奖

作词：秦渊

作曲：余义奎

男声独唱《举杯啰》

获奖等次：铜奖

作词：吴淑坤

作曲：萧箫

流行歌曲《望》

获奖等次：铜奖

作词：王持久、魏源

作曲：王一舟

交响诗《卡斯达温》

获奖等次：铜奖

作曲：董轼

独唱歌曲《当羊角花开满故乡的山岗》

获奖等次：铜奖

作词：马培松

作曲：宋西平

音乐《蚕坊古渡》

获奖等次：铜奖

作品类型：男女声二重唱

作词：胡长晶

作曲：岳亚

少儿合唱《老井》

获奖等次：特殊荣誉奖

作词：余启翔

作曲：戚建波

舞蹈（11件）

舞蹈《母亲的河》

获奖等次：金奖

编导：何川

演出单位：乐山文化发展研究中心

舞蹈《高原之舟》

获奖等次：银奖

编导：哲他

演出单位：西南民族大学艺术学院

舞蹈《南木特之魂》

获奖等次：银奖

编导：杨向东、高宾、海维清

演出单位：四川大学艺术学院

舞蹈《幸福生活抿抿甜》

获奖等次：银奖

编导：何川、王晓华

演出单位：宣汉县文化馆

舞蹈《尔玛兰巴》

获奖等次：铜奖

编导：刘凌莉

演出单位：成都市文化艺术学校

舞蹈《央·雕版上的音符》

获奖等次：铜奖

编导：泽仁友珍、益呷、尼扎

演出单位：甘孜州民族歌舞团

舞蹈《滚灯》

获奖等次：铜奖

编导：李薇

演出单位：绵阳市艺术学校

舞蹈《风雪赵一曼》

获奖等次：铜奖

编导：徐艳、黄小惠、谢飞

演出单位：宜宾学院

舞蹈《雪山的脚步》

获奖等次：铜奖

编导：王文芳、刘金桥

演出单位：阿坝州民族歌舞团

舞蹈《维和天使》

获奖等次：特殊荣誉奖

编导：苏冬梅、毛军豪

演出单位：成都军区战旗文工团

舞蹈《天梯·梦想》

获奖等次：特殊荣誉奖

编导：马琳、易小迪、董乐

演出单位：乐山师范学院

美术（16件）

中国画《川藏公路》

获奖等次：金奖

作者：刘忠俊

漫画《爱》

获奖等次：金奖

作者：杨向宇

版画《高原汽车兵》

获奖等次：银奖

作者：马力平、马青

中国画《杨升庵与桂湖》

获奖等次：银奖

作者：陈志才

油画《凝听》

获奖等次：银奖

作者：辜志勇

油画《打麦场上》

获奖等次：银奖

作者：刘释凌

中国画《防疫队员》

获奖等次：铜奖

作者：邓光源

版画《远雷》

获奖等次：铜奖

作者：甘庭俭

中国画《复活》

获奖等次：铜奖

作者：梁云彬

中国画《微信·系列之一》

获奖等次：铜奖

作者：刘秦

中国画《竹荫清凉好读书》

获奖等次：铜奖

作者：谭清龙

中国画《李冰与都江堰》

获奖等次：特殊荣誉奖

作者：梁时民、李锛、张跃进

木雕《中华医学》

获奖等次：特殊荣誉奖

作者：李先海

油画《周易·占筮》

获奖等次：特殊荣誉奖

作者：高小华、雷著华

中国画《科举考试》

获奖等次：特殊荣誉奖

作者：吴绪经、吴越、吴一箫

雕塑《汤显祖与明代戏剧》

获奖等次：特殊荣誉奖

作者：邓乐

摄影 （8 件）

本届未分等次

组照《进城的树》《拆迁的墙》

作者：张建

组照《老百姓的合影》

作者：陈力

画册《影像安州》

作者：王剑

单幅《毛冠鹿》

作者：段雪朝

组照《草根戏班——乡土文化的坚
守者》

作者：刘莉

组照《过客》

作者：孔祥明

画册《中国·黄龙》

作者：周耀伍

组照《流金岁月》

作者：周武

书法 （11 件）

行草书《旻禅翁诗》

获奖等次：金奖

作者：汤文俊

草书《澄心堂随笔》

获奖等次：银奖

作者：陈亮

草书《宋僧显万诗》

获奖等次：银奖

作者：谢兴华

楷书《古诗十首》

获奖等次：银奖

作者：张雁

楷书《清·李济善青城山前山门联》

获奖等次：铜奖

作者：祝昌勋

行书《画禅室随笔》选录

获奖等次：铜奖

作者：王堂兵

隶书《文心雕龙节句》

获奖等次：铜奖

作者：孙培严

行草书《宋词选抄》

获奖等次：铜奖

作者：龚小膑

草书《苏幕遮·大暑记兴》

获奖等次：铜奖

作者：谭桥

草书《舞鹤赋》节选

获奖等次：特殊荣誉奖

作者：吕金光

行草书　苏轼《游白水书付过》

获奖等次：特殊荣誉奖

作者：杨江帆

曲艺（9件）

四川扬琴《宝山脊梁》

获奖等次：金奖

作者：李蓉儿、王文能

四川清音《竹领》

获奖等次：金奖

作者：秦渊、向胜、施敏

方言小品《调解》

获奖等次：银奖

作者：谭仕海

四川清音《太阳神鸟》

获奖等次：银奖

表演：任平

四川清音《老街新韵》

获奖等次：银奖

作者：王文能、范远泰

四川扬琴《雪梅，雪梅》

获奖等次：铜奖

作者：秦渊、向胜

四川扬琴《凤求凰》

获奖等次：铜奖

作者：温见龙

小品《宝贝》

获奖等次：铜奖

作者：徐崧

金钱板《打把剪儿送姐姐》

获奖等次：铜奖

作者：成尧肇

杂技（9件）

女子柔术《花语嫣然》

获奖等次：金奖

演出单位：宜宾市酒都艺术研究院——杂技团

高椅《遂宁小子》

获奖等次：金奖

演出单位：四川省遂宁市杂技团

三人技巧《力量》

获奖等次：银奖

演出单位：德阳市杂技团有限责任公司

柔术《莲》

获奖等次：银奖

演出单位：南充市杂技团

平衡《扛定车》

获奖等次：铜奖

演出单位：自贡市杂技团演艺有

限责任公司

台圈《启航》

获奖等次：铜奖

演出单位：南充市杂技团

草帽《"帽"似青春》

获奖等次：铜奖

演出单位：成都艺术剧院有限责任公司

顶技《战国吟》

获奖等次：铜奖

演出单位：四川艺术职业学院

论文《四川杂技的现状调查与前景思考》

获奖等次：特殊荣誉奖

演出单位：四川省杂技家协会

民间文艺（15件）

学术著作《羌族服饰文化图志》

获奖等次：金奖

作者：孟燕、李锦、耿静、邓风

铜雕《绿度母》

获奖等次：金奖

作者：童永全

民间文艺《巴塘弦子词曲集》

获奖等次：银奖

作者：彭涛、洛桑、马郎吉

学术著作《20世纪上半叶中国民间文艺学基本话语研究》

获奖等次：银奖

作者：刘波

竹编《太白醉酒图》

获奖等次：银奖

作者：刘嘉峰

学术著作《四川民间工艺百家制作流程》

获奖等次：铜奖

作者：沙马拉毅、孟燕、毛建华、李祥林、杨正文

田野考察笔记《城镇村寨和民俗符号——羌文化走访笔记》

获奖等次：铜奖

作者：李祥林

学术著作《彝族传统孝文化载体〈赛特阿育〉研究》

获奖等次：铜奖

作者：罗曲、王俊

学术著作《即将消失的文明》

获奖等次：铜奖

作者：徐杉

苴却砚《儒释道》

获奖等次：铜奖

作者：曹加勇

蜀锦蜀绣《南方丝路图》

获奖等次：铜奖

获奖单位：四川蜀菁文化传播有限公司

民俗影像《金沙江飞排》

获奖等次：特殊荣誉奖

作者：钱路劫、尹向东

民俗影像《坚守》

获奖等次：特殊荣誉奖

作者：赵军、张涛、张泽松、
　　　林渤

竹编《苦乐清凉》

获奖等次：特殊荣誉奖

作者：陈云华

民间文学《彝族克智译注》

获奖等次：特殊荣誉奖

作者：阿牛木支、吉则利布、
　　　孙正华

文艺评论（7件）

著作《问道川剧》

获奖等次：金奖

作者：杜建华

著作《阅读的姿势》

获奖等次：金奖

作者：梁平

文章《康巴小说的血性与温情》

获奖等次：银奖

作者：刘大桥

著作《"近女性"与"流"的艺术哲学实践》

获奖等次：银奖

作者：王虹

书籍《梵相遗珍——四川明代佛寺壁画》

获奖等次：铜奖

作者：刘显成、杨小晋

文章《潜隐与张扬》

获奖等次：铜奖

作者：高力、陈洁丽云

文章《新旧之间》

获奖等次：铜奖

作者：屈波

提名（30件）

川剧《挂印知县》

获奖等次：提名奖

出品单位：巴中市恩阳区文化、广播影视新闻出版局、肖德美文化策划工作室

话剧《后人》

获奖等次：提名奖

出品单位：成都前进歌舞团

话剧《寻找菊美多吉》

获奖等次：提名奖

出品单位：甘孜州道孚县文化馆

电影《雨城故事》

获奖等次：提名奖

编剧：杨宓

出品单位：雅安市雨城区政府

电影《亲情》

获奖等次：提名奖

编导：曾章琴

出品单位：乐山市影视艺术家协会等

微电影《油纸伞》

获奖等次：提名奖

编导：强军、帅国庆、韩露

出品单位：四川传媒学院摄影系

新闻《梦中那座桥》

获奖等次：提名奖

出品单位：四川广播电视台

纪录片《新龙的温度》

获奖等次：提名奖

出品单位：甘孜州广播电视合

文艺节目《宋词雅韵》

获奖等次：提名奖

出品单位：四川省文联艺术团

文艺节目《天籁之音中国藏歌会》

获奖等次：提名奖

出品单位：四川广播电视合

童声合唱《木雅勒谐》

获奖等次：提名奖

作者：杨华

歌曲《我们的旗帜》

获奖等次：提名奖

作者：晓光、程源

舞蹈《肩头上的梦》

获奖等次：提名奖

编导：王远鑫

出品单位：四川师范大学舞蹈学院

舞蹈《女人的盘山道》

获奖等次：提名奖

编导：陈橙

出品单位：四川艺术职业学院

舞蹈《奋进》

获奖等次：提名奖

编导：张林

出品单位：德阳市舞蹈家协会

国画《窗里窗外》

获奖等次：提名奖

作者：闫佳丽

国画《守望》

获奖等次：提名奖

作者：张小瑛

美术理论《中国绵竹年画——非物质文化遗产传承人》（上下卷）

获奖等次：提名奖

作者：范小平

摄影《伉俪情深》

获奖等次：提名奖

作者：耿薰

摄影《有毒的晚餐》

获奖等次：提名奖

作者：雷曦

书法《自集兰亭诗句〈泛泛·茫茫联〉》

获奖等次：提名奖

作者：王道义

书法《李商隐诗〈韩碑〉》

获奖等次：提名奖

作者：陈敦良

曲艺小品《监督站》

获奖等次：提名奖

作者：谢扬功

杂技《绸吊》

获奖等次：提名奖

出品单位：四川省遂宁市杂技团

杂技《高拐倒立》

获奖等次：提名奖

出品单位：德阳市杂技团有限责

任公司

民间文学《广安龙门阵》

获奖等次：提名奖

作者：钟再原、金青禾

民间文学《子昂故里龙门阵》

获奖等次：提名奖

作者：黄少烽

蜀绣《鹭鸶》

获奖等次：提名奖

作者：杨德全

文艺评论《自然与人文的和声——观成都"南方丝绸之路主题画作品展"》

获奖等次：提名奖

作者：吴永强

文艺评论《"误读"——中国当代艺术的一种策略》

获奖等次：提名奖

作者：钟远波

第九届四川省巴蜀文艺奖获奖作品名单

（2019 年）

戏剧（5件）

京剧《陈毅回川》

报送单位：成都市京剧研究院

编剧：谭愫、曹顺成、谭昕

导演：胡筱坪

主演：张辉

木偶剧《丝路驼铃》

报送单位：四川省大木偶剧院

编剧：李延年

导演：李翎、唐国良

主演：李梓维、尹望宇

话剧《苍穹之上》

报送单位：四川人民艺术剧院有限责任公司

编剧：甄进

主演：孔斐、李东昌、董凡、杨涵

川剧《诗酒太白》

报送单位：四川艺术职业学院

编剧：王慧清、刘宁

导演：任庭芳

主演：何志全

川剧《苍生在上》

报送单位：遂宁市川剧团

编剧：陈立

导演：蔡雅康

音乐：李添鑫

主演：刘世虎、龚明

电影（5件）

纪录片《十年寻羌》

报送单位：峨眉电影集团有限公司

导演：高屯子

制片人：雷建军、彭瑾

摄影：党中

剪辑：华尔丹

故事片《大路朝天》

报送单位：峨眉电影集团有限公司

导演：苗月

编剧：苗月

录音：邢玎

摄影：崔晶晶

美术：张滋雨

纪录片《红旗漫卷西风》

报送单位：峨眉电影集团有限公司、四川峨眉电影音像有限公司

总导演：钱路劫

导演：李海

编剧：陈庄、冉光泽

总编辑：林宁

故事片《最后一公里》

报送单位：宜宾市映三江农村数字电影院线有限公司

导演：李伟

编剧：于向昀、杨旭

出品人、文学策划：向林

执行制片人：阮光辉

故事片《李雷和韩梅梅》

报送单位：成都天音奇林影视传媒股份有限公司

导演：杨永春

编剧：肖李任颐

主演：张子枫、张逸杰

剪辑：陈林

音乐（5件）

歌曲《金不换银不换》

报送单位：凉山州文联

作词：罗木果

作曲：阿说阿木

戏曲女高音与乐队《春夜喜雨》

报送单位：成都市音乐家协会

作曲：杨晓忠

无伴奏混声合唱《Ma Go Do—火把》

报送单位：德阳市文联

作词：王礁

作曲：陈万

混声合唱《将进酒》

报送单位：绵阳市文联

作曲：王宬菱

音乐剧《熊猫秘境》

报送单位：四川省歌舞剧院有限责任公司

编剧：常鸣

导演：马果

美术（6件）

油画《老兵》

报送单位：南充市美术家协会

作者：何仁军

中国画《花动一山春色》

报送单位：四川省诗书画院

作者：邓枫

中国画《花语》

报送单位：成都市文联

作者：周天

漆画《盛世龙舞》

报送单位：四川轻化工大学

作者：王纯

油画《山里山外》

报送者：南充市美术家协会

作者：秦鲭

中国画《信徒》

报送单位：绵阳市文联

作者：刘卫东

曲艺 （5件）

四川谐剧《酒壮英雄胆》

报送单位：江安县文化馆

主创：孙安平、严西秀、汤碧清、
　　　王磊

琵琶弹唱《让美丽成都更加灿烂》

报送单位：成都市非物质文化遗
产保护中心

主创：袁航、曹正礼、杨冬卉、
　　　张秋露、饶静、宋玲娟、
　　　王露

四川清音《桑叶天下》

报送单位：四川省曲艺研究院

主创：沈军、陈咏韵、王文能、
　　　曾恋

四川谐剧《山乡趣话》

报送单位：彭州市曲艺家协会

主创：李多、关大兴、
　　　叮当（张旭东）

四川谐剧《月儿圆了》

报送单位：成都市非物质文化遗
产保护中心

主创：张廷玉、张尚全、吴丹

舞蹈 （5件）

民族民间舞《天鼓》

报送单位：四川师范大学

主创：乔琦、才项加、扎西才让

民族民间舞《都荷忆象》

报送单位：四川大学

主创：何苗、易辛、唐琳佳

当代舞《梦回三星堆》

报送单位：德阳市舞蹈家协会、
德阳舞蹈学校、德阳市歌舞团有
限公司

主创：崔亮、张林

现代舞《遇见日子》

报送单位：四川音乐学院舞蹈学院

主创：杨畅、高小军

民族间舞《生如夏花》

报送单位：乐山文化发展研究中心

主创：马琳、袁敏、张艳

民间文艺（5件）

图书《外来文明的印记——中国·嘉定往事》

报送单位：乐山市民间文艺家协会

作者：徐杉

图书《蜀中风俗图咏》

主创：江功举、孟燕、杨麟翼、
　　　袁庭栋

工艺品《幽篁里的宝贝》

报送单位：四川蜀菁文化传播有限公司

主创：刘道华、李媛媛

图书《民俗事象与族群生活——人类学视野中羌族民间文化研究》

作者：李祥林

泥塑《乡村戏班》

作者：李长青

摄影（5件）

摄影画册《空谷妙相——时光里的中国佛窟》

作者：袁蓉荪

摄影组照《今日大凉山》

作者：谢康

摄影画册《中国四姑娘山》

作者：黄继舟

摄影组照《街头巷尾》系列摄影

作者：岳军

摄影组照《渡情》

作者：程金玉

书法（5件）

草书《随园诗话补遗》选录

作者：唐龙

行草书《旻禅翁　杨源仁诗》

作者：汤文俊

行书《杜甫怀锦水居止二首》中堂

作者：杨江帆

篆书《篆论一则》

作者：孙培严

楷书《围炉夜话选抄》

作者：陈文建

杂技（5件）

高空节目《中国结》

报送单位：宜宾市酒都艺术研究院杂技团

编导：董争臻、吴红

主演：程学琴、刘玉、唐依利

技巧《力量·勇》

报送单位：南充市杂技团

导演：黄珊

主演：黄麒麟、米加乐、李思思、

林果

钻圈《台圈——跨越》

报送单位：四川省遂宁市杂技团

导演：童小红

主演：杨文斌、王成志、龙琴俊、
　　　鲁博文

空竹《小亲妹嘚》

报送单位：四川艺术职业学院

导演：张爽、彭颂

主演：李龙慧、王雪莲、吴多梅

坛技《青花韵》

报送单位：自贡市杂技团演艺有
限责任公司

导演：李轶、李航

编剧：罗海斌

主演：祝逸、牟锐

电视（6件）

电视剧《那些年，我们正年轻》

报送单位：四川星空影视文化传
媒有限公司

总策划：吉俊洪

制片人：徐捷

监制：韩雷

策划：张超、郑荫玲

纪录片《三国的世界》

报送单位：四川广播电视台

总导演：段锦川、蒋樾

总制片人：朱广皓

节目监制：徐杨

制片人：殷继超

纪录片《汶川十年·我们的故事》

报送单位：四川广播电视台

主创：集体创作

纪录片《李庄纪事》

报送单位：宜宾广播电视台

策划：李铁流

编导：陈凡

摄像：袁松

编辑：文敏

配音：马宏刚

电视剧《索玛花开》

报送单位：凉山文化广播影视传
媒集团有限公司

出品人：刘康

制片人：王倩

导演：王伟民、王力东

主演：王力可

纪录片《故宫文物南迁·峨眉记忆》

报送单位：峨眉山市广播电视台

导演：陆江、刘友箭

编剧：高元海、赵敬忠

配育：韦伟

文艺评论（3件）

图书《四川美术史》（中册）

报送单位：四川省社会科学院

作者：唐林

图书《巴蜀山水画叙论　巴蜀山水审美与山水画传承变革研究》（一、二、三卷）

报送单位：四川省诗书画院

作者：管苠棡（一、二卷）、

管苠棡、唐波（三卷）

图书《教育戏剧对儿童素质影响的实证研究》

报送单位：四川大学艺术学院

作者：焦阳

第十届四川省巴蜀文艺奖获奖作品名单

戏剧（8件）

本届未分等次

现代京剧《浩然成昆》
演出单位：攀枝花市文化艺术中心
编剧：李骊、杜雨汀
导演：曾晓峰、王捷
主演：宋文心、张琪斌
出品方：攀枝花市文化艺术中心

话剧《金沙江上那座城》
演出单位：四川人民艺术剧院有限责任公司
编剧：李亭
导演：黄定山
主演：曹建、姚东伯、李东昌、黄梁宇、邓滢
出品方：四川人民艺术剧院有限责任公司

儿童剧《小军号》
演出单位：四川艺术职业学院
编剧：马东风、苗怡、卿庆
导演：顾磊
主演：许栋业、龙芙君、严桦莎、陈宸、潘瑗琳、张垚
出品方：四川艺术职业学院

川剧《赤水河畔》
演出单位：泸州市非物质文化遗产保护传习所
编剧：张波
导演：蔡少波
副导演：包靖、沈敬东、阳运志
主演：刘谊、薛川、包靖、阳运志、刘蕊梅、沈敬东、刘广、侯堃
出品方：中共泸州市委宣传部、泸州市文化广播电视和旅游局

现代川剧《神秘的国宝》
演出单位：乐山文化发展研究中心、乐山文广演艺有限公司

川剧《目连之母》（获第二十九届中国戏剧梅花奖）

获奖等次：特别荣誉艺术家

主演：虞佳

创作主体：成都市川剧研究院

川剧《死水微澜》（获第三十届中国戏剧梅花奖）

获奖等次：特别荣誉艺术家

主演：张燕

创作主体：四川省川剧院

川剧《草鞋县令》（获第十三届中国艺术节第十七届"文华大奖"）

获奖等次：特别荣誉作品

编剧：杨椽、郑瑞林

导演：查明哲

作曲、唱腔设计：李天鑫

主演：陈智林、肖德美、刘谊等

创作主体：四川艺术职业学院、四川省川剧院

电影（8件）

本届未分等次

电影《红星照耀中国》

编剧：汤溪

导演：王冀邢

主演：柯南·何裴（美）、王鹏凯

报送单位：峨眉电影集团有限公司

电影《漫长的告白》

编剧：张律

导演：张律

主演：倪妮、张鲁一、辛柏青

报送单位：成都青春海秀文化传媒有限公司

电影《九条命》

编剧：钱路劫

导演：钱路劫

主演：宋禹、张立

报送单位：峨眉电影集团有限公司

电影《日夜江河》

编剧：郑培科、易辰

导演：郑培科

主演：廖禹沣

报送单位：峨眉电影集团有限公司

电影《红色土司》

编剧：姜华、叶星光

导演：艺兮

主演：游大庆、德姬、多布杰、赵亮

报送单位：四川纳一影业有限公司

电影《十八洞村》（获中宣部第十五届精神文明建设"五个一工程"优秀作品奖）

获奖等次：特别荣誉作品

主创人员：苗月

创作主体：峨眉电影集团

电影《随风飘散》（获第三十四届中国电影金鸡奖最佳导演处女作奖）

获奖等次：特别荣誉艺术家

主创人员：旦真旺甲

创作主体：峨眉电影集团

电影《我的父亲焦裕禄》（获中宣部第十六届精神文明建设"五个一工程"优秀作品奖）

获奖等次：特别荣誉作品

导演：范元

创作主体：峨眉电影集团

音乐（6件）

本届未分等次

器乐作品《庚子春》

主创：袁源

作曲：袁源

民族歌剧《听见索玛》

报送单位：凉山文化广播影视传媒集团有限公司

作词：李亭

作曲：刘党庆

大型主题交响曲《灯塔》

主创：吴灵峰、王丹红、洪毅全、张韬、Teerapol Kiatthaveephong

报送单位：四川交响乐团

声乐作品《蜀中寻》

作词：方潇梅

作曲：刘力

歌曲《跟着你到天边》（获第十三届中国音乐金钟奖）

获奖等次：特别荣誉艺术家

演唱：张宇

钢琴曲《普罗科菲耶夫 C 大调第三钢琴协奏曲 op. 26》（获第十三届中国音乐金钟奖）

获奖等次：特别荣誉艺术家

演奏：孙麒麟

美术（5件）

本届未分等次

雕塑《索玛花开》

作者：李树

油画《六月卯日》

作者：郑尚波

中国画《吉祥家园》

作者：李兰平

中国画《锦瑟》

作者：唐玲

中国画《山青水绿鸟儿归》

作者：孙林

曲艺（6件）

本届未分等次

四川清音《中华家风》

作词：陈亦兵

作曲：蓝天

音乐制作：刘峰

艺术指导：程永玲

主演：任平

报送单位：成都市非物质文化遗产保护中心、成都市非物质文化遗产艺术研究院

四川清音《米香粉香》

编剧作词：马平

作曲：王文能

编导：田临平

主演：罗捷

报送单位：岳池县文化馆

小品《春风吹又生》

编剧：张译文

导演：袁永恒

主演：袁琪、钟燕平、王磊

报送单位：四川省曲艺研究院

四川扬琴《明灯》

作词：刘礼晟、沈军

作曲：陈咏韵

编导：曾萍

主演：胡郦珈

报送单位：四川省曲艺研究院

四川竹琴《宽窄》

作词：马平

作曲：陈咏韵

编导：曾萍

主演：王晟培、唐瑜

报送单位：四川省曲艺研究院

四川清音《小姑出嫁》（获第十一届中国曲艺牡丹奖新人奖）

获奖等次：特别荣誉艺术家

表演：罗捷

创作主体：岳池县文化馆

舞蹈（9件）

本届未分等次

舞剧《川藏·茶马古道》

编导：马东风

编剧：马东风、吴瑜婷

报送单位：四川省歌舞剧院有限责任公司

双人舞《江城子·记梦》

编导：何川、万盛

报送单位：四川省歌舞剧院有限责任公司

舞蹈《格萨尔仲肯》

编导：泽仁央金、扎西多吉、四郎仁青

报送单位：四川省甘孜藏族自治州民族歌舞团

舞蹈《年轮》

编导：杨畅

报送单位：四川音乐学院舞蹈学院

舞剧《英雄》

编导：何川

编剧：柒雅、高洋

报送单位：四川省歌舞剧院有限责任公司

舞蹈《永远的诺苏》（获第十二届中国舞蹈"荷花奖"民族民间舞奖）

获奖等次：特别荣誉作品

主创人员：何川

创作主体：四川省凉山州歌舞团

舞剧《努力餐》（获第十二届中国舞蹈"荷花奖"舞剧奖）

获奖等次：特别荣誉作品

主创人员：秦尤佳、魏久成

创作主体：成都艺术剧院责任有限公司

舞蹈《远山不远》（获第十二届中国舞蹈"荷花奖"当代舞奖）

获奖等次：特别荣誉作品

主创人员：张晓华、崔梦璇、姜雨欣

创作主体：四川师范大学舞蹈学院

舞蹈《柔情似水》（获第十三届中国舞蹈"荷花奖"民族民间舞奖）

获奖等次：特别荣誉作品

主创人员：李楠、陈橙、李崇敏

创作主体：四川艺术职业学院

民间文艺（6件）

本届未分等次

学术著作《大艺微言·蜀中锦人话蜀锦》

作者：李菲、黄书霞

民间工艺　唐卡《大熊猫百图唐卡长卷》

作者：易生、王庆九、陶波、贡秋曲珍、郎俊措

报送单位：阿坝州文化馆

学术著作《藏族热巴艺术》

作者：格桑梅朵

报送单位：四川音乐学院

民间文学著作《"中华远古神话衍说·三皇五帝"系列丛书》（8本）

作者：刘勤

民间文学著作《走近国家级档案文献遗产——羌族刷勒日》

作者：杨成立

民间文学《通江民间歌谣校补图注》（上、下）（获第十五届中国民间文艺山花奖·优秀民间文学作品）

获奖等次：特别荣誉作品

作者：潘大聪、黄尚军、李国太

摄影 （5 件）

本届未分等次

摄影作品《生命线》

作者：原永新

报送单位：德阳市文联

摄影组照《双面》

作者：雷曦

摄影组照《金山白雪》

作者：郑雨晴

摄影著作《彝村蝶变——四川省凉山州麦架坪村精准扶贫掠影》

作者：邹森

摄影组照《大地色块》

作者：黄世辉

报送单位：南充市文联

书法 （6 件）

本届未分等次

行书中堂《东坡题跋》一则

作者：杨江帆

篆书《少长·田车联》

作者：刘吉强

隶书中堂《天汉摩崖颂》一首

作者：孙培严

草书《自作诗二首》

作者：刁莉

草书《黄庭坚诗二首》

作者：刘芮东

自撰《阅竹楼写画随笔七则》

《清·黄钺二十四画品奇辟沉雄二篇》

《论语子张第十九章句》

（获第七届中国书法兰亭奖铜奖）

获奖等次：特别荣誉作品

作者：林峤

杂技 （5 件）

本届未分等次

杂技《坛韵》

编剧：赵智敏

导演：信洪海

教练：金涛

主演：米加乐、李强、林果

报送单位：南充市杂技团

杂技《倒立·哪吒》

导演：崔亮、李轶

指导：廖晓松

主演：郭瑶姚

报送单位：自贡市杂技团演艺有限责任公司

手技《掌上明珠》

编剧：肖宇

导演：伍一、林怡

主演：杨帆

报送单位：成都艺术剧院有限责

任公司

杂技《大工匠·软钢丝》

编导：董争臻

导演：陆浩、程学琴

主演：倪同辉

参演：郭梦辉、李涛、张晓斌、
邓文耀、李健君、梁朝阳

报送单位：宜宾市酒都艺术研究
院杂技团

杂技《水中镜花·倒映》

指导：赵智敏

编导：信洪海、梅林

教练：韦殷

主演：李思思

报送单位：南充市杂技团

电视（12件）

本届未分等次

纪录片《李白》

主创：朱广皓、张平、徐杨、
张馨月、余乐、杨光照

报送单位：四川广播电视台

纪录片《蜀道风流》

主创：朱广皓、徐杨、彭淼、
段骏、殷继超、张馨月

报送单位：四川广播电视台

电视剧《火红年华》

编剧：革非

导演：王文杰

主演：林江国、孙宁、朱宏嘉、
陈雅斓

报送单位：四川星空影视文化传
媒有限公司

纪录片《寻漆中国的法国漆匠》

主创：卢敏、曹心怡、段体帅、
蔡易明、廖玮佳、李艳、
杨少萍

报送单位：成都市广播电视台国
际传播合作中心

电视剧《紧急公关》

编剧：曹雪萍

导演：惠楷栋

主演：黄晓明、谭卓、蔡文静、
张博、林佑威

报送单位：四川星空影视文化传
媒有限公司、成都青春海秀文化
传媒有限公司

**纪录片《又见三星堆》（获中宣部
第十六届精神文明建设"五个一
工程"优秀作品奖）**

获奖等次：特别荣誉作品

创作主体：四川广播电视台

主创人员：王剑、陈佳、
何喻洁、李忠

广播电视节目《回家》（获 2017 年至 2018 年度中国广播电视大奖广播电视节目奖）

获奖等次：特别荣誉作品

创作主体：四川广播电视台

主创人员：集体创作

广播电视节目《万里山河万里情》（获 2017 年至 2018 年度中国广播电视大奖广播电视节目奖）

获奖等次：特别荣誉作品

创作主体：四川广播电视台

主创人员：集体创作

广播电视节目《农村网红"大爆炸"》（获 2019 年至 2020 年度中国广播电视大奖广播电视节目奖）

获奖等次：特别荣誉作品

创作主体：四川广播电视台

主创人员：集体创作

广播电视节目《守护》（获 2019 年至 2020 年度中国广播电视大奖广播电视节目奖）

获奖等次：特别荣誉作品

创作主体：四川广播电视台

主创人员：集体创作

系列纪录片《四十年·四十城》（获 2017 年至 2018 年度中国广播电视大奖广播电视节目奖）

获奖等次：特别荣誉作品

创作主体：成都市广播电视台

主创人员：集体创作

纪录片《生者》（获中国广播电视大奖广播电视节目奖）

获奖等次：特别荣誉作品

创作主体：成都市广播电视台

主创人员：张林林、李多思、邢航、李文娟、谭晟

文艺评论（7 件）

本届未分等次

专著《川剧的跨文化传播》

作者：高山湖

报送单位：四川省艺术研究院

文章《断代·断层·断裂——影视改编对四川当代文学的传播》

作者：骆平

文章《四川汉代乐舞画像砖中的裙摆范式研究》

作者：尹德锦

报送单位：四川大学艺术学院

文章《从"文化解读"到"价值认同"——澳大利亚的中国艺术品收藏》

作者：叶莹

专著《1949 年—1966 年"社会主义戏剧"研究》

作者：申燕

评论《反规约：当前长篇小说的无理据书写》（获第五届"啄木鸟杯"中国文艺评论年度优秀作品）

获奖等次：特别荣誉作品

作者：刘小波

评论《试析抗疫戏剧创作三道难题》（获第六届"啄木鸟杯"中国文艺评论年度优秀作品）

获奖等次：特别荣誉作品

作者：邓添天

附 录

四川省美术家协会
历届领导机构成员名单

四川省美术家协会第一届领导机构成员名单

主　　席：柯　璜

副 主 席：李少言　刘艺斯

秘 书 长：牛　文

四川省美术家协会第二届领导机构成员名单

主　　席：李少言

副 主 席：牛　文　沈福文　吕　琳　叶毓山　吴　凡　李焕民
　　　　　林　军　朱佩君　方　振

秘 书 长：牛　文

副秘书长：龙月高　李　野　杜　唐

四川省美术家协会第三届领导机构成员名单

主　　席：李少言

副 主 席：牛　文　王　伟　叶毓山　吕　琳　朱佩君　李焕民
　　　　　吴　凡　沈福文　林　军　其加达瓦　符易本

秘 书 长：其加达瓦（兼）

副秘书长：王明月　何建培

四川省美术家协会第四届领导机构成员名单

名誉主席：李少言　牛　文

顾　　问：李焕民　吴　凡　林　军　王　伟　方　振

主　　席：钱来忠

副 主 席：仁真郎加　邓嘉德　叶毓山　尼玛泽仁
　　　　　　　朱理存　何哲生　吴绪经　周春芽　徐　匡　徐恒瑜
　　　　　　　蒋宜勋　戴　卫

秘 书 长：仁真郎加（兼）

副秘书长：何建培　张国平（2002 年任秘书长）

四川省美术家协会第五届领导机构成员名单

名誉主席：叶毓山　李焕民

顾　　问：徐　匡　徐恒瑜　何哲生　朱理存

主　　席：钱来忠

副 主 席：尼玛泽仁　戴　卫　张国平　周春芽　吴绪经
　　　　　　　梁时民　蒋宜勋　阿　鸽　黄宗贤　刘正兴

秘 书 长：张国平

副秘书长：梁时民（2000 年起任）　张国忠

2008 年 12 月 19 日，在成都召开四川省美术家协会第五届代表大会第四次理事会，改选了部分主席团成员。

名誉主席：李焕民　叶毓山　钱来忠

顾　　问：徐　匡　朱理存　何哲生　尼玛泽仁　戴　卫　蒋宜勋
　　　　　　　吴绪经　高小华

主　　席：阿　鸽

副 主 席：张国平（常务）　周春芽　黄宗贤　梁时民　刘正兴
　　　　　　　邓　乐　邓　鸿　张国忠　吴映强　秦天柱

秘 书 长：张国平（兼四川美术馆馆长）

梁时民（2009 年 10 月起任）

副秘书长：梁时民　张国忠

2009 年 6 月，四川省文联党组决定，梁时民任四川省美术家协会常务副秘书长（主持日常工作、法人代表）；杨艳艳任四川省美协副秘书长（张国忠转任四川美术馆副馆长）。

2009 年 10 月 13 日，四川省文联党组决定，梁时民任四川省美术家协会秘书长（兼四川美术馆馆长）；聘请武海成为副秘书长（聘期：2009 年 10 月 10 日至 2012 年 10 月 9 日）。

2010 年 4 月 26 日，四川省美术家协会召开理事会，表决通过主席团决议：增补林跃、武海成为四川省美术家协会副主席；梁时民为四川省美术家协会常务副主席。

名誉主席：李焕民　叶毓山　钱来忠

顾　　问：徐　匡　朱理存　何哲生　尼玛泽仁　戴　卫

蒋宜勋、吴绪经、高小华

主　　席：阿　鸽

副 主 席：梁时民（常务）　张国平　周春芽　黄宗贤　刘正兴

邓　乐　邓　鸿　张国忠　吴映强　秦天柱　林　跃

武海成

秘 书 长：梁时民

副秘书长：杨艳艳　武海成

四川省美术家协会第六届领导机构成员名单

名誉主席：李焕民　钱来忠　叶毓山

顾　　问：（按姓氏笔画排名）

尼玛泽仁　朱理存　何哲生　吴绪经　周春芽

徐　匡　徐恒瑜　蒋宜勋　戴　卫

主　　席：阿　鸽

常务副主席：梁时民

副 主 席：（按姓氏笔画排名）

马光剑　邓　乐　邓　鸿　刘正兴　许燎原　张国平

张国忠　张跃进　李青稞　吴映强　林　跃　罗　敏

武海成　贺丹晨　秦天柱　梁时民　黄宗贤　管民樨

秘 书 长：梁时民

副秘书长：武海成　杨梁相（2012 年 9 月 11 日起任）

四川省美术家协会第七届领导机构成员名单

名誉主席：阿　鸽　钱来忠

顾　　问：（以姓氏笔画为序）

马光剑　邓　乐　刘正兴　许燎原　吴映强　张国平

张国忠　武海成　罗　敏　贺丹晨　秦天柱

主　　席：梁时民

副 主 席：（以姓氏笔画为序）

马晓峰　邝明惠　李　树　李青稞　杨梁相

张跃进　林　跃　姚叶红　黄宗贤　管民樨

秘 书 长：杨梁相（2018 年 10 月起任）　龚仁军（2023 年 2 月起任）

副秘书长：杨梁相（2018 年 5 月起主持省美协工作）

龚仁军（2021 年 6 月由四川美术馆副馆长转任省美协副秘

书长，2022 年 4 月起主持省美协工作）

秦宇中（2023 年 4 月起任）

四川省戏剧家协会
历届领导机构成员名单

四川省戏剧家协会第一届领导机构成员名单

主　　席：朱丹南

副 主 席：张德成　刘莲池　席明真

秘 书 长：李　累

四川省戏剧家协会第二届领导机构成员名单

名誉主席：阳友鹤

主　　席：叶　石

副 主 席：伍　陵　肖锡荃　裴东篱　郭　民　席明真

　　　　　李　累　栗茂章　阎志胜　厉慧兰　袁玉堃

四川省戏剧家协会第三届领导机构成员名单

主　　席：李　累

副 主 席：文　辛　石占臣　厉慧兰　许倩云　陆　棨

　　　　　严　肃　庞家声　晓　艇　徐　棻　傅仁慧

四川省戏剧家协会第四届领导机构成员名单

主　　席：严　肃

副 主 席：刘　芸　陆　棨　金乃凡　张开国　庞家声　席　旦
　　　　　徐　棻　晓　艇　廖全京　魏明伦

四川省戏剧家协会第五届领导机构成员名单

主　　席：严　肃

副 主 席：刘　芸　余开元　金乃凡　张庭秀　席　旦廖全京
　　　　　魏明伦　陈智林

秘 书 长：廖全京

四川省戏剧家协会第六届领导机构成员名单

主　　席：廖全京

副 主 席：魏明伦　陈智林　刘　芸　余开元　杨景民　田蔓莎
　　　　　李　亭　查丽芳

秘 书 长：刘　宁

四川省戏剧家协会第七届领导机构成员名单

名誉主席：严福昌　栗茂章　廖全京

主　　席：陈智林

副 主 席：刘　宁　王爱飞　杜建华　余开元　李　亭　林戈尔
　　　　　王焰珍　刘　露　陈巧茹　范远泰

秘 书 长：刘　宁

四川省戏剧家协会第八届领导机构成员名单

名誉主席：严福昌　廖全京

主　　席：陈智林

副 主 席：刘　宁　刘　翼　李　亭　陈巧茹　陈　淳　范远泰

秘 书 长：刘　宁（2020 年 3 月退休）

　　　　　　杜　林（2021 年 1 月任秘书长）

四川省音乐家协会
历届领导机构成员名单

四川省音乐家协会第一届领导机构成员名单

主　　席：常苏民

副 主 席：安春振　李同生

执行委员：肖家驹　郎毓秀　马惠文　羊路由　安春振　伍雍谊
　　　　　常苏民　李康生　郭可诹　潘名挥　徐守廉　杨　放
　　　　　林志音　朱崇志　亚　欣　杜天文　刘文晋　姚以让
　　　　　徐　杰　李兆鸿　李滨荪　李同生

秘 书 长：羊路由

四川省音乐家协会第二届领导机构成员名单

主　　席：常苏民

副 主 席：郎毓秀　安春振　亚　欣　马惠文　李存琏　吉狄新和
　　　　　李文学　吴　毅

常务理事：(以姓氏笔画为序)
　　　　　马惠文　王金鳌　安春振　亚　欣　李　千　李文学
　　　　　李滨荪　李存琏　吉狄新和　朱崇志　吴　毅　杨　为
　　　　　邱仲彭　陈　岚　金　干　郎毓秀　常苏民　曾繁柯

四川省音乐家协会第三届领导机构成员名单

名誉主席： 常苏民　郎毓秀　安春振

顾　　问：（以姓氏笔画为序）

丁孚祥　马惠文　王雪辛　王兵林　刘文晋　刘亚琴

李　千　朱崇志　杨　琦　陈济略　陈若秋　段启诚

姚以让　徐　杰　敖学祺　曾　毅　杜天文

主　　席： 邱仲彭

副 主 席：（以姓氏笔画为序）

亚　欣　李存瑈　吉狄新和　宋大能　蒋才如　熊冀华

秘 书 长： 崔吉熹

副秘书长： 方惠生

四川省音乐家协会第四届领导机构成员名单

名誉主席： 郎毓秀　安春振

顾　　问：（以姓氏笔画为序）

丁孚祥　马惠文　王兵林　王雪辛　刘文晋　刘亚琴

亚　欣　朱崇志　李　千　杜天文　罗念一　杨　琦

陈若秋　段启诚　姚以让　徐　杰　曾　毅

主　　席： 邱仲彭

副 主 席：（以姓氏笔画为序）

王恒奎　李忠勇　李存瑈　吉狄新和　宋大能　黄万品

蒋才如　熊冀华

秘 书 长： 崔吉熹

副秘书长： 张文治　金桂娟

四川省音乐家协会第五届领导机构成员名单

名誉主席：郎毓秀　安春振　黄万品

主　　席：敖昌群

副 主 席：（以姓氏笔画为序）

吉古夫铁　伍明实　张文治　李存琏　沈泽全

林戈尔　杨笑影　蒋才如

秘 书 长：张文治

副秘书长：朱嘉琪

四川省音乐家协会第六届领导机构成员名单

名誉主席：郎毓秀　安春振　黄万品

主　　席：敖昌群

副 主 席：（以姓氏笔画为序）

李西林　伍明实　朱嘉琪　吉古夫铁　林戈尔

张　龙　张文治

秘 书 长：朱嘉琪

四川省音乐家协会第七届领导机构成员名单

顾　　问：李西林　伍明实　张文治　张　龙

主　　席：敖昌群

副 主 席：（以姓氏笔画为序）

孙洪斌　冉　涛　吉古夫铁　吕小琴　李晓明

朱嘉琪　张　黎　易　柯　林戈尔　罗　蓉

赵小毅　赵正基　郭瓦·加毛吉　彭　涛

曾　擎　穆　兰

常务副主席、秘书长：朱嘉琪（2014 由于退休原因离任）

常务副主席、秘书长：赵小毅（2014 年主席团届中调整选举）

四川省音乐家协会第八届领导机构成员名单

名誉主席：敖昌群

主　　席：林戈尔

副 主 席：(以姓氏笔画为序)

吕小琴　刘党庆　安冰冰　孙洪斌　吴永波　罗　蓉

赵小毅　彭　涛　曾　擎　穆　兰

秘 书 长：杨小兰（2020 年届中调整为秘书长）

四川省民间文艺家协会
历届领导机构成员名单

四川省民间文艺家协会第一届领导机构成员名单

会　　长：李亚群

副 会 长：戈壁舟　邓均吾

秘 书 长：戈壁舟

四川省民间文艺家协会第二届领导机构成员名单

主　　席：段可情

副 主 席：肖崇素　黎本初　冯元蔚　彭　涛　洪　钟

秘 书 长：洪　钟

副秘书长：刘尚乐

四川省民间文艺家协会第三届领导机构成员名单

主　　席：黎本初

副 主 席：吉木布初　李绍明　更　登　吴蓉章　侯　光　彭维金
　　　　　意西泽珠

秘 书 长：刘尚乐（1991 年离休）　侯　光

副秘书长：易玉友

四川省民间文艺家协会第四届领导机构成员名单

名誉主席：冯元蔚

主　　席：黎本初

副 主 席：李绍明　侯　光　陈浩东　刘长贵　伍精忠　毛建华　江玉祥　王　康　罗　勇

秘 书 长：侯　光

副秘书长：李建中

四川省民间文艺家协会第五届领导机构成员名单

名誉主席：黎本初

主　　席：侯　光

副 主 席：王　康　毛建华　江玉祥　沙马拉毅　赵海谦　谭钟业

副秘书长：孟　燕

四川省民间文艺家协会第六届领导机构成员名单

名誉主席：黎本初　侯　光

主　　席：沙马拉毅

常务副主席：孟　燕

副 主 席：马德清　王　康　达尔基　魏学峰　李祥林　薛玉川

秘 书 长：孟　燕

四川省民间文艺家协会第七届领导机构成员名单

名誉主席：黎本初　侯　光

主　　席：沙马拉毅

常务副主席：孟　燕

副 主 席：王　川　达尔基　李　锦　李建中　李祥林　何政军
　　　　　　孟德芝　龚建忠　魏学峰

秘 书 长：孟　燕

四川省民间文艺家协会第八届领导机构成员名单

名誉主席：黎本初　侯　光　沙马拉毅

主　　席：孟　燕

副 主 席：王　川　巴　桑　李　锦　李建中　孟德芝　黄红军

秘 书 长：黄红军

四川省摄影家协会
历届领导机构成员名单

四川省摄影家协会第一届领导机构成员名单

主　　席：高　毅

副 主 席：陈岳峰　张艺学　鲁昌麟　孙忠靖（增补）

秘 书 长：张艺学（兼）

副秘书长：李荣卿（驻会）

四川省摄影家协会第二届领导机构成员名单

名誉主席：高　毅

主　　席：张艺学

副 主 席：牟航远　刘光孝　康大荃　田捷民　王学成

副秘书长：李荣卿

四川省摄影家协会第三届领导机构成员名单

名誉主席：张艺学　牟航远

主　　席：卢成春

副 主 席：王学成　王达军　田捷民　刘光孝　张宗寿　段荣昌
　　　　　赵忠路　凯　兵　刘先华　唐正益

秘 书 长：康大荃

四川省摄影家协会第四届领导机构成员名单

名誉主席：卢成春
主　　席：康大荃
副 主 席：王达军　王学成　申　荣　刘光孝　张宗寿　赵忠路
　　　　　莫定有
秘 书 长：贾跃红

四川省摄影家协会第五届领导机构成员名单

名誉主席：卢成春
主　　席：康大荃
副 主 席：王建军　王瑞林　申　荣　田捷砚　冉玉杰　陈　宁
　　　　　陈　锦　林　强　金　平　莫定有　贾跃红　黄　冬
秘 书 长：贾跃红

四川省摄影家协会第六届领导机构成员名单

名誉主席：康大荃　苏碧群
主　　席：王达军
常务副主席：贾跃红
副 主 席：王建军　王瑞林　田捷砚　冉玉杰　陈　宁　陈　锦
　　　　　林　强　金　平　莫定有　黄　冬
秘 书 长：贾跃红

四川省摄影家协会第七届领导机构成员名单

名誉主席： 王达军

主　　席： 贾跃红

副 主 席： 冉玉杰　叶　君　田捷砚　冯　立　刘应华　何　军
　　　　　　陈　宁　金　平　钟　敏　郭　际

副秘书长： 钟　敏（兼）　陈　超　胡　文

四川省书法家协会
历届领导机构成员名单

四川省书法家协会第一届领导机构成员名单

名誉主席：杨　超　任白戈　李文清　米建书　马识途

主　　席：李半黎

副 主 席：郝　谦　王遂萍　冯建吴　余中英

副秘书长：刘云泉

四川省书法家协会第二届领导机构成员名单

主　　席：李半黎

副 主 席：刘云泉　方　振　毛　峰　阁　风　何应辉　何继笃
　　　　　徐无闻　钱来忠

秘 书 长：何应辉（1993—1995）

副秘书长：刘云泉（1989—1993）

四川省书法家协会第三届领导机构成员名单

名誉主席：李半黎

主　　席：何应辉

副 主 席：刘奇晋　陈国志　何继笃　辛梓维　周永健　程玉书

秘 书 长：张景岳

四川省书法家协会第四届领导机构成员名单

名誉主席：李半黎

主　　席：何应辉

副 主 席：刘奇晋　张景岳　徐德松　蒲宏湘　魏启鹏

秘 书 长：张景岳

副秘书长：代　跃

四川省书法家协会第五届领导机构成员名单

主　　席：何应辉

副 主 席：张景岳　徐德松　郭　强　舒　炯　刘新德

　　　　　代　跃（2008 年省书协五届三次理事会增补）

秘 书 长：代　跃

四川省书法家协会第六届领导机构成员名单

主　　席：何应辉

常务副主席：代　跃

副 主 席：王七章　刘新德　何开鑫　林　峤　钟显金　洪厚甜

　　　　　徐德松　郭　强　黄泽江　舒　炯　谢和平

秘 书 长：代　跃

四川省书法家协会第七届领导机构成员名单

名誉主席：何应辉

主　　席：代　跃

副 主 席：王家葵　王道义　刘　健　林　峤　钟显金　洪厚甜

　　　　　黄泽江　龚晓斌

秘 书 长：代　跃（2018 年至 2020 年）

　　　　　王道义（2021 年 2 月起担任）

四川省舞蹈家协会
历届领导机构成员名单

四川省舞蹈家协会第一届领导机构成员名单

主　　席：杜天文

副 主 席：王道一　李井文　张耀棠　刘金昌　李硕伦

四川省舞蹈家协会第二届领导机构成员名单

主　　席：彭长登

副 主 席：李井文　邢志汶　张耀棠　仝兴华　冷茂弘　黄　石
　　　　　张瑜冰　彭　措　罗各果

四川省舞蹈家协会第三届领导机构成员名单

名誉主席：彭长登

主　　席：杜天文

副 主 席：王　静　王庚寅　仝兴华　冷茂弘　周诗蓉　金阿芝
　　　　　黄　石　斯达斯佳

四川省舞蹈家协会第四届领导机构成员名单

名誉主席：彭长登

主　　席：杜天文

副 主 席：冷茂弘　黄　石　仝兴华　段隆德　张　平　王庚寅
　　　　　宁永忠　巴莫布哈　青梅多吉　夺　科
秘 书 长：段隆德

四川省舞蹈家协会第五届领导机构成员名单

名誉主席：杜天文
主　　席：（空缺）
副 主 席：王玉兰　王庚寅　张　平　何成育　沙玛瓦特　郑　源
　　　　　段隆德　徐丽桥
秘 书 长：段隆德
副秘书长：琚渝安

四川省舞蹈家协会第六届领导机构成员名单

名誉主席：杜天文　冷茂弘　段隆德
主　　席：王玉兰
副 主 席：王庚寅　白　莉　何　川　张　平
　　　　　李　炜　杨向东　郑　源　洛绒益西　琚渝安
秘 书 长：琚渝安

四川省舞蹈家协会第七届领导机构成员名单

主　　席：王玉兰
副 主 席：马　琳　马东风　白　云　夺　科　吕　勇　苏东梅
　　　　　李　炜　杨向东　何　川　张　平　林　海　郑　源
　　　　　哲　他　侯宏澜　曹　平　琚渝安
秘 书 长：琚渝安

四川省舞蹈家协会第八届领导机构成员名单

主　　席：王玉兰

副 主 席：马东风　马　琳　吉布阿鸽　夺　科　苏冬梅
　　　　　李延浩　郝继伟　哲　他　高小军

副秘书长：王　凡

四川省曲艺家协会
历届领导机构成员名单

四川省曲艺家协会第一届领导机构成员名单

名誉主席：李德才

主　　席：贾钟秀

副 主 席：夏本玉　邹忠新　李月秋　孙巧麟　程梓贤　严西秀

秘 书 长：郭仰文（曲协办公室负责人）

四川省曲艺家协会第二届领导机构成员名单

主　　席：夏本玉

副 主 席：（按姓氏笔画为序）

　　　　　牛德增　冯光荣　华国秀　何成育　张尚元　罗竞先
　　　　　徐　述　徐　勍　程永玲

秘 书 长：郭仰文（曲协办公室负责人）

四川省曲艺家协会第三届领导机构成员名单

主　　席：夏本玉

副 主 席：（按姓氏笔画为序）

　　　　　车向前　牛德增　王　毅　冯光荣　华国秀　杨奎本
　　　　　罗竞先　徐　述　徐　勍　程永玲　彭明羹

副秘书长：高蓉蓉（曲协办公室负责人）

四川省曲艺家协会第四届领导机构成员名单

名誉主席：程永玲

主　　席：车向前

副 主 席：（按姓氏笔画为序）

卢国珍　包德宾　张廷玉　涂太中　袁永恒　董怀义

副秘书长：高蓉蓉　曾小嘉（2002 年 3 月主持工作）

四川省曲艺家协会第五届领导机构成员名单

名誉主席：程永玲

主　　席：车向前

副 主 席：（按姓氏笔画为序）

包德宾　刘　斌　李　蓉　张　徐　杨兴国　陈孝智

沙玛瓦特　涂太中　董怀义　曾小嘉

秘 书 长：曾小嘉　李　蓉（2009 年 3 月主持工作）

四川省曲艺家协会第六届领导机构成员名单

名誉主席：程永玲　车向前

主　　席：林戈尔

副 主 席：（按姓氏笔画为序）

包德宾　任　平　刘　斌　陈　淳　陈孝智　沙玛瓦特

张　徐　张旭东　杨兴国　涂太中　董怀义

秘 书 长：李　蓉

四川省曲艺家协会第七届领导机构成员名单

名誉主席：程永玲　车向前

主　　席：张旭东

副 主 席：田海龙　任　平　李　多　李　蓉　沈　军　骆　平
　　　　　秦　渊

秘 书 长：李　蓉（2017 年 12 月至 2021 年 7 月）
　　　　　李　多（2021 年 8 月主持工作）

四川省杂技家协会
历届领导机构成员名单

四川省杂技家协会第一届领导机构成员名单

主　　席：彭长登

副 主 席：王伯瑛　张少兰　杨少元

办公室主任：程伍伢

四川省杂技家协会第二届领导机构成员名单

名誉主席：彭长登

主　　席：朱炳宣

副 主 席：何天宠　李邦元　肖鬻华　刘仲祥

副秘书长：程伍伢

四川省杂技家协会第三届领导机构成员名单

名誉主席：彭长登

主　　席：朱炳宣

副 主 席：何天宠　傅启辉　肖鬻华　赵保中　邵金泉　盛朝中
　　　　　刘仲祥　程伍伢

副秘书长：程伍伢

四川省杂技家协会第四届领导机构成员名单

名誉主席：朱炳宣

主　　席：傅启辉

副主席：陈育新　周小衡　高建新　程伍伢

秘书长：程伍伢

四川省杂技家协会第五届领导机构成员名单

名誉主席：朱炳宣

主　　席：傅启辉　陈育新（届中调整）

副主席：周小衡　童　飞　刘明金　江明生　蔡湘南

副秘书长：汪青玉

四川省杂技家协会第六届领导机构成员名单

名誉主席：朱炳宣　傅启辉

主　　席：陈育新

副主席：王文辉　汪青玉　周小衡　童荣华　刘明金　赵智敏
　　　　蔡湘南　邹光荣（届中调整替补王文辉）
　　　　吴　红（届中调整替补刘明金）

秘书长：汪青玉

四川省杂技家协会第七届领导机构成员名单

名誉主席：傅启辉　陈育新

主　　席：童荣华

副主席：周小衡　汪青玉　赵智敏　吴红　李　轶　张　爽　杨　屹

秘书长：汪青玉（兼）　李　多（届中调整）

四川省电影家协会
历届领导机构成员名单

四川省电影家协会第一届领导机构成员名单

主　　席：杜天文

副 主 席：袁小平　叶　明　周子芹　徐连凯　李亚林　唐　晋
　　　　　雁　翼　张龙德

秘 书 长：潘　秋

副秘书长：李　雁

四川省电影家协会第二届领导机构成员名单

名誉主席：杜天文

主　　席：滕进贤

副 主 席：(按姓氏笔画为序)
　　　　　丁隆炎　卢子贵　李亚林　李尔康　李洪生　陆小雅
　　　　　饶　趣　徐连凯　潘　虹

秘 书 长：饶　趣

四川省电影家协会第三届领导机构成员名单

主　　席：吴宝文

副 主 席：丁隆炎　王冀邢　卢子贵　何良俊　李尔康　李洪生
　　　　　陆小雅　赵学彬　潘　虹

秘 书 长：赵学彬（兼）

四川省电影家协会第四届领导机构成员名单

主　　席：吴宝文

副主席：丁隆炎　王冀邢　陆小雅　李康生　李成春　赵尔寰
　　　　　潘　虹

秘 书 长：赵尔寰（1996—1998）　沈文玲（1998—2005）

四川省电影家协会第五届领导机构成员名单

主　　席：李康生

副主席：王冀邢　周　力　舒崇福　潘　虹　王蜀灵

秘 书 长：王蜀灵

四川省电影家协会第六届领导机构成员名单

名誉主席：李康生

主　　席：潘　虹

副主席：王春良　王蜀灵　雷　汉　苗　月　舒崇福　唐渝波
　　　　　武志刚

秘 书 长：王春良

四川省电影家协会第七届领导机构成员名单

名誉主席：潘　虹

主　　席：韩　梅

副主席：王蜀灵　孙　莹（2017—2018）　张一林
　　　　　陈永宁（2017—2023）　唐渝波　钱路劼　曹峻冰　雷　汉

秘 书 长：孙　莹（2017—2018）　寒　露（2020至今）

副秘书长：张一林（2017—2020）　彭俊蓉（2023至今）

四川省电视艺术家协会
历届领导机构成员名单

四川省电视艺术家协会第一届领导机构成员名单

主　　席：卢子贵

副 主 席：马龙骧　万　琳　王岳军　罗禄伦　奉孝芬　张仲炎
　　　　　傅仁慧

秘 书 长：赵民俊

四川省电视艺术家协会第二届领导机构成员名单

名誉主席：陈　杰

主　　席：卢子贵

副 主 席：马龙骧　王岳军　吴宝文　李达明　李书敏　罗禄伦
　　　　　奉孝芬（专职）　曹培俊　傅仁慧　魏炳炉

秘 书 长：赵民俊

四川省电视艺术家协会第三届领导机构成员名单

顾　　问：奉孝芬　马龙骧　傅仁慧

名誉主席：李之侠　陈　杰

主　　席：卢子贵

常务副主席：钟季和

副　主　席：曹培俊　王岳军　吴宝文　李达明　潘晓阳　黄长君
　　　　　　　张小川　梁崇模　严福昌

秘　书　长：李锡文

副秘书长：潘清波　孔解民

四川省电视艺术家协会第四届领导机构成员名单

名誉主席：卢子贵

主　　　席：吴宝文

副　主　席：严晓琴　曹　钢　孙剑英　欧阳奋强　周华　宋洪飞
　　　　　　　孔解民

秘　书　长：孔解民

四川省电视艺术家协会第五届领导机构成员名单

顾　　　问：席义方

名誉主席：卢子贵　吴宝文

常务副主席：纪小荃

副　主　席：李　川　曹　钢　周　华　赵修正　冯　梅　柳耀辉
　　　　　　　王海兵　毛卫宁　寒　露　游光辉　先　斌　李治平
　　　　　　　甘建荣

秘　书　长：寒　露

四川省电视艺术家协会第六届领导机构成员名单

顾　　　问：王海兵　钱　滨

名誉主席：卢子贵　吴宝文

主　　　席：刘成安

副 主 席：王红芯　甘建荣　李　川　赵修正　柳耀辉　莫培勇
　　　　　　梁碧波　游光辉　寒　露
秘 书 长：寒　露

四川省文艺评论家协会
历届领导机构成员名单

四川省文艺评论家协会第一届领导机构成员名单

主　　席：何开四

副 主 席：冯宪光　李明泉　廖全京　伍松乔　王海兵　平志英

秘 书 长：李明泉

四川省文艺评论家协会第二届领导机构成员名单

主　　席：何开四

副 主 席：王海兵　平志英　刘大桥　伍松乔　李明泉　杜建华
　　　　　钟仕伦

秘 书 长：李明泉

四川省文艺评论家协会第三届领导机构成员名单

主　　席：李明泉

副 主 席：万山河　王海兵　王骏飞　牟　佳　刘大桥　江永长
　　　　　苏　宁　李晓明　罗　勇　罗庆春　钟昌式　姜　明
　　　　　黄宗贤　黎　风

秘 书 长：艾　莲

四川省文艺评论家协会第四届领导机构成员名单

名誉主席：何开四

主　　席：李明泉

副 主 席：艾　莲　韩　刚　丁　鸣　罗庆春　李若锋　姜　明
　　　　　徐登明

秘 书 长：白　浩

四川省文学艺术界联合会
历任党组成员名单

党组书记 (以先后为序)

常苏民　沙　汀　李亚群　王聚贤　李少言　李焕民　朱炳宣
钱来忠　钟历国　黄启国　蒋东生　平志英　邹　瑾

党组副书记 (以先后为序)

沙　汀　戈壁舟　曾　克　黎本初　叶　石　彭长登　李维嘉
邱仲彭　朱启渝　周纪律　杨茂成　陈黔鲁　李　兵　邓　涛
刘建刚　王忠臣　江永长

党组成员 (以先后为序)

黄奇云　李友欣　李　累　雁　翼　唐大同　陈之光　卢成春
庞家声　侯　光　刘传英　廖全京　杨时川　钱江平　江永长
仲晓玲

四川省文学艺术界联合会
历届主席团成员名单

四川省文学艺术界联合会第一届主席团成员名单

（1953 年 1 月 23 日至 29 日，四川省第一次文学艺术工作者代表大会选举产生）

主　　席：沙　汀

副 主 席：李劼人　陈翔鹤　段可情　常苏民

秘 书 长：安春振（1960 年至 1964 年）

副秘书长（先后担任）：李　累　李友欣　黄其云

四川省文学艺术界联合会第二届主席团成员名单

（1980 年 6 月 16 日至 25 日，四川省第二次文学艺术工作者代表大会选举产生）

名誉主席：任白戈　沙　汀　艾　芜

主　　席：马识途

副 主 席：李少言　常苏民　叶　石　段可情　伍　陵　彭长登
　　　　　杜天文　李　漠　陈书舫　方　敬　杨明照

先后担任本届文联秘书长的有：彭长登　李维嘉　邱仲彭

先后担任本届文联副秘书长的有：黎本初　卢成春

四川省文学艺术界联合会第三届主席团成员名单

(1991年5月21日至23日，四川省文学艺术界联合会第三次代表大会选举产生)

名誉主席：沙 汀 艾 芜 马识途 李少言

主 席：李 致

副 主 席：(以姓氏笔画为序)

卢子贵 朱炳宣 杜天文 李成春 李焕民 邱仲彭

吴宝文 严福昌 杨益言 庞家声 晓 艇 徐 菜

傅仁慧 蓝锡麟 意西泽仁 (中国作协四川分会第四次代表大会后又增补两名)

秘 书 长：卢成春

副秘书长：侯 光

四川省文学艺术界联合会第四届主席团成员名单

(1997年6月12日至14日，四川省文学艺术界联合会第四次代表大会选举产生)

名誉主席：马识途 李少言

主 席：李 致

副 主 席：(以姓氏笔画为序)

卢子贵 朱启渝 朱炳宣 孙静轩 陈之光 杜天文

邱仲彭 何应辉 吴宝文 李焕民 严福昌 庞家声

钱来忠 徐 菜 晓 艇 程永玲 意西泽仁

蒲修贵 黎 明 周纪律 王爱飞

(2000年8月14日，省文联主席团四届六次会议通过，增补周纪律、王爱飞同志为省文联四届委员会副主席和全委会委员。)

秘 书 长：杨时川

副秘书长：侯　光

四川省文学艺术界联合会第五届主席团成员名单

（2002 年 6 月 24 日至 27 日，四川省文学艺术界联合会第五次代表大会选举产生）

名誉主席：马识途　冯元蔚

主　　席：李　致

副 主 席：钟历国　钱来忠　严福昌　吴宝文　何应辉　康大荃

周纪律　意西泽仁　程永玲　晓　艇　王爱飞　车向前

侯　光　敖昌群　傅启辉　魏明伦　蔡继康　沙玛拉毅

（2003 年 3 月 25 日，四川省文联第五届二次全委会通过，增补钟历国同志为四川省文联副主席。）

秘 书 长：杨时川

四川省文学艺术界联合会第六届主席团成员名单

（2009 年 2 月 23 日至 26 日，四川省文学艺术界联合会第六次代表大会选举产生）

名誉主席：马识途　冯元蔚　席义方　李　致

常务副主席：黄启国

副 主 席：何应辉　沙马拉毅　敖昌群　程永玲　意西泽仁

蒋东升　阿　鸽　王达军　王玉兰　陈育新　陈智林

林　强　杨茂成　陈黔鲁　杨时川　张　力　杨吉成

余开元

秘 书 长：杨时川（兼）

2014 年 12 月四川省文学艺术界联合会六届六次全委会在成都召开，改选了领导机构，这届领导人是：

名誉主席：马识途　冯元蔚　席义方　李　致

常务副主席：蒋东生

副 主 席：黄启国　何应辉　沙马拉毅　敖昌群　程永玲

意西泽仁　阿　鸽　王达军　王玉兰　陈育新

陈智林　林　强　陈黔鲁　杨时川　刘　辉

罗　波　余开元　李　兵

秘 书 长：钱江平

四川省文学艺术界联合会第七届主席团成员名单

（2016 年 12 月 27 日至 29 日，四川省文学艺术界联合会第七次代表大会选举产生）

名誉主席：马识途　冯元蔚　席义方　李　致

主　　席：郑晓幸

常务副主席：平志英

副 主 席：（以姓氏笔画为序）

王玉兰　王达军　李　兵　李明泉　沙马拉毅　宋　凯

张旭东　陈智林　林戈尔　俫伍拉且　童荣华

主席团委员：代　跃　梁时民

秘 书 长（先后担任）：李　兵（兼）　仲晓玲

（2020 年 6 月 5 日四川省文联七届五次全委会通过聘请四川省文联党组成员、仲晓玲同志为秘书长，李兵同志不再兼任。）

四川省文学艺术界联合会第八届主席团成员名单

2021 年 10 月 31 日至 11 月 2 日四川省文学艺术界联合会第八次代表大会在成都召开，改选了领导机构，这届领导人是：

名誉主席：马识途　席义方　李　致　郑晓幸

主　　席：陈智林

常务副主席：平志英

副 主 席：王　川　王　迅　艾　莲　田捷砚　代　跃　刘成安

孙洪斌　李　兵　李延浩　李　树　宋　凯　张旭东

黄泽江　龚学敏　韩　梅　童荣华　寒　露

主席团委员：马晓峰　张令伟　郝继伟　龚晓斌　董　凡

秘 书 长：仲晓玲

2023 年 3 月 17 日，四川省文联八届三次全委会在成都召开，改选了领导机构，这届领导人是：

名誉主席：马识途　席义方　李　致　郑晓幸

主　　席：陈智林

常务副主席：邹　瑾

副 主 席：王　川　王　迅　艾　莲　田捷砚　代　跃　刘成安

孙洪斌　李　兵　李延浩　李　树　宋　凯　张旭东

黄泽江　龚学敏　韩　梅　童荣华　寒　露

主席团委员：马晓峰　张令伟　郝继伟　龚晓斌　董　凡

秘 书 长：仲晓玲

副秘书长：邓子强（聘，省文联八届四次主席团会议通过）

吴　彬　张　霞（聘，省文联八届三次主席团会议通过）

后　记

今年是四川省文学艺术界联合会成立七十年的纪念之年，四川省文联党组决定编辑出版《四川文联七十年》丛书以资纪念。丛书由"大事卷""名作卷""'三亲'卷"（亲历、亲见、亲闻）共三卷本组成。

今年初成立了以四川省文联主席陈智林，四川省文联党组书记、副主席邹瑾担任编委会主任，党组副书记刘建刚，党组成员、机关党委书记江永长，党组成员、秘书长仲晓玲为副主任的编委会领导机构，编委会下设丛书分卷编辑部，由省文联理论研究室具体统筹协调编撰工作。理研室主任赵晴、省评协秘书长白浩主持"大事卷"编辑工作，省民协副主席、秘书长黄红军主持"名作卷"编辑工作；文艺资源中心主任邓风主持了"三亲卷"编辑工作。

四月，《四川文联七十年》丛书编辑出版工作在省文联党组领导下有序展开，编委会对丛书总纲、框架、分卷目录、稿件内容等逐一审定，并邀请了我省文艺界相关专家学者共同参与编写。编辑工作得到了省级各文艺家协会和省文联直属事业单位的支持，得到了地方文联组织和文艺工作者的支持。省文联老领导黄启国、蒋东生、平志英等审阅了《大事卷》，给予了指导性意见；廖全京、李明泉、艾莲等专家学者给予了审定意见。

丛书的编辑尊重历史，尊重作者，开放包容又面向未来，做到了突出史料价值和文献价值，又兼顾了学术性、艺术性和可读性。

《四川文联七十年》丛书最终成书，是几代文联人和我省广大文艺工作者共同完成的成果，编委会感谢七十年来为四川文艺事业做出贡献的老一辈文艺家们，特别是对我省文艺大家尤感崇敬！感谢在新时期不忘初心孜孜以求，接力而行坚持为人民而歌的文艺家们！这套丛书既是对四川文联辉煌七十年文艺成果的回顾，也是对当下文艺工作者们的鞭策。

　　回顾历史，继往开来，我们将按照习近平总书记的要求，"坚持以人民为中心的创作导向"，坚持"百花齐放、百家争鸣"的文艺方针，不断创作优秀文艺作品，以文艺之光铸时代之魂。

《四川文联七十年》丛书编委会

2023 年 11 月